本书由国家社会科学基金重大项目

"新中国少数民族文学研究史（1949-2009）" 资助出版

国家社会科学基金项目优秀成果
Excellent Achievement of National Social Sciences Fund

多民族文学史观
与中国文学研究范式转型

Multi-ethnic literature historical view and the paradigm transformation
of Chinese literature research

李晓峰 刘大先 ◎ 著

中国社会科学出版社

图书在版编目 (CIP) 数据

多民族文学史观与中国文学研究范式转型 / 李晓峰，刘大先著. —北京：
中国社会科学出版社，2016.11
ISBN 978 - 7 - 5161 - 8982 - 5

Ⅰ.①多…　Ⅱ.①李…②刘…　Ⅲ.①中国文学 - 文学研究　Ⅳ.①I206

中国版本图书馆 CIP 数据核字 (2016) 第 227397 号

出 版 人	赵剑英
责任编辑	曲弘梅
特约编辑	薛敏珠
责任校对	李　莉
责任印制	戴　宽

出　　　版	中国社会科学出版社
社　　　址	北京鼓楼西大街甲 158 号
邮　　　编	100720
网　　　址	http://www.csspw.cn
发 行 部	010 - 84083685
门 市 部	010 - 84029450
经　　　销	新华书店及其他书店

印刷装订	三河市君旺印务有限公司
版　　　次	2016 年 11 月第 1 版
印　　　次	2016 年 11 月第 1 次印刷

开　　　本	710×1000　1/16
印　　　张	27.25
插　　　页	2
字　　　数	475 千字
定　　　价	98.00 元

修订说明

修订，顾名思义，乃修改订正也。

对中华多民族文学史观的思考和研究，自 2006 年开始，《多民族文学史观与中国现当代文学教学》《多民族文学：中国文学史观的缺失》，即为当年思考的最初成果。而对这一重大理论问题的系统思考，反映在 2006 年年底至 2007 年年初题为"中华多民族文学史观及相关问题研究"的国家社科基金年度项目课题论证书中。至今，已经过去近 10 年的时间。该课题的主体（中华多民族文学史观的理论研究）部分，早在 2009 年就已经完成。而该课题 2011 年才申请结题，是因为在做完上述研究后，为了使立论更加扎实、稳妥，觉得很有必要对中国百年来的文学史对少数民族文学的叙述进行全面、深入的考察。于是，用了一年半多的时间，从黄人的《中国文学史》、林传甲的《中国文学史》开始，至张炯、邓绍基、郎樱先生主编的《中华文学通史》，对近百年来的中国文学史的主要著作进行了全面阅读。阅读和研究的结果，构成了结题成果中独立的一部分——"百年文学史书写中的民族文学"，用以支撑"多民族文学史观在中国文学史研究中的严重缺失，以及这种缺失对中国文学史研究的科学性、客观性、学术性造成了巨大影响乃至消解"。因之，提交的结题成果 60 余万字。这样，无论研究内容还是最终成果的容量，都远远超出了课题最初的设计。因此，2012 年出版的《中华多民族文学史观及相关问题研究》，严格说来，反映的是 2006—2009 年间我们对中华多民族文学史观的思考。

该书问世后，产生了较好的社会反响。2012 年第五届全国少数民族文学创作会议的大会报告中在"少数民族文学理论研究方兴未艾"部分，对第四届全国少数民族文学创作会议十年来的少数民族文学理论与批评成绩进行总结时，指出："少数民族文学在中国特色社会主义事业中的地位和价值、中华多民族文学史观、各民族文学的比较、少数民族文学批评理论体系、民间口传文学与文人书面创作的关系、少数民族文学双语创作、全球化语境下中国少数民族文学发展的趋势等课题的研究中取得了重要理论成果"。2012 年的《中国文学年鉴》《中国出版》等发表了多篇书评，对该书给予了充分肯定。该书还获得第十五届大连社会科学进步特殊贡献奖、辽宁省 2011—2012 年度哲学社会科学优秀成果奖。

但是，这期间，多民族文学史观研究得到快速推进，国家政治文化语境的新变化、学界对中华多民族文学的重视以及我们自己对中华多民族文学史观及相关问题思考的进一步深入，使我们认识到既往思考和研究的不足。本想将原著做为"特定历史时期""特定思想成果"的"历史见证"，但考虑到多民族文学史观本身的重大理论价值和对中国文学研究的潜在影响，经过认真讨论，并征得出版社同意，决定启动对原著的修订。其目的非常明确：让更多的人从多民族文学史观的角度，来思考中国文学的历史和未来，让中华文学史真正承担起认知多民族国家形成和发展历史的"国家知识"的重任。而就学科发展而言，我们坚定地认为，多民族文学史观正在改变着中国文学史研究的范式。也就是说，多民族文学史观，已经不是在少数民族文学科学内容讨论的话题，而是实质性地影响了中国文学史的研究和学科发展的理论思想和话语体系。这从近年来学界关于中华文学的讨论、关于少数民族文学经典进课堂等呼吁和践行中，已经得到相当充分的证明。

本次修订的主要内容如下。

一　研究内容及框架结构做了重大调整

原版用"上部""基本问题研究""下部"（相关问题研究），有意未采用"上编""下编"的结构表述，目的是想强调本书前后两个部分内容的高度关联性。即"基本问题"与"相关问题"是"核心"（多民族文学史观）向外扩展和辐射到的问题。这种想法在当初是正确的，而在现在看来则是保守的和有思想局限的。因为，所谓的相关问题，也是以多民族文学史观为核心的中国多民族文学理论体系的整体性和系统性的问题，并不是"核心"与"辐射"的关系。如何揭示中华多民族文学史观产生的必然性（包括具体的学术问题、学科内部转型、人文社会科学整体研究观念的更新、中国及世界社会政治文化语境的嬗变）？如何理解和阐释中华多民族文学史观？从中华多民族文学史观来观察中国文学与以往的观察，在对历史的发现和结论上有何不同？中华多民族文学史观最终要解决什么问题？以中华多民族文学史观为核心的中华多民族文学理论体系相对于传统的中国古代文论体系与西方文论体系究竟有何不同？这种理论建设具有什么意义？这些问题，显然不是"相关问题"，而是理论自身必须系统回答和解决的核心问题。

因此，修订版在取消"上部""下部"的同时，从理论体系构架的角度，调整了原有内容结构，并删除了专门讨论少数民族文学发生的第七章，将相关内容纳入导言部分，用以交代多民族文学史观产生的背景。这样的调整，使修订版在理论体系的完整性、科学性和研究内容的逻辑关系上更加清晰和严密。

修订版的导言与原著导言完全不同。以"问题与前景：从少数民族文学到多民族文学"为导言，从少数民族与多民族国家的关系、少数民族文学与中国文学的关系，揭示从少数民族文学到多民族文学，既是少数民族文学自身发展的结果，也是作为国家学术和国家知识的中国文学研究的必然选择。目的当然是要体现出导言在相关问题提出的理论与现实背景、理论的出发点和问题指向、主要思路、观点和目标等方面有所交代和铺垫，同时对读者也有一个"先入为主"的引导。

第一章至第三章，主要探讨了多民族文学史观的理论基础与基本内涵、中华多民族文学史观的构成要素以及多民族文学史观：中国文学史研究的缺失。这一单元体现的是从理论到实践和从实践到理论的双向印证的哲学思维。第四章至第六章探讨的是多民族文学的时间、多民族文学的空间、多民族母语文学的意义、处境及传播，回答的是中华多民族文学史观下的中国文学史所呈现出来的历史面貌和景观与以往文学史有哪些不同。在这一单元，专门在第六章通过对各民族母语文学的展示，从多语种的角度，来揭示多民族文学史观对以往文学史研究之缺失的补充及意义。第七章专门讨论多民族文学史的国家知识属性及其功能问题，既是前六章内容的延伸，同时也进一步回答了为什么提出多民族文学的概念，为什么要确立多民族文学史观的问题。第八章和第九章，则从多民族文学史与中国历史哲学转型（内部因素）和世界多民族国家中的多民族文学的政策（外部语境）两个方面，揭示为什么在21世纪初，提出中华多民族文学史观的问题，这一问题的现实意义和理论价值究竟是什么。这实际上也是再一次为中华多民族文学史观的建立提供更加广泛和坚实的学理支撑，其潜在目的是为必须要确立多民族文学史和建构中国多民族文学理论，提供让人无懈可击的历史、现实的理论依据。特别是，此部分的另一个立足点是：作为多民族国家的中国，在世界文化多样性面临的危机与挑战、国家统一、民族关系面临诸多新问题的关键时期，如何通过对中华多民族文学发展历史的规律总结，提炼出解决或化解这些危机、应对这些挑战的思想资源和"中国经验"。第十章通过多民族文学发展报告对《民族文学》创刊30年在促进中国多民族共同发展方面所做的具体工作和取得的实绩，呈现的是中华多民族文学相互交融、共同发展的客观事实。回答了为什么国家大力扶持少数民族文学事业的问题：少数民族文学从来就不是少数民族自己的事业，而是统一的多民族国家的事业。这一章在内在学理上与导言构成了呼应。从而，在论证上形成主题明确、重点突出、观点鲜明、梯次展开、逐层深入的特征，在内容结构上，增强所论述问题的系统性、体系性以及所讨论问题的内在逻辑关系。

二　学术观点上有重大创新或完善

修订版在一些重要的学术观点较以往有重大创新或完善。

例如，在关于什么是中华多民族文学史观这一核心概念上，修订版较原版进一步明确："中华多民族文学史观，是站在统一多民族国家的高度，客观认识中华多民族文学发展历史进程，客观总结中华多民族文学发展规律，客观评价各民族文学历史与美学价值的基本原则。"这里的"客观认识""客观总结""客观评价"，增强了概念的准确性、科学性，而"基本原则"则进一步强调了中华多民族文学史观的性质和作用。这对于以概念为核心的本书来说，是一个极其重要的完善和补充，弥补了原著的不足。再如，原著中，对中华多民族文学史观的目标不够明确，以至于有人认为确立中华多民族文学史观，主要是"编写一部中华多民族文学史"（参见王敏《"走出"与"融入"——论〈中华多民族文学史观及相关问题研究〉对少数民族文学批评的启示》）。对此，我们在修订时特别强调，编写一部体现中华多民族共同创造的文学史固然重要，而且早已经有人在做这项工作。但我们的最终目的是通过确立中华多民族文学史观，在彻底改变目前中国文学研究对少数民族文学的忽视，改变少数民族文学难以有机融入中国文学史的现状的基础上，从根本上实现中国文学研究范式的转换，使中华多民族文学史真正发挥其做为国家知识应有的功能。此外，对于中华多民族文学史观，有人依然认为这是针对少数民族文学而言的。当然，这也是原著中并没有特别交代清楚的问题。因此，我们在修订中明确指出，"一是，中华多民族文学史观，不是少数民族文学史观，它针对的并不仅仅是少数民族文学，而是包括汉族在内的各民族文学；二是，它针对的并不仅仅是今天的 56 个民族，而是包括已经消失在历史烟波之中，但却为今天多元一体的中华多民族文学做出了贡献的所有民族"，如契丹、匈奴等。再如，在中华多民族文学史观的意义的认识上，修订版并没有局限于原有的诸如少数民族文学如何被重视，如何有机融入中国文学史的问题，而是从中国本土文学理论建设的角度，将目光投向如何通过建构中国多民族文学理论，来推进中国本土文学理论建设，实现中国文学研究的范式转型。这就深化和延伸了中华多民族文学史观的理论意义。在这方面，我们强调了重新界定文学的概念；如何将以藏族、柯尔克孜族、蒙古族三大史诗为代表的少数民族口头诗学，与汉族书面诗学一起，进行综合考量与整合，建构起口头诗学与书面诗学一体化的，具有中国特色的、完备的中国诗学体系；如何将各民族的经典标准进行整合，建构"不以谁最美"，而是美美与共的多元的文学价值评价体系，等等。凡此种种，相对于原著，既是学术观点和思想深化和完善，也是学术理论的重大创新。

三　从重新梳理概念入手，进一步探讨了原来提出但没有深入讨论的问题，提出原来没有思考的新问题，进而给出问题的结论或答案

首先，在原著中，存在着概念不统一或混用的问题，造成读者理解上的偏差，这也反映出我们当初思想的游移不定。例如，从原著的目录中就可以看出，第一章为"多民族文学史观的理论基础与基本内涵"，第二章为"中华多民族文学史观的构成要素"，但第三章至第六章却都使用了"民族文学"这一概念。本来，中国文学就是中华多民族文学，二者是对同一事物的不同表述，但立足点和所要强调的却完全不同。恰恰因为很多学者并没有注意到中国文学的多民族属性，所以才出现百年中国文学史研究中那么多的偏差和问题。而中华多民族文学就是要用这种"同义反复"的方式，强调中国文学多民族共同创造的属性。而我们也有意用这种"同义反复"的方式来增强力度。此外，我们不使用"中华"文学这一概念，目的就是为了避免将多民族的中华与"驱逐鞑虏，恢复中华"中的"中华"混淆。基于上述考虑，修订本中，我们统一使用了中华多民族文学这一术语。当需要强调中华多民族文学的国家文学属性时，我们用"中华（中国）多民族文学"来表述。仅从这一点上说，修订就十分必要。

其次，在问题的深入讨论上，如第一章增加了"中华多民族文学史观的理论价值和意义"一节；将原第三章"中国文学史的基本问题"改为"多民族文学史观：中国文学史研究的缺失"，突出了问题意识和多民族文学史观对中国文学转型的推动。因此，在本章中增加了"中国文学史写作的三个阶段""中华多民族文学史观缺失之原因"，前者描述了中国文学史

研究的百年历程，后者从三个方面揭示百年中国文学史研究中中华多民族文学史观缺失的原因；将原第六章（现第五章）"中国文学的空间"改为"多民族文学的空间"，进一步突出了空间意识。在具体论述中，将15世纪享誉中亚的维吾尔族著名诗人纳瓦依的存在与明代中原文学进行共时空间比较，从而打开和敞亮了中华多民族文学的空间，揭示此时期，在中华多民族文学经典作家的空间坐标上，纳瓦依占有绝对经典的位置，弥补了中原文学的不足。在本章中，还特别提出"在地图中发现中华多民族文学的历史，必然回到中华多民族文学的历史空间，这不仅是文学史必须要改变的一种思维模式，而且也是必须要确立的一种基本思维与范式"；在将原第六章"当代各民族母语文学的在场方式与跨语际传播"改为"多民族母语文学的意义、处境及传播"，重写了第二节，增强了第四节"传播意识的缺乏与母语文学的自我遮蔽"，这两节都在原著的基础上，用较大篇幅分析多民族母语文学"不在场的在场"或"在场的缺席"产生的原因。而本章对多民族母语文学意义的讨论也弥补了原著的不足。这两章都强化了问题意识，使原著四平八稳讨论的问题得以彰显。在原第三章中，为了有力说明"文学史自产生之日起，就被纳入国民教育体系"的观点，增加了民国时期中国文学史的出版和传播情况的新史料。同时，通过对新中国成立后中国文学史书写模式形成原因的研究，进一步揭示中华多民族文学史观的缺失原因，为正面论述中华多民族文学史作为统一的多民族形成的历史知识，在国家认同和爱国主义情感培养中的作用，打下坚实的学理基础。第九章"世界多民族国家中的多民族文学"对世界文学、民族文学与少数族裔文学以及多元文化主义等概念进行了重新梳理，对少数族裔文化研究、多元文化主义等重要理论问题，进行了重新辨析，反映了近几年学术界在这些问题研究上的新进展和个人的新思考。

此外，除上述观点、内容、结构上的重大调整外，修订本还增加了诸如民国文学史、中亚史、国际联盟保护少数民族权利相关条约、联合国教科文组织《文化多样性公约》等一批新史料、新资料。

根据专家建议，修订版增加了参考文献。全书总字数亦变动较大，增、删字数超过全书的四分之一。

为便于读者阅读，特做如上说明。

目　　录

导言 问题与前景：从少数民族文学到多民族文学

李扬在《文学史写作中的现代性问题》一书中，用"没有'五四文学'，何来'左翼文学'"来描述传统与现代、左翼文学与五四文学的关联①。对于统一的多民族国家而言，没有少数民族对国家的认同并加入这一"多民族国家"，就没有多民族国家。同样，对于统一的多民族国家文学而言，没有少数民族文学对中国文学的认同并加入多民族文学的集体合唱，就没有多民族的国家文学。事实上，各少数民族丰富多彩的民间文学、日益成熟的各少数民族当代文学、少数民族文学学科在中国学科体系中不可或缺的地位，也都充分说明少数民族、少数民族文化和少数民族文学，早已不再是政策倾斜下的文化保护策略，而是不可或缺的关于"中国"或"中华"国家知识的重要组成部分。"没有少数民族文学，何来中国文学"不是一种共识，而是一种事实。而从少数民族文学到多民族文学，无论是对中华文学发展历史的再认识，还是对少数民族文学的自身建构，都是一种不可逆转的历史进程所决定的，是中国文学从观念到范式更新与转型的必然归宿。少数民族文学的问题与多民族文学的前景，都预设在中国现代民族国家的整体建构以及中华民族如何在日益复杂的多极化的世界或未可知的未来之中。

一 没有少数民族，何来多民族国家

作为一个统一的多民族国家，中华人民共和国无疑是"现代意义上的国家"，"这种国家是建立在国家民族认同的基础上的，以暴力作后盾，以公共权力为核心的代表全体国民利益的主权国家"。② 中国现代民族国家的构建经历了一个漫长而艰难的过程。20 世纪初西方现代民族国家的成功示

---

① 李扬：《文学史写作中的现代性问题》，山西教育出版社 2006 年版，第 187—205 页。

② 贾英健：《全球化与民族国家》，湖南人民出版社 2003 年版，第 57 页。

范，激发了中国民族国家的想象和现代性集体诉求，也为中国现代民族国家建立提供了诸多范式。但是，对于"自古以来就是多民族国家"的中国，多民族的存在这一不争的事实，意味着任何一种现代民族国家的建构冲动都必须面对和处理各民族的在国家的法律地位和与国家的法律关系。正是在这种情况下，汉族与其他民族的关系，或者说汉族以外的其他民族与国家的关系成为现代民族国家建构无法绕开的问题。对此，晚清最重要的现代民族国家启蒙主义者（也有人将之称为民族主义）梁启超提出"吾中国言民族者，当于小民族主义之外，更提倡大民族主义。小民族主义者何？汉族对于国内他族是也。大民族主义者何？合国内本部属部之诸族以对于国外之诸族是也"。因而，他进一步提出"合汉合满合蒙合回合苗合藏，组成一大民族"①。这个大民族无疑是包含了中国各民族的中华民族，而不是"驱逐鞑虏，恢复中华"的中华民族。

其实，在晚清，梁启超、严复、章太炎、杨度这些对建立现代民族国家怀有共同诉求的启蒙主义者们，在建立什么样的现代民族国家的问题上意见并不一致。而其中最大的关节点恰恰是如何对待（处理）汉族以外的其他民族。梁启超所说的"小民族"（汉族）的种族民族主义者们的基于对其他少数民族歧视和汉族我族中心主义的民族主义思想，让他们非常纠结。包括革命党人孙中山早期对满州人的咬牙切齿也源于这种思想。

两千多年来形成的华夷对立观念的历史惯性在如何建立现代民族国家这一问题上的纠结，不是因为终于又获得了推翻一个"异族"统治的机会，再次点燃早在清初就种下的推翻异族统治为目标的"反清复明"的火种。而恰恰是现代民族国家观念与旧的汉族中心主义的民族主义的龃龉。一方面，现代民族国家要素中的人口和领土要素，使他们不能不思考人口的完全性和领土的完整性，而汉族中心主义又使他们极不情愿将自己瞧不起的其他民族纳入现代民族国家的框架。这是一个关于鱼与熊掌能否得兼的艰难取舍。说得更直接和现实些，如果只建立单一的汉族民族国家，就要放弃"异族"占据的大半江山（领土），这显然不是这些人所情愿的；而如果考虑到领土的完整性，那么，这些领土上的"异族"就必须"买一送一"地被接纳为"国民"。而上述梁启超的"大民族"的主张，显然正是这种龃龉与纠结后的痛苦选择——不只梁启超，当选择在保持领土的完整性的基础上

---

① 梁启超：《政治学大家伯伦知理之学说》，参见《饮冰室合集·文集》第十三集，中华书局1989年版，第75—76页。

建立现代民族国家，就必须选择多民族国家。中华民族两千年发展的历史其实早就预言了中国的命运。

　　然而，问题接踵而来。在多民族的国家内部，如何处理各民族的关系？这同样是一个让人纠结的问题。因为，虽然汉族以外的其他民族占有着中国的大半江山，但人口（在1920—1930年代）却不足全国人口的百分之十。更何况，至1950年代前，中国究竟存在多少"民族"没有一个人知道。在当时，"少数民族"的准确含义仅仅是汉族之外的民族统称，而至于少数民族都有哪些却无从知晓。这是摆在梁启超甚至孙中山以及后来的国民政府面前的巨大"麻烦"。现在，仍然有很多人认为"少数民族"作为一个与汉族并置的所有民族的集合体，是新中国才建构起来的政治性概念，这其实是错误的。准确地说，"少数民族"这一概念同样是"舶来"品。它是欧洲多民族国家建立后对国内主体民族之外语言、宗教、文化、习俗的少数者群体创造出来的"专用名词"，并不是中国的创造。而在如何对待少数民族的问题上，中国同样借鉴了欧洲的思想资源。

　　第一次世界大战后建立起来的第一个国际性组织——国际联盟在诸多问题上代表各国利益引发的辩论和争论中，种族问题和反种族歧视问题就是其中的焦点和热点问题。之所以如此，恰恰是第一次世界大战前后在民族主义浪潮推动下建立的新兴的多民族国家内，一直受到主体民族歧视的少数民族主体意识的觉醒和对生存权、宗教权、语言权等权力的伸张，显然超越了19世纪中后期那些少数宗教团体对宗教权力伸张——尽管宗教权力与民族身份等问题盘根错节地纠缠在一起。正因如此，霍布斯鲍姆曾经指出，在1914年之前的40年间，"民族问题"越来越重要，而且不只是多民族的大帝国，如奥匈帝国及土耳其帝国也如此，它几乎已成为所有欧洲国家都碰到的内政问题。其实，问题的关节点正是如《凡尔赛条（公）约》所规定的："保护与主体人民在种族、语言或宗教方面不同的居民的利益。"几乎就在同时，国际联盟在承认波兰独立的前提下，还与波兰签订了《保护少数民族条约》，要求波兰必须确保其所有居民"没有出身、民族、语言、种族或宗教的差别"，必须"享有充分而完全的生命与自由的保护"，"所有的波兰国民，不分种族、语言或宗教的差别，在法律面前是平等的，应该享有同样的公民与政治权利"，"属于种族、宗教或语言少数民族的波兰国民应该在法律和行动中享有与其他国民一样的待遇和安全"①，等等。

尽管《凡尔赛条（公）约》并没有达到预期的效果，得到各国的共同遵守。但与波兰签订《保护少数民族条约》，在处理多民族国家内的少数民族的原则和立场却是公正、公平和具有现代性意义的。其精神甚至可以从联合国保护文化多样性公约中对世界各地区、各国家对少数民族（族裔）文化和权力的保护的相关条款中，找到基因。因此，这一条约在国际上产生了强烈反响。

需要指出的是，这一条约所规定的不同种族、不同语言、不同宗教信仰的"国民"应该受到的国家保护并与主体民族享有在国家法律面前的相同的平等权利和地位。实则也反映出世界性的少数民族在种族、语言、宗教等权力方面不平等的现实。

第一次世界大战后上述关于"少数民族"的国家解决方案，不能不影响到已经受到第一次世界大战和现代民族国家建构双重"启蒙"的中国。特别是处理少数民族问题的国际规则，甚至关于"少数民族"的概念。下面这几则资料就是重要佐证。

1921 年，《时事月报》发表消息《抗议波兰虐待少数民族》，报道德意志政府向国际联合会递交牒文，抗议波兰政府在选举前后虐待波兰境内的德意志民族。② 问题很简单：德意志民族是德国的主体民族，而在波兰却是少数民族。

1922 年，《时事月报》发表卢瀛洲女士的文章《英印圆桌会议中之印度少数民族问题》，介绍印度回教徒不可触及阶级、基督教徒、印度杂种、西克人等"少数民族"对宗教权、领土（自治区域）权等权力的伸张。③

1934 年，《中央周报》在"一周大事纪"中发表题为《波兰请国联推广保护少数民族之条约》的简讯。消息称波兰要求国联在各国推行保护少数民族之条约，否则即应取消。消息还介绍说：

---

① Christian Raitz Von Frentz. , *A Lesson Forgotten*, *Minority Protection Under the League of Nations*, *the Case of the German Minority in Poland*, 1920 – 1934, St. Martin's Press, 1999 年，第 264—265 页。转引自茹莹《论国际联盟少数民族保护体系的确立及其特点》，《上海大学学报》2007 年第 4 期。

② 《抗议波兰虐待少数民族》，《时事月报》1921 年第 4 卷第 1—6 期。

③ 卢瀛洲：《英印圆桌会议中之印度少数民族问题》《时事月报》1922 年第 6 卷第 1—6 期。

按欧战后若干国家订立条约，允许对其境内居住之少数异民族，予以平等待遇，少数民族如遇歧视时，不独该族所属之国家，有抗议之权，即该民族本身亦得申诉于国联会，波兰即为缔结此项条约者之一，故对其境内少数民族，向有平等待遇之义务。当苏俄行将加入国联会之时，波兰乃有此种要求，其性质殊属重大，缘苏俄对保护少数民族之条约，未尝签字，一俟苏俄入盟之后，波兰境内之俄籍少数民族，若不满意波兰之待遇，则苏俄政府得向国联大会申诉。而波兰政府对该国少数民族之居住苏俄者即不能享用相互原则云。①

1929 年，育干在《东方杂志》1929 年第 26 卷第 11 月号上发表《国际联盟与少数民族问题》，专门讨论了各个协约国在少数民族问题的不同主张作法和《保护少数民族条约》约束力的缺乏。

而与此同时，"少数民族"这一概念在中国也开始使用并进行了讨论。例如，1930 年百川在《少数民族问题研究》中指出："'少数民族'（minoritea），也叫'小民族'，又叫'异民族'，或叫'土著'，是指一国中数目较少而与构成该国主要民族异其种族的人民。"② 1936 年《华侨半月刊》题为"少数民族保护问题"一文，解释什么是少数民族时，指出"住居某一国内的异族人民，因为人口占着少数，所以称为少数民族。少数民族可分三类：（甲）言语的少数民族；（乙）宗教的少数民族；（丙）种族的少数民族"③。

1938 年《战时教育》刊登《关于少数民族名词问题》一文回答名为"伯林"的读者来信中，关于伯林认为"不称为少数民族，而只名为特种部族"的观点时，指出："民族与民族之间，其所以会发生问题，是人类社会发展的必然阶段。合汉满蒙回藏苗黎狪猺夷等于'中华民族'的名词下，这也是这个必然阶段中政治上的名词。而汉满蒙回藏苗黎狪猺夷等民族间之不同的现象，确是事实上存在着的。以其数量少，而称之为少数民族，事实上是比较恰当的，因为这名词并没有尊卑涵义。或以特种部族名之，要解释为尊视或鄙视。都无不可。"④ 此外，1934 年，胡愈之在《民族问题》一

---

① 《中央周报》1934 年 9 月第 327 期。

② 百川：《少数民族问题研究》，《前锋月刊》1930 年第 1 卷第 2 期。

③ 《华侨半月刊》1936 年第 92 期。

④ 《战时教育》1938 第 3 卷第 8 期。

文中也对什么是少数民族作了专门解释①。

由此可见，少数民族以及少数民族一词不仅与欧洲的少数民族问题成为世界性的问题受到中国的关注，也为中国处理少数民族与主体民族的关系，特别是在现代民族国家的框架下保护少数民族的权利，提供了重要的借鉴和参考。因此，少数民族在中国，既是政治的，又不是政治的，前者是因为，少数民族问题是中国走向现代民族国家必须要解决的问题，它关乎国家的领土、人口、文化这些必须要界定清楚的国家要素——在前现代民族国家时期，这一问题通常是没有明确边界的；后者是因为，中国历史上，少数民族与汉族的关系从来都是一种"同而不和"的共同体，没有四夷何来中国，没有中国，何来四夷的复杂关系，即少数民族从来没有完全脱离开中国，而中国，是汉族与少数民族都曾作为"皇帝"统治过同一个中国，也就是说，在客观历史上，中国有某一特定的时期，如唐朝、元朝、清朝，无论是疆域、人口、文化，并不仅仅指汉族——尽管在这些时期，在汉族一些"我族中心"的种族民族主义者们的心中，中国仍然是华夏/中原、中华/汉族的代名词。

但应该指出的是，国民政府并没有完整地提供或者建构出在"中华民国"框架下的现代性方案，托马斯 S. 墨垒宁在《现代中国多民族国家策略——"民族"识别的历史动因探源》② 一文对此有非常清楚的梳理。

中国的西南部，尤其是在云南，地方军阀对该地区行使事实上的政治控制。这一瓦解，主要是共和党政府软弱这一结果导致的，也是后帝国正统崩溃的反映：作为一个亲汉、反清团体，共和党民族主义者通过发动革命，在无意间也疏远了其他的非汉族群体。在为汉人建立一个中国时，他们没有为藏人、蒙古人等留出地方。面对灾难性的领土的失败，大多这样的情况都发生在国家的边境区域，新的共和党政权内的一个派别开始提倡更大的包容主义，以一个更加宽容的话语来取代共和党的革命言论。他们留心清朝的模式，将中国的民族关系重新概念化为包括汉人、藏人、蒙古人、满族人和回族人的"五族共和"（这一构想被具体化在了政权新的五彩旗帜上）。不同于由章炳麟等人提出的民族概念，五族共和概念不再将藏人、蒙古人等描述为在本质上与汉人截然不同，而是强调将这些群体同化成汉族的可能性和必要

---

① 《世界知识》1934 年第 1 卷第 2 期。

② ［美］托马斯 S. 墨垒宁：《现代中国多民族国家策略——"民族"识别的历史动因探源》，郎丽娜译，《民族学刊》2014 年第 3 期。

性。正如 James Leibold（詹姆斯·雷鲍德）所说的，Sun Yat-sen（孙中山，1866—1925）起初在这个概念上犹豫不决，但是他的反对建议被 1912 年早期的临时大会所推翻。

在所有的象征中，共和政体在其国家实践的核心方面并没有构建一个中国多民族的概念，这在 1912 年人口普查中缺乏所有相关民族问题的事实即是明证。

这一时期的战略，随着孙中山的逝世，共产党—国民党—苏联的少数民族政策的构想从 1925 年开始走到了尽头。在 Chiang Kai-shek（蒋介石，1887—1975）占据统治地位之后，国民党放弃了多民族中国的想法，这一转变再一次由国家旗帜上的变化表现了出来。1928 年，五色共和旗帜正式被象征了单一的中华民族的同质性和不可分割性的青天白日旗帜所取代。孙中山的民族政治纲领受到苏联顾问的影响，它在第一个统一战线期间（1924—1927）如同一座桥，在国民党和共产党之间进行服务。而蒋介石不同于孙中山，大声叫喊着反对共产党的民族自决（national self-determination）的话语，因为它涉及中国的非汉族人。两党之间尖锐的对立，在 1927 年的"白色恐怖"中更残暴地表现了出来，蒋介石致力于他的新南京政府的建立，建立一个刘晓原曾经描述的"单一民族共和国"和 FrankDikkotter（弗莱克·迪克科特）所称作的"国族"。

我们在本书中多次强调的从孙中山到蒋介石，从 1912 年到国民党执政的"黄金十年"以及抗战以来，在对待非汉民族个人观点和国家话语，并没有真正以全民族的"共和"为目标，进行过彻底的实践。"化合"也好，"同化"也罢，骨子里充溢着对少数民族的极端歧视和大汉族主义。因此，从"少数民族"摆在建立什么样的现代民族国家方案前，国共两党就呈现出完全不同的两种构想。正如托马斯 S·墨垒宁进一步指出："从 1930 年代开始，中国共产党制定了一个'民族政治'（ethnopolitical）纲领，这使他们在许多方面都与民族主义者产生了分歧，并进行对抗。与民族主义者不断宣称的一个单一民族中国的概念相反的是，他们认为中国实际上是一个多样化的、不同民族群体的合成体，国家领土的完整性依赖于对这些群体进行识别和政治的一体化。"①

的确，中国共产党所进行的"革命"在革命的资源上、目标上与国民

---

① ［美］托马斯 S·墨垒宁：《现代中国多民族国家策略——"民族"识别的历史动因探源》，郎丽娜译，《民族学刊》2014 年第 3 期。

党完全不同。因此，对少数民族的重视显然也超越了国民党。1926 年《中共中央关于西北军工作给刘伯坚的信》中提出："冯（玉祥）军在甘肃，对回民须有适当的政策，不损害这里少数民族在政治上、经济上的生存权利。"① 这是中国共产党最早使用"少数民族"这一称谓，也是第一次提出少数民族的权利问题，这里的"少数民族"实际上已经指称汉族以外的各民族集合体。

1928 年中国共产党第六次代表大会通过的《关于民族问题的决议》指出："中国境内少数民族的问题（北部之蒙古、回族、满族、高丽人、福建之台湾人，以及南部苗黎等原始民族，新疆和西藏）对于革命有重大的意义。"②

此后，在共产党的有关文件中经常使用"少数民族"称谓，同时也使用"弱小民族""小民族""落后民族"等词。共产党人对于民族问题和各民族权利的国家设计显然比国民党更加务实并形成了较为清晰、稳定的思想理路和实践目标。

1934 年 1 月，毛泽东针对少数民族地区的革命与中国革命的关系，指出："民族的压迫基于民族的剥削，推翻了这个民族剥削制度，民族的自由联合就代替了民族的压迫。然而这只有中国苏维埃政权的彻底胜利才有可能，赞助中国苏维埃政权取得全国范围内的胜利，同样是各少数民族的责任。"在这里，毛泽东把少数民族的解放纳入了全民族解放的宏大框架之中。1936 年 5 月，毛泽东在《中华苏维埃中央政府对回族人民的宣言》中指出："抗日人民红军的西进，不仅是实际准备抗日的必要步骤，而且是蒙、回及其他弱小民族，特别是回族独立解放的大好时机。"③ 1939 年，毛泽东在《中国革命和中国共产党》中指出："我们中国现在拥有四亿五千万人口，差不多占有了全世界人口的四分之一。在这四亿五千万人口中，十分之九以上为汉人。此外，还有蒙人、回人、藏人、维吾尔人、苗人、彝人、僮人、仲家人、朝鲜人等，共有数十种少数民族，虽然文化发展的程度不同，但是都已有长久的历史。中国是一个由多数民族结合而成的拥有广大人口的国家。"④ 在这些重要文本中，毛泽东提出的"中华各族"的概念和各民族共同建立"统一的国家"的思想，既延续又超越了梁启超、杨度以及

---

① 沈丹英：《新时期统一战线文献选编（续编）》，中共中央党校出版社 1997 年版，第 20 页。

② 《中共中央文件选集》四（1928），参见"中国共产党新闻·文献资料"，http：//cpc. people. com. cn/GB/64184/64186/66631/4489544. html。

③ 参见李德明《红军西征》，宁夏人民出版社 1993 年版，第 133 页。

④ 《毛泽东选集》第二卷，人民出版社 1977 年版，第 585 页。

孙中山等人对中国现代民族国家的想象，现代民族国家这一"想象的共同体"变得更加明确和现实。

中国共产党不仅在理论上不断完善多民族国家的思想，同时还进行了不间断的多民族国家的实践。1927 年中国共产党第二次代表大会宣言中提出统一中国本部为真正的民主共和国，"蒙古、西藏、新疆三部实行自治"的主张。第一次国内革命战争时期，提出"由人民统一中国"，促成少数民族的自治，保障少数民族的平等权利。1935 年，红军长征经过四川阿坝地区时，帮助藏民建立了第一个自治政府——"博巴"政府。1936 年 10 月，红军长征途经宁夏南部山区，在回民聚居地建立了豫海县回民自治政府，颁布了《豫海县回民自治政府条例》。1946 年，陕甘宁边区政府在正宁县和定边县建立了蒙民自治区。1947 年 5 月，内蒙古自治区成立，颁布了《内蒙古自治区施政纲领》。这些措施借鉴并改造了中国传统的民族共处经验，为团结各兄弟民族共同革命奠定了坚实的基础。

1949 年 9 月 27 日，全国政治协商会议第一届全体会议通过了以五星红旗为国旗的建议。旗上的五颗五角星象征中国共产党领导下的各族人民大团结。全国政治协商会议通过的《共同纲领》中也明确指出："中华人民共和国境内各民族一律平等，实行团结互助，反对帝国主义和各民族内部的人民公敌，使中华人民共和国成为各民族友爱合作的大家庭。反对大民族主义和狭隘民族主义，禁止民族间的歧视、压迫和分裂民族团结的行为"；"各少数民族均有发展其语言、文字、保持或改革其风俗习惯及宗教信仰的自由。中央人民政府应帮助各少数民族的人民大众发展其政治、经济、文化、教育的建设事业"[①]。这一既包含中国民族历史的客观评价和理性反思，又包含对各民族历史、文化以及各民族关系和各民族在国家内主体地位的明确规定，是中华民族发展史上最具现代意义的大事，多民族国家第一次将民族问题的解决方案以宪法的形式予以确立："中华人民共和国各民族一律平等。国家保障各少数民族的合法权利和利益，维护和发展各民族的平等、团结、互助关系。禁止对任何民族的歧视和压迫，禁止破坏民族团结和制造民族分裂的行为"；"在维护民族团结的斗争中，要反对大民族主义，主要是大汉族主义，也要反对地方民族主义"。

1954 年中华人民共和国第一部《宪法》明确规定中国是统一的多民族

---

① 中共中央统战部：《民族问题文献汇编》，中共中央党校出版社 1991 年版，第 129 页。

国家。处理民族关系的根本原则是各民族一律平等，民族区域自治是解决中国民族问题的一项基本政治制度，规定："各民族都有使用和发展自己语言文字的自由"。"民族自治地方的自治机关在执行公务的时候，依照本民族自治地方自治条例的规定，使用当地通用的一种或者几种语言文字。"《中华人民共和国民族区域自治法》第 10 条规定："民族自治地方的自治机关保障本地方各民族都有使用和发展自己的语言文字的自由。"第 21 条规定："民族自治地方的自治机关在执行职务的时候，依照本民族自治地方自治条例的规定，使用当地通用的一种或者几种语言文字；同时使用几种通用的语言文字执行职务的，可以实行区域自治的民族的语言文字为主。"第 37 条规定："招收少数民族学生为主的学校（班级）和其他教育机构，有条件的应当采用少数民族文字的课本，并用少数民族语言讲课。""各级人民政府要在财政方面扶持少数民族文字的教材和出版物的编译和出版工作。"第 47 条规定："保障各民族公民都有使用本民族语言文字进行诉讼的权利。"① 1956 年，在《论十大关系》中，毛泽东进一步指出："各个少数民族对中国的历史都作过贡献。汉族人口多也是长时期内许多民族混血形成的。历史上的反动统治者主要是汉族的反动统治者，曾经在我们各民族中间制造种种隔阂，欺负少数民族。这种情况所造成的影响，就在劳动人民中间也不容易很快消除。所以我们无论对干部和人民群众都要广泛地持久地进行无产阶级的民族政策教育，并且要对汉族和少数民族的关系经常注意检查。早两年已经作过一次检查，现在应当再来一次。如果关系不正常，就必须认真处理，不要只口里讲。"② 这些规定从法律和制度上，保证了"少数民族文学"产生和存在的合法性。

　　然而，客观而言，在《共同纲领》对中国各民族平等关系作出规定之时，在中国，究竟有多少民族，并不为人所知。因此，作为民族平等以及国家主体身份确认的最基本体现，依据民族共同语言、共同地域、共同生活方式和共同的心理素质的民族理论，按照民族特征、民族意愿、历史依据、就近认同的标准，国家派出工作组对中国境内的众多民族进行了大规模的识别

　　① 《中华人民共和国宪法》，见《民族政策文件汇编》第二编，人民出版社 1958 年版，第 1—3 页。

　　② 《毛泽东选集》第五卷，人民出版社 1977 年版，第 278 页。

工作①。其中，1950—1952 年，中央先后派出西南、西北、中南、东北和内蒙古等民族访问团，分赴各民族地区进行慰问，宣传党的民族政策。一些长期深受民族压迫、不被承认或被迫隐瞒自己民族成分的少数民族，纷纷要求承认他们的民族成分。1953 年全国第一次人口普查时，汇总登记的民族名称 400 多个，此后对族源、分布地域、语言文字、经济生活、心理素质、社会历史等进行了综合调查和分析研究（此项工作一直持续到 1980 年代）。1979 年，随着基诺族被识别，中国大陆汉族以外的 55 个民族被确认。

但是，在中国大汉族主义一直根深蒂固。民族平等政策的具体实践的不如人意一直是民族政策的最大"折扣"。例如，1950 年《党内通讯》第 45 期发表《少数民族工作经验》一文就明确指出：

> 一、首先督促干部研究民族问题，领会民族政策，从思想作风上肃清大民族主义与狭隘民族主义，这是做好少数民族工作的重要关键。
>
> 二、各少数民族最重实际，因此，我们在工作中一定要坚持党的政策，态度诚恳，言行一致。办不到的事不允许，允许的事一定办到。切忌任何欺骗行为。

1951 年，中华人民政务院发布《关于处理带有歧视或侮辱少数民族性质的称谓、地名、碑碣、匾联》的指示。② 这一指示的出发点是为了民族团结和落实民族平等政策，而潜台词依然是少数民族受歧视的历史。

总之，背靠蒙古高原，西靠中亚大陆，东南临海的亚洲东部建立起来的具有悠久文明历史的国家，注定是一个多民族国家。现在，中国与 14 个国家相邻，有 32 个跨境民族。在历史上各民族之间的关系无论冲撞还是融合，

---

① 民族识别前中国民族有 10 种复杂情况：1. 某些民族的族称是沿袭氏族、部落等人们共同体的名称而来的；2. 有些族称是同一民族的不同自称或他称；3. 有些族称是一个民族内部的不同分支的名称；4. 有些族称是以生活习俗取名的；5. 有些族称是因居住区的地理名称而得名的；6. 有些族称与其民族来源有密切关系；7. 有些族称与其经济生活有密切关系；8. 有些族称是汉语的不同译音；9. 有些族称虽使用读音相近或用字相同，但具体指的是不同民族的共同体；10. 同一民族共同体，在不同时期、不同人群中使用了不同的名称。这 10 种复杂情形，使中国具有不同族称的民族达 400 多个，其中仅云南省就达 260 多个。贵州省新中国成立前有 100 多个不同族称的民族，新中国成立后上报中央政府的达 80 多个。参见黄光学、施联朱《中国的民族识别——56 个民族的来历》，民族出版社 2005 年版，第 67—77 页。

② 《新华日报》1951 年第 6 期。

汉族文化如何先进，少数民族对中国现代疆域和现代民族国家特别是中华民族的发展，做出了巨大贡献。历史证明，单一的汉族国家不是历史的选择，多民族国家别无选择。同样，包含了中国历史上各民族在内的中华民族，既不是想象的政治共同体，也不是被建构出来的民族共同体——如果一定要用"建构"来表述，那么，建构的主体正是几千年历史的汇涓成溪、积沙成塔的力量使然。

没有少数民族，就没有今天的统一的多民族国家。

这是历史推演的结果。

二　没有少数民族文学，何来中华文学

"少数民族文学"正是在现代多民族国家建构中，随着具有国家组成主体地位的"少数民族"的建构而出现的。

国家不仅为"少数民族文学"创设了国家层面上的制度环境，而且对之进行了国家命名。因此，我们现在所说的少数民族文学，从族别上说，正是上述 1949 年后经过民族识别后所确定的 55 个民族文学的总称。但这里的少数民族并不包括在历史上消失的民族，如匈奴、契丹，等等。

因此说，如果没有中华人民共和国这一真正意义上的现代民族国家的建立，如果没有真正意义上的各民族平等的国家民族观，如果没有民族识别这一国家行为营造的制度环境，就没有少数民族文学。而这种制度环境，也决定了作为民族国家建构重要组件的中国少数民族文学话语必然被纳入民族国家话语体系，成为民族国家建构中不可或缺的意识形态方面的重要策应。所以，1949 年 9 月，茅盾在《人民文学》创刊号《发刊词》中说："开展国内各少数民族的文学运动，使新民主主义的内容与各少数民族的文学形式相结合，各民间相互交流经验，以促进新中国文学的多方面的发展。"费孝通在《新建设》1951 年第 4 期发表《发展为少数民族服务的文艺工作》一文，也提出"民族文学中带根本性的重要问题"，这"是最早公开为民族文学在文艺领域中争得一席地位的理论呐喊"。语言学家张寿康 1951 年编辑出版了《少数民族文艺论集》，在题为《论研究少数民族文艺的方向》的"代序"中，明确提出中国少数民族文艺的地位问题："少数民族的文艺，是中国文艺中不可缺少的一部分"，"中国的文学不仅仅是汉族的文学，也是全

中华的文学"。① 这里的全中华正是多民族的中华，而不是如前所述的"中华"。少数民族文学获得的独立命名，既是民族国家建构的一部分，也是多民族国家话语的一部分。并且，在现实政治需要的层面，从中华人民共和国成立前夕（1949 年 7 月 2 日）召开的第一次文代会开始，对文学创作队伍的建设与规范就已经纳入国家政治、文化（文学）一体化建构之中。中国共产党对作家的领导，完全借鉴前苏联的经验，将国家和政党的文艺政策，通过直接接受党的领导的中国作家协会这一"桥梁和纽带"来完成。而对少数民族作家和作家文学的重视也被看成民族政策落实以及通过少数民族作家的文学创作来推进民族政策的落实、加强民族团结，巩固统一的多民族国家。因此，1953 年全国第二次文代会上通过的《中国作家协会章程》中明确把"发展各少数民族的文学事业"作为中国作家协会的任务。这里的"事业"并不仅仅是作家协会的，而是国家和政党的共同事业，或者说是整个"社会主义"事业的一部分。这无疑规定了少数民族文学与整个中国当代文学乃至国家意识形态的关系。周扬在第二次文代会上题为《为创造更多的优秀的文学艺术作品而奋斗》的报告中，总结新中国成立四年来的文学创作实践时说："开始出现了新的少数民族的作者，他们以国内各民族兄弟友爱的精神，真实地描写了少数民族人民生活的新旧光景，创造了少数民族人民中先进分子的形象，他们的作品标志了国内各少数民族文学的新的发展。"从这里的"兄弟友爱""新旧光景""先进分子""新的发展"中，可以看出党和国家寄托在少数民族作家及其文学上的厚望。

　　1956 年中国作家协会第二次理事（扩大）会议和 1960 年中国作家协会第三次理事（扩大）会议上，老舍作了《关于兄弟民族文学工作的报告》和《关于少数民族文学工作的报告》，他站在国家的立场上，对新中国成立后少数民族作家文学的发展情况给予了高度评价，同时指出："我国早已是一个统一的多民族国家，各民族在长期相处与交往中，创造了我们整个的祖国历史与文化。在文学方面也是如此。我们各少数民族文学是祖国文学不可分割的一部分。但是，过去在反动统治阶级的压迫下，少数民族文学是没有地位的。新中国成立以后，这种情况才发生了根本变化。随着民族平等的关系的确立，少数民族文学受到应得的重视，并飞跃发展。"正如李鸿然先生所描述的那样：新中国成立后，"'大力培养少数民族作家'和'开展国内

---

① 何联华：《民族文学的腾飞》，四川民族出版社 1996 年版，第 1—4 页。

各少数民族文学运动'一样，作为关键措施进入共和国的文学机制之中，少数民族作家便一个个带着尊严和荣耀进入新中国文学殿堂。在这个神圣殿堂里，各民族作家都有一席之地，受到爱护和尊重。帮助和扶持少数民族作家，也成为文学界的共识和风气。在短短十几年间，随着新中国政治、经济、文化的不断发展，民族平等、民族团结、民族区域自治政策和文艺方针的贯彻落实，少数民族作家队伍迅速形成"①。

新中国成立初期，少数民族作家队伍的主体由有过革命经历、直接参与了民族国家构建历史活动的作家构成，这些作家主要有蒙古族的纳·赛音朝克图、巴·布林贝赫、敖德斯尔、玛拉沁夫、李準，维吾尔族的阿·吾铁库尔、铁依甫江·艾里耶夫、祖农·哈迪尔，哈萨克族的库尔班阿里·乌斯曼、郝斯力罕，壮族的韦其麟、陆地、黄刹勇，满族的胡昭、端木蕻良、颜一烟，彝族的李乔，藏族的饶阶巴桑，朝鲜族的李旭，仫佬族的包玉堂，土家族的汪承栋，赫哲族的乌·白辛等。

由于这些作家在民族国家构建过程中，思想意识已经纳入民族国家意识形态之中，自觉或不自觉地完成了由少数民族个体——革命亲历者——共和国"主人"的转换，因此，他们的文学话语不但符合民族国家话语的总体规范，而且进入主流文学话语的狂欢之中。李準的小说《不能走那条路》、巴·布林贝赫的小说《热爱母亲就要保卫祖国》、李乔的小说《挣断了锁链的奴隶》、马加的《开不败的花朵》、玛拉沁夫的小说《科尔沁草原上的人们》等作品的重心，一是从少数民族作家的民族文化身份、民族认同的角度对本民族生活的发现，二是以公民身份参与国家建构的具体经历描述和对民族国家的高度认同。在这些作家的创作中，民族身份和民族文化的背景已经融合在新型的多民族共和国社会主义意识形态一体化政治话语中。

例如，玛拉沁夫1951年创作、1952年发表在《人民文学》第1期上的小说处女作《科尔沁草原的人们》，问世后即在社会上引起较大反响。1952年1月18日，《人民日报》发表了一篇题为《文化生活简评——〈人民文学〉发表了两篇优秀的短篇小说》的文章，认为《科尔沁草原的人们》是一篇"写了新的主题、新的生活、新的人物，反映了现实生活中先进的力量，用新的伦理和新的道德精神教育人民"的优秀作品。新的主题——蒙古族人民保卫新生活；新的生活——蒙古族社会主义新生活；新的人物——

---

① 李鸿然：《辉煌的交响——新中国60年少数民族文学简论》，《文艺报》2009年10月2日。

热爱新生活的蒙古族青年；新的伦理和道德精神——公而忘私、集体利益高于个人利益的社会价值观念。这五个"新"可用"蒙古族＋社会主义意识形态＋多民族国家"来表示。因此，1952 年，小说《科尔沁草原的人们》被改编成电影《草原上的人们》。随着"科尔沁草原"被拓展为"草原"，小说中主题也得到了强化和提升，主人公萨仁高娃也由一个普通的牧民，成长为一个具有高度社会主义觉悟的社会主义新人。这种突兀的转变过程，正如她自己所述：

> 当母羊死的时候，我觉得我什么都完了，后来，党教育了我，阿木古郎同志帮助了我，我才明白，光为个人的荣誉着想是不对的，应该为大家。我们生活在毛泽东的时代，我们的生产建设不光是为蒙古草原，应该为全国各族都能穿上我们的羊毛织的毛呢，穿上我们的牛皮做的皮鞋。我们蒙古草原和祖国是分不开的，我们这样做才能对得起共产党、毛主席。

蒙古草原、全国各族人民、党、祖国、毛泽东，这些关键词表达出来的恰恰是没有多民族国家就没有少数民族的"主题"。

半个世纪过去了，56 个民族都拥有了自己民族的作家。这已经成为新中国文学取得的重要成就之一。《中国作家协会章程》甚至把"尊重少数民族文学的传统和特色以及使用本民族语言文字进行创作，大力培养少数民族作家，促进各少数民族文学的繁荣与发展，加强各民族之间的文学交流"写进章程之中。目前在中国作家协会会员中，少数民族作家已经超过 1000人，占会员总数的 11%，各省、市、自治区的少数民族作家超过了 6000人。1981 年，中国作家协会创办了《民族文学》，"发现培养少数民族文学新人，成为繁荣发展我国少数民族文学，培养壮大少数民族作家队伍的重要园地"成为办刊宗旨。对此，我们在本书中将用专章来呈现《民族文学》多民族共同发展的 30 年。此外，中国作家协会还成立了少数民族文学委员会，1981 年与国家民委共同设立了中国少数民族文学骏马奖。因此，国家对少数民族作家的培养和少数民族作家的大量涌现，使多民族国家的作家队伍成为一个多民族身份特征鲜明的队伍。相应的少数民族作家也以自己的创作实绩使中国文学呈现出多民族文学共同发展的显著特点。

此外，对各民族民间文学资源的发现，不仅有力地证明了马克思物质生产与精神生产的"不平衡性"，也是多民族文学的重要表现。

在中华民族形成的漫长过程中，包括汉族在内的各民族都有十分发达的民间文学。对各民族民间文学的关注古已有之，被称为楚辞源头的《越人歌》、以《敕勒川》为代表的北朝民歌、被誉为中国第一部区域性各族群民歌集的《粤风》①等都是最好的例子。

20世纪上半叶，李方桂、闻一多、顾颉刚、钟敬文等人就开始对各民族民间文学进行较为系统的搜集、发掘和研究。特别是闻一多在各民族民间文学上所表现出来的敏锐和重视，已经成为文学史上的佳话。著名文学史家郑振铎更是在他颇有争议而又无可争议的《中国俗文学史》中，对中国各民族民间文学给予明确的知识定位。但是，上述各民族民间文学的搜集、研究大都出于知识分子的人文情怀和知识敏感，属于知识分子的个人行为。而在现代民族国家框架内，关注各民族民间文学的"人民性"和"民族性"中蕴含的国家建构的思想文化资源，使之成为统一的多民族国家思想文化一体化中重要的结构性因素，则是1949年以后。

1950年3月29日，"党和政府即在北京成立了中国民间文艺研究会"②，刚刚担任中国文联主席的郭沫若被"选为"研究会理事长，文艺界领导人之一的周扬在成立大会上致开幕词，体现了党和国家对各民族民间文艺资源的重视。

1950年代，在中央文化机构的支持下，全国范围内展开了有史以来最大规模的民间文学搜集工作。参与的人员由五个方面组成，即各省民间文学研究会、中国少数民族语言调查队、中国少数民族社会历史调查队、有关高等院校及专门创作组。其中，尤以民间文学研究会为主力。各有关省区民间文学研究会和各县文化馆乡（或社）文化站组织力量，调动各民族的民间歌手、歌师、歌王、毕摩、阿肯等艺人，深入民间进行访问，用国际音标、民族文字或汉字尽量记录口头文学作品，搜集拓片、民间手抄本、孤本、残本、异文、碑文等。

1950年代民族民间文学搜集整理盛况空前。各省区都确定自己的重点目标，如云南的《阿诗玛》《望夫云》《创世纪》，内蒙古的《江格尔》，新疆的《乌古斯传》《玛纳斯》《季别克姑娘》，四川和云南的彝族史诗《阿细的先基》《梅葛》《查姆》《俄勒特依》，广西的《刘三姐》《布洛陀》

---

① 《粤风》是中国清代广西各族民间情歌集，清李调元等辑解。书中收粤地汉族（主要是客家）情歌53首，瑶歌23首，俍歌29首，壮歌8首，分别编为4卷。

② 梁庭望：《20世纪的中国少数民族文学研究》，《中南民族学院学报》2001年第1期。

《嘹歌》，等等。除三大史诗以外，还有壮族的《嘹歌》，傣族的《召树屯》《俄并与桑洛》，瑶族的《密洛陀》，苗族的《哈梅》《苗族古歌》，傈僳族的《重逢调》，等等。

在这场空前的对各民族民间文学的发现、搜集和整理的国家行动中，汉族、蒙古族、藏族、维吾尔族、白族、黎族、苗族、傣族、彝族等民族的民间文学搜集整理取得重大成果。其中，藏族史诗《格萨尔王传》、蒙古族史诗《格斯尔传》、彝族史诗《梅葛》以及彝族支系阿细族的史诗《阿细的先基》等一大批重要的史诗作品成为收集整理的标志性成果。1958 年，贾芝、孙剑冰出版了二人合编的《中国民间故事选》，该书收集汉族、蒙古族、回族、藏族、维吾尔族、苗族、黎族、彝族、壮族等 30 个民族 124 篇民间故事。1962 年，贾芝、孙剑冰又出版了《中国民间故事选》第 2 集，收入 12 个民族的 117 篇民间故事。这样，《中国民间故事选》1、2 集共收集 42 个民族的 241 篇民间故事。这些民间故事基本上反映了中国各民族民间故事的原貌，堪称一部中国多民族民间故事的总集。《读书》杂志介绍该书时说："就题材来说，从开天辟地、赶月亮、射太阳到歌颂共产党、毛主席和其他革命领袖；就地区来说，从长白山到海南岛，从内蒙古到云南边疆；就体裁来说，从神话、寓言到有完整结构、近似短篇小说的故事（如《托塔李天王》），真是多姿多彩，美不胜收。"①在全国性民族民间文学收集整理中，全国少数民族最多的云南省的民族民间文学收集整理走在全国的前列。1956 年中国科学院（现中国社会科学院）文学所就对被誉为"诗歌王国"和"民间故事传说的圣地"的云南大理白族民间文学进行了调查。1958 年，中共云南省委组织调查队，对白族、纳西族民间文学进行了调查，仅云南民族民间文学大理调查队就在两个半月的时间内，在对邓川、洱源、剑川等县的调查中，搜集到大小 8000 多部（件）各民族民间作品，其中长篇叙事诗几十首，最长的一首达 2000 多行，并且在两个半月中写出了《邓川民间文学概述》《洱源民间文学概述》《剑川民间史略》，②1959 年云南人民出版社出版了民族民间文学大理调查队和丽江调查队集体撰写的《白族文学史》和《纳西族文学史》，这是中国少数民族最早的族别文学史著作。

---

①　中国科学院文学研究所：《中国各民族民间文学丛刊》之一，该书于 1980 年再版，增加了德昂族的民间故事。

②　云南省民族民间文学大理调查队：《关于搜集民族民间文学和编写民族文学史的工作》，《文史哲》1958 年第 10 期。

因此，历史地看，对民族民间文学资源价值的发现和重构，从民族国家的立场，体现了民族平等政策下的各民族文化公平权力的回归，各民族文化在中国历史上第一次在国家公共空间中拥有了自己的合法席位；从少数民族文学的角度，进一步证明了少数民族文学的在场，也用文学事实证明了多民族文学的客观事实。

需要指出的是，国家对少数民族民间文学资源的重视、发现、整理、改造除"文化大革命"有所间断外，一直在持续。

"文化大革命"结束后，国家又开始大力组织抢救各民族民间文学材料，各省区纷纷派遣民族文学工作者深入边远地区，寻找耄耋之年的民间艺人、歌手、故事家记录材料。1981年，中共中央根据陈云两次关于整理古籍的指示，由李一氓主持成立直属于国务院的国家古籍整理出版领导小组，国家民委随即成立了少数民族古籍整理出版办公室，负责领导和推动少数民族古籍整理出版工作。各有关省区都建立了由主管文化工作的副省长或自治区副主席主持的少数民族古籍整理出版规划领导小组。1981年9月，中共中央书记处为此专门制定政策，提出"整理古籍得搞上百年"。1984年，国务院还就此批转了国家民委《关于抢救、整理少数民族古籍的指示》，传达到各民族地区。到1987年，广西收到1300多本手抄本，除医药、科技外，绝大部分为文学作品或与文学密切相关，其中有相当一部分是民间长诗、经诗和民歌古壮字抄本。四川阿坝藏族自治州1986年收到藏文古籍3000多册，查清民间藏书1900多册，有一部分与文学相关。《格萨尔王传》小组近年来又在各地收到手刻本、手抄本70多部，使总数超过200部，录制艺人演唱磁带2200盘，出版了藏文本47部，成果斐然。

其实，对少数民族民间文学的发现，一直"在路上"。就在《哥萨尔》《玛纳斯》《江格尔》进入世界史诗学的视野，彻底修正了黑格尔"中国没有史诗"的"定论"。在2009年春天，贵州麻山地区苗人世世代代传唱的史诗《亚鲁王》被发现并记录。这一发现被文化部列为2009年中国文化的重大发现。

然而，在少数民族文学研究领域，并没有太多的惊喜，因为类似的情况太多太多，对少数民族丰富多彩的民间文学的发现，或许刚刚开始。

另外，少数民族文学的学科化和知识化，使少数民族文学正式进入国家学科和知识体系。少数民族文学作为中国文学的重要组成部分，完全改变了人们对中国文学史的认识。

中国现代学科体系源于西方现代社会科学的学科理论资源，新中国成立后的学科体制和学科命名主要借鉴了前苏联的经验。但是，由于在新型民族国家建立之前，并无少数民族文学概念，亦无少数民族文学学科。中国最早的学科分类是京师大学堂在西方学科分类影响下，设立中国文学门后，将中国文学分为中国古代文学、近代（近世）文学、民间文学。而我们目前所见最早对少数民族文学进行学科归类的，是茅盾于1949年9月为《人民文学》创刊所写的创刊词。创刊词在对全国文艺工作者所提要求的第三条中说："要求给我们专门性的研究或介绍论文。在这一项目之下，举类而言，就有中国古代和近代文学，外国文学，中国国内少数民族文学，民间文学，儿童文学等；对象不论是一派别，一作家，或一作品；民间文学不妨是采辑吴歌或粤讴，儿童文学很可以论述苏联马尔夏克诸的理论，或博采群言，综合分析而加论断。或述而不作；——总之，都欢迎来吧。"虽然我们不能因此断定茅盾对文学的分类依据，源自京师大学堂。但将中国少数民族文学与中国古代文学、近代文学、民间文学、儿童文学相并列，使之成为中国文学一级学科下的二级学科的学科分类，却沿用至今。

少数民族文学的学科化和知识化表现在以下四个方面。

（一）作为学科的"少数民族文学"的命名与界定

作为少数民族文学知识化的总结与升华，在多年知识积淀的基础上，"少数民族文学"学科概念的范畴、内涵、边界的科学性、规范性都得到进一步提升。

尽管早在1949年茅盾就在《人民文学》发刊词中明确提出少数民族文学这一概念，50—60年代，许多人也都使用"兄弟民族文学""各民族文学""少数民族文学"等概念来指称非汉族文学，但很少有人对少数民族文学这一概念进行学科命名和科学界定。而且，从概念使用的混乱上也可以看出少数民族文学学科还未获得明确的命名。这一情形一直持续到1980年代初。

1981年，毛星在《中国少数民族文学史·前言》中，对"民族文学"这一知识和学科概念作了如下界定：

> 所谓"民族文学"，我们的理解是：第一，作家或作者是这个民族的；第二，作品所反映的是这个民族的生活，具有这个民族的民族特点。根据这样的理解，又有了两条：第一，不是这个民族的作家或作者的作品，虽然写的是这个民族的生活，并真实地很好地写出了这个民

的性格和特点，也不算这个民族的文学；第二，是这个民族的作家或作者，但所写作品内容、形式和风格都不是这个民族的不具这个民族的特点，也不能算是这个民族的文学，因此．一些民族的古代作家用汉文写的诗作，虽被选入著名的选本，因与汉族的作品没有什么区别，就不提及，有些成就特别大的，也只扼要列出姓名。①

今日看来，将"少数民族文学"称为"民族文学"并不严谨和科学。即便是对"民族文学"的界定也有可以继续探讨的地方：第一，作家的族属认定其实有不同的标准，除了由国家识别的族籍身份之外（这中间本身有许多偶然性的变数），还有作为个体的心理认同的身份以及认同的流动等。《中国少数民族文学》编辑组直截了当以族籍认定作为切线，固然直接明了，却是以丧失了丰富多样为代价的，将多层次、多维度的问题简化了。第二，作品内容的"民族性"同样是化约性的产物，首先"民族的生活"是什么？"民族特点"为何物？本身就见仁见智，尤其从文学这种较之科学语言含混模糊的叙事语言更是如此。另外，非少数族裔作家写的少数族裔生活，或者不写本民族生活的少数族裔作家都不被视为"少数民族文学"，那么"少数民族文学"的范围基本就已经被画地为牢到极小的一个范围了。将少数民族文学局限为写民族生活的少数民族族籍作家的作品，从根本的意义上来说，是一种想象性的话语暴力——通过对少数民族的命名和刻板印象化，它们就成为一个静止化的客体，不再具有现实实践中的活力和可能性了。

创刊于1981年的《民族文学》在创刊词中说："《民族文学》主要发表我国各少数民族作家和作者创作的各种题材、体裁、形式、风格的文学作品，也要发表各少数民族优秀民族文学和传统文学，刊登有关少数民族文学的评论文章。"这里将作者的民族身份看成是少数民族文学的唯一特征，与毛星对少数民族文学的界定有所不同。这些不同，一是说明作为学科的少数民族文学正处在命名的过程中，二是说明，人类知识和学科本身就是一个不断拓展、丰富、完善的认知过程。少数民族文学，无论作为知识还是作为学科也是如此。

1990年版的《当代学科大全》将"中国少数民族文学学科"界定为：

---

① 毛星：《中国少数民族文学·序》，参见《毛星集》，中国社会科学出版社2002年版。

研究除汉族以外中国各少数民族的文学现象及其规律的学科。中国共有55个少数民族，它们在各自的历史发展过程中，大都有十分丰富的文学创作。主要包括：（1）神话。如彝族的《梅葛》和《查姆》、纳西族的《创世纪》；（2）英雄史诗。如藏族的《格萨尔王传》、蒙古族的《江格尔》和傣族的《召树屯》；（3）叙事诗。如撒尼族的《阿诗玛》、蒙古族的《嘎达梅林》；（4）传奇故事。如维吾尔等新疆少数民族的《阿凡提的故事》、白族的《望夫云》；（5）民间歌谣。如西北回族的"花儿"、壮族的"壮歌"等。除了上述的民间创作外，中国少数民族文学还有不少文人之作。如北魏时的《敕勒歌》、11世纪维吾尔族诗人尤素甫·哈斯·哈吉甫的长诗《福乐智慧》、西藏六世达赖喇嘛仓央嘉措的《情歌》等。少数民族中还有许多用汉文创作的作者。著名的有：元好问（鲜卑）、李贽（回族）、纳兰性德（满族）、曹雪芹（满族）。少数民族文学从思想内容到艺术形式都有其鲜明的特点，为丰富我国的文学宝库作出了贡献。新中国成立前，少数民族文学大多处于口头世代相传的状态，有许多已经湮没无闻。新中国成立后，对少数民族文学作了大量的发掘、搜集、整理和出版工作。同时也有许多少数民族作家创作了大量的优秀作品，如老舍（满族）、陆地（壮族）、李乔（彝族）、玛拉沁夫（蒙古族）、张承志（回族）等。研究少数民族文学对繁荣我国的文学事业，促进各民族团结有着重要意义。①

这种界定较之毛星显然是一种进步。历史地看，这种进步是少数民族文学经过40多年积累的结果，其进步性和科学性表现在两个方面：一是对中国少数民族文学内涵、外延、学科性质和意义进行了界定。二是从知识分类的角度，按体裁形式，将少数民族文学民间文学分为五类；从创作主体的角度，将少数民族文学分为民间文学和作家文学两类；从语言的角度，区分了少数民族母语文学和汉语文学，从而为少数民族文学建立了最基本的知识体系。至此，少数民族文学学科概念的命名和界定，基本完成。

（二）国家学术研究机构的建立

与少数民族文学学科相配套的国家专门性少数民族文学学术研究机构，也是在1950年代动议设立的。1955年，中国科学院成立哲学社会科学部，

---

① 《当代学科大全》，安徽人民出版社1990年版，第164页。

文学研究所是其下设的 13 个研究所之一。"文化大革命"以前，少数民族文学史的编写、民族民间文学的收集、整理、研究以及少数民族文学学科的建设都由文学研究所下设的民间文学组具体负责。但是，少数民族文学学科毕竟是新建学科，无论是研究队伍建设，还是体制创设都需要加强。在这种情况下，建立与少数民族文学学科相一致的国家专门学术研究机构势在必行。于是，将"民间文学组"从原文学研究所剥离出来，由"民间文学"扩展为更为科学、全面的"少数民族文学"，并创设与之相一致的国家学术机构——中国社会科学院少数民族文学研究所，便在"文化大革命"后得到实现。

1979 年 9 月 25 日，中国社会科学院少数民族文学研究所（2002 年更名为民族文学研究所）正式成立。

少数民族文学所第一届学术委员会主任委员由刘魁立兼任，副主任委员由仁钦道尔吉兼任，委员有马学良、贾芝、降边嘉措等。建所初期，设有内蒙古及东北地区各民族文学研究室、藏族及青藏地区各民族文学研究室、西北地区各民族文学研究室、南方地区各民族文学研究室、理论研究室、《格萨尔王传》研究室和《民族文学研究》杂志编辑部等。这标志着少数民族文学学科经过五六十年代的开创和奠基，随着国家学科体制建构的完善，最终成为国家学科体制的重要一员。

如今，中国社会科学院民族文学研究所下设南方民族文学研究室、北方民族文学研究室、蒙古族文学研究室、藏族文学研究室、民族文学理论与当代民族文学研究室五个研究室和民族文学研究资料室，编辑出版全国唯一的国家级少数民族文学研究学术期刊《民族文学研究》。

作为全国少数民族文学研究的国家学术机构，民族文学研究所承担着少数民族文学学科建设管理与指导的重任。这从中国少数民族文学学会（1979）、中国蒙古文学学会（1989）、中国《江格尔》研究会（1991）、《格萨尔》研究中心（1991）、中国维吾尔历史文化研究会（1996）、口头传统研究中心（2003）及全国《格萨（斯）尔》工作领导小组办公室都设在民族文学研究所，便可得到证明。

另外，作为国家学科建设的重要一翼，群众性学术研究团体对国家学术研究体制起到了积极的补充作用，如中国少数民族文学学会、中国当代少数民族文学、中国蒙古文学学会、中国《江格尔》研究会、《格萨尔》研究中心、老舍研究会等专门性的学术研究组织或综合性学术研究团体，在少数民族文学知识化与学科化的发展过程中起到了积极的作用。

（三）国民高等教育体系中，以少数民族文学研究及相关人才培养为目标的少数民族语言文学专业成为国家高等教育专业体系中独立的专业类别

在中央民族大学官方网站"少数民族语言文学系"的首页，我们看到如下介绍：

少数民族语言文学系成立于1952年，是中国唯一综合研究全国少数民族语言文学的教学科研机构，以其办学特色和精良学术享誉国内外。设中国少数民族语言文学、语言学及应用语言学、古典文献学、比较文学与世界文学4个专业。是"国家文科基础学科人才培养与科学研究基地（中国语言文学）"和"中国语言文学"一级学科授权点，设博士后科研流动站，为"211"和"985"工程建设单位，"中国少数民族语言文学"专业为国家级重点学科，"语言学及应用语言学"专业为北京市重点学科。

中央民族大学（原中央民族学院）在少数民族人才培养承担的重任是众所周知的。

1950年5月，中央人民政府正式任命乌兰夫为中央民族学院院长，标志着民族高等教育的诞生。根据1950年政务院通过的《筹办中央民族学院试行方案》，1951年5月，正在筹办的中央民族学院首先开办一个藏语班，这就是后来语文系的前身。1951年6月11日，中央民族学院正式建立。在马学良主持下开设了维吾尔语、彝语、纳西语、满语、瑶语、壮语、布依语等10个班。1952年语文系诞生，新开了傈僳语、佤语、载佤语、景颇语、蒙古语、傣语，总数达到17个班。1953年，语文系开设了第一个语文研究班。至1950年代末，语文系先后开设90多个民族语文班。这些班次因有创制、改进和推行民族文字的任务，课程以语言为主，培养目标主要是语文人才。但各专业都先后开设了单一民族的民间文学课，有的专业还开设了单一民族文学课（包括作家文学），这就是高等学校民族文学学科和专业的起点。此时期，中央民族学院培养了一大批具有专科和本科毕业文凭，从事少数民族文学教学、研究、搜集、整理、翻译的人才。

1952年国家对高等学校进行院系调整时，原燕京大学社会学系和清华大学社会学系、北京大学东语系民族语言专科的部分教师相继调整到中央民族

学院。与此同时，国内许多著名的社会学家、民族学家、人类学家也云集于此。他们当中有新中国成立前被称为"南杨北吴"的社会学家、民族学家杨成志、吴文藻，有社会学家费孝通、民族学家潘光旦，还有历史学家、民族学家、语言学家翁独健、林耀华、于道泉、马学良、王钟翰、徐宗元、陈永龄、宋蜀华、李森等国内外著名专家学者，一时间名家荟萃，菁华咸集。

民族高等教育的开展对少数民族文学发展影响深刻：一是高等教育科系、课程、教学大纲的设置，将原本散乱的少数民族文学材料进一步系统化为可传授的知识，提升少数民族文学的地位；二是学有所成的学者的加入，使得少数民族文学在知识化过程中如虎添翼，并且在学理性上逐渐形成一系列范式，成为继往开来的总结与起点；三是高等教育虽然一时并没有广泛普及，但是相较之前空缺的情况，吸纳了许多少数民族精英进入大学，培养了后备力量，为此后少数民族文学的进一步发展夯实了基础。

从20世纪50年代到80年代，全国陆续建立了中南民族学院、西南民族学院、东北民族学院、西北民族学院、西北第二民族学院等5个国家民委直属民族院校和广西民族学院、云南民族学院、贵州民族学院、广东民族学院、西藏民族学院、青海民族学院、湖北民族学院7个地方级民族院校。另外，民族地区的非民族类高校也有上百所，这些院校因为地理优势和文化贴近，也都设有少数民族文化文学的相关专业。

当然，少数民族文学的高等教育经历了较多曲折，早期只是设有少数民族语言专业，以培养双语人才为主，并不重视少数民族文学。"文化大革命"期间，一体化的意识形态下，阶级问题以绝对优势掩盖了民族问题，少数民族文化作为一种地方性的、离心倾向的文化，一定程度上在追求社会主义一体化的道路上是不具备合法性的。这种情形到1980年代因为自由主义西化思潮甚嚣尘上，出现了一个巨大的逆转，即强调少数民族自身的文化认同，这在客观上促成了第二次的少数民族文学繁荣。

1993年中央民族学院更名为中央民族大学，次年春天挂牌成立了少数民族语言文学学院，下设突厥语言文化系及蒙古和朝鲜语言文化系、语言系和文学系，中国第一个民族文学系诞生。随后不久建立了民族语言文学博士后流动站，从此有了少数民族文学的博士后。现在，作为国家重点建设的"211"和"985"高等学校，还建有藏学研究所、民族文化研究中心、台湾研究所、民族古籍研究所、中亚学研究所、多元文化研究所、满学研究所、韩国文化研究所、中国岩画中心、壮侗学研究所、彝学研究所、突厥语言文化研究所、蒙古学研究所、朝鲜学研究所共2个中心和12个所，民族语言文学初步形成了学科群。

此外，中国社会科学院民族文学研究所、西北民族大学、西南民族大学、中南民族大学、北方民族大学、内蒙古大学、内蒙古民族大学、新疆大学、新疆师范大学、广西大学、广西民族大学、青海民族大学、延边大学等学校均开办了少数民族语言文学专业，有22所院校开设综合性少数民族文学史或者族别文学史课程。中央民族大学、南开大学、北京师范大学、四川大学等一批"211""985"高校还形成了本科、硕士、博士三级人才培养和学科体系。

但是，客观地说，随着近年来少数民族文学研究逐渐深入，少数民族文学的知识体系和学科发展中潜伏的问题也开始显现，例如"少数民族文学史"的书写思路依然停留在1950年代的思维模式之中。再如，从知识传播的范围来看，自1950年代以来，中国少数民族文学的传播与接受、影响范围都非常狭小。除了民族院校和民族地区部分高校，其他开设中国语言文学专业的学校在本科生课程体系中大都没有少数民族文学类的课程，硕士、博士生授权点也基本上局限在民族高校和部分民族地区高校。即使是民族院校的少数民族文学课程也仅仅作为专题课来开设。我们认为，这是知识建构—传播过程中，在传播环节出现的缺失。再如，少数民族文学知识化、学科化逐渐完备的过程，也伴随着自我封闭和边缘化。

（四）少数民族文学史的编写与少数民族文学的国家知识化

与学科建设相同步的是党和国家组织的各民族文学史和简况的编写工程。这既可以看作是党和国家对少数民族的重视，又可以看作是国家已经将各少数民族文学史看作是中国多民族形成和发展的历史的一部分。中共中央宣传部先后组织召开多次关于少数民族文学史的编写工作会议，责成中国社会科学院民族文学研究所制定《中国各少数民族文学史和文学概况编写出版计划（草案）》《中国各民族文学作品整理、翻译、编选和出版计划》《中国各少数民族文学资料汇编》编辑出版计划。1961年，周扬在"少数民族文学史讨论会"上发表讲话，指出："所有我国少数民族，都是祖国大家庭成员，对祖国的发展繁荣都是有贡献的。写文学史，不写少数民族是不公平的！大学里讲历史、讲文学史，要讲少数民族的历史、文学史，否则就是不完整的。"[1] 参加本次会议的何其芳也表达了相同的看法，他说："直到现

---

① 周扬：《周扬同志在少数民族文学史讨论会上的讲话》，见《中国少数民族文学史编写参考资料》，中国社会科学院少数民族文学研究所编印（内部），1984年，第38—39页。

在为止，所有的中国文学史都实际上不过是中国汉语文学史，不过是汉族文学再加上一部分少数民族作家用汉语写出的文学的历史，这就是说，都是名实不完全相符的。都是不能比较完全地反映我国多民族的文学成就和文学发展的情况的。"① 现在回味周扬的这段话，意味深长。首先，周扬的话语并不是他个人的话语，代表着党和国家对少数民族历史贡献、文学史在中国文学史上的地位的重要性的认识。这种重要性，无疑是从统一的多民族国家的历史、文化、人口、领土以及统一的多民族国家的长期稳定的战略高度来讲的。其次，为什么要讲"少数民族历史，少数民族文学史"？因为，中国是一个统一的多民族国家，在这个前提下，中国的历史就不应仅仅是汉族的历史，中国文学史也不应该仅仅是汉族文学史。否则"多民族国家"的历史性、整体性就会遭到质疑。这一方面违背了客观历史，另一方面也有悖于亟待进行的关于统一的多民族国家的国家知识建构。再次，文学史写作中不写少数民族文学的"不公平"，直接违反了党和国家对少数民族在中国历史发展中的客观、科学定位，违反了党的民族平等政策。这三点都是原则性的。

历史和现实都充分证明，少数民族不仅有自己的文学和悠久的传统，而且其独特的创造，是中华民族贡献给人类的宝贵精神遗产。

中国文学，不是国民政府话语下托马斯 S·墨垒宁所说的汉族民族国家的"国族"文学，而是多民族国家的多民族的中国文学。

没有少数民族文学，何来中国文学。

三　从少数民族文学到多民族文学

然而，多年前周扬指出的问题，现在仍然严重存在。不同的是，这种存在犹如黎明前黑暗，一个积蕴了多年的巨大观念变革正在发生。

我们知道，无论知识还是学科，都是历史的产物，都具有时代的局限性和变革性。少数民族文学同样如此。

就文学本身来说，少数民族文学知识的建构、学科的生成，不仅是知识分类的科学需要，也是新的民族国家从国家利益出发，对中国历史、文化（文学）知识重组后的产物。对少数民族文学本身而言，国家权力的介入，特别是对少数民族文学国家知识属性的确认，标志着国家对各民族文学的认

---

① 何其芳：《少数民族文学史编写中的问题》，《中国少数民族文学史编写参考资料》，中国社会科学院少数民族文学研究所编印（内部），1984 年，第38—39 页。

同，这种认同，是对各民族的认同的重要组成部分。因此，在国家层面上，赋予了少数民族文学在国家知识体系和国家文化公共空间的合法身份和地位。

但是，国家对少数民族文学学科的建构与扶持是一把双刃剑，如上所述，一方面完成了少数民族文学的知识化、体系化和学科化，系统地清理了各少数民族文学遗产，推动了当代各少数民族作家文学的繁荣和发展；另一方面，将汉族以外的其他民族文学命名为少数民族文学，在客观上形成了少数民族文学与汉族文学的"55"与"1"的二元并置格局。

而更为严重的问题是：中国文学史研究中长期以来将汉族文学等同于中国文学的"传统"，造成了如今诸多中国文学史中少数民族文学仍然处于缺席的状态，或者少数民族文学作为一个独立的板块，无法有机融入中国文学的整体结构的现状。这种情况，不能不引发我们对中国文学的学科设置，包括少数民族文学的命名和传播的实际情况产生疑问和反思性追问。

首先，作为国家知识建构出来的少数民族文学以及少数民族文学史，只在少数民族及其相关的空间和语境中传播和认同，少数民族文学知识国家建构的有效性受到严重消解。

在我们对少数民族文学发生的描述中已经注意到，对各民族民间文学的发现、搜集、整理和知识化、学科化，对各民族当代文学扶持的体制化，在过去的60多年中取得了毋庸置疑的成果和成效。但是，在知识化的少数民族文学进入中国文学史的整体空间，特别是作为国家知识的少数民族文学，在国家国民教育体制内有效传播的规划和实施环节上，出现严重的脱节现象。进一步说，知识化的少数民族文学只在少数民族内部和针对少数民族的国家知识体系中确立了合法身份，而在全民教育知识体系中，少数民族文学还处于缺席状态。在国家教育部颁布的汉语言文学专业的课程大纲中，并没有设置少数民族文学课程，这也许是出于少数民族文学原本就是中国文学的一部分，故无须特别开设，但少数民族文学在中国古代文学中的缺席、在现当代文学中的边缘化或者去民族化的情形，显然造成了客观上少数民族文学在知识传播环节上的缺席。现在，只有极少数国家民委直属民族院校和部分省区民族院校中的"少数民族语言文学"和部分汉语言文学专业的本科专业开设了概论和通史性质的"中国少数民族文学史"课程，更多的少数民族文学专业则选择性开设本民族文学史的相关课程。如中央民族大学蒙古语言文学系主要课程有：语言学概论、文学理论、蒙古族历史、现代蒙古语、古代蒙古语、蒙古文字学、蒙古族文学史、蒙古民间文学、外国文学史、现代汉语、古代汉语、汉语文选读与写作、中国文学史、翻译理论与实践、蒙文写作、蒙古文献、新闻学概论、蒙古文论、民俗学与蒙古民俗、计算机应用、大学外语、秘书学概论、行政管理等课程。朝鲜语言文学系主要课程有：语言学概论、现代汉语、现代朝鲜语、古代朝鲜语、汉朝语言对比、朝鲜语文体学、文学概论、中国古典文学史、中国现代文学史、朝鲜古典文学史、朝鲜现代文学史、中国朝鲜族文学史、外国文学史、翻译理论与实践、文学创作与理论、新闻写作、朝鲜历史、朝鲜文化史、法律基础、涉外文秘、计算机应用、外语等几十门课程。维吾尔语言文学系主要课程有：语言学概论、突厥语概论、文学概论、民间文学概论、中亚概论、现代维吾尔语、古代突厥语、察合台维吾尔语、维吾尔语写作、论文写作、翻译理论与实践、贸易翻译、维吾尔现代文学、维吾尔文学史、当代中国文学、外国文学、维吾尔族历史、中级汉语、高级汉语、汉语语法、汉语写作、古代汉语、法学概论、新疆地区经济等。哈萨克语言文学系主要课程有：语言学概论、文学概论、民间文学概论、现代汉语，现代哈萨克语、哈萨克语言史、突厥语言学概论、古代突厥语文学、哈萨克语写作、翻译理论与技巧、哈萨克现代文学、现代哈萨克语研究、突厥历史比较语言学、哈萨克文学史、哈萨克语言文学论文写作、系列汉语课程、系列外语课程、系列计算机课程等。其他民族院校和民族地区高等学校的情形大体相同。而在全国综合性大学中国语言文学专业或者汉语言文学专业，无一开设"中国少数民族文学"课程。即便是未体现多民族文学史观，但却包含了大量少数民族民间文学内容的"民间文学"课，也只有在北京大学这样有着悠久民间文学传播传统的重镇才得以延续。① 然而，这种延续只是作为北大的传统，而并非国家规定的知识体系。因此，1980年代，钟敬文、许珏、段宝林三位先生提出了《加强民间文学教学的建议》："几十所大学开设了民间文学的课程（虽然有些大学未能开设），但目前又面临着教学的危机需要及时切实予以解决。除少数两三个学校为必修外，大多数学校的民间文学都是选修课……因此建议国家教委在中文系教学计划中将民间文学课改成中文系的学生必修课，安排教师专门从事民间文学的教学、研究并成立民间文学教研室或教研组，除必修课外尚可根据当地情况开设民俗学及其他专题选修课。这

---

① 北京大学的民间文学教学和研究始于"五四"时期，得到蔡元培先生的大力扶携，渐成传统。新中国成立后，钟敬文先生、朱家玉先生和段宝林先生先后主讲该课程。1996年，北京大学中文系成立了民间文学教研室。

不但对发掘祖国的丰富的民间文化是极其必要的，而且对加强爱国主义乡土教育，繁荣社会主义文艺也是非常有益的。"① 钟敬文、许钰、段宝林意识到民间文学作为国家知识的重要性，并试图勾连上知识建构与知识传播之间的脱节，从而发挥国家知识应有作用。然而，这一建议并未被采纳。

在此，我们思考的问题是，如果中国少数民族文学知识的传播仅在少数民族范围，或者各民族的文学（族别文学）仅在相应的民族内部，这种知识仍然仅仅是一种地方性知识，只会增加本民族认同，对国家认同无补，甚至会出现有学者忧虑的"如果族群认同过于强势，在多民族国家就可能'有离散之心，不能相和合'，危机就可能被某些预料不到的事件所触发"②的危险事件。例如，如果蒙古语言文学系只讲授蒙古族文学史、朝鲜语言文学系只讲授朝鲜族文学史、藏族语文文学史只讲授藏族文学史，对其他民族文学或包含各民族文学的中国多民族文学史不作任何涉猎，那么，文学史何以承担中华民族和国家认同的重任？文学史教育的意义将大打折扣。因此，只有将少数民族文学知识纳入中国文学知识体系之中，以一种开阔的多民族文学的知识视野和体系来重新建构中国文学的知识体系，并使少数民族文学以中国文学的身份进入知识传播渠道，这一任务已经历史地摆在国家面前。

其次，中国文学的学科分类在客观上分离了少数民族文学与中国文学的整体关系。

作为知识分类和学术研究的需要，借鉴西方现代学科和知识分类，对中国文学知识进行分类和学术研究，如同现代社会分工越来越精细一样，本身并无不妥。科学意义的分类指按不同的性质、种类、特点、等级、规律，对事物进行归类，从而使事物呈现出有序性、规律性和便于识别、把握。但是，任何事物的性质、特点、种类、规律都是有内在关联的。按整体性与系统性的原理，分类的本身则意味着对整体的切割、分解和对系统整体秩序及结构的破坏。以文学为例。当我们将文学确定为"语言的艺术"时，"语言"的"艺术"就严格地框定了文学的边界，文学的整体性与系统性也因此由"语言"的"艺术"而确立。但是，这一系统不是平面的或一维的，而是一个自足的由不同语言介质、不同体裁形式、不同民族创作主体等元素结构而成的多维空间。从语言表现介质、传播介质、创作的个体性与群体性

---

① 见段宝林《立体文学论——民间文学新论》，高等教育出版社2007年版，第115页。

② 韩震：《论国家认同、民族认同及文化认同》，《北京师范大学学报》2010年第1期。

上说，既包括各民族书面文学，又包括各民族口头文学；从体裁上说，既包括各民族现代书面文学的主要形式——小说、诗歌、散文以及戏剧文学，又包括为各民族大众所喜闻乐见的故事、传说、歌谣、谚语等诸多形式；从创作主体的性别上说，又分为不同民族的男性作家与女性作家，从创作者使用的语言、血缘、文化同源性的人类学角度，文学又分为不同族群文学，如现今我们所说的蒙古族文学、藏族文学、朝鲜族文学、彝族文学，等等。

在文学系统和文学整体之中，依据不同的分类原则和标准，对文学进行分类，一是有利于人们对文学次级系统（子系统）以及整体中的不同组织结构的识别，二是有利于依据这些系统有次序地进行相关学术研究。以中国语言文学学科中的"中国文学"为例。在"中国文学"的下属二级学科中，中国古代文学、中国近代文学、中国现代文学（含当代文学）所依据的是中国文学发展历史时序，对中国文学进行的断代；而民间文学，则依据书面文学与口头文学的区别，借鉴西方文学的三分法（诗歌、小说、散文）或四分法（诗歌、小说、散文、戏剧），将"人民大众的集体口头创作"的民间故事［神话、传说、生活故事、寓言、童话（幻想故事）、笑话］、民间诗歌［民歌、民谣、谚语、民间长诗（史诗、故事诗、抒情长诗）、绕口令、谜语］、民间曲艺和民间戏曲、说唱文学（评书、鼓词、弹词、快板、相声、好来宝)① 从文学的整体中区分出来；对中国少数民族文学，则是依据创作主体所属民族，将汉族以外的其他民族文学从中国文学中区分出来。这种分类，由于将时间（断代）、传播介质、创作主体身份、阅读对象（儿童文学）等不同的分类标准混杂在一起，使"中国少数民族文学""民间文学""儿童文学"与"中国古代文学""中国近代文学""中国现代文学（含当代文学)"这些二级学科作为一级学科"中国文学"的子系统，缺少内在逻辑关联，因而是欠科学的。以"中国现代文学"为例，"中国"的文学的空间范畴和国家性质、"现代"的时间界线、"文学"的整体性外延，无疑包含了"民间文学""少数民族文学""儿童文学"。或者说，只有包含了"中国现代民间文学""中国现代少数民族文学""中国现代儿童文学"的"中国现代文学"才是完整的真正的"中国现代文学"，反之，如果"中国现代文学"不包含"中国现代民间文学""中国现代少数民族文学""中国现代儿童文学"，那么，"中国现代文学"就是一个伪概念。因此，在

---

① 参见段宝林《中国民间文学概要》，北京大学出版社 2002 年版，第 1—2 页。

概念的逻辑关系上，上述学科的并列，既犯了属种关系并列不当的逻辑错误，也犯了交叉关系概念并列不当的逻辑错误。

这种错误之所以在相当长的时间内并没有引起人们的注意，主要因为，在被划定的相对独立的学科内部，这种错误的症候并不明显，如，民间文学研究者根本不去也用不着去考虑民间文学之外的作家文学。少数民族文学也是如此，由于少数民族文学研究者往往有自己的研究领域，或专攻某一民族文学，或专攻某一区域文学，或专攻史诗，或专攻神话，或专攻某一具体的现象、文体，如口头传统，即便是从宏观角度来研究少数民族文学，如《中国当代少数民族文学史论》，由于其学科范围和边界都是少数民族文学的，因此，对少数民族文学与中国文学的分置并无明显觉察。甚至，因为少数民族文学学科的设立，许多主流中国文学史研究者在自己所从事的文学史编写和叙述中，也有意或者无意回避少数民族文学，他们认为，那应该是少数民族文学学科的事情。

在此，我们无意拆解沿袭了几十年的学科体系，对中国文学学科分类重新建构，尽管现在看来很有必要，而只是想折中地指出，作为学术研究，每一个研究者完全可以按既定的学科和研究方向来从事或继续自己的个人学术研究。但是，现在应该正视和注意的是，在普遍意义上的（或称主流）中国文学史研究中，以汉族文学为中心，或者以汉语文学为研究对象，以线性的历史发展为线索的研究模式一直主导着文学史的写作和研究，至于汉族以外的其他民族究竟有没有文学，文学的具体形态是什么，其文学史的价值是什么，怎样才能结构进中国文学史等问题，并未进入研究者的思考范围。即便承认非汉民族文学的存在，也认为与己无关。而在少数民族文学研究领域，长期以来的学科封闭状态并未能有效打破，民族文学研究等于少数民族文学研究的现状依然存在。这种不该有的怪圈，从本质上说，正是少数民族文学学科与中国文学学科并置与分立造成的。

以学科研究机构的设置为例，中国社会科学院设置有文学研究所与民族文学研究所，从知识概念的属种关系上，文学研究所自然应该承担少数民族文学研究的任务，因为少数民族文学从任何一个角度上说都属于文学的范畴，但事实恰恰相反，翻开文学研究所主办的《文学评论》，20多年来，没有发表过一篇从少数民族文学学科角度并贯以"少数民族文学"的文章，即便是在该刊上发表的关于沈从文、老舍等现当代少数民族作家的研究文章，也无一是从少数民族文学的角度切入。原因很简单，少数民族文学研究以及少数民族文学成果的发表是民族文学研究所及其主办的《少数民族文学研究》应该承担的责任，二者的分工与默契，正意味着学科的分置和并立。而民族文学研究所及《民族文学研究》也从少数民族文学学科的角度证明了这一点。2002 年，原少数民族文学研究所改称民族文学研究所，并创办了《民族文学研究》。然而，虽然去掉了"少数"二字，但民族文学研究所研究的仍然是少数民族文学，《民族文学研究》所刊发的文章也无一不是少数民族文学学科的成果。在此，"民族"依然是指汉族之外的其他民族，那么，人们不禁要问，汉族难道不是一个民族实体？把汉族排斥在中国"民族"之外是否欠妥？同样的情形还发生在全国唯一的少数民族文学期刊《民族文学》上，虽然《民族文学》在 30 年中设立的相关栏目，如"汉族作家写边疆"刊发过汉族作家的作品，但其发刊词却明确是"全国性的少数民族文学刊物"，这意味着其"民族"并不包括汉族。所以说，把汉族文学排斥在"民族文学"之外，与把少数民族文学排斥在"中国文学"之外，错误的根源是相同的，即少数民族文学学科与中国文学的分置与并立。

如前所述，少数民族文学学科设立这把双刃剑，客观上，在国家正确的民族政策的助推下，在半个世纪取得的成果以及这种成果的知识化，引发了人们超越少数民族学科来思考少数民族文学与汉族文学、少数民族文学与中国文学的关系等问题，于是，少数民族文学的学科观、知识观与原有的以汉族文学或者汉语文学为主体的所谓"中国文学"的学科观与知识观，开始向多民族文学迈进与历史性转换。

任何历史的巨大变革，其基因就隐藏在历史之中。

1961 年何其芳在《少数民族文学史编写中的问题》的讲话和后来发表的由此讲话修改后的论文中，已经提出了"我国多民族的文学成就和文学发展"。多民族的文学已经与少数民族文学、中国文学形成了表述不同、含义不同、问题不一的三个概念。

由华中师范学院 1958 年开始编写，1962 年出版的《中国当代文学史稿》，在"绪论"第六节的"多民族文学"一节中叙述道："我国是一个多民族国家。各个兄弟民族都有着自己久远的文学传统，他们的文学作品无论是写下来的，还是流传在群众口头上的，都极其丰富多彩，真实地反映了各兄弟民族人民斗争和发展的历史，成为祖国文学宝库中光辉灿烂的组成部分。"

上述的"多民族的文学"与"多民族文学"是我们目前见到的最早使用多民族文学的概念的文学史表述。但后者的多民族文学与前者并不一样，指的是"兄弟民族文学"，与我们今天的多民族文学含义并不一致。

1978 年《当代文学史初稿》在"绪论"论及"当代文学的性质、成就和特点"一节中，十分可贵地提出国家"提供了多民族文学共同繁荣的现实可能性"。但多民族文学仍然是在谈到少数民族文学的存在时才被提起。

1990年代中期，邓敏文出版了《中国多民族文学史论》。在"前记"开篇即说："中国自古以来就是一个多民族国家。中国各族人民共同创造了丰富多彩的中国文学。研究和编写中国各民族文学史或文学概况，是中国文学建设史上的一项重要任务。"①显然超越了"少数民族文学"这一学科视域，对中国文学进行了整体思考。遗憾的是，尽管邓敏文思考了各民族文学相互影响的"化合文学"、民间文学以及文学史观等重要问题，但是，他的立足点并没有离开"少数民族文学"的范畴，他的"各民族"还是局限在少数民族上。例如，在"不同的文学史观"之"本书的意见"中，他说，"当前中国少数民族文学史家的主要任务仍然是向人们介绍中国各少数民族文学的基本事实，并对这些基本事实做出客观的描述，使人们对中国各民族的文学都有较多的了解。"其实，邓敏文这种超越中的局限是一种普遍现象，同样体现了学科观念转变的渐进过程。例如，笔者在多年的教学与研究中同样感到中国文学多民族共同创造的属性在中国文学史，特别是作为国家历史知识传播与传授的高校教材类中国文学史中并没有得到体现，并且深切感受到，少数民族文学学科体系越完善、成果越多、独立性愈强，与中国文学学科间的界线愈鲜明，大有渐行渐远之势。于是，在2003年广州召开的"第五届全国当代少数民族文学研究奖颁奖暨少数民族文学研讨会"上，笔者提出如何淡化少数民族文学中的"少数"，从更广阔的视野，从整体意义上的中国文学来审视少数民族文学。然而，客观地说，对于少数民族文学学科与中国文学学科间存在的问题，也仅仅是一种直觉，还没有涉及最根本、最核心的多民族文学史观的问题。

2004年，中国社会科学院民族文学研究所与四川大学创办并召开了首届"中国多民族文学论坛"，这在少数民族文学研究领域称得上是一种创举。虽然本届论坛的参与者与议题依然是少数民族文学②，但有意识地向外转的超越姿态已经清晰可见。在首届论坛上，论坛的发起者、中国社科院民

---

① 邓敏文：《中国多民族文学史论》，社会科学文献出版社1995年版，第1页。

② 本次论坛的主题是"中国少数民族当代作家文学的理论建设"。主要议题：1. 当代少数民族作家文学既往批评方式的得失；2. 中国少数民族文学概念的重新认识与把握；3. 多民族社会及民族文化裂变形势下的民族文学命运；4. 多民族文学会通中的民族作家身份；5. 经济发展时代民族作家的文化使命；6. 世界少数民族文学与后殖民批评；7. 21世纪中国多民族文学的发展走向。

族文学研究所研究员关纪新、汤晓青、徐新建等学者对既往民族文学理论建设的得失进行了探讨与总结，他们认为，相对于当代少数民族文学的创作发展，相应的理论概括与理论探讨迫在眉睫。而"中国多民族文学"的提出者以及论坛举办者的官方身份，也与论坛的强烈的问题意识相呼应，标明"中国多民族文学"已经开始由研究者的个人话语开始向国家和官方主流话语渗透，标志着几十年来"少数民族文学学科"与"中国文学学科"间的壁垒开始松动，少数民族文学开始了向中国文学母体返回的征程。正因如此，这个在当时并不太引人注目的"学术活动"，日后却显示出在中国文学研究中的转折意义，尽管它所包含的深刻学术史含义尚没有充分展开，但人们已经日益感受到它和它所生发的许多命题在未来的中国文学研究中越来越重要的位置：虽然是从"多民族文学"入手，但它却又超出了某个具体民族的界限，而关乎重新认识"中国文学"的命题。

2006 年 7 月，在西宁召开的第三届中国多民族文学论坛上，笔者作了"中国多民族文学史观与中国现当代文学史"①的发言，引起与会者的极大兴趣②。多民族文学史观因此成为本次论坛讨论的热点，与会的学者们对此有了比较一致的认识。2006 年 11 月 10 日，光明网发表了关纪新的《应当确立中华多民族文学史观》③，2007 年第 2 期的《民族文学研究》发表了关纪新的《创建并确立中华多民族文学史观》。至此，中华（国）多民族文学史观的理论命题正式提出。同年，第四届中国多民族文学论坛专门设置了"多民族文学史观与文化多样性"专题，并设置了"中华多民族文学史观的理论建构与思考"两个中心话题。"文化多样性守望与少数民族文学功能""民族文学关系研究的学理阐释""多民族文学史观维系下的民族母语写作"等具体议题。与会者谈到，中国文化史自古以来就是中国境内各民族共同缔造的"多元一体"的历史，中华文学史自然也应当是多民族以多语种、多样式、多风格、多种精神传统共同创造的文学史的有机整合。构建中华多民族文学史观，加强多民族文学史的研究与撰写，对推动中国境内各民族文学互动互补、互益互生从而共同繁荣，具有重要意义和价值。从而，中华多民族文学史观研究得到切实推进。在 2008 年第五届中国多民族文学论坛上，

---

① 该发言以《中国多民族文学史观与中国现当代文学教学》为题，发表于 2006 年 9 月出版的《大连民族学院学报》增刊上。

② 见刘大先《从想象的异域到多元的地图》，《中国民族报》2006 年 8 月 4 日。

③ 此文发表在《光明日报》电子版"光明网"上，但纸质版并未面世。

中华多民族文学史观讨论进一步深化，表现出对于理论问题具体化的个案研究诉求，并从人类学、文艺学、比较文学等角度展开对多民族文学史观的探讨。传统的断裂与继承、民族性与现代性、交流与融通，这些民族文学的重要问题是大家关注的重点。

与此同时，《民族文学研究》《西北第二民族学院学报》（现《北方民族大学学报》）特辟"创建'中华多民族文学史观'笔谈"专栏，对这一命题进行了广泛深入的讨论。截至 2015 年年底，以"中华多民族文学史观"为主题的讨论文章达 60 多篇。参加这一讨论的涉及老中青三代学者，郎樱、梁庭望、扎拉嘎、王佑夫、徐其超、朝戈金、关纪新、汤晓青、覃德清、徐新建、姚新勇、欧阳可惺、刘大先、朱广贤、纳张元、罗宗宇、梁昭、李长中、陈红旗、安少龙、王立杰、王菊等参与这一讨论中。2012 年，在全国第五届少数民族文学创作大会的报告中，中华多民族文学史观课题研究取得的成果被评价为近十年来少数民族文学理论与批评取得的重要成果之一。

在这场持续 8 年的讨论中，围绕着理论倡导、理论建构、理论实践三个向度展开，问题意识空前突出，问题的出发是因为多民族文学史观的缺失，少数民族文学没有得到应有的重视；讨论的目标也相对明确，即应当确立多民族文学史观，在无论是中国文学还是中华多民族文学的整体性中，给予少数民族文学应有的地位。但在具体讨论中，却观点各异的特征十分明显。

在讨论中，中华多民族文学史观的内涵、法理问题、理论资源以及由此延伸并触及的百年中国文学史研究中的多民族文学史观的缺失、少数民族文学学科的自我反思、"中国"的变迁、中国文化的多样性、中华多民族文学史写作的可能性途径等诸多问题进入学者们的视野。少数民族文学研究终于实现了对 55 个民族的超越，开始从少数民族文学走向"多民族文学"，在多民族国家的高度审视下，包括了汉族以及古往今来的各民族文学。也正是在这样的背景下，"少数民族文学"学科的科学性和"中国文学"学科设置的合理性也引起了学者们的关注，甚至有学者直接提出："要在 2010 年年底完成的研究生教育学科、专业目录修订工作中，将现有一级学科'中国语言文学'中的二级学科'中国少数民族语言文学'一分为二，修订为'民族语言文字'和'多民族文学'，使中国语言文学一级学科下的 8 个二级学科变为 9 个，如果能在增列博士、硕士学科授权单位和一级学科博士学位及硕士学位授权中及时在政策上给予必要的扶持及较大力度的倾斜，那么无疑是'多民族'幸甚！民族文学幸甚！"① 在 2009 年桂林召开的第六届中国多民族文学论坛上，专家们更是一致认为，国内综合性高等院校中文专业应该加开中华多民族文学的课程。

虽然这些令人鼓舞的建设性意见，对整个中国文学研究的推动意义尚需被历史证明，但可以断言的是：在学科意义上，少数民族文学作为历史的产物，已经完成了自己的历史使命，更加科学、更加符合国家利益和中国文学历史面貌的多民族文学学科的建立已成必然。

从总体上说，"多民族文学"自 1960 年代以来，经过半个世纪"少数民族文学"的积累和成长，终于如破土之苗、破茧之蝶一样，实现了对"少数民族文学"的自我突破，它所体现的正是我们所倡导的站在国家学术的高度和跨学科的视野下，从多样性的民族、历史、语言等角度重新审视中华民族的文化与文学遗产，重新观察近世以来各民族文化的融通、交汇，特别是在多民族国家中所呈现出来的国家倡导推进、各民族齐心努力的共同创造和共同发展的现实图景。这种强烈的国家性与当代性，不仅实现了古与今、中与西、文学与生活之间的勾连，而且研究者们从人类学、历史学、民俗学等多种角度论述的作为"中国文学"之"多民族文学"，是构建和谐中国、统一中国的重要文化动因与思想资源。正如关纪新所说：之所以要确立中华多民族文学史观，实在是在因为当下的时代与当下的学界，需要这样一种观念来走支撑与完备自己的思维。确立中华多民族文学史观，包含四个方面的意义：完善知识结构，补充历史书写，提升学术基点、丰富科学理念。确立中华多民族文学史观的任务，已经历史性地落在了当代学人的肩头。这既是文学研究界的当务之急，又是一项可能需要通过长久努力才能达到的目标。②

但是，在关于中华多民族文学史观的讨论中，有些问题还没有澄清，系统的理论建设才刚刚开始。这些问题包括：中华多民族文学史观不是少数民族文学史观，中华多民族文学史观将汉族与各少数民族文学看成是一个有机的整体；少数民族文学与汉族文学不是 1 对 55 的关系，而是 1 对 1 或者 1 对 X 的关系。中华民族多元一体格局的"一与多"，不是用整体性取代多样性和复杂性；中华多民族文学史观涉及对文学概念的重新理解，对中国文学发展历史时间的重新认识，涉及对中国文学空间的重新观察；涉及对中华多

---

① 李继凯：《民族文学入史与"新国学"建构》，《北方民族大学学报》2010 年第 3 期。

② 关纪新：《创建并确立中华多民族文学史观》，《民族文学研究》2007 年第 2 期。

民族文学史的知识属性的重新界定；中华多民族文学史观并不将最终目标限定在写出一部中华多民族文学史，而是要确立一种观察和研究中国文学的全新观念。特别需要指出的是，中国安全面临新的挑战的复杂国际形势下，从中华多民族文学的角度来提升中国文学的整体实力，其意义显然是超越了文学的。

而且，特别需要指出的是，从少数民族文学到多民族文学，这一升级与转型的原因也一直没有得到全面而深刻的梳理和研究。这也是这些年我们思考的核心问题。因此，除了上述我们立足于少数民族文学学科内部以及社会政治文化语境、中国文学学科体制性问题，对这一升级转型原因的揭示外，如果将上述三个问题看作是一个相对于现代中国的整体性问题的话，以下的进一步讨论也代表了我们对这一问题的新的思考。

如果说草创时期，少数民族文学的合法性与主体问题由于"政治正确"似乎带来了不证自明的意义，或者至少在已经呈现出来的学术论述中被结构性遗忘了，因为它们作为国家文化、学术、知识的组成部分，本身无须考虑这些。但是到了世纪之交的社会大转型，随着多元文化主义的深入，少数民族文学研究陷入了一种主体性焦虑。为了消除这种焦虑，那些坚守和新进的研究者进行了各方面的探索。所以，我们看到，从"少数民族文学"到"多民族文学"，逐渐实现了自身研究主体确立的新的学术话语的崛起。

我们进一步探究的话，大致可以在以上论述的基础上，更加清晰地归纳出三个方向性的变轨：其一是从史料、田野资料、文学史的踵事增华，到批评与理论的自觉探索，研究者在寻求一种"独特"的话语，让"少数民族文学"得到成立而区别于主流文学研究的话语。这中间经历了借才异域的尝试，如国外少数族裔文学批评范式和理论资源的借鉴，而最为突出的，就是中华多民族文学史观的提出。其二是得益于21世纪以来文化多样性和非物质文化遗产受到国家和学者、社会的普遍重视，这已经成为一种重要的文化、社会、思想的思潮，发生了从书面文学范式到口头文学范式的拓延与反思，以及对"元"问题"什么是文学"的追问。多学科学者和方法的介入，由民间文学分化出来最终形成了口头文学这一特定文学研究，将史诗学、神话学、民俗学、人类学、民族学、宗教学、社会学、政治学（国家学）的多学科纠结在一起，在真正意义上建立了少数民族文学特有的内容，而这些内容无疑都是充满了物理学上的张力且实际内容早已经溢出了原有的"少数民族文学"的边界，它需要一个更大的场域来展演和呈现自己，也需要一个更大的场域被观察并被命名。其三是当代性意识的觉醒，即意识到民族文学研究发生学意义上的政治属性，即它的国家性以及这种国家性对于多民族国家的强大的或者重要到不能被轻视的地位，这其中，介入性的民主与平等的呼吁，对边缘的强调，都是"一体"与"统一"的话语的不同表述，因含着强烈的对"多民族国家"以及真正意义上的"中华民族"这些无论是国家形态，还是民族观念上远没达到"现代"或者对正行走在通向现代之路的国家和民族辅助意识——这也是我们一直强调的国家意识和民族情怀。而正是这样的"量"的积累，必然会催生一种质变：从多民族文学的角度来观察多民族的中国文学或者中华文学。这是已经加入到当代和未来的历史建构之中的中国文学研究的使命。而这种意识到的历史意识，还来源于中国正在面临的各种挑战和危机——无论是领土的还是民族的，从这一点上说，多民族文学史观不仅能够为应对这些挑战和危机提供思想资源，同时它也是一种可以称之为"中国经验"的武器。

我们对中华多民族文学史观的确立充满着信心。还因为现在在文学领域，对中华文学历史发展已经引起人们的重新思考。2015 年 3 月，中国社会科学院《文学评论》《文学遗产》《民族文学研究》又联合举办了"中华文学的发展、融合及其相关学科建设"学术研讨会。与会学者"一致认为有必要努力探讨、总结'中华文学'在中国古代不同历史时期呈现出来的不同特色、演变规律及其在推动中华民族文化、文学的交流与融合过程中的时代作用"①。《文史知识》开辟专栏"特别关注：'多元一体'的中华文学"，在"编者按"中说："'中华文学'相较于'中国文学'，更多强调各民族文学的交融、交汇、交流，今天重倡这一概念，便于开阔视野，增强民族文化的集体认同。本期特别关注栏目旨在通过这组文章，使'中华文学'的概念深入人心，启发当下相关领域的研究思路。"此外，《中国政协报》也发表专栏文章，倡导推进中华文学。值得说明的是，这里的中华文学，并不是传统意义上的中华文学，而正是我们提倡的包含了汉族文学在内的"中华多民族文学"。为此，刘跃进呼吁："我注意到，国内很多民族院校文学系通常开设有汉民族文学经典阅读课，对《诗经》《楚辞》等文学名著以及李白、杜甫、元稹、白居易、韩愈、柳宗元等著名诗人的优秀作品，都有详尽的介绍。相比之下，一些综合性大学中文系对于不同民族的文学经典，似乎鲜有介绍。中文系，是中国语言文学系的简称。中华各民族文学经典，

---

① 刘跃进：《"中华文学"的历史进程与现实意义》，《文史知识》2015 年第 6 期。

当然是中国文学的重要组成部分，理应被纳入中文学科建设的规划中。去年，我曾与相关民族院校共同策划选题，呼吁将中华多民族文学经典纳入中华文学史编写系统，纳入大学中文系教学计划。"他的这一倡导目前已经引起广泛共鸣。

习近平总书记多次强调的要保护少数民族传统和文艺遗产以及在不同场合提及少数民族三大史诗。他对中国历史文化的高度重视是以往所没有的，因此，在2013年全国宣传思想工作会议上，他特别对思想文化领域的专家学者提出"四个讲清楚"的具体要求。习近平指出："宣传阐释中国特色，要讲清楚每个国家和民族的历史传统、文化积淀、基本国情不同，其发展道路必然有着自己的特色；讲清楚中华文化积淀着中华民族最深沉的精神追求，是中华民族生生不息、发展壮大的丰厚滋养；讲清楚中华优秀传统文化是中华民族的突出优势，是我们最深厚的文化软实力；讲清楚中国特色社会主义植根于中华文化沃土、反映中国人民意愿、适应中国和时代发展进步要求，有着深厚历史渊源和广泛现实基础。"对照中华民族艰难而辉煌的发展历史，对照一百多年中国文学史的研究，客观地说，我们并没有讲清楚中华多民族文学的发展历史，并没有做到用中华多民族文学彼此交融、共同创造的历史来为中华民族的形成历史提供客观证据。这应该是百年中国文学史研究者最应该检讨的地方。

刘跃进先生有一句话说得非常好："站在这个高度来看中华文学研究的意义，我们倡导的不仅仅是不同民族文学经典知识的普及，更重要的是在从事一项民族文化的集体认同工作。"是的，每一位知识分子，都应该有这种良知和责任，都应该有一种国家情怀和国家使命。这种良知、责任、情怀和使命，也是千百年来中国知识分子的美德和传统。只不过，这个传统在今天已经丢失殆尽。所以，刘跃进的呼吁值得我们深思。

而这一切，也从另一个侧面证明7年前我们所提倡的多民族文学史观，并不是一个伪命题，也不是一个没有价值和意义的话题，更不是学术上的投机取巧。它的现实意义、历史意义与学术意义正在得到更多人的认同。

就在我们要结束这篇序言的写作时，媒体报道称：在爱因斯坦提出引力波概念整整100年后，人类终于首次直接观测到了引力波信号，验证了爱因斯坦的预言。

而我们的预言是，中华多民族文学史观，将引领中国文学研究走向一个全新的时代。

第一章　多民族文学史观的理论基础与基本内涵

从 20 世纪初窦警凡的《历朝文学史》、林传甲和黄人分别为国立京师大学堂和东吴大学撰写的《中国文学史》，到如今各种通史类中国文学史、断代文学史、分体文学史、各少数民族族别文学史及中国少数民族文学综合性史论，一百多年来，中国文学史研究可谓硕果累累。作为文学史灵魂的文学史观，也经历了早期以朝代为轴线的杂文学史观、纯文学发展史观、进化论文学史观、左翼革命文学史观、阶级论文学史观、本体论文学史观等文学史观的数度变革。特别是 20 世纪 90 年代以来，"整体文学史观"、文学史的"长河意识"和"博物馆意识""回到文学史的现场"等观点的提出，从诸多角度丰富了传统文学史观。

但是，现有中国文学史观和文学史研究中，中国文学创造主体的多民族属性却一直未得到应有的和广泛的重视。在中国文学史研究中，更多地关注和描述作为主体民族——汉族的历史、文化与文学，淡化甚至弱化了对周边少数民族历史、文化与文学存在的关注和描述。"中国文学史"基本上是"汉族文学史"或者"汉语文学史"的现象一直未能得到很好解决。即便有些文学史涉及了少数民族文学，但少数民族文学有机融入中国文学史整体结构的问题还未很好解决。而诸如少数民族史诗、口头传统、各民族母语创作等文学现象和文学事件、成果更是一直悬置于中国文学史之外。特别是，在许多应用于文学教育的教材类综合性的中国文学通史中，少数民族文学有机入史的问题，一直未有实质性的进展。

与此相对应，20 世纪 90 年代开始，少数民族文学研究领域，较以往更深刻地认识到了各个民族文学遗产的宝贵价值，推出了一大批令世人耳目一新的成果。这些成果不仅补救了以前我国各少数民族文学搜集、研究等方面的重大缺失，也使学术界对各民族文学有了全新的认识，更为编写具有本质意义的"中国文学史"切实地预设了前提，从而引发了学界对中国文学史研究和编写的重新思考、认识和学术探索。其中，邓敏文的《中国多民族文学史论》、杨义的"大文学观"及《重绘中国文学地图》、张炯、邓绍基、樊骏等的《中华文学通史》、郎樱、扎拉嘎的《中国各民族文学关系研究》、关纪新的《20 世纪中华各民族文学关系研究》等学术成果都表现出对中国各民族文学历史和现实的关注。2004 年，中国社会科学院民族文学研究所、《民族文学研究》编辑部与四川大学等单位，联合举办了第一届"中国多民族文学论坛"。十多年来，这一论坛在"多民族文学"这一理论命题的视域中，少数民族文学与中国文学的关系、百年中国文学史写作中少数民族文学被弱化问题、众多少数民族母语文学创作现象、少数民族文学研究自身存在的问题等诸多理论问题成为学者们讨论和研究的重点。从而，"多民族文学"的理论命题"在少数民族文学研究界乃至主流文学研究界产生了较大影响"。[1] 而对上述问题的学术反思，最终指向了问题的关键所在：多民族文学史观在既往文学史研究中的缺失以及如何确立中华多民族文学史观。中华多民族文学史观的重要性、中国文学史写作中多民族文学史观的缺失、中华多民族文学史观下文学史写作的方式和可能等在全国第五届少数民族文学创作会议的大会总报告中，将多民族文学史观的课题研究成果称为近十年来少数民族文学理论与批评的重要成果之一。

因此，可以说，中华多民族文学史观的提出，为科学、客观、历史地认识中国文学的发展历史提供了全新的理论视角，标志着中国文学史观的重大转变和中国文学史研究的全面转型。

然而，必须指出，任何观念的转变都是需要一个艰难复杂的过程，文学史观念的转变同样如此。如何在中华多民族文学史观指导下，编写出反映多民族共同创造的文学历史的《中国文学史》或《中华文学史》固然重要，而能否确立多民族文学史观则更加重要。因此，本章将首先对中华多民族文学史观的理论基础、内涵、中华多民族文学史观下中国文学史研究的基本问题、中华多民族文学史观提出的意义等理论问题进行研究和探讨。

一 多民族文学史观的法理基础

文学史，是在一定的文学史观念指导下，对文学发生、发展历史的客观叙述。文学史所承担的对历史叙述行为的属性有两种，一是具有知识分子身份的书写者基于个人知识积累对文学史知识的话语建构，在这种个人对文学

---

① 汤晓青语。参见《"第四届中国多民族文学论坛"综述》，《民族文学研究》2008 年第 1 期。

史的主观性知识建构中，由于书写者个人的文学观、历史观、哲学观、民族观、哲学观等方面的不同，对客观状态的文学历史便会有多种不同的理解与阐述。从一定意义上说，这种表述表征着书写者对文学历史认知的多样化途径和不同的知识谱系的阐释自由，从而在一定程度上为我们认知特定民族、国家的文学发展历史提供了多种路径和景观。二是作为国家建构重要组成部分的国家历史知识之一的文学史，此种文学史通常由国家研究机构、教育机构组织专门人才进行编写，并应用于国家国民教育中的文学教育，这种文学史则属于知识化的国家历史。

　　从文学史的社会科学的属性上说，文学史毕竟属于历史学中的专门史范畴，它有责任也有义务站在国家的立场上去客观地描述与展示整个民族和国家文学的真实发展过程。正因如此，有学者指出：文学史"它是一种国家建构"①。上述两种文学史中，代表着国家对本国文学历史的基本观点。其中，作为国家历史知识而建构的文学史，在所有文学史中占据着主体地位。可以说，没有国家的确立，文学史的叙述就缺少了明确的叙述对象和清晰的叙述时空和边界。因此，民族国家与文学史，是密切关联的现代性范畴，这从中国文学史的发生与中国现代民族国家建构的关系中可以得到证明。

　　中国现代民族国家意识的觉醒是在两次鸦片战争以后。前现代民族国家②的"中国"是与西方现代民族国家军事、经济、文化的全面冲突中产生的。梁启超在 1900 年写的《少年中国说》一文中指出："夫古昔之中国者，虽有国之名，而未成国之形也。或为家族之国，或为酋长之国，或为诸侯封建之国，或为一王专制之国。虽种类不一，要之，其于国家之体质也，有其一部而缺其一部……且我中国畴昔，岂尝有国家哉？不过有朝廷耳。我黄帝子孙，聚族而居，立于此地球之上者既数千年，而问其国之为何名，则无有也。夫所谓唐、虞、夏、商、周、秦、汉、魏、晋、宋、齐、梁、陈、隋、唐、宋、元、明、清者，则皆朝名耳。朝也者，一家之私产也；国也者，人民之公产也。"③在西方现代民族国家强盛过程的参照与西方现代民族国家理论的启示下，结合中国历史和现实，1902 年梁启超提出了建立"合汉合满合蒙合回合苗合藏组成一大族"的现代多民族国家的构想。1907 年，立

　　① 洪子诚：《文学与历史叙述》，河南大学出版社 2005 年版，第 322 页。

　　② 从民族国家的角度，我们将 1840 年鸦片战争至 1912 年称为前现代民族国家，1912—1949 年称为现代民族国家的探索与前奏；1949 年至今，称为现代民族国家。

　　③ 易鑫鼎编：《梁启超选集》，中国文联出版社 2006 年版，第 536 页。

宪派重要人物杨度在《金铁主义说》中也主张："中国之在今日世界，汉、满、蒙、回、藏之土地，不可失其一部，汉、满、蒙、回、藏之人民，不可失其一种，——人民既不可变，则国民之汉、满、蒙、回、藏五族，但可合五为一，而不可分一为五。……至于合五为一，则此后中国，亦为至要之政。""其始也，姑以去其种族即国家之观念；其继也，乃能去其君主即国家之观念，而后能为完全之国民，庶乎中国全体之人混化为一，尽成为中华民族，而无有痕迹、界限之可言。"① 梁启超、杨度等人的现代国家观念对革命党人孙中山等人的国家观念产生了重要影响，1912 年 1 月 1 日，孙中山在中华民国临时大总统宣言中提出："国家之本在于人民，合汉、满、蒙、回、藏诸地为一国，即合汉、满、蒙、回、藏诸族为一人，是曰民族之统一。"同时，孙中山还指出："满清时代辱国之举措与排外之心理，务一洗而去之。与我友邦益增睦谊，持和平主义，将使中国见重于国际社会，且将使世界渐趋于大同"，这进一步表明了孙中山欲将中华民国纳入世界现代民族国家体系和国家持续发展的国家立场和构想。

中华民国的建立，标志着这个东方文明古国，结束了几千年的家族政治和帝制历史，开始向现代民族国家迈进。1912 年 3 月，中华民国政府颁布了具有宪法性质的《中华民国临时约法》。该《约法》对国家的组成（第一条：中华民国由中华人民组织之）、国家的主权（第二条：中华民国之主权属于国民全体）、国家的领土疆域（第三条：中华民国领土为二十二行省、内外蒙古、西藏、青海）、国家的管理体制（第四条：中华民国以参议院、临时大总统、国务员、法院行使其统治权）、公民人权（第五条：中华民国人民一律平等，无种族、阶级、宗教之区别）等都做出了具体规定。此后，从 1913 年中华民国第一届国会提出的《中华民国宪法草案》，到 1936 年 5 月 5 日国民政府公布的《中华民国宪法草案》，其间，中华民国宪法建设经历了《中华民国约法》（1914 年，又称《袁记约法》）、《中华民国宪法草案》（1919 年，段祺瑞执政期间提出，又称《八年草案》）、《中华民国宪法》（1923 年，又称《曹锟宪法》）、《中华民国宪法草案》（1925 年段祺瑞再次执政时提出，又称《十四年草案》）、1928 年国民党统一中国后于 10 月 3 日由国民党中央常务委员会通过的《训政纲领》以及 1931 年 5 月 5 日召开的国民大会中通过的《中华民国训政时期约法》，直到 1936 年 5 月 5 日国

---

① 王晴波编：《杨度集》，湖南人民出版社 1986 年版，第 304 页。

民政府公布的《中华民国宪法草案》的最终确定，在不到 24 年间，中华民国的基本法数度修改、变化，其间，伴随着权力、利益的争夺以及激进与保守、传统与现代等不同国家观念之间的矛盾斗争，等等。

但是，值得指出的是，这一过程也是中国现代民族国家观念逐渐清晰的过程，人们开始从现代民族国家的角度来重新思考中国历史和"中华""中华民族""中国"以及中国在世界民族国家体系中的位置这样一些现代性问题。中国文学史正是在这样的背景下产生的。

20 世纪初是学界公认的中国文学史发端和第一个高潮，还有人把 1923 年到 1925 年，看成是中国文学史由"传统文学史学向现代文学史学转变与过渡阶段"①。从 1897 年窦警凡编写《历朝文学史》作为东林书院开设课程（1906 年正式出版），到 1930 年，中国文学通史、断代史、分体史、专题史就有 118 部②之多。

在中国文学史研究中，人们常常把中国文学史研究的发生看成是西方学术思想的影响，很少有人将中国文学史研究的发生与中国现代民族国家建构的想象与行为联系在一起。其实，如果没有 20 世纪初现代民族国家诉求营造的整个中华民族的集体诉求的时代氛围，如果没有现代民族国家意识的产生和向现代民族国家迈进的具体推进，如果没有现代民族国家为文学史提供的叙述对象和文学史的时空边界，就不会有现代学科意义上的中国文学史。

然而，现代民族国家的初步形成，并不意味着所有文学史家在文学史观上都将文学史看成是一种国家建构——尽管这一时期的通史类的文学史大都冠以"中国"二字。如窦警凡的《历朝文学史》就继续以"历朝"来冠名，这充分说明他仍然持守"不过有朝廷耳"的传统中国观念，还没有确立现代民族国家观念。

特别是，中华民国的建立虽然结束了中国几千年的帝制，但仅仅是现代民族国家建构的前奏，或者说只是由文化中国、帝制中国向现代民族国家迈出的第一步。在当时的语境中，客观而言，现代民族国家，仍然是一个"想象的共同体"。孙中山的"五族共和"及"中华民国人民一律平等，无种族、阶级、宗教之区别"同样是一种"国家想象"或者现代民族国家的法理设计方案。因为，在中华民国内部，各民族的国家地位问题、民族歧视问

---

① 董乃斌、陈伯海、刘扬忠：《中国文学史学史》第一卷，河北人民出版社 2003 年版，第 20 页。

② 据邓敏文的《中国多民族文学史论》"中国各民族文学史著作编年总目"统计。

题、民族识别与认定等具体问题并未能得到解决。这一情况的出现，有客观历史原因，也有民国国家顶层设计上的先天不足，而文学史研究者自身的民族国家意识的缺失，则进一步放大了上述不足。所以，这一时期的现代民族国家为文学史提供的叙述对象和文学史的时空边界还比较模糊，国家只将文学史纳入了国民教育体制之中，却未将文学史的编写者的观念提升到现代民族国家知识谱系建构这一层面，也未能为作为国家知识的文学史生产提供相应的知识权力保障。

1949 年，中华人民共和国成立，标志着真正意义上的现代民族国家的诞生，至此，中国文学史的研究与写作才具有了明确的制度环境和法理基础。

1949 年 9 月 29 日中国人民政治协商会议第一届全体会议通过的具有宪法性质的《中国人民政治协商会议共同纲领》中，第六章"民族政策"第五十条规定：

> 中华人民共和国境内各民族一律平等，实行团结互助，反对帝国主义和各民族内部的人民公敌，使中华人民共和国成为各民族友爱合作的大家庭。反对大民族主义和狭隘民族主义，禁止民族间的歧视、压迫和分裂各民族团结的行为。

第五十三条规定：

> 各少数民族均有发展其语言文学、保持或改革其风俗习惯及宗教信仰的自由。人民政府应帮助少数民族的人民大众发展其政治、经济、文化、教育的建设事业。

1954 年，正式颁布的《中华人民共和国宪法》对新中国的多民族国家属性、民族政策、各民族的合法权利进行了明确规定，在第三条中规定：

> 中华人民共和国是统一的多民族的国家。各民族一律平等。禁止对任何民族的歧视和压迫，禁止破坏各民族团结的行为。各民族都有使用和发展自己的语言文字的自由，都有保持或者改革自己的风俗习惯的自由。

我们知道，现代民族国家建构的发生，是人类文明发展到一个新的历史阶段的重要标志和结果。对自古以来说是多民族国家的中国，对汉族之外的其他非汉民族的认同，伴随了中国现代民族国家建立的全过程。但是将统一的多民族国家性质和各民族之间平等关系写进国家根本法，是史无前例的。对文学史这一社会科学而言，宪法为文学史提供了叙述时间、空间和对象，并赋予文学史叙述的正当性与合法性，从而使文学史叙述成为国家建构中国家历史知识的一部分，它以文学的历史来佐证国家形成、发展和最终确立的国家历史。

因此，作为国家建构的文学史的叙述必须以体现了国家发展的客观历史与客观现实的科学文学史观作为指导。也就是说，当我们把文学史的书写作为国家建构的时候，它应该以国家发展的客观历史和现实、体现了国家历史与现实利益的国家根本法为基础，从而保证其叙述的正当性和合法性。

当然，需要指出的是，作为国家根本法的《中华人民共和国宪法》，也经历了"中国是一个统一的多民族国家"的各民族主体地位的认同，到对"各民族共同创造了光辉灿烂的文化"历史贡献的认同的进步过程。

1982 年公布施行的《中华人民共和国宪法》① 在"序言"中指出：

> 中国是世界上历史最悠久的国家之一。中国各民族人民共同创造了光辉灿烂的文化……
> 中华人民共和国是全国各族人民共同缔造的统一的多民族国家。
> 本宪法以法律的形式确认了中国各族人民奋斗的成果，规定了国家的根本制度和根本任务，是国家的根本法，具有最高的法律效力。全国各族人民、一切国家机关和武装力量、各政党和各社会团体、各企业事业组织，都必须以宪法为根本的活动准则，并且负有维护宪法尊严、保证宪法实施的职责。

---

① 1982 年 12 月 4 日第五届全国人民代表大会第五次会议通过，1982 年 12 月 4 日全国人民代表大会公告公布施行。根据 1988 年 4 月 12 日第七届全国人民代表大会第一次会议通过的《中华人民共和国宪法修正案》、1993 年 3 月 29 日第八届全国人民代表大会第一次会议通过的《中华人民共和国宪法修正案》、1999 年 3 月 15 日第九届全国人民代表大会第二次会议通过的《中华人民共和国宪法修正案》和 2004 年 3 月 14 日第十届全国人民代表大会第二次会议通过的《中华人民共和国宪法修正案》修正后公布施行。

第一句也是《宪法》的首句，关键词是"历史""文化""各民族""共同创造"。这四个关键词的核心是"共同创造"。这里，强调的是历史文化层面上多民族的中国的形成的历史过程（亦即时间的"悠久"）、创造的主体（各民族）、创造的属性（共同）。正如关纪新指出的那样："这可以理解为，我国现有的56个兄弟民族，以及在中国悠久历史与辽阔版图上曾经出现过的其他民族，都曾为今天的中华民族拥有的辉煌文明做出过贡献。"①

第二句的关键词是"中华人民共和国""共同缔造""各族人民""统一""多民族国家"。这五个关键词的核心是多民族国家，对多民族国家进行规定的是"统一"。这里，是在民族国家的形态和构成成分的层面上，界定作为独立的主权国家的中华人民共和国的"缔造"主体是"全国各族人民"，其"缔造"的结果不是单一民族国家，而是一个"多民族国家"。"统一"则指出了国内各民族与国家（中国）的一体化关系。这里，主体的"缔造"行动与结果之间的关系可以解释为一种因果关系，正因为全国各民族共同参与中华人民共和国的"缔造"行动，所以，一是各个民族在统一的多民族国家中，都具有主体地位；二是各民族的每一个具体成员，在统一的多民族国家中，都被国家赋予了平等的公民身份和公民地位，因此，中华人民共和国才成为一个由"多民族"组成的一体化的民族共同体——现代主权国家。而且更为关键的是，这一多民族国家，不是苏联、南斯拉夫式的社会主义联邦制国家，而是政治制度高度一体化的多民族国家。

第三句将"历史""文化"的"悠久"和"多民族国家"看作是"各民族""共同创造"的"成果"，并以国家根本法的形式进行了"确认"。这实际是在法律上肯定了承认了不同民族历史在多民族国家中的合法性，从而赋予了"各民族""共同创造"的"历史""文化""悠久"的"统一"的"多民族国家"神圣不可动摇的法律地位。至此，中国历史文化"多民族""共同创造"的历史终于获得了国家根本法更加严肃的确认和法律保障。

不仅如此，中华人民共和国宪法还明确了国内各民族间的关系以及国家在对待民族关系问题上的原则立场。宪法明确指出："中华人民共和国各民族一律平等。国家保障各少数民族的合法的权利和利益，维护和发展各民族的平等、团结、互助关系。"民族平等不仅表现在各民族在权利和义务的平

---

① 关纪新：《创建并确立中华多民族文学史观》，《民族文学研究》2007年第1期。

等上，还表现在文化地位的平等上。具体说，就是以历史主义的态度，公正、客观地认识历史上各民族文化对中国文化发展的贡献，这其中自然包括文学地位的平等。

可以说，《中华人民共和国宪法》对中国各民族历史、文化以及各民族对中华文明历史发展的贡献等方面内容的充实、完善是一个不断进步的历史过程，这一过程实际上也成为中华多民族文学史观法理基础不断充实和完善的过程。

宪法（constitution）是一个国家具有最高法律效力的国家根本法，是据以制定其他法的法律基础。这既是"我们在中华多民族文化的基点上，重新确立自我文学史观的前提"①，也是中华多民族文学史观确立的法理基础和法律依据。

特别要强调的是，宪法中明确指出的"中国各民族人民共同创造了光辉灿烂的文化"以及"各族人民共同缔造的统一的多民族国家。"不仅是中国文学史研究的最基本的法律规定和法理基础，同时，也是中国人文和社会科学研究各领域都应该遵照的最基本的法律原则。而中华多民族史观的基本出发点正是基于中国文学是中国各民族共同创造的这一中国文学最基本的历史事实而提出来的。

事实上，20 世纪末，中国历史学、考古学、民族学、文化学等领域中对中国各民族历史文化的研究所取得的突出进展，完全可以看成是《宪法》之法律规定在人文社会科学领域的具体实践，而这种实践的结果，进一步证明了宪法的科学性、客观性、公正性。

二　多民族文学史观的学理依据

20 世纪末，费孝通先生的中华民族"多元一体格局"学说在国内外中国历史学、民族学、文化学等研究领域产生了巨大反响。其原因在于：

首先，他第一次将中华民族看成是一个"民族实体"和"不可分割的整体"。正如他指出的："中华民族是包括中国境内 56 个民族的实体，并不是把 56 个民族加在一起的总称，因为这些加在一起的 56 个民族已经结合成相互依存的、统一而不能分割的整体，在这个民族实体里所有归属的成分都

① 关纪新：《创建并确立中华多民族文学史观》，《民族文学研究》2007 年第 1 期。

已具有高一层次的民族认同意识，即共休戚、共存亡、共荣辱、共命运的感情和道义。……多元一体的格局中，56个民族是民族的基层，中华民族是高层。"费孝通的这种概括和区分，弥补了20世纪从严复、梁启超开始，一直到当代中国民族学、历史学等领域中关于"中华民族是56个民族总和"这一观点的实质性缺陷，既为历史上各个时期非汉民族对中华民族的认同找到了历史的科学的答案，也为包括了各少数民族的中华民族的形成历史进行了梳理，明确了思路，奠定了基础。

其次，"中华民族多元一体格局"学说在中华民族是一个"实体"和"不可分割的整体"这个"高层"中，将汉族还原于"基层"之中，既指出汉族与其他民族一样，是中华民族这个整体中的一员，又历史和客观地指出汉族在"基层"中的"凝聚"与核心作用。正如他所指出的：中华民族"形成多元一体格局有一个从分散的多元，到结合成一体的过程，在这个过程中，必须有一个起凝聚作用的核心。汉族就是多元基层的一元，由于他发挥凝聚作用把多元结合成一体，这一体不再是汉族，而成了中华民族，一个高层次认同的民族"。在此，费孝通先生从根本上纠正了从古至今中华民族关系中存在的大汉族主义错误倾向。因为，我们知道，由于汉族在经济、文化上与其他民族文化存在的先进与后进的客观差距，才形成了汉族对其他弱势民族的偏见和大汉族主义唯我独尊的霸权心理，这也是长久以来历史学、文学领域中"中华民族"常常被"汉族"所偷换的深层原因。

此外，费孝通先生将中华民族多元一体格局的最终形成看成是一个历史过程，客观地肯定了汉族历史和文化在中华民族形成中的历史地位，避免了各民族在中华民族这个整体中，因过分强调自我的历史贡献、价值，导致的对中华民族的高层认同的消解，从而把所有民族的认同指引到中华民族的最高层次的认同上来。在上述立论的基础上，费孝通先生进一步指出对中华民族这个高层实体的认同与各民族自我认同和存在、发展的关系："高层次认同并不一定取代或排斥低层次的认同，不同层次可以并存不悖，甚至不同层次的认同基础上可以各自发展原有的特点，形成多语言、多文化的整体。"①此外，他还指出中华多民族的"多元"中，"相对立的内部矛盾，是差异的一致，通过消长变化以适应多变不息的内外条件"，从而使中华民族这个

①　费孝通：《中华民族多元一体格局》，中央民族大学出版社1999年版，第13页。

"既一体又多元的复合体"获得长久的"生存和发展"。

应该说，费孝通先生的"中华民族多元一体格局"对20世纪中国历史学、民族学研究的重大意义在于：既打破了以汉族为中心的传统历史书写观念和模式，又以"一体格局"的论断弥补或者纠正了中华民族起源"多元说"可能导致的对某"一元"的过度强调，造成对中华民族由多元走向一体的历史发展规律的认识上的偏失。

费孝通先生的理论是他自己作为人类学家、社会学家、民族学家对中国众多民族的实地调查和对中国历史深入研究后得出来的科学结论。从1935年第一次到广西大瑶山对瑶族进行实地调查，到1951年、1952年参加"中央访问团"，负责贵州、广西的民族调查，到1959年参加中印、中阿、中巴的划界工作，直到1989年正式提出"中华民族多元一体格局"学说，经过了半个世纪的思考和探索。在《民族研究——简述我的民族研究经历》中，费孝通先生对中华民族"多元一体格局"理论的形成作了很好的说明：

> 新中国的成立在我国历史上是件空前的大事，全国社会结构起了重大变化，其中之一是民族关系的转变，从不平等的关系转变为平等关系。中国是个多民族国家，民族间的关系十分复杂，但是几千年来基本上没有变的是民族间不平等的关系，不是这个民族压倒那个民族，就是那个民族压倒这个民族。在这段历史里，中国在政治上有过多次改朝换代，占统治地位的民族也变过多少次，但民族压迫的关系并没有改变。直到这个世纪初年，封建王朝覆灭，进入了民国时代，才开始由孙中山先生为代表推选了五族共和的主张。又经过了几乎半个世纪中华人民共和国建立后方出现各民族一律平等的事实，并在国家的宪法上做出了规定。
>
> ……
>
> 我的困惑出于中国的特点，就是事实上少数民族是离不开汉族的。如果撇开汉族，以任何少数民族为中心来编写它的历史很难周全。
>
> ……
>
> 我不是专攻历史学的人，但对过去以汉族为中心的观点写成的中国的历史一直有反感。
>
> ……
>
> 自从新中国成立后，我们国家否定了民族歧视和民族压迫，主张民族平等。……为了实现民族平等，国家有许多工作要做。……要求他们

对当时了解得很不够的各少数民族的社会历史进行科学的研究。民族研究这个名称就是这样开始的。这项工作事实上并不包括对汉族的研究。理论上原是说不过去的。……由此而产生的民族研究实际上成为不包括汉族在内的少数民族研究。①

民族研究和民族学的对象限于少数民族自有它的缺点。缺点就在于把应当在民族这个整体要领中的局部过分突出甚至从整体中割裂了出来。中国的民族研究限于少数民族，势必不容易看到这些少数民族在中华民族整体中的地位，以及它们和汉族的关系。而且如果对这些少数民族分开来个别加以研究，甚至对各民族间的关系也不易掌握，民族学这个学科也同样受到局限。从严格理论上来说，中国少数民族的研究只能是民族学范围内的一个部分而不能在两者之间划等号。②

从这里可以看出，费孝通先生的中华民族"多元一体格局"理论建立有三个基石：一是中国各民族人民共同创造了光辉灿烂的文化这一历史事实，二是统一的多民族国家的现实，三是《宪法》对这一历史事实的法律规定和以立法的方式，在民族平等政策、民族区域自治政策等方面提供的国家制度的刚性保障。这种理论所针对和要解决的问题有四个：一是正视历史上中华各民族的不平等的事实；二是传统中国历史书写（关于中国的传统知识体系和价值观念）中以汉族为中心的大汉族主义历史观；三是割裂非汉民族与汉族经济、文化关系的错误的民族关系观；四是民族学研究领域内的民族研究＝少数民族研究的错误学科观。

但是，费孝通在他的中华民族"多元一体格局"理论学说中所针对并解决了的问题，在中国文学史研究领域依然存在。这主要表现在：

其一，"中华人民共和国是全国各族人民共同缔造的统一的多民族国家"这一宪法的明确规定并没有在作为国家知识建构和体现国家意志的"中国文学史"知识体系中得到体现。从 1954 年将"统一的多民族国家"写进第一部《中华人民共和国宪法》，到 1982 年对《中华人民共和国宪法》修订时加入"中国各民族人民共同创造了光辉灿烂的文化"，半个多世纪的时间中，国家对各民族对中国历史文化的贡献的认识呈现出不断加深和强化

---

① 费孝通：《中华民族多元一体格局》，中央民族大学出版社 1999 年版，第 3—16 页。

② 同上书，第 41 页。

的清晰的发展趋势，但在文学史研究中，虽然也产生了《中华文学通史》这样包容了中国古代各民族文学成果的文学史著作，但绝大多数文学史研究者和文学史著述明显缺少从统一的多民族国家的角度对中国文学史的叙述，更没有一部明确体现中华多民族文学史观的"中国多民族文学史"或"中华多民族文学史"，也就是说，中国文学史并没有体现出各民族创造的文学成果，亦即没有体现出《宪法》有关规定的正当性与合法性。

其二，历史上各民族的不平等在文学史写作中依然以对少数民族文学的忽略或回避的不正常方式存在，如藏族、柯尔克孜族、蒙古族的《格萨尔》《玛纳斯》《江格尔》三大史诗至今也未能进入文学史或许就是最好的例证。不仅如此，"少数民族文学学科"的边缘化地位，在一定程度上印证了非汉民族文学的边缘地位。

其三，"中国文学史＝汉族文学史""中国文学史＝汉语文学史"，或者"中国文学史＝汉族文学史＋少数民族汉语文学史"中所表现出来的费孝通先生所说的"以汉族为中心"的研究倾向，仍然是目前中国文学史研究中未能引起足够重视并予以纠正的普遍现象。

其四，费孝通指出的"中国的民族研究限于少数民族"的严重问题同样出现在民族文学研究领域。在民族文学研究内部，民族文学研究＝少数民族文学研究，不仅反映在学科研究的体制上（如，中国社会科学院的民族文学研究所以及各民族院校和省区的民族文学研究机构），而且还表现在学科研究的具体内容和方向上。如中国少数民族文学学科的设立，不仅将"语言"和"文学"两大门类归并在一起，统称"少数民族语言文学"，暴露出当初设计者对少数民族文学的多样性、丰富性认识上的严重不足。而且，在学科名称上，还特别用"括号"的形式在"少数民族语言文学"后面加上后缀"（分语族）"于是，少数民族文学被分割成"蒙古族语言文学""藏族语言文学""维吾尔族语言文学""朝鲜族语言文学""哈萨克族语言文学"等，从而，不仅将少数民族文学与中国文学二元并置、彼此独立，同时，对少数民族文学按族别的分割，也在客观上进一步将少数民族文学边缘化、弱势化，多民族的一体化、整体化根本无从谈起。

因此，"中华民族多元一体格局"的理论作为中华多民族文学史观的学理基础，就在于这个学说从民族学、历史学、文化学的角度客观地描述了中华民族形成的历史过程，厘清了各民族在中华民族多元一体格局中的地位和各民族之间的关系，历史地还原了各民族对中华民族发展的贡献，它为我们认识多民族共同创造的中国文学真实的历史面貌提供了民族学、历史学、文化学的理论支撑和依据。

除此之外，20 世纪 80 年代以来，中国历史学、考古一系列重大发现，如：被称为"中华第一村"的内蒙古赤峰市敖汉旗发现的距今 10000—8000 年的兴隆洼史前聚落和城址；在江西万年仙人洞、湖南道县玉蟾岩遗址发现的距今 10000 年前后的陶器、磨制器和石器；辽宁省凌源牛河梁发现的史前神庙、祭祀遗址和"女神"；四川广汉三星堆商代祭祀坑出土的大量"另类"青铜人像系列青铜器物；宁夏西夏王陵、黑龙江渤海都城和贵州墓葬的发现、发掘，等等。这些大量的考古发现，用历史现场物证的方式，进一步颠覆了"三皇五帝"核心说，进一步发展了顾颉刚等人对打破中华民族出于一元、中华地域向来一统等观点做出的努力。其中，称得上对中华文明起源做出重大贡献的苏秉琦以《中华文明的新曙光》[①]《文化与文明》《关于重建中国史前史的思考》[②]《走向 21 世纪的中国考古学》等成果中，明确指出"中华民族多元一体格局的形成已被勾划出来了"，"中国文化传统脉络已经初步摸索到了"[③]；他不仅总结归纳了中国国家形成的北方"原生性"、中原"次生性"以及北方民族入主中原后国家形态的"续生性"的中国国家形态的"三部曲"，同时指出：这"三部曲""立体交叉，多次重复，历经我国整个有文字记载历史的全过程，近六千年编年史，它的另一个侧面，则是我国多民族一体格局形成和发展的历史"[④]。而在 1999 年出版的《中华民族起源新探》[⑤] 中，他不但梳理了 20 世纪中国的考古学关于中华民族起源的重大发现，而且在中华民族形成的历史高度和宏观视野中，审视、思考、归纳他所面对的这些重大考古发现，从而创造性地提出了中华文明起源的"满天星斗说"。他认为，至少在距今 6000 年前后，中华大地上的文明火花恰如满天星斗。这些不同的文化系统各有根源，他们分别创造出自己灿烂的文化。也正是这种立足于无可争辩的考古学成果的中华文明起源多元性的观点，把人们的目光引向中原以外的更加广阔的历史时空，来思考中华文明起源的问题。

---

① 苏秉琦：《中华文明的新曙光》，《东南文化》1988 年第 5 期。

② 苏秉琦：《关于重建中国史前史的思考》，《考古》1991 年第 12 期。

③ 苏秉琦：《走向 21 世纪的中国考古学——〈中国考古文物之美〉序》，《中国社会科学院研究生院学报》1994 年第 3 期。

④ 同上。

⑤ 苏秉琦：《中华民族起源新探》，生活·读书·新知三联书店 1999 年版。

2004 年，作为国家"十五"科技攻关项目和"十一五"科技支撑项目，"中华文明探源工作"正式启动。正如媒体报道的那样："经过 10 年的努力，考古学家们可以得出一个基本的结论，在距今 5000 年前后，中国已经出现了比较发达的文化形式，而且各个区域文化的上层社会之间也出现了广泛的交流，虽然各有特色，但却出现了越来越多的共同点，中华文明开始从多元走向一体。在文明的形成过程中，虽然有东西方文化交流的影响，但却始终没有脱离自己的根基和传统。"① 至此，中华文明起源一元说与多元说的争论已经没有意义。诞生于不同区域，形成不同文明的中华各民族，就是这样在碰撞与交流、冲突与融合中一路走来，多元一体和"滚雪球"无疑是对这一历史进程的最客观的描述。因此，民族学、历史学、考古学对中华民族多元一体格局形成历史的还原，为文学史研究客观地展示中华多民族文学多元一体、共同发展的历史图景，提供了充分的史料和证据，也为中华多民族文学史观奠定了坚实的学理基础。

三　多民族文学史观的学科基础

20 世纪 50 年代至今，少数民族文学学科的发展和各个领域研究取得的丰富成果以及主流中国文学史研究观念的某些转型，为中华多民族文学史的确立提供了扎实的学科基础。

在少数民族文学研究内部，少数民族文学学科的发展和各个领域研究取得的丰富成果主要表现在以下几个方面：各民族民间文学的搜集整理、各民族族别文学史编写、少数民族文学古代文学、少数民族现当代文学、少数民族理论与批评建设等方面，在少数民族文学专题性研究方面，各民族文学关系研究、少数民族比较文学学科建设、少数民族口头传统、口头文学与书面文学关系、各民族母语文学创作，包括少数民族文学在社会主义文化建设方面的作用、少数民族文学传统与国家安全等方面，都取得了重要成果。这些成果，既清晰地展示了少数民族文学学科自身的发生、发展、成熟和深化的过程，同时又显示出鲜明的由对各少数民族文学研究向包括汉族在内的中国多民族文学研究的学科跨越。

其一，各民族民间文学的搜集、整理和各民族族别文学史编写。对各民

---

① 李伟、魏一平:《中华文明探源工作十年：寻找中国之始》，《三联生活周刊》2012 年第 40 期。

族文学的关注和搜集、整理早于中国文学史的写作。例如，被誉为中国第一部地区性的各民族民间情歌专集的清代李调元的《粤风》（公元 1881—1882年，由广汉钟登甲乐道斋出版，清末重修），收集有广西客家（汉族）情歌53 首、瑶歌 23 首、俍歌 29 首、壮歌 8 首。而 20 世纪 20 年代，在顾颉刚、钟敬文、王鞠侯、容肇祖、乐嗣炳、叶德均、黄芝刚等人的推动下，1922年，北京大学创办的《歌谣》、山东大学创办的《民俗》等刊物，倡导、搜集并发表了大量壮族、瑶族、苗族、毛南族、彝族等民族的民歌①。虽然李调元是对区域多民族民间文学的专题性（情歌）的收集，而顾颉刚、钟敬文等人对汉族之外的其他民族民间文学的关注受时代环境等方面因素的限制，还不可能提升到中华多民族文学这样的高度，但是，他们的行为表明，中国多民族文学共生并存的现象还是得到了有识之士的重视，而他们收集的成果也在一定程度上反映出了中国文学多民族文学"共同创造"的基本样态，因此，20 世纪初期对各民族民间文学的搜集、整理工作对后世少数民族文学学科发展的影响是不言而喻的。特别是新中国成立后，国家有计划、有组织地开展了以藏族《哥萨尔》、蒙古族《江格尔》、柯尔克孜族《玛纳斯》三大史诗为重点的各少数民族民间神话、传说、故事、诗歌等大规模的搜集、整理，对保护各民族文学成果，凸现各民族对中国文学的独特贡献，具有重大意义。可以说，从"三选一史"到"三套集成"，少数民族神话、叙事诗、传说、故事、歌谣、谚语等民间（口头）文学的收集、整理以及研究也在多个向度上展开，并且取得了一系列优秀成果。神话学、史诗学的某些研究成果已经产生了国际性影响，蒙古文学研究、满—通古斯语早期文学研究、突厥语民族传统文学研究、朝鲜学研究等也在世界相关研究格局中确立了自己的地位。

伴随着各民族文学的搜集和整理，各民族文学史的编写纳入国家学术研究的体制规划之中。从 1959 年由云南人民出版社出版的《白族文学史（初稿）》和《纳西族文学史》至今，蒙古族、藏族、满族、回族、朝鲜族、侗族、布依族、傣族、仫佬族、毛南族、黎族、京族、水族、仡佬族、彝族、白族、哈尼族、拉祜族、布朗族、羌族、土家族、苗族、瑶族、土族、哈萨克族、维吾尔族、乌孜别克族、鄂伦春族、赫哲族、东乡族、保安族、塔吉克族、珞巴族、普米族、阿昌族、基诺族、傈僳族、佤族、达斡尔族、德昂

---

① 梁庭望：《20 世纪的中国少数民族文学研究》，《中南民族学院学报》2001 年第 1 期。

族等 55 个少数民族都有了自己民族的文学史。其中，壮族、蒙古族、藏族、满族、维吾尔族等民族的文学史有多种版本，这些族别文学史的作者，大都为本民族学者，他们了解自己民族文化和历史，占有了大量具有原生形态的文学史资料，这些文学史以史料的丰富翔实而著称，使人们能够比较完整地认识各民族文学真实的历史面貌。特别是，作为集成性、界碑式的《中华文学通史》以及重修版的《中国文学通史》更是历时数年，集合各民族学者，彻底打通了古代与当代、中心与边缘、汉族与少数民族的二元分置，在几千年的经线与共时动态的多民族、多地域文学为纬线的坐标上，展示了从未有过的中国多民族文学多元多彩、并存共生、多元共进的历史场景。

其二，各少数民族文学现象和成果的专题性研究以及各民族文学综合性史论的出现，使少数民族文学研究在微观深度和宏观广度上取得了双向突破，从而进一步奠定了中华多民族文学史观的学科基础。其中，各少数民族文学现象和成果的专题性研究主要体现在对各少数民族标志性文学成果的研究和代表性作家的研究等方面，诸如郎樱的《玛纳斯论》、仁钦道尔吉的《蒙古族英雄史诗源流》等一大批史诗、神话、叙事诗等专题性研究成果，其学术意义不仅在于发现了曾被汉语文学史或者汉族文学史所忽略或湮没的各少数民族的文学成果，更重要的是它对中国文学史进行了实证性的补充，并且对传统的文学史观念进行了根本性的修正。如以藏族、柯尔克孜族、蒙古族三大史诗为标志的史诗研究，不仅推翻了"中国人没有民族史诗"的定论，结束了中国古代文学研究领域从《诗经》中搜耙史诗的尴尬和难堪局面。同时，研究者对中国史诗的独特的形态、风格和传播方式的研究成果，也在潜移默化地影响和改变着人们的文学观念和文学史观念。此外，对曹雪芹、老舍、沈从文等作家的研究，使人们重新发现了这些作家在汉族文学史中长期以来一直被湮没的民族性，他们创作中鲜明的民族特质，不仅为中国文学的多风格、多特质提供了注释，同时也标志着中国文学史研究的深化。而在各民族文学史的综合性研究中，《中国少数民族文学史》《中国少数民族文学比较研究》《中国少数民族文学概论》《中国当代少数民族文学史论》等成果，对少数民族文学学科而言，是一种学科内部的多民族文学史的描述，而对中国文学史而言，这些综合性文学史的"高等学校教材"的身份，则标志着各少数民族文学史在事实上已经作为一种系统的国家文学知识进入了中国文学知识谱系之中，尽管少数民族文学及少数民族文学史课程大都开设在民族高等院校和民族地区高等院校。

其三，各民族文学关系研究。20 世纪 90 年代以后，中国少数民族文学研究由单一民族文学和专题性研究、各民族文学综合研究进入各民族文学关系研究的新阶段。其中，郎樱、扎拉嘎等专家学者承担的国家社会科学基金重大项目《中国各民族文学关系研究》①、关纪新的《20世纪中华各民族文学关系研究》② 在明确的"中国各民族文学'你中有我，我中有你'"的学术理念指导下，全面梳理、总结和研究了先秦至20世纪末中国各个历史时期民族文学间的关系，初步展示了中华各民族文学多元一体格局的形成和历史。此外，邓敏文的《中国南方各民族文学关系研究》考察了南方数十个民族文学间的复杂关系，也成为跨民族、跨区域、跨文化考察多民族文学关系的代表性成果。对中国各民族文学关系的梳理和实证研究，使中华多民族文学的历史样貌较为清晰地展示在人们面前。

其四，多民族文学研究。20世纪90年代中期，邓敏文的《中国多民族文学史论》③ 第一次从多民族文学的理论角度探讨了少数民族文学和中国文学的关系。进入21世纪，2004年，由中国社会科学院民族文学研究所、《民族文学研究》等单位发起了"中国多民族文学论坛"，在已经举办的论坛中，论题由各少数民族文学、少数民族文学与中国文学的关系逐渐转移到中国文学史的多民族构成和多民族文学史观上来。与此同时，继对各民族文学进行了充分关注的《中华文学通史》问世后，还出现了《现代中国与少数民族文学》《文学共和》《新疆当代多民族文学史》《多元文化语境中的西北多民族文学》等文学史写作和文学研究成果，这些成果体现出鲜明的多民族文学的理论意识，昭示着少数民族文学学科的拓展和观念的嬗变。应该指出，多民族文学史观的理论命题虽然是在少数民族文学研究领域中提出的，但其影响已超出了少数民族文学领域。特别是，多民族文学史观的理念命题是在对百年中国文学史研究反思这一大的学术背景下产生的，它不仅是对百年中国文学史研究学术反思的响应，同时，也走在了学术反思的前沿。

在主流文学史研究领域，特别是在中国文学史研究走过百年研究历程的世纪之交，对百年中国文学史研究的学术反思一度成为学界的热点。在2004年"中国百年文学史研究国际学术研讨会"上，有学者提出：真正意义上的文学史不是纯文学的"文学史"，不是汉民族的"文学史"，不是雅

---

① 课题研究成果《中国各民族文学关系研究》于2005年9月由贵州人民出版社出版。

② 《20世纪中华各民族文学关系研究》为《中国各民族文学关系研究》的子课题，课题研究成果于2006年4月由民族出版社出版。

③ 邓敏文：《中国多民族文学史论》，社会科学文献出版社1994年版。

文学的"文学史"。杨义提出了"大文学史观"和"重绘中国文学地图"的理论构想。他从文学民族学问题、文学地理学问题、文学文化的融合问题和文学图志学问题等四个方面，把汉民族文学的中心凝聚力和少数民族文学的边缘合力结合起来，重绘中国文学地图，在空间上打通中国文学①。此外，"整体文学史观"、文学史的"长河意识"和"博物馆意识"、"回到文学史的现场"等观点的提出，都将学术焦点指向了文学史观这一文学史写作的核心问题。笔者以为，主流文学史研究领域的学术反思，不仅是学科发展的内在要求，也是主流文学史研究领域对中国历史学、民族学、文化学中对中华文明起源的多源性、中华文化创造主体的多民族性、中华文化的多样性已经成为一种关于国家的通识性知识产生的影响的回应，也是各少数民族文学已经作为一种关于中国文学的历史知识进入中国文学史的知识谱系的学科发展所推动的。从这一意义上说，少数民族文学学科内部的学术积累以及整个中国文学史研究领域的观念转型，不仅为中华多民族文学史观提供了坚实的学科基础，同时也对中华多民族文学史观的理论构建提出了要求和呼唤。

四　多民族文学史观的基本内涵

中华多民族文学史观，是基于中国多民族的发展历史和中国统一的多民族国家的现实属性，站在统一的多民族国家的高度，客观认识中国多民族文学发展历史进程，客观总结中华多民族文学发展规律，客观评价各民族文学历史与美学价值的基本原则。其目的就是要使人们能够正确把握中国多民族文学历史发展过程，为从事中国文学史研究者提供一种能够科学总结和揭示中华多民族文学共同创造、共同发展规律的理论视角和研究方法。

中华多民族文学史观下的中国文学史研究范畴，包含中国古今各个民族创造的全部文学成果。因此，有两点必须明确：一是，中华多民族文学史观，不是少数民族文学史观，它针对的并不仅仅是少数民族文学，而是包括汉族在内的各民族文学；二是，它针对的并不仅仅是今天的 56 个民族，而是包括已经消失在历史烟波之中，但却为今天多元一体的中华多民族文学做出了贡献的所有民族。

历史唯物主义认为，人是历史的主体，人的本质在其现实性上是一切社

---

① 《中国文学史百年研究国际学术研讨会综述》，《文学评论》2005 年第 2 期。

会关系的总和，人的本质是随着社会的发展变化而发展变化的。社会的存在和发展是从历史发展而来的，社会的存在和发展离不开历史，社会和历史存在着必然的继承和发展关系。中华多民族文学史观以历史唯物主义为哲学基础，研究和认识中国多民族文学的历史、现实和未来发展，力图揭示中国多民族文学发展的规律和真实面貌。总结文学的中国经验，为人类文明史提供中国范式和中国体验、中国经验。

中华多民族文学史观中的"中华"是指在漫长的历史发展过程中由各民族凝聚而成，并且各民族高层认同的民族共同体，具有历史、民族、文化多重内涵，是对中国历史、民族、文化发展，由"多元并存"到"多元一体"历史凝聚过程的高度概括。它将上古中国、中古中国、近代中国与当代中国不同历史时期的"中国"置于一个长时段的共时性空间，从中华民族历史发展整体过程的连续性与个别民族历史发展的个体独立性、各民族文化的多样性、民族文化间的交融性、汉族文化的凝聚性与各少数民族文学的边缘活力四个相互关联的有机方面，来把握中国文化、文学的动态发展过程，具有国家和民族双重内涵。"多民族"是在对中华民族高层认同的前提下，从整体性的高度，客观历史地看待中国文学整体中的多民族构成属性。将本来具有多民族意味的"中华"与用来描述"中华"构成主体多元性的"多民族"并置合成，以"同义反复"的方式，避免历史不同时期对"中华"（专指华夏族或汉族）的挪用和概念偷换，同时又注意到中华民族形成历史的复杂性，避免仅从当今被国家认定的56个民族来描述中国文学史造成的对既往民族以及他们的文学存在历史的忽略（如契丹、匈奴、百越），强调了灌注着不同民族血液和不同文化特质的民族文学在一体化的中华文学中各自的主体地位，避免汉族文学对中国文学的概念偷换，纠正以往文学史研究对不同民族文学特征的忽视，弥补民族文学等于少数民族文学的学科缺陷，从根本上改变中国文学与少数民族文学在文学史结构中的二元分置。中华多民族文学史观中的中国文学，在内容和范畴上包括各民族的书面文学与口头文学等所有以语言作为媒介的文本。中华多民族文学史观的中国文学史，是中国国家文学史与"中华民族"这一56个民族（包括既往民族）构成的民族实体的中华族别文学史的有机统一。

此外，我们之所以称为中华多民族文学而不是中国多民族文学，同样是基于对"没有中华，何来中国"的强调。即，只有中华，才能更加准确地表述作为一个各民族认同的民族共同体——中华"多元一体"的复杂发展历史，才能以更加全面和客观的历史观，来认知现如今作为一个统一的多民族国家的发展历史，避免各种历史误区和认知偏见，包括概念本身的生成历史以及在不同历史时期的特定修辞。

从中华多民族文学史观的内涵角度，中华多民族文学史观主要强调以下几方面。

首先，中华多民族文学史观确立了各民族文学在中华多民族文学史中的主体性地位。认为，中华文学是由各民族文学组成的有机整体，中华文学史是一部多民族文学发展的历史，中华文学的形成、发展直到今天特征鲜明的多民族文学格局的确立，经历了漫长的发展过程。在这一历史发展过程中，先进和发达的汉族文学处于整体中的核心和主导地位，但这并不能取代和抹杀其他民族文学在中华多民族文学史中的主体性地位。因为，任何一个民族都有其他民族所不具有的独特的文学形式和成果，中华文学多风格、多特质、多内涵的特征是各民族文学的多元一体的存在形态和历史特征决定的。对中国各民族文学在中华文学史中的主体性地位的确定，会更加历史地、客观地把握中华多民族文学的本质属性。同时，中华"多元一体"的多民族文学发展的现实，是从多民族文学的历史中逐渐发展而来的，这是一个动态的、不断发展的历史过程。在这个过程中，各民族对汉族这一"凝聚核心"的认同经历了一个漫长的发展过程；同样，汉族对其他民族的认同和凝聚也经历了从"戎禽兽也"（《左传》）、"内华夏，外夷狄"（孔子）、"非我族类，其心必异"到各民族团结、平等的漫长的发展过程。各民族文学在中华文学史中的主体地位的确认，是确认各民族文学平等关系的前提。

其次，客观准确地认识和把握中华文学史"多元一体"结构中各民族文学之间的关系。

这一问题，在传统文学研究中有两种思维定势：一是各少数民族文学都受到了汉族文学的影响。这种观念当然是极其片面而无知。但长时间以来一直是主流文学关于各民族文学关系研究的主导话语。汉族对一些少数民族文学产生的影响是客观事实，但因此得出所有的少数民族文学取得的成果都是在汉族文学的影响下取得的，就显然幼稚可笑。还有一种既定的思维是研究者的视野中，根本没有少数民族文学，因此也就谈不上"关系"。这两种情形在今天仍然存在。

我们认为，中华文学不是单纯的汉族文学"一元派生"的历时推进或中心向外的共时辐射。也就是说，既不是 1 对 55，也不是 55 对 1。朝戈金把中国各民族文学关系看成是"网状"结构，不无道理。因此，中华多民族文学的关系，并不仅仅以今天 56 个民族为对象，而是包括消失在历史烟波中的那些民族在内的所有中华民族成员之间的复杂的影响——接受，或者接受——影响之间的多层次、多向度的关系。

从总体来看，汉族文学在历史上的确曾给予许多少数民族文学以深刻的影响，但少数民族文学也以自己的特质回馈于汉族文学。各民族文学间从未间断过的动态的多元互补、多向互动、分化整合，是中华多民族文学发展史的深层结构，也是中华文学发展的历史特征。因此，中华各民族文学之间的关系，是不同主体之间的平等关系。

在历史上，各民族都有自己的发展历史，具有自己的民族文化立场和文学传统。处于核心地位的汉族文学在历史发展过程中逐渐形成了向心力和影响力，由于先进文化的给养，各民族文学的水平得以提升，主体性得到了加强。但是，汉族文学在影响其他民族文学的同时，也自觉或不自觉地吸纳了其他民族文学的养分，从而丰富了自己。汉族文学与其他民族文学关系表现出不同主体间的双向互动的关系特征。正如有的学者所指出的，"汉族作为中原地带发祥极早且文化始终领先于周边的民族，其文学对许多民族的文学都有过不容置疑的影响，各个少数民族的文学承受了处于中心文化位置上的汉族强势文学的辐射。然而，文化发展相对滞后的少数民族，他们的文学在与汉族文学的接触中，也不是仅仅体现为被动地接受汉族文学的单向给予，少数民族文学同样也向汉族文学输送了有益的成分，它们之间的交流，始终表现出双向互动的特征和情状。"[1] 此外，中国文学中不同民族文学主体间的互动关系，不仅表现在汉族与其他民族文学间的交流与影响上，还表现在汉族以外的、地域相邻、文化特征相近的不同民族文学间的互动与融合。正如邓敏文在分析白族的《星回节的传说》与彝族的《曼阿喃》"故事的情节、主题基本相同、而人物却大不一样"时指出的："尽管他们（指传说中的郭世忠—笔者注）生活的年代相隔数百年，但关于他们的传说故事却那么相似，其中有继承、有模仿、有借鉴，也有创造。这大概也是民族文学交流的一种普遍现象。"[2] 实际上，各民族文学关系的多层多向互动与融通，不仅伴随着中华民族核心凝聚力的形成和统一的多民族国家形成的全过程，而且对统一的多民族国家的形成起到了积极的推动作用。

对于各少数民族文学在中华文学史上的客观存在，特别是各民族文化（文学）间多元一体的互动交融关系，我们大致可以按照时间的线索，作一

---

[1] 关纪新：《创建并确立中华多民族文学史观》，《民族文学研究》2007 年第 2 期。

[2] 邓敏文：《南方民族文学关系史》中卷，民族出版社 2001 年版，第 247 页。

粗略的梳理。

中华丰富多彩的创世神话、始祖神话、洪水神话、战争神话、发明创造神话，显然包含着多民族文化的基因。就拿创世神话和始祖神话而言，不同民族就有许多不同，而追认的始祖也并非在 19 世纪末 20 世纪初期由文化民族主义者们确立的炎黄神话系统，比如苗族就追认到自己的祖先是在主流历史/文学叙事中被黄帝打败的蚩尤①，而昆仑神话系统显然也有西域民族的文化因子②。

《楚辞》则是南方民族文化的产物。《汉书·地理志下》所言之濮、越、巴、蛮等南方部落集团聚集的地方文化是："楚有江汉川泽山林之饶，江南地广，或火耕而水耨。民食鱼稻，以鱼猎山伐为业。果蓏嬴蛤，食物常足。故呰窳媮生，而亡积聚，饮食还给，不忧冻饿，亦亡千金之家。信巫鬼，重淫祀。"③ 现在出土的材料多有证明，楚人贵族阶层崇信巫祭，南方土著聚居之地，更是巫风浓烈，如王逸所说："昔楚国南郢之邑。沅湘之间，其俗信鬼而好祠，其祠必作歌乐鼓舞以乐诸神。"④《楚辞》瑰丽奇崛、汪洋恣肆的想象更多来自巫鬼之风的潜在影响。

其次，《汉书》载《匈奴歌》、刘向《说苑·善说》记《越人歌》《后汉书·西南夷列传》记载古代藏缅语族语言的《白狼王歌》等等，分别体现了中原民族与北方及南方民族之间的文化碰撞和交流。⑤《乐府诗集》卷二一《横吹曲辞一》云：

> 横吹曲，其始亦谓之鼓吹，马上奏之，盖军中之乐也。北狄诸国，皆马上作乐，故自汉已来，北狄乐总归鼓吹署。其后分为二部，有箫笳者为鼓吹，用之朝会、道路，亦以给赐。汉武帝时，南越七郡，皆给鼓吹是也。有鼓角者为横吹，用之军中，马上所奏者是也。⑥

---

① 吴晓东：《苗族图腾与神话》，社会科学文献出版社 2002 年版。

② 王青：《西域文化影响下的中古小说》，中国社会科学出版社 2006 年版。

③ （汉）班固：《汉书·地理志》，《汉书》卷二八，中华书局 1962 年版，第 1666 页。

④ 《楚辞·九歌第二》，参见王逸章句、洪兴祖补注《楚辞四种》，世界书店 1936 年版，第 33 页。

⑤ 刘大先：《少数族裔文学翻译的权力与政治》，《西南民族大学学报》2010 年第 2 期。

⑥ （宋）郭茂倩：《乐府诗集》，中华书局 1998 年版，第 309 页。

　　可见"横吹曲",原是在马上演奏的一种军乐,因演奏的乐器有鼓有号角,所以叫"鼓角横吹曲"。北朝民歌大部分保存在《乐府诗集·横吹曲辞》的《梁鼓角横吹曲》中,此外在《杂曲歌辞》和《杂歌谣辞》中也有一小部分,共70首左右,多半是北魏以后的作品,随着南北文化的交流,北方的歌曲陆续传到南方,齐、梁以后也常用于宫中娱乐,并由梁代的乐府机关保留下来,所以叫"梁鼓角横吹曲"。北朝民歌原来大都是北方少数民族的歌唱,如《折杨柳歌辞》说:"我是虏家儿,不解汉儿歌。"其中又以鲜卑语的歌辞居多。这些歌辞后来被翻译成汉语,如《敕勒歌》,"其歌本鲜卑语,易为齐言,故其句长短不齐"①。其中也有一部分是北人直接用汉语创作的,有些则是经过了南方乐工的加工润色,同时也不能排除其中还杂有少数北方汉人的作品。所以北朝民歌是北方各民族共同创造的文化硕果,只不过在早期的文学史书写中,"民族"的因素不被提及而已。

　　西晋灭亡,晋室南渡,文化重心也随之南移。北方文学在十六国与北魏前期极度衰微,《魏书·文苑传》开头一段话很有意思,体现了正统的"文"的观念:"文之为用,其来日久。自昔圣达之作,贤哲之书,莫不统理成章,蕴气标致,其流广变,诸非一贯,文质推移,与时俱化。淳于出齐,有雕龙之目;灵均逐楚,著嘉祸之章。汉之西京,马扬为首称;东都之下,班张为雄伯。曹植信魏世之英,陆机则晋朝之秀,虽同时并列,分途争远。永嘉之后,天下分崩,夷狄交驰,文章殄灭。"② 北朝文学的复苏与兴盛,与少数民族政权接受汉族文化的进程是同步的。北方各地接受南方文学影响的先后与程度则有所不同。魏孝文帝迁都洛阳后,厉行汉化,使中原文化得以延续。尽管北方汉化的少数民族政权没有断绝汉文化的传统,甚至以汉文化正统自居,但适应各自政权的需要,在汉文化和本族文化融合的过程中取舍各有不同。"即使那些进入长城以内的边疆民族,最后也渐渐放弃自己原来享有的文化传统,完全融合于汉文化之中,其历程也往往是非常曲折与艰辛的。因为文化接触与融合的因素非常复杂,往往在接触与融合的过程中,一旦遭遇挫折与阻碍,必须经过不断地再学习、再适应、再调整之后才能完成。而且不论融合或被融合的双方,都必须付出很高的代价,甚至被融

----

　　① （宋）郭茂倩:《乐府诗集》卷八六《杂歌谣辞》引《乐府广题》,中华书局1998年版,第1212页。

　　② （北齐）魏收:《魏书》卷八五《列传·文苑》第七十三,《魏书》第五册,中华书局1974年版,第1869页。

合的民族完全放弃自身的文化传统，但仍然有某些文化的因子，无法完全被融合而残留下来。这些残留下的文化因子往往在被吸取后，经过转变成为一种新的文化成分；不仅丰富了汉文化的内容，也增强了汉文化的活动力量。中国历史自魏晋以后，由于边疆民族不断涌入长城，结束了汉民族在长城之内单独活动的时期，汉民族不断和不同的边疆民族进行接触与融合，使汉文化增添更多的新内容，中国历史的发展也更多彩多姿。"①

再如，契丹的族源原有青牛白马传说，又有三汗说，但是后来受到汉文化的影响又出现了黄帝后裔或者炎帝苗裔之说。值得一提的是，本来这些互不相干的传说，经过后人的整合，最终合二为一了，这证明了中华民族的文化向心力和凝聚力。② 辽代的契丹诗人大多是君主、皇族和后妃，他们有机会较早接触汉文化。在契丹人的诗作中，篇幅最大、且最具典型意义的莫过于《醉义歌》。此诗署为"寺公大师"作，作者当是一位僧人。原诗用契丹文写成，后由元初的耶律楚材译为汉文，今即保存于耶律楚材的《湛然居士文集》中。

金代是女真人建立的王朝，蔡珪、王庭筠、党怀英、周昂等被金末的元好问称为"国朝文派"，从审美趣味、形式格律等诸多方面而言，他们都可以说是正统士人文化的投射。金朝在蒙古的进逼下被迫南渡直到金亡前后。在这期间，金朝的国势逐渐衰微，但诗歌创作却相当活跃，不事雕琢、重在达意的文学思想占据了主导地位。至金末的大诗人元好问（1190—1257），其祖先出于北魏鲜卑拓跋氏，但他的写作同汉人并没有太多区别。

元曲、清代的词与小说，在后世的文学史书写中被当作能代表其时代的文学，如果从其内在的文化要素和风格格调而言，蒙古、满州以及北方其他少数民族的影响显而易见。元大都的文学其实是融合了五方杂处、不同民族包括来自亚、欧等其他国家的文化要素。清代的词人如纳兰性德、奕绘、郑文焯俱是满人，而曹雪芹、顾太清、长白浩歌子等也都是旗人出身。只是他们的族裔身份并不被视为具有意义的构成，在文学史的叙述中，这些只是背景的组成部分，可能在"知人论世"的环节中对于认识具体个人有所助益，但是就文学观念而言，它们似乎没有成为一个思考的维度。

① 逯耀东：《从平城到洛阳——拓跋魏文化转变的历程》，台湾联经出版事业公司1979年版，第3页。

② 刘浦江《契丹族的历史记忆——以青牛白马说为中心》一文对此有细致的考证和分析，参见刘浦江《松漠之间：辽金契丹女真史研究》，中华书局2008年版，第99—112页。

应该看到，对各民族文化间动态关系的梳理，是中华多民族文学史阐释和揭示不同民族文学关系的前提。在上述两个方面，近年来许多少数民族文学研究者取得了重要进展，《中国各民族文学关系研究》《20 世纪中华各民族文学关系研究》以及《中国南方民族文学关系史》等都是标志性成果。另外，我国许多民族的文学除了受自己相邻民族文学和汉族文学的影响外，与汉族文学一样，接受了国外其他民族文学的影响，特别是维吾尔族、藏族、蒙古族、朝鲜族等一些民族与国外相关民族的文学一直保持着密切的关系。这种跨国界、跨民族、跨文化的影响与传播，也是过去文学史研究所忽略的重要问题。

再次，中华多民族文学史观是一个整体的、开放的、发展的文学史观，在整体性上，中华多民族文学史观既不是一个"折衷主义的理念"，也不是"单一民族文学中心话语的主导"，更不是"多方面调和"①，而是在中华民族文学多元一体的整体性的高度上，来对中华文学进行历史客观的叙述，再现中华文学"多民族共同创造"的文学历史。其开放性和发展观表现在它所考察的不仅仅是现有的 56 个民族的文学发展的历史和现实，同时关注和重新认识中国历史上既往民族的文学历史和贡献，关注中华多民族文学在未来的发展中新的民族文学因素的生成和可能融入，关注已有的各民族文学因子在整体的多民族文学中的变异。如费孝通提出的大陆还未进行民族确认的族群以及台湾的布农族、雅泰族、鲁凯族等民族的文学，② 等等。

最后，中华多民族文学史观的确立标志着中国文学史研究观念、方法、范式的重大转型。

从少数民族文学到多民族文学，标志着中国文学学科观念和学科结构的转型。少数民族文学这一对汉族以外的其他民族文学的统称，源于"人口较少民族"。少数民族这一提法有其历史的合理性，但也存在着自身的缺陷。例如，截至 2005 年，中国汉族以外的其他民族人口总数达到 1.23 亿，占全国人口总数的 9.44%。少数民族中，人口比例极为悬殊，其中，人口最少的珞巴族仅 2300 多人，而壮族的人口超过 1500 万人，是珞巴族的近7000 倍。而汉族仅为壮族人口的 80 倍。所以，将人口数量差距如此巨大的不同民族统称少数民族，本身就值得反思。

---

① 欧阳可惺：《当代中国多民族文学史观建构的思考》，《民族文学研究》2008 年第 2 期。

② 对台湾少数民族文学的研究，可参见李瑛的《台湾少数民族作家文学论》，民族出版社2007 年版。

对少数民族文学而言，少数民族文学这一学科概念的产生和体制化过程已经有半个多世纪的历史。在这半个多世纪中，少数民族文学研究所取得的成绩为中华多民族文学史观提供了坚实的学科基础。但应该看到的是，少数民族文学概念的提出和少数民族文学学科的体制化，是各民族文学历史面貌还未被世人所知的特殊历史时期的产物。无论是少数民族文学概念的本身，还是少数民族文学学科建设，其最终目的是通过对各少数民族文学的研究，最大限度地再现各民族文学发展的历史面貌。正如 90 年代邓敏文所说的："当前中国少数民族文学史家的主要任务仍然是向人们介绍中国各少数民族文学的基本事实，并对这些基本事实做出客观的描述，使人们对中国各民族的文学有较多的了解。"① 应该说，少数民族文学研究经过半个世纪的"卧薪尝胆"，现在，各民族的古代文学、民间文学和作家文学得到了较为完整的清理和总结，而各民族现当代作家文学在事实上早已融入多元一体格局的多民族中国现当代文学之中。在这种情况下，如果仍然坚守过去民族文学等于少数民族文学的学科立场，少数民族文学有机结构进中国文学史的问题依然不能解决，中华多民族文学的性质仍然不能体现。因此，打破少数民族文学学科与中国文学学科之间的壁垒，将汉族文学与其他民族文学看成是中华多民族文学的整体结构中的有机结构要素，使各民族文学从过去的学科规范和学科藩篱中走出来，实现从少数民族到多民族文学的学科观念的转变，是中华文学史能否取得新的突破的关键。

因此，中华多民族文学史观，标志着"中国文学史 = 汉族文学史"，或者"中国文学史 = 汉语文学史""中国文学史是'1 + 55'即汉族文学史 + 少数民族文学"的模式被打破。几十年来，民族文学研究（少数民族文学研究）只重视汉族以外的其他民族文学，不关注汉族文学，或者从少数民族文学的角度来研究与汉族文学的关系，主流中国文学史研究只重视汉语文学史研究，其他民族文学受到有意无意的淡化和遮蔽，这些问题的存在，在相当程度上削弱了文学史研究的科学性，消解了文学史国家知识建构的属性。而在中华多民族文学史观指导下的中华文学史的研究中，汉族文学与其他民族文学都将被放置于多民族文学这一文学史结构框架下，从而在根本上解决汉族文学与少数民族文学的二元分置的结构性问题，汉族文学在中华文学史整体结构中的主体地位不但未因此动摇，作为民族文学之一种，汉族文

---

① 邓敏文：《中国多民族文学史论》，社会科学文献出版社 1995 年版，第 49 页。

学在多元一体的中华文学史中的"凝聚核心"的地位会得到突出。而且，各民族文学间的关系以及各个民族的不同语种、不同样式的文学成果将得到客观、科学的阐释，中华文学史将是真正意义上的反映了中华各民族共同创造的客观、科学的多民族文学史。

五 多民族文学史观与中国文学研究范式转型

中华多民族文学史观针对的问题非常具体，解决问题的途径非常清晰，理论预期非常明确，其突出理论价值和学术意义表现在对中国文学研究范式的革命性转型。

（一）完整呈现中华文学版图

正确认识中华多民族文学历史进程，首先要确立中华多民族文学史观，这是观察中华多民族文学历史图景所必须具备的理论制高点，也是客观认识中华文学发展历史进程的最基本的原则。从这一角度来看中国文学的发展历史，一是生活在不同地域、具有不同的历史文化传统的多民族共同创造的广阔历史场景得到完整呈现；二是由单一民族文学，到多民族文学相互交融，百川入海的历史进程得到客观呈现；三是每一个民族古往今来创造的不同形式（形态）、不同语言的文学成果——无论是书面的，还是口传的；无论是纳西族古歌，还是赫哲族的"伊玛堪"；无论是藏族的《猴鸟的故事》，还是满族的《人参姑娘的故事》；无论是维吾尔族的纳瓦依，还是契丹后裔耶律楚材；无论是汉族的《孟姜女哭长城》，还是壮族的《布洛陀》；无论是哈萨克族的阿肯弹唱，还是侗族大歌，无论是维吾尔族的"十二木卡姆"，还是白族的空空腔，……都成为中华文学百花园的鲜艳花朵；四是那些用自己民族母语创作的文学成果，使中华文学汇成一曲波澜壮阔的交响乐；凡此种种，都清楚地表现了中华文学多民族、多地域、多传统、多形态、多语种的鲜明特征。不仅如此，在中华文学的视角下，各民族文学之间的生动多样的文学关系也得到进一步揭示。例如，对儒、道文化情有独钟的耶律楚材凭其汉文诗作，成为元初公认的大家，而这位契丹后裔又是蒙元名相，在西域，他无意间亲近了自己的母语，习得契丹小字，于是翻译了寺公大师用契丹小字创作的《醉义歌》，从而为人们打开了观察契丹人精神世界的窗口，也留下了中华各民族文学如何围绕汉族先进文学这个凝聚核心，相互交融、共同发展的佳话。在中华多民族文学的视野下，诸如此类的例子数不胜数：

如《诗境》从青藏高原传播到蒙古高原，进入蒙古族诗学体系，《格萨尔》转化成蒙古族的《格斯尔》至今还在蒙古高原传唱，《福乐智慧》穿越时空，从中亚与中原文化进行了思想对话，等等。因此，中华多民族文学，明确界定了中华文学研究的对象，清楚地描述了中华文学的边界，呈现出与统一的多民族国家形成历史相一致的中华文学版图的构造历史。

（二）明确中华多民族文学史的国家知识属性及功能

在现代，历史学一直受到高度重视。原因是，在现代民族国家，历史学的主要任务是将民族国家历史知识化，通过民族国家知识的传播，培养公民对国家的认同与忠诚，激发国民的爱国主义精神。正如杜赞奇总结的那样，西方大学里专业历史的出现与民族利益密切相关，而且这一专业的权威源于其民族真正的发言人这一身份。法国历史学家不仅自视为民族遗产的传承人，而且是公共舆论的塑造者，肩负着用历史的教训来重建民族自豪感，以便使遭受国耻的祖国寻求新生和复仇的重任。19 世纪末期美国历史学界的共识是：在经历了内战之后，历史应该肩负起"治愈民族"的重任。由于文学是一个民族历史、文化以及民族精神、民族性格的最集中、最形象的反映，因此，文学史往往被称为形象化的历史，具有国家知识的属性。特别是文学所具有的情感性和审美性特征，使其在激发公民的爱国主义精神，培养公民的国家认同方面，比历史学更为直接、更为深刻，影响也更为广泛。所以，中国文学史自产生那一天起，就被纳入国民教育的知识体系之中。

从国家知识的功能角度来说，一方面，将中华多民族文学所呈现出来的那种既各有传统、又相互"交汇、交融、交流"的共同创造、共同发展的历史进程知识化，并将其纳入国民教育的知识体系，可以进一步印证和深化关于中华民族"多元一体"格局的历史发展过程的认识，将具象的可以感知的中华文学知识，转化为对幅员辽阔、文明悠久的祖国的认识，从而强化各民族对中华民族的认同，增强中华民族的凝聚力激发各族人民的爱国主义精神。另一方面，将各民族文学历史，提升到统一的多民族国家知识高度，表现了国家对各民族历史和文化传统的尊重以及价值肯定，每一个民族都可以在"多元一体""满天星斗"的文学时空中，找到自己民族文学的坐标，这将极大彰显中华民族的凝聚力，增强每一个民族对中华民族的集体归属和集体认同，同时，也会增强各个民族的文化自信、文学自信，这对促进各民族文学的发展将起到重要的推动作用。

在 2015 年 11 月 3 日通过的《中共中央关于繁荣和发展社会主义文艺的

意见》中明确指出社会主义文艺要"唱响爱国主义主旋律"，指出："爱国主义是中国精神最深层、最根本的内容，也是文艺创作的永恒追求。坚持唯物史观，不管历史条件发生任何变化，凡是为中华民族作出历史贡献的英雄，都应得到尊敬、受到颂扬，被人民记忆、由文艺书写。组织和支持爱国主义题材文艺创作，大力讴歌民族英雄，倾诉家国情怀，弘扬集体主义精神，不断增强做中国人的骨气和底气。正确反映中华民族五千多年文明史、中国人民近代以来斗争史、中国共产党奋斗史、中华人民共和国发展史、当代中国改革开放史，生动反映各族人民维护祖国统一、海外儿女心向祖国的心路历程。旗帜鲜明反对历史虚无主义，抵制否定中华文明、破坏民族团结、歪曲党史国史、诋毁国家形象、丑化人民群众的言论和行为，反对以洋为尊、唯洋是从，引导人民树立和坚持正确的历史观、民族观、国家观、文化观，不断增强中国特色社会主义道路自信、理论自信、制度自信。"此外，习近平总书记2014年在全国宣传工作会议的讲话中明确提出：在全国对外开放的条件下做宣传思想工作，一项重要的任务是引导人们更加全面客观地认识当代中国、看待外部世界，宣传阐释中国特色，要讲清楚每个国家和民族的历史传统，文化积淀，基本国情不同，其发展道路必然有着自己的特色；讲清楚中华文化积淀着中华民族最深沉的精神追求，是中华民族生生不息、发展壮大的丰厚滋养；讲清楚中华优秀传统文化是中华民族的突出优势，是我们最深厚的软实力；讲清楚中国特色社会主义植根于中华文化沃土、反映中国人民意愿、适应中国和时代发展的进步要求，有着深厚历史渊源和广泛基础。从根本上说，无论是"四个讲清楚"还是坚持正确的历史观、民族观、国家观、文化观，都离不开对中华民族多元一体、共同发展的客观历史的正确认识。因为，讲清楚了中华多民族文化的构成、形成、发展历史，也就讲清楚了中华民族的生成、发展历史，讲清楚了统一的多民族国家的坚实的历史根基。在这方面，中华多民族文学史以及文学史研究工作者，既承担着重要使命，也面临着诸多如何去讲清楚的问题，诸如主体与整体、整体与多样、先进与后进、中心与边缘、离散与融合、碰撞与推进等复杂而多样的内容和关系，还有待我们去探讨、研究。特别是中华文学与各民族文学的关系、汉族文学与少数民族文学间的关系、各少数民族文学之间的关系、跨境民族文学传播与国家文化安全等诸多问题，都需要我们去探讨和研究。这既是一个学术问题，又是一个历史和现实问题。

（三）丰富中华优秀传统文化体系

文学是文化的载体，又是文化的重要组成部分。中华文化是以汉族为主体的包括古往今来中华各民族共同创造的文化。每一个民族都有自己的文化传统，相应地，每一个民族都有自己民族的优秀传统文化，中华优秀传统文化正是各民族优秀文化的集合体、共同体。但是，长期以来，在一些领域，还有一些错误认识。如，将汉学等同于国学，将汉族文化等同于中华文化，或者把民族文化等同于少数民族文化，把少数民族对中华文化的认同看成是对汉族文化的认同，等等。在对优秀传统文化的认识方面，同样存在着各种各样的误区，如一谈及优秀传统文化，就会马上联想到儒家文化或者道家文化。显然，用儒家文化或者任何一种优秀文化来代表或者偷换"中华优秀传统文化"这一概念，都是错误的，这些错误观念都是需要我们高度警觉和彻底摒弃的。

习近平总书记指出："中华优秀传统文化是中华民族的精神命脉，是涵养社会主义核心价值观的重要源泉，也是我们在世界文化激荡中站稳脚跟的坚实根基。要结合新的时代条件传承和弘扬中华优秀传统文化，传承和弘扬中华美学精神。"我们认为，弘扬中华优秀传统文化，最根本的是要明确，中华优秀文化，是中华多民族优秀文化，不是某一民族的优秀文化。二是要明确中华文化与各民族文化是整体与部分之间的关系。每个民族创造的优秀文化，既是该民族的，也是为各民族共同拥有、共同分享的中华文化的一部分。三是要明确各民族文化之间的关系，是相互补充、相互交融、共同创造、共同发展的。所以，民族与民族虽然有不同历史和文化传统，但是，各民族优秀文化在思想内涵、精神追求、价值取向上，既是相通的，也是互补的，如蒙古族传统文化中的生态观、维吾尔《福乐智慧》中的和谐思想等等，有的与中国传统的儒家优秀思想相一致，而有的则是对中华文化体系的补充。所以，各民族的优秀传统文化，都作为中华优秀传统文化的组成部分，极大地丰富、完善了中国优秀传统文化的内容和价值评价体系。具体到各民族的优秀传统文学，则天经地义地是中华优秀传统文化不可或缺的重要组成部分。正因如此，近两年来，在学界，以刘跃进为代表的一批学者呼吁要加强中华文学的研究，让各民族优秀文化经典进课堂。这一具有可操作性的倡议无疑具有重要的意义。因为，从弘扬中华多民族优秀传统文化的角度而言，把各民族文学的经典，纳入传统中国文学经典体系之中，极大地丰富了中国文学经典宝库。这一点，正如刘跃进指出的那样："站在这个高度来看中华文学研究的意义，我们倡导的不仅仅是不同民族文学经典知识的普及，更重要的是在从事一项民族文化的集体认同工作。"①

此外，确立多民族共同创造的中华文化观念，加强对各民族文化成果的传承与保护，还将有利于国家文化安全，对增加中国文化国力，增加中国文化在日益全球化时代的核心竞争力具有重要而显在的意义。

（四）推进中国文学理论与批评话语体系建设

中国古代虽然产生了体大思精的《文心雕龙》以及《诗品》《沧浪诗话》《文赋》等一大批文学理论经典之作，这些理论经典，涉及文学文体、创作、风格、批评方法等诸多范畴。是中国文学理论的富贵遗产，也是中国文学理论建设的重要的民族文学理论资源。但是，严格说来，中国传统文学理论的研究对象大都局限于中国传统诗文传统，虽有精深之作，但却未涉及中华多民族的生动和复杂的文学理论现象和丰富独特的文学思想及理论建构。例如，《诗境》《彝族诗文论》《傣族论诗歌》这样的少数民族文学理论经典，并没有引起中国古代文学研究者们的重视，因而也无法进入中国古代文论的范畴。特别是，五四以后，西方纯文学（literature）的分类方法以及西方各种文学理论大行其道。现在，中国文学理论界，除了马克思主义文论话语还掌握着局部话语权外，西方文论主导了中国文论的话语权。这种情形导致两种不利情况的出现。一是中国古代文论资源和思想没有完成现代转换，二是没有形成以中国汉族古代文学理论为核心，兼纳和吸收各民族传统文学理论资源的"智库"，在此基础上，建构立足中华多民族文学传统资源的，具有清晰的传承脉络、研究对象、研究范式的理论体系和话语体系，因而本土化的中国文学理论与批评话语体系没有建立起来。

需要强调的是，从理论上说，科学的理论应该为人类所共享，但任何一种理论都有其特定的指向，普适性的原则和理论并不多见。不是所有的科学理论都能解决每一个民族国家的具体情况。虽然文学被称为人学，表面上具有普适性。但世界文学发展的历史同样证明文学是人文科学中最具个性的门类，因为，它所反映的恰恰是世界最丰富、最复杂的人的情感和生活。具体到中国文学，恰恰是中国各民族古往今来创造丰富多样的文学，所以迫切需要立足于这一现实，建构自己的文学理论和文学批评的话语和理论体系以及批评标准，这也正是以中华多民族文学史观为核心的中华多民族文学理论建构的意义。

①　刘跃进：《"中华文学"的历史进程与现实意义》，《文史知识》2015 年第 6 期。

　　具体而言，中国文学理论话语体系正是建立在中华多民族文学客观实践基础之上的。这种实践，一是中华民族"多元一体"的形成、发展历史；二是统一的多民族国家的现实；三是中华多民族文学交融互动，共同发展的历史和现实。以此为出发点，中华多民族文学理论对中国文学理论话语体系建构提供的话语资源和理论启示在于：

　　1. 以多民族文学观为核心，以多民族历史观、多民族国家观、多民族民族观、多民族哲学观为支撑，建立中华多民族文学史观的整体架构。

　　2. 重新界定文学的概念和范畴，建立口头文学与书面文学并重的整体文学观。促进文学观念的转型。汉族有发达的书面文学传统，藏族、蒙古族等民族有发达的口头传统，许多民族还呈现出口头文学与书面文学并存共生的情形。这一点，正如朝戈金在以珞巴族中口头文学为例谈及文学观念时所说的："比如文学观念的拓展，以门巴族的神话为例，门巴族有着自己的语言门巴语，但没有本民族的文字，因此该族的一些神话并不是以文本形式体现，而是一段集体舞蹈，文学与仪式、宗教信仰、日常生活的某些活动结合在一起的特征非常明显。就门巴族而言，这段舞蹈就是该族早期对于宇宙起源的解释，这就不断拓展了我们的文学观念，让我们从文学存在、操演过程等多角度来研究文学，而不是仅仅通过文本来研究文学。"朝戈金还进一步指出："文学和舞蹈结合在一起，属于舞蹈范畴还是文学范畴？少数民族的口头文学按文学史观念如何断代？所有这些问题都颇具挑战性，但对这些问题的解决，不仅能丰富中华文学的理论视域、体例和方法，而且对人类很好地理解其他文学，比如《荷马史诗》，都非常有帮助。"就文学本体而言，朝戈金认为，"这一观念也会大大提升中华文学研究的内在质量、张力和与其他学科对话的可能性"。① 的确，现在，文学对有的民族是一种操演，有的民族是一种仪式，有的民族与舞蹈、音乐融合在一起，有的民族与所有的民俗事相融合在一起。文学是语言的艺术在这些民族的活态文学样式面前，其特定含义非常具体——书面文学。这种文学远不能概括中国多民族文学的丰富的形态。

　　3. 建立完整的具有中国特色的诗学体系。中国是诗歌大国，如上所述，诗学理论是中国传统文学理论的最重要的内容，如果说以梳理中国历代诗话、词话、曲话为重点的传统诗学是中国诗学体系的重要一翼，那么，以

---

　　① 见张丽《构建多元一体的中华文学》，《人民政协报》2015 年 3 月 23 日第 9 版。

《格萨尔》《玛纳诗》《江格尔》三大史诗为代表的各民族口头诗学，将构成中国诗学的另一翼。早在1997年，著名蒙古族诗人、学者巴·布林贝赫就出版有《蒙古英雄史诗的诗学》，而朝戈金、尹虎彬、郎樱、仁钦道尔吉、巴布曲布嫫等一大批少数民族学者，不仅在史诗理论，而且在中国少数民族史诗诗学研究方面，取得了一系列重要学术成果。但是，遗憾的是，尽管相关成果已经在世界史诗学领域产生了重大反响，但在中国，这些影响还仅仅局限在少数民族民间文学研究领域。所以，能否和怎样与中国传统诗学体系的另一翼形成共振与策应，既决定着中国诗学体系的完整性和独特价值的呈现，也关系到能否建立具有中国特色的诗学理论体系。在这方面，既有可以预见的空间和开拓的意义，也有中国本土化文学理论建设的内在要求。

4. 将各民族传统文学经典的评价标准，纳入中华多民族文学的评价体系之中进行考量和整合，进而建立中华多民族文学多元评价体系。

中国文学评价标准应该是一元的还是多元的，从本质上并不取决于研究者的文学观、美学观，更主要的是取决于中华多民族文学共同发展的历史和现实。事实证明，世界各国、各民族都有自己的文学体系，这也是人类文化多样性决定的。在统一的多民族国家内，同样存在着文化的多样性和文学的多样性。满族说部在满族具有广泛的接受群体，藏戏也有自己民族广泛的受众，十二木卡姆同样有自己民族的广大创造者和欣赏者。如果用被视为"国粹"的京剧唱腔、结构以及演出程式的各种规范作为经典标准来衡量藏戏、侗戏显然是错误的。藏戏必然有藏戏的评价标准，侗戏亦然。对此，朝戈金也指出："不同的族群，具有不同的精神观念和价值尺度。就拿'诗歌'这样简单的问题来说，不同的传统对于诗歌的'格律''韵律'，乃至什么是'押韵'，都有很不同的理解。'民族志诗学'学派的代表人物曾经指出，在欧洲人看来是散文体的北美印第安人的民间叙事，在当地人那里却从来都被当作诗歌。在哈萨克人和吉尔吉斯人当中，对于诗体叙事的划分标准，也不同于汉族的诗歌分类体系。不仅韵体歌诗里出现这种情况，散体叙事同样令人眼花缭乱。就拿民间文学领域最为常见的神话、传说和民间故事的三大基本文类而言，在世界各地就能见到很不相同的划分标准。在北美的许多印第安人部落中，民间散体叙事只是划分为两类：真实的故事和不真实的故事。这是简化的例子。也有更为复杂的，密克罗尼西亚的马绍尔群岛居民就提供了完全不同的图景。他们那里可以识别出五种'散体叙事'。其中三种，按照当代西方学术标准，属于神话和传说范围。在中国境内各民族的传统散体文类的划分实践中，也常常能看到彼此不合卯榫的情况。"① 如何来解决这一问题，朝戈金认为："在地方性知识与普适性学理的两者之间，形成充满张力的认识论域，由此作出学术史的反思和总结，或可搭建出我们正确认识和理解不同民族文学现象和规律的理论构架。"② 我们以为，这种理论框架正是基于对各民族在历史发展中形成的自在的文学评价标准认同基础之上的多元文学经典的标准和评价体系。这种多元评价体系，不是去评价谁最美，谁最好，谁才是正典，如果套用费孝通先生的话，"美美与共"是多元文学经典的评价体系，这是一个整体性的体系，但这一体系必须要建立在各民族对自己民族文学的评价标准，亦即经典标准认同的"美人之美"的基础之上。

因此，尊重各个民族的文学经典标准，并将之视为中华多民族文学评价体系的重要组成部分，不仅会丰富、完善中国文学的经典体系，还会丰富中华文学经典的宝库，增强中华文学的活力和竞争力，其意义不言而喻。

5. 重新梳理中华多民族文学的发展脉络，确立以朝代更迭的线性时间为主线，以各民族文学多元发展历史为复线的既交叉重叠又具有开放性和包容性的时间结构。正如专家们所意识到的那样，中华文学不仅仅包括传统意义上的中国文学，还涉及多个民族的文学。相比"中国文学"等近似的概念，"中华文学"这一概念更具开放性，"过去的文学史，尤其是 20 世纪 50 年代以后的文学史，首先是汉族的文学史，其次是士人的文学史。今天重新看中华文学，就要看到其所具有的开放性，这种开放性首先表现在中华民族的多样性，其次是包容外来文学，再次是实现士人雅文学与民间俗文学的共生共长"③。其实，进一步观察，中华多民族的发展历史的复杂性和多样性远远超出人们的想象。对以朝代更替为主线的传统文学史之外的其他民族文学发展历史的重新发现，将展现出中华多民族文学发展历史更加壮观、更加真实的历史景观。

6. 对主体与整体、一元与多元、先进与后进、中心与边缘、离散与融合等涉及中华文学与各民族文学、汉族文学与少数民族文学、各少数民族文学之间等复杂关系的理论总结，将揭示中华多民族文学发展和形成的内在规律，从中提炼出中华多民族文学发展的"中国经验"以及文学传播/影响的

---

① 朝戈金：《中国多民族文学史观三题》，《民族文学研究》2007 年第 4 期。

② 同上。

③ 见张丽《构建多元一体的中华文学》，《人民政协报》2015 年 3 月 23 日第 9 版。

范式，对创立中华多民族比较文学理论，具有重要参考。

此外，各民族书面文学与口头文学的复杂关系、中华多民族文学的地域文化与民族文化相互重叠的特征、母语文学、双语写作等多语种的特征和现象等诸多问题，对传统文学理论话语体系和评价体系提出了挑战，也为建立中国文学理论话语体系和评价体系提供了多样而鲜活的案例。

然而，我们也不能不清楚地意识到，中华多民族文学史观毕竟不同于传统中国文学研究中的任何一种史观，这种史观对文学史研究者提出了更高的要求。进一步说，对中国文学研究者，能否走出个人书斋，能否将个人学术研究与中华民族的前途和命运相关联，能否将个人学术追求与国家责任担当关联，做一个杜赞奇所称赞的美国历史学家那样的民族精神的治疗者和培育者，建设中华的多民族文学与多民族文学的中华。在这里，我们赞成这样的观点：从某个高度来看中华多民族文学研究的意义，我们倡导的不仅仅是不同民族的文学经典。

从学科发展的角度看，中华多民族文学史观的确立，是中国文学的又一次革命，突破了中国文学研究的传统时间（历史）观念，拓展了中国文学研究传统的空间（地域）范畴；突破了仅以汉语（汉族）文学为研究对象的樊篱；突破了五四以来文学小说、诗歌、散文以及戏剧的文体框范；突破了少数民族研究领域以族别研究分而治之的格局——更重要的是：从统一的多民族国家的高度来重新观察中华文学的历史发展进程，这对中国文学史研究范式产生的影响，无疑是革命性的。而且，这场革命，是一百年前的文学革命的延续，它所要完成的，是文学革命所没有提出也没进行的革命，它所要实现的目标，是要完成一百年前没有完成的任务。它的影响是不可估量的。

"今日之中国，当造今日之文学。"① 而今日之中国正是中华各民族文学共同发展之多元一体的中华多民族文学。因此，中华多民族文学史观所带来的中国文学研究范式的革命性转型，必然在日后的中国文学史研究中得以呈现。

---

① 胡适：《文学改良刍议》，《新青年》第 2 卷第 5 期，1917 年 1 月 1 日。

第二章　多民族文学史观的构成要素

对于中国文学史的研究者而言，中华多民族文学史观是一个既熟悉又陌生的理论命题。所谓熟悉，是指在这一个理论命题之中，"中华""多民族""文学史观"早已成为中国历史、文化、文学知识谱系中的核心话语和相关知识体系的重要支点，这似乎是一个并不需要解释甚至说明的问题。所谓陌生，是指当我们将这三个关键词组合在一起的时候，却标志着一种重新认识中国文学史的新的理论视角和理论体系的确立，意味着我们建立起来的、支配和决定着中国文学史研究和写作范式的文学观、文学史观以及中国文学史知识体系等相关领域诸多早已解决了的问题，都成为需要重新思考和检视的新问题。因此，在本质上，中华多民族文学史观不仅意味着一种新的文学史观的生成，也意味着一种新的中国文学知识谱系构建的开始。中华多民族文学史观是一个由哲学、历史、民族、地域、国家、文学等多种要素构成的整体结构，虽然这些因素在文学史的写作中所起的作用不同，但每一种要素的不同和差异，都会使文学史的书写呈现出不同的历史面貌。因此，认识中华多民族文学史观构成要素的多元性和整体性，是中华多民族文学史写作的前提。

一　多民族的历史观

文学史是伴随着历史学的兴起而兴起的，在文学史观中，处于核心位置、对文学史观给予最直接影响的，是历史观。

（一）客观历史与文本历史

历史学以及认识历史的观念是近代社会科学的产物。正如卡尔·贝克尔所说："历史学的兴起和科学的兴起，仅只是同一种冲击的两种结果而已，仅只是近代思想之脱离对各种事实的过度合理化而要回到对事实本身加以更仔细和不涉及利害关系的考察上面来的那一总趋势的两个方面而已。"严格地说，在学科分类上，文学史，与其他专门史，如思想史、文化史、艺术史、宗教史、法律史一样，同是广义的历史学科中的专门史。虽然由于各类专门史的不同研究对象和学科特性，使其最终从广义的历史学范畴中独立出来，但其史学的属性又使其与历史学保持着无法割舍的密切关系，而且，历史学的发展、历史观念的变革都会对专门史的研究产生重要的甚至是方向性的影响。因此，任何专门史都具有本学科和历史学科的双重属性。文学史也是如此，所以，韦勒克、沃伦指出：文学史"既是文学的又是历史的"①，这即是说，文学史是文学自身的历史。同时，文学史又是人类历史全部内容和过程中的一个部分、一个分支或者是其中的一种元素。可以说，文学史与其他专门史一起共同构成了人类的全部历史。

在中国，"历史"一词在汉语中的使用有 3000 多年的历史。许慎在《说文解字》中解释："历，过也，传也。""'过'是指空间上的移动，'传'则表示时间上的移动。"② 显然，"历"在中国古代文化中指示着事物在空间和时间上变化和运动。关于"史"，许慎在《说文解字》中解释为："史，记事者也，从又持中。中，正也。"学术界对"史"的具体含义一直有不同的理解，如，从字面意思将"史"理解为以中正——即客观的态度来记录过去的事件，另一种则认为"史"是一种官职，如，王国维就认为，史者，"专以藏书、读书、作书为事"的人。③ 在这两种观点中，前者强调了记载"史"之人应有的叙述立场和态度，这是一种主张历史的客观真实性的历史观。后者关注的是记载过去的事件的人在体制中的身份，从中国发达的史官文化角度来说，这种主张强调"史"书写主体的社会性。

如果将中国古代的"历"与"史"联系在一起，那么，"历史"就是指以客观公正的态度来记载过去时空中事件的发生和变化。它包括以下几层含义：一是历史记载的是以现在的时间为界线的过去经过的事件，这是一个动态的时间过程，即今天发生的事情对明天而言，就是历史；二是过去的事件具有时间和空间坐标，从空间上说，历史是过去的事件在空间上的移动变化，历史记载具有现场感和真实性。因为任何事物每时每刻都在发生着空间的位移，只有记载下事件在空间的位移，才能使记载有可能成为"信史"。同时，过去的事件又具有时间上的连续性，既要注意到不同事件空间运动的

---

① ［美］勒内·韦勒克、奥斯汀·沃伦：《文学理论》，刘象愚等译，生活·读书·新知三联书店 1984 年版。

② 葛剑雄：《历史学是什么》，北京大学出版社 2005 年第 2 版，第 4 页。

③ 参见葛剑雄《历史学是什么》，北京大学出版社 2005 年第 2 版，第 5 页。

时间性，又要注意不同事物之间的关联在时间上的表现。因此，这种历史的时空观，强调了事件在时间和空间上的动态变化；三是记载者（历史书写者）应该具有中正的书写态度。

在西方，历史学是近代社会科学的产物。英文 history 指历史、历史学，但同时该词还有经历、沿革等多重含义。菲利普·巴格认为，"history" 应该有三个方面的含义，"一是发生过的涉及、影响众人的事件，二是对于这些事件的讲述（口头的，或文字的），三是讲述者对于历史事件持有的观点，他在处理这些事件时的观点、态度、方法。后者也可以称为'历史观'在大多数情况下，当我们说'历史'这个词的时候，指的是前二者"。①

因此，从概念的范畴上，历史分为存在的历史和文本的历史两种类型。存在的历史是人类在过去的时空中的全部活动，具有客观性、自在性和现场性，亦可称为客观历史；文本的历史是历史学家对人类过去全部活动的记载和叙述。正如美国学者萨米尔·皮尔逊指出的那样："历史是主体和客体的对话过程，作为事实的历史和作为历史家记载的历史并不是一回事情。"②对于历史家用一定语言和媒介记载的历史，可称为文本历史。

文本历史与客观存在之历史二者之间的区别在于，前者是一种客观存在，而后者是人们依据所掌握的文献、考古发现等材料对前者的重新建构。其中，历代留下的文献是历史文本的主要依据，这一点，正如福柯所言："历史试图通过它重建前人的所作所言，重建过去所发生而如今仅留下印迹的事情；历史力图在文献自身的构成中确定某些单位、某些整体、某些序列和某些关联。……历史是上千年的和集体记忆的明证，这种记忆依赖于物质的文献以重新获得对自己的过去事情的新鲜感。历史乃是对文献的物质性的研究和使用（书籍、本文、叙述、记载、条例、建筑、机构、规则、技术、物品、习俗等等），这种物质性无时无地不在整个社会中以某些自发的形式或是由记忆暂留构成的形式表现出来。对于自身也许享有充分记忆优势的历史来说，文献不是一件得心应手的工具；就一个社会而言，历史是众多文献获得地位和确立的方法，这种方法是和文献不能分离的。"③ 但应该指出，文献既是对历史的记载，本身同样又是历史的内容。因此，建立在文献基础

---

① ［美］菲利普·巴格比：《文化：历史的投影》，转引自洪子诚《问题与文法》，第 18 页。

② 赵轶峰整理：《东方与西方历史观的对话——与美国学者萨米尔·皮尔逊就历史观念的探讨》，《东北师范大学学报》2000 年第 5 期。

③ ［法］福柯：《知识考古学》，生活·读书·新知三联书店 2003 年第 2 版，第 6 页。

之上的文本历史建构，在某种程度上就成为历史的历史。此外，历史之所以不断地被重写和讲述，还在于随着时间的不断推移和不断涌现出来的考古发掘与发现，都会对历史文献的真实性进行证明和修改，从而改变人们对既往历史的认识，促成文本历史的重新建构。

关于文本历史，葛剑雄、周筱赟在《历史学是什么》中进行了详细分类：

> 时间系列：通史、断代史、阶段史等
> 空间（地域系列）：世界史、国别史、地区史等
> 内容系列：综合史（总史）、专门史、资料汇编、年表、历史地图等
> 人物系列：个人、血缘、地域群体、专门群体等
> 另类历史：文学、艺术、宗教、神话、音乐、戏剧、影视、民间故事等

姑且不说这种分类是否科学和严密①，问题是，作为人类全部活动整体的客观历史，文本历史的建构者为何要作这种分割，这种分割的依据何在？在分割之后重新讲述的历史能在多大程度上还原客观历史的现场？而所有的疑问，最终都指向了支配文本历史主体建构特性的决定力量——历史观。

（二）历史观与文本历史

历史观只是在具有历史书写主体建构性的文本历史语境中谈论的话题，对具有客观性、自在性和现场性的客观历史，却毫无作用。因为，无论文本历史建构者依据的是历史文献还是考古发掘的新的历史材料，文本历史的重新建构过程，都是个人依据一定的原则和认知标准对历史事件的重新认识、研究和评价的"成一家之言"的过程。这里所依据的"原则"和"认知标准"，就是历史观。所以，从广义上说，历史观是指人们对客观存在的历史的基本观点和看法，从狭义上说，历史观指在文本历史中体现出来的历史书写者对客观存在的历史进行叙述、书写时所依据的观念和原则。在这里，客

---

① 如，在其"内容系列"关于"专门史"的介绍中，却又将文学史称为专门史："比如，文学史是专门史，而文学史又可以分出诗歌史、骈文史、散文史、小说史等等。"这并不是论者的自相矛盾，而是历史本身就是一个庞杂的知识系统，人类活动决定着任何一种历史因素都不可能独立存在。特别是专门史，总是与时间、空间（国家、民族、地域）、人物等因素联系在一起。

观存在的历史是一个处于不断被发现的客观存在，而文本历史是一个不断被改写和重构的客观历史的主体性行为。瞿林东在《中国史学史纲》说史学是"关于人类社会历史的认识、记载与撰述的综合活动"①，强调的正是属于历史观范畴的主体"认识"，正是这种"认识"决定了其"记载与撰述"而成的历史文本的"历史"面貌。

由此可见，一个完整的科学的文本历史，无论是记载还是叙述，都是在一定的历史观指导下进行的。可以说，在文本历史之中，历史观居于核心地位，不同的文本历史体现着不同的历史观。这就是虽然人们一直把历史的真实性和完整性作为历史学的终极目标，但不同的历史观却总会把同一历史事件以不同的面貌呈供给世人的原因所在。例如，被史学界誉为"华夏第一村"的内蒙古赤峰市兴隆洼遗址的发现，将中华历史推进到 8000 年前。但在早期与之相关的红山文化的讨论中，有人认为红山文化是受中原文化的影响，有人则认为，红山文化自成体系，自有源头。这两种观点的分歧其实正是中华文明起源"一元说"和"多元说"的不同历史观在中华文明起源历史认识上的反映。在这里，"华夏第一村"是客观历史，对这一客观历史的叙述和重新建构则是文本历史，不同的历史观可以产生完全不同的文本历史。

所以，当我们面对具体的文本历史，并以为是在面对真实的历史时，我们并未意识到，这种真实性其实是阅读历史者的自我想象。因为那记载或叙述的所谓的真实的历史，是在一定的历史观指导下进行的，记载和叙述历史者的历史观，已经潜藏其中，当你阅读历史，并对历史产生了某种认识的时候，这种认识在很大程度上正是历史的记载者或叙述者的历史观在不知不觉中左右了你对历史的认识。

纵观中外历史学，出现过诸多对历史书写产生了巨大影响的历史观，而每一次历史观的重大变革都会带来历史研究的重大转折。如进化论历史观、马克思唯物主义历史观、克罗齐的"一切历史都是当代史"、柯林武德的"一切历史都是思想史"等。

以进化论历史观为例。这种导源于生物进化论的历史观不只为历史学家指出了一条通向历史之幽的捷径，更重要的是为历史学家提供了一把能把所有的"res gestae"（活动事迹）梳理成一条具有因果关系的线性图谱的有效

---

① 瞿林东:《中国史学史纲》，北京出版社 1999 年版，第 1 页。

工具，进而从中归纳出人类纵向的进化规律。

历史地看，进化论以及后来的新进化论都成为历史范畴，但这种历史观对历史学的影响却是深远而广泛的。对中国而言，尽管发达的史官文化使中国成为历史学最发达的国家之一，但在进化历史观引入之前，"天下大事分久必合，合久必分"以及邹衍的土德、木德、金德、火德、水德的相继更替的"五德终始说"等循环论历史观一直主宰着中国历史叙述，直到梁启超的《新史学》出现。有意味的是，这部被誉为中国近代历史学的发端之作，正是进化论历史观的产物。正如他在《新史学》中所言："历史者，叙述进化之现象也。现象者何？事物之变化也。宇宙之现象有二种：一曰为循环之状者，二曰为进化之状者。"① 虽然梁启超的历史观并未完全脱离中国循环论观，但其循环观已经退缩到自然界，演变成循环论自然观："就天然界以观察宇宙，则见其一成不变，万古不易，故其体为完全，其象如一圆圈。"而其历史观则完全皈依进化论："就历史界观察宇宙，则见其生长不已，进步而不知所终，故其体为不完全，且其进步又非为一直线，或尺进而寸退，或大涨而小落，其象如一螺线。"② 正是进化论，使梁启超认识到历史学的重要性："历史者，以过去之进化，导未来之进化"③，从而提出了"史界革命"的口号。关于进化论对中国史学的影响，顾颉刚有非常精当的总结，他指出："过去人认为历史是退步的，愈古的愈好，愈到后来愈不行；到了新史学输入以后，人们才知道历史是进化的，后世的文明远过于古代，这整个改变了国人对历史的观念。"④

再以西方当代历史观的转型为例。萨米尔·皮尔逊曾指出："西方史学走过了从注重客体的思辨的历史哲学到注重主体和历史知识的性质的思辨的历史哲学的转变过程。这种转变提示我们考察历史可以有多种角度。"⑤ 在这种转变和考察历史的多种角度中，"全球史观"近年来一直引人注目。作为"全球史观"的代表作，美国历史学家斯塔夫里阿诺斯的《全球通史》被看成是"西方学术界从西方中心论向全球史观转变的证据"。因为这种

---

① 梁启超：《新史学》，见《梁启超选集》上卷，中国文联出版社 2006 年版，第 304 页。

② 同上书，第 304—305 页。

③ 同上书，第 308 页。

④ 顾颉刚：《当代中国史学》，南京胜利出版公司 1947 年版，第 3 页。

⑤ 赵轶峰整理：《东方与西方历史观的对话——与美国学者萨米尔·皮尔逊就历史观念的探讨》，《东北师范大学学报》2000 年第 5 期。

"全球史观"，"主要以突破西方学术界根深蒂固的'欧洲中心论'（或称
'西欧中心论'、'欧美中心论'和'西方中心论'）的限制为特征，主张历
史研究者'将视线投射到所有的地区和时代'，建立'超越民族和地区的界
限，理解整个世界的历史观'，'公正地评价各个时代和世界各地区一切民
族的建树'。'在当前世界性事件的影响下，历史学家所要达到的理想是建
立一种新的历史观。这种历史观认为，世界上每个地区的每个民族和各个文
明都处在平等的地位上，都有权利要求对自己进行同等的思考和考察，不允
许将任何民族和文明的经历只当作边缘的无意义的东西加以排斥'"。① 这与
吉尔兹对"地方性（local）知识"的强调有异曲同工之妙。只不过，斯塔
夫里阿诺斯从全球的视野，在人类文明是由全体人类成员共同创造的新的全
球史观下，试图还原人类历史的真实面目，构建关于全人类历史的新的知识
体系：既无种族、地域的差别，也没有文化、文明的等级——每一个地区和
民族都有各自的文明传统，他们都为人类文明的发展做出了自己最大的贡
献。而在斯塔夫里阿诺斯之前相当长的历史时期里，在西方历史学界，在西
方中心主义以及受此影响的其他地区和国家（包括第三世界及弱小民族和
国家），都认为人类是有种族优劣、文明高低、中心与边缘的差别的，处于
边缘的经济文化不发达的弱小民族的文明成果不被重视是自然而然的事情。
针对这种约定俗成的历史观所形成的世界文本历史，吉尔兹通过巴厘岛和摩
洛哥、菲律宾的哈努诺族以及爱斯基摩人等少数族群田野调查，证明了这些
不被人重视的少数族群中自成体系、自我认知的"地方性（local）知识"
的丰富存在和强大生命，发掘出这些"地方性"知识对于世界多元文化的
重要意义，从而为全球史观提供了人类学意义上的最有力的支持。

　　如果说斯塔夫里阿诺斯的《全球通史》得益于作者"全球"的视野对
各个时代和世界各地区一切民族的文明贡献的全面发现和客观评价，吉尔兹
的"地方性（local）知识"则发现了各地区特别是易被人忽略的"地方"
的文化特质的意义，那么，这种历史观（我们在这里把吉尔兹的"地方性
（local）知识"发现也看成是一种历史观）就不能不启发我们对中国历史的
讲述——无论是观念上的认识还是文本历史的建构，既应有"全中国"的
史观，还要有对被汉族转换或偷换了概念的"中国"遮蔽下的"地方性知
识"的发现。这对中国史学而言，同样也是一种历史观念的转变。这种观

---

① 刘德斌：《全球通史·序》，斯塔夫里阿诺斯《全球通史》第七版（中译本），北京大学出
版社 2005 年第 1 版，第 3 页。

念的转变，在费孝通的《中华民族多元一体格局》、苏秉琦的《中国文明起源新探》中都有非常好的体现。

（三）历史观与文学史观

文学活动，是人类活动的重要内容。文学历史，是人类客观历史整体中的有机组成部分。文本文学史是对人类文学活动历史的专门记载和描述，在本质上是历史学中的专门史。因此，历史观也就成为影响文学史观诸要素中最直接、最重要的要素，也可以说，有什么样的历史观就有什么样的文学史观。在这里，客观历史与文本历史的关系和客观文学史与文本文学史的关系是相对应的。这一点，我们可以从文学史的概念与历史的概念的相关性得到印证。

董乃斌、陈伯海、刘扬忠在《中国文学史学史》导言中，对"文学史"的概念作了如下解释：

> 通常所谓的"文学史"有这样两重涵义：一是指文学自身的客观历史进程；二是指研究者主体对这一进程的理解与把握，亦即客观历史进程的主观反映，这便是以撰著形态出现的文学史。①

这一概念有两方面的内涵：一是客观历史范畴的文学史，二是文学史家建构的文本文学史。

这样的解释与何兆武对历史的解释有"异曲同工"之妙。何兆武说：

> 通常我们所使用的"历史"一词包含有两层意思，一是指过去发生的事件，一是指我们对过去事件的理解和叙述。②

历史与文学史概念范畴厘定上惊人的相似，并不意味着后者移植了前者，而正在于客观文学史作为客观历史内容之一的本质属性和文学史作为历史学中的专门史的学科属性所决定的。这种本质属性与学科属性，同时还决定了历史观在文学史观中的核心地位。

---

① 董乃斌、陈伯海、刘扬忠：《中国文学史学史》，河北人民出版社 2003 年版，《导言》第 1 页。

② 何兆武：《历史与历史学》，湖北人民出版社 2007 年版，第 1 页。

对于历史观在文学史观中的地位和影响，李扬在论及梁启超的新历史观与文学史的规约与影响时指出：

> "文学史"既是"历史"之一种，那么，梁启超对"历史"的定义，当然也就是对"文学史"的定义。也就是说，在"新史学"确立历史的现代定义的同时，也就确立了"文学史"的标准。
>
> "历史"对"文学史"写作的规约，不仅仅表现为代表性的"新史学"为文学史的发生提供了框架——这意味着文学史的写作完全依赖新史学确立的"历史"原则，这些原则使"文学史"同传统意义上的"文学史"划清界限。与此同时，"历史"对"文学史"写作的规约，还表现在每一次历史观念和范式的转换，都将在文学史的写作中体现出来。"文学史"写作因而不可避免地成为"历史"写作的投影。①

李扬是在文本历史与文本文学史的范畴中谈论历史与文学史的问题。在这里，无论是"历史"对"文学史"写作的规约、"为文学史发生提供了框架"，"历史观念和范式的转换""在文学史中的反映"，还是文学史成为历史写作的"投影"，所揭示的都是文学史与历史的不可分割的关联，即历史观直接主导甚至转换成了文学史观后对文学史写作产生的直接影响。

关于历史观念及其转换对文学史写作的影响，谢应光在《进化论思想与中国现代文学史观》一文中也进行了客观总结。他指出，中国现代文学史研究中共有五种文学史观：第一种是历史进化论文学史观，代表性文学史著述有胡适的《最近五十年中国之文学》、王哲甫的《中国新文学运动史》、陈子展的《中国近代文学之变迁》；第二种文学史观是阶级论的文学史观，代表性著述有王丰园的《中国新文学运动述评》、李何林的《近二十年文学思潮论》；第三种是新民主主义的文学史观，代表性的著述有王瑶的《中国新文学史稿》；第四种是"二十世纪文学史观"，代表性著述有钱理群等人的《中国现代文学三十年》、孔范今的《二十世纪中国文学史》等，第五种"现代化"的文学史观，代表性著述有朱栋霖等人的《中国现代文学史（1917—1997）》、吴晓东等人的《中国现代文学史》。谢应光的这种总结，符合中国现代文学史的基本事实。有意味的是，谢应光在上述五种表现看起

---

① 李扬：《文学史写作中的现代性问题》，山西教育出版社 2006 年版，第 43—44 页。

来各不相同的文学史观中发现了一以贯之的进化论历史观的规约和范式，其中包括表面上看起来比较新的"现代化史观"。他指出，这些"现代化史观"，"它们都典型地是'现代化'文学史观的产物。这里的'现代化'也好，'走向世界'也好，实际上都是以西方的社会和文学的发展进程为参照，也就是以他们为榜样，其实质仍然是一种进化的心态。因为中国式的进化论，就是完全以西方为进退的"。中国现代文学史观之所以在其核心都渗透着进化论的思想，主要原因是中国现代思想的三种思潮：进化论思潮、民族主义思想和社会主义思想，"它们都可以构成不同的历史哲学观，但后两种思想由于浸透了进化论思想的影响，所以从根本上讲，进化论思想的引进对中国现代历史哲学观更具有决定性的意义"①。

进化论历史观对文学史观的影响，是广泛而深刻的。无论是直线的进化，还是螺旋式的进化，抑或曲折复杂的进化。正如日本柄谷行人总结的："形成于明治20年的'国文学'或'文学史'本身便是一种预设：仿佛真的是一种从古代走向中世纪、近世纪以至现代的文学'进化'、'深化'、'发展'的历史似的。"② 韦勒克、沃伦在谈到进化论文学者对文学史分期的缺陷以及文学史与人类文化史、政治史、哲学史的关系时也指出："不应把文学视为仅仅是人类政治、社会或甚至是理智发展史的消极反映或摹本。因此文学分期应该纯粹按照文学的标准来制定"，"我们的出发点必须是作为文学的发展史。这样，分期就是文学一般发展的细分的小段而已。它的历史只能参照一个不断变化的价值系统而写成，而这一个价值系统必须从历史本身中抽象出来。因此，一个时期就是一个由文学的规范、标准和惯例的体系所支配的时间的横断面，这些规范、标准和惯例的被采用、传播、变化、综合以及消失是能够加以探索的"。③ 这也在另一个方面说明历史观对文学史影响的程度。

这种情形说明，当进化论作为一种普遍主义的历史观而为人们所接受，并应用于历史研究实践时，它已经预设了包括文学史在内的一切人类和社会历史的"发展"面貌和"路径"。在进化论历史观下，无论是文学历史，还

---

① 参见谢应光《进化论思想与中国现代文学史观》，《社会科学研究》2004年第4期。

② ［日］柄谷行人：《日本现代文学的起源》，赵京华译，生活·读书·新知三联书店2003年版，第146页。

③ ［美］韦勒克、沃伦：《文学理论》，刘象愚等译，生活·读书·新知三联书店1984年版，第306页。

是政治历史、宗教历史、艺术历史都是进化的历史。所以说，当某一种历史观成为一种理解历史的普遍性（我们在这里指出的普遍性，是指其已经作为一种最基本的知识，不仅为该领域的研究者，而且也为社会大众所接受，甚至成为相关方面知识体系的基础）后，一切与这种观念不相符的历史元素都将被剥离或剔除。于是，历史就成为抽象的历史，历史的丰富性、复杂性、个别性——历史自身的本来样貌已不复存在。在这种情形下，历史，就只能而且必然会成为"不仅是指过去事实的本身，更是指人们对过去事实的有意识、有选择的记录"①。因为，当人们完全认同于某种具有普遍意义的历史观时，客观存在的历史中包含的不符合普遍意义的历史观的某些事件，就会对"普遍意义"构成消解。

所以，有什么样的历史观，就有什么样的文学史观，而有什么样的文学史观，就有什么样的文学史。

（四）中华多民族文学史观所坚持的历史观

有学者指出，对于人类客观历史的认识，可以归结为两个方面："一，对客观历史过程的认识，即认为历史是静止不变的，还是变化的；如果是变化的，又是怎样变化的，是循环变化的，还是进化变化的，或者螺旋上升发展变化的，还是辩证变化的。由此有历史进化观、历史退化观点、历史循环论以及历史停滞论，等等。二，对社会历史的根本动力的认识。也就是讨论支配社会历史的力量，在中国史学思想上，这方面的认识上有分歧，是神意的，还是人事的；如果是人事的，是上层人物、社会精英，还是下层的'人民'，或者二者共同来创造历史。这里有所谓的英雄史观、圣人史观、群众创造历史的观点，群众与英雄共同创造历史的观点，等等。"② 因此，"历史观决不仅仅是如何看待历史、如何看待历史事件和人物的具体问题。有什么样的历史观，就会有什么样的价值观。对历史人物、历史现象、历史事件的褒贬，直接影响到对当今所发生的相关人物、现象和事件的价值判断。所以说，历史观是一个民族、一个时代、一个国家价值观念的集中体现"。③ 正因为历史观的重要性，所以"用马克思主义历史观指导中国近现代史、中共党史、共和国史的研究和宣传，是关系到党、国家、民族兴衰存

---

①　葛剑雄：《历史学是什么》，北京大学出版社 2005 年第 2 版，第 73 页。

②　吴怀祺：《历史观、历史思维与安邦兴邦》，《史学史研究》2007 年第 2 期。

③　李捷：《我们需要什么样的历史观》，《高校理论战线》2008 年第 10 期。

亡的根本性问题，是社会主义核心价值体系建设的长远之计和根本之计"①。这是因为，马克思主义的历史观不仅是客观主义和科学主义的历史观，同时还是发展主义的历史观，马克思主义的历史观能够更加客观、科学地认识、总结和揭示人类客观历史的发展过程和客观规律。中华多民族文学史观中的历史观，把中国文学看成是中华民族从多元分立到多元一体客观历史发展过程中的重要内容和有机组成部分，从中华民族客观发展历史的整体性角度认识和考察中国文学发展历史。

首先，要坚持客观主义、科学主义和发展主义的历史观，一要重视中华多民族文学发展的客观历史，立足于中国文学多民族共同创造这一基本历史事实，从国家知识的角度，客观、完整、科学地描述中国文学的发展历史。二要重视中华多民族文学历史发展规律的总结和揭示。应该指出，总结和揭示历史发展的规律，是历史学家的重要任务。但是，对历史发展客观规律的揭示，必须立足于中华多民族发展历史的客观事实，不能偏离中华多民族共同创造这一基本事实来谈所谓的中国文学的发展规律。三要具有发展的观点，避免从某种既成的单一理论，对中华多民族文学历史进行单一角度的阐释，要从客观、全面的角度来研究中华多民族文学的历史，更全面、更客观地展示中国多民族文学的发展历程。

其次，把马克思主义将人民视为历史发展的动力的历史观与中国文学多民族共同创造的客观事实相结合，去除精英文化主义历史观对中国文学史的遮蔽。

在以往的文学史研究中，各民族创造的文学成果之所以没有得到公正客观的评价，其中一个很重要的原因就是精英文化主义历史观在作祟。虽然精英主义不惟中国所独有，但重视经典，推崇精英文化是中国文化传统的重要特点。从《诗经》的经典化过程、自汉至宋的儒家经典《十三经》的粹取过程以及中国历史文献中精英人物所占有的地位中，我们都能看到经典——精英的建构中体现出来的精英文化主义的历史观，这也正是"英雄"创造历史还是"人民"创造历史的二元对立历史观产生的根源。在"精英"或"英雄"主义历史观下，民众对历史的推动力量和大众文化以及民众思想不能不受到遮蔽。这种遮蔽在文学史研究中的反映：一是由精英文化观衍生出来的"雅文学观"与"经典文学观"，将民间大众文学冠之"俗文学"或

---

① 李捷：《我们需要什么样的历史观》，《高校理论战线》2008 年第 10 期。

者"非主流文学"而遭遇如同"野史"般的命运,被排除在文学史家的视野。二是非汉民族与非汉语文学因其非主流和边缘的位势而难以入史。同时,我们还应该看到,包括汉族民间文学在内的各民族民间文学难以进入中国文学史以及非汉民族作家作品有意无意的被忽视,或者将其民族身份(民族属性)剥离之后才得以进入文学史的事实说明,中国传统文化的精英文化主义历史观对客观历史选择一直采取双重标准,即儒家的经典标准和汉族文学本位的标准。

美国学者萨米尔·皮尔逊在谈到中国思想史研究中精英文化观的弊端时,举例说:"以外文出版社于1991年出版的一本《中国思想史》为例,这部要考察'中国历史上各个时代的主要思潮的特征',并标出'最著名的思想家的主要贡献'的著作中讲到老子、墨子、孔子、孟子、鲁迅,却绝没有提到'阿Q'这种人的思想。即使关于中华人民共和国时期,思想史的内容仍然是精英的思想。"对此,他指出:"在任何民众并不仅仅是精英手中的工具的现代社会里,研究精英的同时也研究大众的思想是唯一合理的关于思想史的研究方法。"① 但在中国文学史研究中,将汉族文学与其他民族文学、作家文学与各民族民间文学作为一个有机的整体来进行考量,显然困难重重。因此,精英文化的历史观的去蔽并非轻而易举,正如有学者在研究西方精英主义历史时指出的那样:"随着人类社会的发展,精英文化的历史观念会愈来愈遮蔽民间文化的历史观念。近现代以前的遮蔽还是'犹抱琵琶半遮面',只是因历史学家限于自身的局限,没有精力过多关注,或认为不值得关注民间的历史观念。当下社会因扑面而来的大众文化抹平了精英和民间的差别,这种遮蔽就变成表面合法化的存在了。"②

笔者以为,既然精英文化主义的历史观对历史的改装和分割的弊端已经为学界所注意,那么作为被精英文化历史观所遮蔽的大众文化或者民间文化对历史的作用必然会同时被发现。正如萨米尔·皮尔逊在谈到美国思想史研究的转型时所说:"在美国,甚至思想史的主题也已经从单纯的精英们关于普通人的思想拓展到普通人关于他们自己的思想。这个取向正在拓宽和改造思想史的体系。我们中的绝大多数同行相信,思想史与哲学史或者文学史的根本区别在于,历史学家是在更大的范围中,更少在精英圈子中,来考察思

---

① 赵轶峰整理:《东方与西方历史观的对话——与美国学者萨米尔·皮尔逊就历史观念的探讨》,《东北师范大学学报》2000年第5期。

② 韩雷:《历史观念的精英化——读〈西方的历史观念〉》,《读书》2004年第2期。

想，并且对于思想的社会环境给予深刻的关照。在过去的半个世纪，这样的认识已经使得美国研究思想史的历史学家愈来愈注重妇女和非知识分子，注重那些不是政治领袖但其思想可能对其社会状况产生了重要影响的人们，注重那些特定地点和时期的以其思想方式反映了时代特征的普通人的思想。"①可以说，中华多民族文学史观所关注的，正是被以往的"主流""精英""雅"、汉族本体的"中国"文学所遮蔽的中华多民族文学的历史全貌。

再次，中华多民族文学史观中的历史观，还应该具有基于发展主义历史观的整体性和世界性乃至全球性的视野。应该看到，历史观本身也是一个历史性建构，历史观是具体时空中的历史观，不是一成不变的永恒历史观，包括马克思主义历史观。这也正是马克思主义历史观的题中之义。

例如，生物进化论找到了生命由无机到有机，由原始生命到灵长类再到人的进化逻辑，把人的形成的原因归为自然选择的结果，这对中世纪人类起源说是一个历史性的突破。但生物进化论并未能解释人和猿的本质区别，也未能回答由猿到人的进化根本原因。直到马克思主义唯物主义历史观的形成，才明确地回答了人与猿的区别（劳动），并用制造和使用工具把人与动物彻底区分开来。但是马克思主义在这一问题上同样留下了历史性的遗憾：是不是所有的灵长类动物都能进化成人？人在会制造工具并使用工具前的劳动与之后的劳动究竟有什么区别？显然，任何一种理论都是在历史时空中产生的，其自身的缺陷恰恰是他的历史性所决定的。虽然当年胡适的进化论文学史观产生了很大反响，但是进化论虽然能简单地描述文学发展的线索，但由于其过于"简单"，所以文学发展中许多偶然的现象，如马克思所说的艺术生产与物质生产发展的不平衡性等问题就很难回答和解释。在中国历史上，特别是在中华民族起源等关键问题上，过去相当长一个时期内在史学界占据着主导地位的黄河中心说，认为中华文明的发展是以黄河为中心不断向外的扩展与辐射。而今天，这一狭隘观点已经被"大历史观""多民族历史观""多源说""多元一体"等历史观所取代。这充分说明，历史观作为一个具体的历史范畴，本身也在不断的发展过程之中。

在西方，虽然发展主义的历史观与传统线性的历史观、民族主义历史观受到了克罗齐、柯林伍德等现代多元历史观的挑战，但其中的科学性与客观性的价值还是值得我们去借鉴与实践。

---

① 赵轶峰整理：《东方与西方历史观的对话——与美国学者萨米尔·皮尔逊就历史观念的探讨》，《东北师范大学学报》2000年第5期。

余同元将20世纪中国历史观的发展概括为：进化论历史观受到挑战、发展史观革新、中心区史观向全球史观转变三个发展阶段。在谈到历史观的发展时，他引用和评述了著名历史学家吴于廑的观点。吴于廑认为："世界历史学科的主要任务是以世界全局的观点，综合考察各地区、各国、各民族的历史。"他认为，人类历史发展为世界历史，经历了纵向发展和横向发展漫长的过程。纵向发展"是指人类物质生产史上不同生产方式的演变和由此引起的不同社会形态的更迭"。而横向发展"是指历史由各地区间的相互闭塞到逐步开放，由彼此分散到逐步联系密切，终于发展成为整体的世界历史这一客观过程而言的"。历史在不断的纵向、横向发展中，"已经在越来越大的程度上成为世界历史"，因此，"研究世界历史就必须以世界为全局，考察它怎样由相互闭塞发展为密切联系，由分散演变为整体的全部历程，这个全部历程就是世界历史"①。笔者以为，吴于廑对世界历史发展整体过程的描述同样符合中国历史以及中国文学发展历史的基本情况。因为，从根本上说，人类历史的发展样态决定了历史观念和相应的研究方法的产生。如同人类历史逐渐发展为世界历史一样，中国多民族文学史也经历了华夏与蛮、狄、戎、夷的彼此独立、相互闭塞，经过华夏与蛮、狄、戎、夷指称和内涵的不断变化与消融，最终形成多元一体的多民族文学。这一过程也恰如马克思所指出的那样："过去那种地方的和民族的自给自足和闭关自守状态，被各民族的各方面的相互依赖所代替了。""各个民族相互影响的活动范围在这个发展过程中愈来愈扩大，各民族的原始闭关自守状态则由于日益完善的生产方式、交往以及因此自发的发展起来的各民族之间的分工而消灭的愈来愈彻底，历史也就在愈来愈大的程度上成为全世界的历史。""各民族的精神产品成为公共的财产。民族的片面性和局限性日益成为不可能，于是由许多民族的和地方的文学形成了一种世界文学。"② 因此，从这样的历史发展观和历史整体观的角度来研究中国多民族文学的发展历史，对把握其中的规律性特征，揭示中国文学发展的本来面目，具有高屋建瓴的指导作用和意义。

---

① 余同元：《历史观发展与历史教学改革》，《中学历史教学研究》2006年第1、2期。
② 《马克思恩格斯选集》第一卷，人民出版社1972年版，第255、51页。

二　多民族的文学观

　　文学观是文学史研究者关于文学的最基本的观点和看法。因此，如何看待文学这种人类特殊的精神活动，如何看待文学作品这种人类特殊的精神产品，如何看待文学对社会历史的影响和文学在人类社会中的地位，决定了文学历史知识的内容和范畴。一般来说，在文学史研究中，研究者按照什么是文学，什么不是文学来对历史之中的"语言艺术"进行取舍，因此，文学观在文学史观中具有特殊的意义。

　　在中国古代，文学一词最早见之于《论语》。孔子根据其弟子学业所长，分为德行、言语、政事、文学四科。《孔子家语》记载，在孔门，以文学科闻名的有言偃（子游），"特习于礼，以文学著名。"卜商（子夏），"习于《诗》，能诵其义，以文学著名"①。子夏列文学科，孔子教之曰："汝为君子儒，毋为小人儒。则治文学科者，仍必上通于德行。"这里的文学并不是现在之文学。同时，在中国古代，文学一词的含义并不是固定的，有时指文章，有时指博学。直到魏晋时南朝宋文帝建立"儒学""玄学""史学""文学""四学"，文学才成为相对独立具有辞章之含义的学科。所以，章太炎总结说："文学者，以有文字著于竹帛，故谓之文。论其法式，谓之文学。凡文理、文字、文辞，皆称文。"②曹丕的《典论·论文》将文学分为"奏议""书论""铭诔""诗赋"等四科八体③；陆机的《文赋》则将之扩充为诗、赋、碑、诔、铭、箴、颂、论、奏、说等十体④；刘勰在中国古代文学理论集大成的《文心雕龙》"论文叙笔"中，则以"文"和"笔"为别，分为25种文体："论、说、辞、序，则《易》统其首；诏、策、章、奏，则《书》发其源；赋、颂、歌、赞，则《诗》立其本；铭、诔、箴、祝，则《礼》总其端；纪、传、铭、檄，则《春秋》为根。"⑤

---

①　《孔子家语·七十弟子》，《百子全书》刊印本，岳麓书社1993年版。

②　见章太炎《国故论衡》，上海古籍出版社2003年版，第49—53、52、43页。

③　曹丕：《典论·论文》，见郭绍虞、王文生主编《中国历代文论选》第1册，上海古籍出版社2004年版，第158—159页。

④　陆机：《文赋》，见郭绍虞、王文生主编《中国历代文论选》第1册，上海古籍出版社2004年版，第170—175页。

⑤　刘勰：《文心雕龙》，见周振甫《文心雕龙今译》，中华书局1995年版，第30页。

等等。

杨义认为，中国"古代的文学观是杂文学观"①。这种杂文学观主要有三个方面的内容，一是以书面文字为表达符号，二是包括了历史典籍中所有的独立文体，三是文人创作与刊行坊间的作品以及经过后人加工并经典化和书面化的作品（如《诗经》），四是写作中的修辞与章法。在中国传统的杂文观中，未经过经典化和书面化，或者未进入经、史、子、集中的民间口头传说、故事、叙事诗、歌谣等，都不在"文体""辞章"等文学范畴，这一点，与西方的文学观是相同的。如中国第一部文学史——林传甲的《中国文学史》就将古文、籀文、小篆、八分草书、隶书以及古今音韵之变迁、古今名义训诂之变等文体、音韵、修辞都纳入文学的范畴。②

但是，中国传统的杂文学观并未对中国文学史书写产生根本性的影响，恰恰相反，晚清以降，西方现代社会科学的知识分类、现代史学以及西方纯文学观和建立在此种文学观下的文学分类方法的引入与中国文学史学的兴起几乎同时发生，西方纯文学观迅速取代中国传统的杂文学观，使中国传统的杂文学观在较短的时间里完成了向西方纯文学观的转型。

例如，与林传甲同时代的、奠定了中国文学史南北格局的黄人的《中国文学史》，在文学观上就完全以西方的纯文学观取代了中国传统的杂文学观。在黄人《中国文学史》的"文与文学"一节中，黄人先后列举了日本大田善男的《文学概论》、巴尔克关于文学的定义（文学者，记录聪明男女之思想感情，排列以娱读者也。而散文则具文致与特质，且精细注意，使言必有物。不然，则不得云文学）、狄比图松的《文汇》、科因西哀克的《亚力山大扑浦论》、烹苦斯德氏的《英吉利文学史》以及莎士比亚的剧作、楷雷的《法国革命史》等西方历史、文学论著中提出的文学观，评述说："凡诗歌、历史、小说、评论等，皆包括于文学史，颇觉正确妥当，盖不以体制定文学，而以特质定文学者也。"他所指的特质，"要言之，文学从两要素

---

① 杨义：《通向大文学观》，安徽教育出版社 2006 年版，第 13 页。

② 林传甲的《中国文学史》共分十六篇：第一篇：古文籀文小篆八分草书隶书北朝书唐以后正书；第二篇：古今音韵之变迁；第三篇：古今名义训诂之变；第四篇：古以治化为文今以词章为文关于世运之升降；第五篇：修辞之诚辞而已二语为文章之本；第六章：古经言有物有序言有章为作文之法；第七篇：群经文体；第八章：周秦传记杂史文体；第九章：周秦诸子文体；第十篇：史汉三国四史文体；第十一篇：诸史文体；第十二篇：汉魏文体；第十三篇：南北朝至隋文体；第十四篇：唐宋至今文体；第十五篇：骈散古合今分之渐；第十六篇：骈文又分汉魏六朝唐宋四体之别。

而成：（一）内容，（二）外形也。内容为思想，重在感情；外形为文词，重在格律。而格律仍须流动变化，与他种科学之文不同。"① 因此，中国文学史中的文学观，从一开始就走了一条去"杂（文学）"皈"纯（文学）"的不归路。这一点，正如童行白在 1933 年的《中国文学史纲》中所说："文学有纯杂之别，纯文学者即美术文学，杂文学即实用文学也。纯文学以情为主，杂文学以知为主，纯文学重辞彩，杂文学重说理，纯文学之内容为诗歌、小说、戏剧，杂文学之内容为一切科学、哲学历史等论著；二者不独异其形，且异其质，故昭昭也；而其有一相同之点者，即皆必赖文字以传载之耳。然中国文学，以科学之见地，而作纯杂之区分者，乃晚近之事，此前则皆为浑混暧昧，虽事实上已有纯杂文学之表现，而理论上终无明确之区分也。"② 而且，经过百年的"去"与"皈"，终于使目前流行的任何一部中国文学史（古代），都不再包含林传甲的《中国文学史》中的"杂"质，而成为纯粹的"纯文学"史。甚至，在 30 年代，文学是意识形态这一马克思主义文学观也出现在 1933 年谭丕模的《中国文学史纲》中③。

中国传统的杂文学观自有其自身的缺失，如将音韵、训诂、修辞与碑、铭、诏、诰等文体的混杂、文学与史学不分等。所以，西方纯文学观的引入，受到人们的普遍欢迎，认为"这是我们文学观的一个革命。纯文学观使我们的文学作为一个学科独立了，有了自身的价值，也有了自身的体系"④。但是，完全摒弃中国传统的杂文学观，用西方的纯文学观来通观中国文学历史同样存在着致命的问题。正如杨义所言："在跨世纪的时候我们发现了一个问题：西方在建构自己的文学观念的时候，并没有考虑中国还有文学，甚至比它的历史更长、更悠久，而且成果更有独特的辉煌。我们用的是一种错位了的、从西方的经验中产生出来的文学观，这种文学观其实是西方的'literature'通过澳门，或者通过日本用汉字翻译成'文学'，我们也

---

① 参见黄人著，江庆柏、曹培根整理《黄人集》，上海文化出版社 2001 年版，第 352—357 页。

② 童行白：《中国文学史纲》，上海大东书局 1933 年版，第 1 页。

③ 谭丕模说："文学是社会经济生活所反映出来的意识形态之一。那么，文学史就是关于这类意识形态的历史叙述。根据这一个原则，把中国每一个时代的作家和其作品，作一个有系统的记载，并把各时代的文学变迁的轨迹和变迁的因子找了出来；这就是中国文学史的唯一任务。"参见谭丕模《中国文学史纲》，北新书局 1933 年版，第 1 页。

④ 杨义：《通向大文学观》，安徽教育出版社 2006 年版，第 13 页。

就这么使用了，但跟我们的文学发展的实际过程是同中有异，存在着错位的。……我们的很多文体比如刘勰的《文心雕龙》从第五篇到第二十五篇开列的三十多种文体、姚鼐《古文辞类纂》对古文辞划分的十三类，都没办法进入西方的'文体四分法'的框子里面……根据这'四分法'，什么诗歌、散文、小说、戏剧，我们中国文学的一些强项、一些精髓的东西反而在这种概念的转移中忽略了，流失了。"针对简单移植西方纯文学观的弊端，杨义提出了"大文学观"，说："大文学观吸收了纯文学观的学科知识的严密性和科学性，同时又兼顾了我们杂文学观所主张的那种博学深知和融会贯通。""过度强调纯，就是对文学与文化，对文学与整个人类的生存状态的一种阉割。"① 我们以为，尽管中国传统的杂文学观"博学深知和融会贯通"，西方纯文学观具有"学科知识的严密性和科学性"，但二者优点的杂糅还是不足以贯通、涵盖以及描述中国多民族文学历史发展的全貌。这种情况很好地反映在中国文学史特别是通史类中国文学史写作中存在的缺陷上：

（一）中国文学史是经典作家和经典作品的文学史。这是中国文学史中普遍存在的经典文学观，即依据一定时代审美、文化、政治道德等标准，对文学史出现的作家和作品进行筛选，进而编写出的所谓的文学史。这种情况在各个朝代的"禁书"现象以及具体作品在各个不同历史时期的不同命运便是很好的佐证。在中国当代，这种情况也多有发生，如洪子诚为配合其《中国当代文学史》选编的《中国当代文学作品精选》与朱栋霖主编的《中国现代文学作品选》、王庆生主编的《中国当代文学作品选》中篇目的大相径庭，就很好地说明了这一问题。

经典文学观的弊端在于，何为经典？经典标准是由谁来制定的？经典的标准是否是唯一的和恒定的？按特定时代和特定的话语权力的审美、文化、政治、道德标准制订的经典标准选择出来的所谓的经典作品，是否能够反映文学发展历史的客观面貌？

一般而言，经典作品往往具有个别性，这与文学史应该具有的客观普遍性是相矛盾的。因此，对经典的遴选总是以对文学历史的真实现场的遮蔽为代价的，一个作家或者几个作家也许可以成为那个时代文学的标志性作家作品，但代表不了那个时代的历史。特别是，经典的时代性使同一部作品在不同时代可能会出现从经典到垃圾的落差。如《诗经》《老子》

---

① 杨义：《通向大文学观》，安徽教育出版社 2006 年版，第 14 页。

《庄子》等在秦代的被禁，《苏轼集》《黄庭坚集》等在宋代的被禁，《红楼梦》《金瓶梅》等一大批小说在清代的被禁，鸳鸯蝴蝶派、新感觉主义以及张爱玲、梁实秋等文学现象和作家作品在中国现代文学史上的大跌大宕的遭际都说明了这一点。因此，经典文学观同样是受精英历史观影响的脱离了历史现场和真实性的文学观。此外，经典标准还受各民族文学传统和审美经验的影响和制约，既不能用某一民族的所谓经典标准臧否一切民族的文学作品，更不能漠视其他民族文学发展史上流传下来的文学作品的艺术生命力。

（二）中国文学史是汉语作家文学史。这种文学史中体现出来的文学观同样脱离和分割了中国文学的客观历史。以主体民族或者国家通用语作为语言媒介的作家文学作为"中国"文学史，首先忽视了作为语言艺术的语言在"中国"这一多民族国家历史和现实语境中的多样性，即我们在下面将要讨论的中国文学的多语种的问题。其次是从纯文学的观念出发，将各民族民间非作家文学从文学中剥离出去，从而使中国文学史成为汉语作家文学史。

我们知道，从总体上说，人类文学经历了从民族民间文学（集体创作）到作家文学（个体性创作）和从口耳相传——纸质书面作品——多媒体记载和传播介质的发展过程。但是，直到今天，在许多民族，民间口头文学依然盛行。过去，我们用各民族的文学发展的历史进程并不一致来解释这种现象。现在看来，这一认识也是偏颇甚至是错误的。因为，大量的事实证明，各民族民间文学当然为作家文学提供了丰富的文学资源，但作家文学未必是民族民间文学发展的产物和唯一归宿，或者说，各民族民间文学并未完全随着作家文学的产生而消亡。恰恰相反，在许多民族，如维吾尔族、哈萨克族、柯尔克孜族、蒙古族等，民族民间文学与作家文学出现了并行不悖、同生共存、双向发展的情形。这说明，民族民间集体创作、口耳相传的民族民间文学与个体性创作、纸质介质批量发行的作家文学是文学两种基本的样态，中国文学史正是由民族民间文学和作家文学两种群体性与个体性文学构成的。没有各民族民间文学的中国文学史不是中国文学史，只有作家文学的中国文学史同样不是中国文学史。

因此，中华多民族文学史观中的文学观是整体性的文学观。

一方面，它将书面文学与民族民间口头文学看成是使用了不同的语言介质，具有不同的传播方式的文学作品。书面文学以书面文字为表达符号，以纸或其他电子媒体为载体，通过读者阅读来实现其传播；民族民间口头文学是人民大众集体口头创作的文学作品。民族民间文学以口头语言为表达符号，以语音为载体，以口耳相传的方式传播。书面文学具有固态特征，民族民间文学具有活态特征。此外，民族民间文学中的标志性作品，有可能由口传活态形式，转变为书面固态形式。因此，对民族民间文学也要作相应的区分。

另一方面，中华多民族文学史观中的文学观不是抽象和独立地认识"文学是语言的艺术"，而是充分注意到主体民族和国家通用语言——汉语民族民间文学和作家文学的成果的同时，注意到各民族母语民间文学和作家文学。

此外，中华多民族文学史观中的文学观，既不是西方的纯文学观，也不同于中国传统的杂文学观，而是将各民族具有"传达情感"和"美的品质"的"语言的艺术"都视为文学，并立足于各民族自己的文学传统，认同并接受各民族的文学观，尊重各民族的文学评价标准，客观、历史地界定各种文学作品的历史地位，从而揭示中国多民族文学发展历史全貌。因此，那些被划入民间文学的各民族的故事、传说、歌谣、谚语将重新回归于中国文学史的整体空间；那些具有悠久传统和生命力，保留了多种艺术因子"多位一体"的独特而原生形态的各民族的说唱文学（如满族的说部、蒙古族的祝赞辞好力宝、赫哲族的伊玛堪、哈萨克族的阿肯对唱、傣族的赞哈、侗族的多耶、维吾尔族的十二木卡姆）也将成为中国文学史的叙述对象；那些因其活态形式而无法被"断代""分期"，最终与中国文学史无缘的各民族活态史诗，也将名正言顺地在中国文学史中获得其应有的地位。

进一步说，中华多民族文学史观带来的文学观念的变革，使人们不能不重新思考文学的概念，而这种思考，恰恰是在回到中华多民族文学发展的历史现场，回到各民族文学的传统之中，尊重各民族在文学创造中对文学的理解和认识。在这一问题上，许多学者是有共识的。如朱万曙认为，从中华多民族文学的角度来研究中国文学，需要转变那种一想到中华文学就是指汉民族文学的"老思维"，要自觉将文学研究的视野延伸到中国各个民族文学的范畴；同时还要转变文学审美观念，认识到少数民族有相当多的优秀作家作品，如元代的萨都剌，清代的纳兰容若等。因研究者潜在的审美观念，其作品题材的南北风情、感情的真挚都没有在以往文学史中得到充分评价；此外，还要注重少数民族文学对文学史提供的新鲜内容和审美元素，挖掘文学史的细节层面，呈现出中华文学总体的大格局、大气象。左东岭也认为，中华文学史应是包括了中国各民族、各地域的整体文学发展的历史，其要义包括两个层面：一是它不能只是汉民族文学的历史，而应涵盖中国境域内的其他各民族的文学历史；二是它需要探讨描绘各民族文学的关系，也就是所谓的碰撞、影响、交融等层面的历史关联。因此要想真正对中华文学史展开有效研究，需关注各民族文学的特色、中华文学史的叙述方式与具有聚焦作用的易代之际研究等三个维度。因此，中华文学史就其实质看，应该是一部以汉民族文学发展为主线、包容了相关民族与地域文学的历史，即应该是一部汉族文学与各民族文学的关系史。廖可斌认为，"要改进对中华文学融合进程的叙述策略，尤其谈及民族矛盾与对抗时要寻求叙述的平衡"。这些观点，强调的都是要从中华多民族文学发展的客观历史出发，客观、科学地呈现中华多民族文学的历史图景。

所以，如前所述，中华多民族文学史观中的文学观，意味着中国文学观念的根本性的变革，这种立足于中国文学创作主体的多民族身份、多文化背景、多文学传统、多语种、多种文学样式的历史和现实根本点的文学观，消除了所谓纯文学与俗文学的边界，逾越了作家文学与民间文学的鸿沟，拆除了汉语创作与其他民族母语创作的藩篱，从而展开了中华多民族文学真实的历史画卷。

三　多民族的民族观

民族观是对民族本身、民族的形成和发展的基本认识和看法。在中国，正确的民族观包含如下内容：一是认为中华民族是古往今来各民族共同认同的民族共同体；二是中华民族共同体以汉族为凝聚核心，各民族一律平等，既不能离开汉族来谈论中华民族，也不能离开少数民族来谈中华民族，在中华民族这个大家庭中，"一个不能少，谁也离不开谁"。三是中华民族的形成经历了漫长的历史过程，在这一历史过程中，每一个民族都有自己的起源、发展的特定历史。于是，不同民族文化之间的碰撞与融合成为中华民族形成的重要力量。彼此的碰撞与融合是一体两面。碰撞的结果是融合，融合的前提是碰撞。因此，中华多民族的民族观是正确认识中华民族的形成和发展的客观历史，正确认识各民族之间的关系，正确认识、评价各民族文学在中国文学发展历史上的客观地位，正确认识和把握中国多民族文学发展历史规律和历史面貌的重要基础，因此，中华多民族民族观是中华多民族文学史观中的又一重要因素。

（一）从"多元一体"的中华民族观，认识中国各民族文学"多元一体"的整体格局

中华民族多元一体格局的理论是中华多民族文学史观的理论基础。中华民族是由以汉族为主体的具有不同族源的民族，经过几千年的"滚雪球"式的发展，才形成今天56个民族高度认同的民族实体。

首先，要正确认识中华民族的多元起源，对此，费孝通的《中华民族多元一体格局》、苏秉琦的《中国文明起源新探》以及《中华民族凝聚力的形成》都提出了确凿的证据并进行了充分论证。李济先生早在20世纪20年代的《中国民族的形成》一书中，就曾从人类学的角度将中国民族分为黄帝子孙、通古斯人、藏缅人、孟—高棉人、掸人五大不同部分[1]。即便是汉族，其起源也是"多源多流"[2]的。有理由相信，随着历史学、人类学关于中华民族起源的研究成果不断涌现和新的考古发现，对中华民族起源的多元性认识会不断加深。中华民族起源的多元性是认识各民族具有自己的民族历史和文化、文学传统的重要基础。

其次，要认识中华民族由多元走向一体的历史过程和必然趋势。卢勋、杨保隆等学者在《中华民族凝聚力的形成》中认为，中华大地四周有天然屏障，自成一个地理单元；各民族虽然生活在不同自然环境，存在着各种不同的经济形态，但自古至今，各民族经济、文化的交流从未中断，从而形成了中华民族博大精深的传统文化。共同的心理状态，使居住在不同地域的中国各族人民，都认为中国是他们的祖国，祖国的统一是我国历史的基调。在共同抵抗外来侵略的患难与共的斗争中，增长起更加强大的中华民族凝聚力。[3] 从中华民族多元一体的民族观看中国多民族文学，一是要清楚地认识到，在中华民族的历史进程中，有的民族消失在历史的烟波之中，有的民族融入其他民族而成为新的民族，有些民族虽然有着共同的血统、共同的语言和文化特征，但由于历史的诸多原因，成为分属不同国家的跨境民族，但各民族文学的多元存在既是中国文学的客观历史，也是中国文学的客观现实，并且这种多元格局还将一直存在下去。如果中国文学史忽视各民族文学的多元存在，中国文学史的内容结构就是不完整的。二是要认识到，各民族由多元并存到各民族彼此认同并对中华民族高度认识的一体化过程，是中国历史

---

① 李济：《中国民族的形成》，江苏教育出版社2005年版，第8页。

② 参见卢勋、杨保隆等《中华民族凝聚力的形成》，民族出版社2000年版，第13—19页。

③ 李济：《中国民族的形成》，江苏教育出版社2005年版，前言第2页。

的主旋律，也是中国文学史的主旋律。因此，一体性是中国多民族文学史的重要特征。要充分认识到，这种一体性是由于各民族多元存在的客观历史所决定的，一体性是多元的一体，多元是一体中的多元。任何单一民族的文学史都不能代表整体意义上的中国文学史，对某一民族文学的过分强调与对某一民族文学的忽视，都是对多元一体格局的破坏。

（二）从各民族平等的现实关系认识中国各民族文学在中国文学史中的平等地位和价值

民族与民族之间的平等是现代民族国家进步性与现代性的重要标志。《中华人民共和国宪法》中明确规定："各少数民族均有发展其语言文学、保持或改革其风俗习惯及宗教信仰的自由。人民政府应帮助少数民族的人民大众发展其政治、经济、文化、教育的建设事业。""中华人民共和国境内各民族一律平等，实行团结互助，反对帝国主义和各民族内部的人民公敌，使中华人民共和国成为各民族友爱合作的大家庭。反对大民族主义和狭隘民族主义，禁止民族间的歧视、压迫和分裂各民族团结的行为。"宪法的正面规定，说明在中华民族多元一体格局形成的历史进程中，客观存在着民族的不平等。这种不平等的现实与中国各民族经济、文化发展水平之间的差距有关，也与中国历史上各民族间的分进、冲撞以及各民族对本民族生产生活方式、历史文化、价值观念的认同有关。但是，应该看到，从各民族的分进、冲撞乃至本民族认同、统一的多民族国家的建立、各民族彼此认同，特别是对中华民族的高度认同以及将民族平等写进国家根本法，这同样是中华民族多元一体格局形成的客观历史进程。所以，中华多民族文学史观中的民族观，要求从各民族平等的民族观出发，认识到中国文学史中各民族文学的在场是民族平等观念以文学平等方式的具体体现。同时，还要认识到，历史上客观存在的民族不平等和民族歧视，也使少数民族文化与文学的贡献在现存的主流历史文献中，受到不同程度的遮蔽。许多原始文献，还沉睡在不同民族语言的历史文献中，因此从"中国各民族人民共同创造了光辉灿烂的文化"的角度，去重新发现和抢救那些足以证明各民族文学"在场"的各民族文学成果，不仅可以为真正意义上的中国文学史提供第一手材料，同时也是文学史研究者应尽的国家公民义务。从这一角度说，以平等和尊重的眼光来客观公正地评价各民族在中国文学发展史上的地位和贡献，不仅是中华多民族文学史观中应该坚持的民族观，同时，也是作为科学的文学史研究应该具有的科学意识。

四 多民族的国家观

一般而言，国家是"通过公共权力联结起来的，以维护公共利益和处理公共事务为目的，并由一定人口、领土组成的有机组织体"。① 民族国家则是西方国际关系学中现代国家的概念，民族国家具有如下特征："一是主体民族居住区域与国家领土疆域基本一致。二是国家主权与主权在民。三是在特定的领土上存在着一套独特的机构，这一机构垄断了合法使用暴力的权利，四是民族主义政治文化的形成。五是统一的民族市场。"②对于有着悠久历史的中华民族而言，当今统一的多民族国家的形成经历了相当长的时间，可以说，一部统一的多民族国家形成的历史，就是一部中华民族形成的历史。从古代中国、近代中国到如今统一的多民族国家，这一过程的艰难和复杂，使"中国"成为一个在不同的历史时期具有不同含义的概念，这也是在诸多的冠之"中国"的文学史中，"中国"概念被不断偷换的原因之一。因此，立足于统一的多民族国家的现实，厘清"中国"这一综合了国家、民族、地域、文化多重内涵的概念在具体历史语境中的具体含义，对于正确认知中国文学的发展历史具有重要意义。

"中国"一词最早见于《尚书》《诗经》，距今已有 2500—3000 多年文字记载历史。但"中国"一词产生的确切时间和最初的含义，在学界至今没有确证的答案。后人大都依据汉代毛苌对《诗经·大雅·民劳》中的"民亦劳止，汔可小康，惠此中国，以绥四方"所注："中国，京师也"，以及汉末学者刘熙的："帝王所都为中，故曰中国"来推断"中国"一词的最初含义。从中国历史的发展的实际情况来看，这种解释是比较合理的。此外，也有人将毛苌、刘熙等人的观点与"中国"一词的发展联系起来，认为："周人东迁后，'中国'一词渐成华夏之通语。在大九州说创立前，'中国'的含义有二：一指中国王政与霸政时代，王者及诸侯所居的都邑；二指春秋以来中原文明开化程度较高之邦国。"③。《诗经》还有"小雅尽废则四夷交侵，中国微矣"，这里的"中国"显然与上面的含义有些微的差别。

---

① 贾英健：《全球化与民族国家》，湖南人民出版社 2003 年版，第 42 页。

② 同上书，第 45 页。

③ 罗敬党：《论周秦之际中国天下一统观念的深化过程》，《洛阳理工学院学报》2009 年第 2 期。

在先秦文献中，同时出现了"中国""国""国家"三个概念，这三个概念在使用时，依据表述对象和表述的内容，既有不相同，也有关联。

《尚书·周书·文候之命》中的"殄资泽于下民，侵戎我国家纯。"《尚书·周书·金滕》："王执书以泣，曰：'其勿穆卜！昔公勤劳王家，惟予冲人弗及知。今天动威以彰周公之德，惟朕小子其新逆，我国家礼亦宜之。'"《尚书·周书·立政》："自古商人亦越我周文王政，立事、牧夫、准人，则克宅之，克由绎之，兹乃俾乂，国则罔有。立政用憸人，不训于德，是罔显在厥世。继自今立政，其勿以憸人，其惟吉士，用励相我国家。"这三段文献中的"国家"都是周王或周人对作为独立的政治组织的本国（周朝）（国家）的自我指认，"中国"显然另有所指。

"中国"一词的由来一直受到人们的关注。如杨建新在《"中国"一词和中国疆域形成再探讨》[①] 中认为"中国"一词的含义，经过了五个发展阶段：第一个阶段是西周以前，"中国"一词的含义是"都城"，这是"中国"最早的含义；第二个阶段是西周至战国时期，"中国"一词主要用于与四夷相对应，（既有区分文化高低之义，也有区分华夏族与边疆各族之义。主要指以华夏族为主，由周天子直接统治的具有较高文化水平和地位的中原地区的人和地。但在时间上有错位。）第三个阶段是秦汉到唐，一般以中原地区称"中国"，其含义仍然保持了"中国"与"四夷"、内地与边疆的区分。第四个阶段是宋元明时期，在不得不承认少数民族政权亦可称"中国"的情况下，有了"正统"中国与非"正统"中国的区分。第五个阶段是清代到民国。杨建新的梳理有许多合理的地方，但是也有一些过于简单的地方。如西周至战国时期的"中国"一词，可能就已经成为含义增多，在不同语境同时使用的具有多重含义的概念，如原有的帝都、方位以及与四夷相对而自居其中的认知，如《诗经·小雅》"四夷交侵，中国微矣"。

所以，我们以为，秦汉以前的"中国"是由"京师"到"中央之国""宗主之国""万邦之国"，最后成为指称以"中原"为核心区域的华夏族及在中原建立起来的国家或政权的定型期。在这一过程中，"中国"大致经历了他称、自称的过程。因此，"中国"是一个具有文化认同、国家认同、地域认同多重内涵的概念。

首先，"中国"一词由"中"与"国"构成。"中国"之"中"是与

---

① 《中国边疆史地研究》2006 年第 2 期。

"四方"相对应的概念,与"四方"共同构成了"天下",并在"天下"处于"中心"或者"核心"的位置。"中"字最早出现在甲骨文中,意为正中竖立的旗杆,指事中心、当中的位置。"四方"是中心之"四方",而"中心"因为四方的存在和认同而成为中心。因此,在先秦文献中,"四方"一词使用的频率远远超过"中国",并且"四方",是以"中心""中央""中国"为参照的。如:

> 帝曰:"俾予从欲以治,四方风动,惟乃之休。"
>
> ——《尚书·虞书·大禹谟》
>
> 盘庚迁于殷,民不适有居,率吁众感出,矢言曰:"我王来,即爰宅于兹,重我民,无尽刘。不能胥匡以生,卜稽,曰其如台?先王有服,恪谨天命,兹犹不常宁;不常厥邑,于今五邦。今不承于古,罔知天之断命,矧曰其克从先王之烈?若颠木之有由蘖,天其永我命于兹新邑,绍复先王之大业,厎绥四方。"
>
> ——《尚书·商书·盘庚上》
>
> 微子若曰:"父师、少师!殷其弗或乱正四方。我祖厎遂陈于上,我用沈酗于酒,用乱败厥德于下。殷罔不小大好草窃奸宄。卿士师师非度。凡有辜罪,乃罔恒获,小民方兴,相为敌仇。今殷其沦丧,若涉大水,其无津涯。殷遂丧,越至于今!"
>
> ——《尚书·商书·微子》
>
> 惟三祀十有二月朔,伊尹以冕服奉嗣王归于亳,作书曰:"民非后,罔克胥匡以生;后非民,罔以辟四方。皇天眷佑有商,俾嗣王克终厥德,实万世无疆之休。"
>
> ——《尚书·商书·太甲中》
>
> 史乃册,祝曰:"惟尔元孙某,遘厉虐疾。若尔三王是有丕子之责于天,以旦代某之身。予仁若考能,多材多艺,能事鬼神。乃元孙不若旦多材多艺,不能事鬼神。乃命于帝庭,敷佑四方,用能定尔子孙于下地。四方之民罔不祇畏。呜呼!无坠天之降宝命,我先王亦永有依归。今我即命于元龟,尔之许我,我其以璧与珪归俟尔命;尔不许我,我乃屏璧与珪。"
>
> ——《尚书·周书·金滕》
>
> 成王既伐管叔、蔡叔,以殷余民封康叔,作《康诰》、《酒诰》、《梓材》。惟三月哉生魄,周公初基作新大邑于东国洛,四方民大和会。

侯、甸、男邦、采、卫百工、播民，和见士于周。周公咸勤，乃洪大诰治。

——《尚书·周书·金滕》

上述古籍载之史事历经夏、商、周三代。夏代的"四方"相对应的中心应属当时经济文化最为发达的现河南阳翟安邑等都城。对此，许多学者也有相同的观点。[①] 夏朝的活动范围，从《尚书·夏书·禹贡》中载所载"禹别九州，随山浚川，任土作贡"中的九州（冀州、兖州、青州、徐州、扬州、荆州、豫州、梁州、雍州）可以看出，其疆域以河南、山西黄河流域为中心，其边界南达长江流域，北及燕山。而夏的"四方"依现有文献看，边界已经非常清晰，南部即东南的"九黎"和湖南、湖北、江西等地的"三苗"；西部为现今甘肃、青海的西戎。所以《史记·五帝本纪》载，尧、舜打败"三苗"后，"迁三苗于三危，以变西戎"；其北部与东部就以《淮南子·修务训》中的"东至黑齿，北抚幽都为边界"。正如苏秉琦先生指出："夏以前尧舜禹，活动中心在晋南一带，'中国'一词的出现也正在此时，尧舜禹时代万邦林立，各邦的'诉讼'、'朝贺'，由四面八方之中国，出现最初的'中国'概念，这还只是承认万邦之中有一个不十分确定的中心，这时的'中国'概念也可以说是'共识的中国'。"[②]

商最初建都于北亳（山东曹县），商灭夏后建都于西亳（河南洛阳）；后于盘庚时迁都至殷（今河南安阳小屯村）。商曾五次迁都，四个都城都在夏的核心区域。仅从这一点，就可以看出商对夏的"中心"的认同。商的活动区域明显大于夏，但核心区域并没有变化。《诗·商颂·殷武》中只说"商邑翼翼，四方之极"之句。毛诗注称："商邑，京师也。（郑玄）笺云：极，中也。商邑之礼俗翼翼然可则效，乃四方之中正也。"此时的四方也相

---

① 唐兰先生说："（中国）当指西周王朝的疆域中心，即指洛邑。"（转引自周书灿《西周王朝经营四土研究》，中州古籍出版社 2000 年版，第 14 页）上古史专家杨宽先生说："所谓'中国'就是四方的中心，即指洛邑。"（《西周史》，上海人民出版社 2003 年版，第 507 页）金文专家王文耀先生也认为："（中国）指西周时以成周洛邑为中心的区域。"（《简明金文词典》，上海辞书出版社 1998 年版，第 53 页）我们认为，研究"中国"一词的产生，应该将夏、商、周分开来进行。因为，在夏的时候虽然诞生了"中"的意识，但还未产生"中国"，商亦如此。由"四方"对"中"的认同，发展到作为他称"中国"的产生，经过了漫长的过程。

② 苏秉琦：《中国文明起源新探》，生活·读书·新知三联书店 1999 年版，第 161 页。

当明确,据《逸周书·王会解》中的《商书·伊君朝献》在追记商朝时周边各部族和国家向商朝朝贡的盛况时载,伊尹为四方献令中就涉及:正东符娄、仇州、伊虑、沤深、九夷、十蛮、越、沤、剪文身;正南瓯邓、桂国、损子、产里、百濮、九菌;正西昆仑、狗国、鬼亲、枳巳、阗耳、贯胸、雕题、离丘、漆齿;正北空同、大夏、莎车、姑他、旦略、豹胡、代翟、匈奴、楼烦、月氏、纤犁、其龙、东胡。可以看出,此时四方与中心的关系更为清晰。如果《商书·伊君朝献》的记载无误,那么,中为"商邑",而"中国"则无疑是为上述东、南、西、北华夏族以外的各部族和国家所环绕的商所辖之全部疆域。

周朝虽然是"邦国"时代就已经十分发达的国家,但从周文王被拘以及周向商进献美女等史实来看,商文化显然要高于周文化。更由于在夏、商1000多年的发展中,"中"的政治地理、文化地理、经济地理意义的进一步提升,使之中心地位更加稳固,文化之中而地理之中或者已经为"四方"所广泛认同。《易·坤》中的"君子黄中通理,正位居体",《疏》释为:"以黄居中,兼四方之色……居中得正,是正位也。"实际上是"中"的进一步理论化。所以,周在灭商后,也把自己的都城迁至洛邑(洛阳)。经过夏、商的发展,"出现了松散的联邦式的'中国',周天子的'普天之下,莫非王土,率土之滨,莫非王臣'的理想天下"。[①]"中国"一词也第一次出现在文献记载之中。

但是,值得注意的是,在现有文献中,"中国"一词并非是夏、商的自称,而是出自周人对商旧地的他称,这是以往人们未曾注意的。《尚书·周书·梓材》中载:"今王惟曰:先王既勤用明德,怀为夹,庶邦享作,兄弟方来。亦既用明德,后式典集,庶邦丕享。皇天既付中国民,越厥疆土于先王,肆王惟德用,和怿先后为迷民,用怿先王受命。"《梓材》是康叔建立卫国后周公诰康叔之文。康叔所分封之卫国,乃商都周围地区,而"中国民"中的"民"即所谓的"殷民七族"。而周公诰康叔之文,从其立意而言,显然已经超出了康叔的卫国,而拓展为整个国家。因此,"皇天既付中国民,越厥疆土于先王"中的"中国"无疑所指为商所据之地,其"中国民"应为商所拥之民众。对此,1964年陕西宝鸡贾村出土的周成王时期的残品"何尊"上的铭文也提供了充分的证据。该铭文中说:"武王既克大邑

---

① 苏秉琦:《中国文明起源新探》,生活·读书·新知三联书店1999年版,第161页。

商，则廷告于天曰'余其宅兹中或（国），自之辟民'。"一个国家的国都，是一个国家的象征，武王之所以在攻克商都后举行祭祀仪式，称自己将永远住在中国，无疑也是因为都城作为国家的象征。苏秉琦先生也说："'中国'概念形成过程，还是中华民族多支祖先不断组合与重组的过程。这也是在春秋战国以前夏商周三代以至更早就出现群雄逐鹿的中原地区看得最为明显。"①

此外，周时的"四方"的边界，显然在商的基础上又进一步扩展。如《逸周书·王会解第五十九》记载在洛邑举行大朝会时四方来朝的盛况："内台西面者正北方：应侯、曹叔、伯舅、中舅，比服次之、要服次之、荒服次之。西方东面正北方：伯父、宁子次之。方千里之外为比服，方千里之内为要服，三千里之内为荒服。是皆朝于内者。"② 在以洛邑为核心的方圆几千里之外且"皆朝于内"的"四方"，竟有60多个部族和国家，其数量远远超过商时朝贡者，由此可见"四方"对周的认同和"中国"被认同为"中国"的基础。

需要指出的，"四方"对"中""国"的认同也与商、周、夏共同和稳定的族群认同有着直接关系。例如，商自认为是黄帝曾孙帝喾之子契的后裔。③ 周则自认为是黄帝曾孙帝喾与姜嫄之后。从这一意义上说，商与周迁都于夏的核心区域，大有认祖归宗之意。

从"中国"一词具体含义的变化历程来看，春秋战国至秦汉，是"中国"进一步确立"四海之齐，谓中央之国"（《列子·周穆王》）的时期，如《韩非子·扬权》也说："事在四方，要在中央，圣人执要，四方来效。"特别是由于华夏族这一雪球越滚越大，所有进入华夏集团部族和个人，都自认为"中国"人，这也是"中国"由他称正式进入自称阶段的重要转折。例如，《论语集解》中的："诸夏，中国也"，《左传》襄公二十六年（前547）："楚失华夏"的解释："华夏为中国也"。《公羊传》载：赤狄潞氏"离于夷狄，而未能合于中。晋师伐之，中国不救"。可以说，这些表述中，"中国"还明显地带有他称的色彩。但同时，孔子在《春秋》说："夷狄入中国，则中国之，中国入夷狄，则夷狄之"则又明显是将自己看成是"中国"人。此外，秦汉时期，也是民族（华夏）与国家（中国）开始融合为

---

① 苏秉琦：《中国文明起源新探》，生活·读书·新知三联书店1999年版，第161页。

② 参阅黄怀信《逸周书校补注释》，西北大学出版社1996年版，第342—355页。

③ 史载因契助禹治水有功，被舜封为商侯。

国族概念的时期。如《礼记·王制》所言："中国夷狄，五方之民，皆有性也，不可推移。东方曰夷，被发文身，有不火食者矣；南方曰蛮，雕题交趾，有不火食者矣；西方曰戎，被发衣皮，有不粒食者矣；北方曰狄，衣羽毛，穴居，有不粒食者矣。中国夷蛮戎狄，皆有安居，和味，宜服，利用，备器，五方之民，语言不通，嗜欲不同。"《史记·武帝本纪》："天下名山八，而三在蛮夷，五在中国"。《史记·东越列传》："东瓯请举国徙中国"便反映了这一重要特征。

在谈到"中国"的内涵和外延的变化以及"中原""华夏"的形成时，杨建新进一步分析道：

> 中原是中国疆域形成过程中自然形成的一个传统的区域。就其形成来说，中原是在自然和人文相结合的基础上形成的人文地理区域。从自然状况方面来说，它以黄河中下游流域为纽带，以黄土高原东部、华北平原西部为中心，按现在的行政区划，其范围以河南、陕西为主，大体包括了山西南部和山东西部的广大地区。这里土地肥沃，地势平坦，气候温和，水流众多，物产丰富。就其人文方面的状况来说，这里是后世各朝代所推崇的盛世典范夏、商、周三代的政治中心，在这一地区形成了中国最早、最基本的思想传统、政治传统、社会经济传统、历史文化传统；这里又是在整个中国各民族中，政治、文化、生产发展水平最高的华夏族——汉族的主要聚居区和活动区域，因此，早在秦汉以前，这一区域，或这一区域的核心部分，就被称为"中土"、"中夏"、"中国"，并逐渐形成了"中原"的概念。由于这一地区具有丰厚的历史文化积淀、高度发展的社会经济和文化以及富饶的物质财富，这里对周边地区有巨大的辐射和吸引力，因此，这里被历史上中国各民族视为中心，各种政治势力都以夺取这一地区作为其统治合法性的标志，夺取了这一地区的政治势力，也以中央王朝——"中国"自居，这一地区也就很自然成为中国境内各民族政权、各种政治势力自觉、不自觉靠拢和依附的中心。在整个中国疆域的形成过程中，中原地区，也就成为中国疆域形成过程中，最具吸引力、最具凝聚力的中心。这个中心，为中国疆域的最终形成，起了不可替代的作用。①

---

① 杨建新：《"中国"一词和中国疆域形成再探讨》，《中国边疆史地研究》2006 年第 2 期。

从中国历史、中国文化的发展乃至中华民族形成角度，华夏族（汉族）、中原历史和文化的中心地位和凝聚核心的作用毋庸置疑。从国家形成和发展的角度，将华夏、中原、中国混称也是中国国家历史发展进程中的历史事实。

我们在此进行的总结和描述，用意并非对这一历史进行重现或者颠覆，而是想指出，正因为传统的"中国"具有政治地理、文化地理、经济地理等诸多内涵，并且"中国"的中心位置并未因朝代的更替和历史的大跌大宕而有所减弱，这反而形成了汉族中心和华夏中心的文化心理积淀或集体无意识。这种文化心理积淀或集体无意识，长期以来表现为一种缺失国家立场的民族霸权心理和对"非我族类"的民族歧视，例如，从先秦就开始的"华夷之辩"一直伴随着中国历史的发展，直到如今依然不绝于耳。无论是"血统优劣说"，还是"文化优劣说"，其核心都是汉族的正统意识。"以华变夷"而绝不能"以夷变华"则是根本原则，在这里，汉族中心与汉族文化至高无上成为一种普遍性的民族文化心理并进而演化为狭隘的民族主义立场，汉族的霸权和强者心态一览无余。所以，1997 年日本出版的《广辞苑》（第五版）这样来解释中国：中国是中国汉族面对周围在文化上落后于自己的各少数民族（东夷，西夷，南蛮，北狄）而带有自己是位于世界中央意识的自称。这种自称的背后是一种种族的优越感和文化的优势感，这种优越与优势感反映在种族、族群和文化上便是种族、族群和文化的双重对立。这种情形不仅导致了中国文本历史中少数民族文化话语权力的缺席，也导致了中国文本历史中非汉民族的妖魔化。所以，中华多民族文学史观中的国家观，要求文学史家在客观评价华夏族的文化核心地位和历史贡献时，从统一的"中国"的国家立场上，超越所谓夏、商、周所谓的中心与"四方"之间的界线，将"四方"同时纳入"中国"的视野，在对"四夷""夷、蛮、戎、狄"的祛妖魔化的同时，树立"没有四方，何来中国"的国家理念，用文学史的完整性和统一性，捍卫国家的统一性。

再说"中华"。在中国历史上，与"中国"如影随形的是"中华"。《周书·威武》称"华夏蛮貊，罔不率俾。"《周书·旅獒》亦有"惟克商，遂通道于九夷八蛮。"这里的"蛮貊"特别是"九夷八蛮"所围绕的"中心"，恰恰是"华夏"。所以，中华之"中"，最初与中国之"中"一样，同样有地理方位之"居中"与文化"自居其中"的双重含义。《唐律疏议》在"投窜中华"之"中华"解释中称："中华者，中国也。亲被王教，自属中国，衣冠威仪，习俗孝悌，居身礼义，故谓之中华。非同还夷狄之俗，周体文身之俗也。"① 这里的中华明确指称于华夏。所以，中华与华夏，在中国历史观念中，是一个可以互用的概念。所以，从《喻中原檄》中朱元璋提出"驱逐胡虏，恢复中华"，到同盟会革命纲领的"驱逐鞑虏，恢复中华"，一脉相承的，都是中华指称华夏汉族。这已经成为一个传统。章太炎在《序革命军》中也有对此的明确表述："改制同族，谓之革命，驱逐异族，谓之光复。今中国既灭亡于逆胡，所当谋者光复也，非革命云尔。"即便是鲁迅这样具有新思想的文化先驱，其观念中的中国，也不是现代意义上的中国，而是传统的汉族"中国"或者华夏之"中华"。鲁迅曾说："对我最初提醒了满汉的界限的不是书，是辫子。这辫子，是砍了我们古人的许多头，这才种定了的，到我有知识的时候，大家早忘却了血史……"②"到二十岁，又听说，'我们'的成吉思汗征服欧洲，是'我们'最阔气的时代。到二十五岁，才知道这'我们'最阔气的时代，其实是蒙古人征服了中国，我们做了奴才。"③"至于元，那时东取中国，西侵欧洲，武力自然是雄大的，但他是蒙古人，倘以这为中国的光荣，则现在也可以归降于英国，而自以为本国的国旗——但不是五色的——'遍于日所出入处了。'"④ 现在看来，鲁迅思想中的多民族国家观念缺失，一方面导致了源自汉族正统的民族对立情绪，使他难以正确评价蒙古族对中华民族的历史贡献，另一方面也使他无法超越历史上将汉族历代统治的中原视为中国的错误。

上述传统汉族"中国"以及汉族"华夏""中华"对当今统一的多民族现代国家之"中国"和"中华"的偷换，在中国历史上已经成为一种"知识观念"和"传统知识"。早期中国文学的书写中对这几个概念的使用就是明证。

例如，1926 年赵景深的《中国文学小史》谈到元代戏曲时说：

中国的戏曲发生的很迟，虽是在春秋时已有优孟扮孙叔傲的衣冠，但完全的戏曲，却是始于金、元的……为什么戏曲发生得最迟的这一个

---

① 《唐律疏议》，中华书局 1983 年版，第 626 页。

② 《且介亭杂文·病后杂谈之余》，《鲁迅全集》第六卷，人民文学出版社 1973 年版，第190 页。

③ 《且介亭杂文·随便翻翻》，《鲁迅全集》第六卷，人民文学出版社 1973 年版，第 140 页。

④ 《集外集·〈奔流〉编校后记（十）》，《鲁迅全集》第七卷，人民文学出版社 1982 年版，第 183 页。

问题，各人的解释纷纷不一，大约由于外族入侵中华，文言文为正宗的观念打破，且科举久废，文人无所事事，见民间演戏之风大盛，便从而编戏了。①

这里的"中国"指的是中原，中华指的是华夏或者汉族所居之地。

陈子展在 1933 年的《中国文学史讲话》中谈到"蒙古民族与杂剧"时也说：

> 蒙古诸部落原来都是文化落后的游牧民族，一时凭借他们的骑射武力征服了邻近的中国印度大食欧洲诸民族，同时就吸收了这些民族不同的文化，尤其是中国文化。这是值得我们注意的。郑思肖《心史大义略序》痛哭蒙古游牧民族文化低。摹仿中国风俗习惯之谬。至说"忽必烈篡江南后，一应渐变，僭行大宋制度，犹禽兽而加衣裳，终非本心"。我们可以从这位大宋遗民的笔下看出蒙古民族改用中国的风俗习惯而同化于中国。②

这里同样把中国等同于中原，而中原则是传统之中国与华夏（汉族）的复合体。

而在 1943 年梁乙真《中国民族文学史·序》（沈薇所作）中，对中华民族等于华夏（汉族）的表述则更加清楚。

> 中国是一个领土广大，人口众多的国家，我们如就中国的文学作品整个的拿来研究，自然也能从文学的作品中看出我们的民族性来，我们的民族虽以温柔敦厚为教，但在几千年的民族史上，也有过一番光荣的记载，同时也反映出代表我们民族性的光荣的民族文学。③
> 在春秋以前，是我们中华民族发展的黄金时代，那时期我们的民族，在文化方面当然是灿烂光辉，为四夷所倾心企慕，而在政治方面也是四夷宾服，从未受到外族的侵略及压迫。但五伯七雄而后，大并小，强吞弱，所谓周初一千八百国逐渐减少，而统一中国的中华民族，这是

---

① 赵景深：《中国文学小史》，上海光华书局 1928 年初版，1931 年第 10 版。第 154 页。
② 陈子展：《中国文学史讲话》，北新书局 1933 年版，第 153 页。
③ 梁乙真：《中国民族文学史·序》，三友书店 1944 年，第 2 页。

始与外族有显著的利害关系的冲突。①

因此，在传统历史和民族表述中，"中国"有时指汉族、有时指汉族建立的王朝和汉族政权控制的区域，而有时直接与中原通用，是一个具有多重内涵的概念。而"中华"则与华夏或者汉族、中国通用。所以说，无论历史（包括到了 20 世纪上半叶）上的"中国"还是"中华"，都与今日之"中国"和"中华"有严格的区别。正因为如此，为了避免歧义和混淆，我们既不使用"中国"文学史观，也不使用"中华"文学史观，同时为了强调中华民族的现代意义，我们使用"中华多民族文学史观"，来区分此"中华"与彼"中华"。

所以，在中华多民族文学史观中，"中国"或者"中华"都是一个历史范畴。我们既看到现今中华民族是中国各民族共同认同的 56 个民族的共同体，"中国"是一个各民族团结平等的统一的多民族国家，又要看到"中国"及"中华"在中国历史上的多重含义，特别是要看到各民族关系不平等、大汉族主义对其他少数民族严重歧视的客观历史事实，也要看到"夷狄入中国，则中国之，中国入夷狄，则夷狄之"这一不可抵挡的民族融合的历史趋势。此外，还要认真辨析各非汉民族对汉族文化的主动接受和积极认同。

而中华多民族的国家观，一要正视和重视作为历史、民族、政治（国家）概念的"中国""华夏""中华"在几千年的历史进程中不同历史时期的特定的含义；二要仔细甄别这些含义具有的历史文化信息的生成和变异；三要严格区分今日"中国"与传统"中国"、今日"中华"与传统"中华"的本质区别；四要从作为各民族认同的民族共同体的中华多民族形成历史与作为真正意义上的现代民族国家的中华人民共和国作为一个"统一的多民族国家"的发展历史，去重视审视"华夷"的对立、冲撞与融合。只有这样，才能立足于统一的多民族国家，从中华多民族这个"滚雪球"式的动态复杂的历史进程中，去把握中华多民族文学的发展历史。从这一点上说，如果没有一个统一的多民族国家的国家观，就很难客观揭示中华多民族文学的发展规律。

---

① 梁乙真：《中国民族文学史》，三友书店 1944 年，第 4 页。

五　多民族的哲学观

哲学观又称世界观或者宇宙观，是人们对世界的最基本的认识和看法。人们对世界的不同认识和看法，产生了不同的哲学观，如黑格尔的辩证唯心主义哲学观、费尔巴哈直观唯物主义哲学观，马克思实践唯物主义哲学观，等等。世界由自然界和人类社会两部分组成，所以，具体的哲学观就体现为不同的自然观、社会观或历史观。

我们这里探讨的哲学观，不是哲学本体意义上的哲学观，而是文学史家在叙述和阐释文学历史现象时应该具有的基本哲学观点。

哲学本体意义上的哲学观是哲学家的自我意识和价值标准，是"哲学家对与哲学活动本身有关的一些根本性问题的观点、看法和态度。这些问题包括哲学的主题、对象、性质、方法、结构、功能、任务，哲学的产生、形成、发展和未来命运，哲学与现实、哲学与时代、哲学与其他文化活动的关系，哲学活动的目的、意义与价值，哲学家的形象及其在现实社会生活中的角色，等等。其中，哲学的性质问题或'哲学是什么'的问题，具有举足轻重的地位，可以说是哲学观的核心"。① 文学史家的基本的哲学观，是指文学史家对文学的产生、发展以及文学创作思维活动的基本性质和基本规律的认识，这种认识贯穿在文学史家全部的研究活动之中，并集中地体现在其研究的物质成果中。

在中华多民族文学史观的整体结构要素中，哲学观是重要的基础元素，也是对其他结构元素起重大影响作用的元素。

中华多民族文学史观中的哲学观，要求文学史研究者应该具有辩证唯物主义和历史唯物主义的基本哲学观点，只有这样，才能立足中国多民族文学的具体实践，从中国多民族文学发展的历史实践中去把握中国文学史的发展规律，展示中华多民族文学复杂而丰富的发展历程。

首先，从历史唯物主义的哲学观，把握中国文学"多民族共同创造"的属性。在本章中，我们曾多次提到《中华人民共和国宪法》中的有关规定，如"中华人民共和国是全国各族人民共同缔造的统一的多民族国家""中国各民族人民共同创造了光辉灿烂的文化"，等等。其实，"多民族"与

---

① 杨学功：《回到马克思——从哲学观的视角看》，《哲学研究》2000 年第 4 期。

"共同创造"不仅是中国文化和中国文学史的基本事实，也是对中国文学史最基本的认识。

在过去的文学史（如在现当代中国文学史）的研究中，汉族以外的各民族的汉语作家文学虽然得到了不同程度的重视，但是，汉族以外的各民族文学母语文学、民间文学这些最能体现各民族文学特质，最能代表中国文学多民族属性的作家、作品、文学现象却未能引起人们足够的重视。在古代文学史的研究中，汉族以外的其他民族（包括已经消失在历史烟波之中的民族）的文学存在以及各民族对中国文学史的贡献更没有得到客观、公正地重视和评价。这说明，我们的文学史并没有从历史唯物主义的哲学高度来客观认识和科学把握中国文学的发展历史，这就不能不使文学史研究在一定程度上偏离中国文学的具体历史事实和历史实践。而在具体的研究中，有的文学史通常以所谓的"经典标准"和"汉族文学的先进性"来取代中国文学整体中的多民族的"共同性"，这显然有悖于马克思主义实践的、全面的观点。

此外，从辩证唯物主义的哲学观点，研究和发现中国多民族文学的发展规律。例如，我们在强调中国文学多民族"共同创造"的基本属性的同时，还应该看到各民族经济、文化发展不平衡的历史和现实在文学上的反映，从而公正分析、客观评价各民族文学对中国文学的贡献。特别是，在厘清各民族文学之间的关系时，只有从辩证唯物主义的哲学观出发，才能正确把握中国各民族文学相互影响、多元一体的发展规律：首先，在各民族文学的关系上，先进的汉族文化和文学给予了各民族文化和文学以深刻的影响，但是，各民族文学同样给作为主流的汉族文学注入了新鲜的血液，如北朝民歌、南方各民族的神话传说；其次，在中国多民族文学的多元一体结构中，汉族文学虽然一直处于多元之中的核心及先进地位，但各民族文学也以自己的特质与汉族文学一起，共同丰富了中国文学的内容，并在整体上提高了中国文学在世界文学史上的影响力，如藏族、蒙古族、柯尔克孜族的三大史诗，既是各民族对中国文学的独特奉献，同时也是中国文学的标志性成果。此外，从中国多民族文学的历史发展来看，中国文学体现出鲜明的以汉族文学为主流，多民族文学相互影响，共同推进的总体规律性特征，这说明，中国各民族文学的关系是一种相互影响的辩证统一的关系，过分强调汉族文学对各民族文学的影响与过分强调各民族对汉族文学的影响、过分强调汉族文学的主体地位与过分强调其他某一民族文学的独立性，或者只看到汉族文学与各少数民族文学间的互动关系，忽视各少数民族文学间的互动与影响关系，同样不符合中国文学发展的客观事实。从这一意义上说，辩证唯物主义和历史唯物主义哲学观，不仅可以使中国文学史研究紧密联系中国文学史的具体实际，同时还有助于修正文学史话语权力实践中的片面甚至错误的观点。

需要指出的是，在中国社会科学研究领域，对马克思主义哲学有过将之简单化、机械化、庸俗化的教训，也出现过否定马克思主义哲学的倾向，这两种倾向都是我们在确立和运用多民族文学史观，研究中国文学史时需要加以注意的。

总之，多民族文学史观是由历史、文学、哲学、民族、国家等多种观念组成的整体，这些要素，影响着人们对文学历史的总体看法，而且，其中每一种因素正误偏失都会构成对文学史的科学性带来重大影响，譬如，中华民族多元一体的民族观的缺失，会遮蔽中国文学多民族共同创造的基本特征；多民族国家观的缺失也会造成对文学史本质属性认识的缺失，进而使"中国"文学史，偏离"中国"这一多民族国家形成和发展的客观历史，等等。此外，历史、文学、哲学、民族、国家这些要素也是文学史这种国家知识建构中必须要关注和表述的重要内容，只有这样，文学史才能回到它的原点，才能成为真正意义上的文学历史。

第三章 多民族文学史观：中国文学史研究的缺失

中华多民族文学史观的缺失主要表现在中国文学史的研究和书写之中。

传统文学史研究关注的主要对象是文学思潮、文学现象、文学批评、作家作品，此外，文学与社会、时代的关系以及对文学发展的整体描述也是文学史家考察的重要内容。但是，由于中华多民族文学史观的缺失，使传统的中国文学史要么成为汉语文学史，要么成为无族别文学史，要么成为汉语书面文学史。因此，用中华多民族文学史观将中国文学史拉回到"中国""中华""多民族"的历史语境和文学现场，指出既往中国文学史研究中的缺失，才能彻底敞亮中国多民族壮阔的文学历史时空。

一 中国文学史写作的三个阶段

1897 年窦警凡撰写《历朝文学史》、1904 年林传甲和黄人分别撰写《中国文学史》，在中国文学史学术史研究中被认为是中国文学史研究的起点。而胡适的《白话文学史》（1928）亦被认为是具有文学史观意识，把文学史作为"史"的自觉研究。的确，文学史意识的觉醒是 20 世纪 20—30 年代中国重要的学术现象，从 1917 年到 1937 年，中国文学史的研究达到高潮，出现了 75 部文学史，40 多部为古代文学史及古代断代文学史和文类史，如谭正璧的《中国文学史大纲》、郑振铎的《中国文学史》、钱基博的《明代文学》，有 30 多部文学史论及了新文学，[①] 这是中国文学史研究的发轫期。其中，胡适的《五十年来中国之文学》（1922）、梁实秋的《现代中国文学之浪漫的趋势》、周作人的《中国新文学的源流》在新文学研究领域影响较大。但是客观地说，这一时期的中国文学研究处于一种粗放与摸索阶段，现代国家虽然雏形已具，但世界范围内由传统国家向现代国家的转型、

---

① 详见温儒敏等《中国现代文学学科概要》，北京大学出版社 2005 年版，第 16—20 页。

重构中矛盾、冲突以及全球性的战争不但对中国现代国家的建立产生了重大影响，同时，国内围绕现代国家构建和领导权的矛盾和斗争也更加激烈，一战后诸多"外患"的干扰，滞缓了中国现代国家的前进步伐。因此，孙中山的"五族共和"这一现代国家的构建也只是徒有其表，并未能成为一种统一的国家意志和全民意识。这种现状直接影响到文学史研究，因此，无论是中国文学史的断代问题、文学史研究内容、文学史体系等都处于一种"自话自说"的无序状态。作为现代学科所要求的系统性、科学性很难在这一时期的文学史研究中看到。甚至鲁迅的《汉文学史》也只是寥寥几万字的从文字的产生到汉代有数几个作家的散论而已。其中的疏漏不能不让人对"史"产生怀疑。我以为，此一时期文学史研究的最大贡献并不在文学史研究的本身，而在于文学史纳入了史学研究的视野，文学史研究意识开始生成。但是，此时期诸多史家对中国历史的熟悉程度、了解程度、中国国家的现状、史学观、文学观等多种因素，不可能不局囿文学史研究。

1949 年中国多民族社会主义国家建立后，政治、思想、文化的高度一体化决定了文学的一体化。20 世纪 50—60 年代，中国文学作为一级学科的地位正式确立，中国古代文学（ —1840），中国近代文学（1840—1919）、中国现代文学（1919—1949）、当代文学（1949— ）成为中国文学一级学科下的二级学科。有意味的是，上述对中国文学的断代是马克思对人类社会发展五个阶段的划分与中国社会历史发展现实相结合的产物，即奴隶社会（前 21 世纪至前 475 年）、封建社会（前 475—1840 年）、半封建、半殖民地社会（1840—1949 年）。正因如此，新中国成立后的文学明确称为社会主义文学，从而赋予了社会主义的性质而纳入体制化的轨道。经过对思想文化界大规划的整合与规范后，社会主义思想作为统一的思想体系规范了文学创作，也成为中国文学史的研究指导思想。历史地看，这一时期文学史研究较上一时期具有了明显的学科意识，学科的系统性和严谨性得到了明显加强。在古代文学方面，代表性的史著有李长之的三卷本《中国文学史略稿》（1951—1955），李嘉言的《中国文学史讲授提纲》（1951），詹安泰的《中国文学史》（1957），张长弓的《中国文学史新编》（1957），游国恩、王起等人的《中国文学史》（1963）等。现当代文学方面，1951 年王瑶出版了《中国新文学史稿》（上）（北京开明书店）、蔡仪《中国新文学史讲话》（1952）、李何林《关于中国现代文学》（1956）、张毕来的《新文学史纲》（1955）、刘绶松的《中国新文学史初稿》（1956）、丁易的《中国现代文学史略》（1955）、孙中田等的《中国现代文学史》上卷（1957）、北京师范

大学中国语言文学系编的《中国现代文学史（初稿）》（1958）等。此外，
1959 年后的十几年中，先后有吉林大学、复旦大学、中国人民大学、北京
大学、中山大学、华南师范学院等院校编写了不同版本的中国古代文学史和
现当代文学史。1962 年唐弢主编的《中国现代文学史》纲要出版。1960 年
山东大学中文系中国当代文学史编写组编写了《中国当代文学史（1949—
1959）》（上、下册）。1962 年，科学出版社出版了华中师范学院中国语言
文学系编写的《中国当代文学史稿》。1963 年中国科学院文学研究所编写了
《十年来的新中国文学》。1978 年，郭志刚等十几所高校的专家学者开始编
写《中国当代文学史稿》，等等。

　　然而，此时期中国文学史研究对社会主义思想的高度强调使中国多民族
国家的性质受到遮蔽，虽然这一时期少数民族民间文学的搜集、整理和研究
工作取得很大进展，少数民族作家文学开始崛起，少数民族文学学科开始建
立，但基于中华多民族国家的性质和中华多民族文学历史和现实的多民族文
学史观还没有进入主流文学史家的史观体系。

　　1980 年代，是中国文学史研究承上启下的重要时期，重要的史著有黄
盛陆的《中国文学史》（1983）、北京大学中文系的《中国文学史纲要》
（1983）、袁珂的《中国文学史简纲》（1986）、袁行霈的《中国文学史》
（1986）、金启华的《中国文学》（1989），林志浩、田仲济、孙昌熙等也先
后推出了他们主编的文学史。此外，刘绶松于 1979 年还再版了《中国新文
学史初稿》、王瑶于 1982 年再版了他的《中国新文学史稿》。郭志刚等人的
《中国当代文学史稿》（1980）、王庆生等人的《中国当代文学》（1983）等
著作也得以出版。

　　1990 年代后，中国文学史研究进入多元化的发展阶段，并取得了重要
进展，出版各种文学史著近 200 种。中国社会科学院文学所的《中国文学
通史》（1990）和张炯等人的《中华文学通史》得以出版。章培恒、骆玉明
主编的《中国文学史》（1996）及《中国文学史》（新著）在古代文学史研
究领域被认为"开创了文学史研究的新境界"。林庚的《中国文学简史》
（1995）、郭预衡的《中国古代文学史》（1998）、袁行霈主编的《中国文学
史》（1999）得以出版。中国现代文学史研究较有影响的成果是谢冕主编
《百年中国文学总系》（1998），郭志刚《中国现代文学史》（1999），黄修
己《20 世纪中国文学史》（修订本）（1998）。钱理群、温儒敏《中国现代
文学三十年》。

　　当代文学史的研究起步于 20 世纪 50 年代，在 80 年代得以发展，重要

突破于 90 年代末。当代文学研究出现了多元化的发展趋势，其中较有影响的是刘锡庆的《新中国文学史略》（1995），于可训《中国当代文学史论》（1999），王庆生的《中国当代文学（修订本）》。栋霖、丁帆、朱晓进主编的教育部面向 21 世纪教材《中国现代文学史》（上、下）。张炯、邓绍基、樊骏 1997 年主编的《中华文学通史·当代编》，杨匡汉、孟繁华 1999 年主编的《共和国文学 50 年》。

　　新世纪以来，新中国文学史观的问题得到了人们的广泛关注。其中温儒敏的《中国现当代文学学科概要》（2005）对中国近一个世纪以来现当代文学学科进行了梳理。洪子诚的《问题与方法》有对中国当代文学的生成、当代文学史的书写、当代文学的资源等诸多问题进行深入浅出的探讨；陈平原的《文学史的形成与建构》则系统地论析了中国文学史书写模式、文学史观的演变；朱晓进的《20 世纪中国文学史观的反思》的长篇论文以及李扬等人对文学史书写的思考，都体现了这些既为文学史家，又为文学史学术史研究者的学者们对这一问题的思考和学科推进。

　　值得一提的是，在 1990 年代后文学史研究多元的格局中，对少数民族文学的关注成为其中重要的潮流，张炯、邓绍基、樊骏主编的《中华文学通史》，郎樱、扎拉嘎主编的《中国各民族文学关系研究》，关纪新主编的《20 世纪中华各民族文学关系研究》，邓敏文的《中国多民族文学史论》等重视了中国文学多民族的性质，并从多民族文学历史的回顾和多民族文学建设的角度总结了中国文学发展的历史脉络。杨义更是建设性地提出了"重画中国文学地图"的观点。但是，对中国多民族文学的重现，关键在于是否具有多民族文学史观。这是文学史研究的起点，也是文学史研究的终结点。

　　因此，纵观中国文学史研究的三个阶段，从胡适、周作人到王瑶、唐弢、游国恩以及袁行霈、钱理群、温儒敏、洪子诚、陈思和等，这些学者的文学史观基本上代表了中国文学史研究中的史观倾向，进化论的历史观、发展论历史观、唯物主义哲学观、历史观、文学观以及将文学与意识形态密切结合的政治观、"以史证文"和"以诗证史"的关于文学与历史关系的不同理念、强调文学的自律性和自在性，要求回到文学自身的文学观以及文学文化学等，还有如陈思和、洪子诚等带有鲜明的知识分子个性思考和学理追求的对文学史的独到的理解和阐释，在一定程度上激活了文学史的学术生命。但是，我们也不能不注意到，从对 20 世纪中国文学史综合研究中的文学史观整体而言，文学史观各要素的综合配置下的研究比较弱，从文学史观某一要素出现对文学史的阐释较多，而作为"20世纪中国文学史"研究的"中国"具体情况对文学史观的民族性、国家性、文化性等方面的要求并未能在"中国"文学史的研究中体现出来。这一点正如对20世纪中国文学史学术史的研究中，人们虽然关注到了文学史研究的对象、目的、方法，关于文学史的性质，文学史的学科界定，文学史与人文科学其他学科的关系，文学史研究的主、客体关系问题，史料学与文学史研究的关系，文学史编写的基本原则和多样性问题以及文学史研究的方法论问题和文学史的类型与各自的特征等问题，但文学史观的全面研究却相当薄弱。因此，整体的"20世纪中国文学史"研究，就不能不表现出文学史观先天的缺失和研究者面对"中国"时"不识庐山真面目，只缘身在此山中"的史观局限。

二　多民族文学史观缺失之表现一：
创作主体的多民族身份属性

创作主体研究，一般指文学创作者个体的心理结构、精神气质或审美心理功能结构对文学创作影响的研究。而作为中华（中国）文学创作主体，则是由不同的族源记忆、心理性格、语言及生活习惯的人们所组成的不同的共同体——民族所组成。中华（中国）史创作主体的研究，是从中华民族这一各民族共同体的角度，研究不同民族的民族性格、民族心理结构、民族精神气质等因素对中华（中国）整体风格的影响。中华文学史既是由中华各民族（包括已经消失在历史烟波之中的民族）共同创造的文学史，又是"中国"这一现代民族国家意义上的国家文学。现代民族国家视野下的中华（中国）史是一种民族国家知识建构，中国文学史家则是国家文学史知识的讲述者。因此，文学史家必须具有国家意识，这种意识决定着文学史在国家知识体系中的基本定位，也决定着作为国家知识之一种的文学史的基本面貌。

但是，从中华（中国）史研究百年的历程来看，中华（中国）创造主体的多民族身份属性既没有得到重视，更没有将之作为中华（中国）史的重要特征纳入文学史。早在20世纪60年代初，何其芳就指出："直到现在为止，所有的中国文学史都实际不过是中国汉语文学史，不过是汉族文学再加上一部分少数民族作家用汉语写出的文学的历史。"① 遗憾的是，半个世纪过去了，这一问题却依然悬置于中华（中国）史之外。虽然在中国语言文学的学科体系中，设有"少数民族语言文学"学科，各民族学者纷纷编写出了自己民族的文学史②，以"历史"毫无争辩的方式，证明了各民族文学在中华（中国）史中的历史和现实存在，证明了具有不同民族身份的作家对中华（中国）的贡献。然而，多年来形成的少数民族文学学科的边缘化地位，少数民族文学与汉族文学甚至与中华（中国）文学的二元分置状态，使各民族文学有机融入中华（中国）文学史之结构的问题一直没有得到有效解决，不同民族文学对中华（中国）文学风格的影响并没有在创作主体的多民族属性的高度上得到应有的重视。

《宪法》在序言中明确指出，"中华人民共和国是全国各族人民共同缔造的统一的多民族国家"。这里高度强调了国家的统一性和各民族对于统一的多民族国家的历史贡献，规定了各民族在国家内部的政治、经济、文化的平等地位，这其中自然包括文学上的平等。然而，在现有的众多文学史中，虽然大多名为"中国"文学史，但许多研究者将自己的文学史研究对象从中华民族形成和发展以及中国多民族国家形成的历史中分离出来，没有从中国"多民族国家"这一国家性质出发，揭示各民族文学历史的形成、变迁与发展，也没有重视中华（中国）创作主体的多民族身份属性对中华（中国）的积极影响。在许多文学史家那里，"民族"似乎与自己毫无关涉，民族文学研究亦是与己无关、与中华（中国）无关的事情。这种情形主要表现在以下三个方面：

首先，"多民族共同创造"这一属性在所谓的"中国"文学史中被遮蔽，各民族文学并没有形成有机"统一"的文学史结构。虽然诸如"壮族文学""蒙古族文学""藏族文学""朝鲜族文学""维吾尔族文学""回族文学"等以明确的民族共同体身份出现的单一民族文学史，以"历史"毫无争辩的方式，证明了自己的文学史在场和对中华（中国）的贡献，各民族学者也纷纷编写出了自己民族的文学史③，但是，这些被统称为"少数民族文学"的各非汉民族文学，只在少数民族文学学科或者本民族内部的语

---

① 何其芳：《少数民族文学史编写中的问题》，《文学评论》1961 年第 5 期。

② 中国社会科学院少数民族文学研究所主持编写的"中国少数民族文学史丛书"，编写了汉族之外的 55 个民族的文学史，每个民族的文学史都独立编写和出版。

③ 同上。

境中才具有意义。在"国家"这一现代性装置和"统一的多民族国家"的现实国家形态中，各非汉民族文学与汉族文学甚至与中华（中国）却处于二元分置状态，各民族文学有机融入中华（中国）史之结构问题依然没有得到解决。

从中国历史和中华（中国）发展史而言，中华（中国）创作主体的多民族身份属性从来就不是一个理论问题，而是一个历史和现实问题。这既表现在中国南北方众多民族极为发达的神话传说，藏族、柯尔克孜族、蒙古族的英雄史诗等为某个民族所独创的民间文学，也表现在作家文学方面。现在，"我国55个少数民族都拥有了自己的书面文学作家。一支多民族、多语种、具有创作实力和创作潜质的少数民族作家队伍，正在使中华民族文学创作呈现出欣欣向荣的局面"①。据中国作家协会统计，在中国作家协会8522名会员中，少数民族作家800多人，占会员总数的11%。各民族不仅有了自己的作家，有的还形成了自己民族的作家群，如80年代以来，以叶广芩、孙春平为代表的满族作家群；以扎西达娃、阿来等为代表的藏族作家群；以玛拉沁夫、满都麦等为代表的蒙古族作家群；以冯艺、黄佩华、凡一平、蒙飞等为代表的壮族作家群；以吉狄马加、阿库乌雾等为代表的彝族作家群。此外，回族、维吾尔族、哈萨克族、朝鲜族等民族都形成了具有较大影响的作家群。

值得注意的是，虽然每一个民族都有自己民族文学发展的历史，但是，在文学与民族的现代性诉求上，各民族文学无不表现出与国家现代性诉求相一致的特征。这一重要特征既表现在古代各民族文学对"中华民族"和现代"中国"的共同认同，也表现在以"启蒙""救亡"为主题的现代中国各民族利益空前一致对各民族文学的凝聚，更贯穿在1949年新的民族国家建立后，在"中华民族"这一被赋予了新的内涵的中国各民族高度认同的共同体中，各民族当代文学对中国当代社会政治、文化、文学思潮的回应。例如，在全球化思潮所引发的中华民族文化在全球文化中的命运思考中，彝族作家群对自己民族文化命运的追索，阿来等藏族作家对民族国家建构的文学想象，满都麦、郭雪波等蒙古族作家对生态这一人类性问题的关注，等等。从这一意义上说，各民族作家都从各自的民族立场和民族身份，建构了统一的中国形象。如果忽视了中华文学多民族共同创造的属性，既是对历史

---

① 曹滢、李倩：《我国少数民族全有了书面文学作家—— 一支多民族、多语种、具有创作实力的少数民族作家队伍已形成》，《人民日报》2003年9月2日第8版。

的不尊重，也是对历史的篡改。

其次，在中国多民族文学的整体结构中，不同民族文学的不同风格最终要通过具体作家的个体性创作表现出来。然而，在现有的诸多中国文学史中，许多作家的民族身份处于被忽略乃至被屏蔽的状态，他们特定的民族性格在自己创作中的呈现以及对中华（中国）文学风格的影响还没有被重视。

我们知道，每个民族都有自己独特的心理、性格以及认知世界的方式，伏尔泰将之称为不同民族的"风格"。在《论史诗》中伏尔泰指出："在最杰出的近代作家身上，他们自己国家的特点可以通过他们对古人的摹仿中看出来；他们的花朵和果实虽然得到了同一太阳的温暖，并且在同一太阳的照射下成熟起来，但他们从培育他们的国土上接受了不同的趣味、色调和形式。从写作风格上来认出一个意大利人、一个法国人、一个英国人或一个西班牙人，就像从他的面孔的轮廓，他的发音和他的行动举止来认出他的国籍一样容易。意大利语的柔和甜蜜在不知不觉中渗入到意大利作家的素质中去。在我看来，词藻的华丽、隐喻的运用、风格的庄严，通常标志着西班牙作家的特点。对于英国人来说，他们更加讲究作品的力量、活力和雄浑，他们爱讽喻和明喻甚于一切。法国人则具有明彻、严密和优雅的风格。他们既没有英国人的力量，也没有意大利人的柔和，前者在他们看来显得凶猛粗暴，后者在他们看来又未免缺乏须眉气概。所有这些区别的产生都由于各民族相互厌恶和轻视。要看出各相邻民族鉴赏趣味的差别，你必须考虑到他们不同的风格。"[1] 伏尔泰在这里所指出的不同民族心理、性格、语言、习俗所形成的不同民族文学特有的民族风格，是人类文学史的普遍性和规律性特征，中华（中国）也是如此。

例如，在民族性格方面，游牧民族的豪放、勇敢、强悍，农耕民族的淳朴、勤劳与坚韧的巨大差别，都会投射在文学作品之中。北歌的雄健清新与南歌的温婉柔美的不同风格即与此有关。具体到各民族，情况又各不相同，譬如，同是游牧民族，蒙古族、藏族、哈萨克族不仅语言不同、习俗不同，性格也各有差异，因此在文学上形成各自的民族风格。同样，作为农耕民族，南方各农耕民族和中原的农耕民族的民族性格也不相同。这种种不同，最终都会在不同民族的文学上留下清晰的印迹。因此，文学史研究倘若不重视每个民族的个性特征所形成的不同民族总体特征上差异，如果这种整体特

---

① 伍蠡甫主编：《西方文论选》上卷，上海译文出版社 1979 年版，第 322—323 页。

征上的差异不与具体民族的个别性特征相联系，就会导致对不同民族文学风格的简单化处理，从而遮蔽共同特征下的差异所带来的丰富性和生动性。《中国文学史》在评价辽代契丹文学时说："契丹是以游牧和渔猎为主要生产方式的北方少数民族，逐水草、随季节而迁移放牧，以车帐为家，从而形成了豪放勇武的民族性格。'弯弓射猎本天性'（《虏帐》），苏辙的这句诗是对契丹族社会风俗、民族性格的生动写照。"①这种概括同样适用于其他游牧民族，因为，这只是游牧民族的共性性格或者性格主导特征。以此来概括契丹族文学的全部特征，无疑是一种浅尝辄止的或对契丹文学的概念化和简单化处理。离开了契丹族所处"东胡"且与中原毗邻，南部已经处于游牧文化向农耕文化的过渡带，且深受汉族文化影响等自然地理、文化地理诸因素的长期影响，所导致的民族性格的微妙变化，根本无法解释为什么萧观音、萧瑟瑟既工诗，又擅辞赋，"既有雄豪俊爽，颇见北地豪放气概之诗，也有委婉深曲之作"的现象。

再如，契丹族耶律楚材无疑是元初无法回避的最重要诗人之一。在现有的文学史中，在叙述耶律楚材的诗歌创作时是这样概括的：

　　元初有几位开国功臣也是重要的诗人，其中以契丹族的耶律楚材最为突出。耶律楚材虽然常常处于戎马倥偬之中，但他始终不废翰墨，存诗七百二十余首。他曾经随成吉思汗西征，驰骋万里，所以能在诗中描写奇瑰壮丽的西域风光。如《过阴山和人韵》写得动荡开阔、气象万千。楚材擅写律诗，其中尤多七律。他的律诗句律流畅沉稳，风骨遒健，如《和移剌继先韵》。可惜他的诗应酬之作过多，往往流于率易，缺乏锤炼。但在元初的少数民族诗人中，他的成就仍然是最值得重视的。②

在这里，史家用"流畅沉稳，风骨遒健"和"流于率易，缺乏锤炼"分别概括了耶律楚材诗歌的优点和缺点。并用"动荡开阔、气象万千"概括耶律楚材的具体诗作《过阴山和人韵》的风格。阅读过《中国文学史》的人都知道，"流畅""沉稳""风骨""遒健""动荡开阔""气象万千"

　　① 袁行霈主编：《中国文学史》第三卷（本卷主编莫砺锋、黄天骥），高等教育出版社1999年版，第211—212页。
　　② 同上书，第371页。

的不同组合经常被用来概括从屈原、曹操、李白、高适到苏轼、辛弃疾等众多诗人的诗歌风格。因此，这些词语已经变得极为空洞和抽象。特别是对耶律楚材而言，由于擦除了他的民族血脉在他诗歌风格上打上的烙印，从传统诗学理念来分析他的诗作，才会得出"流于率易，缺乏锤炼"的错误结论。因为，"率易"和"质感"（"缺乏锤炼"）正是北方游牧民族性格和民族审美的特性使然。此外，未能将耶律楚材投放在整个中国诗史中来揭示他的独特个性和贡献。耶律楚材诗歌的地理空间，有相当一部分是唐、宋以来所谓的边塞诗人曾经涉足过的地理空间。但是，耶律楚材的诗中全然没有以往边塞诗的悲凉与放逐的情怀。二者之间的差别原因其实很简单：一是中原汉族所谓的"边塞"恰恰是这些游牧民族生活的"中心"，对他们而言，根本没有所谓"边塞"的生活体验，因此也就不会有悲凉的诗风；二是游牧民族独特的民族心理、民族性格和不同于中原农耕或市井生活的民族生活经验必然形成其开阔、乐观与豪放的美学风格。因此，如果不从耶律楚材的民族身份与地域文化等角度探寻其诗风的形成，就无法准确地界定其在中国诗史中的地位和贡献。

　　类似的情况还发生在元好问、曹雪芹以及现当代老舍、沈从文等诸多民族作家的文学史评价中。以至于在许多场合中，我们经常会听到这样的话："曹雪芹不是写进文学史了吗？"或者"老舍不是也写进文学史了吗？"在这些学者的学术观念里，好像有了曹雪芹、耶律楚材、老舍、沈从文的文学史就是多民族文学史，却丝毫没有注意到这些具有少数民族身份的作家是以何种身份进入中华（中国）史，更没有关注这些作家被置入文学史时，被所谓的文学史标准或"经典标准"所遮蔽掉的由其民族的不同所形成的不同的民族风格对中华（中国）风格的影响和意义。

　　需要指出的是，作家的民族意识是一个具有历史性、时代性的复杂问题，在各民族融合以及各历史时期不同意识形态规约下的民族关系的复杂语境中，各民族作家的族群意识与民族意识的具体发生场景和表现形态各不相同，不同民族不同时代的作家存在着差异，即便是同一民族同一时代的作家也存在着差异。例如，在当代各民族平等的政治语境以及世界多元文化主义思潮的影响下，各民族作家的民族意识空前觉醒，作品的民族主体意识极其鲜明，如吉狄马加、张承志、阿来等。但是，在文学史上，还有许多民族作家的民族意识潜伏在作品的深处，很容易被忽视，如果不将作者的民族意识对作家创作的影响挖掘出来，就很难客观准确地评价其创作风格及在文学史上的地位。在中华（中国）文学史研究中，如不从创作主体的不同民族身份的角度着手，就很难区分耶律楚材的西域诗所体现出来的乐观精神与汉族边塞诗的放逐情怀的差异，也很难厘清老舍的"国民性"与鲁迅的"国民性"中的"国民"的含义的本质不同。创作主体不同的民族身份所形成的不同的文学风格是人类文学史的普遍规律，所以，在中华（中国）文学史中，如果创作主体的不同民族身份被遮蔽，那么，各民族对中华（中国）文学的影响和贡献也将受到遮蔽，作为国家知识的中华（中国）文学史的科学性和历史性也将不复存在。

三 多民族文学史观缺失之表现二：多地域、多民族与跨地域、跨民族的文化形态对中华文学史的影响

多样性是中国文化的重要特征。这种多样性是由三种因素决定的：一是中国多民族的客观历史和现实形成的各具特色的多民族文化；二是中国辽阔的地域形成的差异较大的多种地域文化；三是中国以汉族为主体的各民族"大杂居，小聚居"的分布，形成了多种民族文化与多种地域文化相互叠加的跨地域、跨民族的跨文化、多样性的文化生态。中国文化的多样性及多元并存的文化生态，是形成中华（中国）文学风格多样性的重要原因，也是中华（中国）文学的重要特征。

首先，中国辽阔的疆域，形成了东西、南北不同的地域文化。在文化地理学中，中国文化被划分为多种地域文化，而且分类标准和方法各不相同。例如，周尚意将中国文化分为两淮文化、吴越文化、燕赵文化、荆楚文化、中州文化、齐鲁文化、三秦文化、徽州文化、黔贵文化、陈楚文化、青藏文化、岭南文化、西域文化、陇右文化、琼州文化、草原文化、台湾文化24种地域文化①。多地域文化的存在，意味着不同地域文化之间存在着文化差别，这种差别反映在文学上，自然形成了不同的地域文学风格。明初诗派中的吴派、浙派、江西派、闽中派、岭南派就是从地域文化的角度来对不同诗歌风格进行的区分。在当代小说中，贾平凹的商州系列、李杭育的葛川江系列、玛拉沁夫的草原系列等，也是如此。

其次，每一个民族都有每一个民族的独特历史和文化。民族文化的形成

---

① 周尚意、孔翔、朱竑：《文化地理学》，高等教育出版社2004年版，第235—245页。

既与该民族的生存环境有关，也与该民族的族群记忆、语言、宗教信仰、习俗等关系密切。如，处于相同纬度的游牧民族，蒙古族与哈萨克族有不同的语言、文字、宗教信仰和生活习惯，具有各自的民族文化。再如，同是云贵文化区，但这里的壮族、苗族、纳西族、哈尼族、拉祜族的民族文化也各不相同。因此，不同民族文化也是中国文化多样性的重要表现。

地域文化与民族文化是研究文学史的重要视角。地域文化主要侧重地理位置、自然生态环境等因素对文化形成的影响，民族文化主要侧重共同的族群记忆、语言、习俗等因素对该民族文化的影响。实际上，地域文化与民族文化二者是密不可分的，既不能离开地域来谈民族文化，也不能离开民族来谈地域文化，二者是叠加甚至交织在一起的，是一个整体的两个侧面。特别是同一地域跨民族、同一民族跨地域的现象还会形成跨民族、跨地域文化。例如，草原文化与蒙古族文化。草原是地域（其中还包含生态环境内涵）概念，蒙古族是民族概念。从地域文化的角度上说，蒙古族文化具有草原文化的鲜明特征（即民族文化的地域特征），但草原文化并不只为蒙古族所独有，历史上的匈奴、鲜卑、女真、突厥以及现在的哈萨克族、西藏草原地区的藏族等民族的文化同样具有草原文化的鲜明特征。因此，草原文化是一种跨民族的文化。同样，从民族文化的角度说，尽管汉族有最基本的共同族群记忆、语言（书面文字）、习俗（如节庆、礼仪），但生活在不同地域的汉族，因气候、自然环境、生存条件和生存方式的不同，在文化上亦有很大的差别。仅汉语就有七大方言区，如果没有汉语普通话作媒介，不同地域的方言因语音不同便很难沟通。这些因素，形成了同一民族的跨地域文化。

不同地域、不同民族文化以及跨地域、跨民族文化是中国文化多样化的复合性表现形态。而且，这种复合性又随历史上中国游牧文化与农耕文化的冲撞、民族融合、迁徙而具有更为复杂的历史形态。

文学是文化最集中的载体。在过去的文学史研究中，人们或者从单一的地域文化角度，或者从单一的民族文化角度来认识中国文化的多样性，很少将地域文化与民族文化综合起来，研究中国文化及对中华（中国）发展的深刻影响，这也是现今中华（中国）文学史的一大缺失。

以楚辞为例。宋代黄伯思在《校写楚辞序》中说："屈原诸骚皆书楚语，作楚志，纪楚地，名楚物。若、些、只、羌、谇、蹇、侘傺者，楚语也；悲壮顿挫或韵或否者，楚声也；沅、湘、江、澧、修门、夏首者，楚地也；兰、茝、荃、药、蕙、若、芷、蘅者，楚物也。"这里的"楚语""楚志""楚物"显然已经注意到了楚辞中所蕴含的地域文化与民族文化的双重元素。早在 1932 年，陆侃如、冯沅君就在其《中国文学史简编》中明确指出："楚民族，无论文学上或政治上，都是周民族的劲敌，只是一向误认作周天子属下千百诸侯国之一而湮没了。虽此时尚少科学上的确证，然古籍中却有许多史料可考出周楚异源：一，周称楚为'蛮夷'（如《国语》）；二，楚自称亦曰'蛮夷'（如熊渠）；三、官制不同（如司败）；四，方言不同（如'于菟'）；五，服饰不同（如南冠）；六，音乐不同（如'南音'）。根据这些，我们假定楚为独立的民族，在楚民的范围以内去寻求文学的起源和演进。"① 近年来，很多学者从民族文化与地域文化的角度来研究楚辞的发生与风格，取得了许多突破性成果，② 但遗憾的是，这些成果并未能被吸收进文学史之中。

不仅如此，在中华（中国）文学史上，老舍的京味小说、沈从文的湘西文学、张爱玲的海派文学、当代的蒙古族草原文学、鄂伦春族的森林文学、藏族的雪域高原文学等等不同地域文化、民族文化的结晶，同样未能得到科学全面的阐释和解读。

此外，中国的地理位置、地域特点和历史上的民族迁徙、政治流民，特别是中华民族不断凝聚的历史进程，还使中华（中国）呈现出鲜明的跨民族文化、跨地域文化的特征。这种特征表现在三个方面：一是汉族以外的其他具有自己民族母语的民族作家，使用汉语进行的跨语种（用汉语描写本民族历史生活）和跨文化（用汉语描写其他民族的历史和生活）的文学创作，这种现象是人们所熟知的中华（中国）文学史的普遍现象。二是汉族作家的跨民族写作，如闻捷的《复仇的火焰》、迟子健的《额尔古纳河右岸》等。三是同一民族的跨地域文化的文学写作，如内蒙古、新疆、青海、西藏的蒙古族的文学写作、汉族不同地域风格的文学写作等。

但是，上述不同民族、地域文化以及跨民族、跨地域文化使中华（中国）文学整体特征呈现出的复杂化和多样化的特点，在现今通用的中华（中国）文学史中却根本找不到踪影。

---

① 陆侃如、冯沅君：《中国文学史简编》，大江书铺 1932 年版，第 29 页。

② 参见龙海青、龙文玉《屈原族别初探》，《学术月刊》1981 年第 7 期；蓝瑜、肖先治《屈原族别考辨》，《贵州师范大学学报》1981 年第 2 期；龚维英《关于屈原族别之我见》，《贵州师范大学学报》1982 年第 6 期；龙海清《屈原族别再探——并答夏剑钦同志》，《江汉论坛》1983 年第 2 期；娄彦刚《〈离骚〉命题新探——兼对"屈原族别初探"的质疑》，《合肥工业大学学报》2003 年第 3 期。

　　世界文化的多样性是人类起源的多源性和民族文化的多样性所决定的。在文学传播介质方面，人类文学经历了口头文本——纸质文本——多媒体文本三个发展阶段，但这三个阶段在各民族的文学发展中是极不平衡的。许多民族的文学都有自己生成、发展的历史，都有自己对自然、社会和历史的独特认识，都有表达自己民族情感的特有形式，从而形成自己民族世代相传的文学传统，这是人类文学发展的基本特征和规律。如汉族诗歌的比兴传统和诗赋传统，藏族、蒙古族、柯尔克孜族、彝族、壮族等民族的"口头传统"（Oral Traditions）。特别是藏族、蒙古族、柯尔克孜族的口传史诗《格萨尔》《江格尔》《玛纳斯》成为这三个民族贡献给人类文学宝库的独特的文学遗产。

　　在一定民族文学的发展过程中，无论受到其他民族文学怎样的影响，但与本民族文学传统的血脉是难以割断的。以蒙古族为例，在漫长的民族发展中，蒙古族形成了以叙事诗、祝词、赞词、民歌为主要形式的民间文学传统。在史诗（叙事诗）方面，除著名的《江格尔》和《格斯尔》外，在国内外已经有记录的其他中小型蒙古族英雄史诗（包括异文）有 550 部以上。[1]现代蒙古族叙事诗《嘎达梅林》，就是蒙古史诗（叙事诗）传统的现代延续。1929 年嘎达梅林起义不久，科尔沁蒙古族中就产生了歌颂嘎达梅林的抒情短歌，在口耳相传的过程中，沿袭了口头传统在传播中不断丰富、完善、变异的特征，最终形成了叙述嘎达梅林成长、爱情、起义全过程的内容丰富、情节复杂、结构完整的 2000 多行的现代英雄史诗。有意味的是，这种口头传统在当代蒙古族作家文学中得到了延续。蒙古族长篇叙事诗《巴林怒火》[2] 便是典型案例。

　　《巴林怒火》全诗共 9 章 2000 多行。叙述 20 世纪二三十年代巴林草原上奴隶反抗王爷的故事。长诗有两条故事线索，一是乌日娜与番岱的爱情遭遇，二是广大蒙古族民众反抗王府的残暴统治的斗争过程。这种复式叙事结构，与蒙古族英雄史诗中的"婚姻型母题系列加征战型母题"[3] 的情节结构极为相似。只不过，英雄史诗中英雄的征战历程在《巴林怒火》中转化成民众与王府的周旋斗智与英勇抗争。此外，蒙古族叙事诗擅长通过对自然环境和生活环境精致细微的描写，并以此来衬托和交代人物身份的艺术技巧在

---

① 仁钦道尔吉：《蒙古英雄史诗源流》，内蒙古大学出版社 2001 年版，第 3 页。

② 作者为蒙古族鲍喜章、汉族王燃，以巴林草原上的民间故事为原型而创作。

③ 仁钦道尔吉：《蒙古英雄史诗源流》，内蒙古大学出版社 2001 年版，第 50 页。

《巴林怒火》中也得到承继。在此，我们将蒙古族英雄史诗《江格尔》与《巴林怒火》进行比较。

史诗《江格尔》描写江格尔的宫殿时写道：

> 在那雄伟庄严的宫殿里，
> 装饰着华丽有蟒缎帏幔，
> 帏幔前面是四十四条腿的白银宝座，
> 宝座上端坐着江格尔可汗。

《巴林怒火》在描写王府的大殿时写道：

> 汉白玉台阶肩起一座大殿，
> 殿内有沥粉金漆的四根大柱。
> 地上铺着提花的地毯，
> 藻井上的蟠龙喷云吐雾。

这两节诗均为四行，第一句交代宫殿和大殿的规模，二三句写殿内的豪华装饰。虽然江格尔在诗中的第四句中就已经出场，而《巴林怒火》中的第四句依然在写殿内的装饰，但这两节诗在语言、节奏、韵律的风格上都相当一致。甚至，如果将二者放在一起，也难分彼此。

再如对人物的描写上，蒙古族叙事诗通常采用祝词、赞词惯用大量的比喻、铺排的手法，从不同的侧面、角度来烘托人物，营造出一气呵成、华丽典雅、汪洋恣肆的情感氛围。如《江格尔》在描写江格尔的夫人阿盖·萨布塔腊时写道：

> 阿盖有整齐的四十个牙齿，
> 白皙的十个手指像纤纤柔软的白玉，
> 她的红唇如同五月的樱桃，
> 她的头如同美丽的孔雀，
> 她的品德是人间的表率，
> 她的声音是动人的音乐，
> 百花为阿盖怒放，
> 百鸟为阿盖歌唱。

《巴林怒火》描写番岱在押送马匹的路上愤懑的心情时写道：

> 番岱默默地蹲在地上，
> 如同一座会喘气的小山。
> 番岱静静地坐在那里，
> 好似一尊喇嘛庙的罗汉。
> 他的脉管里有血的潮汐，
> 他的胸膛里有情的喷泉。
> 他恨世道的不平，
> 他思人生的艰难。

虽然描写对象不同，前者所用的比喻多于后者，但二者所用艺术手法以及情感力度、气势、韵律、节奏和语言结构却完全一致，体现了口头说唱文学共同的特质。可以说，蒙古族民间文学的血脉在《巴林怒火》中得到了延续。

蒙古族《巴林怒火》的情形在藏族、维吾尔族、哈萨克族等民族的口头文学中都大量存在。

在对不同民族口头文学传统的考察中，我们发现，同为口头传统，每一个民族又有所不同，特别是在语言、腔调、风格、结构形式、说唱方式等方面的差异更大。如藏族史诗《格萨尔》的叙事结构是天上→地界→天上的圆形结构；《玛纳斯》，是英雄在人间诞生→立功→牺牲→死而复生的半圆形结构；《江格尔》中的英雄在不同的章节中与不同的敌人斗争，人物是中心，用人物串起时间和空间不连贯的事件，形成以线串珠形结构。① 在演唱方式上，有的史诗使用乐器伴奏，如《江格尔》在演唱时用陶布舒尔琴伴奏，有时还跳卫拉特蒙古族单人舞"贝叶勒格"伴舞，而有的史诗在演唱时却没有乐器伴奏等。有意味的是，中国少数民族文学口头传统现象，虽然未得到国内主流学界的普遍重视，但早已引起国外学者的高度重视，正如帕里－洛德所说："在东方的这一国度中（指中国），活形态的口头传统是一个极为宏富丰赡的宝藏，世代传承在其众多的少数民族中，而在此基础上的

---

① 熊黎明：《中国少数民族三大英雄史诗的叙事结构比较》，《云南民族大学学报》2005 年第2 期。

口传研究当能取得领先地位。"①

　　中国各民族不仅有各自的文学传统，同时还创造了丰富多彩的文学形式，如南北方各民族的活态史诗、各民族经久不衰的神话、传说、故事、歌谣、谚语、谜语、叙事诗、说唱文学等多种形式的文学作品，特别是那些为某个民族所独创的文学形式，如蒙古族的祝赞词、好力宝，藏族的藏戏，壮族的大歌，赫哲族的伊玛堪，哈萨克族的阿肯对唱，傣族的赞哈，侗族的多耶等。如，在中国诗歌史上，最早的诗、歌、舞三种元素是结合在一起的，众所周知的《吕氏春秋·古乐》载："昔葛天氏之乐，三人操牛尾投足以歌八阕"，便是最好的证明。因此，这一时期被称为诗歌舞三位一体的时期。但是，随着社会的发展，诗、歌、舞彼此分离，并分归于不同的文学艺术门类。我们今天所说的诗歌，基本是有诗无歌，更没有舞蹈元素。但是，在有些民族，现在依然保存着这种在汉族和世界许多国家早已消失了的诗歌舞三位一体，甚至诗歌舞乐四位一体的复合形态。以维吾尔族为例，从11世纪优素甫·哈斯·哈吉甫（《福乐智慧》）到15世纪的艾里西尔·纳瓦依，直到当代著名诗人铁依甫江·艾力耶甫，作家诗歌创作极为发达，在作家文学中，诗、歌、舞早已经分化。但在民间，文学发生初始时期的"原生形态"——诗、歌、舞、乐四位一体的文学形式仍然具有广泛影响力和生命力，并深受本民族人民所喜爱，如《十二木卡姆》。可以看出，诗作为维吾尔族作家书面文学的单一形态，与《十二木卡姆》作为维吾尔族民间文学的复合形态，在同一民族内部，按着各自轨迹，独立而自由地存在和发展，这种现象不仅为我们从国家文学的高度认识中国多民族文学的多传统和多形式提供了不可多得的真实案例，而且具有人类学、历史学的多重价值。

　　但是，遗憾的是，在重作家文学，轻民间文学的文学观影响下，现有的通史类中国文学史中，这些民族特有的文学形式被普遍忽略。对此，杨义曾指出："在跨世纪的时候我们发现一个问题：西方建构自己的文学观念的时候，并没有考虑中国还有文学，甚至比它的历史更长，更悠久，而且成果更加独特辉煌。我们用的是一种错位了的、从西方的经验产生出来的文学观，这种文学观其实是西方的 'literature'，通过澳门的报刊，或者通过日本用汉字翻译成 '文学'……根据这四分法，什么诗歌、散文、小说、戏剧，我们中国文学的一些强项、一些精髓的东西反而在这种概念的转移中忽略

---

　　① ［美］约翰·迈尔斯·弗里：《口头诗学：帕里－洛德理论·前言》（中译本），朝戈金译，社会科学文献出版社2000年版，第10—11页。

了，流失……世界上不存在着纯文学，过度强调纯文学，就是对文学与文化，对文学与整个人类生存状态的一种阉割。"① 从这一点上说，在中国现有的文学史，很少不是这种"阉割"的结果。而且，包括汉族在内的各民族文学都遭受到这种"阉割"，只不过，其他民族所遭受阉割的程度更严重而已。

改变上述这种现状，还中华（中国）文学历史的本来面目，是中华（中国）史研究自身科学性与客观性的内在要求，也是中国多民族文学发展历史与现实的时代诉求。而要改变这种现状，笔者以为，首先要改变重作家文学轻民间文学，或者重书面文学轻口头文学的观念。既要看到在人类文学发展的过程中，先有口头文学，后有作家文学，民间口头文学往往是作家文学诞生的土壤和沃土。同时，也要认识到民间口头文学的生命力和作为独立的文学种类的自足性，如前面提到的维吾尔族的《十二木卡姆》。还要重视使民间口头文学向书面文学作品的转化，在此，西周至春秋时的十五国风以及南、北朝民歌成功进入中华（中国）文学史，已经为我们提供了很好的范例。问题的关键仍然在于我们是否具有将民族民间文学纳入文学史视野的多民族的整体文学观念。没有各民族文学的中华（中国）文学史是不完整的，仅有作家书面文学，没有各民族丰富多彩的民间文学的中华（中国）文学史同样是残缺的文学史。尤其是在经济、文化全球化的情势下，在人类文学进入多媒体的时代后，许多民族的文学形式也面临着严峻挑战。例如口头传统后继乏人所遭遇的生存危机②等。从这一意义上说，对中国各民族文学多传统与多形式的重视、保护与研究已经成为文学研究者义不容辞的责任。

四　多民族文学史观缺失表现之三：
多语种、跨语种与多语写作

文学是语言的艺术，从语言的种类来说，中华（中国）文学史是一部以汉语为主体的多语种文学史。在中华（中国）文学史上，各民族母语文

---

① 杨义：《通向大文学观》，安徽教育出版社 2006 年版，第 13—14 页。

② 一般而言，因为是口耳相传，所以，一旦没有继承者，如果该艺人去世，也就意味只有他才能讲述的故事也会随他一起被埋葬。他所传唱的故事无论具有怎样的价值，都将烟消云散，无法复原和再现。

学极为发达，许多民族中，都涌现出用本民族母语进行写作的优秀作家，如公元 11 世纪著名语言文字学家马赫穆德·喀什噶尔用阿拉伯文编著的《突厥大词典》、玉素甫·哈斯·哈吉甫用回鹘文、以阿鲁孜诗律、玛斯纳维体（双行体）创作的长达 13000 千行的《福乐智慧》。契丹族寺公大师用契丹语创作的长达 120 多行的长诗《醉义歌》①，蒙古族著名作家尹湛纳希用蒙古族母语创作的《一层楼》《泣红亭》《红云泪》等。

特别是很多民族母语创作传统一直延续到今天，如维吾尔族、蒙古族、藏族、彝族、朝鲜族等。对各民族母语，国家一直采取保护政策②，这在客观上为各民族母语文学的繁荣创造了制度环境。如今中国 56 个民族的作家除了用中华民族共同母语——汉语进行文学写作外，另有 23 个民族的作家用自己民族母语进行写作。近年来，各少数民族母语写作呈现出十分繁荣的局面。仅新疆近 10 年用维吾尔文、哈萨克文、柯尔克孜文、锡伯文等文字创作的长篇小说就有 120 多部。其中维吾尔族阿布都热依木·乌铁库尔的《足迹》《苏醒的大地》，祖尔东·萨比尔的《探索》《母乡》，帕尔哈提·吉兰的《麻赫穆提·喀什噶里》；哈萨克族朱玛拜·比拉勒的《深山新貌》，奥拉孜汗·阿合买提的《巨变》都在国内外产生了较大反响。祖尔东·萨比尔等作家的作品还被翻译成土耳其等国的文字。在已经举办的九届全国少数民族文学创作骏马奖评奖中，近三次评奖中就有维吾尔族、壮族、景颇族、蒙古族、藏族、回族、朝鲜族、柯尔克孜族、哈萨克族、傣族、彝族等 12 个语种的小说、诗歌、散文、报告文学、评论等作品获奖。仅第九届的评奖中，就有 14 部少数民族母语作家作品获得奖励。这从一个侧面证明了中华（中国）多语种文学写作的存在和广泛性。

作为各民族母语文学的重要载体和沃土，有母语文学创作的民族都创办了母语文学期刊。其中包括已经有 60 年历史的朝鲜族的《延边文学》。在我们对各民族母语文学期刊的调查中发现，有的民族办有多种本民族语言文字的文学期刊，如蒙古族的母语文学期刊除了办刊时间最长、影响最大的《花的原野》外，还有《呼伦贝尔文学》《西拉木伦》《锡林郭勒》《敕勒格

---

①　现在见到的寺公大师的《醉义歌》是耶律楚材由契丹文翻译成汉语的译文，契丹文《醉义歌》已逸失。

②　据国家民委在《关于进一步做好少数民族语言文字工作的报告》公布的统计数字：在 55 个少数民族中，53 个民族有自己的语言（回、满两个民族通用汉语文）；新中国成立前，21 个民族有自己的文字。50 年代，国家帮助 10 个少数民族创制了文字，帮助一些民族改革或改进了文字。

尔塔拉》《陶茹格萨茹娜》《哲里木文艺》等。再如藏族的《西藏文艺》《章恰尔》《邦锦梅朵》《拉萨河》《雪域文化》《珠峰》《山南文艺》《羌塘》等。仅《西藏文艺》自 1980 年创刊以来，就发表了 1000 多名作者的2400 多万字的藏文文学作品。在多民族聚居的省区，还形成了多语种文学期刊并存的局面，如新疆就有维吾尔族的《塔里木》《喀什噶尔文学》《阿克苏文学》《源泉》《伊犁河》，哈萨克族的《曙光》《木位》《阿拉泰光》以及汉族、柯尔克孜族、蒙古族、锡伯族 6 种文字 30 多种文学期刊。少数民族母语期刊的数量既证明了各民族母语文学的发达程度，也证明了各民族母语文学传播的广泛程度。以柯尔克孜族的《柯尔克孜文学》为例，该刊创办于 1981 年，为文学双月刊，刊发包括民间文学、翻译文学在内的柯尔克孜文作品。该刊发行量基本保持在 3000 册左右。据新疆作家协会统计，平均每 38 个柯尔克孜人就有一份《柯尔克孜文学》。在 90 年代，《柯尔克孜文学》曾一度与全国发行量最大的《读者》《青年文摘》一起，成为柯尔克孜族聚集区各报刊零售网点的畅销期刊。文学的普及度和影响力为世界罕见。

可以想见，在民族文化相互融合、中华民族高度认同的今天，中国各民族母语文学写作还保持如此旺盛的发展态势，在各民族彼此分散、隔绝的时代，中国各民族文学母语写作该是何等景观？然而，遗憾的是，由于诸多历史原因，不同语种文学作品在中华（中国）文学史中留存较少。即便是现在，由于翻译滞后、研究薄弱等原因，各少数民族母语文学写作的影响仍然局限于本民族内部或者少数民族文学界，无论是主流文学研究领域还是主流中国文学史的书写，对中华（中国）文学多语种的特征并没有得到应有的重视。笔者以为，汉族之外的其他民族母语作家文学的被忽视，实际上也意味着中华（中国）多语种这一重要特征被忽视，这样，作为国家文学和国家文学史的客观性和科学性就不能不受到置疑。

此外，从古至今，在各民族作家中，跨语种写作和双语现象也十分普遍。双语写作是指用两种及两种以上的文字进行写作的作家和文学现象。现在，我们仍然能在许多民族地区看见大量的双语或多语碑刻，如契丹、汉文碑刻，藏、汉碑刻，蒙、汉、藏、满四种文字的碑刻等历史遗存，这在相当程度上证明了双语并存作为一种历史文化现象的存在。在现当代文学史上，蒙古族的巴·布林贝赫、维吾尔族的克里木·霍加、哈萨克族的艾克拜尔·米吉提、彝族的阿库乌雾、阿蕾等，都是重要的双语作家。跨语种写作指能够使用自己民族的母语，却用其他民族语言文字进行写作的作家和文学现象，其中，用汉语进行跨语种写作的现象最为普遍。如古代的契丹族耶律楚材、蒙古族的尹湛纳希，当代蒙古族玛拉沁夫、哈萨克族的艾克拜尔·米吉提、藏族的扎西达娃等。此外，在民族杂居的地区，也有用其他民族文字进行跨语种写作的现象，如新疆维吾尔族在古代就有用汉文、阿拉伯文、波斯文等多种文字进行写作的作家和文学现象，如鲁提菲（1366—1465）。只不过，对多种母语、跨语种、双语写作现象至今未得到学界的重视。

多语种、跨语种以及双语写作，不仅是中华（中国）文学又一个重要特征，而且，当许多民族语言文字在"共同语""世界语"文化不断侵蚀，濒临灭绝的今天，许多依然坚守在母语写作孤岛上的作家们，不仅为中华（中国）文学史留下了有关自己民族的心灵、精神印迹，同时他们的母语作品也会成为他们自己民族和中国历史的珍贵文献，其意义显然超出了文学本身。

应该指出的是，上述四个方面的问题既是中华（中国）文学史家应该关注和研究的基本问题，又是现今通史类中华（中国）史的普遍缺失，这些问题的解决对全面反映中华（中国）的发展历史，具有不可或缺的重要意义。

五　多民族文学史观缺失之原因

中华多民族文学史观既然是正确认识中国多民族文学发展历史的基本观点，为什么这种文学史观至今尚未确立？以下，我们将从五个方面对这一原因进行讨论。

（一）传统"中国"观念，对中国多民族文学事实的遮蔽

传统中国观念，作为一种集体无意识积淀，进入研究者的文学史观，从而使 20 世纪中国文学的多民族性受到遮蔽。

中国文学史，显然是记录中国文学演进的历史。但怎样理解"中国"，就决定了"中国"文学史的不同的历史面貌。

"中国"一词最早见于《尚书》，距今已有三千多年文字记载的历史。

关于"中国"二字大致有以下六种解释：一是指京师（首都），《诗经·民劳》注："中国，京师也"。二是指天子直接统治的地区，如诸葛亮对孙权说："若能以吴越之众与中国抗衡，不如早与之绝"。三是指中原地区，如《史记·东越列传》："东瓯请举国徙中国"。四是指国内、内地，如

《史记·武帝本纪》："天下名山八，而三在蛮夷，五在中国"。五是指诸夏族居住的地区，《论语集解》："诸夏，中国也"。我国历史上第一个朝代是夏朝。黄河流域一带的先民自称"华夏"，或简称"华""夏"。而"华夏"一词最早见于《左传》襄公二十六年（547）："楚失华夏"。唐孔颖达疏："华夏为中国也。""华夏"所指即为中原诸侯，也是汉族前身的称谓，所以"华夏"至今仍为中国的别称。六是指华夏或汉族建立的国家。《史记》《汉书》经常出现这样的称谓。所以自汉代开始，人们常常把汉族建立的中原王朝称为"中国"。"中国"一词所指范围，随着时代的推移经历了一个由小到大的扩展过程。《尚书》中的"中国"，仅仅是西周人们对自己所居关中、河洛地区的称呼；到东周时，周的附属地区也称为"中国"，"中国"的含义扩展到包括各大小诸侯国在内的黄河中下游地区。而随着各诸侯国疆域的膨胀，"中国"成了列国全境的称号①。日本出版的《广辞苑》（第五版）这样来解释中国：在中国汉族面对周围在文化上落后于自己的各少数民族（东夷，西夷，南蛮，北狄）而带有自己是位于世界中央的意识的自称。这种自称的背后是一种种族的优越感和文化的优势感，这种优越与优势感反映在种族、族群和文化上便是种族、族群和文化的双重对立。虽然孔子在《春秋》说："夷狄入中国，则中国之，中国入夷狄，则夷狄之"，但是"以华变夷"而绝不能"以夷变华"则是根本原则。其中汉族的霸权和强者心态一览无余。从先秦就开始了的"华夷之辩"一直伴随着中国封建历史的发展，但无论是"血统优劣说"说，还是"文化优劣说"，其核心是汉族的正统意识。所以，历史地说，"中国"在历史上代表着汉族和强大的汉族文化，汉族中心与汉族文化至高无上成为一种普遍性的民族文化心理。中国历史上虽然出现过数次民族大融合，并在客观上促进了不同民族文化的融合，但汉族中心和文化强势地位并未因此而改变。尤其是历史上几次少数民族对汉族政权的颠覆，更是极大地触动了汉族文化的神经，加重了汉族与其他民族及文化间的对立情绪。

　　或者说，"中国"在历史上代表着汉族和强大的汉族文化，汉族中心与汉族文化至高无上成为一种普遍性的文化心理。蒙古族和满族两个北方少数民族虽然建立了非汉族王朝，但是并没有改变汉族文化的强势地位，相反，两个民族文化上的主动融合，在一定意义上强化了汉族文化的中心地位。虽

① http：//club. book. sohu. com/r – history – 360984 – 0 – 7 – 0. html 或 http：//heritage. news. tom. com/1394/20041214 – 26565. html.

然经过历史上诸多民族融合后的汉族文化很难说还保留多少原生形态，或者，当"中国"在事实上已经不再指华夏诸族或者中原汉族之时，但"中国"对汉族文化的指代关系和地位并没有改变。于是，"中国"是汉族的集体记忆和想象，汉族作为"正统"的"中国"的符号成为一种民族集体无意识，积淀在人们的文化心理深层，潜移默化地影响着人们的思维和价值取向。甚至辛亥革命前，革命党人的口号还是"驱逐鞑虏，恢复中华"，这里的"中华"显然不是今天意义上的 56 个民族的共同体。即便是鲁迅这样具有新思想的文化先驱，其民族国家意识依然是汉族正统思想。

包括中国文学史的研究和书写。因为，在相当大的程度上，中国文学史虽不能完全称为汉族文学史，或者像鲁迅那样直接作《汉文学史纲》，但至少是汉族叙事视角下的文学流变史。以目前国内影响较大、被广泛应用的由袁行霈主编的四卷本《中国文学史》为例，这部史著的文学观念上较以往的文学史有了较大的突破，引入了文化学、文学本体论的理论和视角，认为："文学史是人类文化成果的之一的文学的历史。……文学史著作要在广阔的文化背景上描述文学本身演进的历程。"① 然而，在具体的研究中，我们却发现，作者们对"中国"的理解并没有超越传统的"中国"，因此不可能在"广阔的文化背景上"进行描述。传统的"中国"观念使他们并没有比前人走得更远，或者说，传统的"中国"观念使他们的文学史依然是汉语叙事视角下的文学流变史。如在考虑地域文学发展的不平衡问题时说："所谓地域的不平衡包含两方面的意思，一是在不同的朝代，各地文学的发展有盛衰的变化……如建安文学集中于邺都，梁陈文学集中于金陵；河南、山西两地在唐朝涌现的诗人比较多……二是不同的地域的不同的文体孕育生长……例如楚辞有明显的楚地特色，五代词带有鲜明江南特色，杂剧带有强烈的北方特色，南戏带有突出的南方特色。中国文学发展中表现出来的地域性，说明中国文学有不止一个发源地。"承认中国文学不止一个发源地是一种进步，但如果把这种发源归属于汉族，特别是仅从文学的地域风格去理解，忽视在这些地域上生息的不同民族，特别是那些"夷""蛮""狄"们对中国文学的创造，显然不能很好地解释"发源地"，也无法真正解读地域文学的特征。正因如此，中国少数民族的三大史诗未能进入这部《中国文学史》。叹惋中国没有史诗，其实不过是叹惋汉族没有史诗而已。再如这部

_____

① 袁行霈主编：《中国文学史》第一卷，高等教育出版社 1999 年版，第 3 页。

文学史在论述元代文学和清代文学史时，依然在进行着汉族文学的历史重构，元代蒙古族文化、清代满族文化对文学的影响、不同民族文化的交汇，对元好问、耶律楚材、纳兰性德、曹雪芹等少数民族作家的作品也依然是汉文化视角的阐释，这些文化、文学现象以及作家作品背后地域和民族因素被完全过滤掉了。

这种"中国"的观念和汉族视角在 20 世纪中国文学史的研究中同样存在。无论是唐弢、黄修已、钱理群，在他们的著述中，甚至连地域也被忽略掉了，如沈从文、老舍、端木蕻良来自不同文化"发源地"的文化差异和不同的文学观念在创作上的表现也同样被过滤掉，这些作家都进入到汉族视角文学史叙事的整体之中。显然，这种情况下，作家作品的分析所达到的"历史真实"和"文学表现"的程度就值得怀疑了。而对于 1950 年代后少数民族作家文学的崛起，在许多文学史中同样处于边缘和被遮蔽的状态。如北京大学洪子诚教授的《中国当代文学史》①，该教材对中国当代文学的发展与中国政治文化思潮的关联进行了深入的分析和梳理，但无论是对文学潮流的清理，还是对代表性作家作品的分析，都是从主流（汉族）文学史观而进行的。因此，少数民族文学与中外文化（文学）思潮的互动影响，特别是少数民族文学对中国文学的特殊贡献被完全遮蔽。浙江大学吴秀明的《当代中国文学五十年》② 也是近年来出现的中国当代文学史优秀教材，这部教材在史的线索梳理和对重要作家作品的分析和概括上，更加注重本科生教材的定位和特性，受到读者的欢迎。但这部教材同样是主流（汉族）文学史观下的文学史书写。如，教材虽然关注到了《从文家书》，并从民间文化角度对之进行了分析和评价。但是，对作者的民族身份关注的缺失，不能不影响对《从文家书》文化价值的全面的评价和认识。因此在 20 世纪中国文学史大量综合性的研究成果中，"中国"这一概念更多的是作为汉族或者主流（汉族）而出现的，是传统"中国"的当下延续。

（二）统一的多民族国家意识的缺失，以及由此导致的对文学史国家知识属性认识的缺失，是中华（中国）文学史研究中，中华多民族文学史观难以确立的第二个原因

"中国"作为由多民族构成的现代国家意识在 20 世纪中国文学史研究

---

① 洪子诚：《中国当代文学史》，北京大学出版社 1999 年版。
② 吴秀明：《当代中国文学五十年》，浙江文艺出版社 2004 年版。

中的缺失。

19 世纪中叶，"中国"一词已经脱离了传统意义上的汉族或者地域含义，具有了现代国家的意义。辛亥革命正式将中国作为国号，1911 年 10 月 11 日，革命军在咨议局议定十三条重要方针，其中第二条即为"称中国为中华民国"。1912 年 1 月 1 日，孙中山在发布中华民国临时大总统就职宣言中说："国家之本，在于人民，合汉、满、蒙、回、藏诸地为一国，即合汉、满、蒙、回、藏诸族为一人，是曰民族之统一。"有意味的是，在此两年前（1910），孙中山在旧金山丽蝉戏院对华侨演讲中却说："我中国已被灭于满洲二百六十余年，我华人今日乃亡国遗民……故今日欲保身家性命，非实行革命，废灭鞑虏清朝，光复我中华祖国，建立一汉人民族的国家不可也。"在这里，孙中山由汉族正统的国家观念发展到"五族共和"的多民族国家，是一个具有历史意义的变化，它标志着中国向现代国家的方向前进了一大步。1949 年，中华人民共和国成立，中国共产党进一步明确了中国"多民族社会主义国家"的国家性质。这种性质也决定中国文学必然是多民族文学的统一体，具有鲜明的国家性。

对中国文学学科的国家性，有学者指出："应当认识到，这一学科建立的国家性前提决定了其本身固有着国家利益的属性，以及它所表征的民族层面的精神气质。一旦我们摒弃了国家意识，可能就无法确定与整合该学科所欲囊括的诸多内容，甚而导致整个学科方向和宗旨的偏离。"① 或许是 20 世纪中国文学与政治的太多遭遇，抑或在某一时期（如"文化大革命"时期）国家与文学关系的扭曲，20 世纪中国文学史研究中国家意识的缺失是普遍现象。在这种现象中，又有两种不良倾向，一种是与国家的有意疏离，另一种是对国家的过度依附。（前者以"远离政治，回到文学自身"做了旗帜，后者以"文学史即社会史"相标榜）也就是说，在文学史研究中，中国文学学科的国家性的前提和国家本身多民族国家的性质并没有作为文学史观的要素进入文学史研究和书写之中。我们知道，对于文学史这种知识建构而言，在通常情况下，国家权力和国家意识形态对文学史写作的规约，与文学史的知识属性是矛盾的统一体。国家权力和国家意识形态对文学史进行规约，是国家利益决定的。但同时，历史知识的客观性与科学性也同样对国家意识形态具有反规约。也就是说，既然文学

---

① 路文彬《中国现当代文学学科合法性质疑》http：//www. lys6320. sunbo. net/sho w_hdr. php？xname ＝ JUG7L01&dname ＝ A9PJM01&xpos ＝ 9. 2005 － 06 － 07。

史是一种知识，所以，国家权力和意识形态对文学史的规约，必然要遵循知识自身的科学属性；既然文学史是一种国家知识，知识建构主体在具有国家意识的同时，也会依据文学史知识的体系性和科学性，对现时的国家权力意志进行检视和修正。因此，洪子诚指出的"个人的观点是不被允许"的，仅仅是政治高度一体化之下所导致的文学史写作的极端化情形，而非文学史的常态和基本规律。

例如，"中国各民族人民共同创造了光辉灿烂的文化"既是客观历史事实，也是国家意识形态和国家利益的体现，它为中华（中国）文学史的写作规定了基本路径。但是，作为国家知识的文学史，能否从知识建构的层面上，在中华（中国）的客观历史中找到证明"中国各民族人民共同创造了光辉灿烂的文化"是一种"真的"和"证成"的信念的证据呢？答案当然是肯定的。（《诗经》、楚辞、南北朝民歌、以三大史诗为代表的各民族优秀的文学成果以及当代各民族文学的创作实绩，都是充分的证据）这说明，国家意识形态的规约虽然以国家利益为最高目标，但国家意识形态话语也应该立足于国家的客观历史。然而，在既往的中华（中国）文学史书写中，还少有"中国各民族人民共同创造了光辉灿烂的文化"的多民族国家意识，从而，中华多民族文学史的国家知识属性在文学史书写中一直受到忽视。甚至，在很多时候，当我们指责国家意识形态对文学史写作权力的过分规约时，却忽略了文学史在获得叙述权力后对国家核心意志和价值体系的疏离；当我们强调文学史写作个人叙述权力的合法性时，却挤占了"中华人民共和国各民族一律平等"下的各民族文学在中华（中国）文学史中的平等性与合法性地位，甚至挪用了"中国"的概念。可以说，多民族国家国家意识的缺失进而导致了中华多民族文学史的国家知识意识的缺席，这是百年中华（中国）文学史书写中存在的最大问题。

（三）知识分子个人对文学史阐释权力的合法性与统一的多民族国家对知识化的文学史叙述规约之间的矛盾，使很多文学史研究者，误以为文学史只是自己的个人知识生产过程，而忽视了史学家的国家使命和责任担当

斯塔夫里阿诺斯在《全球通史》"历史对今天的启示"一节中，评论史学界关于印第安人起源时说道："绝大多数理论都是错误的，因为它们的依据是信念而不是理性。各种时髦理论走马灯般换来换去，每一种都反映了当

时的见识和偏见。"① 显然，从客观历史来说，印第安人的起源只能有一种。但问题在于，当我们把印第安人的起源当成一种关于印第安人的历史知识的主体性建构的话语实践时，每一个人都拥有基于不同知识谱系对印第安人起源的合法阐释权力，不同的答案正是这种阐释权力使用的结果。甚至斯塔夫里阿诺斯认为在印第安人起源这一问题上"绝大多数理论都是错误的"，也是从自己的全球性史观得出的历史结论。

所以，在具体的社会科学研究中，研究者具有不同的知识谱系，立足于不同的理论资源，对相同的问题会有不同的理解、认知和结论，这是社会科学研究的一般特点。对于历史研究者而言，"成一家之言"不仅是中国史官文化的传统，也是历史知识话语建构主体性的重要标志。对于文学史家而言，在某种程度上，自己的文学史话语建构是否科学（无论科学的标准怎样）并不是核心问题，而能否获得对文学史的阐释权力以及自己的阐释权力能否获得合法性地位，才是文学史家关心的问题。

在个人学术话语实践的文学史中，文学史研究者将文学史看成是个人对历史的理解，完全可以不考虑文学史的"身份"和属性，只凭借自己的知识谱系所形成的文学观、历史观来解读、叙述和建构文学的历史。这样，他所构建的文学史空间就成为研究者的个人知识话语空间。需要肯定的是，正由于基于不同理论资源和知识背景的不同的个人文学史话语空间的存在，才形成了如今中华（中国）文学史丰富的知识体系，才为人们提供了理解和接近中华（中国）文学史的多种路径。但应该清醒地看到，这种体现了文学史家个人文学史知识话语的文学史，无论其数量、影响力以及在国家教育体系中被应用的程度，均不占主导地位，这是由其非国家知识属性而决定的。

文学史的国家知识属性要求研究者首先要具有明确的国家意识，从国家知识的角度来规约自己的话语。与个人学术话语实践相比，作为国家知识建构的文学史，不像作为个人学术话语实践那样，可以从自己熟知的理论和角度来审视和解读历史，或者以自己的知识谱系观照历史，而是要从国家知识的高度来再现历史、发现历史和重构历史。这就需要文学史研究者要具有国家的立场与视野。国家构成的所有元素（领土、领空、人口、思想、文化、历史、法律、制度、军队）以及国家的性质（单一民族国家、多民族国家）都是研究者在进行文学史实践时应该重视的元素。

---

① ［美］斯塔夫里阿诺斯：《全球通史》第七版，吴象婴、梁赤民译，北京大学出版社 2005年版，第 399 页。

　　作为国家知识建构的文学史的科学性表现在，一方面，当国家因素作为文学史观构成因素后，研究主体还应明确：这些元素在作为国家知识建构的文学史话语实践中是不可或缺的，其中任何一种元素的缺失，都会对文学史的完整性造成损害，进而影响到文学史作为国家知识应有的科学性。同时，这些元素并不是彼此独立的，而是具有多方面的内在关联。比如，人口与民族、思想与文化、地域与民族、历史与意识形态、个人话语与法律制度，等等。因此，指导国家知识建构的文学史写作的文学史观，就是由多重相互关联的元素构成的有机整体观念，这是作为国家知识的文学史的属性所规定的。

　　如前所述，中国是一个统一的多民族国家，在创作主体的民族成分上，中华（中国）文学是多民族作家共同创造的文学成果的集合体。在这个集合体中，不同民族有不同民族的文学传统、不同民族有不同民族的语言符号、不同民族还有不同民族的文学样式。因此，从多民族文学的角度而言，中华（中国）文学是多种民族身份、多种文化背景、多种文学传统、多种文学语言、多种文学样式的文学整体结构。从文化的角度而言，每一个民族都有自己的文化传统。中国作为一个现代民族国家，其形成与发展经历了漫长的过程，在这一过程中，具有不同文化传统的各民族文化，融汇成多元一体的中华文化格局；从地域空间的角度说，中国是一个有 960 万平方公里的辽阔国家，南北、东西跨度相当之大，不同地域有不同地域的文学，楚风汉韵、南曲北歌各有风姿，使中华文学呈现出不同的地域风貌，加之历史上的民族融合、移民等多重历史原因，同一民族的文学也会有地域的差异；从历史角度而言，仅"中国"和"中华"这一概念本身在历史上就发生了多次转换和变化，古代中华（中国）与现代中华（中国）是不同的历史范畴和国家概念，因此，当我们使用"中华（中国）"这一概念时，就不能没有多民族共同创造的历史意识。

　　因此，作为统一的多民族国家知识的中华多民族文学史，要求研究者必须将个人话语与国家话语、个人阐释的权力及合法性与国家知识的科学性、客观性规约统一起来。换言之，研究者应该充分理解和认识作为统一的多民族国家知识的文学史在多样化的文学史的研究与书写格局中的主体性地位，认识作为统一的多民族国家知识的文学史所应该具有的客观、全面反映中华人民共和国国家文学发展的历史，科学地研究和总结国家文学发展历史规律的本质属性。只有认识文学史在统一的多民族国家知识体系中的地位和作用，才能够完成文学史在国家知识传播中所承担的任务。

（四）对"民族国家"的泛政治化理解和意识形态恐惧症

民族国家不仅是一个政治概念，同时也是一个现代性装置。从动荡纷争的上古中国，到"合法性由人民或民族决定"① 的主权独立、领土完整、人民或民族权利得到保障的统一的多民族国家，这本身就是一个复杂的民族国家形成的历史过程，同时，也是中华民族不断融合凝聚，成为一个全新民族的现代化进程，并且，这一进程还将延续下去。

然而，在如今的学术领域中，对民族国家总有一种泛政治化的错误理解，好像一提到民族，就是极端民族主义，一提到国家，就是学术政治化或学术的意识形态化。在某些学术领域或学者那里，意识形态的恐惧症远没有消除。谈到国家利益，就会联想到意识形态，由意识形态就会联想到极端政治化时代人和社会受到的戕害。将民族国家与意识形态等同于极端政治功利，追求所谓的纯粹的学术研究，同样会使学术研究走向歧途。

以意识形态为例，产生于 18 世纪启蒙主义特殊的文化、哲学语境的意识形态科学理论，"包含着对进步、理性和教育的重新信任和乐观态度，相信人类的解放"。② 从马克思的意识形态理论到福柯、阿门图塞（意识形态是一个诸种观念和表象的系统，它支配着一个人或一个社会群体的精神）、伊格尔顿等形形色色的意识形态理论，都没有否认意识形态的存在及其在社会组织、人类群体和知识结构中的影响。正如乔治·拉伦（Jorge Larrainr）所说："虽然其中许多理论家试图抛弃意识形态概念，认为这个概念与现代理性精神和认识论上的绝对主义关系过密，但这类批评仍可被视为一种意识形态批评。不管怎样，我的观点是，虽然他们在形式上反对和拒绝意识形态概念，但他们最终从后门把这个概念放了进来。"③ 这一情形也如福柯在反对马克思主义过分强调意识形态作为权力工具作用，认为"知识机制这一权力的主要机制不是意识形态的构成物"一样，许多学者在有意回避意识形态对知识建构权力消解的同时，也存在着将意识形态这一内涵复杂的理论简单化、机械化的倾向。认为强调文学史的国家知识属性，就意味着国家意识形态对文学史知识建构权力的过度干预。这种错误认识会导致对文学史国

---

① ［英］安迪·格林：《教育、全球化与民族国家》，朱旭东、徐卫红译，教育科学出版社 2004 年版，第 142 页。

② ［英］拉雷恩：《意识形态与文化身份：现代性和第三世界在场》，戴从容译，上海教育出版社 2005 年版，第 11 页。

③ 同上书，第 2 页。

家知识属性的有意回避或者远离，这既不利于民族国家知识体系的建构，也不利于文学史自身科学性的获得。

（五）研究者多民族文学"史观"意识的残缺

如前所述，文学史观是一个综合了哲学观、历史观、文学观、民族观、国家观等要素的综合评价系统。恩格斯指出："我们的历史观首先是进行研究工作的指南，并不是按照黑格尔学派的方式构造体系的方法。必须重新研究全部历史，必须详细研究各种社会形态的存在的条件，然后设法从这些条件中找出相应的政治、私法、美学、哲学、宗教等等的观点。在这方面，到现在为止只做了很少一点成绩，因为只有很少的人认真地这样做过。"① 在中国文学史的研究中，很多人恰恰把研究的重心放在"体系"构建上，而忽视了文学史观的"指南"作用。钱理群在谈到自己编写《中国现代文学三十年》的体会时曾说："我无法认同我们曾有过的现代化模式，及其相应的文学模式；我也不会照搬西方的现代化模式，及其相应的文学模式；但我却无法说出我到底'要'什么，我追求、肯定什么。径直说，我没有属于自己的哲学、历史观，也没有自己的文学观、文学史观。"② 作为现代文学史研究大家，钱理群的这段话非常耐人寻味，因为，这不仅仅是他对自己研究的问题及方法的困惑，其中还包含着对整个文学史研究的反思。而这种反思又与近年来对于文学史观的重视和研究密不可分。但是，在对中国文学史观研究的反思中，我们也很吃惊地发现在文学史观方面的缺失。如《二十世纪中国文学史观的反思》③，把20世纪中国文学史观归纳为胡适为代表的"进化论史观"、周作人"重视文学发展过程中的内部矛盾运动的观点""50年代在文学史研究中强调历史唯物主义史观"以及新时期以来"人们似乎有意无意地搁置文学史观""在中国文学史百年研究中，唯物史观起了关键和决定作用"④ 等等。但是究竟什么是文学史观，文学史观包含哪些要素，这些要素在中国文学史研究中是怎样体现的等根本性问题却并没有指出。特别是，我们还注意到，这篇文章对以往文学史家以精贬杂、以雅贬俗、以汉

---

① 恩格斯：《致康·施米特》，《马克思恩格斯选集》第四集，人民出版社1972年版，第475页。

② 钱理群：《矛盾和困惑中的写作》，引自洪子诚《问题与方法》，第57页。

③ 朱晓进文，详见《中国社会科学》2006年第1期。

④ 一是以胡适的文学史研究为标志的科学补语、历史还原的思路；二是以鲁迅文学史研究为标志的典型现象分析的思路；三是以周作人文学史研究为标志的长时段研究的思路。

贬胡、扬汉抑夷等价值取向和忽视中国文学的历史实际等研究倾向，也并未指出。这其实也从另外一角度证明研究者本人所持有的文学史观同样是一个汉族中心的残缺的文学史观。显然，如果没有一个清楚的文学史观的意识，文学史研究就无从谈起。抛开多民族文学史观来谈论少数民族文学与抛开多民族文学来谈中国文学道殊同归。

总之，在全球化和多元文化主义兴盛的当今世界语境下，建构体现中华多民族共同创造的中华（中国）多民族文学史，不仅会提升中华（中国）文学史的科学性，而且对培养各民族人民对统一的多民族国家的认同、增强中华民族的凝聚力以及提高国家的文化国力都会产生重要而积极的影响。

第四章 多民族文学的时间

人类栖身于时间与空间坐标之上。

每一民族都有自己的时间和空间，这就构成了人类历史的多时间与多空间。从时间的角度，中华文化起源的"满天星斗"标志着不同的时间起点和运行轨迹；从空间的角度而言，中华民族"大杂居，小聚居"的分布样态，与中国地域的辽阔有着密切关系。从古至今，中华民族的生存空间一直处于动态发展过程之中。例如，夏朝的领土在陕西、山西、河北、山东、河南之间，面积大约有五十万平方公里。元朝的疆域"北逾阴山，西及流沙，东尽辽左，南越海表。"《元史·地理志》，面积在1200万平方公里以上。中华民族生存的疆域边界一直在不断变化。特别随着北方游牧文化与中原农耕文化的冲撞、自然环境的改变以及战争等，许多民族聚居的空间坐标，也随之发生着变化。所以，"大杂居，小聚居"使不同民族，因为族源、地域的不同，而有不同的文化和文学，而同一民族由于生活的地域不同，其文化和文学具有鲜明的地域差别。所以，时间和空间上的动态性和复杂性，是中华多民族文学史观中应该考虑的重要因素，只有这样，民族关系的变化在文学上的投影、既往民族（如契丹、匈奴、鲜卑、党项、女真等）创造的具有鲜明民族特征的文学成果、同一民族不同地域文学的差异而给中华（中国）多民族文学带来的多样化的风格，才能够被发现并在文学史中得到客观公正的评价。

但是，在传统的文学史书写以及我们所接受的文学史教育中，时间、空间以及那些并非以显性样态存在并影响了中华多民族文学发展历史的重要结构因素，一直没有引起人们的足够重视。其主要原因：一是"知识"与"历史"的神圣属性，使我们不可能对"文学史"的"可证成的信念"产生怀疑；二是，在传统的文学史叙述中，所有的文学事件（包括作家作品），被有序地填充进我们熟悉的历史框架之中，这就形成了现有文学史空间因素的残缺以及表面稳定的事件顺序结构下的深层断裂与塌陷。本章主要探讨中华多民族文学发展史的时间问题。

一　多民族文学史的"显在式样"与"隐性式样"

中华多民族文学史观下的中华（中国）多民族文学史结构，至少应该关注以下三种交织在一起的文学史构成元素：一是以先进的汉族文学作为主体而发展变化的文学历史；二是各个民族（包括既往民族）文学所葆有的本民族的文学风格和传统，特别是不同民族文学（包括不同语种文学）对中华（中国）多民族文学的多样性的影响。这两种因素都是显性的。第三种因素是隐性的，即各民族之间文化与文学的互动交融对中华（中国）多民族文学发展的影响。

但是，在以往的文学史研究中，文学史的结构是一个已经预设好的似乎并不存在任何问题的线性时间结构。这种结构的依据就是中国官修历史写作千年不变的既定线性时间结构。因此，文学史家要做的工作就是给这个结构框架进行文学史料的填充。而中华多民族文学史观不仅发现了中华（中国）多民族文学史不同于传统文学史的多元、动态的文化结构，同时还发现了中华（中国）多民族文学史内部不同文学内容的复杂结构关系。这种结构的发现，既给中华（中国）多民族文学史的写作提出了难题，同时也给中华（中国）多民族文学史研究打开了新的空间。

文学是人类文化的重要组成部分。特别是近代，由于文学的审美特质被突出和强调，文学逐渐获得了在文化之中的独立地位。在此前，文学与文化在人们的观念中并没有清楚的界限。从这种意义上说，文学与文化关系的演变，几乎就是文学演变的历史。而关于文化，美国人类学家克鲁柯亨指出："文化是历史上所创造的生存式样的系统，既包含显性式样又包含隐性式样，它具有为整个群体共享的倾向，或是在一定时期中为群体的特定部分所共享。"① 从这一角度说，中华（中国）多民族文学史是中国古往今来各民族所创造的中国文化这一"生存式样系统"中的子系统。其显在的样式包括了各民族文学不同的表达形式，如不同民族的语言、不同民族的文学样式、不同民族文学的传播介质，如口传、纸质印刷文本以及现在网络电子文本等。这些不同的文学形态，存在于中华（中国）多民族文学发展的各个时期，其共时性的空间分布特点成为中华（中国）多民族文学史重要的原

① 见庄锡昌等编《多维视野中的文化理论》，浙江人民出版社1987年版，第119页。

生特征。此外，由于民族文化的不同、民族语言的不同、民族审美意识和倾向的不同以及文学传播渠道、方式和条件的限制，一定民族在一定时期内所创造的文学可能只为本民族或者与其相邻的具有语言、文化全部或部分相融民族的认同，如藏族、蒙古族等民族的口头传统、彝族的毕摩经诗等。

　　但是，随着文学传播渠道的多样和畅通，特别是当某一种语言逐渐成为部分民族甚至全体民族的共同语时，某一民族特殊样式的文学可能就会被更多的民族所共享，如壮族的《刘三姐》、撒尼人的《阿诗玛》等。这种文学史的现象说明，独享——部分共享——群体共享是中华（中国）多民族文学史发展的基本脉络。但这也仅仅是具有文学史流变的主要方向性的基本脉络。因为，直到今天，某些具有与这个民族的族群记忆直接对应的呈现着强烈民族特色的文学形式还在为这个民族所独享，或为有相同族群记忆的相似民族部分共享，藏族的《格萨尔王传》、蒙古族的《江格尔》、土族的"花儿"等就是如此。而且我们相信，这种现象还将一直存在下去。

　　总之，从总体上说，中华（中国）多民族文学史所形成的多元文化背景，中华民族多元一体的现代性发展特征，使中华（中国）多民族文学史的多民族文学特征表现出既有"独享"向"群体共享"的发展趋向，也有不同民族始终保存着只为自己民族所"独享"的文学式样。前者的"发展"是中华（中国）多民族文学史的基本流向，后者的存在，是中华（中国）多民族文学史的普遍现象，二者共同构成了中华（中国）多民族文学复杂的"独享""群体共享"与"部分共享"并存的多重特性。

　　需要指出的是，一个民族文学的"独享""部分共享""群体共享"的存在及转化，与这个民族所处的地理位置、生存环境、信息传播条件有着密切关系，同时也与民族文化间的交流与融合的时代文化环境有着直接关联。如蒙古族现代英雄史诗《嘎达梅林》最初的形态是蒙古族母语口传叙事诗，该诗在以嘎达梅林的家乡科尔沁草原为圆点向外扩散式传播时，受蒙汉杂居地域特有的蒙汉文化融合，蒙语、汉语并存现状的受众需要，出现了蒙古族母语向汉语的转换。这种转换的直接后果就是在更大的汉语语族的范围内，使英雄史诗《嘎达梅林》为其他民族所共享。到20世纪末甚至还出现了冯小宁导演的带有商业色彩和现代意识的电影《嘎达梅林》。于是，《嘎达梅林》借助电影这一现代艺术形式，走向世界，成为被更多非蒙古民族群体共享的文化文本。从蒙古族母语口传英雄史诗，到现代汉语的电影，从科尔沁草原到北京的首映，再到好莱坞中国电影节，《嘎达梅林》的个案极好地印证了由"独享"到"共享"的文学"显在式样"的转换与发展。

在具体的文学研究中，判断和把握文学的"显性式样"比较容易，而了解和揭示其"隐性式样"则比较困难。因为，一个民族文学的"隐性式样"涉及这个民族文学中文学精神得以生成的族群记忆、民族独特的思维方式、心理性格及审美倾向等极为复杂而丰富的文化因素，各民族间文化的动态交流、互渗与影响以及所形成的复杂文化形态，决定了各民族文化和文化的"混血"。中华（中国）多民族文学的"隐性式样"，制约和影响了中华（中国）多民族文学精神形成与文学发展历史轨迹。事实证明，"隐性式样"不仅决定了单个民族文学"显性式样"的生成，这些"隐性式样"在"隐蔽"状态下的涌动、位移与变化，还会对整个中华（中国）多民族文学的"显在式样"发生重大而深刻的影响。所以，我们在上面指出中华（中国）多民族文学的"独享""部分共享"和"群体共享"的目的并不只是让人认识到中华（中国）多民族文学的多元存在和中华（中国）多民族文学由多元走向一体化认同的复杂形态及走向，而是试图通过对"显性式样"的多样性、交融性、动态性等复杂结构的认识，发现导致这种复杂性结构形成的深层"隐性式样"的存在和对"显性式样"的影响。我们认为，这种"隐性式样"是决定中华（中国）多民族文学史真实面貌的主要原因。

因为，对于中华（中国）多民族文学而言，几千年的发展中，其共时性的丰富性和复杂性，远远大于"几千年"这一个历时性的特征的丰富性和复杂性。例如，"中国"和"中华"概念在"几千年"这一共时性时段中的变迁，中国疆域在"几千年"这一共时性时段中的扩张、收缩与定型，中国既往民族的分进与融合等方面的复杂性。

这种种复杂性表现在：汉族复杂的多源多流以及汉族最终形成一个统一的民族共同体的过程中，文化的整合与核心文化体系的形成；汉族文化与其他各民族文化的混融：匈奴文化向中原文化的渗透，其他民族如乌桓、鲜卑、契丹、蒙古等众多北方民族的冲融、东迁西徙、南渗北进；百越的流向、三苗的迁徙等。这些都说明，中国自古以来虽然因地理环境、生存方式、民族分布等原因形成了基本的文化板块或者文化圈，但不同文化板块间的碰撞、冲抵以及同一文化板块的漂移、断裂甚至破碎等现象在"几千年"的时间中从未停止过。这种历史，不但形成了中国文化多元一体的"显性式样"，更重要的是各种文化以动态的基本运动方式呈现出来的既相互独立，同时又相互融合的"胶着"状态的"隐性式样"，成为中国文化多元一体结构能够真正结构成为"一体"的"黏合剂"。而对于文化最直接、最典型的表现形态——文学而言，这种"隐性式样"的形成、变化，决定了中华（中国）多民族文学复杂而丰富的历史样貌。这就不能不让我们对中国文化和文学发展历史进行重新思考，例如，以《诗经》为源头的北方文学和以《楚辞》为代表的南方文学，难道仅仅是两种完全没有任何文化关联的不同的表现内容和表达方法的文本呈现吗？"胡服骑射"对汉族文化的影响难道仅仅表现在服饰上吗？北朝民歌与南朝民歌难道仅仅是两种完全没有任何文化关系的不同诗风吗？孵化了这些迥然不同的文学式样的地域文化、民族文化、文学精神、审美心理又是怎样以隐性的方式决定着这些文学的产生？这些文学又是怎样结构成中华（中国）多民族文学史？文学史缘何对不同的文学式样进行了认同，而不同的文学又缘何彼此认同？当年契丹皇帝耶律隆绪为何高度推崇白居易，自称"乐天诗集是吾师"？显然，决定着中华（中国）多民族文学史结构的，还有这些过去为我们所忽视了的动态的"隐性式样"。

因此说，作为中华（中国）多民族文学史结构最潜在的式样，各民族文化间的冲融决定了中华（中国）多民族文学史的复杂走向和表现形态。而我们之所以将中国有史以来的三千多年的历史看成是一个共时性的时段，目的是要在外部时间的相对静止中看清文学史内部各民族文学间的动态关系，进而清楚地描述出不同文化板块间的冲撞、兼容对文学的深刻影响。因为，从总体上说，中国文化和中华（中国）多民族文学不是"一元派生"的历时推进和中心向外的共时辐射。汉族文学曾给予其他各民族文学以深刻的影响，其他民族文学也以自己的特质回馈于汉族文学。同时，还应看到，各非汉民族间的交互影响也是文学发展的重要特征。所以，各民族文化和文学间从未间断过的多元互补、多向互动、分进整合，是中华（中国）多民族文学史的深层文化结构，也是中华（中国）多民族文学发展的规律性特征。应该说，对各民族文学间关系的研究，是20世纪后期中华（中国）多民族文学史研究领域收获最大的领域之一。先后有郎樱、扎拉嘎主编的《中国各民族文学关系研究》、关纪新的《20世纪中华各民族文学关系研究》、邓敏文的《中国南方各民族文学关系史》、云峰的《元代蒙汉文学关系研究》等诸多成果面世。前二者均为国家社会科学基金重点项目。这两部可称为姊妹篇的成果，对中华各民族文学关系的关注，起自先秦，止于20世纪末，是目前学界对中华各民族文学关系研究最系统、最全面、最深入的成果。郎樱、扎拉嘎的研究发现：无论在哪个时期，中国各民族文学之间始终存在联系，都始终是在互相交融中向前发展的。国家的统一和各民族之间文化交流及文学互动，促成了中国各民族文学"你中有我，我中有你"

格局的形成和发展；中国各民族文学"你中有我，我中有你"格局的形成和发展，同样也促进了各个民族之间的认同感和多民族国家的统一。① 关纪新在研究中也指出：作为发祥较早且文化悠久的汉民族不但以自己的先进文化影响了其他民族，同时在长期的融合过程中，也吸纳了其他民族的多种文化滋养。同时，"文化发展各具特点的各少数民族，他们的文学在与汉族文学的接触和交流中，并不是仅仅体现为被动地接受汉族文学对自己的单向影响和给予，少数民族文学同样也曾经向汉族文学输送了若干有益的成分，他们彼此之间的交流，始终清晰地表现出双向互动的特征与情状。可以说，中华各民族文学之间的交流互动，早已形成了固有的传统"。因此，"当人们面对着我国56个现存民族以及许多个已被历史尘埃埋没了的过往民族那些浩若烟海的文学资料，想要从中拣拾出哪怕是少量的可以确认不曾受到过其他民族丝毫影响或者浸染的作品，都是不大可能的"。"'你中有我，我中有你'，当是对迄今为止多民族文学交流结果异常恰当的设譬。"② 邓敏文的研究则让我们关注到一直为人们所忽视的另外一种文学的历史，即各非汉民族文化与文学的彼此吸纳、相互对话所形成的特殊文学历史景观。应该说，各民族文学之间相互影响、彼此冲融的关系已经成为学界的共识，众多的研究成果都揭示了这种长期以来未被文学史家所关注和重视的影响中华（中国）多民族文学史写作的最"潜在式样"和文学史自身的深层结构。但问题在于，现今的文学史的写作仍然按传统的文学史观大行其道，这不能不令人深思。由此看来，中华多民族文学史观真正为学界所接受并指导文学史的写作，还有很长的路要走。

二　历史线性时序与多民族文学史的多时间结构

无疑，人们早已经习惯了线性历史的书写时间结构。这也导致了人们对历史的线性思维模式。而人类的历史果真是线性的吗？回答当然是否定的。

因此，面对中华（中国）多民族文学史的书写现状，令我们感到有必要思考的是，是什么原因导致了以往的文学史只关注了部分"显性式样"的存在，而几乎完全忽视了"隐性式样"的存在？这种追问使我们不得不把目光转向中国历史的书写范式和历史观。

---

① 郎樱、扎拉嘎主编：《中国各民族文学关系研究》，贵州人民出版社2005年版，第3页。

② 关纪新：《20世纪中华各民族文学关系研究》，民族出版社2006年版，第1页。

我们知道，中国具有发达的史官文化传统。从写作主体而言，中国历史书写的主体和主流是官修史。尽管"历史学要弄明白的是 res gestae（活动事迹）即人类在过去的所作所为"①，但中国传统的官修正史是传统中国国家意志和观念的体现。这种体现主要指华夏族作为一个掌握政治、文化话语权的民族霸权心理的自我认同和对"非我族类"文化的排斥。如司马迁在《史记·五帝本纪》里描述，由于共工、驩兜、三苗、鲧有罪，"于是舜归而言于帝，请流共工于幽陵，以变北狄；放驩兜于崇山，以变南蛮；迁三苗于三危，以变西戎；殛鲧于羽山，以变东夷"。这鲜明反映出华夏正统史学观和民族观。有意味的是，这是出于"究天人之际，通古今之变，成一家之言"的中国历史上最著名的史家之笔。或许我们不应该责怪司马迁，因为他毕竟也在华夏中心的价值观主导下的历史之中，多元文化的存在与主体对边缘的排斥事实被忽略也在情理之中。再以明史为例，"奉天承运"的"天命"观不仅是这部史书的灵魂，同时也是汉族重新掌握中国历史话语权的得意心理的直接体现。的确，对于明朝的建立而言，意义绝不在于推倒了前一个朝代，而在于推倒了一个非汉民族建立的王权，汉族重新成为霸权民族，汉文化重新成为霸权文化。从这一意义上说，过去历史书写的官修正史中体现出来的汉族中心主义历史观的最大缺陷，是对其他非汉民族文化创造以及中国文化结构中多元与融进意义的淡化或者遮蔽，这在一定程度上使中国历史的"事件顺序"成为一个被重新取舍与建构的时间，②因此，中国文化的结构本身不能不成为一个内容残缺的结构。此外，从传统的中国历史书写中我们还可以清楚地看到华夏文化价值核心下从传统的"文化中国"至近代中国"民族国家"的历史性变迁。中国历史书写还清楚地呈现出中国的国家历史观和国家历史书写的传统结构模式。

值得说明的是，当我们指出这种汉族文化中心主义在中国官修正史中的存在时，也总有人以《魏书》《辽史》《元史》这些非汉民族政权建立的国家史，以及《吴越春秋》《越绝书》《华阳国志》《蛮书》等记载非汉民族历史文化的专门史书为佐证，证明中国历史书写并未将汉族之外的其他民族

① 柯林武德：《历史的观念》，商务印书馆2001年版，第19页。
② 当然，中国朝代历史书写的主体性问题是一个复杂而有趣的话题。例如，蒙古族脱脱主持编写的《辽史》《宋史》《金史》。辽、金、元这些少数民族建立的王朝对修史的重视，可以看出中国传统的史官文化和官修史的体制文化对这些民族的影响。另外，当时参加修史的团队，已然是一个多民族历史学家组成的团队，这种现象本身就是对中国历史多民族共同创造的很好说明。

排斥在外。应该看到，少数民族入史这是中国历史书写的客观事实，但这绝不意味着各民族文化的平等和对非汉民族文化的认同，否则，也就不会有对其他民族"夷、狄、蛮、戎"这些蔑称的生成和流布。

此外，中国官修正史所代表的中国历史书写的缺陷，还表现在以朝代更替为历史时序的线性时间结构模式，它导致了中国历史时间结构表面的连续下的深层断裂。

孙隆基在研究中国文化的深层结构时，谈到了中国历史的写作模式，他认为，中国"职业历史学家所处理之对象无一例外是独一无二的历史时序（Historical timeline），它是必须标明某年某月某日某地某人物的叙事形式。这个时序——典型的例子是五经中的《春秋》——只是在时间中发生的事件的一个进程，并没有普遍性的意义。但历史学家如果要解释某一事故的'前因后果'，就必须把该特殊事故纳入上述那种具有普遍意义的因果律的框架中。也正因如此，历史学家只能'解释'已经发生的，而不能预测未来。他如果把独一无二的历史时序和因果关系的逻辑时序混淆的话，则会把自己变成'灵媒'，亦即是在某一特殊时地的事故发生后，去预测另一个特殊时地的事故必然会随时发生，而其假冒的逻辑必然性则会堕落为活神仙式的'宿命论'。"正因为发现了中国历史重"历史时序"的历史结构观导致的"逻辑时序"的混淆，孙隆基才借鉴法国白虎星学派布罗代尔在研究地中海地区历史时，从时间结构观念出发提出的"长时段"理论，"把中国上下三千年当作一个'长时段'"。在这里，他的"长时段"并不是简单化中国历史，而是把历史固定在稳定的时间整体性的结构之中，透视历史的深层的活动样状。因此，他发现了中国历史的"深层结构是一种针对特定范围—中国—共时性（synchronicity）设定"，"设定为中国在历经变化后仍保持它自身特殊认同的因素"。①

应该指出，孙隆基的"中国文化"观并不是多民族中国的多元文化观，他的"中国人"与"中国文化"其实是指汉族和汉族传统文化，其中所谓的"中国文化的深层结构"准确说仍然是汉族文化的深层结构。但是，他却启发我们从中国历史书写结构的"时序性"模式中跳脱出来，从"长时段"来重新思考中国文学史传统书写中的时间结构，重新发现中华（中国）多民族文学史的深层结构以及结构中华（中国）多民族文学史的多种可能。

---

① ［美］孙隆基：《中国文化的深层结构》，广西师范大学出版社2004年版，第3页。

　　如果说，中华（中国）多民族文学的"潜在式样"，是指中华（中国）多民族文学历史样貌得以生成的深层、动态的各民族文化复杂关系，中华（中国）多民族文学史的深层结构则是从中华（中国）多民族文学从古至今的文学现象本身，尤其是从中国多民族并存及多民族文学间的相互关联的角度去认识和把握中华（中国）多民族文学史本来的结构样貌。这种考察和研究的方法首先要反思的是传统历史学或政治学提供给我们的时序性的因果关系。如原始社会、奴隶社会、封建社会、半封建半殖民地社会的线性历史时序，或者"大系"的编年体写作模式以及用朝代更替来对中华（中国）多民族文学进行断代研究的方法。梁启超在1900年写的《少年中国说》中指出："且我中国畴昔，岂尝有国家哉？不过有朝廷耳。我黄帝子孙，聚族而居，立于此地球之上者既数千年，而问其国之为何名，则无有也。夫所谓唐、虞、夏、商、周、秦、汉、魏、晋、宋、齐、梁、陈、隋、唐、宋、元、明、清者，则皆朝名耳。"在中国"长时段"的历史中，因为每一个朝代都把自己建国之年称为元年，这样，中国历史时间实际上是由多个具有明确的开始和终止的时间单元组成。西方纪年①和史学传入中国后，史学家将每一个朝代的纪年进行了西方纪年的转换后，才使彼此独立的纪年单元，变成了朝代的顺序排列，中国历史进入统一的代表着中国历史流动总体方向的时间序列之中。如夏（约公元前20世纪—约前16世纪）、商（约前16世纪—约前11世纪）、西周（约前11世纪—前771）、东周（前770—前256）、秦（前221—前206）、西汉（前206—公元8）、东汉（25—220）、三国（220—280）、西晋（265—316）、东晋（317—420）、南北朝（420—589）、隋（581—618）、唐（618—907）、五代（907—960）、十国（902—979）、北宋（960—1127）、南宋（1127—1279）、辽（916—1125）、金（1115—1234）、元（1206—1368）、明（1368—1644）、清（1644—1911）。上述朝代更替的时间大都以立国时间为基准。而对那些同时存在并对中国历史产生了无法回避的影响的政权和朝代，均以合并或统称的方式来保持整体时间的单线性，如"三国""南北朝""五代""十国"。只有辽、金这一与中原王朝对峙的政权，在起始时间上出现了与中原王朝时间顺序的部分重叠，但在总体上并未改变中国历史结构的刻意线性，这便使中国历史如

---

　　①　西方以传说中耶稣基督的生年为公历元年，在晚清已经引入我国，但成为国家标准纪年方法则是在1949年以后。1949年9月27日，全国政协第一届全体会议通过了中华人民共和国采用公元纪年的决议。

同被削去所有枝杈的光秃秃的树干，失去了它本来的枝繁叶茂的真实景观。

韦勒克、沃伦认为："大多数文学史是依据政治变化进行分期的。这样，文学就被认为是完全由一个国家的政治或社会革命所决定。如何分期的问题也交给了政治和社会史学家去做，他们的分期方法通常总是毫无疑问地被采用。"① 在中华（中国）多民族文学史的时序上，胡适确立了以历史进化的文学史观为指导的写作范式，后又有左翼阶级论史观下的文学史书写，后又有阶级社会发展历史观下的文学史写作，等等。但无论哪一种文学史观下的文学史写作，时序与因果的线性文学史时间结构都主导了一个多世纪的中华（中国）多民族文学史写作。这种写作是朝代史、社会形态更替史、阶级发展史、社会主义革命史的"文学版"。其中，尤以朝代史最为流行。可以说，现行的中国文学史没有一部不是朝代文学史，这种文学史所呈现给我们的结构与中国历史书写所呈现出来的模式是基本一致的，这就是中国历史的线性时序，而这种线性时序显然是对历史进化规律的因果阐释。这种阐释对于描述中国总体上的历史进程可能有效，但它必定会以忽略共时性文化空间中的各种复杂历史现象为代价。例如，魏晋南北朝北方各民族的大碰撞、大融合时期文学的样态在各种文学史中，均按主次、时序叙述，但各民族融合带给文学的变化却未能揭示。特别是，当我们按照孙隆基的思路，把中国上下三千年作为一个时段来把握的话，重视历史时序和进化规律，找寻因果关系的文学史写作的弊端就更加清楚地暴露出来。而这一时段性长期以来因为已经被视为凝固的历史，所以，其中各种活跃因素的动态现场就不能不被忽略。

笔者一直以为，对这种时序性和因果关系的重视和因袭，无论对历史学家和文学史家都有一种急功近利或者走捷径的功利嫌疑。因为，对于虽然现在视为历史而对历史而言是现象的考察和探究毕竟不是一件易事。其中既涉及对前民族国家时期中国文学多民族性质的复杂性的探析，还关乎族群、民族、国家等一系列问题的历史辩证，而这些显然是许多文学史家所无力也不愿做的工作。特别是对中华（中国）多民族文学史而言，黄人、林传甲等人的文学史写作具有开山之功，胡适、周作人等人的文学史写作也具有一定的现代性的意义。这里的现代性，不仅指其文学分类与西方文学分类的接

---

① 韦勒克、沃伦：《文学理论》，刘象愚译，上海三联书店 1984 年版，第 303 页。

轨，更重要的是其建构的文学史书写的模式。这种模式延续到王瑶的《中国新文学史稿》，有了更为完整的结构形态。但历史的线性发展描述，历史因果关系的诠释、以文学史来附会社会史的潜在写作规范并没有改变。因之，族群、民族、国家、地域等在历时性演进规律和结果中所潜藏的复杂文化因素和文学现象并未能得到关注。这一情形到了《中国当代文学史稿》才有些微的改变。在这部文学史中，汉族之外的其他民族文学以"少数民族文学"的身份第一次结构进中华（中国）多民族文学史。但这种结构与其说是对中国多民族文学历史现象的觉察，或者说是多民族文学意识的觉醒，毋宁说是中华人民共和国这一现代主权民族国家建立以及对汉族以外其他55个少数民族在民族国家中公民身份和族群身份双重确认的国家话语规范下，文学史的被动呼应，而实际上，多民族文学相融共生的深层结构并未能得以昭示。因此说，以线性的历史时序为结构线索，忽视作为一个共时性的历史时空中各民族文学间的影响和融通，使中华（中国）多民族文学史的结构成为一种遮蔽了本真形态的"伪结构"。这种情形说明，中国历史书写的历史观、民族观直接影响了文学史的写作，或者说，中华（中国）多民族文学史与中国历史实际上构成了一种互文性关系。

需要说明的是，我们指出中国历史朝代更替这一"时间顺序"存在的缺陷，并不是对中国历史这一时间结构的完全否定，因为，朝代的更替毕竟代表着中国历史时间流动的方向。我们想指出的是，对朝代更替这一历史主流方向的重视及其将之唯一化和极端化的做法，导致了对其他支流或非主流时间的遮蔽，进而客观上影响了人们对中华（中国）多民族文学史（包括中国历史）多时间与多历史的真实现场的认知。

三　"多民族文学史"与"中国历史"的互文性关系

从"中华（中国）多民族文学史"与"中国历史"书写的互文性来透视"中国历史"及文学史的线性时序，似乎更加清晰和有效。

或许正因为文学史从本质上属于历史学的专门史范畴，因此，历史学的写作范式被应用于文学史的写作也尽在情理之中。但问题的关键在于，文学具有自己的审美特性，文学创作主体与历史写作主体在主体性的体现上也存在着质的区别，文学的生产与传播具有历史学和其他专门史如社会史所不具有的自身规律与特征，因此，文学史的写作范式显然应该有自己的基本规范和要求。我们将文学史的写作与社会史写作看作是一种互文本性关联，目的就是要强调文学史写作的独特性，进而指出中华（中国）多民族文学史写作中民族、地域、国家等复杂因素的被剥离所导致的多民族文学难以有机结构的弊端。

在以往的文学史写作中，文学史的表层结构方式的时序性和历史描述的因果性表现出鲜明的与"中国历史"文本的互文本性关联。

首先，在时序上，既往"中国文学史"的线性时间与"中国历史"的线性时序的互文。既往"中国文学史"结构一般都按先秦、两汉、魏晋、南北朝、唐、宋、元、明、清这一朝代更替时序来结构。而这一结构恰恰是中国传统历史书写的互文本。换言之，"中国历史"的结构移植到文学史的结构之中，本来曲折而复杂的历史被撑成了一条直线。即便对"五胡十六国"时期的文学关系的复杂性有所关注，但也仅仅是一种切割后的拼盘。历史发展的因果性描述也按着阶级发展论思维，被定义为：一个朝代取代另一个朝代的原因，肯定是前朝的政治腐败、民不聊生。在这里，非汉民族的强大产生的本能的扩张需要，对中国历史发展产生了重要影响，如匈奴的崛起、契丹、女真、蒙古族、满族的南进等对中国文化板块新格局的形成，均未得到历史还原。

其次，作为时间重要形式的历史"事件顺序"① 的互文本性关联。"中国历史"书写中的事件基本上被划分成纪、传、表、志（书）（《史记》中另有世家）四个板块顺序排列。这四个板块的核心内容有四个方面：一是历史沿革，二是历史事件，三是历史人物，四是历史人物的功绩。在既往中国文学史的书写中，我们发现，历史沿革被转换成文学发展的线性描述与因果归纳；支撑历史文本的重大历史事件在文学史中互换成文学思潮；重要历史人物在文学史中转换为经典作家；重要历史人物的主要功绩在文学史中转换为经典作家的经典作品。而对于经典作品与作家的筛选、评价，又往往以当下意识形态导向为标准，并随意识形态的变化而变化。如《红楼梦》的禁与开禁，《水浒传》的当代遭际等。

应该看到，互文性本是不同文本间的正常现象，文学史文本也不可能脱离其他历史文本而独立生成。但问题在于，文学史的文本与社会史的关联性更为直接，而现有的社会史文本在描述中国历史发展时，对中国社会发展中

---

① 事件、顺序是霍金时间观念的核心概念。霍金说：时间是"一个事件是在特定时刻和在空间中特定的一点发生的某件事"。参见霍金《时间简史》，湖南科学技术出版社 2008 年版，第34页。

多民族历史关注的明显缺失显然也投射到文学史文本的书写中。作为"在场"与"现象"存在于中国历史上的各族群的自我发展的时序和空间，在整体意义上的"中国历史"文本中应有的历史面貌受到不同程度遮蔽。如存在七百余年的匈奴帝国对中国历史及对世界历史发展的影响。虽然对匈奴历史的研究涉及"跨境"这一敏感的现实政治问题，但历史学之为历史学，就在于虽然不能不体现某种现实的需要，或者受现实需要的左右而有不同的书写倾向，但作为一门科学，其科学性与真实性还是应该居于主体地位的。至少，以赵武灵王"胡服骑射"为标志，草原游牧文化得到中原其他民族的认同，这种文化认同对整个中国文化精神的形成以及对中国历史发展走向都产生了深刻的影响，显然，这是毋庸置疑的。难以理解的是，为什么对这一历史事实的研究成果一直未能进入正统的"中国历史"文本中，而只能存在于"匈奴学"或者"民族学"领域？这显然又是"非我族类"的华夏中心主义余孽在作祟。另外，在重大历史事件、重要历史人物与文学史文本的互文本关联上，传统的经典标准也导致了对"另类"与"他者"的排斥，导致其他民族的具有自我特质的文学（如三大史诗）难以进入所谓的中国文学史。而符合经典标准进入文学史的作家与作品，其内在的文学特质——曾给中华（中国）多民族文学带来了丰富而鲜活的风格和面貌的不同民族精神与文化因子，又被统一的文学评价标准所过滤。如北朝少数民族诗歌、耶律楚材、沈从文、老舍等在传统文学史中的"经典化"过程所丢失的文学精神和文化因子，就是最好的例证。

四　多民族文学的"多时间"与"多历史"

上文指出：既往中国文学史写作模式造成的传统文学史结构的最大弊端，即对传统中国（汉族或汉语）文学史的历时性叙述，遮蔽了作为一个完整时段的中华（中国）多民族文学史"共时性"中文学的多民族性所形成的中华（中国）多民族文学史结构的复线性、多线性。具体说，中国多民族国家的历史和现实属性，形成了中国文化的多样性、语言的多样性、文学形式的多样性、文学起源（时间）的多样性。但这仅仅是基于在"长时段"中，对中华多民族文学发展的复杂历程进行的总体的简单概括。但具体到每一个民族的文学发展，情形会大不相同。

因此，中华各民族文学发展历史的"多时间""多历史"是中华（中国）多民族文学多样性的特征的重要表现，是中国历史上各民族，由独立的民族实体和自我发展，走向"多元一体"的中华民族的历史进程。但必须要注意，在这一历史进程中，各民族文学的发展，呈现出多条时间之链、多历史轨迹交叉、分进、重合、并存的复杂形态。

所以，这里的"多时间"指的是中国各民族都有自己的起源和发展的时间顺序，各民族文学也相应地具有不同的时间起点、时间轨迹和时间长度，这就构成了中华（中国）多民族文学史多个时间起点的时间形态。因而，多时间同样是从整体上对中国各民族文学的整体概括，只不过，它已经观察并注意到各民族文学的不同起点和独特的发展轨迹。

"多历史"则是指将各民族文学在各自的时间之轨上所发生的历史/文学事件进行基于人类学、历史学、民俗学多角度的梳理后，进行的规律揭示和进程归纳。在此基础上，笔者认为：每一个民族都有自己民族的发展历史，特别是在各民族独立发展的过程中，这一特征更为明显。那么，相应地，每一个民族在民族形成的历史过程中，也都形成了自己的文学事件所贯穿的文学历史。所以，各民族文学的"多历史"，实际上是由各民族作为一个为本民族和他民族双重认同的民族共同体自身发展的客观历史所决定的。

例如，在上古文献中出现匈奴时，其势力范围已经达到西至阿尔泰山，东到大兴安岭，南至华北平原，北及蒙古高原。此后南匈奴内附，北匈奴西迁，将这个强大的草原帝国的历史之轨一条并入中华民族，一条融入欧洲文明。尽管在史学界有过匈奴是华夏族的后裔等简单的推论，但大量考古学证据已经证明，该民族具有自己的独立起源和人种归属。

如，藏族的祖先早在4000年前就繁衍生息在雅鲁藏布江，直到汉代才与中原文化接触。嘉梁、白狗羌、哥邻人、戈基人等都是藏族的先民。他们有自己族源、历史、语言、文化。而后从唐开始，才加入中华民族。

如，维吾尔族。《史记·匈奴传》已经出现"丁零"的记载，言冒顿单于"后北服浑庾、屈射、丁零、鬲昆、薪犁之国"，这说明，此时的丁零已经是"国"而不是氏族或者部族。但是，丁零又是从哪来的呢？段连勤在《丁零、高车与铁勒》一书中，通过《汲冢周书》《易经》《山海经》《古本竹书纪年》以及新发现的《小盂鼎》，甚至甲骨卜辞，推论出鬼方即后来的丁零。《易·既济》载："高宗伐鬼方，三年克之。"《诗·大雅·荡》言："内奰于中国，覃及鬼方。"毛传则注为："鬼方，远方也。"朱熹集传：也依此注曰："鬼方，远夷之国也。"这说明，那个居于西北被商周人"他称"为"鬼方"的"鬼方国"已经强大到足以与商分庭抗礼。后来"鬼方"远遁，游牧于贝加尔湖南部广阔的草原。后来中国学界一致认为，丁零、高车、铁勒都是今天维吾尔族的先民。在这里，我们注意到一点，即维吾尔族的起源及历史，不仅与中原汉族没有任何关系，而且其时间也不会晚于汉族。但也是较早与中原文明进行碰撞的民族。至于后来维吾尔族主体西迁和南移（离开贝加尔湖）并进一步形成民族共同体，并与中亚两河流域文明交融，进一步强化了维吾尔族作为一个独立的民族共同体的特征，而后维吾尔族东迁并再次与中原文明汇合并最终成为中国多民族国家的重要一员。这一方面印证了中华民族多元一体格局的形成历史，也充分说明维吾尔族有自己的起源和作为一个独立的民族的形成历史。

北方其他民族如哈萨克族、蒙古族、满族等，都与被中原汉族"他称"为西胡、东胡等北方游牧民族有或多或少的血缘关系，但当这些民族成为独立民族后，都有各自的社会形态和时空坐标，形成并认同于各自的历史起点。因此，简单地用先进与落后、原始社会、奴隶社会……这种线性、一元的历史时序结构来描述中华（中国）多民族文学的发生与发展过程，并不能准确地再现或者回到文学史的现场。所以，多时间与多历史就是在中华（中国）多民族文学或中华文学整体高度上，考察各民族文学发生、发展以及最终汇聚成中华（中国）多民族文学的复杂历程后得出的客观结论。

需要指出的是，如果用多时间与多历史来指涉人类文学或者世界文学整体格局中不同地区、不同民族、不同国家的文学发生与发展，可能容易为人所接受，用来指认中华（中国）多民族文学，恐怕会引起人们的恐惧，甚至被认为会消解中华（中国）多民族文学的一体性。倘若果真如此，反而进一步证明了统一的多民族文学格局中不同民族文化发展的多时间、多历史客观存在与不容回避。

当代最重要的广义相对论者、宇宙学家史蒂芬·霍金在他著名的《时间简史》中举了一个非常精彩的例子来说明日常生活中的"实时间"的方向："想象一杯水从桌上滑落下，在地板上被打碎。如果你将其录像，你可以容易地辨别出它是向前进还是向后退。如果将其倒放回来，你会看到碎片忽然集合到一起离开地板，并跳回到桌子上形成一个完整的杯子。"可是，"为何我们从未看到破碎的杯子集合起来，离开地面并跳回到桌子上？"原因在于，"桌面上面一个完整的杯子是一个高度有序的状态，而地板上破碎的杯子是一个无序的状态。人们很容易看到从早先桌子上的杯子变成后来地面上的碎杯子，而不是相反"。对此，他指出，"时间的箭头将过去和将来完全区别开来，使时间有了方向。至少有三种不同的时间箭头：首先是热力学的时间箭头，即是在这个时间方向上无序度或熵增加；然后是心理学时间箭头，这就是我们感觉时间流逝的方向，在这个方向上我们可以记忆过去而不是未来；最后是宇宙学的时间箭头，宇宙在这个方向上膨胀，而不是收缩"。①霍金所举的例子同样适合描述中华（中国）多民族文学历史（实在的、客观的历史）和我们今天所见到的被建构出来的中华（中国）多民族文学史二者的关系形态。霍金说的那个破碎的杯子，经历了一个从无序到有序的还原过程，最终还原成桌子上那个完整的杯子。从理论上讲，我们所读到的文本历史，特别是那些具有国家知识属性的历史，都应该具有这种还原的功能。但遗憾的是，在我们看来十分有序（而实则无序）的中华（中国）多民族文学史，却无法还原成为我们认为无序（而实则有序）的中华（中国）多民族文学历史现场。其原因在于，我们今天所读到的文学史，无论是时间，还是事件的顺序，都不是"过去"的真实而完整的记忆。也就是说，在时间上，中华（中国）多民族文学史是无法还原的，因为，它并非源于历史实在的多民族文学发展的"实时间"，而是文学史家依照线性历史时间的范式对实际存在的历史时间进行了"删繁就简"的大肆"重构"。

认识中国历史的多时间、多历史，是与正确认识中华民族形成的历史过程以及中国现代民族国家的成长过程密切相关的。提出并论证中华民族多元一体理论的费孝通认为，中华民族是中国各民族高度认同的民族实体，中华民族的形成经历了"滚雪球"式的发展过程。这一形容相当形象，突出了中华民族不断壮大的动态时间轨迹。然而，我以为，"滚雪球"，更多地关注到各民族融入中华民族的过程和融入后对中华民族发展壮大的影响，还没有完全关注到各民族在融入中华民族前各自的来源、走向。换言之，"滚雪球"突出了汉族先进文化的核心凝聚力、吸引力，没有充分重视具有各自的时间起点、运动轨迹的各民族最终融入中华民族的主动选择。因此，将中华民族的形成看成是一条大河，似乎更恰当。也就是说，中华民族的汇集过程，如同一条河流的生成，其多源性形成了中华民族的多时间、多历史的客观属性。

以长江为例。长江发源于唐古拉山各拉丹冬雪山，流经11省区，终入东海。长江有自己的主流，同时又有雅砻江、岷江、嘉陵江、沱江、乌江、湘江、汉江、赣江、青弋江、黄浦江等多重支流。长江之所以浩荡不息，不仅仅是雪山融化的积雪，更主要地是整个流域汇入长江的无数支流

---

① ［英］史蒂芬·霍金：《时间简史》，许明贤、吴忠超译，湖南科学技术出版社2008年版，第185页。

源源不断的水量注入，正是这些支流的汇入，才使长江愈加浩荡壮阔。然而，这些支流都有自己的发源地，在汇入长江之前，都有自己的命名，都有自己的"事件"（历史）即时间。如长江最大的支流汉江。汉江（汉水）源出陕西省西南部的宁强县附近。《书·禹贡》："嶓冢导漾东流为汉。"《山海经·西山经》载："又西三百二十里，曰嶓冢之山，汉水出焉，而东南流注于沔；嚣水出焉，北流注于汤水。"汉江上游为沔水，又称沮水。流至汉中市后称汉江，到城固县以东，汇源于秦岭主峰太白山的湑水，东流进入湖北以后，在丹江口市以东接纳丹江，在襄樊市又承唐白河诸水。襄樊市以后，折向南，过钟祥市，进入江汉平原，在潜江以北改向东流，最后在武汉市入长江。在整体性上，汉江是长江的支流，其流域亦属于长江流域，是长江不可分割的一部分；在独立性上，汉江的历史并不是从汇入长江开始的，而是汇入长江之前就已经开始，并且，是独立存在的有明确的源头（时间起点）的历史。而汇入长江后的汉江，在长江的整体之中，依然延续着自己历史，只不过，这种历史不再称为汉江，而是长江历史的一部分。对长江而言，它对汉江的接纳也意味着接纳了汉江独立的历史。因此，长江的历史也包含了汉江的历史。正是因为有了像汉江这样具有不同发源地、不同流域、融汇自己体系的众多支流，才有了180多万平方公里，占国土面积近五分之一的广阔的长江流域。而如果将长江那些具有不同发源地、不同流域、不同名称的支流全部删除，长江便不复存在。对"多元一体"的中华民族而言，"多元"不存在，"一体"也将不复存在。而肯定"多元"的存在，也就意味着对多民族的多时间与多历史的这一史实的承纳。

因此，具有不同起源地、起源时间、不同生存方式、语言习俗的各民族，以与中原华夏族为代表的先进的汉族文化接触为界，之前的历史呈现出客观的多时间与多历史和自我认同的特征，其间，各民族间的战争、迁徙、归附、和亲以及分离、融合，都是中华民族多元一体的形成过程。

中国历史发展的多时间、多历史，与中华文明起源的多源性、多时间性密不可分。早在90年代末，著名考古学家、史学家苏秉琦先生就用"满天星斗"①来形象地说明中华文明起源的多源性，并将中华文明的起源分为六

---

① 苏秉琦：《中国文明起源新探》，生活·读书·新知三联书店1999年版。其中第五部分即"满天星斗"，见该书第101—128页。从苏先生基于大量考古发现和深入研究慎重提出的"满天星斗"说，至今已经有十多年的时间，其间，中国考古的重大发现进一步证明了该观点。

大区系，从而在根本上瓦解了中华文明起源"中原中心说"的史学观念，引起中国史学界关于中华文明起源观念的革命性和历史性变革。苏秉琦的"满天星斗"说建立在丰富的考古学基础之上，是对中华民族形成以及中国历史发展的客观认识和宏观、正确的把握。下表中四种主要的文明起源的时间和不同的文化类型就是很好的证明：

名称	发现地	时间	所属流域
仰韶文化	河南省	距今 7000—5000 年	黄河
良渚文化	浙江省	距今 5000—4200 年	长江
大汶口文化	山东省	距今 6000—4000 年	黄河
红山文化	内蒙古自治区	距今 10000—8000 年	西辽河

以红山文化为例，近年来北方红山文化吸引了世界的目光，大量的考古发掘证明红山文化起源时间不会晚于 8000 年，从而将以炎黄系为标志的传统意义上的中华文明史前移了三千多年。然而，在中华文明起源的整体格局中，红山文化又是相对独立的文化类型。对此，苏秉琦说："关于中原与北方的关系，随着 70 年代和 80 年代初以中原古文化为主体的发展道路、以辽西地区古文化为主体的北方古文化发展道路，和连结两者的中间环节的太行山东西两侧冀晋两省的工作，看到六七千年至三四千年间它们各自的序列，相应明确的阶段及不同的文化阶段面貌特征，各自社会文化发展道路。"①

从西辽河流域史前社会发展进程看，红山文化之前，本地区史前文化的发展经历了兴隆洼文化和赵宝沟文化两个重要阶段，而作为兴隆洼文化直接源头的小河西文化②，为兴隆洼文化的兴起奠定了重要基础，富河文化作为兴隆洼文化和赵宝沟文化之间的过渡阶段，体现出西辽河流域本土文化发展的连续性。红山文化之后以小河沿文化③为代表，本区域史前文化的发展经历了重要的转型期，为夏家店下层文化的崛起及

---

① 苏秉琦：《中国文明起源新探》，生活·读书·新知三联书店 1999 年版，第 96—97 页。

② 小河西文化因首次发现于内蒙古敖汉旗木头营子乡小河西遗址而命名，距今 10000—8500 年。

③ 小河沿文化是以敖汉旗小河沿乡白斯朗营子南台地遗址命名的。它晚于红山文化而早于夏家店文化，时代大体与中原庙底沟二期文化相当，距今约 3000 年。

崭新的文化面貌的出现铺平了道路。从聚落形态、经济形态、埋葬习俗、原始宗教信仰、手工业分化及技术水平、文化交流等诸多文明因素看，距今5500—5000年左右的红山文化晚期是一个重要的发展时期，与小河西文化、兴隆洼文化、富河文化、赵宝沟文化相比，西辽河流域史前社会发生的巨变，已经迎来了北方文明的曙光。距今4000—3500年左右的夏家店下层文化时期，本地区出土的与中原商代近似的饕餮纹、云雷青铜器表明，该地区已经步入文明社会。西辽河流域在中国文明起源进程中的重要地位倍显突出，为中国文明多元一体格局的形成奠定了坚实的基础，在东北亚地区史前文化发展进程中占据核心和主导地位。夏家店上层文化是长城地带东段最发达的一支青铜时代晚期文化，种类繁多的青铜器和富有浓郁草原风格的动物纹装饰艺术使其在中国北方草原地带诸多青铜文化中占据显著的位置。①

上述文字十分清晰地描述了红山文化的发展脉络。也是中华文明起源的多时间、多历史的最好证明。

人类文明（文化）是人类活动与创造的产物。因此，从不同的文明起源、不同的文化类型，到现如今统一的多民族现代国家，也是在"时间"的推动下实现的。对这一过程的早期形态，苏秉琦先生概括为从"古文化""古城""古国"到"古国""方国""帝国"的过程。首先"真正的文化源头还要到超百万年的上新世红土中去寻找。从超百万年的文明起步，从五千年前氏族到国家的'古文化、古城、古国'的发展，再由早期古国发展为多源一统的帝国，这样一条中国国家形成的典型发展道路，以及与之同步发展的中华民族祖先的无数次组合与重组，再到秦汉时代及其以后几次北方民族入主中原，所形成的中华民族多元一体的结构这一有准确时间、空间框架和丰富内涵的中国历史的主体结构，在世界上是举世无双的。"② 这一过程的历史方向是一致的，但具体发展的格局却是多元分进与多元并存相互交织的："在距今五千年前后，在古文化得到系统发展的各地，古城、古国纷纷出现，中华大地社会发展普遍跨入古国阶段。……与古国是原始的国家相比，方国已是比较成熟、比较发达、高级的国家，夏商周都是方国之君……

① 席永杰：《红山文化区域历史与民俗研究·序》，中华书局2009年版，第3—4页。
② 苏秉琦：《中国文明起源新探》，生活·读书·新知三联书店1999年版，第177页。

夏未亡而商已成大国，商未亡而周已成大国，夏商周并立的局面。"① "先商、先周都是与夏并立的国家，更确切地说，是诸多古国并立。就是春秋以后的齐、鲁、燕、晋以及若干小国，在周分封前都各有自己的早期古国，南方的楚、蜀亦然，广东、广西的东江、西江都设有这种古城古国的大遗址……"②

总之，"从'古文化'、'古城''古国'的观点，到'古国'—'方国'—'帝国'的理论，是中国各区系文化从氏族到国家具有普遍意义的发展道路，但由于史前六大区系不同的文化特征、历史过程和不同的个性，具体道路又各不相同。"③例如公元 299 年，江统建言将氐、羌迁往关中，并防范匈奴的《徙戎论》详细地描写了中国历史古国时代，从不同源头走来的各族裔（民族）古国多元分立的场景："夫夷蛮戎狄，谓之四夷，九服之制，地在要荒。《春秋》之义，内诸夏而外夷狄。以其言语不通，贽币不同，法俗诡异，种类乖殊；或居绝域之外，山河之表，崎岖川谷阻险之地，与中国壤断土隔，赋役不及，正朔不加，故曰'天子有道，守在四夷'。"④可以看出，语言不同、货币不同、礼仪制度不同、风俗不同、历法不同的古代各民族与汉族"壤断土隔，赋役不及"的独立与分治，一是说明当时各民族与汉族都处在一种自在状态，二是说明这些民族各有各的起源。这些具有不同起源时间的民族文化发展和文明进程，与中华文明起源的多源头相印证。而这些不同，又与文化创造的主体——不同族裔（民族）在发展过程中形成的不同的起源认同、族裔（民族）认同、历史认同、文化认同有直接关系。这种不同，从秦朝统一六国后的"车同轨，书同文"中也可以清楚地看到。

从中国各民族形成、发展的角度，各民族现代进程的多时间、多历史、多文化表现得也十分清晰。

例如，鲜卑族拓跋珪于 386 年建立北魏，存国至 534 年。其间，与西晋（265—420）、东晋（317—420）并存近四十年，又与南朝之宋（420—479）、齐（479—502）、梁（502—557）相分立；再如，契丹族于 907 年建国，与北宋分庭抗礼；女真族于 1115 年建立金国（1115—1234），此时，正是北宋与契

---

① 苏秉琦：《中国文明起源新探》，生活·读书·新知三联书店 1999 年版，第 145 页。

② 同上书，第 142—143 页。

③ 同上书，第 156 页。

④ 《二十四史全译·晋书》卷五六，汉语大词典出版社 2004 年版，第 1271 页。

丹的战争进入白热化的时期；而当金人正在与南宋鏖战之时，蒙古族铁木真在亚洲北部草原统一了蒙古各部落并于1206年宣布建国。这些少数民族政权（帝国）的建立各有各的时间，并没有成为环环相扣的线性结构。特别是，这些单一民族国家形态，标志着该民族文化已经发展到相当高的阶段，这同样意味着这些民族无不有自己源头和历史发展的独特时间进程。

再以民族最具代表性历法文化为例。虽然历法都是关于时间计算的方法，虽然都是用来计算太阳、地球、月亮运转周期的比例。但我国的苗族、黎族、傣族、纳西族、鄂伦春族、基诺族、哈尼族、拉祜族、佤族、藏族、彝族、回族、傈僳族、独龙族、高山族、白族、土家族、水族却都有自己的历法。其中，彝族的"十二兽历法"和彝文《母虎日历》，苗历，傣历和傣族的"干支纪时法"以及上古氏、羌历法，回历最具代表性。作为北方游牧民族的代表，蒙古族最早的历法属于"自然历法"，以草木纪年。李心传《建炎以来朝野杂记》中载："蒙兀……不知岁月，以草青一度为一岁"；但"不云几岁，而云几草"（见洪钧《元史译文证补》）。彭大雅、徐霆的《黑鞑事略》载："人问其庚甲若干，则例指而数几草青。"这种"以草返青"为一年始终的纪年方法，只有游牧民族才有，它是游牧民族自然和时间观念的最好体现。历法不同，或者有无历法，是民族独立性和独特性的重要体现之一。而历法的通用则折射着民族文化的融合。因为，历法是人类进化到一定程度，对时间进行计算，或者通过纪年来对周而复始的时间进行划分的智慧创造，体现了一个民族的思维方式和对自然认识的独特性。因此，多种历法的存在，也是整体意义上的中华民族框架下各民族多时间、多历史的明证。

当然，我们从中华文明起源的多源性、古代各民族、古国的分立等时间的多源与多元并存，证明中国历史和中国文化的多时间与多历史，并不意味着忽视乃至否认各民族的融合以及由多元时间、多元历史走向中华民族一体化的现代进程。例如，早在20世纪20年代，李济在《中国民族的形成》[①]中说："假如我们把现代中国人当成一个像有机化合物一样由多种不同成分组成的庞大单位，并像一位化学家那样对进入其构成的各种元素进行深入分析，我们发现……至少有10种是我们能够区分出来的。他们是：（1）黄帝

---

① 该书原名为 *The Formation of the Chinese People*，由张海洋、胡鸿保翻译。在该书中文版"译者的话"中说："但译者注意到就内容而论，若将其译成《中国汉人的形成》则会使名实之间更加相符，读者在看到书里的'中国人'一词时，应将其理解为'汉人'，即著者所说的'我群'。"（见该书第2页）笔者以为，这一说明对理解本书极为重要。

的后代；（2）匈奴族；（3）羌族；（4）鲜卑族；（5）契丹族；（6）女真族；（7）蒙古族；（8）讲藏缅语族语言的民族；（9）讲掸语的民族；（10）讲孟—高棉语族语言的民族。然而，这些仅仅代表了我们能够明确加以分析的群体，同样重要的还有：（11）B 时期的戎人；（12）E 时期的突厥人；（13）无法追溯起源年代的尼格里陀人。"① 在李济看来，现代汉族的血液中，至少融入或者可能融入了上述 13 个民族的生命基因。对南方的汉族而言，"这意味着 1644 年以前，尽管除蒙古人以外的北方的入侵民族很少跨过长江，但匈奴人、通古斯人和羌人的血液可能已在中国南方人的血管里流了好几个世纪了"。这种融合，恰恰说明流入汉族血管的其他民族的血液同样是各有源头的，而且它们流入汉族血管的时间和地点也同样是各不相同的。因此，尊重这种多源头的本身，也是自我认同的重要方面。

对于中华（中国）多民族文学而言，中华民族文明起源的多源性，以及与之相关的不同文明、不同民族起源与多元时间、多元历史表现在文学上，就是各民族文学发展的历史以及在历史发展过程中形成的多传统与多样式。

例如，虽然汉族最早的文学形式也是口头文学，但与其他民族相比，由于经济、文化发达，书面文学传统也更为悠久和发达。这与汉族史官文化传统的影响、"传道、授业、解惑"的知识意识的催生，书写意识的增加以及造纸术、印刷术的发明有关。从墨子"以其所书于竹帛，镂于金石、琢于盘盂，传遗后世子孙者知之"的"著于竹帛谓之书"，到汉代造纸术发明后，书面文学如虎添翼，促使原始诗、歌、舞三位一体的综合形式较早出现了分化，促进了知识分类和文学经典化的进程，使书面文学（作家文学）成为文学的正统和主流。在中华（中国）多民族文学史研究和书写中，一个值得注意的现象是，在移植了西方文学"三分法"和"四分法"对中华（中国）多民族文学进行的切割和重组中，不仅各民族的民间文学、少数民族独特的文学样式被逐出文学史，连汉族书面文学以及中国历朝很多具有"中国特色"的文学种类也被清理出文学范畴（如林传甲等早期文学史家的文学史中记述的中国诰、表、奏、碑、铭、"群经"乃至"八股文"等文体）。

再如，从文学最基本的形式——语言上说，蒙古族、藏族、苗族、壮

---

① 李济：《中国民族的形成》，江苏教育出版社 2008 年版，第 295 页。

族、满族、维吾尔族、朝鲜族、彝族、傣族、哈萨克族、柯尔克孜族、锡伯族、达斡尔族等民族都有自己的民族语言，因而相应地都有自己的母语文学传统。当这些民族走进统一的中华民族大家庭，进入一体化的中华（中国）多民族文学空间，在中华（中国）多民族文学中拥有自己合法性地位与身份后，并没有割断与自己民族文学历史和传统的血脉，现今维吾尔族、朝鲜族、哈萨克族、藏族、柯尔克孜族、彝族等 23 个民族母语创作依然十分发达。这也充分说明，各民族的多历史仍然在向未来的时空延伸。

　　但是，在现行中国文学史线性历史时间顺序中，我们犹如从长江的源头顺流而下，体验和经历的，只是长江的主干，在时间的惯性力量作用下，我们无法进入和浏览其全部支流，因此，我们对长江的了解肯定是不完整的。实际上，当我们从另一个方向来思考这一问题，即本节始所举的霍金关于杯子的形象例子：时间的逆过程——这些碎片回到桌上复原成一个完整的杯子。就是说，从长江的入海口开始回溯，我们就会很容易进入长江的每一条支流，并能够抵达不同支流的源头。同理，当我们从统一的多民族文学入口对中华（中国）多民族文学发展历史进行回溯，同样应该找寻到 55 个民族的支流，并进入不同民族文学历史，抵达其时间的源头。以蒙古族文学为例，从现代活态英雄史诗《嘎达梅林》、长调民歌以及巴·布林贝赫、敖德斯尔、玛拉沁夫、扎拉嘎胡等当代蒙古族作家文学，我们可以回溯到元代戏曲中蒙古族文学和文化，以此作为拐点，我们能够顺利进入蒙古族独立的文化和文学传统，并找寻到其源头。但是，遗憾的是，已有的中国文学史，还没有一部能做这样的回溯。

　　总之，中华（中国）多民族文学史的发展时间由三条主线构成：一是以先进的汉族文学作为主体而运动的历史；二是多个民族文学所一直葆有的本民族的文学传统多样性；三是各民族文化互动推进形成的隐形的文化发展时间链，对中华（中国）多民族文学发展所产生的影响，这种从未断裂过的文化链，既是对显在的历史时间裂缝的弥合，也是中国文化生生不息、创新发展的历史样貌的具体体现。中华（中国）多民族文学史结构必须将上述三条线索结构在一起，才能还原中华（中国）多民族文学的历史面貌。因此，认知中华（中国）多民族文学史的多时间与多历史的目的，并不是将各民族文学从中华（中国）多民族文学中独立出来，而是为了更好地融入中华（中国）多民族文学史，换言之，是为了让各民族的文学历史在中华（中国）多民族文学史中获得合法性地位并增加中华（中国）多民族文学史的厚度。

第五章　多民族文学的空间

在哲学上，空间是具体事物的组成部分，是运动的表现形式。空间分为具体空间与一般空间，具体空间是有具体数量规定的认识对象，是具有长、宽、高三维规定的空间体，是一般空间的具体存在和表现形式，是存在于具体事物之中的相对抽象事物或元实体。一般空间则是没有具体数量规定的认识对象，没有长、宽、高三维限制的空间体，是具体空间的本质和内容，是存在于具体事物和相对抽象事物之中的绝对抽象事物或元本体。霍金将时间与空间看成是密不可分的两个实体，他认为："一个事件是在特定时刻和在空间中特定的一点发生的某件事。"① 也就是说，每一个事件处于时间与空间坐标上的某一点。霍金还指出，地球表面空间是两维的，"因为可以用两个坐标，例如纬度和经度来指明一点的位置"②。因此，历史便是由时间与空间坐标上不断变动的事件组成的整体。

在传统马克思主义的空间理论中，时间、空间、物质是三位一体的，包含了自然界和人类社会的全部内容。具体到中华（中国）多民族文学，其空间范畴中的多民族文学呈现出时间与空间两个维度上地域的多样性、民族的多样性与跨民族、跨地域的复杂性特征。对此，杨义曾用"广阔性、多样性、多时段、多层面、多地域"或者"多民族、多地域、多形态、互动共谋"来表述。③ 他说："中国的地理幅员广大，各个地域的文化景观存在诸多不平衡、不稳定、不均质的犬牙交错的状态。而且中国文学从源头上就与地理结缘。"④ 值得强调的是，我们在这里所说的中国文化并不是在很多

---

① ［英］史蒂芬·霍金：《时间简史》，许明贤、吴忠超译，湖南科学技术出版社 2008 年版，第 34 页。

② 同上书，第 35 页。

③ 参见杨义《重绘中国文学地图》《"重绘中国文学地图"学术访谈录》《重绘中国文学地图的理论价值与实践意义》收入《通向大文学观》，安徽教育出版社 2006 年版。

④ 同上。

语境中被置换或偷换了概念的汉族文化,① 而是费孝通先生在《中华民族多元一体格局》中所指出的中华（中国）多民族各民族"高层认同"的包含了各民族文化的"中华文化"。这种文化是以汉族先进文化为主体，各民族、各地域文化相互交融的历史结果，具有高度的多元一体的整体性特征。从中华（中国）多民族历史发展的历程来考察，中国文化复杂的多样性是由四种因素决定的：一是中国多民族的客观历史和现实形成的各具特色的多民族文化；二是中国辽阔的地域及地理环境形成的差异较大的多种地域文化；三是多种民族文化与多种地域文化的相互叠加、交汇，形成的同一空间文化的多层性和交融性；四是从古至今，中国各民族、各地域文化一直处于空间不断位移、穿插、离合与交汇的动态变化之中，从而形成了跨地域、跨民族的跨文化特征。因此，动态的多地域、多民族、跨地域、跨民族的文化生态，是决定中华（中国）多民族文学风格多样性的又一个重要原因。

一 多地域与多民族相叠加的多民族文化与文学

同一时间中，多地域文化与多民族文化的空间分布，使中华（中国）多民族文学呈现出多地域文学与多民族文学相叠加的空间特征。

中国地处亚洲东部，太平洋西岸，现今中国领土总面积 1430 多万平方公里，其中陆地面积 960 多万平方公里。中国领土东西跨经度 60 多度，跨越 5 个时区，距离 5200 多公里；南北纬度相差 50 度，跨度为 5500 多公里。具有高原、山地、丘陵、平原、草原等多种地形以及热带季风气候、亚热带季风气候、温带季风气候、温带大陆性气候、高原寒带气候等多种气候。广阔的地域、复杂多样的地形与气候，为多种地域文化的形成提供了自然条件和环境。此外，地域文化的"生成演变又是区域历史过程的必然结果，与经济发展、政区文化，移民等众多因素紧密相关"②。在学术界，中国文化区域类型一直受到普遍关注。苏秉琦将古中国文明与文化分为六大区系：(1) 以燕山南北长城地带为重心的北方； (2) 以山东为中心的东方；(3) 以关中（陕西）、晋南、豫西为中心的中原；(4) 以环太湖为中心的东南部；(5) 以环洞庭湖与四川盆地为中心的西南部；(6) 以鄱阳湖—珠江三角洲一线为中轴的南方。辽宁教育出版社的"中国地域文化丛书"中

---

① 如［美］孙隆基《中国文化的深层结构》中的"中国文化"，准确说是汉族或者儒家文化。

② 周尚意、孔翔、朱竑：《文化地理学》，高等教育出版社 2004 年版，第 236 页。

将中国文化区域分为两淮文化、吴越文化、燕赵文化、荆楚文化、中州文化、齐鲁文化、三秦文化、徽州文化、黔贵文化、陈楚文化、青藏文化、岭南文化、西域文化、陇右文化、琼州文化、草原文化、台湾文化等多种地域文化。① 周尚意从文化地理学的角度将中国文化区域分为"两大区"（东南农业文化大区、西北牧业文化大区）"八个文化区"（中原文化区、关东文化区、西南文化区、扬子文化区、东南文化区、蒙古文化区、新疆文化区、青藏文化区）"16 个亚文化区"（黄土高原文化亚区、黄淮海文化亚区、松辽平原文化亚区、东北山地文化亚区、荆楚文化亚区、吴越文化亚区、巴蜀文化亚区、云贵高原文化亚区、岭南文化亚区、闽台文化亚区、蒙古阴山文化亚区、阿拉善文化亚区、南疆文化亚区、天山北疆文化亚区、多民族混合的文化亚区、藏民族文化亚区）"八个文化核心区"（秦陇文化核区、三晋文化核区、中州文化核区、燕赵文化核区、齐鲁文化核区、吴文化核区、越文化核区、徽文化核区）。②

在中国文化区域的划分和研究中，较有影响的还有陈连开的中国文化区域"两部三带九类型"说，其中"两部"指面向海洋的东南部农耕文化区和背靠欧亚大陆，间有小农耕文化的西北游牧文化区；"三带"指的是长城以北的渔猎畜牧文化带，秦岭至淮河一线以南的稻作文化带和西起陇山、东到泰山、北至长城的旱作农业文化带。这些大文化带又可分为九个不同类型的文化区：黄河上游、黄河中游、黄河下游、长江中游、长江下游、燕辽、华南、西南、北部边地。

此外，近年来，将地质学板块理论与多元文化思想相结合的中国文化板块说也颇引人注意。梁庭望先生在《中华文化板块结构和多民族文学史观》中，将中国文化分为四个板块："（1）中原旱地农业文化圈，由黄河中游文化区、黄河下游文化区组成，这是中华文化的主体。（2）北方森林草原狩猎游牧文化圈，由东北文化区、蒙古高原文化区、西北文化区组成。（3）西南高原农牧文化圈，由青藏文化区、四川盆地文化区、云贵高原文化区组成。（4）江南稻作文化圈，由长江中游文化区、长江下游文化区、华南文化区组成。"③ 应该说，无论学者们划分的标准怎样，但大都只关注不同区域的文化差异，或者主要以各区域间文化的差异性来对不同区域的文化

① 周尚意、孔翔、朱竑：《文化地理学》，高等教育出版社 2004 年版，第 235—245 页。
② 同上书，第 238 页。
③ 梁庭望：《中华文化板块结构和多民族文学史观》，《民族文学研究》2008 年第 3 期。

进行命名，其空间感并不鲜明。笔者认为，只有将对不同区域文化差异性的强调和关注，转向从中国文化整体高度上对中国地域文化多样性的研究，或者说，从地域文化的多样性角度来揭示不同地域的文化差异性特征，才会更具有空间的广阔感和多维的立体感。

需要说明的是，我们在这里使用地域文化而不是区域文化的概念，一是要打破古已有之的行政区划或政治区划的权力话语对地域文化整体性的切割；二是分离区域文化概念中缠结在一起的自然环境因素与人类实践活动因素，从而使二者对文化的影响力得以凸显。因为，对于整体的中国文化而言，只重视其中的一种因素，就不能完整地认识中国文化之全貌。正如张海洋在《中国的多元文化与中国人的认同》中，在对史学界关于上古中国文化区不同观点归纳后，将上古时代中国文化板块分为东北经西北到西南的内陆畜牧文化板块和从东北经中原和东南到西南的沿海农耕文化板块①的同时，所指出的："鉴于以往有关中国民族历史文化的研究，过分侧重于以民族为单位对中国历史文化的纵向切分，本文主张张开对中国历史文化的横向分类的观察和分析。我们相信：积数千年人类智慧的中国文明史中，肯定存在一些超越国内各民族之上的文化要素。由这些要素所构成的中国文化高层大传统，是中国先民遗留给我们的共同财富。例如，语言学中的下列现象就有启发意义：汉藏语系中，汉语与藏缅语族渊源近，与壮侗语族形态近；汉藏语系中与阿尔泰语系的语言关系远而政治经济联系紧密而且渊源深远等。"② 这说明，虽然中国文化区域和文化类型的研究和确定，对认识中国多民族多元文化的历史面貌具有重要意义，对认识中国多民族文学之"隐性结构"也大有启示。但是，如果只关注板块的外在结构，并试图将之固化，则又会形成对中华多民族多元一体文化的生成，特别是对发现中华（中国）多民族文学史深层的"隐性式样"新的遮蔽。因此，对于中华多民族文化而言，地域文化显然比区域文化更能反映文化空间的自在状态，避免政治和国家权力对完整的地域空间的区划和分割。而与多地域文化相伴相生的，是多民族文化。

民族文化是该民族在历史发展中创造的所有文明成果的总和。如前所述，对于多民族国家的中国而言，每一个民族都有独特的历史和文化。一般而言，民族文化的形成虽然与该民族的生存环境有关，但与该民族的族群记

---

① 张海洋：《中国的多元文化与中国人的认同》，民族出版社 2006 年版，第 95—129 页。
② 同上书，第 21 页。

忆、语言、宗教信仰、习俗等关系更加密切。因此，有多少民族，就有多少
种民族文化。如，处在相同纬度的游牧民族，蒙古族与哈萨克族在语言上虽
同属于阿尔泰语系，但却分属不同的语族，有不同的语言和文字、宗教信仰
和生活习惯，具有各自的民族文化。再如，同是云贵文化区，但这里的壮
族、苗族、纳西族、哈尼族、拉祜族的民族文化也各不相同。因此，不同民
族文化也是中华多民族文化多样性的重要表现。虽然在全球化的国际语境和
统一的多民族国家的现实语境中，各民族间的文化交流和影响使不同文化间
的差异性正在逐步缩小，但并不会使各民族由此割断与自己民族传统文化的
血脉关系。由各民族文化的不同特点带来的中华多民族文化整体中民族文化
的多样性，非常直观地摆在我们面前。例如，在中华人民共和国民族事务委
员会的官方网站，56 个民族简介中的 56 种民族服装，便以服饰这种民族文
化重要的自我认同的文化符号，指认着 56 种不同的民族文化的存在和历史。

地域文化与民族文化是研究文化的不同视角。不同地域文化与不同民族
文化对各民族文学风格具有至关重要的影响。一般而言，地域文化主要侧重
地理位置、气候、环境等自然因素对文化形成的影响；民族文化主要侧重共
同的族群记忆、语言、习俗等因素对该民族文化的影响。地域文化与民族文
化是密不可分的，一定的民族总是生活在一定的地域上，与自然因素一起，
创造了地域文化，而一定的地域又是一定民族的生存载体，它与依存者（民
族）一起共同创造了民族文化。因此，既不能离开地域谈民族文化，也不能
离开民族来谈地域文化，二者是叠加甚至交织在一起的，是一个整体的两个
侧面。从这一角度说，民族文化与地域文化，是中华多民族文化空间的相互
依存的二维要素。例如，梁庭望先生在划分中国文化板块时，特别强调在每
个板块上族群（民族）的差异："这四大文化圈在先秦即已形成，古籍所说的
与华夏相对的东夷、西戎、北狄、南蛮，基本反映了四个板块的民族结构。
西周时'四夷咸宾'可见已经形成。东汉许慎的《说文解字·羊部》载：
'羌，西戎，羊种也，从羊儿，羊亦声。南方蛮、闽从虫；北方狄从犬；东方
貉从豸；西方羌从羊……唯东夷从大，大，人也。'反映了四大板块的民族分
布。"① 在传统的中国文学史上，"吴派""浙派""江西诗派""岭南诗派"
"桐城派""浙西词派""常州词派"等等文学流派就是从地域文化的角度来
区分其不同的诗风。现代文学的"京味小说"、当代文学史上的"荷花淀派"

---

① 梁庭望：《中华文化板块结构和多民族文学史观》，《民族文学研究》2008 年第 3 期。

"山药蛋派""新边塞诗派""草原文学派"以及贾平凹的"商州系列"、李杭育的"葛川江系列"等，无一不诞生在地域文化与民族文化坐标上。而从空间的角度来认识中华民族多地域文化和多民族文化，描绘与展开中华多民族文化（文学）的空间分布地图，其目的也正如梁庭望先生所言："中国文学史不等于中原文化圈文学史，而应当是以中原文化圈的汉文学为主体的多民族文学有机融合的中华文学。它不能只对准中原文化圈的文学，其视野应当达到边陲，把另外三个文化圈的文学都包括在内。整个中国的四个文化板块是一个整体。多民族文学史不是单纯的文学关系，而是中华民族关系的折射和写照。因此，我们没有理由把他们的文学分开，也无法忽视主体民族以外的其他民族文学的存在。大小民族一律平等的观念，应当在中华文学史当中得到体现，这才符合当代民族观的精神实质和时代要求。"①

文学是文化最有代表性的载体。在过去的文学史研究中，人们或者从单一的地域文化角度，或者从单一的民族文化角度来认识中华多民族文化的多样性，很少将地域文化与民族文化结合起来，从中华多民族文化多样性的复合性、复杂性的整体角度，来研究中华多民族文化及对中华多民族文学风格、文学审美倾向的深刻影响，这是传统的中国文学研究的一大缺失。

以楚辞为例。宋代黄伯思在《校写楚辞序》中说："屈原诸骚皆书楚语，作楚志，纪楚地，名楚物。若、些、只、羌、谇、蹇、侘傺者，楚语也；悲壮顿挫或韵或否者，楚声也；沅、湘、江、澧、修门、夏首者，楚地也；兰、茝、荃、药、蕙、若、芷、蘅者，楚物也。"这里的"楚语""楚志""楚物"显然已经涉及了地域文化、民族文化的双重因素对楚辞的影响。遗憾的是，在后人的研究中，并没有在这两个向度上同时深入和双向展开。

从民族文化的角度而言，在学界。尽管对于屈原是不是苗族还有争论②，

---

① 梁庭望：《中华文化板块结构和多民族文学史观》，《民族文学研究》2008 年第 3 期。

② 参见龙海青、龙文玉《屈原族别初探》，《学术月刊》1981 年第 7 期。蓝瑜、肖先治《屈原族别考辨》，《贵州师范大学学报》1981 年第 2 期；龚维英《关于屈原族别之我见》，《贵州师范大学学报》1982 年第 6 期；龙海清《屈原族别再探——并答夏剑钦同志》，《江汉论坛》1983 年第 2 期；娄彦刚《〈离骚〉命题新探——兼对"屈原族别初探"的质疑》，《合肥工业大学学报》（社会科学版）2003 年第 3 期；娄彦刚《也谈屈原的族别问题——兼与龙海清、龙文玉同志商榷》，《江汉论坛》1982 年第 5 期。

但对楚辞的资源是楚地民间祭歌以及楚国的主体民族是古代的苗族①这一点是有共识的。由是观之，古代苗族"信巫鬼，重淫祀"（汉书·地理志），"其俗信鬼而好祠，其祠，必作歌乐鼓舞以乐诸神"（王逸《楚辞章句·九歌序》）的民俗以及特殊的宗教思想和精神，才转化为楚辞中人与神相悦相爱的特殊关系，形成超越时空与人神界限的自由、开放、浪漫的艺术思维。

以人与神的关系为例，楚地苗族的人神系统与中原华夏族的人神体系截然不同。对此，有学者作过深入比较：

> 把《诗经》和《楚辞》加以对比，风格意境的迥异是显而易见的。北方的诗歌里，不管是春波涣涣的河滨士女的嬉游，还是矛戟森森的兵营战士的歌唱，都是实实在在的社会人的关系。三百篇里没有神的位置。《生民》之类述说的是古老的传说，即使在颂诗中，神也是"祭人如人在，祭神如神在"而已。《楚辞》完全不同。楚国人一进入艺术世界，神就同他们在一起载歌载舞。我相信《九歌》《招魂》之类是楚人祭神诗歌的遗留，楚国的巫歌一定普遍发达。阳阿薤露，白雪阳春，国中属而和者以千百计，可以想见当时的盛况。北方当然也是有神有鬼的，《左传》里的鬼神就很多。但北方的鬼神同南方的鬼神有着质的不同。《左传》中无论厉鬼、冤魂、怪物，无例外都是可怕的。他们总是和人对立、对人兴妖作祟。
>
> 《楚辞》中的鬼神都是人的朋友，他们或是脉脉情怀，或是兢兢勇武，都具有人的感情，人的欲念，都是非常可爱的。举个有趣的例子：北方的河神曾两次对楚国君臣作祟：一是楚成王三十九年向楚将子玉索赂，一是楚昭王二十七年给昭王降灾，那个河神真是无赖之极。但他一"投奔"楚国，到了《九歌》里面，就变得俊美而多情了。同一个河伯，在南北文学作品中是多么的不同！在大诗人屈原笔下，特别是在他的不朽巨著《离骚》里面，那艺术世界真是无限地广阔。诗人可以奔驰于天上地下，悬圃昆仑，驱使着风云雷电、日月星辰……

---

① 参见石华森《楚国的主体民族初探》，《吉首大学学报》1984年第1期。另外，袁行霈先生主编的《中国古代文学史》第一卷中认为楚国文化"信巫鬼，重淫祀"的风气"既是夏商的遗习，更是当地土著民族的风气"。在这里，说楚国巫风是"夏商的遗习"，有些牵强，而说其"更是土著民族的风气"，显然承认这里的民族并不是中原的华夏族（汉族），只不过没有明确说明这里的土著民族是古代的苗族。参见袁行霈主编《中国古代文学史》第一卷，高等教育出版社1999年第1版，第130页。

神在这里不仅不会作祟，而且都成了诗人的仆御。在《楚辞》里面，人是自然的主宰，压倒了宇宙间的一切，这种雄奇瑰伟的艺术境界，北方那些朴实的歌手们是无法梦想的。北方的歌手站在现实的大地上，南方的诗人却驰骋在幻想的天空。①

宗教思维形态在人类文明发展史中具有重要地位和价值②，具体到民族这一人类单位，宗教思维是一个民族思维样式最集中的体现，其宗教文化也是该民族文化的核心，其质的规定性决定着该民族审美及艺术思维的特征。所以，只有从宗教思维这一最能代表民族文化特征的角度，才能理解楚灵王"简贤务鬼，信巫祝之道"，甚至吴人来攻，国人告急之时，犹"鼓舞自若，不肯发兵"③的"怪异"之举。《隋书·地理志》说："大抵荆州率敬鬼，尤重祠祀之事。"元稹在《赛神》描述道："楚俗不事事，巫风事妖神；事妖结妖社，不问疏与亲。"（《元氏长庆集》）《宋史·地理志》载"归峡信巫鬼，重淫祀"。顾炎武在《天下郡国利病书》中说："湘楚之俗尚鬼，自古为然。"清代许缵曾在《东还记程》中也记述楚地之民"人多尚鬼，祭必巫觋"之俗。"信巫鬼，重淫祀"（汉书·地理志）的宗教思维以及所催生出来的人神同构的美和关系与中原文化的高度秩序化、等级化的"天人合一"有着明显的不同。这也正是楚辞与《诗经》具有不同艺术精神的深层原因。

此外，作为民族文化重要内容的民族精神，屈原《离骚》中的"路漫漫其修远兮，吾将上下而求索"的精神与周初楚君熊绎僻处荆山，"筚路蓝缕以处草莽"，两周之际，楚君"若敖、蚡冒筚路蓝缕以启山林"，以及楚庄王，向国人"训之以若敖、蚡冒筚路蓝缕以启山林。箴之曰：'民生在勤，勤则不匮'"。（《左传·昭公十二年》）则是一脉相承的。

再以语言为例，楚辞的"书楚语"中的楚语实为"荆楚"时代的苗语。正如学者指出的，我们读屈原的《离骚》及其他诗作，有些字词之所以很难理解，很大程度在于其中掺杂了大量的汉译"楚语"。如"离骚"二字，也是苗语："离"意为要，"骚"是当时楚地民间流传的一种申诉性强而又

---

①　黄瑞云：《楚国论》，《湖北师范学院学报》2002年第2期。

②　参见程世平《文明的起源》，四川人民出版社1994年版。

③　袁行霈主编：《中国文学史》第一卷，本卷主编聂石樵、李炳海，高等教育出版社1999年第1版，第130页。

声调高亢调子，楚人称其为"骚"调。"离骚"全译意即为放声歌唱。"骚"调相当于现今湘西苗族民间歌调的《高腔》。当今苗族民间称唱《高腔》为"出（为做、唱）骚""敖骚""怀骚"，"敖"意为唱，"怀"意为搞、做，亦意为唱。① 还有人考证了屈原诗作与现代苗语的关系，也很有说服力：《离骚》《九歌》初读时感到有些字词难以理解，但倘用苗语中的某些语词加以解释，意思就比较明白了。如《离骚》："余固知謇謇之为患兮，忍而不能言也"的"謇謇"这个词，相当于苗语的"清清白白"。《云中君》："灵皇皇兮既降，猋远举兮云中"的"猋"字，读二声就是苗语的"快速"。《少司命》"荷衣蕙带，儵而来兮忽而逝"的"带"字，就是苗语的"裙"。《哀郢》"惨郁郁而不通兮，蹇侘傺而含慼"中的"蹇侘傺"这三字状语，就相当于苗语的"逼其离走太甚"，等等。②

　　再从地域文化的角度看，楚辞之所以具有与《诗经》明显不同的艺术风格，也是不同地域文化造就的。《左传·昭公十二年》载子革言："昔我先王熊绎，辟在荆山，筚路蓝缕，以处草莽，跋涉山林，以事天子，唯是桃弧、棘矢，以共御王事。"《战国策·楚策一》载："楚，天下之强国也。楚地西有黔中、巫郡，东有夏州、海阳，南有洞庭、苍梧，北有汾陉之塞、郇阳，地方五千里。"《汉书·地理志》记载："楚有江汉川泽山林之饶，江南地广，或火耕水耨，民食鱼稻，以渔猎山伐为业。"一方水土一方人。气候多变、荆棘丛生、山重水复、山川怪异的自然景观，催生了生活在这里的古代苗族人对天地、宇宙的无限遐想和与之沟通契合的愿望，这为诡异神奇的荆楚文化的生成与发展提供了重要的自然条件和地理环境。正如有人总结的："楚地繁复多样的自然景观易于催发人们的奇特想象，楚地不仅有飘渺的巫山、神奇的云梦大泽、珍异的走兽飞禽，还有那浩荡的江水、茂密的丛林，以及变幻莫测的风云。人们生活在这样的环境之中，不仅使谋生方式多样化，而且其思想、感情也会自由地发散，变动不拘的生存环境培植着人多变的性情。清人洪亮吉在《春秋时楚国人文最盛论》中说：'楚之山川奇杰伟丽，足以发抒人之性情。'"③ 此外，荆楚之地特有的自然风物，作为一种审美意象，进入楚辞之中，形成了宋思任所说的"楚物"——这种传统中国诗歌史上最独特的意象系统。

---

① 石宗仁：《再论苗族与楚国》，《黔东南民族师专学报》1997 年第 6 期。

② 石华森：《楚国主体民族初探》，《吉首大学学报》1984 年第 1 期。

③ 萧放：《论荆楚文化的地域特性》，《湖北民族学院学报》2001 年第 2 期。

所以说，正是地域文化与民族文化的双重因素，才催生出源于"楚地民歌"的楚辞，形成其完全不同于北方诗歌的"具有楚国地方特色的乐调、语言、名物"，具有"南方那神奇迷离"① 以及飘逸、艳丽的文学特征，使之成为中华多民族古代文学一座奇峰。

楚辞这一典型个案说明，民族文化与地域文化是叠加在一起的。民族文化具有地域性，而地域文化又往往通过具体民族的文化表现出来。从这一意义上说，研究《离骚》与《诗经》的发生和风格差异的原因，仅仅从地域文化或者民族文化的角度，都过于单一，其结论也必然是不完全的。对其他民族和地域的文学研究也是如此。

在对中华多民族文学史的考察中，我们发现，不仅古代的楚辞与《诗经》，北朝民歌与南朝民歌等不同时代、不同地域、不同作家的不同风格与中国文化的多样性密切相关，中国现当代文学也是如此。老舍的京味小说、沈从文的湘西文学、张爱玲的海派文学、当代的蒙古族草原文学、鄂伦春族的森林文学、藏族的高原文学等折射出的不同地域文化和民族文化，同样成为中国文学风格的丰富性与多样性的有力证明。只不过，民族文化和地域文化对作家的影响或在作家作品中的表现因人而异，各不相同。特别是各民族在其身份和地位未获得国家合法性认同的时代，这种表现更加复杂。例如，沈从文在其湘西世界中，是将苗族和土家族文化以地域文化的身份呈现出来，老舍也将满族文化融入京城文化之中，等等。

二　跨地域与跨民族的多民族文化与文学

跨地域文化与跨民族文化使中华（中国）多民族文学空间呈现出深层复杂性与多样性。

同一地域，由于生存其上的民族不同，使该地域文化呈现出多样性的跨民族的文化特性，而同一民族，由于生存的地域不同，也会使该民族文化出现地域上的差异，形成跨地域的文化特征。因此，研究中华（中国）多民族文学史首先要对中华（中国）多民族文化空间的多样性、复杂性、不同民族文化、不同地域文化以及不同民族和地域文化间的分进与交融三者之间的关系进行全面的把握。只有这样，才能够发现中华（中国）多民族文学

---

① 袁行霈主编：《中国文学史》第一卷，本卷主编聂石樵、李炳海，高等教育出版社 1999 年版，第 132 页。

多特质、多风格特征的形成原因，才能把握中华（中国）多民族文学精神的真实面貌。

例如，草原文化与蒙古族文化。草原是一个地域（其中还包含生态环境内涵）概念，蒙古族是民族概念。从地域文化的角度上说，蒙古族文化具有草原文化的鲜明特征（既民族文化的地域特征），但草原文化并不只为蒙古族所独有，历史上的匈奴、鲜卑、女真、突厥以及现在的哈萨克族、西藏草原地区的藏族等民族的文化同样具有草原文化的鲜明特征。因此，草原文化是一种跨民族的文化。同样，从民族文化的角度说，尽管汉族有最基本的和共同的族源记忆、语言（书面文字）、习俗（如节庆、婚葬、礼仪），但生活在不同地域的汉族，因气候、自然环境、生存条件和生存方式的不同，在文化上亦有很大的差别。仅现代汉语就有七大方言区，可以说，如果没有汉语普通话作媒介，不同地域的方言因语音不同便很难沟通。这些因素，便形成了同一民族的跨地域文化。

不同地域、不同民族文化以及跨地域、跨民族文化是中华（中国）多民族文化多样化的复合性表现形态。而且，这种复合性又随历史上中华（中国）多民族游牧文化与农耕文化的冲撞、三次大的民族融合与民族迁徙和中央政权行政区划的变更、扩大、缩小以及边疆政策的变易而具有更为复杂的情形。

还以蒙古族文化与草原文化为例。作为继匈奴、契丹之后又一个强大起来并且统一了中国的民族，其民族文化经过了形成、积淀、发展的过程，形成了自己独特的文化体系。作为地域文化（草原文化）的蒙古族文化具有地域文化的相对稳定的特征，但作为民族文化，蒙古族文化又具有流动性特征。如蒙古族对藏传佛教的接受，结束了蒙古萨满教时代，给蒙古族文化注入了新的文化因子。同时，元代蒙古族的南征，也使他们逐渐远离了草原文化，因而与以汉族为主的其他民族文化相融合，从而形成了如同气候分布带一样的民族文化的生态分布。具体说，在蒙古族文化的核心区域，传统的游牧文化特征鲜明，在向南延伸的半农半牧区，出现农耕文化与游牧文化的混合体（文化杂交），而进入完全农业区和城市区，游牧文化的表征则不复存在。与此相伴随的，则是生活习俗、生活方式、语言服饰文化的变异。以语言为例，在蒙古族文化的核心区域，母语使用与保存最完好，母语文学创作呈现以核心区域向外递减的"水波效应"。再如，不同的地域文化，也会使同一个民族的文化出现差异，表现出民族文化的跨地域特征。如蒙古高原文化区的蒙古族、西北文化区的蒙古族、青藏文化区的蒙古族之间的文化差异，都是由不同地域文化造成的同一民族的跨地域文化。因此，同样是蒙古族题材的文学创作，在民族风情和地域文化的展示上，内蒙古科尔沁草原的玛拉沁夫的小说不同于新疆的巴岱的小说，内蒙古巴林草原的额敦桑布的小说也不同于青海察森敖拉的小说。同一民族的跨地域文化造成的民族文化的差异在汉族文化和文学上表现得最为明显。例如，在中国当代文学史上，"山药蛋派文学"与"荷花淀派"、李杭育的"葛川江"系列、林斤澜的"矮凳桥系列"、贾平凹的"商州系列"、冯骥才的津味小说与邓友梅的京味小说等汉族文学的不同风格和流派，都是同一民族文学的跨地域文化的不同特点所形成的。

同一地域的跨民族文化也是中华（中国）多民族文化的一大特征。这一特征主要表现在多民族聚居的地域，也就是说，虽然人们的生存环境和条件相同或者大致相同，但由于民族文化的不同，使该地域文化呈现出文化的多样性。如，同属北方森林草原狩猎游牧之西北文化区中，回族文化、维吾尔族文化、柯尔克孜族文化、锡伯族文化、汉族文化等民族文化和文学多元并存；再如西南高原农牧文化圈之青藏文化区中，藏族文化、蒙古族文化、羌族文化、汉族文化及文学的多元并存。云贵高原文化区中壮族文化、侗族文化、傣族文化、景颇族文化、佤族文化、瑶族等30多种民族文化与文学的并存等。这种同一地域多民族文学并存的景观，形成了同一地域跨民族文化的特征，这种特征不仅是中华多民族文学的一个缩影，更是中华（中国）多民族文学空间中多民族文学分布的多维性或多层性特征的表现。

三 动态的空间与多民族文学

在时间维度纵向推进中，地域自然环境所提供给人的生存条件不断变化；在空间维度上的横向推进中，各民族人口增减、文化水平升降、生存空间的拓展缩进，成为一种常态。二者在主动性持续发展的内部因素，和自然环境的改变、各民族间的冲撞乃至战争等外部因素共同作用下，使中华（中国）多民族文化和文学空间中的各地域文化和文学与各民族文化和文学呈现出漂移、变化的动态特征。

中华（中国）多民族文化和文学漂移、变化的动态空间特征有时会为人所忽视。梁庭望先生在强调"各文化圈、文化区之间的文化互相辐射，并由经济纽带、政治纽带、文化纽带和血缘纽带连在一起，从而使中华文化呈现出多元一体格局"时说：

四大文化板块有如下特点：（1）各相邻文化圈、文化区之间都有互相重合的部分，即边界大致可辨析，但又不明晰，边缘交叉是一大特点。（2）由此而使11个文化区呈环环相扣的链形状态，在文化上互相吸收，互相渗透，互相交融，你中有我，我中有你。（3）四个板块以中原文化圈为中心，三个少数民族分布的文化圈呈"匚"形围绕在中原文化圈周围。中原文化圈对另外三个文化圈产生了强大的辐射，但这种影响是双向的，少数民族文化也对汉文化产生影响。（4）历时性和共时性相结合。在历史发展过程中，各文化圈、文化区之间的共性不断增加，从而使中国文化形成多元一体格局。[①]

梁庭望先生在这里清晰地勾勒出了中华（中国）多民族共时性前提下空间维度上文化与文学的多样性。同时也注意到了相邻文化的重合乃至交融的具体情况。他的这一"板块理论"，勾勒了中国文化和多民族文学空间边界及其不同的特征。

在对中华多民族文化进行考察时，我们还发现，除了这种"板块"运动中的稳定性，以及板块结合部的"重合""渗透""交融"的运动外，造成的文化地震、文化火山爆发等重大"文化地质事件"的另一种重要因素，即类似于电影《2012》中的板块漂移、运动，这种漂移和运动，会对整个文化和文学空间进行面目全非的重组。而在中华（中国）多民族历史以及人类历史上，这样改变了整个板块排列组合的重大"文化地质事件"确实发生过。如南匈奴内附后，唐代民族融合背景下的诗歌中的"胡风"四起，宋代偏安南朝后南方文学的兴盛，中华（中国）多民族文化格局重大调整，等等。

首先，在时间纵向推进中，地域自然环境的变迁，使原地域文化形成的自然因素发生变化，从而生成新的地域文化因素，进而影响到人类的生存以及人类文化的特征。

在历史学界、民族学界和文化学界，一种发达的文明消失，总没有比该文明的发现更能引人注意，这或许是"发现了什么"和"现在有什么"的思维惯性在作祟。例如，突然消失的"玛雅文化""三星堆文明""红山文化"等等。前两者，至今仍然是一个谜，而红山文化的消失与去向已经渐

① 梁庭望：《中华文化板块结构和多民族文学史观》，《民族文学研究》2008年第3期。

渐浮出水面：距今 5000 年前后气候突变的降温事件，导致了红山文化先民的大迁徙。其中，"一支沿医巫闾山进入辽东半岛；另一支顺大兴安岭余脉越过蒙古草原进入现俄国贝加尔湖以东之远东南部；其主体部分沿渤海岸逐渐南徙，在驻足漳河流域之前，在冀北燕山南部京津塘一带留下了历史足迹，河北龙山文化雪山类型的遗存提供了这一线索。……尤其是上世纪五十年代在唐山市郊发现的六座石棺墓，更以确凿的考古学实证印证了红山居民逐渐由大凌河流域南迁，在新石器时代晚期已遍布环渤海地区。后与当地其他文化汇聚、交流、形成先商文化，又经过相当长时间与中原诸文化的碰撞、交融，最后成为先商文明的重要部分。"① 关于气候突变对整个中华人类生态的影响，王明珂也有详细论述：

> 公元前 2000 至前 1000 年前后的气候干冷化，对这些边缘农业聚落人群造成很大冲击。公元前 2000 年左右，鄂尔多斯及其邻近地区大多数农业聚落都已凋散，只有少数地区聚落（如朱开沟）延续到公元前 1500 年左右。在西北河湟地区，公元前 1700 左右农业定居人群的齐家文化衰落、消失。东部的西辽河流域，公元前 1500 年之后，各地夏家店下层文化农业聚落也渐被放弃。以上地区农业定居文化衰落后，都有一段时间在考古文化上人类活动遗迹少或混沌不明。此气候干冷化造成农业边缘地带人类生态变迁，也是前述许多研究者的共同见解。
>
> 事实上，此一波长期气候干冷化，不只影响北方、西北、东北的农业边缘地区，也影响农业根基深厚了的黄河流域——商、周王朝统治体系之形成。……无论如何，公元前 1500 年前后黄土高原北方边缘的农业聚落凋散后，内蒙古中南部、河湟地区及西辽河流域各人群都需在生计上另谋出路，并且也需要面对南方（或东方）商、周王朝之建立所带来的新情势。②

① 包和平、张英福、徐子峰、王其格：《红山文化区域历史与民俗研究》，中华书局 2009 年版，第 149 页。在论述红山文化消逝原因及红山文化先民的走向时，该书引用了汤卓炜的《环境考古学》（科学出版社 2004 年版，第 133 页），李永化、张小咏的《辽西地区新石器——青铜时代耕作业的兴衰与环境变化的关系》（《人文地理》2004 年第 5 期），新桂云、刘东生的《华北北部全新式降温气候事件与古文的变迁》（《科学通报》，第 1725—1730 页）等相关内容。

② 王明珂：《游牧者的抉择——面对汉帝国的北亚游牧部族》，广西师范大学出版社 2008 年版，第 79 页。

　　其一，这种"新情势"无疑就是各民族结束自己定居式自在的历史，在迁徙过程中与其他地域文化和民族文化碰撞与融合的结果。其二，新地域的自然环境也为适应这种环境的民族提供了新的生长温床和摇篮。例如，在那波干冷气候突变后的 1000 多年时间里，随着北方的自然生态向草原森林过渡并最终为大片草原和茂密的森林所覆盖，从而为游牧民族的入住提供了先决条件，并最终成为"滚雪球"式发展起来鲜卑、乌桓、契丹、奚、女真、蒙古等众多游牧民族的天堂。① 而现如今，随着气候、植被的变化，红山文化区除了北方的草原依然是蒙古族的生存栖居之地外，农业文化与城市文化重新崛起，这里既保留着最原始的游牧文化，也生长着成熟的农业文化以及处于萌芽状态的城市文化，红山文化区成为多民族聚居与多种文化并存与交融的文化类型。

　　在文学上，红山文化区产生过"冬月时，向阳食，若我射猎时，使我多得猪鹿"和"垂杨寄语山丹，你到江南艰难。你那里计个南婆，我这里嫁个契丹"（契丹民谣）；也产生过"威风万里压南邦，东去能翻鸭绿江。灵怪大千俱破胆，哪教猛虎不投降"（契丹族萧观音《伏虎林应制》）的契丹族作家作品；有过"两个巴林人，有一个必是民歌手"的发达的蒙古族民歌盛景，也有当代金河、张长功、鲍尔吉·原野、李春平、巴音博罗、萨仁图娅、胡世宗、额敦桑布、希日布、勒·敖斯尔等多民族母语、汉语以及双语作家文学。至于整个北方民族在时间纵向上的变化，如果以北朝民歌作为参照，其地域文化的变迁对文学风格的影响就更加鲜明。此外，再以匈奴为例，南匈奴内附后进入农耕文化区，其生产生活方式也逐渐由游牧转为农耕定居的生产生活方式，从而导致民族文化的大转型，并由此形成北方众多游牧民族的游牧文化与中原文化在中华（中国）多民族历史上的第一次文化大融合。而北匈奴则因与汉朝战争的失利，特别是旱灾、蝗灾等人力不可抗的自然环境的恶化，失去了生存的条件，只能以西迁的方式来开拓新的生存空间。遗憾的是，历史并没有多少关于匈奴文化与文学的记载，但这并不会淹没匈奴对中华（中国）多民族历史以及欧洲历史进程的重大影响和历史价值。

---

　　① 契丹民族始祖传说"青牛白马说"：有神人乘白马，自马盂山浮土河而东，有天女驾青牛车由平地松林泛潢河而下。至木叶山，二水合流，相遇为配偶，生八子。其后，族属渐盛，分为八部。这里的潢水为西拉沐沦河的源头。西拉沐沦河与老哈河汇合后，称西辽河。西拉沐沦河被认为是北方游牧民族的诞生地。

其次，在空间的横向维度上，民族的迁徙、移民、战争以及民族发展中生存空间拓展的需要，导致民族文化区域的漂移，形成地域文化与民族文化的空间位置的变化与重组。例如，北方各游牧民族入主中原、所谓的"五胡乱华"、中国文化中心的东移、宋代偏安南方以后对江南文化的冲击与影响等。

这种现象，正如赵维江在研究辽、金、元文学与北方地域文化关系时指出："第一……辽、金二朝与蒙元前期所处的时代，是南北朝之后又一个南北分裂时期，不过与前代相比，此时的'北方'地域文化概念发生了很大的改变。首先是地理疆域向北大为扩展，长城以北从白山黑水到呼伦贝尔草原广袤的土地都被纳入其版图，与之相伴随，政治、文化的中心也开始自中原向北转移，今北京（辽南京、金中都、元大都）的中心地位被逐步确立；第二，人口构成，主要是民族成分变得更为复杂，包括契丹、女真和蒙古族少数民族融入北方民族大家庭中，一些少数民族上升为统治民族，汉族成为被统治民族；第三，从文化类型看，随着许多生活在草原地区的游牧、半游牧民族的加入，以中原文化为核心的传统的北方文化又融入了一种新的异质成分：草原文化。由于疆域、人口、文化习俗等方面发生的这些新变化，辽金元时期的北方文化已不同于它的传统概念，因而在这块土地上产生的文学，既不同于发生于南方地区的南宋文学，同时也与前代的北方文学有别。"①

其实，不仅北方地域文化与非汉民族文化相叠加的"文化板块"发生了整体的位移与内部结构的变化，作为核心与强势文化的华夏族的文化板块在历史上也处在位移和内部形态的不断变化之中。从公元前11世纪到公元9世纪，华夏族文化一直以黄河中游为中心，此后便开始不断东移。随着民族文化中心的移动，其所赖以生存的地域发生了变化，最终使华夏文化的某些特质也随之发生变化，这种变化同样带来了文学风格和内容的变化。

再以具体作家为例。如果我们把个体作家视为民族文化的载体和传播媒介，就会发现，如果该作家的空间位置发生较大的位移，其承载的文化在与异质文化遭遇时，主体文化总会不自觉地受到异质文化的吸引，这样，本来是立足主体文化本位立场对异质文学的阐释，往往会变异为异质文化的传播。如契丹族诗人耶律楚材跟随成吉思汗西征，足迹遍布我国西北、中亚、

---

① 薛天纬、朱玉麟主编：《中国文学与地域风情》，学苑出版社2005年版，第222—223页。

西亚。随着耶律楚材空间位置的变化，其诗文内容与文化气象也发生着变化，如在阴山（今天山），则"八月阴山雪满沙，清光凝目眩生花。插天绝壁喷晴月，擎海层峦吸翠霞。松桧丛中疏畎亩，藤罗深处有人家。横空千里雄西域，江左名山不足夸"。在金山（阿尔泰山）则"金山之泉无虑千百，松桧参天，花草弥谷。从山巅望之，群峰竞秀，乱壑争流，真雄观也。自金山而西，水皆西流，入于西海"。在中亚名城寻思干（乌兹别克斯坦的布哈拉）则"寻思干者西人云肥也，以地土肥饶故名之。西辽名是城曰河中府，以濒河故也。寻思干甚富庶。用金、铜钱，无孔郭。百物皆以權平之。环廓数十里皆园林也。家必有园，园必成趣，率飞渠走泉，方池圆沼，柏柳相接，桃李连延，亦一时之胜概也。瓜大者如马首许，长可以容狐。八谷中无黍糯大豆，余皆有之。盛夏无雨，引河以激。率二亩收钟许。酿以蒲桃，味如中山九酝。颇有桑，鲜能蚕者，故丝茧绝难，皆服屈眴。土人以白衣为吉色，以青衣为丧服，故皆衣白"。异质文化在耶律楚材这个文化"他者"眼中是："压眴圆裁白玉盘，幽人自剪素琅玕。全胜织女绞绡帕，高出湘妃玳瑁斑。庄上清风香细细，怀中明月净团团。愿祈数柄分居士，颠倒阴阳九夏寒。"（《乞扇》）"寂寞河中府，遐荒僻一隅。葡萄垂马乳，杷榄灿牛酥。酿春无输课，耕田不纳粮。西行万余里，谁谓乃良图。"（《西域河中十咏》之三）可以说《湛然居士集》中的西域诗与《西游录》，就是一部中国西部和中亚、西亚的文化地图。其文化的多样性与文学创造主体空间位置的变化而如影随形。作为一种普遍现象，这种情形几乎发生在所有空间位置发生位移的作家们身上。

再次，如果我们将时空坐标进行双向延长，便会发现，处于动态变化中的"中国"也在变化之中。即是说，中华民族"滚雪球"的历史与现代民族国家的"中国"边界的变化，使中华多民族文学的历史形态和边界、范畴变得复杂而多样。因此，中华多民族文学这一概念所具有的张力显然弥补了现代"中国"之不足。具体阐释如下。

"中国"是政治学的国家概念，也是地理学的空间概念和人类学的文化概念。在空间概念的范畴中，我们以现今中国版图为基本空间边界，以中华文明起源至今近万年的历史时间为一长时段，考察在这一空间中"中国"边界的扩大、缩小等动态变化，文化与文学空间的变异，被传统的"中国"所忽视或剥离的多族群、多民族、多地域的文化与文学，便能回归于"中华多民族"的历史空间和本体。

例如，在第二章中，我们曾讨论过"中国"概念的内涵与变迁。苏秉琦先生在《中国文明起源新探》中对"中国"一词的出现和"中国"概念的演变也进行了探讨：

夏以前的尧舜禹，活动在晋南一带，"中国"一词的出现也正在此时。在此时，万邦林立，各邦的"诉讼"、"朝贺"，由四面八方之"中国"，出现了最初的"中国"概念，这还只是承认万邦中有一个不十分确定的中心，这时的"中国"概念也可以说是"共识的中国"；而夏、商、周三代，由于方国的成熟与发展，出现了松散的联邦式的"中国"、周天子的"普天之下，莫非王土，率土之滨，莫非王臣"的理想天下。理想变为现实的是距今二千年的秦始皇统一大业和秦汉帝国的形成。从共识的"中国"（传说中的五帝时代、各大文化区系间的交流和彼此认同），到理想的中国（夏商周古代政治文化上的重组），到现实的中国——秦汉帝国，也相应经历了"三部曲"的发展。

"中国"概念的形成过程，还是中华民族多支祖先不断组合与重组的过程。这也是在春秋战国以前夏商周三代以至更早出现群雄逐鹿中原地区看得最为明显。……如果说夏、商两代还以"诸夷猾夏"、"诸夷率服"，夷、夏较量，互为消长为特点的话，那么西周至春秋时期是以"以夏变夷"为其主流。……但是到了孟子的时代，就与孔子的时代有了明显的不同。孟子说"只闻以夏变夷，未闻以夷变夏"。到战国末世夷夏共同体重组的历史使命已大体完成，由此奠定了中华民族多元一体的格局的社会基础。秦汉帝国的建立使夷夏共同体为主体的多元一体的中华民族形成，可以说是水到渠成。秦汉帝国及其以后，"四夷"的概念有了新的变更和内涵，"四"已不是夏商时代的"四夷"，而是指帝国之内、《禹贡》九州之外的中华民族的各个支系。而且随着历史的发展，四夷的概念仍在不断地更新。……

但是，中华民族的各支祖先，不论其社会发展有多么不平衡，或快或慢，大多经历过从古国到方国，然后汇入帝国的国家发展道路。……其中，北方草原民族建立的国家，对中华统一多民族国家的进一步发展起作用最大。①

---

① 苏秉琦：《中国文明起源新探》，生活·读书·新知三联书店1999年版，第162—163页。

这种以科学的历史观，立足于统一的多民族国家之中国与多元一体的中华民族的现实属性，对"中国"多民族国家形成的概括，将伴随着中华（中国）多民族历史发展的"夏夷之争"、中国各朝代历史书写中的"天朝""中国"与四夷的对立纳入"中国"的范畴和统一的多民族国家的形成过程，还原了"一体"之中的多元民族与多元国家（古国、方国、帝国时代的国家林立）的历史形态，重新评价和确立了华夏族之外各民族历史、文化和对统一的多民族国家形成历史的贡献，修正了传统中国历史书写的凝固僵化的"天朝"心态、"中原文化中心主义""大汉族主义"等狭隘的历史观、民族观。这种动态的"中国"对于中华（中国）多民族文学史研究的启示在于：当使用"中国"等于汉族的概念时，其他民族文学要么作为与"中国"对立的文学而出现，要么被分离出"中国"文学；当使用"中国"等于中原的概念是，其他地域的文学都将被排斥在外。这两种情况在百年中国文学的写作中都有发生。

最后，在过去以朝代更迭为时间结构的线性中国文学史的叙述中，由于传统"中国"边界和观念的根深蒂固，使汉族与其他少数民族的对立具体化为空间的分割。例如，《礼记·王制》言："中国夷狄五方之民，皆有性也，不可推移。东方曰夷，被发文身，有不火食者矣；南方曰蛮，雕题交趾，有不火食者矣；西方曰戎，被发衣皮，有不粒食者矣；北方曰狄，衣羽毛穴居，有不粒食者矣。中国夷蛮戎狄，皆有安居，和味，宜服，利用，备器，五方之民，语言不通，嗜欲不同。"这里，不仅中国的边界非常狭小，而且与"四方"的分割意识非常鲜明。所以，前述所引的日本出版的《广辞苑》（第五版）将中国解释为"是中国汉族面对周围在文化上落后于自己的各少数民族（东夷，西戎，南蛮，北狄）而带有自己是位于世界中央的意识的自称"，就不无道理。这种中心与四方的空间分割，直接导致"中心"之外的各民族文学很难被纳入真正意义上的"中国"空间。所以，在传统中国文学史的书写及研究中，中华多民族的空间显然没有被敞亮和打开。

例如，被誉为中亚思想史、文化史和文学史伟大巨人、被维吾尔族视为古典文学最杰出的诗人、学者、社会活动家的纳瓦依（1441—1501），出生于当时中亚文化中心的帖木儿王朝的首府赫拉特城（今阿富汗西北部赫拉特省省会）。他受到了良好的教育，精通波斯、突厥语。15岁时便登上诗坛，表现出卓越的诗歌和语言天赋。后来，他用波斯文和察合台语两种语言写作。一生撰写了63部著作。其中包括叙事诗集《五卷诗集》（海米塞）

图 5 - 1　明代疆域

以及包括 16 种格律的抒情诗集《四卷诗集》《精义宝库》，后者收录了 3132 首诗歌。他的《两种语言之辩》《鸟语》对后世维吾尔族语言学、文学产生了重大影响。现今流传在新疆的《十二木卡姆》中，有近百首都是以他的诗作为歌词的。联合国教科文组织曾将 1991 年命名为"纳瓦依年"。由此可见纳瓦依的国际影响。

　　然而，打开中国的古代文学史，不难发现，纳瓦依的时期，正是明正统至正德年间。此时，"阗冗扶廓，几于万喙一音"① 的台阁体之风已经衰落，李东阳（1447—1516）倡导的"诗学汉唐"的茶陵派苦苦支撑着明代诗坛。复古的选择注定无法复制汉唐气象，更难言超越。其实，从文学史书写的角度而言，明代此阶段的文学史叙事，更多的是考虑"史"的结构不能断裂，特别是汉语文学史的结构不能在此时出现裂痕，尽管台阁体和茶陵派在事实上已经表征着文学的没落——复古本身就是无法创新和发展的无奈选择。至于后来的李梦阳（1488—1505）为首的"前七子"复古文学创作与纳瓦依的创作虽然在时间上也有重叠。但从传统中国诗歌史的角度而言，在汉语诗歌线性历史上，无论是李东阳还是"前七子"的李梦阳仍然是较弱的一环。

---

　　① 袁行霈主编：《中国文学史》（第二版）第四卷，高等教育出版社 2005 年版，第 60 页。

但是，在中华多民族文学空间还没有完全敞亮和打开时，文学史家只能捉襟见肘、艰难而艰涩地进行这样的表述。而如果完全敞亮和打开中华多民族文学空间，你会惊喜地发现，就在茶陵派和前七子们冥思苦想、巧女无米之时，在中亚，纳瓦依却光芒四射。

图 5 - 1 是明代的疆域图。纳瓦依所在的帖木儿王朝并非处于明朝的实际管辖范围。但据《明史》记载，早在 1387 年，帖木儿王朝就与明朝进行了正式接触。而帖木儿王朝之先民在元代不仅为蒙古人所征服，同时在文化和民族融合方面早已与契丹后裔及蒙古、高昌回鹘等民族进一步融合，中原文化已经多有渗透，维吾尔族形成以及后来成为中华民族一员的历史角度，这也是这里原住民认同中原文化以及进入中华民族"滚雪球"进程的开始。

马骏骐在《帖木儿帝国与明朝的关系》一文中，据《明史》所载，搜寻到大量明朝与帖木儿帝国交往的记载，指出明朝与帖木儿王朝加强往来的原因：

> 帖木儿之所以通好中国，是因为他当时有事于西方：波斯境内，叛乱迭起，历时五年；北方，有强敌钦察汗脱脱迷失与之争雄；西方，奥斯曼土耳其人，日趋强盛，大肆扩张，纵横西亚，颇有问鼎中亚之势。帖木儿有韬略，守远交近攻之策，面对这种局势，为能集中力量，专事西征，解除后顾之忧，遂决定与明朝结交。不过，这只是帖木儿的权宜之计。待其西顾无忧之后，便将挥师东进了。①

朱新光也在研究中指出，13 世纪末至 14 世纪，帖木儿王朝与明朝已经确立了藩属关系，帖木儿之所以在其军事征伐节节胜利的过程中，屡次派使臣出访明朝，其目的一是要保持和加强与明朝的亲善关系，稳住对方，防止因明朝与中亚邻国结盟对抗自己，使之处于腹背受敌的被动局面。二是要保证中亚同中国内地之间商贸大通道的畅通，以便能源源地获得中国内地的物质财富，维持其庞大的军费开支。……帖木儿正是出于上述考虑才心甘情愿地向明朝俯首称臣。而明朝此时国势已盛，"太祖欲通西域，屡遣使招谕，而遐方君长，未有至者"（《明史·西域传》），愿意和帖木儿建立臣属关系，以显示皇恩浩大。因此，对帖木儿的遣使纳贡，明朝也极为重视，先后派傅

---

① 马骏骐：《帖木儿帝国与明朝的关系》，《贵州师范大学学报》1985 年第 4 期。

安、陈德文回访撒马儿罕和哈烈。

　　虽然后来帖木儿王朝与明朝有过交恶，但其后裔与明朝重修旧好，并与明朝一直维持较好的关系，直至王朝变灭。而这一时期，也正是纳瓦依成为察合台语诗歌体系奠基人，并且成为中亚影响最大诗人的重要时期。

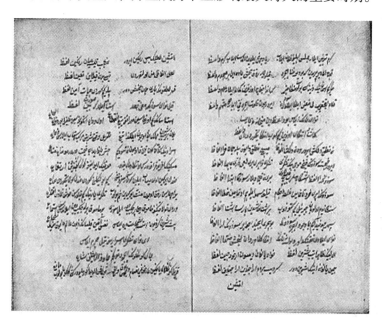

图5-2　17世纪《纳瓦依诗集》手抄本

　　而更为重要的是，中亚各国形成的历史，是当今中亚各民族形成、发展、演变并最后定型的历史，也是中亚现代民族国家成长的历史。正是在这一历史进程中，曾为帖木儿王朝重臣的纳瓦依所属的民族发展成为中华人民共和国不可缺少的重要成员——维吾尔族。而纳瓦依也自然而然地成为维吾尔族（甚至乌孜别克族）人民引为骄傲的民族文学史上的巨匠。

　　从中华多民族文学史的角度来看，纳瓦依无疑是中国15世纪最杰出的诗人。

　　那么，应该如何看待纳瓦依与明朝文学的关系？这要从帖木尔、纳瓦依及其帖木尔帝国说起。帖木尔出身蒙古巴鲁剌思氏部落，是突厥化的蒙古人。出生较帖木尔晚105年的纳瓦依与帖木尔族属同源。而且，在纳瓦依的时代，帖木尔帝国对明朝进贡称臣。此后，帖木尔与纳瓦依所属部族加入到维吾尔民族共同体"滚雪球"的历史建构之中。所以，在中华多民族文学史必不可少的维吾尔族文学史中，纳瓦依是最耀眼的巨星。

于是，矛盾由此呈现出来：纳瓦依属于中华文学，但不属于明朝文学史。这里的矛盾直接指向了传统的以汉族（或汉语）文学作为书写对象，同时又以中国朝代更迭为历史时序的线性历史所造成的遮蔽——所有民族的文学人为地被线性的历史书写模式"削足适履"。如前所述，无疑地，在被称为中国文学正史的"明代文学"，在中华多民族文学经典作家的空间坐标上，纳瓦依占有绝对经典的位置，弥补了中原文学的不足。

同样的情形还发生在蒙古族，蒙古族著名史诗《江格尔》在明朝已经完成由短章和片断向情节内容完整、篇章结构完备的大型叙事史诗的转型。

而藏族的早在 11 世纪就已经定型的《格萨尔》在 15 世纪已经出现了多种异文并广为传播。

翻捡明史，并对照上述地图，便会发现，明太祖将归顺的蒙古人、色目人一律视为同生于天地间的臣民——虽然在骨子里依然将之视为"异族"。这种顶层设计的"民族政策"，在实际上不仅安抚了蒙古与色目人，同时也确保了明朝疆域的基本完整。①

至于藏族与中央政权的关系，早在唐朝文成公主入藏就已经基本确立。元朝正式设立宣政院管理西藏地区政务与军务，西藏因此正式纳入了中国版图。明朝不仅继承了这笔富贵的政治遗产，而且设立了乌斯藏都指挥使司和朵甘卫都指挥使司，同时还设立了宣慰使司、招讨使司、万户府、千户所等机构，进一步加强了对西藏的管辖。在此基础上，西藏与内地的交往进一步增多。永乐年间宗喀巴弟子释迦也失进京朝见，宣德年间，他又再次来京，并被明朝封为"大慈法王"。

从明朝与蒙古族、藏族的关系和实际领土空间而言，明朝文学没有理由不把蒙古（包括北蒙古）以及藏族生存空间上的文学历史事相纳入"明朝文学"的历史空间。也就是说，在元代文学和明代文学，应该纳入西藏、漠北和西部蒙古族的文学，具体说，《格萨尔》《江格尔》应该成为叙事对

---

① 张传玺主编的《简明中国古代史》中对这一段历史做了如下描述：元朝皇族退回蒙古草原，起初仍保持元朝国号，继帝位者仍称皇帝，历史上叫作"北元"。明朝初年，蒙古分裂为鞑靼、瓦剌和兀良哈三大部。鞑靼部居住在今鄂嫩河、克鲁伦河以及贝加尔湖一带。瓦剌部居住在今科布多河、额尔齐斯河和准噶尔盆地一带。兀良哈部居住在今兴安岭以东，松花江以西，呼伦湖以南，西拉木伦河以北。兀良哈部在洪武时归附明朝，明太祖朱元璋在其居地设置朵颜、福余、泰宁三卫指挥使司，任用其首领为指挥使。又封儿子朱权为宁王，镇守大宁，以控制兀良哈三卫。参见《简明中国古代史》，北京大学出版社 2007 年第 4 版。

象。而事实恰恰相反。在许多元代文学和明代文学史的专家那里，一是没有明朝的空间概念，二是对这两个民族创造的伟大史诗根本不知道。

所以，如果从中华多民族文学史的角度来看明代文学，除小说外，诗歌史必须重写。因为，这里不仅有名扬中亚的突厥语大诗人纳瓦依，而且还有藏族、蒙古族的两部史诗。

因此，只有将动态的空间意识和统一的多民族国家意识引入中华（中国）多民族历史与中华（中国）多民族文学史的研究，才能突破传统历史书写中"中国"的局限，揭开中华多民族文学历史真实面纱。对此，如果将夏、商、周、秦、汉、唐、宋、元、清的版图进行对比，中华多民族文学时间和空间的动态性的历史面貌更会清晰而直观地展现在面前。

笔者以为，对中国文化多样性的正确认识，不仅会揭示中华文学多特质、多风格形成的深层原因，为探寻中华（中国）多民族文学发展的历史规律找到新的途径，提供新的视角，弥补过去文学史"忽略了我们多民族、多区域、多形态的、互动共谋的历史实际"[1] 的不足，而且，从中华（中国）多民族文化多样性的角度来总结中华（中国）多民族文学发展的特征，也是对各民族文化的尊重与保护，既体现了时代所需要的文化公平，也有利于在全球化的时代形势下，构建"多元一体"的中华文化，增强中国的文化国力。

在地图中发现中华多民族文学史，必然回到中华多民族文学的历史空间，这不仅是文学史必须要改变的一种思维模式，而且也是必须要确立的一种基本思维与范式。

用一个颠覆传统中国文学史经典作家空间叙事、并极具意味的个例来结束本章。

"李白与丝绸之路"国际学术研讨会在吉尔吉斯斯坦举行

新华网比什凯克 10 月 16 日电（记者陈瑶）"李白与丝绸之路"国际学术研讨会 15 日和 16 日在吉尔吉斯斯坦举办。这是有关诗人李白的第一个跨国学术研讨会，来自中国、哈萨克斯坦、吉尔吉斯斯坦等国的 60 余位专家学者与会。

在研讨会上，"李白何许人也?""李白家室与中亚联系考证""李白'铁杵磨成针'的传说考""李白和其诗歌中的丝路文化色彩"等一系列有

---

① 杨义：《通向大文学观》，安徽教育出版社 2006 年版，第 10 页。

关李白和古丝绸之路颇具研究价值的话题成为集中讨论的重点。

吉尔吉斯斯坦周边国家司司长贝什姆别夫在研讨会上表示，"李白与丝绸之路"国际学术研讨会为吉中两国学者提供了相互交流的平台，他热切希望两国人民在友好交流合作的基础上共同发展与繁荣。

北京大学中国古代史研究中心主任朱玉麒教授在接受新华社记者采访时说，李白出生地的问题由于受到一些史料的干扰，过去有很多种说法，但是中国学者通过最接近李白出生时代的史料普遍认为李白出生于中亚的碎叶城，即今天吉尔吉斯斯坦托克马克附近的碎叶。

朱玉麒说，"李白与丝绸之路"国际学术研讨会是有关诗人李白的第一次跨国学术研讨会。他总结各方专家观点认为，在提倡丝绸之路文化推广下，李白是一个非常重要的公约数。

"李白与丝绸之路"国际学术研讨会由吉尔吉斯国立民族大学和新疆师范大学联合主办，吉尔吉斯国立民族大学孔子学院、新疆师范大学文学院、北京大学中国古代史研究中心、中国李白研究会共同承办。

会议期间还举办了《李白研究论著目录》赠送仪式。该书由北京大学历史系为筹办本次国际学术研讨会专门编著出版。北京大学朱玉麒教授和中国人民大学薛天纬教授分别将此书赠送给了吉尔吉斯斯坦国家图书馆和吉尔吉斯国立民族大学孔子学院。

第六章 多民族母语文学的意义、处境及传播

没有比中华各民族母语文学创作取得的实绩更能说明中国文学的多民族特征，也没有比各种冠以"中国"的文学史对各民族母语文学的忽视更能说明中国文学的汉语文学史或汉族文学史的重大缺失。而对中华多民族母语文学这一过去不被人知晓的文学世界的发现和认识，或许更能认识中华多民族文学史观的价值和意义。

一 不在场的在场：多民族母语文学的尴尬处境

用德里达的"不在场的在场（presence）"① 来描述中华当代母语文学在中华多民族文学公共空间的现实处境，再恰当不过。

德里达在谈到文学作为自己构筑的重要对象时，曾说："对我来说重要的是写作行为，或更应该说是写作的体验：留下一种踪迹，这一踪迹免除了（dispense），甚至注定要免除它原初的铭写的在场，以及'作者'的在场……这给人一种比以往更好的方式去思考在场、起源、死亡、生命、生存。假如一个踪迹不通过指涉另一在场来分割自身，那么它将是永远不在场的。"② 德里达还曾指出，符号系统的历史性必然导致本文主义（Textualism），也就是我们不可能超越我们的语言或密码而意识到我们周围的对象，一切对象之所以被认识是依靠本文作中介的。抛开德里达用"在场的形而上学"对传统形而上学进行解构的是与非（这并不是本文要讨论的话题），我们注意到，德里达的在场的内涵为：在相关联的现象、事物、理论、知识的二元甚至多元结构中，本质必须存在（Being），否则这事物必然不在，在场即重视本质存在，又重视这种存在的现场性，二者不可或缺。因为只有保

---

① "在"（Being）与"在场"（presence）不同，"在"并不一定就是在场。

② ［法］德里达：《一种疯狂守护着思想——德里达访谈录》，何佩群译，上海人民出版社1997年版，第33页。

存了现场性的存在才会保存事物完整真实的全部信息和元素，而这一点对于事物本质的理解和认识，即本质是真的在场还是在场的假象（非在场）十分重要。

如果我们把中华多民族当代文学空间结构分为文学书写（创作）、文学传播、文学研究、文学史知识建构四个方面，这四个方面则包括了文学的生成到进入国家知识谱系的全过程。从这四个过程中，弄清当代中华多民族母语文学的本质是否存在？其现场性的具体样态以及中华多民族文学史书写作为一种知识建构的"痕迹"，是否指认了中华多民族当代各民族母语文学的在场，便可清楚地看到中华多民族民族母语文学"不在场的在场"的尴尬处境。

首先，在传统的中国文学史——这种现代民族国家文学历史知识的时间结构中，作为中国现代文学历史知识的延续的中国当代文学史，与中国现代文学史、中国古代文学史一起，编织成传统中国文学历史时间意义上的线性结构的知识谱系，理所当然地成为冠名为"中国"的文学历史知识谱系中重要的内容。故而，中国当代文学成为中国高等教育知识体系中的合法性知识内容。从 1958 年华中师范学院中文系编著的中国第一部当代文学史《中国当代文学史稿》（1962 年由科学出版社出版），到目前被各高校广泛使用并被指定为全国硕士研究生考试必读书目的洪子诚的《中国当代文学史》、陈思和的《中国当代文学史教程》、吴秀明的《中国当代文学 60 年》、王庆生的《中国当代文学史》以及朱栋霖、丁帆、朱晓进的《中国现代文学史》（当代文学部分），董健、丁帆、王彬彬等人的《中国当代文学史新稿》等，这些主流教材大都被教育部确定为"面向 21 世纪课程教材"或"普通高等教育'十一五'国家级规划教材"，从而以"教育部"的国家权力或者"国家级"来标明这些文学史在中国文学史知识体制中的知识等级和地位。然而，一个普遍的事实是，无论这些国家权力化、知识化、等级化的教材经历了怎样"修订"和反复打磨的知识化过程，也无论这些知识化的中国当代文学史将多少"少数民族文学"纳入传统中国文学历史的知识谱系，但"母语"一词及其能指所界定的文学语言和文学书写现象——德里达所说的书写的"痕迹"，被擦抹得干干净净，而其所指意义：我国汉族以外有 53 个民族有本民族语言，使用 26 种文字。但其中 23 个民族用自己本民族文字进行的文学书写以及他们的书写体验，包括这些母语文学文本作为重要中介，对中华多民族以及由此形成的中华多元文化的存在和中国当代文学书写的多语种的本质存在的认知，在传统中国当代文学史的知识谱系中是不在场的。

那么，是不是在传统中国当代文学史的知识建构中没有考虑到语种问题？回答当然是否定的。只不过，传统中国当代文学史中唯一的在场语言是现代汉语。现代汉语是汉民族的共同语，而汉语普通话是中国国家通用语言。后者的国家性使现代汉语在中国具有了"世界语"相似的地位和影响。

然而，有意味的是，在世界语境中"世界语"的在场并没有导致世界文学中英语文学、法语文学、德语文学等民族国家母语文学的退场或不在场。因为，一种语言的存在，意味着一个民族和一种文化的在场，无论这个民族以及该民族的文化居于人类文化的边缘还是中心。事实上，正因在世界语境中，各国家、民族、地区的文化在场——被尊重和承认，才使世界文化呈现出多样化的特征并且这种特征得以保护。而且这种特征如同物种多样性一样，正日益受到重视，对各民族文化（包括语言）和文化遗产的尊重也正在成为一种普世观念。

2005 年 10 月，在巴黎举行的第 33 届联合国教科文组织大会上，这项由法国和加拿大倡议的《保护文化内容和艺术表现形式多样性国际公约》以压倒多数获得通过。该公约共 35 条，其宗旨是通过弘扬民族传统和语言来保护文化的多样性。在该公约的序言中有 16 条值得我们重新温习。

（一）确认文化多样性是人类的一项基本特性。

（二）认识到文化多样性是人类的共同遗产，应当为了全人类的利益对其加以珍爱和维护。

（三）意识到文化多样性创造了一个多姿多彩的世界，它使人类有了更多的选择，得以提高自己的能力和形成价值观，并因此成为各社区、各民族和各国可持续发展的一股主要推动力。

（四）忆及在民主、宽容、社会公正以及各民族和各文化间相互尊重的环境中繁荣发展起来的文化多样性对于地方、国家和国际层面的和平与安全是不可或缺的。

（五）颂扬文化多样性对充分实现《世界人权宣言》和其他公认的文书主张的人权和基本自由所具有的重要意义。

（六）强调需要把文化作为一个战略要素纳入国家和国际发展政策，以及国际发展合作之中，同时也要考虑特别强调消除贫困的《联合国千年宣言》（2000 年）。

（七）考虑到文化在不同时间和空间具有多样形式，这种多样性体现为人类各民族和各社会文化特征和文化表现形式的独特性和多元性。

（八）承认作为非物质和物质财富来源的传统知识的重要性，特别是原住民知识体系的重要性，其对可持续发展的积极贡献，及其得到充分保护和促进的需要。

（九）认识到需要采取措施保护文化表现形式连同其内容的多样性，特别是当文化表现形式有可能遭到灭绝或受到严重损害时。

（十）强调文化对社会凝聚力的重要性，尤其是对提高妇女的社会地位、发挥其社会作用所具有的潜在影响力。

（十一）意识到文化多样性通过思想的自由交流得到加强，通过文化间的不断交流和互动得到滋养。

（十二）重申思想、表达和信息自由以及传媒多样性使各种文化表现形式得以在社会中繁荣发展。

（十三）认识到文化表现形式，包括传统文化表现形式的多样性，是个人和各民族能够表达并同他人分享自己的思想和价值观的重要因素。

（十四）忆及语言多样性是文化多样性的基本要素之一，并重申教育在保护和促进文化表现形式中发挥着重要作用。

（十五）考虑到文化活力的重要性，包括对少数民族和原住民人群中的个体的重要性，这种重要的活力体现为创造、传播、销售及获取其传统文化表现形式的自由，以有益于他们自身的发展。

（十六）强调文化互动和文化创造力对滋养和革新文化表现形式所发挥的关键作用，他们也会增强那些为社会整体进步而参与文化发展的人们所发挥的作用。[①]

《人民日报》在报道中评价道：

> 它确认"文化多样性是人类的一项基本特征"，"是人类的共同遗产"，"文化多样性创造了一个多彩的世界"等一系列有关人类文化的基本概念，强调各国有权利"采取它认为合适的措施"来保护自己的文化遗产。公约为此确定了尊重人权自由、文化主权、文化平等、国际

---

① 引自全国人民代表大会官网。http：//www. npc. gov. cn/wxzl/gongbao/2007 - 02/01/content_5357668. htm.

互助、经济文化互补、可持续发展、平等共享和公平平衡等八项原则。公约的通过是世界各国在文化领域开展国际合作的又一成果，也是对年满 60 的教科文组织的一个珍贵的生日贺礼。①

其实，早在 2001 年联合国教科文组织就通过了《世界文化多样性宣言》，指出："文化在不同的时代和不同的地方具有各种不同的表现形式。这种多样性的具体表现是构成人类的各群体和各社会的特性所具有的独特性和多样化。文化多样性是交流、革新和创作的源泉，对人类来讲就像生物多样性对维持生物平衡那样必不可少。从这个意义上讲，文化多样性是人类的共同遗产，应当从当代人和子孙后代的利益考虑予以承认和肯定。""在日益走向多样化的当今社会中必须确保属于多元的、不同的和发展的文化特性的个人和群体的和睦关系和共处。主张所有公民的融入和参与的政策是增强社会凝聚力、民间社会活力及维护和平的可靠保障。因此，这种文化多元化是与文化多样性这一客观现实相应的一套政策。文化多元化与民主制度密不可分，它有利于文化交流和能够充实公众生活的创作能力的发挥。"特别是，该《宣言》还强调作为人权之内容的文化权利，指出："文化权利是人权的一个组成部分，它们是一致的、不可分割的和相互依存的。富有创造力的多样性的发展，要求充分地实现《世界人权宣言》第 27 条和《经济、社会、文化权利国际公约》第 13 条和第 15 条所规定的文化权利。因此，每个人都应当能够用其选择的语言，特别是用自己的母语来表达自己的思想，进行创作和传播自己的作品；每个人都有权接受充分尊重其文化特性的优质教育和培训；每个人都应当能够参加其选择的文化生活和从事自己所特有的文化活动，但必须在尊重人权和基本自由的范围内。"②

但是，我们也不能不注意到，《人民日报》在报道《保护文化内容和艺术表现形式多样性国际公约》时同时指出，在 150 个成员国的投票中，只有美国和以色列投了反对票，其理由是"美国代表坚持认为公约是'保护主义'的文件，认为它可能会被用来设置贸易壁垒，从而对美国电影和流行音乐等文化行业的出口构成障碍"。明眼人都看得出来，美国反对该公约的最主要的原因，是因为对文化多样性保护，直接构成了对美国文化霸权主

---

① 参见廖先旺《联合国教科文组织通过文化多样性公约》，《人民日报》2005 年 10 月 22 日。

② 《世界文化多样性宣言》，《民族学通讯·民族文化与全球化研讨会资料专辑》，《民族学通讯》第 138 期，2003 年 8 月，第 11—12 页。

义的消解，从而削弱其在全球的话语权，这对推行美国价值观是一种阻碍，在美国看来，这也构成对美国国家利益的影响。

在中国，虽然各少数民族语言文字的使用权早就受到宪法的保护。但在现实中却是另一种情形。而就传统中国文学史书写以及中国文学整体生态环境而言，现代汉语文学文本的在场与其他民族母语文学文本的不在场，作为一种文学史知识书写的"痕迹"，按德里达的观点，只能证明我们"统一的多民族国家"以及以多种语言进行文学书写的"多民族文学"这种"事物"是"永远不在场的"，这显然是与维吾尔族、蒙古族、哈萨克族、朝鲜族等23 个民族母语文学的共生共存的中国当代文学语言现场相矛盾。所以，从在场的现场性原则和本质的在场原则出发，中华多民族文学多语种的现场性与中国文学史书写中现代汉语的唯一出场，所指向的恰恰是中国当代各民族母语文学"不在场的在场"的尴尬处境。这显然是违反《保护文化内容和艺术表现形式多样性国际公约》以及《世界文化多样性宣言》的。

其次，在文学研究这一中国文学空间结构元素中，从现场性这一在场的重要指数作为切入点，我们获取了中华各民族母语文学特别是当代母语文学"不在场的在场"的另一证据。

在中国知网中国学术期刊网络出版总库中①"哲学与人文科学"（文献总量 2537002 篇）、"社会科学 1 辑"（文献总量 1788685 篇）、"社会科学 2 集"（文献总量 1703425 篇）的"母语"检索中，我们检索到 10167 条文献信息，在前 100 条文献信息中，只有《母语文化是我们的家——老舍文学语文观透视》②《人类学仪式视阈下的藏族母语小说—以藏文小说〈肩胛骨之魂〉为例》③《试论语言接触引发的羌语对当地汉语的干扰》④《畲族母语

---

①　文献首次检索时间为 2009 年 12 月 29 日 20 时 02 分。在 2011 年 7 月 3 日上午 9 时 09 分的第二次检索时，（文献总量 2920615 篇）、"社会科学 1 辑"（文献总量 2045138 篇）、"社会科学 2 集"（文献总量 2050717 篇）的"母语"检索中，我们检索到 10167 条文献信息，在前 200 条文献信息中，只有 5 篇研究中华多民族母语现状和母语文学的文献，其中有瞿继勇的《重建母语读写，保护濒危语言》，载《青海民族研究》2007 年第 1 期；齐玉龙的《浅谈新疆少数民族双语教学中母语的地位和作用》，载《和田师范专科学校学报》2007 年第 2 期；黑陶的《在母语中感激》，载《文艺争鸣》2008 年第 4 期；肖学俊的《民歌传承与母语环境——以新疆两个民族为例》，载《中国音乐》2008 年第 4 期。文献量所占比重与 2009 年检索时相同。二者可以相互印证。

②　作者胡克俭，《甘肃理论学刊》2009 年第 3 期。

③　作者才贝，《西藏大学学报》2009 年第 2 期。

④　作者郑武曦，《阿坝师范高等专科学校学报》2009 年第 2 期。

使用现状探析》① 四篇关注到各民族母语文学书写及各民族母语文化。以"文学"为关键词的检索中，检索到 26184 条文献，而在"母语文学"作为关键词的检索中，只检索到 19 篇文献信息，其中只有 12 篇专门研究中国当代母语文学，分别涉及彝族、藏族、蒙古族三个民族母语诗歌、小说创作。而杨经建的《论 20 世纪中国文学母语化建构》和《论 20 世纪中国文学母语写作危机》② 中虽然使用了"民族""母语"但其所指称的却是中华民族的国家共同语——汉语。至于《非母语文学创作的典范——康拉德的文学创作语言》③《再论韩国汉文学与母语文学表现力之争》④《韩国汉文学与母语文学表现力之争》⑤ 等论文中的母语边界则溢出了本文母语的范畴。值得注意的是，仅有的 12 篇文献，全部发表在《西南民族大学学报》《西北民族大学学报》《内蒙古大学学报》《民族文学研究》这些边远民族地区学术期刊及民族文学研究专业期刊。其中，由中国社会科学院民族文学研究所主办的《民族文学研究》，在北京大学出版社出版的《中文核心期刊要目总览：2004 版》中，民族文学研究领域最高级别的《民族文学研究》竟被排除在外。这说明，仅有的文献依然局限在母语文学自在的现场和学科内部，属于一种自我观照。而在以"小说"与"母语小说""诗歌"与"母语诗歌""散文"与"母语散文"的文献检索中，结果则更让人吃惊（见表 6-1）。

表 6-1

检索关键词	小说	母语小说	诗歌	母语诗歌	散文	母语散文
文献量	30524	1	22407	8	10187	0

其中，《母语的光辉——新时期四川少数民族母语文学创作概论》⑥《用母语呼唤未来》⑦ 《永远的家园——关于中国当代少数民族母语文学的思

① 作者赵峰，《皖西学院学报》2009 年第 2 期。
② 参见《湖南师范大学社会科学学报》2008 年第 6 期、2007 年第 6 期。
③ 作者雷晓玲，《淮南师范学院学报》2004 年第 2 期。
④ 作者张哲俊，《国外文学》2002 年第 5 期。
⑤ 作者张哲俊，《国外文学》2000 年第 11 期。
⑥ 作者罗庆春、北海，《西南民族学院学报》2001 年第 4 期。
⑦ 作者晓夫，《凉山日报》2007 年 11 月 9 日第 1 版。

考》①《首部彝族电视剧本〈支格阿尔〉出炉》②等 7 篇文献的作者全部出自四川，而且有三篇谈论的是彝族母语文学书写，关于四川少数民族母语文学创作的研究也以彝族为主要对象。尤其值得说明的是，这 7 篇文献中的两篇出自彝双语诗人、学者罗庆春（彝族姓名阿库乌雾）。彝族母语意识是伴随着彝族民族意识生长出来的，这种母语意识与一大批母语作家特别是像罗庆春这样的母语文化坚定的捍卫者一直为母语文学奔走呼号、摇旗呐喊有直接关系。然而，这种捍卫或者将母语文学书写体验认作是"永远的家园"却恰恰是不在场的焦虑。上述文献查询令人惊诧的结果，说明各民族的母语文学书写根本未纳入文学研究的话语范畴，从而为中国文学研究空间的中华多民族母语文学的不在场提供了证据。那么，是不是对各民族母语文学研究真的处于缺席状态？回答当然是否定的。只不过，各民族母语文学的研究都在母语这一自足的语境之中。

以蒙古族母语文学为例，1955 年《花的原野》创刊后的第二期开始，就开始发表理论评论文章，并且形成了由巴·布林贝赫、曹都毕力格、当·查格德尔苏荣、塔木苏荣、托克达木、额尔敦朝鲁、维拉布扎木苏、高·其布钦等蒙古族作家、评论家组成的文学批评队伍。1981 年，在《花的原野》评论专栏的基础上，内蒙古作家协会创办了蒙古文文艺评论专业期刊《金钥匙》，先后召开了阿·敖德斯尔、力格登、阿云嘎、布和德力格尔、赛音巴雅尔、嘎·希儒嘉措、乌·苏米雅、满都麦、哈斯宝力高等母语作家作品的讨论会。对内蒙古当代母语文学创作的研究成果，大都发表在《金钥匙》上。其中代表性的成果有色·巴雅尔的《新时期蒙古文学构成》、阿·哈斯宝鲁的《蒙古小说新探索》、达·巴图的《蒙古小说》、沏勒格尔的《对新时期蒙古诗歌的观察》、萨日娜的《通感及其蒙古诗歌》以及格·宝音巴图的《阿尔泰的〈心灵的报春花〉之美学思想》、宝力高的《关于改善当代蒙古文学评论研究的建议》、乌恩巴雅尔的《评希儒嘉措的生死观》等 1200多篇③。在蒙古族母语文学研究领域，人们并没有觉得研究的缺席或者母语文学被边缘化，然而，这毕竟只是一个自足的话语系统，在蒙古族母语之

---

① 作者罗庆春，《中国民族》2002 年第 6 期。

② 作者时长日黑，《凉山日报》2006 年 8 月 25 日。

③ 乌力吉巴图：《五十年的历程及〈花的原野〉精神——纪念〈花的原野〉文学月刊创刊50周年》，海泉译，参见中国民族文学网：http：//iel. cass. cn/news ＿ show. asp? newsid ＝8238&pagecount ＝3。

外，这些作家作品和研究成果，并不为人所知。再如，2011 年 7 月 28—29
日在内蒙古赤峰学院召开的第八届中国多民族文学论坛上，赤峰学院蒙古文
史学院提交了 11 篇学术论文，这些论文涉及蒙古族民间文学（民歌、故
事）、蒙古族古代、现当代作家文学、比较文学等多个领域。其中 10 篇论
文是由这些蒙汉双语学者用母语写作后自己翻译成汉语。有的学者甚至将自
己的蒙汉两种文字的论文同时提交论坛。这使得论坛的"论文集"成为多
语种学术成果的展示平台。而贺·赛音朝克图在论坛则宣称，自己是第一次
用汉语宣讲论文（见图 6 - 1）。

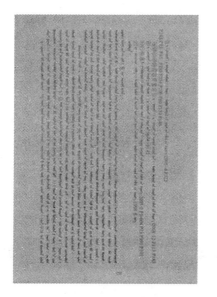

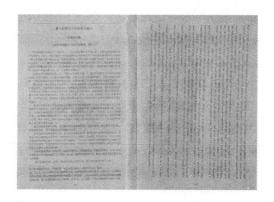

图 6 - 1　第八届中国多民族文学论坛论文

这些蒙古族用蒙古文提交、用汉语宣讲的论文，无论在话语方式上，还是在研究方法——现象学、文化学、生态学的，都带给人们极大震动，人们通过这种话语方式，看到了一个过去不为人所知的丰富的文学及文学研究世界。

以藏文文学研究为例，仅《章恰尔》从1982年创刊至今，发表藏文文学理论与评论文章192篇。《中国藏学》从1988年以来，发表藏文文学理论与评论文章103篇。

可是，有多少人能了解这些学术成果的价值呢？

从某种意义上，如果我们承认蒙古族是中华民族不可或缺的成员，那么，无视蒙古族母语文学及研究的存在，或者继续这种"不在场的在场"，显然对蒙古族是不公平的。

再次，在文学传播这一将文学书写合法化、公共化的重要环节和活动中，我们同样以现场性原则，来揭示各民族母语文学的不在场的在场情形。据国家新闻出版署最近公布的数字：全国民族出版社有38家，分布在14个省区，人数较多的少数民族聚居区都有出版自己民族文字图书的出版社。2007年，全国出版少数民族文字图书5561种、印数达6444万册，全国少数民族文字种类26种，出版少数民族文字期刊192种、报纸82种。① 在上述母语文字期刊中，很多纯文学期刊已经具有几十年的历史。如，创刊于1951年的朝鲜文《延边文学》、维吾尔文的《新疆文学》（后改为《塔里木》）、1953年创刊的哈萨克文的《曙光》、创刊于1955年的蒙古文的《花的原野》等。此外，有的民族甚至办有多种母语文学期刊，如蒙古文除《花的原野》外，还有《呼伦贝尔文学》《西拉木伦》《敕勒格尔塔拉》《陶茹格萨茹娜》《启明星》《汗腾格里》等；藏文的《西藏文艺》《章恰尔》《邦锦梅朵》《拉萨河》《雪域文化》《珠峰》《山南文艺》《羌塘》《攀登》《中国藏学》（藏文版）、《西北民族学院（大学）学报》（藏文版）、《青海民族学院（大学）学报》（藏文版）、《雪域文化》（藏文版）、《西藏研究》（藏文版）、《西藏文艺》（藏文版）、《中国西藏》（藏文版）、《西藏艺术研究》（藏文版）、《贡嘎山》（藏文版）、《青海教育》（藏文版）、《青海群众艺术》（藏文版）、《西藏大学学报》（藏文版）等。在民族较多的省区，还形成了多语种文学期刊并存的局面，如新疆就有维吾尔文《塔里木》、哈萨克文《曙光》、蒙古文《启明星》《汗腾格里》、柯尔克孜文的《新疆柯尔

---

① 新闻出版总署：《加大扶持力度 推进少数民族出版事业的繁荣发展》。http：//www. seac. gov. cn/gjmw/zt/2009 - 07 - 31/1248915414798892. htm（2009 - 12 - 12）。

克孜族文学》等 30 多种各民族母语文学期刊。其中维吾尔文学期刊，除《塔里木》外，还有《阿克苏文艺》《喀什噶尔文学》《源泉》《伊犁河》等。学术类期刊有《新疆社会科学》（维文版）、《新疆大学学报》（维文版）、《新疆师范大学学报》（维文版）、《喀什师范学院学报》（维文版）、《伊犁师范学院学报》（维文版）等。维吾尔文上述几种学术期刊创刊以来发表了 1390 篇文学理论与批评论文。哈萨克文学和文化类期刊，除《曙光》外，也有《木拉》《新疆社会科学》（哈文版）、《伊犁师范学院学报》（哈文版）等数种。朝鲜文文学期刊除《延边文学》外，还有《文学与艺术》《天池》《艺术世界》《松花江》《道拉基》《长白山》等多种。上述母语学术期刊的学术成果研究对象大都是本民族民间、古代、现代优秀作家作品以及文学现象、文学理论。

文学期刊是文学作品转化为公共性文化产品的重要媒介。这些母语文学期刊之所以能够生存，最重要的原因有两点：一是因为他们有一大批不断生产母语文学文本作家；二是拥有大量母语文学读者，这使他们的母语文学创作成为有本之木与有源之水，因此也成为各民族母语文学书写在文学公共空间在场的证明。但应该指出，官方对母语载体的统计数据，还未能完全展示中华多民族母语文学书写传播的真实现场，因为，在民间还有很多并未取得国家新闻出版署的合法刊号的民间组织或官方、半官方创办的各民族母语期刊。例如，笔者在四川凉山田野调查时就发现该地区流行一本由四川凉山州文化研究所编辑出版的《诺苏》。同时，笔者还在喜德县街市买到一本喜德县职业民族中学师生彝文文学作品集《彝寨索玛花》，里面有 91 篇该校师生用彝语创作的诗歌、散文、小说。一个"职业""中学"的文学书写与民间的传播方式，充分证明文学在其民族生活中的重要地位。同样，作为彝语文学书写的"痕迹"，确定无疑地展示了彝族母语文学的真实现场。（见图6-2）这一个案说明，作为各民族母语文学的现场，实际情况和包容的元素比我们现在看到的应该更为多样而丰富。

特别需要指出的是，各民族母语文学期刊的传播并未仅仅局限在本民族内部，如新疆的蒙古文文学期刊《启明星》已经被蒙古国、美国、俄罗斯等国家的蒙古文研究机构所订阅和收藏；《花的原野》也在蒙古、俄罗斯、美国、日本、德国等十几个国家和地区发行。虽然这些机构订阅的目的并非单纯的文学接受，带有明确的研究和学术目的抑或其他想法。只不过，由于语言的阻隔及统一的多民族文学观的缺失等诸多问题，这些文学期刊所表证的各民族母语文学的在场并未得到文学研究领域的关注，从而使中国当代文

图 6 - 2　彝文作品书籍封面

学史真正的现场成为一种"日食"现象，以不在场的在场方式存在。而被遮蔽的那部分，只能以被遮蔽的形式证明自己的在场。

复次，在中华多民族母语文学书写的第一现场，应该是已经存在的和正在持续的书写行为，即一大批母语文学作家正在以自己的母语作为唯一或者第二种生活经验和生命体验的传达符号，创造着这种被称为语言艺术的文学，以此来指涉母族文化在人类文化格局中的在场以及作为中华民族成员之一在多民族国家中合法性地位和应有的话语权力。例如，仅《西藏文艺》自1980年创刊以来，就发表了1000多名作者的2400多万字的藏文文学作品。《花的原野》自创刊以来选登蒙古文长篇小说10余部，发表中短篇小说、散文近3000篇，诗歌6000多首，总字数超过7000多万字。

当然，准确而全面地描述中国当代各少数民族母语文学创作的现场，会遇到与试图准确全面地描述中国当代少数民族文学传播情况相同的困难。因为，在我国现有非汉民族中，有120多种语言，具有书面文字的民族有23种。仅从作家文学的角度而言，同样由于语种的繁多、分布区域的广阔而使这种调查几乎成为不可能。特别是对于母语文学书写这种动态的文学行为而言，其动态性和多变性会使调查成为一种永远被刷新的过程。因此，为了描述当代少数民族文学母语书写的现场，我们以《民族文学》1981—2009年已经出版的各少数民族母语汉译作品这种实物作为第二现场和各民族母语文学的在场来进行说明。

1981—2009 年,《民族文学》发表了 16 个非汉族文学作者用母语创作而后翻译成汉语的文学作品 1028 篇(首),这 16 个民族及所发表的作品数量见表 6-2:

表 6-2

作者民族	数量(篇、首)	作者民族	数量(篇、首)
维吾尔	373	乌孜别克	11
朝鲜	215	傣	6
蒙古	176	彝	4
哈萨克	117	达斡尔	3
藏	52	哈尼	3
塔吉克	21	景颇	4
壮	21	东乡	2
柯尔克孜	19	黎	1

有意味的是,我们对《民族文学》所发表的汉语原创作品与母语原创作品进行的民族抽样比较中发现,在单一民族发表的全部作品中,维吾尔族母语汉译作品占 88.03%,哈萨克族母语汉译作品占 82.39%,朝鲜族母语汉译作品占 64.56%。这种情形说明,在上述三个民族中,母语文学书写占据着主要地位,而汉语书写占次要地位。这种情形与整体的传统中国当代文学书写以汉语为主的情形正好相反。这也提示着,在这三个民族中,汉语文学书写可能遭受了母语文学书写在整个当代文学相同的命运——即"不在场的在场"。

当然,需要说明的是,以《民族文学》为参照的研究,仅仅揭示了各民族母语文学创作总体情形,具体到各民族,可能还会有更为丰富和真实的数字来展示母语文学书写的现场,从上文所引的一个彝族民族职业中学即可选编一本母语文学作品集,便可见一斑。

然而,母语文学书写"不在场的在场"的又一例证,不仅在于作为承载这些民族母语文学作品的公共空间和平台的文学期刊不为当代主流文学界所知,母语作家们亦不为人所知或很少为人所知。仅以 80 年代后在各自民族母语文学创作中较为活跃的作家为例,就有蒙古族的阿尔泰、希儒嘉措、格日勒图、满都麦、吉·清代河乐、海日寒、满全、多兰,藏族的拉加才

让、才让扎西、德本加，维吾尔族的穆罕默德·伊明、穆罕默德·巴格拉
西、艾合台木·乌买尔、麦买提明·吾守尔、艾尔肯·沙比尔、阿拉提·阿
斯森，哈萨克族的阿吾力汗·哈里、克尔巴克·努拉林，朝鲜族的李惠善、
许莲顺、崔红一、张春植、金学松、朴草兰、金革，柯尔克孜族的加安巴
依·阿萨那勒、曼科特·吐尔地，壮族的蒙飞覃祥周，景颇族的左慧波等。
这些名单是极不完整的，不但不包括早至二三十年代，晚到 50 年代就开始
母语创作的一批老作家，也没有包括那些成群落的母语作家，如彝族大凉山
母语作家群、哈萨克母语作家群、藏族母语作家群等。这些"群落"文学
书写被视为本民族的文学标志而得到了本民族的认同，这种在本民族母语文
学读者中的强烈反响与在汉语文学界的不在场构成了鲜明对比。从而指认了
各民族母语文学书写在整个传统的中国当代文学书写现场的在场与文学研究
领域和文学史知识建构中的不在场。

二　文化洼地效应的放大与单边译入

导致中华多民族母语文学书写在中国文学整体格局中形成不在场的在场
情形的原因很多，其中，文化洼地效应的放大与文学权力的放逐所形成的翻
译的滞后是其中最主要的原因。

文化洼地效应，是高地文化（强势文化）向洼地文化（弱势文化）的
净流入或单边流入效应。① 这种效应是在两方面的合力作用下形成的：一是
洼地文化内在的需求——它吸引着高地文化向文化洼地流入，以此来提升洼
地文化；二是高地文化自身的辐射力或影响力——高地文化自然按"水往
低处流"的自然引力，向文化洼地流入，扩大其辐射和影响范围，以此来
巩固和扩大自己的文化实力。文化洼地效应是人类文化活动的重要特征和走
向。对于文学活动这种典型的文化现象而言，不同民族、不同语言之间的高
地文学向洼地文学的流动，必须借助于翻译这一重要的跨语际、跨文化传播
的媒介，而且通常会形成单边译入的局面。

文学翻译是各民族母语文学作品跨语际、跨文化传播的重要媒介。20
世纪中国文学的一个重要资源就是西方文学（严格说，不仅仅是文学，西
方历史、哲学包括自然科学的成果）。但是，严格说来，并没有几个中国作

---

① 参见笔者《多民族文学跨语际传播的困境与新路》，《云南民族大学学报》2010 年第 3 期。

家是从西方母语文学中直接获取资源的。确切地说，西方文学转化为中国文学资源，大都是靠跨语际的翻译来实现的。然而，20世纪中国文学与西方文学间的翻译准确地说是一种单边译入——西方多语种（译出语）文学的汉译（译入语），如英译汉、俄译汉、法译汉、德译汉、日译汉等，无论数量还是规模，均与汉语向其他民族国家语言的译出形成了强烈反差。

文学翻译本是一种跨语际、跨文化的双向交往活动，但单边译入的情形与世界文化以及文学格局中不同民族、国家文学的位势、强弱有直接关系。一般而言，单边译入首先是一种文化洼地效应，它造成了高地文化（强势文化向弱势文化）的净流入或单边流入趋势，这也是人类文化的重要走向。19世纪末20世纪初的"西学东渐"就是这种效应的直接反映。在当时，一直以5000年文明史而自得，又以天朝中心而自居的中国，在与西方的博弈中不得不承认自己已经处于弱势地位。此外，20世纪中国文学对西方文学的单边译入，也是在全球化趋势下世界人文资源重新配置中，因此，一方面，处于弱势地位的中国，"师夷之长技以制夷"是一种别无选择，西方文学理所当然地被中国新文学视为重建中国文化的重要资源；另一方面，"西学东渐"也是处于文化高地的西方，以军事力量开路，通过文化殖民全面推行西方价值标准和观念的重要策略，这种策略在20世纪80年代后的征候越发鲜明。

对此，有学者指出：今天的文化殖民主义大都通过科技手段、话语体系等，把文化产品巧妙包装起来并依托合法的外衣推行其文化观念与生活方式，通过精神和道德诉求，影响、诱惑和说服别人相信和同意某些行为准则、价值观念和制度安排，从而达到文化殖民的目的。这一特征，被美国著名学者约瑟夫·奈称为"软权力"。他说："'软权力'是一个国家的文化与意识形态诉求（appeal），它是一种通过吸引力而不是强力获得理想结果的能力。""就表现形式而言，文化殖民主义往往是合法的、温和的、无形的，就像凉水煮青蛙一样，使弱势文化国家不知不觉地接受西方的文化价值观念，对人们的影响是潜移默化的、无声无息的，同时也是最为深远的。"①其实，文化殖民正是殖民者对文化洼地效应的有意识利用，他们会按自己的政治、经济、文化诉求，对其文化流入方向、范围、规模和目的进行预设和规范。所以，对当下的中国而言，文化殖民主义正是借道中国的弱势地位形

---

① 刘海静：《全球化的文化内涵与文化殖民主义》，《理论学刊》2006年第2期。

成的弱势文化心理以及"师夷"而后"制夷"的幼稚的自我想象来实现的。

　　但是，20 世纪初"西学东渐"语境下的中国作家，很少直接从西方母语文学中获取资源。西方文学转化为中国文学资源，大都是靠跨语际的翻译来实现的。于是，在文化洼地效应的影响下，形成了西方多语种（译出语）文学的向汉语（译入语），如英译汉、德译汉、俄译汉等单边译入局面的形成。同时，我们还注意到另一种现象，在 20 世纪中国对外国文学译入的热潮中，欧洲以及拉美、非洲、亚洲等弱势民族中，那些通过各种各样的文学书写及获得西方世界认同的方式从而获得了"世界性"的作家及文学作品的译入。这种译入，与其说是将之视为西方主流文学同样重要的资源，毋宁说是这些作家所属民族和国家与中国在世界格局中同为弱势民族的相同的位势决定的。换言之，世界对其他弱势民族文学的译介，是对自我弱势地位的认同以及由被译出民族作家跻身世界主流文学所激发出来了摆脱弱势地位的冲动和想象。关于强势民族与弱势民族，宋炳辉认为，"'强'与'弱'的概念，不仅是指一种民族国家现实关系的定位，而且也是指一种民族集体性自我想象和认同的前提，后者在某种意义上是一种文化和文学的喻说。这种喻说在文学实践中可以体现在文学话语、文学修辞、文学形象、文学叙事等多个层面。但它首先在文学情感、文学主题方面，体现在对民族地位、民族关系和群体的理性化态度中。自清末开始到五四新文学初期，从梁启超到鲁迅、周作人等对弱小民族文学的大力介绍，就是突出的例子。……在民族文学的整体意义上来说，西方既是老师又是敌人；而在对于弱势民族文学的译介和接受中，这种被西方强势文化所压抑的情感，则能得以正面的宣泄和直接表达。因此，将两者结合起来，即在'中西'和'中弱'两种不同的关系中考察和分析中国主体的不同情感经验，才可以完整地获得中国现代主体的面相。"① 他认为，正是这种原因，使显克维奇、裴多菲、邓南遮、安徒生、塞万提斯、易卜生、斯特林堡、泰戈尔、马尔克斯、博尔赫斯、昆德拉、略萨、艾特玛托夫等弱势民族作家及其作品成为中国作家的榜样和资源。

　　有意味的是，20 世纪初由文化洼地效应导致的中外文学翻译的单边局面，同样发生在 1949 年至今的国内汉族与各少数民族母语文学翻译之间，只不过，其过程刚好相反。即单一的译出语汉语向译入语——蒙古语、维吾

---

① 宋炳辉：《弱势民族文学在中国》，南京大学出版社 2007 年版，第 221—222 页。

尔语、藏语、哈萨克语、朝鲜语、彝语等的单边译入。以新疆为例，仅新疆人民出版社 20 世纪 70—90 年代，由汉语译为维吾尔语、哈萨克语、蒙古语、锡伯语的中外文学作品就达 1500 多种①。鲁迅、茅盾、巴金、老舍等现代文学的著名作家的作品，梁斌、杨沫、吴强、曲波、赵树理、柳青、周立波、欧阳山、李季、王蒙、刘绍棠、刘心武、张承志等当代主流作家作品均被翻译成上述少数民族语言文字。在新疆，还创办了专门的译介类文学期刊，如被誉为"维汉文学交流园地"的《文学译丛》。该刊创刊于 1960 年，主要承担了国内作家作品的"汉译维"。该刊也是"我国唯一一份将中国当现代优秀文学作品译成维吾尔文公开出版发行的文学翻译刊物。50 多年来，《文学译丛》杂志发表了我国无数作家的有影响的 5000 万字的优秀文学作品，发行 600 期"。② 这种种情况同样也发生在蒙古族、朝鲜族、藏族等母语文学发达的民族，如由内蒙古文联主办的蒙古文的《世界文学译丛》1979 年创刊，根据 2004 年统计，在 25 年的时间里，该刊共编发了 22 部长篇小说、51 部中篇小说、970 多篇短篇小说和散文、6200 多首诗歌、330 多篇评论文章和作家的生平介绍及作品评点。共翻译介绍了 1543.8 万字的中外文学名著和有关研究资料。其中，许多"世界文学名著"和中国优秀作家作品，都是由汉语译为蒙古语。此外内蒙古另一创刊更早的蒙古文文学期刊《花的原野》在 1949 年创办之初，就开始翻译发表郭沫若、茅盾、巴金、老舍、闻一多、田间、殷夫、赵树理、周立波、臧克家、何其芳等现当代作家作品，峻青的《黎明的河边》、王愿坚的《党费》、韦其麟的《百鸟衣》、茹志鹃的《百合花》、李季的《王贵和李香香》、贺敬之的《回延安》、杨植林的《王若飞在狱中》都是通过《花的原野》走向蒙古族读者的。该刊还翻译发表了李白、杜甫、柳宗元、王维、孟浩然等人的经典诗词以及高尔基、阿·托尔斯泰、普希金、西蒙诺夫、霍查·那木斯来耶夫等外国作家作品。

与上述汉语文学向蒙、维、哈、藏、朝等多语种的单边译入形成鲜明对比的是，各民族母语文学被译成汉语的却少得可怜，无论是单一民族的单个作家，还是创刊于新中国成立之初的《花的原野》（蒙古文）、《延边文学》

---

① 夏冠洲等主编：《新疆当代多民族文学史·文学翻译 文学评论卷》，新疆人民出版社 2006 年版，第 36—51 页。

② 新疆维吾尔自治区官网"天山网"：《维汉文学交流园地——〈文学译丛〉》，2011 年 9 月 23 日。http://www.tianshannet.com.cn/special/wldh/2011-09/23/content_6196490.htm。

（朝鲜文），还是在本民族有具大影响的《塔里木》（维吾尔文）、《柯尔克孜文学》（柯尔克孜文）、《藏族文艺》（藏文），这些多语种的母语文学极少有被翻译成汉语而实现跨语际传播。

尽管我们承认各民族都有自己独特的文学传统、文学经验、文学样式，并且对整体意义上的中国多民族文学做出了重要贡献，但由单一的译出语汉语向多语种的译入语如蒙、维、哈、藏、朝等的单边译入，在总体上反映了各民族文学整体实力与汉语文学整体实力之间的差距，也是一个不争的事实。于是，文化洼地效应也就自然而然地作用于汉语文学与各民族母语文学的不对称的交流活动之中，并形成单边译入的格局。

当然，与中外单边译入情形不同的是，西方文化殖民主义的文化殖民企图并不存在于中华多民族文学翻译活动之中，这当然得益于国家意识形态权力所规约的中国民族平等政策和建构的民族平等的政治、现实语境。但是，文化洼地效应和弱势心理却不可避免地存在于汉语及外国文学作品在国内不同民族语言间的跨语际、跨文化传播之中。一个不能不重视的问题是：汉语文学向各民族母语的语言转换大都是以国家出版机构，如出版社、杂志社作为媒介来完成的，这些媒介的行为在相当大的程度上代表了国家权力话语或国家意识形态的指向，这种权力话语和意识形态规约可以理解为国家主动为使用母语的民族提供文学资源并借此来提高这些民族的母语文学创作水平，但其所指却明白无误地传达出对译入语民族在国家内部所处的弱势地位的定位与认同。由于这种定位与认同是建立在历史和现实政治、经济基础之上的，因而，文学的特殊性并未被考虑进去。也就是说，一个民族文学发展的程度有时并不一定与经济、政治和社会发展水平同步，试图用引入经济模式或者科学技术、管理方法的方式来提升弱势民族的文学，效果也许会适得其反。而恰恰是这种思维，从国家权力话语和意识形态的角度，只重视汉语文学作品的译出，而忽视了各母语民族文学成果的译入是非常危险和错误的。当然，这并不意味着会抹杀已经完成和正在进行的各民族母语文学作品的汉译成绩。只不过，在汉语文学作品对各母语民族的译入与各母语民族文学作品的译出中，我们发现了前者更为明显的国家权力话语和意识形态的"痕迹"，也看到了后者民间自为行为的"痕迹"，二者主体的不对等也是导致单边译入情形的深层原因。例如，2009 年中国作家协会为庆祝新中国成立 60 周年，向各省区征集翻译作品时，新疆就推荐了 200 多万字的维、哈、柯、锡、蒙古文汉译小说、诗歌，同样，内蒙古也推荐了蒙译汉 100 多万字的作品。但最终入选者却寥寥无几。而中国作家协会年度翻译作品选所"选"的来自各民族的翻译作品，因入选数量的限制，也很难反映出母语创作的整体面貌和水平。而早在2002年，延边作家协会翻译出版了5卷6册的《中国朝鲜族文学作品精粹》，这部"精粹"是百年以来中国朝鲜族母语文学作品的精华——这也意味着，更多的作品因无缘精华而难以跨语际传播到其他民族。

应该指出的是，各民族母语文学作品的汉译与汉语文学作品的对外（指西方）译出，虽然都是以弱势民族文学的身份进行的跨语际、跨文化传播，但二者性质却截然不同。后者是在世界文学中主动建构中国文学形象和争取中国文学的话语权，这不仅关系到中国文学是否走向世界，而且关系到中国文化国力的强弱，更关系到在世界权力话语资源的再分配中中国话语权力所占有的份额。在这方面，自古至今都没有什么恩惠与绝对公平的标准可供使用，只能由中国自己主动去争取。而少数民族文学的汉译（严格说来还包括不同母语民族文学间的互译）则关涉到在统一的多民族国家内，在各民族平等的意识形态规约下，各民族文学是否平等、公平地拥有相同的话语权力，是否在文学这一国家体制下的公共空间享有公共传播权力。显然，这种权力应该是国家赋予的，而不应是各母语民族的自发行为。而当各民族在行使这一权力时受到其他因素影响时（如文化洼地效应），国家权力应该及时介入其中，也只有这样，才能使文学翻译成为真正意义上的不同民族文学的跨语际、跨文化的自由而常态的交往活动。因此，从一定意义上说，中国文学空间中各民族母语文学向汉语转换的缺失，也在一定程度上反映出文学以及文化公平在国家公共空间中的缺失。这种缺失所具有的潜在的负面影响值得人们进行超文学的反思。同时还应该看到，在一个相当长的时间内，各民族母语文学间的交往不仅仅是一种文学事件，同时也是各民族对中华民族以及国家认同的重要促进手段，它还表征着国家对各民族文化的根本态度，这一点至关重要。

三　文化公平权力的缺席与母语文学传播权力的放逐

在新疆维吾尔自治区官网"天山网"的《文学译丛》的简介中，高度评价其"为弘扬中华文化，为促进维汉文学交流，文化交流，促进维吾尔文学创作，造就翻译家队伍，增进各民族之间的团结与友谊作出了不可磨灭的贡献"。[①] 但

---

① 新疆维吾尔自治区官网"天山网"：《维汉文学交流园地——〈文学译丛〉》，2011 年 9 月 23 日。http：//www. tianshannet. com. cn/special/wldh/2011－09/23/content_ 6196490. htm。

是，如果仔细考察，便不难发现，《文学译丛》在弘扬中华文化，增进维吾尔族对汉族和其他民族文化和文学的了解，提高本民族母语文学创作水平方面，的确起到了重要和积极的作用，但"促进了维汉文学交流，文化交流"中的"交流"则值得商榷。因为，既然称为交流，就应该是双向的，而不是单向的。单边译入的情形，虽然与文化洼地效应有关，但也与国家对这种效应的负面影响缺少足够的重视及并未采取相应的措施有关。这就不能不使各民族母语文学未能通过真正意义上的文学"交流"，来增加对各民族历史文化的了解、沟通，从而对民族团结和国家的统一、稳定起到促进作用，因此，也就不能在国家的层面上实现各民族的文化的公平。这种缺失，我们可以在国家少数民族语言和文化政策上得到证明。

　　1949年9月29日中国人民政治协商会议通过的《中国人民政治协商会议共同纲领》在"中华人民共和国境内各民族，均有平等的权利和义务"的国家高度上，规定"各少数民族均有发展其语言文字、保持或改革其风俗习惯及宗教信仰的自由。人民政府应帮助各少数民族的人民大众发展其政治、经济、文化、教育的建设事业"（第五十三条）。1954年中华人民共和国第一部宪法明确规定，"中国是统一的多民族的国家"，"各少数民族都有使用和发展自己的语言文字的自由"。2004年新颁布的中华人民共和国宪法"第四条"规定："中华人民共和国各民族一律平等。国家保障各少数民族的合法的权利和利益，维护和发展各民族的平等、团结、互助关系……各民族都有使用和发展自己的语言文字的自由，都有保持或者改革自己的风俗习惯的自由。"可以说，上述三部国家大法都强调了各民族使用自己民族语言文字的"自由"权，这说明，在对待各少数民族语言文字上，国家的政策是一贯的。但值得注意的是，《共同纲领》和"第一部宪法"虽然都规定了"民族平等"，但并没有明确如何来保障"民族平等"，更没有将各民族对"平等"的诉求和实现视为各民族应当享有的"权力"。"现行宪法"在这一方面有了很大进步，第一次提出"国家保障各少数民族的合法的权利和利益"，从而对国家行为进行了法律规约。

　　但是，权利和权力并不是一回事，权利包括权能和利益两个方面，权能只在法律层面说明权利实现的可能性和必要性，却没有规定必须实现的现实性，只有利益才能够衡量和确认权利是否能够在现实性上得以实现。在这种情况下，对于国家而言，只有通过行使国家权力，才能够保障权利的实现，因此，权力是对权利的保障。对于公民也是如此，国家赋予公民某种权利，但并没有规定每一个人都能够将权利变成现实利益，公民只能通过国家赋予的权利，运用公民权力来保护和保障自己应有权利的实现。正因如此，作为对"民族平等"这一国家意志的体现，国家不仅在人口相对较多的民族地区实行了民族区域自治的政策，而且还制定了旨在帮助和提高少数民族经济、社会、文化、教育发展诸方面的针对性政策。在语言文字方面，有学者统计，目前，全国共有用 27 种少数民族文字出版了近百种报纸，用 11 种少数民族文字出版 220 种杂志；中央人民广播电台和 30 个地方电台用少数民族语言进行播音；地、州、县电台或广播站使用当地少数民族语言广播的有 20 多种；用少数民族语言生产的故事片累计为 3410 部，译制片 10430 部；全国有 30 多家出版社出版少数民族语文图书达 3500 种，印数达 5090 万册。① 从这一角度说，新中国成立以来各民族母语文学之所以有前所未有的发展，都是国家运用国家权力，支配国家资源，通过建立国家出版社、创办文学期刊、母语文学奖励（如少数民族文学创作骏马奖）、保护民族语言传承和民族语文教育等具体保障措施来实现的。而对于各民族而言，正是运用了使用民族语言的"自由权利"，才使自己使用自己民族语言的权利得到保障，并转化为本民族语言使用所获得的现实利益——就文学而言，能够使用本民族语言和文字来传承民族文学传统和极其便利地记载自己的生活经验和生命感受。

　　然而，在充分保护少数民族使用本民族语言，并给予政策保护的同时，国家对不同民族以语言为载体的公共文化产品的跨民族、跨语际传播问题一直缺少权力和政策方面的具体策略。从国家的角度说，赋予少数民族自由使用本民族语言的权利，是对少数民族语言必需的尊重，而在国家公共文化空间，运用国家权力，确保各民族语言产品通过语言转换，成为全体国民共享的公共文化产品，也是国家的责任和义务。这既涉及国家文化公平的问题，也涉及各民族语言通过转换成国家通用语言（汉语），成为国家公共文化产品的传播权利问题。而就现实而言，无论是文化公平，还是文化跨民族、跨语言传播权力，都处于缺席状态。

　　以文学为例，语言不仅是文学最基本的建筑材料，同时也是传播媒介。文学创作说到底是写给别人的，是让人来阅读和聆听的，这样，不同语言之间的跨语际传播，也就成为不同语种文学的自身诉求，但是，这种诉求如果在现代民族国家的框架之下，也应该而且必须成为各民族的权利，即每个民

---

① 高崇慧：《少数民族语言文字的法律保护》，《云南民族学院学报》2002 年第 5 期。

族都有权力保护自己的权利，并有权力使自己的文学作品转换成国家文化空间为全体国民共享的公共产品，这种权力，从民族的角度可以称为文化传播权，从国家的角度可以称为文化公平权。显然，在这一方面，国家是有所欠缺的。具体说，对于一个多民族国家而言，在将汉语作为国家公共语言的同时，虽然考虑到了其他民族语言的存在和使用的合法性，却未能在国家公共语言空间预留其他民族语言通过语言转换而获得公共对话、平等交流的权力。因为，语言作为一个民族的重要标识，仅拥有使用权是不够的，还有传播权。从文化公平的角度，你来我往的双向交流才是国家应该打造的公共和平等的文化空间。

因此，从一定意义上说，中国文学空间中各民族母语文学向汉语转换的缺失，无疑反映出文学以及文化公平在国家公共空间中的缺失。这种缺失所具有的潜在的负面影响值得人们进行超文学的反思。同时，我们似乎还应该看到，在一个相当长的时间内，各民族母语文学间的交往不仅仅是一种文学事件，同时也是各民族对中华民族以及国家认同的重要促进手段，它还表征着国家对各民族文化的根本态度，也代表着各个民族对国家这一政治文化空间的依赖程度和认同程度，这一点至关重要。

所以，笔者认为，国家虽然规定了各民族使用语言的权利，却没有规定不同民族文化间的交流权力和文化公平权力，因此，在将汉语文学作品大量翻译成少数民族语言文字的同时，却没有同时有意识地，甚至调动国家资源，将各民族母语文学译成汉语或其他民族语言，从而促使各民族文学形成真正意义上的"交流"，这也是导致各民族母语文学处于"不在场的在场"的尴尬处境和单边译入局面形成的重要原因。

四　传播意识的缺乏与母语文学的自我遮蔽

各民族母语文学在中国文学空间处于"不在场的在场"的处境，除上述原因外，还有一个重要原因，即来自各民族母语文学内部母语文学传播意识的缺乏。

首先，各民族母语作家跨语际传播意识的缺乏。中国当代发达的母语文学所取得的成就，是与一大批坚持母语或者双语创作的作家们的辛勤努力分不开的。他们不但支撑着《花的原野》《塔里木》《延边文学》等一大批母语文学期刊，也不断以自己的创作实绩印证着中华多民族文学多语种的本质属性。但是，在各民族母语作家的创作意识中，母语创作—母语发表—母语读者接受仿佛就是创作的全过程。许多作家满足于用母语发表并得到母语读者的认同，甚至将同一语种文学作品的跨国传播作为自己的最高追求。此外，许多作家对母语创作的意义也缺乏全面的认识，特别是许多处于濒危境地的民族语言的母语作家们，仅仅将母语创作视为母语保护的重要手段，而忽略母语保护的另外一种更为重要和有效的途径——通过母语文学作品的跨民族、跨语际传播，在国家公共话语空间中，通过拓展母语文学的影响力，确立本民族文化在多民族国家的多元一体文化格局中的主体地位和价值，进而拓展母语文化的生存权利和生存空间。

其次，民族文学研究领域母语文学研究跨语际传播意识的淡薄，也在一定程度上对母语文学形成了自我屏蔽。

文学研究是全部文学活动的重要环节。新中国成立以来，中华多民族文学研究中一个重要的突破和收获就是各少数民族文学研究取得的成就。然而，长期以来，少数民族文学研究被各民族母语和汉语分割为两个部分，一是各民族母语文学研究，一是汉语民族文学研究。这两个部分，成为互不交叉的两条平行线，在相同的研究领域、相同的研究方向、相同的研究对象、相同的研究方法平行推进。以蒙古族文学为例，既有使用汉文进行的蒙古族文学史研究，又有使用蒙古文进行的蒙古族文学史研究，即使是同一作家，如尹湛纳西，既是使用母语的蒙古族学者研究的重点对象，也是使用汉文的蒙古族学者研究的重点对象。而且，这一现象在当代文学研究领域更为突出。母语作家文学几乎成为使用母语的研究者们的特区，如同前面提到的满都麦一样，尽管内蒙古作家协会为其召开的研讨会以及《花的原野》刊发的研究专辑，都是为了研究、总结和推介，但参加者均为蒙古族作家和学者，没有人想到跨语际研究和推介的问题。包括许多蒙古族学者，他们也从未想到过要把自己的母语研究成果转换成国家通用语言，让自己的成果在中华多民族文学知识空间得到更广泛的传播，并确立自己学术话语权力，更没想到要通过自己研究成果的跨语际传播，使自己的研究对象走向更广阔的空间。在这方面，各民族民间文学研究明显好于作家文学研究。例如，藏族史诗《格萨尔》、蒙古族史诗《江格尔》、柯尔克孜族史诗《玛纳斯》之所以在中华多民族文学史研究领域的影响日益扩大，完全得益于各民族学者将三大史诗推向全国乃至世界的跨文化、跨语际传播意识。其中，许多双语学者作出了重要贡献。例如，著名《玛纳斯》研究专家郎樱不仅在《玛纳斯》的研究方面建树卓著，在《玛纳斯》的翻译、宣传方面也做了大量工作。她认为，《玛纳斯》不仅是柯尔克孜族的，也是中国的、世界的，应该让世人知道柯尔克孜族这一伟大的文学创造。显然，对于各民族使用母语或者双语进行民族文学研究的学者来说，在自己的研究理念上树立跨民族、跨文化、跨语际的传播意识，让其他民族了解更多的本民族优秀作家和作品，其意义超出了研究本身。

当然，值得欣喜的是，各民族母语文学的价值和跨民族、跨文化、跨语际传播的问题，正日益引起人们的重视，《民族文学》不但创办了蒙、藏、维三种民族语言的期刊，同时还聘请了100位各民族翻译家将本民族的母语文学翻译成汉语；中国作家协会每年都编译出版各民族母语文学翻译文学翻译作品集。但是仅此还是不够的，只有在国家的层面上制定相应的政策措施，扭转单边译入的局面，只有各民族母语作家、学者树立跨民族、跨文化、跨语际传播的意识，使中华多民族的文化在国家公共文化空间中进行到正常的、真正的"交流"状态，中国多民族国家的文化与文学的多元一体格局才能得以实现，中国多民族文学才能够以国家文学的身份，在国际文化新的博弈中以自己的实力赢得自己的地位。

五　多民族母语文学的意义及跨语际传播的自觉

在本章的开篇，我们明确指出：没有比中华各民族母语文学创作取得的实绩更能说明中国文学的多民族特征。但这并不是中华多民族母语文学的全部意义。文学是一个民族文化最好的载体，而其本身也是文化的内容。因此，各民族母语文学的价值远远超出了文学的本身。不同民族语言的存在，是中华文化多样性的最生动体现，这些语言的存在，一方面对各相关民族文化的传承和保护起到非常直接的作用，另一方面，在人类文化多样性面临新的危机和挑战，文化多样性越来越受到重视的今天，中华各民族语言的存在，既是人类文化多样性群体中的重要组成部分，也是中华民族对人类的重要贡献。对此，中国社会科学院朝戈金在一次座谈时不无忧患地指出：每一种文化都有其他文化所不具备的基因密码，保护人类不同文化的意义在于，当有一天，人类生存面临重大危机和挑战时，这些多样性的文化或可为人类提供生存下去的基因。因此，保护人类文化的多样性，也是在为人类自己储存应对可能出现的致命危机的最后的资源和努力。如果从国家安全的角度，重视各民族母语文学的文化价值，势必有利于国家文化安全。

另外，需要注意的是，单纯从文学的角度来谈论各民族母语文学的跨语言、跨文化传播，无疑会遮蔽这一行为本身的多重意义。特别是在西方霸权文化企图通过文化殖民来实现其不断膨胀的霸权野心，各弱势民族的民族意识也在空前的危机中得到空前增强的世界语境下，世界各民族（特别是处于弱势地位的弱小民族）以保护母语为标志的母族文化意识的空前觉醒成为一种世界文化潮流。正如刘海静所描述的："事实上，伴随着全球化浪潮及全球化背景下文化的升值，世界上许多国家开始奋起捍卫文化的多样性和自身的民族特性，如马来西亚为强调民族统一性，坚持以马来语为国语；新加坡开始管制英语，并开展了颇有声势的'华语运动'以保卫自己东方的文化传统，防止变成'不伦不类'的怪物；以色列决定将长期以来仅仅用于宗教仪式的希伯来文重新恢复为日常通用语言；印度提出'印度化'；伊斯兰国家重新把'伊斯兰化'叫得更响；一些东方国家的领导人和学者为了强调自身文化的特殊性提出了'亚洲价值'的观念。"① 虽然世界弱势民族的共同意识是否会形成一体化的格局或者以统一的行动来对抗日益严重的强势文化的侵蚀，因不同国家的不同立场和利益而前景未卜。但是，在中国这一统一的多民族国家内部，当各民族母语文学以"不在场的在场"的极端方式行使着自己文学话语权力，当文化洼地效应导致的单边译入尚未得到国家意识形态权力主动干预时，我们却注意到一种悄然发生的重大变化：伴随着各民族的民族意识前所未有地觉醒，许多民族不仅意识到母语文学书写对民族文化存在的重要意义，他们不仅将母语文学作为民族文化生命的载体，而且还将母语文学作为民族文化的生命现场，一方面主动获得并行使其母语文学书写在国家文学公共空间的传播权力，如朝鲜族；另一方面借助世界多元文化主义思潮以及少数族裔母语运动营造的多元文化语境，直接将自己的原生母语文学书写输出国外，为自己的母语文学书写争取到世界性传播的话语权力，如蒙古族、维吾尔族等。这两种策动，表征着中华多民族当代母语跨语际传播的新路。各民族母语文学对于中华多民族文化命运的意义也越发凸显出来。当然，各民族母语文学的自觉也就不仅仅是中国内部的，而是世界性的民族意识和民族文化觉醒话语的组成部分。

2009 年 12 月 11 日，《光明日报》刊发《阿库乌雾：吟着彝歌走向世界》，12 月 12 日《中国民族报》发表了《阿库乌雾：唱着彝族母语诗歌走向世界》。文中报道了彝族双语诗人、学者阿库乌雾（罗庆春）应美国华盛顿州立大学的邀请，为该校师生朗诵彝语诗歌的现场盛况。其实，早在

---

① 刘海静：《全球化的文化内涵与文化殖民主义》，《理论学刊》2006 年第 2 期。

2005 年，阿库乌雾就踏上践行其"用母语与世界诗坛对话"誓言的诗歌之旅。他先后访问了俄亥俄州立大学、WILLAM ETTE 大学，实地考察了美国印第安人原始部落。他用英语、汉语与人们交流，用近于"吟游诗人"的出场方式传播彝族母语诗歌，证明彝语诗歌在世界文学现场的在场。特别是他朗诵的《招魂》，几乎完美地复制了彝族毕摩招魂这一彝族原始宗教文化现场，引起异域学者的广泛关注，被誉为"招魂诗人"。美国俄亥俄州立大学教授马克·本德尔翻译了他的第二部彝族母语诗集①《虎迹》（*Tiger Traces*），俄亥俄州立大学出版社以英彝文对照的方式将其出版。这不仅是彝族历史上第一部彝文与英文两种语言同时在场的诗歌文本，也是弱小语种与世界最强势语种同时出场的文学文本，其意义显然是多重的，这是世界各民族多元语言格局中弱小民族语言的隆重出场，是多元文化主义语境中强势语种对弱势语种的接纳；是弱小民族语言与世界性强势语言具有平等的话语权力的明证，也是中国少数民族母语文学以"中国文学"的身份穿越国家共同语——汉语，进入世界文学语境的范例。而这一切，都源自阿库乌雾的母族文化危机意识、母语文学的跨语际、跨文化传播的权力意识以及国家认同与世界意识。

首先，世界范围内少数族裔文化生态受到主流或者强势文化日益严重的侵蚀，这一情形同样发生在中国的少数民族中。一个民族的文化的表现形态是多样的，而语言则是一个民族文化存在与否的最重要的表征。一种语言就是一种文化，对母语的坚守意味着对民族文化最核心也是最后的坚守。正如阿库乌雾自己所言："我多年坚持母语写作，并终身坚持母语写作，实际上就是以身体力行的实际行动来表达一种期待！一种呼唤！一种呐喊！是一种人文知识分子的文化良知的自觉与超越！是一种民族文化尊严的觉醒与捍卫！筚路蓝缕，以启山林，我深信，我和世界上与我有着同样文化命运的并共同在这个为少数族群的母语文化的活态保存而战的文化战场上艰苦卓绝、坚忍不拔地战斗的文化英雄们一定会坚持到最后一刻的。相信在这个人性不断回归，人文精神不断得以尊崇的世界上，会有更多的有识之士踊跃加入到我们这个队伍中来。"这种危机、使命与焦虑，在作为学者的罗庆春的汉语学术论文中，我们也能够强烈地感受得到。例如，在本文第一部分引证的

---

① 第一部诗集《冬天的河流》（1994）、第二部诗集《虎迹》（1998），彝英对照版于 2006 年由美国俄亥俄州立大学出版社出版。

"中国知网"母语文学研究仅有的 12 篇学术文献中，《第二母语的诗性创造》①《永远的家园——关于中国当代少数民族母语文学的思考》②《母语的光辉——新时期四川少数民族母语文学创作概论》③《魂系大山——时长日黑彝文小说创作评析》④ 以及《从"文化混血"到"文学混血"——论彝族汉语文学的继承、创新、发展》⑤ 等 5 篇文献为罗庆春以第一作者的身份所作。可以说，在当代学界，像罗庆春这样关注中华多民族当代少数民族母语文学创作的学者还不多见，尽管罗庆春关注的只是他自己所属民族的母语文学。在这些学术文献中，传达出的是作为具有民族责任感和人文精神的学者罗庆春对以母语为标志的少数民族文化濒临灭绝的现实处境所引发的强烈的危机意识："他们在遭遇汉语之后的母语创作中，深深体察到了自己所秉承的本民族母语文化在汉语及其以汉语为载体的大时代大文化的冲击过程中，正在承受的深度无奈——这与汉语在互联网时代所遭遇的以英语为主要载体的西方文化冲击时的情景是一样的。母语濒危的梦魇时时困扰着每一位具有充分的母语文化自觉、强烈的母语建构使命感的母语作家诗人的身心。"⑥ 民族文化的命运使罗庆春忧患"罗马城垮掉后可以重建甚至复原，而一个民族的母语叙事体系要是全面坍塌了，母语文化和母语信仰要是全面消逝了，是很难使之复活的。各民族的母语本身就是世界非物质文化遗产的重要内容，又是世界非物质文化遗产的首要载体，它的消亡有不可再生性。"⑦

其次。母语文学的跨语际、跨文化传播的权力意识。有意味的是，阿库乌雾的母语文学跨语际、跨文化传播权力意识的生成并不是个人的世俗功利欲望，而是对母语文学传播的权力被虚置、母语文学传播空间被局囿所进行的积极抵抗和主动出击。正如他自己所言："我的彝语诗歌由于在国内可供发表的刊物太少，所以，我一直采用朗诵的方式发表，每一次朗诵就是一次

---

① 　与王菊合作，《小说评论》2008 年第 3 期。

② 　《中国民族》2002 年第 2 期。

③ 　与北海合作，《西南民族学院学报》2001 年第 6 期。

④ 　《西南民族学院学报》2001 年第 1 期。

⑤ 　与徐其超合作，《天府新论》1998 年第 6 期。

⑥ 　《永远的家园——关于中国当代少数民族母语文学的思考》，《中国民族》2002 年第 2 期。

⑦ 　阿诺阿布：《阿库乌雾访谈录》，"彝族人网"，2008 - 2 - 3。http：//www. yizuren. com/plus/view. php？aid = 4673。

发表，使诗歌的音乐性得以充分展现。这样，我正好传承了祖先史诗唱诵的传统，使不能看懂彝文听懂彝语的人（包括本民族中不识彝文不懂彝语的人），听我的朗诵就像在欣赏音乐一样。我的彝语诗歌，不仅有文字传达的意义之思，还有我用自己独特的朗诵风格朗诵的声音之美。"在人类文化传播已经进入多媒体时代，阿库乌雾却只能使用"祖先史诗唱诵"这种原始的传播方式进行母语文学的传播，以创作主体与纸质文本、口头文本同时出场的方式，建构彝族母语文学在场的现场，这不能不让人感受到阿库乌雾的悲壮和凄凉。而阿库乌雾诗歌行为的所指——各少数民族文化（包括母语文学）的前景则更让人忧心忡忡。然而，一个民族文化的濒危程度越是加剧，其本体的抵抗力越加强大，这也是阿库乌雾将自身作为文化文本、传播主体、传播媒介三位一体的"捆绑式火箭"，穿越汉语，直抵当今强势文化核心，通过让自己民族母语文学进入更广阔的空间，来推延或者拯救濒危的母语和母语所标志的母族文化的动力之一。而与此同时，阿库乌雾在旅美期间创作并于2008年出版的旅美人类学诗集《密西西比河的倾诉》，也"提供了中国少数民族诗人跨文明写作的实践性文本，主体性、能动性地促进了国内少数民族文学与美国文学乃至世界文学互动对话与交流的独特的诗学个案"，从而以跨文明、跨文化的书写出场，强调了彝族母语文学在世界文学现场中的在场。

再次，阿库乌雾的诗歌行为具有超越诗歌行为本身的多重意蕴，甚至会招致那些具有狭隘的民族主义和国家主义者的误读。这一点从《光明日报》和《中国民族报》对阿库乌雾报道题目上的微妙变化便可以读出。前者《阿库乌雾：吟着彝歌走向世界》，后者为《阿库乌雾：唱着彝族母语诗歌走向世界》。前者用"彝歌"替代了"彝族"和"母语"，这反映出受中共中央领导和主办的主流权威媒体《光明日报》的暧昧态度谨慎立场——尽管这种态度立场也未必真正是中共中央的。然而，对"族"与"母语"的擦除与删改却在一定程度上再次印证了中华多民族母语文学的"不在场的在场"的处境。而作为国家民族事务委员会的机关报的《中国民族报》对"彝族"与"母语"的使用所标明的态度与立场显然与《光明日报》并不一致。后者显然更加清楚民族、母语等概念的含义。所以说，《光明日报》的暧昧与谨慎或者并不能完全表明国家意识形态的立场，因为这些擦除与删改的行为毕竟是由具体的个人来进行的。而我们则更愿意将其认定为掌握出版权力的某些个人狭隘的民族意识在作祟，或者代表着一种显然是错误的主流观念。的确，对相当一部分主流媒体或者学界的主流话语而言，总存在一种误读各民族的民族自主意识，漠视各民族的民族认同与国家认同的双重认同的倾向。这恐怕也是各民族母语文学以不在场的在场方式存在于中国当代文学空间的重要原因。这与虽然穿越了汉语，但却具有十分可贵的民族归属和文化身份意识的阿库乌雾相比，实在见出其狭隘。当阿库乌雾被美国一些学者称为"彝人之子"和"世界之子"时，阿库乌雾说："说我是'彝人之子'，当然是基于我的国家身份、民族身份和母语创作的文化身份；而'世界之子'，我想应该包含这样一些内涵：一是世界上像我这样用自己的少数族群母语进行文学创作并与世界交流的人太少，或者越来越少；二是我的诗歌采取英文翻译、彝英对照出版、彝英对照朗诵等传播方式十分独特；三是我的诗歌中反映出来的艺术精神，或者我通过母语诗歌创作表达和呼吁的少数族裔母语的动态保护这一人文命题具有世界性、人类性的意义。所以说，传播是文学的要义。只有通过个性化的传播，文学艺术才会产生共鸣，文学艺术的创造意义和审美功能才能得以最大化的实现。"[1] 联想到阿库乌雾将汉语称为"第一母语"，将彝语称为"第二母语"以及他提出的"第一汉语""第二汉语"，我们发现，在世界语境中，阿库乌雾是将国家（中国）认同放在第一位，而将民族认同放在第二位，因此，他保持了在穿越汉语进入世界语境时的国家文化身份标识。在此，我也想到了佤族诗人聂勒应邀在美国国务院进行的诗歌朗诵前用佤语和汉语说的一句话：我是中国的佤族诗人。这种国家和民族认同的内在逻辑关系所具有意义不能不令人深思。

　　阿库乌雾的诗歌行为给我们相当多的启示。他的成功当然离不开当今世界多元文化主义语境，离不开世界保护文化多样性被提高到保护物种多样性的高度，并被世界文化多样性的主体民族所共识的平台，更离不开阿库乌雾独特的母语书写的认识和思考。而这些因素，恰恰都为阿库乌雾提供了话语权力和权力场域。自己的权力意识与权力的获得借力于世界文化多样性存在的人类意义这一高地上的权力，使阿库的母语文学书写在跨语际、跨文化传播中，不但绕过汉语或英语的语言转换，直接以文体创造主体在场的形式（现场朗诵），以最真实的存在的现场证明了彝族母语文学的在场——只不过，这一"场"已经不是中国文学的"场"而是世界文学之场。他不仅为

---

　　① 本节引文见阿库乌雾系列访谈，阿诺阿布《文化诗学：对话与潜对话——阿库乌雾访谈录》、文培红《母语：消逝中的坚守阿库乌雾访谈》、郝力敏《当母语插上诗歌的翅膀——罗庆春（阿库乌雾）访谈录》。

世界文化的多元性再填一元，同时也为文化多样性的倡导潮流再注入一泓无法复制的活水。对中国文学而言，绕开汉语而用自己母语——国家权力赋予的语言权力进入世界文学，也为我们思考中国文学研究以及中国文学史各民族母语文学不在场的在场这种非正常的状态提出了不能再回避的问题。或者说，假如各民族母语文学只能从民间渠道而非国家渠道，且不能以汉语这一国家共同语的身份直接进入世界文学场域，这究竟是证明了国家已经赋予其自由传播的权力，还是在虚置的国家权力下"不在场的在场"的母语文学自觉的抗拒——从某种意义上，任何民族的文学成果都具有世界共享的属性，而借助汉语译出，由汉语转换为其他语种变得不能满足各民族母语文学的传播诉求和在场的证明时，母语文学选择直接进入世界文学公共空间，究竟会对中华多民族文学的整体性带来损害还是形成新的建构模式，不能不令我们思考。换言之，各民族母语对世界文学的直接入场，是否意味着，我们可以忽略各民族母语文学书写的在场，但不能阻止各民族行使自己的文学传播权力，因为，这权力并不是国家或国家主导下的学界和所谓的"专家"赋予的，而是历史赋予的，具有历史的合法性。

因此，我们希望国家关注这种对母语的捍卫或者将母语文学书写体验认作是"永远的家园"的文学行为中深藏着的焦虑。

与阿库乌雾不同，蒙古族母语作家满都麦是一个能够讲汉语却不能用汉语进行书写的纯粹的母语作家。他甚至无法理解，蒙古语思维怎么能用另外的语言来表达。这就决定了在相当长的时间里，在所谓的"中国当代文学"或"当代文坛"①，满都麦并不为人所知。只有在蒙古族母语文学阅读和研究空间，满都麦的文学书写才具有意义。而满都麦也是一个中国蒙古族作家！

1947 年出生在内蒙古巴林草原的满都麦自 70 年代就开始用蒙古文进行创作，至今，他已经发表 240 多篇（部）500 多万字的中短篇蒙古文小说。出版了《碧野深处》《马嘶·狗吠·人泣》《在那遥远的草地》等 8 部蒙古文中短篇小说集、5 部汉译本中短篇小说集。他创作的儿童文学作品以及反映蒙古族生活的小说主要发表在本土的《花的原野》《启明星》《赤勒格尔塔拉》等蒙古文文学期刊上。他的《圣火》《元火》《祭火》《马嘶·狗

---

① 本来，中国当代文坛自然包括各民族母语文学这一文学场域，但事实恰恰相反。因而我们在这里使用的"中国当代文坛"是当今主流学界遮蔽了各民族母语文学场域的"中国当代文坛"，而非本文未加引号的中国当代文学空间的现场。

吠·人泣》《三重祈祷》《四耳狼与猎人》《娅特老人》《苍狼·骏马·故乡》等具有蒙古族原生文化形态小说和现代意识的小说在蒙古文读者群中产生了很大的影响。早在 70 年代，他的处女作《齐达拉图为什么没来》就被选入当时蒙古语文高中课本，并在那个文学资源奇缺的年代被内蒙古电台蒙语频道重复播放一年之久。此后，《碧野深处》《瑞兆之源》《草原绿色之魂》等 6 篇小说先后入北方八省区中学统编《蒙古语文》课本。《碧野深处》被翻译成斯拉夫蒙古文在蒙古国发行。至今，满都麦的汉译小说在《当代》《中国作家》《民族文学》刊发 40 多篇，不仅成为蒙古族母语小说创作数量最多、母语汉译作品最多的作家，同时也是当代蒙古族母语文学实现跨国际、跨语际、跨文化传播并取得成功的作家。然而，这一成功，同样源于中国当代各民族母语文学书写"不在场的在场"的压抑以及母语文学书写跨语际传播权力被虚置导致的"影响的焦虑"所激发起来的公共传播权力意识下的跨语际传播的自觉。

　　1999 年，鉴于满都麦在蒙古母语文学创作领域产生的越来越大的反响，中国蒙古文学学会、内蒙古自治区文联、内蒙古作家协会、内蒙古社会科学院等 6 家民间与官方组织，在满都麦的家乡联合举办了"满都麦作品研讨会"。与会者对满都麦的作品给予了相当高的评价，认为他的小说"代表了新时期蒙古文文学各个时期的流向"，原定两天会议延长了整整三天①，可见与会者当时的兴奋与热烈，人们似乎从满都麦身上看到曾经产生人类辉煌史诗《江格尔》的蒙古族母语文学再次腾飞的希望。蒙古文文学评论杂志《金钥匙》特辟专栏，以从未有过的篇幅发表了研讨会综述和 7 篇评论文章。然而，由于参加研讨会的大都是蒙古族母语作家和理论家，语言的屏障，使满都麦小说创作的影响以相关评论仍然局限在本民族的圈子里，不仅当代文坛，即便在蒙古族汉语文学界，满都麦仍然是一个陌生的名字。国内母语文化圈的巨大反响与母语世界外的极度冷漠的巨大反差，国内一浪高过一浪的"中国文学走向世界"的呼声，全球化思潮中各民族意识的空前觉醒，引发了满都麦对母语文学书写跨语际、跨文化传播的思考和实际行动。

　　首先，由于共同的母语、共同的民族认同、共同的文化血脉，国内蒙古族与蒙古国的蒙古族一直保持着各方面的交往与联系。国内官方的蒙古文出

---

　　①　按当时会议通知，会议安排两天，其中有一天为"考察"，但满都麦小说创作引发的对蒙古族母语文学繁荣与振兴的话题滔滔不绝，会议的组织者不得不临时将为期两天的会议改为 5 天，即 3 天会议讨论，两天考察。

版物相当一部分阅读群体即来自蒙古国。满都麦的相当一部分母语文学作品，经由此渠道输入蒙古国，在蒙古国传播。此外，80 年代后国内蒙古族与蒙古国民间文化以及文学交往不断加深，满都麦以"赠送"的民间方式，将自己作品大量输送到蒙古国文化和文学领域。满都麦"投之以桃"的主动输出，换来"报之以李"的积极回应。1993 年，满都麦受蒙古国时任作家协会主席拉布格苏荣的邀请出访蒙古国。其间，蒙古国国家广播电台以《中国著名蒙古族作家满都麦》为题，制作播出了 45 分钟的访谈节目，对这位来自中国的蒙古族母语作家给予盛赞。蒙古国著名诗人唐古德·嘎拉森和被誉为蒙古国的《人民文学》的《朝戈》文学杂志总编辑，在赠送给满都麦的诗集的扉页上用旧蒙文写下："献给对蒙古族小说发展有贡献的满都麦"。满都麦的母语文学书写实现了跨国际传播。

其次，跨国际、跨文化传播。正如蒙古国家电台对满都麦所作访谈节目的标题，满都麦毕竟是一位中国蒙古族作家，他的母语文学书写的跨国际传播毕竟是在共同母语的母族文化语境中进行的，虽然蒙古语在世界语言格局中同样属于弱势民族语言，但是，满都麦所进行的跨国际传播，除了试图在母族文化内部扩大影响之外，更主要地是通过本民族的认同来确认自我文学价值，从而为母语文学书写的跨语际、跨文化传播注入自信力。或者说，满都麦要用这种跨国际的母语文化圈的广泛认同，来增强自己在中国文学公共空间话语权力的影响力。因此，在将自己和母语文学作品借共同母语的认同向母族文化圈进行跨国际输出的同时，他将自己已经发表的作品主动推荐给郭语桥、张宝锁、金海、哈达奇·刚、曼德尔娃等翻译家。在翻译成汉语之后，自己投寄给国内文学期刊，满都麦的名字于是出现在《民族文学》《草原》等主要扶持少数民族作家的期刊以及《中国作家》《当代》等主流文学期刊上。1999 年，满都麦出版了第一部汉译本《满都麦小说选》，2002 年满都麦获得第七届全国少数民族文学骏马奖。2004 年，中国作家协会在北京举办了"满都麦小说创作研讨会"。至此，满都麦实现了从蒙古族母语到汉语共同语、从蒙古族母族文化语境到中华多民族文化语境的跨语际、跨文化传播，特别是在中国当代文学的公共空间中，满都麦的母语文学书写的草原文化和草原生态小说对人类共同问题的独特的思考和揭示也引起了人们的广泛关注和共鸣。

再次，母语书写的"同声传译"（simultaneous interpretation）。传播效率和速度是信息化时代决定传播目的和价值能否及早实现的关键问题。已经实现了跨语际、跨文化传播的满都麦显然不满足于母语书写—母语出版—汉译母语—汉译出版这一传统的跨语际、跨文化传播流程。例如，他在文坛引起强烈反响的《三重祈祷》从在《花的原野》上以母语发表，到汉译本 1999 年在《中国作家》发表，历经三年多的时间。三年，足可以将一种书写封存进历史。于是满都麦打破沿袭多年的跨语际、跨文化传播的流程，建构了母语书写—汉译—母语与汉译本同时发表的近乎"同声传译"的模式，从而使自己的文学书写赢得了母语与汉语公共空间的同步共时传播。不仅如此，虽然满都麦不用汉语进行创作，但流利的汉族口语却使他知道什么样的汉语能够实现与蒙语的最佳对接，为此，他直接参与翻译过程，在蒙古语与汉语的转换中，最大限度地减少了母语文化和情境元素在向汉语转换中的丢失，最大可能地复制出母语作品的文化和情境现场，消除和弥补了自翻译产生以来在语言转换中译出语文化元素丢失的缺憾，例如，在汉译本《满都麦小说选》中，仅写马的奔跑就有二十多种不同形态，至于"马颠着碎步"这样极具情态和母语韵味的翻译，就是满都麦对"马一路小跑"的"不满"，而与翻译家共同切磋、交流的结果。满都麦的母语文学跨语境传播方式和方法，为中华多民族当代母语文学、跨语际传播提供了新的范例。

需要指出的是，上述阿库乌雾与满都麦两个案例中，无论是穿越汉语进入世界文学语境的阿库乌雾，还是以进入汉语主流中国文学空间为终归的满都麦，他们均是以民间的自觉方式行使了文学跨语际、跨国际、跨文化的传播权力，通过各自的出场方式来证明母语文学的在场和实践对母语文学在中国文学公共空间实际的不在场的反动。同时，他们的自觉也在客观上冲击着语言的客观屏障被用来推卸母语文学在中国文学空间不在场的责任的脆弱盾甲，特别是，这种自觉更意味着一种行使母语文学跨语际、跨文化乃至跨国际传播权力的自由权力意识。文学书写与文学传播权力，并不依附任何人或者群体，它本身既是民族生存权的一部分。只不过，从国家的角度，保护其权力与赋予并保证其行使权力，而不是将这种实际权力视为一种虚置权力，将各民族的自觉与国家主动介入形成合力，则是国家应该承担的责任。正如阿库乌雾在接受访谈时所说："国家和政府要高度重视。对中国境内各少数民族母语文明形态和母语叙事体系的维护、传承与发展，国家和政府必须站在国家兴衰、中华民族和中华文化生死存亡的高度来对待，否则，就可能会影响到我们在不久的将来实现中华文明的伟大复兴这一光荣使命的顺利完成。"① 一种语言意味着一种文明,一个母语的存亡意味着一个民族文化的存亡。对各民族母语文学的保护,并不仅仅是在保护一种濒危的语种或者文化,因为,在这些母语的声音里,有许多人类延续所必须然而却是稀缺的生命和文化资源。

正如季红真在评价满都麦小说时所说:"二十世纪一大批杰出的母语作家们的艺术实践,在审视自己的民族文化历史处境的同时,自觉或不自觉地为人类走出危机的整体探索开掘了丰富的精神矿藏。譬如,用意第绪语写作的犹太作家辛格,通过对于人类世界罪恶的绝望抗议,升华出古老的犹太宗教中人类之爱的基本精神,而小说正是他表达这种精神的启示录。能够达到独特的世界观的高度,是少数民族母语写作的文化价值所在,也是 20 世纪文学区别于 19 世纪浪漫主义文学的根本标志。满都麦的小说写作显然属于这个潮流,他的努力已经见出成效。"② 我想,对于有 120 多种少数民族语言,使用人口约 6000 万人(占少数民族总人口的 50% 多)的中国而言,季红真的话道出了中华多民族当代母语文学书写的意义,也道出了中华多民族当代母语应该而且必须隆重出场的意义所在。

① 季红真:《杭盖草原的牧歌》,载《满都麦小说选》,作家出版社 1999 年版,第 2 页。
② 同上书,第 4 页。

第七章　多民族文学史的国家知识属性及其功能

当我们从中华多民族文学史观出发，站在国家和中华民族的高度，重新审视百年来中国文学史的基本历程和中国文学史书写状况，发现一个很少有人谈及，然而又不能回避和不能不厘清的问题，这就是，在国家和中华民族的层面上，中国文学史的属性是什么？中国文学史的功能是什么？这些问题不弄清，就无法理解"中国文学史"从产生之日起就被纳入国家教育体制之中，无法理解缘何国家为文学史的写作和传播提供制度环境和体制保障？缘何国家意识形态总是通过政策、组织等权力方式对文学史的写作进行干预？这些问题能否被认同并加以解决，对我们建构真正意义上的中华多民族文学史具有重要意义。

一　现代知识转型与文学地位的提升

晚清到民国的文学转型其实是理论先导的知识认知方式的转型，即对于"文学"这一观念的看法在外来文学观念影响下，发生了转移，最终导致整个知识运作模式的位移。在"文学，子游子夏"[1] 中，尽管"文学"作为词组已经出现，但是这个"文学"主要指修辞指事、嘱对应答，和现代学科意义上的文学相距甚远。前现代时期的士人并不看重纯粹审美意义上的文学，扬雄的话或许可以作为代表：

> 或问："吾子少而好赋。"曰："然。童子雕虫篆刻。"俄而，曰："壮夫不为也。"或曰："赋可以讽乎？"曰："讽乎！讽则已，不已，吾恐不免于劝也。"[2]

---

[1]　孔子：《论语·先进篇》，杨伯峻注为"古代文献"，"文学"在前现代时期很大程度上一直都是这个含义，参见《论语译注》，中华书局1980年版，第110页。

[2]　(汉)扬雄：《法言·吾子》，见汪荣宝《法言义疏》，中华书局1987年版，第45页。

作为雕虫小技，文学并不被纳入主流知识系统之中，至多作为指事命辞、主文谲谏的舟筏与工具。"轴心时代"① 以来，中国逐渐发展出一套源出于"道/一"的诸子百家的知识系统，"文学"的现代观念无从谈起。而先秦这套诸子百家的知识系统有个"合久必分、分久必合"的趋势。《庄子·天下》说："天下之治方术者多矣，皆以其有为不可加矣！古之所谓道术者，果恶乎在？曰：'无乎不在。'曰：'神何由降？明何由出？''圣有所生，王有所成，皆原于一。'"又说："天下大乱，贤圣不明，道德不一。悲夫！百家往而不反，必不合矣！后世之学者，不幸不见天地之纯，古人之大体。道术将为天下裂。"② 司马谈"论六家要指"，也认为它们是一致百虑、殊途同归："'天下一致而百虑，同归而殊途。'夫阴阳、儒、墨、名、法、道德，此务为治者也，直所从言之异路，有省不省耳。"③

刘歆在《七略》中，又在司马谈划分的基础上，增"纵横、杂、农、小说"等为十家。班固在《汉书·艺文志》中袭刘歆，并认为："诸子十家，其可观者九家而已。皆起于王道既微，诸侯力政，时君世主，好恶殊方，是以九家之术蜂出并作，各引一端，崇其所善，以此驰说，取合诸侯。其言虽殊，辟犹水火，相灭亦相生也。仁之与义，敬之与和，相反而皆相成也。《易》曰：'天下同归而殊涂，一致而百虑。'今异家者各推所长，穷知究虑，以明其指，虽有蔽短，合其要归，亦《六经》之支与流裔。"④ 吕思勉总结先秦之学术源流及其派别时称：

> 先秦诸子之学，《太史公自序》载其父谈之说，分为阴阳、儒、墨、名、法、道德六家。《汉书·艺文志》益以纵横、杂、农、小说，是为诸子史家。其中去小说家，谓之九流。《艺文志》本于《七略》。《七略》始六艺，实即儒家。所以别为一略者，以是时儒学专行；汉代古文学家，又谓儒家之学，为羲农尧舜禹汤文武周公相传之道，而非孔

---

① "轴心时代"出自雅斯贝尔斯（Karl Jaspers，1883－1969）观点，指公元前800至前200年。[德]卡尔·雅斯贝尔斯：《历史的起源与目标》，魏楚雄等译，华夏出版社1989年版，第7—29页。

② （清）王先谦：《庄子集解》，中华书局2006年版，第287页。

③ （汉）司马迁：《史记》，裴骃集解，司马贞索隐，张守节正义，中华书局1999年版，第2485页。

④ （汉）班固：《汉书·艺文志》，《汉书》卷三〇，中华书局1962年版，第1746页。

子所独有故耳，不足凭也。诸子略外又有兵书、数术、方技三略。兵书与诸子，实堪并列。数术亦与阴阳家相出入。所以别为一略，盖以校书者异其人。至方技则一医家之学耳。故论先秦学术，实可分为阴阳、儒、墨、名、法、道德、纵横、杂、农、小说、兵、医十二家也。①

刘歆、班固描述的是周室衰微、王纲解钮之后，道术分裂的情形，但是在他们的主观建构中却通过将百家起源归于王官，力图求得一个统一的源头。刘歆《七略》和《汉书·艺文志》追根溯源："儒家者流，盖出于司徒之官……道家者流，盖出于史官……阴阳家者流，盖出于羲和之官……法家者流，盖出于理官……名家者流，盖出于礼官……墨家者流，盖出于清庙之守……纵横家者流，盖出于行人之官……杂家者流，盖出于议官……农家者流，盖出于农稷之官……小说家者流，盖出于稗官。"② 这就是九流十家出于王官说。其说虽然对九流十家分别言之，实则是以九流十家都同出于王官。《诗》《书》《易》《礼》《春秋》等典籍虽未必与上述官守一一对应，但亦当为王官所守。所以诸子出于王官说与诸子出于《六经》之支与流裔说，实际上并不矛盾。章太炎在《检论》《诸子学略说》等书中，也提出上古官师合一，"官修其方""官宿其业"（《左传》昭公二十九年），称为世官世畴，有其文化或技艺上的承传。而刘、班的思考在汉的背景下，体现出当时对于学术正统知识归类的一种思路，即一分为多的道术分裂的想象，而自汉之后，儒家成为官方意识形态之后，多样化的百家争鸣局面并没有持续很久，经过孔子系统化了的礼仪制度知识系统，再一次将这些分散流播的"流裔"合意。在"合—分—合"的辩证中，有关知识的正统性与合法性逐渐清晰起来。

在原典儒学那里，对于知识的态度是辩证的，子曰："君子不器"③，子夏曰："虽小道，必有可观者焉，致远恐泥，是以君子不为也。"④ 焦循《论语补疏》中说："圣人一贯，则其道大。异端执一，则其道小。"⑤ 朱熹

① 吕思勉：《先秦学术概论》，《民国丛书》编辑委员会编《民国丛书》第四编，上海书店1992年版，第12—13页。

② （汉）班固：《汉书·艺文志》，《汉书》卷三〇，中华书局1962年版，第1728—1745页。

③ 孔子：《论语·为政》，杨伯峻《论语译注》，中华书局1982年版，第17页。

④ 孔子：《论语·子张》，杨伯峻《论语译注》，中华书局1982年版，第200页。

⑤ （清）焦循：《论语补疏》，《皇经集解》，广州学海堂，清咸丰十一年。

《论语集注》中引杨氏语解释说："百家众技犹耳目口鼻，皆有所用而不能相通，非无可观也，致远则泥矣，故君子不为也。"① 但是，另一方面因为有经世致用的追求，所以又形成了博物的另一面。汉儒扬雄《法言·君子》有言："通天、地、人曰儒"，"圣人之于天下，耻一物之不知。"② 唐刘知几《史通·杂说》中第八："盖语曰：知古不知今，谓之陆沉。又曰：一物不知，君子所耻。是则时无远近，事无巨细，必藉多闻，以成博识。"③ 博物的这一面尽管没有成为主导的意识形态，却是一个绵延接续、不曾断绝的小传统。

儒学为主导融合其他诸家的一些治术内化为一种国家意识形态，从而使得原本丰富繁复的各类知识系统、博物之学遭到压抑。有志于道的"士"将立德、立功、立言作为"三不朽"，但是"立言"也并非立文学之言，而是"为天地立志，为生民立道，为去圣继绝学，为万世开太平"④ 的圣贤家法。这成为一种大传统，虽然此后各朝代不同，明经取士或者科考诗赋或有不同，策论时文与经济八股时有侧重，但总体而言，士人经史子集的知识等级观基本没有大的触动。这样说有失简略，不过总体格局即是如此，辞章文学始终没有进入士人的正统知识系统之中。

中国古代学术，自晋唐以后分为经史子集四部。如今讨论的"文学"内容很多包含在子学和集部的范围之内。而子学本身又如同刘勰所说："诸子者，入道见志之书。太上立德，其次立言。百姓之群居，苦纷杂而莫显；君子之处世，疾名德之不章。唯英才特达，则炳曜垂文，腾其姓氏，悬诸日月焉。"⑤ 先秦诸子的著述，内容极为宽泛，处士横议，无奇不有，只要能"入道见志"，只要有言论载籍，有一人即有一子。然而大致划分，诸子又可以分为两类：一类为专门的技艺之学，比如农家、兵家、纵横家，或李斯所说卜筮、医药、种树之类；一类为系统、综合的学说，形成上至哲学、下至政治纲领的完整体系，比如道家、儒家、墨家、法家。"集"则是四部中确立最晚的，无论从在学术上的重要性和权威意味均以经史为旨归，其中有

---

① （宋）朱熹：《四书章句集注》，中华书局 1983 年版，第 188 页。

② （汉）扬雄：《法言·君子》，汪荣宝《法言义疏》，中华书局 1987 年版，第 514、517 页。

③ （唐）刘知几：《史通全译·外篇》，贵州人民出版社 1997 年版，第 299 页。

④ （宋）张载：《张子语录》，《张载集》，中华书局 1985 年版，第 320 页。

⑤ （南朝·宋）刘勰：《文心雕龙》，见周振甫《文心雕龙今译》，中华书局 1995 年版，第 154 页。

部分在现代被追认为"文学"的内容恰恰是最不受重视的诗词歌赋。

直到所谓的"文学自觉"的魏晋时期，对于文学体裁的辨析依然是众说纷纭的。曹丕《典论·论文》提出了"奏议""书论""铭诔""诗赋"等四科八体①；陆机的《文赋》扩充为诗、赋、碑、诔、铭、箴、颂、论、奏、说等十体②；挚虞的《文章流别志论》③、李充的《翰林论》等也各有说法。刘勰《文心雕龙》"论文叙笔"，则以"文"和"笔"为别，分为35种文体。所谓"文"，指重在抒情言志，讲求音韵文采的作品，如楚辞、诗、赋、乐府等；"笔"主要指政治学术性的，不重音韵文采的作品，如史传、诸子百家之文等。不过，无论"文""笔"，总需要找到其本体性的根源："论、说、辞、序，则《易》统其首；诏、策、章、奏，则《书》发其源；赋、颂、歌、赞，则《诗》立其本；铭、诔、箴、祝，则《礼》总其端；纪、传、铭、檄，则《春秋》为根。"④ 也即是说，中国的"文学"从来都没有"纯粹"过，其传统一向以"道""圣""经"为旨归。这种知识的等级格局，贯穿于科举制度的始终。直到晚清，文学观念依然颇为含糊，这个时候"文学"这一概念逐渐通过日本对于西方文学观念的译介，而慢慢获得其现代含义。但是文学观念的转变是一个漫长过程，并且不时会有迂回、反复和重新勘定。

当然，文学的知识观的转变并非一蹴而就，直到新文化运动之后，被后来文学史书写者普遍接受的文学观念方才逐渐稳定下来。洋务派受朴学影响甚深，强调的是文章的实用而反对华丽的形式和过分的抒情，且视文学为壮夫不为的雕虫小技，并不重视。郭嵩焘在1854年宣布不再作诗，在1862年所作诗集《养知书屋诗集自序》直接认为："今之为诗文者，徒玩具耳，无当于身心，无裨于世教，君子固不屑为也。"⑤ 曾国藩从经世的角度重视文章，"以理学经济发为文章"，得桐城派峻洁之诣，薛福成认为"其为文，

---

① （三国·魏）曹丕：《典论·论文》，郭绍虞、王文生主编《中国历代文论选》第1册，上海古籍出版社2004年版，第158—159页。

② （西晋）陆机：《文赋》，郭绍虞、王文生主编《中国历代文论选》第1册，上海古籍出版社2004年版，第170—175页。

③ （三国·魏）挚虞：《文章流别论》，郭绍虞、王文生主编《中国历代文论选》第1册，上海古籍出版社2004年版，第190—193页。

④ （南朝·宋）刘勰：《文心雕龙》，见周振甫《文心雕龙今译》，中华书局1995年版，第30页。

⑤ （清）郭嵩焘：《郭嵩焘诗文集》，岳麓书社1984年版，第559页。

气清体闲，不名一家，足与方姚诸公并峙，其尤巍然者，几欲跨越前辈。"①
即便如此，他的气象也依然还是桐城派的规矩方圆，不能脱出模拟古人的局
限。而左宗棠、李鸿章、张之洞等清末重要知识分子，对文学都相当轻视，
几乎没有对当时的诗文创作发生影响。"无用"的诗文歌赋在峻急的时代氛
围下、在经世致用的知识分子那里，自然毫无地位。

　　但是，随着 19 世纪民族主义在全球范围内的流布，中国的既有正统受
到冲击，异端和边缘获得了向上流动的机会，文学和历史这些原本在古典知
识结构中地位低下的类型，作为一种民族精神的凝聚体被前卫的知识分子所
鼓吹和利用。

　　到戊戌变法时代，文学的无用之说因变革时代的要求而显得急切激进。
康有为认为，"士知诗文而不通中外，故锢聪塞明而才不足用"②，"以无益
之虚文，使人不能尽其才"。而擅长诗词文章的谭嗣同，则自言像明末清初
的侯方域一样悔其少作，因为"处中外虎争文无所用之日"③，文章不过纸
上苍生而已。1896 年，谭嗣同在金陵刊刻的《莽苍苍斋诗自叙》中说：
"天发杀机，龙蛇起陆，犹不自惩，而为此无用之呻吟，抑何靡与？三十前
之精力，敝于所谓考据辞章，垂垂尽矣。勉于世，无一当焉，愤而发箧，毕
弃之。"④ 梁启超在 1898 年给林旭做传时写道林旭"长于诗词，喜吟咏，余
规之曰：词章乃娱魂调性之具，偶一为之可也。若以为业，则玩物丧志，与
声色之累无异。方今世变日亟，以君之才，岂可溺于是。"⑤ 亡国灭种的焦
虑，使得这些维新志士在实用主义的经世观下对诗文爱深责切，而在思想的
深处其实并非轻视文学本身，而是刻意贬低那些不能为世切用的怡情养性的
诗文。

　　正是在实用观念的笼罩下，"文学"地位的提升才显得顺理成章，即
一当知识分子发现文学可资利用的潜质之时，它的意义也就变了。在万木

---

　　① （清）薛福成：《〈寄龛文存〉序》，丁凤麟等编《薛福成选集》，上海人民出版社 1987 年
版，第 240 页。

　　② 汤志钧：《康有为政论集》，中华书局 1981 年版。第 151 页。

　　③ （清）谭嗣同：《三十自纪》，《谭嗣同全集》，生活·读书·新知三联书店 1954 年版，第
204 页。

　　④ （清）谭嗣同：《莽苍苍斋诗自叙》，《谭嗣同全集》，生活·读书·新知三联书店 1954 年
版，第 154 页。

　　⑤ （清）梁启超：《戊戌六君子传》（1898—1999），《饮冰室文集点校》，云南教育出版社
2001 年版，第 115 页。

草堂讲《文章源流》和《文学（并讲八股源流）》时候，康有为还秉持
"学者当以义理心性气节为本，故《论语》谓余力学文"① 的观念，但是
到 1896 年、1897 年前后，"诗界革命"兴起，"以旧风格含新意境"被认
为是一条可以调和的道路。在本/末、道/器之间，如果赋予诗文以载道之
用，那么它的道德地位就获得了提升。诗界革命并不成功，但却产生了一
个影响深远的结果，那就是边缘的、底层的、被压抑的文化因素得以进入
主流知识系统。

　　在诗界革命时期，民间歌谣体也得到了一定程度的改造和利用。光绪二
十八年（1902），梁启超创办《新小说》期间，黄遵宪向他建议，刊物发表
的诗歌应"斟酌于弹词、粤讴之间"，或三言、或五言、或七言、或九言、
或长短句，名之为杂歌谣②。梁启超接受了这一建议，除刊出《爱国歌》、
《新少年歌》等歌词外，又发表了《粤讴·新解心》和《新粤讴》等作品。
对于这些新创作的歌谣，梁启超记载："乡人有自号珠海梦余生者，热诚爱
国之士也。游宦美洲，今不欲署其名，顷仿粤讴格调成《新解心》数十
章……芳馨悱恻，有离骚之意，吾绝爱诵之。其《新解心》有《自由钟》
《自由车》《呆佬祝寿》《中秋饼》《学界风潮》《晤好守旧》《天有眼》《地
无皮》《趁早乘机》等篇，皆绝世妙文，视子庸原作有过之无不及，实文界
革命一骁将也。"③ 这些歌谣自然也包含了百越族群的一些少数民族作品，
可以想象，如果不是借助于这种"革命"，它们将依然不会进入文学史的叙
事之中。

　　诗界革命的最高成就，大约就如同梁启超所说："公度之诗，诗史
也。"④ 但是显然"诗"作为正统高雅的题材，其本身因为形式音律等的限
制，很难获得进一步发展的空间。1902 年，梁启超在《新小说》创刊号上
发表《论小说与群治之关系》，文章疾呼"欲新一国之民，不可不先新一国
之小说……小说有不可思议之力支配人道"，因为它有"熏""浸""刺"

---

　　① （清）康有为：《文学》，载董士伟编《康有为学术文化随笔》，中国青年出版社 1999 年
版，第 252 页。
　　② （清）黄遵宪：《致饮冰主人手札》（光绪二十八年八月二十二日），郑海麟、张伟雄整编
《黄遵宪文集》，中文出版社 1991 年版。
　　③ （清）梁启超：《饮冰室诗话》，人民文学出版社 1959 年版，第 52—53 页。
　　④ 同上书，第 63 页。

"提"的功效，因而"为文学之最上乘"。① 这样一下子就把原处于社会文学结构边缘的小说推到中心地位，把原只流行于俗的小说变成知识阶层自觉运用来进行觉世新民、疗救社会的利器。整个文学在社会知识体系的格局也产生了变化，在学习采纳西学的大背景下，它从原本抒情言志、载道娱乐的小道，在原有功能的基础上，一跃为具有宣传、提高、升华、启蒙、团结作用的现代性言说工具。

文学地位的提高，同边缘知识人的崛起、史学的提升相互作用②，一些边缘的文化因素于是得以有展现之日。少数民族文学由文化（民俗、制度、礼仪、口头传统）开始，虽然艰难，也已经慢慢在文学和历史的叙事中崭露头角。这是各种合力齐头并进、彼此互动的结果，而在这种知识转型中起到关键作用的无疑是后来被命名为保守、洋务、维新、革命以及各种名目的知识分子。

考虑到晚清至民国的具体情形，不免让人想起曼海姆（Karl Mannheim，1893—1947）分析的知识阶层社会学的四个指导性问题：①知识分子的社会背景；②知识分子独特的社团；③知识分子的上下流动性；④知识分子在一个较大社会中的功能。③ 前两个与知识阶层的内在特征相关联，后两个涉及它与总体社会过程的关系。近代以来中国知识分子面临的是风雨如晦、国病民瘼、内乱外患交相并作的社会，不同出身和追求的知识分子因而发生了分流，转型的社会提供了更广阔的流动性——尽管科举制度废除似乎断绝了原本最理想的社会流动途径，但却促使了第一代自由或者说公共知识分子的诞生，这些处于边缘的先行者迅速通过对于话语的争夺走上了历史的前台，参与并且改造了中国的历史叙事、知识结构、话语方式，并实际影响了现实中历史的行程，这其中也包括文学史这种历史叙事。

---

① （清）梁启超：《论小说与群治之关系》，《饮冰室文集点校》，云南教育出版社 2001 年版，第 758—760 页。

② 有关经史博弈以及史学地位的上升与下降，参见罗志田《二十世纪的中国思想与学术掠影》（广东教育出版社 2001 年版）、《裂变中的传承：20 世纪前期的中国文化与学术》（中华书局 2003 年版）等相关论述。

③ ［德］曼海姆：《知识阶层的历史角色》，见苏国勋、刘小枫主编《二十世纪西方社会理论文选Ⅲ——社会理论的知识学建构》，上海三联书店 2005 年版，第 413 页。

二　文学史的形成及知识权力

中国文学史在其形成与发展中受到史学的影响巨大，这是一种传统的惯性，同时也是文学如果要化身为正典（Canon）和经典（classic）的可供传播、教学和继承的知识所必然要走的道路。因而从根本上来说，在 20 世纪以来的文学史著者的潜意识中或多或少都是把"文学史"作为"历史"的一个分支，而"文学"在其中扮演的角色与其他器物、制度、风俗、技艺等并无本质上的区别，只是一个言说的对象。既然如此，从史观而言，文学史就必须遵从"历史"的法则。如同戴燕在考察 20 世纪中国文学史书写历史时，发现的三个值得注意的方面，即历史学的影响、教育体制、中国文学史上的正统论等，并概括道："中国文学史的与历史结盟，使它拥有了科学的强大背景，通过教育，又使它成为普遍的共识和集体的记忆，正统论的辨析，使它与国家意识形态及政府权力彻底联系在一起，而一套经典及经典性阐释的确定，则使它获得了永久的权威性和规范性。1920—1930 年代，曾经是中国文学史出版最多的一个时期，文学史的空前活跃，逼迫着传统方式的文学研究和教学退出了历史舞台。"①

传统史学的原则是秉笔直录、鉴资后世。关于古代史学的渊源，《汉书》称："古之王者世有史官。君举必书，所以慎言行，昭法式也。左史记言，右史记事，事为《春秋》，言为《尚书》，帝王靡不同之。"② 刘勰继承这个说法（尽管在关于记言和记事上有所不同）："开辟草昧，岁纪绵邈，居今识古，其载籍乎。轩辕之世，史有仓颉，主文之职，其来久矣。《曲礼》曰：'史载笔。''左右'史者，使也；执笔左右，使之记也。古者左史记事，右史记言者。言经则《尚书》，事经则《春秋》也。"③ 这源自《周礼》中"五史"的职守，上古又有左史记言，右史记事的典章。《汉书》记河间献王德"信而好古，实事求是"④ 的治学原则，实际上就是对于实证的强调，而最为典型的实例莫过于有关"良史""实录"的记载。《春秋左传》宣二年记述晋太史董狐之事说："太史书曰：'赵盾弑其君。'以示于

---

① 戴燕：《文学史的权力·前言》，北京大学出版社 2002 年版，第 11 页。

② （汉）班固：《汉书·艺文志》，《汉书》第六册，中华书局 1962 年版，第 1715 页。

③ 周振甫：《文心雕龙今译》，中华书局 1995 年版，第 140 页。

④ （汉）班固：《汉书·景十三王传》，《汉书》第八册，中华书局 1962 年版，第 2410 页。

朝。"孔子称:"董狐,古之良史也,书法不隐。"班固称司马迁:"……良史之材,服其善序事理,辨而不华,质而不俚,其文直,其事核,不虚美,不隐恶,故谓之实录。"① 古代史学不是不可以有"论",有褒贬评价,但是首先要有真实的记录。"实录""良史"二语,足以说明古代史学的基本原则。

刘勰所说的"载籍""载笔""主文",其核心在于记言记事,真实可信。刘知几亦言:"盖君子以博闻多识为工,良史以实录直书为贵。"② 作为一种叙事,刘勰同样认为:"夫史之称美者,以叙事为先……书功过,记善恶,文而不丽,质而非野","夫国史之美者以叙事为工,而叙事之工者以简要为主,简之时义大矣哉。"③ 这里也隐约表达了子学与史学各自不同的原则——博闻与实录,诸子学是主于思想、议论、博学多闻,史学是主于叙事直书。就像章学诚所说:"诸子百家之患起于思而不学,世儒之患起于学而不思。盖官师分,而学不同于古人也。"④但是这样的简略说法,其实是有问题的。史家自一开始就不是简简单单的实录,实录不过是手段,它的指向是在于通过建立一种真实的权威,并且在叙事过程的褒贬(所谓皮里阳秋、春秋笔法)来建立道德楷模、行为标准、处事规范。

在万国交通、列强争竞的时代,历史则从其模范叙事、经验示范中提升为与国族命攸关的延续文化记忆、弘扬群体自豪、增加社会凝聚力的大叙事。龚自珍说的"出乎史,入乎道,欲知大道,必先为史",⑤还带有班固、扬雄的传统意味,但他说:"史之外无有语言焉;史之外无有文字焉;史之外无人伦品目焉。史存而周存,史亡而周亡。""灭人之国,必先去其史;续人之仿,败人之纲纪,必先去其史;绝人之材,湮塞人之教,必先去其史;夷人之祖宗,必先去其史"⑥,则已经明显意识到史学"以荣其国家,以华其祖宗"的功能,与近代西方民族主义观念中的历史暗自相通——外

---

① (汉)班固:《汉书·司马迁传》,《汉书》第九册,中华书局1962年版,第2738页。

② (唐)刘知几著,姚松、朱恒夫译注:《史通全译·外篇》,贵州人民出版社1997年版,第165页。

③ 同上书,第318、326页。

④ 章学诚:《文史通义·原学下》,上海书店1988年版,第44页。

⑤ (清)龚自珍:《尊史》,见康沛竹选注《尊隐:龚自珍集》,辽宁人民出版社1994年版,第101页。

⑥ (清)龚自珍:《古史钩沉论》二,同上书,第90、92页。

来征服者只有修改被征服者的历史记忆，才能巩固其统治。如果没有史书进行的赓续完整的叙事，传统就有可能断裂破碎终至消失。章太炎指出："国之有史久远，则亡灭之难。自秦氏以讫今兹，四夷交侵，王道中绝者数矣。然撝者不敢毁弃旧章，反正又易。借不获济，而愤心时时见于行事，足以待后。故令国性不堕，民自知贵于戎狄"，如果孔子不作《春秋》，则"前人往，不能语后人，后人亦无以识前，乍被侵略，则相安于舆台之分"。① 无论是从现实国家体制还是从久远深厚的文化的存亡绝续的角度考虑，史学的功用都是无可替代的。清中叶以讫民国，西北史地之学成为显学，正是在这种思想史背景下形成。除了承继了乾嘉学派的学术史脉络之外，应该说面临外敌入侵，而"悉夷""制夷"② 的学以致用是直接的原因。这里的"夷"当然是既有外部的殖民帝国主义者，也有内部的少数民族。

参照同时代其他面临殖民困境的国家，和近代中西文化竞争的现实，有理由相信，史断与国亡之间的联系，完全不是一种想象。所以，因应着对内的君主专制、对外的殖民企图的双重不满，"国学"被一些人大力提倡，用来既排摒满人统治，又抵御全盘西化。1905 年，邓实、黄节等在上海国学保存会强调的是"国粹以历史为主"的观念。章太炎认为："国于天地，必有与立，非独政教伤治而已。所以卫国性、类种族者，惟语言历史为亟。"③而语言实际也包括在历史之中。他解释说："为甚提倡国粹？不是要人尊信孔教。只是要人爱惜我们汉种的历史。这个历史，是就广义说的，其中可以分为三项：一是语言文字，二是典章制度，三是人物事迹。"④ 而"国粹"又主要落实在"历史"之上。"民族意识之凭藉，端在经史。史即经之别子。无历史即不见民族意识所在。"而且也只有"历史"才是一民族独具之特性："盖凡百学术，如哲学、如政治、如科学，无不可与人相通。而中国历史（除魏周辽金元五史），断然为我华夏民族之历史，无可与人相通之

---

①　章太炎：《国故论衡·原经》，上海古籍出版社 2003 年版，第 63 页。

②　参见郭丽萍《绝域与绝学——清代中叶西北史地学研究》第五章，生活·读书·新知三联书店 2007 年版。

③　章太炎：《重刊〈古韵标准〉序》，《章太炎全集》第 4 册，上海人民出版社 1985 年版，第 203 页。

④　章太炎：《东京留学生欢迎会演说录》，张勇编《章太炎学术文化随笔》，中国青年出版社 1999 年版，第 95 页。

理。"故章氏特别强调："欲存国性，独赖史书。"① 因为"历史的用处，不专在乎办事，只是看了历史，就发出许多爱国心来，是最大的用处。"② 对章太炎来说，"怀旧之蓄念"的功用在于两方面："辑和民族，攘斥羯胡"。章太炎引述印度人的观念说，"国所以立，在民族之自觉心，有是心所似异于动物。"他注意到，西人最担心中国人有"自觉"，他们显然欲绝中国种性，其方法则"必先废其国学"。③ 黄节也看到英俄灭印度裂波兰，亦"皆先变乱其言语文学，而后其种族乃凌迟衰微"。故他认为："不自主其国而奴隶于人之国，谓之国奴；不自主其学而奴隶于人之学，谓之学奴。"两者性质一样，而且密切关联；盖从根本上言，"学亡则国亡，国亡则亡族。"④

　　对于历史的重要性的理解，当然不限于国粹派，而几乎是晚清以来在民族主义背景下，绝大多数知识分子的共识。联系到对于不能裨补实用的"文学"的不满，对于新的文学样式的期望，"文学史"作为文学的知识类型就成为自然而然的选择。史学具有保种卫国的作用，文学从现实运作的层面来说，是营造想象的时空统一性的基本手段，地位当然非同一般，但是就知识传承来说，与实践中的鼓吹宣传不同，需要被历史化。文学知识化的过程就是加以历史化——散乱的文学故事只有被结撰为有首有尾、连绵不绝的历史叙事才具有传播和弘扬的基础。这是个互动的过程：历史需要文学的感召、凝聚、浸润、熏染等沁人入心的功能，而文学的历史化提高了它的地位，增强了它的权威，从而为现实中进一步的宣传提供了正统性的支持。

　　传统的中国文学显然包含着繁复丰盈的体裁和内容，如前文提到，《文心雕龙》从《辨骚》到《书记》的 21 篇都是"论文叙笔"分别论述了骚、诗、乐府、赋、颂、赞、祝、盟、铭、箴、诔、碑、哀、吊、杂文、谐、隐、史、传、诸子、论、说、诏、策、檄、移、封禅、章、表、奏、启、议、对、书、记 35 种文体。晚清时代的文学观延续了前现代时期的杂文学观念，并不局限于后来由五四之后文人们在西方启蒙运动之后文学观念影响

　　① 章太炎：《春秋左氏疑义答问》，《章太炎全集》第 6 册，上海人民出版社 1986 年版，第 249 页。

　　② 章太炎：《中国文化的根源和近代学问的发展》，张勇编《章太炎学术文化随笔》，中国青年出版社 1999 年版，第 9 页。

　　③ 章太炎：《印度人之论国粹》，《章太炎全集》第 4 册，上海人民出版社 1982 年版，第 366 页。

　　④ 黄节：《国粹学报叙》，《国粹学报》第一年第一期，约 1905 年。

下所狭隘化认知的狭义的散文、戏剧、小说、诗歌等。所以，早期的文学史对于"文学"的概念还是比较含混的，包含的范围比较广泛。就是现实的创作来说，奏折、政论、日记、笔记等准文学创作似乎才更代表了一个时代文学的主潮，旧体诗词直到白话文运动兴起依然还是主流的文学形式。但是在后来的狭隘的"文学"观念视野下，文学史建构者往往削足适履，在历史文献中强行区分文学作品、历史著述和宣传品，结果原本混沌完整的历史文献被分解、扭曲，原来的面目反倒不清楚了——这恰恰违背了著史者的原本求真诉求，但是，我们会发现，"求真"固然是所有历史标榜的诉求，事实上的情形却是，基本上所有的"求真"都是指向于某个特定的方向的。

窦士镛、林传甲的文学史中的"文学"观念基本上还是延续了传统对于文学的泛化认识。钱基博在完成于 1932 年的《现代中国文学史》开篇即谓：

> 治文学史，不可不知何谓文学；而欲知何谓文学，不可不先知何谓文。请选述文之涵义。
>
> 文之含义有三：（甲）复杂非单调之谓复杂。……（乙）组织。有条理之谓组织。……（丙）美丽。适娱悦之谓美丽。……
>
> 文之涵义既明，乃可与论文学。
>
> 文学之定义亦不一：（甲）狭义的文学，专指"美的文学"而言。所谓美的文学者，论内容，则情感丰富，而或不必合义理；论形式，则音韵铿锵，而或出于整比、可以被弦诵、可以动欣赏。……（乙）六朝以前的文学。……述作之总称耳。今之所谓文学者，既不同于述作之总称，亦异于以韵文为文。所谓文学者，用以会通众心，互纳群想，而兼发智情；其中有重于发智者，如论辨、序跋、传记等是也，而智中含情；有重于抒情者，如诗歌、戏曲、小说等是也。大抵智在启悟，情主感兴。……今之所谓文学，兼包经子史中寓情而有形象者，又广于萧统之所谓文矣。①

这个界定尽管对传统的文学做了一定的清理，不过依然范围较宽，钱基博在《现代中国文学史》中，还把章太炎、刘师培、林纾等均归入"古文

---

① 钱基博：《现代中国文学史》，中华书局 1996 年版，第 1—3 页。

学"的范畴,而他所论列的"新文学",则分别为"新民体"(康有为、梁启超)、"逻辑文"(严复、章士钊)和"白话文",其归类方式与他人迥异。直到 1938 年,阿英编鸦片战争、中法战争、甲午战争、庚子八国联军战争等时期的文学集,所包含的文类仍有奏疏、论著、战纪、诗词、小说、戏曲等。这说明,迟至 20 世纪 30 年代末,"文学"概念依然比较宽泛,从 20 世纪早期到彼时的数部文学史的对象选择都各有自己的考虑,并没有形成后来更为狭义的统一界定。

但是,正如前文所说,一方面,在中国被迫进入世界民族国家历史的进程中,文学必须要被建构为一种国家知识,它被民族主义促生,反过来本身又是一种促生想象的共同体的手段,它必须要获得命名。另一方面,在现代学科制度下,文学如果要获得自己的命名,像其他同时草创、引入的现代学科一样,分科、细化、体制化、专门化又必不可免。在这个过程中,产生了一定的阵痛:文学在纯化自己的过程中,必然丢失了原本可能更丰厚庞杂的内容。文学史的书写者必得按照现代的"文学"定义,把狭义的文学作品从其他文体中分割剥离出来时,这就意味着把一个时代的文学活动本身与当时的社会政治文化生活割裂开来,而这与历史事实有相当距离,因为古人并不是按我们现在理解的文学来从事写作和欣赏的。稍具常识,就能认识到这种错位,因此文学史叙事在谈论具体文学家和作品时,又势必一再回到当时的整体性语境当中去,以求接近历史真实。这种矛盾在文学史叙事中一直存在。它的不良后果就是使后人对古代文学作品的理解,因为在一定程度上脱离其原本语境和现场,而形成感觉上的隔膜,认识上的肤浅,最终也影响到对文学作品的文化内涵和思想意义的把握。不过,所谓的"本真性"基本是种幻象,每个人都是带有一定的"前理解"来认识作家作品,文学史的错位其实也无可厚非——文学史必然需要一定的标准来进行拣选和提纯,以打造一个向某个特定价值目标前进的叙事。于是,谁来制订标准和制订什么样的标准,便成为文学史的权力。这种权力的终归便是什么样的文学可以入史,什么样的文学不能入史。至于文学史叙事的特定价值,也处于文学史权力掌控之中。

三　中华多民族文学史的国家知识属性

《中国大百科全书》将"知识"归入"教育"学科,界定为:"所谓知识,就它反映的内容而言,是客观事物的属性与联系的反映,是客观世界在人脑中的主观映象。就它的反映活动形式而言，有时表现为主体对事物的感性知觉或表象，属于感性知识，有时表现为关于事物的概念或规律，属于理性知识。"这种界定的依据是哲学的反映论，强调知识建构过程的主体功能和作用，同时又利用知识建构主体的理性力量，为"事物的概念或规律"即知识的科学性设定了防线。

因此，知识一般和科学的观念联系在一起，罗素（Bertrand Arthur William Russell，1872－1970）在探讨人类知识时，专门就"事实、信念、真理和知识"等问题加以辨析，最后得出的结论是："知识是一个程度上的问题。知觉到的事实和非常简单的论证的说服力在程度上是最高的。具体生动的记忆在程度上就稍差一等。如果许多信念单独来看都有几分可信性，那么它们相互一致构成一个逻辑整体时就更加可信。"① 这实际上表明形式逻辑在知识的发生时所起到的重要作用，按照波普尔（Sir Karl Raimund Popper，1902－1994）两种知识论的分析，这是一种"水桶"式的知识，"由累积的知觉组成（朴素的经验主义），或者由被同化的、经过整理分类的知觉组成（培根的观点，以及康德以更激进的形式主张的观点）"。②他并没有反对这种知识，但是另提出一种"探照灯说"，强调假设的重要作用，而观察等经验活动只是第二性的。波普尔将世界分为三个存在，第一世界是包括物理实体和物理状态的物理世界；第二世界是精神的或心理的世界，包括意识状态、心理素质、主观经验等；第三世界是思想内容的世界、客观知识世界。他主要致力于为第三世界的客观性、自主性和实在性作辩护。这三个世界，如果以历史知识作为类比，则大致可平行对应为：①历史上曾经发生的、但是如今却无法全部把握的史实；②在教育、阅读、听闻等途径获得的历史知识；③在元史学层面，经过史观反思后对于历史的认识的知识。中华多民族文学史观牵涉这三种知识，尤其是对第三种"对历史的认识的知识"。而被主流知识体系所忽视的少数民族文学在这样的"探照灯"下，会展现出别具一格的色彩。

---

① ［英］罗素：《人类的知识——其范围与限度》，张金言译，商务印书馆1983年版，第195页。

② ［英］卡尔·波普尔：《客观知识——一个进化论的研究》，舒炜光等译，上海译文出版社1987年版，第351—373页。

　　此外，在知识论中，知识被称作"真的，有证成的信念"①。证成是指"我们对于自己的信念具有充分的根据、理由或保证"。信念则是"一种肯定或主张所说的命题是真的命题的态度。信念通常分为两类：偶然发生的信念与倾向性信念。偶然发生的信念是那些我们现在意识到的信念，而倾向性信念则是那些在我们整个认知结构里使我们倾向于行动的信念。"② 这说明，知识作为一种主体参与的话语建构，主体自身对知识的理解和所获得知识性质（对历史学家而言，对历史文献和历史事实的掌握、历史观念）将决定其建构能否成为知识以及成为怎样的知识。

　　福柯在《知识考古学》中说：

　　　　这个由某种话语实践按其规则构成的并为某门科学的建立所不可缺少的成分整体，尽管它们并不是必然会产生科学，我们可以称之为知识。

　　　　知识是在详述的话语实践中可以谈论的东西：这是不同的对象构成的范围，它们将获得或者不能获得科学的地位；

　　　　知识也是一个空间，在这个空间里，主体可以占一席之地，以便谈论它在自己的话语中所涉及的对象。

　　　　知识，还是一个并列和从属的范围，概念在这个范围中产生、消失、被使用和转换；

　　　　知识是由话语所提供的使用和适应的可能性确定的；

　　　　有一些知识是独立于科学的，但是不具有确定的话语实践的知识是不存在的，而每一个话语实践都可以由它所形成的知识来确定。③

　　在福柯看来，知识在某种程度上就是主体（个体的人和社会组织甚至国家）的"话语实践"按一定"规则"进行的编织与组合。这种"规则"也许是决定主体的"话语实践"能否成为科学的外部因素，但这种"规则"同样是由主体建构出来的。或者说，任何一种知识都是在话语实践中被主体

　　①　[美]路易斯·P.波伊曼（louis P. Poiman）：《知识论导论——我们能知道什么？》，洪汉鼎译，中国人民大学出版社2008年版，第103页。
　　②　同上书，第103、382页。
　　③　[法]福柯：《知识考古学》，谢强，马月译，生活·读书·新知三联书店2003年第2版，第203页。

建构出来的。而且，尽管主体的"话语实践"的结果有科学与非科学两种，但同样可以成为"有证成的信念"。就知识自身的空间性而言，其内部各种成分之间的内在联系以及由各种成分构成的空间整体性，是这种知识能否成为科学的重要条件。然而，知识又是在何种空间进行的话语实践和谈论的话题呢？前文我们引用知识的概念时，曾经特别指出知识在《大百科全书》被归属于教育学科，这指明了知识的话语实践的场域。然而，具有严格的学科分类与知识体系的现代教育是现代民族国家建构的一部分，因此知识实际上也间接地被纳入现代民族国家的建构之中。

英国著名比较教育学家安迪·格尔认为："现代国家形成的过程是指现代国家建构的历史过程、政府控制的所有公共领域的建构过程、国家意识形态的建构过程以及国家主要和民族观念的建构过程"，"国家形成由民族国家的发展动力决定的、由国家生存能力所产生的危机所推动，强有力的大众民族主义、经济和技术的进步都是国家快速形成的主要原因。现代国家和现代国家教育制度的形成在时序是统一的，而不仅仅是工业化或城市化"。"在国家教育制度诞生的过程中，教育逐渐具有了普遍性的特征，开始面向社会的全体成员，服务于社会的各种利益。国家教育制度的实质在于超越早期的教育狭隘利益，使教育服务于整个国家，或者说服务于社会统治阶级设计的国家利益。"① 于是，知识体系的建构与知识的传授也就成为国家教育的核心内容。

我们知道，现代民族国家最重要的特征就是国家拥有主权，"即至高无上的权威"。② 国家的领土、领空、人口、思想、文化等因素是国家的组成部分，而国家的位置、地理、气候、资源、政区、体制、历史、人口、经济、军事、交通等方面的知识是国家的基本知识。其中，位置、地理、气候、资源属于自然知识；体制、政区、人口、经济、军事、交通属于国家现实知识；国家的形成和发展过程以及与此相关的思想、文化的形成和发展过程属于历史知识。

国家运用国家权力，按照国家意志，对国家知识的各种资源和元素进行系统整合，建构国家完整的知识体系，并通过国民教育体制，将各种知识体系中的不同知识传授给国民，而历史知识就是国家知识体系中的重要内容。

---

① ［英］英安迪·格尔：《教育与国家形成：英、法、美教育体系起源之比较·译者序言》，王春华等译，教育科学出版社 2004 年版，序言，第 2—3 页。

② 《简明不列颠百科全书》（3），中国大百科全书出版社 1985 年版，第 557 页。

　　在知识论的知识类型划分①中，历史属于"命题知识"（或 propositional
Knowledge 描述知识)②。因为，历史即是人们对过去时空中人类全部活动，
又是人们在对过去发生的事件认知的基础上，对人类在过去时空中全部活动
的讲述。所以，在历史学领域，我们通常用历史概念和历史规律来表达。历
史是一个时间不断向后延续的空间，今天对于明天来说，已经成为历史，但
是，今天不仅与明天存在着不可分割的纵向关联，而今天又是从昨天延续而
来的。即便是在历史的同一时空中，知识体系的内部各种元素之间也保持着
或隐或显的关联。比如，当我们谈论某一特定时段的历史时，就不能不考虑
同一时间之中不同空间因素，如地域、民族、文化等因素；而当我们谈论某
一特定空间的历史时，又不能不考虑同一空间之中不同时间因素，如民族的
形成、发展乃至消亡与融合。对当代人而言，既要考虑历史之中已经确定的
因素，又要考虑那些确定因素中的不确定元素，即各种元素的移动、分化、
裂变等对人类历史的影响。而且对这种影响的描述也将会成为历史知识的一
部分，这便使历史知识这种"话语实践"的主体建构具有多种方式、途径
与可能。例如斯塔夫里阿诺斯在《全球通史》"历史对今天的启示"一节
中，在评论史学界关于印第安人起源时，就指出主体建构的多种可能和局
限："绝大多数理论都是错误的，因为它们的依据是信念而不是理性。各种
时髦理论走马灯般换来换去，每一种都反映了当时的见识和偏见。"③ 但是，
国家利益在一定的历史时期却是唯一的，为了保证历史知识这种"话语实
践"与国家利益和意识形态相一致，国家权力必然将历史纳入国家建构之
中，对"话语实践"进行规约。

　　此外，历史④的国家知识属性也是历史与国家天然的契合关系所决定
的。从人类历史的进程来看，历史这种"话语实践"无论以怎样的方式讲

---

　　① ［美］路易斯·P. 波伊曼将其分为"熟悉的知识""有能力的知识"和"命题知识"三种
类型。

　　② ［美］路易斯·P. 波伊曼对这种知识类型描述为：人知道 S 知道 P（这里的 p 是某个陈述
或命题），命题有真值；这就是说，它们是真的或假的。它们是命题知识的对象。当我们主张知道 p
是某事时，我们就主张 p 是真的。命题知识用法的例子是"我知道太阳明天将升起""我知道 Sacra-
mento 是加利福尼亚的首府""我知道我有心灵"和"我知道哥伦布在 1492 年发现美洲"。见《知
识论导论——我们能知道什么?》，中国人民大学出版社 2008 年版，第 4 页。

　　③ ［美］斯塔夫里阿诺斯：《全球通史》第 7 版，吴象婴等译，北京大学出版社 2005 年版，
第 399 页。

　　④ 这里所说的历史指的是文本历史。

述"过去"，都以民族国家为指归。这是因为，从古至今，人类被无数的民族及民族国家所切分。在国家诞生之前，人类以族群作为活动单元。在国家特别是现代民族国家诞生后，不同的民族以国家公民身份组成了不同国家。在这种情况下，以人为中心的人类历史，就转换成不同民族和国家的历史。于是，所谓的人类历史也便由不同民族和国家的历史构成。因此，历史这一知识，更多地在民族国家的范畴内使用。比如，打开任何一部世界历史，无论是叙述欧洲、非洲、美洲、亚洲、大洋洲的历史，但最后总是要落足于具体的民族国家，或者说，最终总是在讲述关于某一区域的国家的历史知识。所以，任何历史总是与民族国家联系在一起，具有国家知识的属性。即便是像斯塔夫里阿诺斯的《全球通史》，也无法绕开分布于全球各大洲的具体国家来谈论全球的历史，更何况，国家形成的过程本身就是历史叙事对象。

我们曾谈到，从学科归属上，文学史是历史学中的专门史，这种规定性使文学史自然而然地成为国家知识的重要组成部分。因此，中华多民族文学史在本质上也就成为国家的文学历史，而中华多民族文学史观所强调的正是"统一的多民族国家"这一中国特定的国家属性。

中华多民族文学史中的"中华"强调的是中华人民共和国的主体。意味着，中华文学史是由各民族文学有机构成的国家文学史。同时，现代民族国家是一个时间上不断推进、空间上不断变化的历史范畴，体现在中华多民族文学史上，便是中华古代文学、中华现代文学、中华当代文学的不同分期。其中，中华古代文学始于"先秦"（夏、商、周），终止于"中国最后一个封建王朝"清朝，这是中国古代国家的萌芽期和发展期，可以称为前民族国家时代和古代民族国家时期。中华现代文学则发端于辛亥革命前表达现代民族国家诉求的文化、历史、哲学的启蒙思潮，也可以描述为"以五四新文学为标志的中国现代民族国家文学，它是现代民族国家意识的自觉特别是其历史文化和法律主权为背景的"①。中华现代文学的结束则是以执政党——中国国民党被具有完全不同的国家思想、政治主张、政治信仰的中国共产党所取代为标志；中华当代文学的开端则以1949年中国共产党作为执政党建立的中华人民共和国为标志。因此，中华当代文学是"国家执政权力所全面支配的文学，它是以执政党主导并规范的政治文化制度设计为依据，由此建立其意识形态最高权威的合法性地位。——这是真正和完全意义

---

①　吴俊：《文学的政治：国家、启蒙、个人——关于近代以来中国文学的三种话语方式或权利诉求》，《南方文坛》2008年第6期。

上的国家文学"。① 显然，中国文学的这种分期，是与中国古代国家、现代民族国家的发展、变迁历史相一致的。

四　中华多民族文学史的功能

弗朗西斯·福山从制度与国家关系的角度，认为国家这一概念中有五个方面的功能和作用："（1）组织的设计和管理；（2）政治体系设计；（3）合法性基础；（4）文化和结构因素；（5）可传授的制度知识。"② 他认为，"文化和结构因素"与制度能力有关，是一个潜政治（subpolitical）。如果从历史与国家的角度来说，一个国家的历史文化与历史结构因素是影响一个国家制订文化规范和价值标准的重要因素，"可传授的制度知识"在某种程度上就变成"可传授的历史知识"。

在现代民族国家，文学史这种"可传授的历史知识"具有两种基本功能，一是凝聚国民的国家情感和激发国民的爱国主义精神，二是培养国民的国家意识，促进公民的民族认同和国家认同。

首先，文学史是文学的历史，而文学是以人为描述中心的"人学"。无论历史还是现实，每一个人都从属于一定的民族，每一个国家都由一个甚至多个民族所构成，每一个国家都经历了从部族、古代国家萌芽到现代民族国家的曲折复杂的历史进程。所以，国家文学史在一定程度上成为该国家形成、发展进程的微缩。因此，从国家的角度而言，国家通过个体与民族的关系、民族与民族的关系、民族与国家的关系，或者个体如何融入一定的民族，而民族又如何构建成国家的历史叙述，来凝聚国民对国家的情感，激发国民自觉的爱国主义精神，为国家发展提供思想资源和精神动力。正如杜赞奇所说：

> 我们知道，在西方大学里专业历史的出现与民族利益密切相关，而且这一专业的权威源于其民族真正的发言人这一身份。例如，法国大学系里的历史专业是在 19 世纪 70 年代建立的，其时经历了普法战争的

---

① 吴俊：《文学的政治：国家、启蒙、个人——关于近代以来中国文学的三种话语方式或权利诉求》，《南方文坛》2008 年第 6 期。

② ［日］弗朗西斯·福山：《国家构建》，黄胜强、许铭原译，社会科学文献出版社 2007 年版，第 23 页。

惨败。法国历史学家不仅自视为民族遗产的传承人，而且是公共舆论的塑造者，肩负着用历史的教训来重建民族自豪感，以便使遭国耻的祖国寻求新生和复仇的重任。19 世纪 80 年代美国新建立的历史系的职业历史学家致力于建设一种真实、健康的民族主义以替代党同伐异的、谬误的民间爱国主义。19 世纪末期美国历史学界的共识是：在血本的美国内战之后，历史应该肩负起"治愈民族"的重任。①

戴燕在《文学史的权力》中说：

> 作为近代文学、科学和思想的产物，"文学史"的重要基础，是 19 世纪以来的民族——国家观念，如果按安德森（Benedict Anderson）说法，民族国家是一个"想象的共同体"，那么，文学史便为这种想象提供了丰富的证据和精彩的内容。文学是文化的一部分，是民族精神的反映，当文学与一个有着地域边界的民族国家联系起来，这时候，一个被赋予了民族精神和灵魂的国家形象，便在人们的想象之间清晰起来。文学史是借着科学的手段、以回溯的方式对民族精神的一种塑造，目的在于激发爱国热情和民族主义，犹如法国最著名的文学史家郎松（Gustava Lanson）的表白："我们不仅是在为真理和人类而工作，我们也在为祖国而工作"。②

在这里，文学史与历史具有同样的责任承当，与国家利益高度一致，并且全部或部分地表达了国家意志。因此，假如说 19 世纪美国历史在美国特殊的历史时期承担了"治愈民族"的重任，那么治愈民族也是当时美国国家意志最核心的内容。从这一意义上说，戴燕指出的文学史的目的"在于激发爱国热情和民族主义"，也是民族国家在特定的历史环境中注入文学史这种知识建构之中的国家意志。对此，李扬指出：

> 中国"文学史"从语言、文字构成的历史当中，寻找民族精神的祖先，建立国家文化的谱牒，以完成关于幅员辽阔、文明悠久的"祖

---

① ［美］杜赞奇：《从民族国家拯救历史——民族主义话语与中国现代史研究》，王宪明译，社会科学文献出版社 2003 年版，第 11 页。

② 戴燕：《文学史的权力·序言》，北京大学出版社 2002 年版，第 2 页。

国"的想象，作为国民应有的知识，中国文学史为近代中国找到了识别自我的文化标志，将抽象的"中国"变成了感性形象。……在中国"近代史"上，"文学史"的建构与民族国家意义的"中国"建构是完全同步的，"文学史"发挥了诸如塑造"理想国民"的重要作用，并获得了经典化和体制化的机遇，成为大学教育的核心课程。①

指出文学史的写作目的是"建立国家文化的谱牒"和"作为国民应有的知识"，揭示了文学史最本质的国家知识属性。因此，中国文学的生成、发展，也就成为中华民族和"中国多民族国家"形成、发展的缩影。而文学史具有的"塑造理想国民"的功能，则恰如其分地指出了文学史不同于其他知识形态的特殊作用。

另外，从文学史知识的接受者——国民的角度，文学史能够满足国民"我从哪里来""我属于谁"的族属与国属身份双重确认的身份追问。这里的"谁"，是对自己族属和国属的追问。因为，我们每一个人都置身于具有多种民族身份和文化历史的人群和社区，首先我们要弄清的是自己的族属，即我是属于哪个民族？我的民族历史是什么？我的民族为人类呈贡了什么？在所有的民族中，我的民族处于什么样的地位。而当我们置身于不同国籍的人群中时，我们要弄清的是自己的国属（国籍），即我是哪个国家的，我的国家为世界呈贡了什么，我的国家在世界众多民族国家中具有什么样的地位。因此，从人的社会性上讲，每一个人都有多重身份，如民族身份和国家身份等等。对自己身份的追问，必然引出文化认同、民族认同和国家认同的问题。

文化认同（cultural identity）是一种个体被群体的文化影响并且对群体文化认同的感觉，是人们在一个民族共同体中长期共同生活所形成的对本民族最有意义的事物的肯定性体认，其核心是对一个民族的基本价值的认同。族群认同（ethnic identity）就是族群的身份确认，是指成员对自己所属族群的认知和情感依附。国家认同（national identity）是一个国家的公民对自己归属哪个国家的认知以及对这个国家的构成，如政治、文化、族群等要素的评价和情感。② 对于中国而言，文化认同包含三个层次，一是各民族成员对自己民族文化的认同；二是各民族文化间的彼此认同；三是各民族文化对各

① 李扬：《文学史中写作中的现代性问题》，山西教育出版社2006年版，第124页。
② 参见百度百科 http：//baike.baidu.com/view/3254870.htm（2010.07.15）。

民族文化的共同体——中华文化的认同。民族认同也包含三个层次，一是各民族内部的民族成员（个体）对本民族的认同；二是各民族之间的彼此认同；三是各民族对各民族的共同体——中华民族的认同①。国家认同包含两个层面，一是各民族成员对自己国家公民（可称为国民或者公民）身份的认同；二是国民对中华人民共和国的认同。

需要指出的是，在国家的框架内，各民族成员对国家的认同，与国家对各民族的认同是双向的，而且从国家与民族的关系角度，国家对各民族的认同在先，各民族对国家的认同在后。进一步说，只有国家为各民族确立其在国家的合法身份和平等权力（包括生存权和选择权），各民族才有条件和机会表达自己对国家的认同，否则连话语权力都没有，对国家的认同也就无从谈起。在这一问题上，过去一直存在着错误认识，即片面或单方面要求公民对国家的认同，或者只重视通过经济、教育等扶持政策来体现国家对各民族的认同，忽视了国家文化认同在国家认同中的重要作用，这其中就包括国家历史知识建构中，对各民族文化的认同建构。

文化认同是民族认同和国家认同的基础。文化认同是凝聚民族共同体的精神纽带，是民族共同体生命延续的精神基础。文化认同在民族国家思想体系中具有强大的解构和建构功能，尤其对外来文化价值的认同，足以瓦解一国的政治制度；反之，本国人民对自身文化的强烈认同，既是该国自立于世界民族之林的伟大精神力量，又是使民族在激烈的国际竞争中立于不败之地的重要支柱②。因此，从国家的立场和层面上，国家"应该通过构造中华民族文化的共同文化基础和文化象征符号的重建，增加民族认同与国家认同的重叠内容，甚至使两种认同完全一致，形成统一的中华民族……为此，首先要构建涵盖少数民族文化内容的多元一体的中华文化概念和符号系统，实施'文化包容'策略，决不能仅把中华文化符号象征系统界定在汉族文化的有限范围内，要强调中华文化的多样性形式和多重性内涵，要把少数民族的文

---

①　张海洋认为："中国语境中的民族认同大致包含三层含义：一是国内各民族的内部认同，是为族群认同（ethnic identity）；二是国内各民族之间的整体认同，是为国民认同（national identity），三是跨国的中外籍人士（包括海外华人）对中国历史或文明的认同，是为文化认同（cultural identity）。"参见张海洋《中国的多元文化与中国人的认同·导论》，民族出版社2006年版，第1页。

②　参见百度百科：http：//baike.baidu.com/view/1061210.htm？fr＝ala0_1_1（2010.07.15）。

化更多地纳入到中华民族整体文化系统之中。文化象征符号系统涉及到历史记忆与民族认同感的培养，这包括文化符号、典礼仪式、传统节日等等。如果我们更多地把少数民族的许多认同符号纳入到整个中华民族的文化符号系统中，那么我们的共同文化基础就会更加宽泛和厚实。"① 从这一意义上说，中国文学史是中华文化符号系统中的重要符号之一，是中国多民族国家发展历史的缩影。在这一知识空间中，各民族文学（各民族族别文学以及各民族母语文学，包括作家文学和民间文学）的在场，意义并不仅仅在文学本身。因为，对每一个民族而言，自己民族文学的在场，是国家对自己民族的认同在民族文化认同上的反映，意味着自己民族在历史化的国家知识体系中具有合法身份和话语权力，是在实际上而不是虚拟地获得了在国家文化整体空间中的合法身份和地位。这种国家认同自然会使公民产生归属感，并主动将本民族认同提升到中华民族和国家认同的高度。可以想象，一个来自民族地区、使用自己民族的母语、了解自己民族文学的学生，在作为知识传授的《中国文学史》中没有看到自己民族的文学历史，或者只看到按某一民族的所谓经典文学标准建构出来的文学史，会是什么感受。在这种情况下，让他认同《中国文学史》恐怕很难，原因很简单，因为，在他所看到的《中国文学史》中，并没有看到自己首先认同的本民族的文学。这就不能不让他对"中国各民族人民共同创造了光辉灿烂的文化"以及"民族平等"产生怀疑并进而消解对国家的认同。

应该指出，文学史上述两个方面的功能是相互联系的整体，从知识论的角度来说，人们通过对文学历史知识的了解，使人们有理由相信这是一个经过"证成"的真的信念，从而形成对自己民族、国家历史的真实记忆，并在理性层次上转化为对民族、国家的认同。这种对国家的认同，反过来又会促进公民国家意识和国家精神（民族精神）以及国家凝聚力和公民意识、公民责任感的形成。因此，在民族国家的发展中，知识化的历史总要被国家纳入国家教育体系之中，承担意识形态的重要职责。正如安迪·格林在谈到英国的教育与文化认同时指出的那样，"历史已经成为促进文化和民族认同的基本科目。在19世纪，不列颠学校几乎所有的历史学习（希腊和罗马古典语学习所需要历史教育除外）都是英国史"。② 所以，如果没有民族认同、

　　① 韩震：《论国家认同、民族认同及文化认同——一种基于历史哲学的分析与思考》，《北京师范大学学报》2010年第1期。

　　② ［英］安迪·格林：《教育、全球化与民族国家》，教育科学出版社2004年版，第107页。

国家认同和文化认同，就不可能有杜赞奇所说的"治愈民族"力量的凝聚和行动的发生。

对于中国文学史而言，也正由于文学史作为一种国家知识在民族国家中具有的其他意识形态所不具备的功能，所以，在"在将近100年的历史中，虽然中国社会、意识形态经历了不同的甚至被描述为'断裂'的相互冲突的漫长阶段，但'中国文学史'始终是大学中文系的一门基础课程。始终在讲述同一个故事，一个有关中国文学传统的故事，而这个故事始终是以民族国家意义上的'中国'为框架的。'中国文学史'的写作从'不成熟'到'成熟'，取决于写作者对'文学'、'历史'的观念现代性的理解，还取决于对民族国家与'文学史'内在关系的理解，当然，更重要的还有民族国家的教育制度为'文学史'写作提供的制度环境。"① 但是，如果不在国家知识建构这样的高度来思考中国文学史的发展，就很难解释缘何国家将文学史与历史一样，被置于国家高等教育规定的课程，如果不在文学史参与了现代民族国家建构这样的高度来思考中国文学史的功能，就很难理解民族国家的教育制度缘何为文学史的写作提供制度环境。只不过，中国文学史诞生至今，在承担着召唤全体国民对中华民族的认同、对中华文化的认同，对统一的多民族国家的认同等方面，并不尽如人意，这也正是本课题试图解决的问题。

五　从晚清、民国到新中国：中国文学史的国家责任与使命

中国文学史从诞生之日起，就纳入教育体制之中，成为国家教育知识体系中的重要内容。如1904年1月《奏定大学堂章程》的分科大学中列出"中国文学门"。被称为中国第一部文学史——林传甲的《中国文学史》就是为"中国文学门"而编写的"京师大学堂讲义"。再如，1938年国民政府教育部颁布了《大学中国文学系科目表》，强调要"注重或提倡中国文学的研究"。1949年，华北高等教育委员会向华北各地高等学校下达《各大学专科学校文法学院各系课程暂行规定》，明确指出，"培养学生对文学理论及文学史的基本知识"是中国文学系的任务之一。在西方的现代教育知识

① 李扬：《文学史写作中的现代性问题》，山西教育出版社2006年版，第126—127页。

体系中，历史学无疑是作为国家知识出现的。京师大学堂在引进西方现代教育体制时，同时也引进了西方的知识体系，这样文学史作为历史学的专门史，在现代学科门类中，被列入中国文学门。从而，林传甲的《中国文学史》应运而生。

中华民国建立后，虽然仍然与晚清一样，对文学史的国家知识属性的认识并不十分明确和清楚，但同样受现代知识体系建构的规约，文学史受到了格外的重视。中华民国教育部在小学、中学、中专（特别是师范类学校）、大学的国文课程设置中，均要求开设中国文学史的课程。甚至还进行过由教育部主导审定的相当于今天"统编教材"或"指定教材"的工作和尝试。陈玉堂在《中国文学史旧版书目提要》①中对晚清至中华民国的中国文学史书目和版本进行的整理和考证，充分证实了这一点，现择要列举如下。

王梦曾的《中国文学史》为中华民国中学四年级国文科的兼授课程教材，由中华民国教育部审定，并被确定为"共和国教科书"。该教科书1914年8月由商务印书馆初版，至1926年8月，短短的12年，出版发行达20版。

张之纯的《中国文学史》系遵照中华民国教育部设定的师范学校课程编写，主要供三、四年级师范学校学生使用，被列为"师范学校新教科书"。该书1915年12月由商务印书馆初版发行，至1924年，该书出版发行6版。

蒋鉴璋的《中国文学史纲》为作者在开封第一女子师范学校任教时所编写和使用的讲义，后由上海亚细亚书局出版，1930年4月再版。1936年4月，中国文化服务社出版发行了该书第10版。

谢无量的《中国大文学史》在当时影响很大。该书1918年10月由中华书局初版，至1932年9月，共出版发行了18版。

谭正璧的《中国文学史大纲》主要作为中学教科书使用。该书1925年9月由光明书局初版，此后多次修订再版，至1936年，共出版发行14版。

赵景深的《中国文学小史》虽为"小史"，但"小史"不小，这部编写于作者在绍兴第五中学任教时的讲义，于1928年1月初版，至1937年3月，订正并出版了20版。

葛遵礼的《中国文学史》主要是供给高小、中学学生阅读的课外读物。

---

① 陈玉堂：《中国文学史旧版书目提要》，上海社会社科院文学研究所1984年，系内部出版物。

由上海会文堂新记书局 1920 年 12 月初版，至 1928 年 12 月，出版发行第 12 版。1939 年 3 月，在抗日战争的连天炮火中，该书又出版了增订版。

刘贞晦、沈雁冰合编的《中国文学变迁史》于 1921 年 12 月初版，至 1933 年 10 月，由新文化书社出版第 11 版，几乎每年再版一次。该书被列为"新文学丛书"。

陆侃如、冯沅君被列入"大江百科文库"的《中国文学史简编》，则是作者在中法大学、中国公学、安徽大学、北京大学任教时的讲义，是典型的大学中国语言文学专业的教科书。该书自 1932 年 10 月由大江书铺初版，至 1947 年 3 月由开明书店再版，前后共出版发行 7 版。

欧阳溥存的《中国文学史纲》主要供中等学校以上学生使用，该教科书 1930 年 8 月由商务印书馆初版，1938 年 11 月出版发行第 5 版。

胡怀琛的《中国文学史略》于 1924 年 3 月由梁溪图书馆初版，1927 年 8 月出版发行第 5 版。

陈玉堂在《中国文学史旧版书目提要》的序言中总结指出："自一九一〇年林传甲之《中国文学史》起，至一九四九年刘大杰之《中国文学发展史》止，五十年间，作者如林。通史之外，尚有断代史、分类史、专史之外，并有史论、史评。可谓洋洋大观。而解放后之新著且不与焉。旧史之作，固不乏一家之言，而其阙失，尤在于对文学史之概念初无定见，因而未能从探索文学规律着眼。内容或者太偏，或者过泛；体例亦各异，各从其便而已。而其中大部又系为讲课所编，原非学术研究之专著，实为作家作品汇集。"[1] 这段话道出两个事实，一是，对中华民族形成历史认识的局限，加之治史者对文学史的国家知识属性认识不足，才导致陈玉堂所指出诸多不足的出现；二是，中华民国时期中国文学史编写和传播的热潮，与中华民国政府对中国文学史"教科书"身份的重视有直接关系。正因为中华民国政府对中国文学史的作为"课程内容"的知识体系角度的重视，例如在各层次学校的课程设置对中国文学史课程的要求，才推动了以"教科书"为主要类型的中国文学史写作的热潮。

特别需要指出的是，随着文学史知识的普及，特别是抗日战争的爆发，中国文学史作为国家知识，在培养国民的国家认同和爱国主义精神方面的作用，得到了国家以及部分知识分子的重视。

---

① 陈玉堂：《中国文学史旧版书目提要》，上海社会社科院文学研究所 1984 年，第 2 页。

例如，陈安仁 1939 年的《宋代抗战文学史》、阿英 1939 年出版的《抗战期间的文学》、陈遵统 1943 年的《中国民族文学讲话》、卢冀野 1940 年出版的《民族诗歌论集》与 1944 年出版的《民族诗歌续论》、蓝海 1947 年出版的《中国抗战文艺史》、阿英《近百年中国国难文学史》都是这方面的代表。其中尤其值得一提的是梁乙真 1943 年的《中华民族文学史》，该书不仅由国民政府军事委员会政治部印刷，而且蒋介石专门为该书题词"民族吼声"，其重视程度由此可见一斑。虽然这些反抗侵略为主题的文学史在处理中国古代民族之间的战争时，表现出不同的甚至在今天看来较为错误的民族观，但让文学史服务现实"抗日救亡"的民族国家危机以及通过文学史来凝聚全民族的爱国主义情感，激发全民族同仇敌忾，一致对敌的诉求和意图十分强烈和明确。这也充分说明，抗战期间的国民政府和一部分知识分子已经十分清楚地认识到了文学史的国家知识属性和功能。

新中国成立后，国家在重构各层次国民教育知识体系时，继续延续民国的传统，在高等教育知识体系中明确了文学史的地位。

1950 年，中央人民政府教育部发布《高等学校课程草案》将中国文学史列入中文十三门必修课程。同年，政务院制定《关于实施高等学校课程改革的决定》，规定"各系课程应密切配合国家经济、政治、国防和文化建设当前与长期需要，在系统的理论知识的基础上，实行专门化"。1950 年的《高等学校课程草案》中，更严格规定了"中国文学史课的宗旨就是要运用新观点、新方法，讲述中国文学各个历史阶段的发展状况并指出其发展方向"。① 此后还由国家教育部组织编写了《中国文学史教学大纲》，对中国文学史的写作和知识传播进行了国家层面上的规范。

由此可见，中国文学史的国家知识属性，在真正意义的民族国家建立过程中得到不断强化。对此，洪子诚有切身的体认："我们建国以后非常重视文学史的写作，因为它是一种国家建构，政权的合法性和文学史的叙述是一回事。建国初期政务院文教委员会成立，制定高等院校现代文学史的编写大纲，老舍、李何林、王瑶等人都参加了。文学史在当时被认为是一种表达客观真理或者权威叙述的一种手段，个人的观点是不被允许的。"② 国家对文学史书写的规约，正是文学史的国家知识属性决定的。特别是，文学史这种

---

① 参见董乃斌、陈伯海、刘扬忠《中国文学史学史》第二卷，河北人民出版社 2003 年版，第 77—83 页。

② 洪子诚：《文学与历史叙述》，河南大学出版社 2005 年版，第 322 页。

知识建构体现为"研究者主体对这一进程的理解与把握，亦即客观历史进程的主观反映"①，具有主体建构性，所以书写者的文学史观、国家观的差异会形成不同的文学史知识，因此，国家必然从国家利益、意识形态建构的角度对文学史叙事中的话语权限进行规范和指引。正如有学者指出的："应当认识到，这一学科（指文学史——笔者注）建立的国家性前提决定了其本身固有的国家利益的属性，以及它所表征的民族层面的精神气质。一旦我们摒弃了国家意识，可能就无法确定与整合该学科所欲囊括的诸多内容，甚而导致整个学科方向和宗旨的偏离。"②

　　但是，应该指出，晚清文学史写作的发轫是由于西方大学课程体系的植入。在西方高等教育的知识体系中，历史学和文学都安排有"国别历史"与"国别文学史"的相关课程。因此，无论京师大学堂还是东吴大学，其课程设置中，都移植了西方的课程体系，这样，"中国历史"与"中国文学史"便顺理成章地进入了国民高等教育的知识体系。

　　但是，在当时，对文学史这种"文学历史知识"的本质属性——国家知识之一种的身份还缺少应有的追问和认识。民国虽然在现实性的将文学史纳入到国家知识体系，并给予充分重视，但国家并没有十分明确地指出文学史的国家知识属性。而最早介入文学史研究和书写的知识分子们，在中国文学史作为知识传播的过程中，虽然起到了积极而重要的作用，但是，他们并没有意识到自己从事的文学研究是在进行国家知识的生产，他们的"讲授"是对这种知识进行传播。抗战爆发后文学史被赋予的"民族吼声"的功能，则是文学史作为国家知识受到重视最有力的证明。

　　新中国成立后，国家对文学史研究依然十分重视，其"国家建构"的属性十分明确。但是，文学史同时还被赋予了诸如"团结人民、打击敌人"以及"社会主义"等意识形态的特殊功能。或者说，这种功能没有很好地与国家知识的属性与功能合为一体，因此，出现了重前者、轻后者的情形。

　　从国家的角度，"新中国"这一"统一的多民族国家"的属性得到了高度重视。在1949年的《中国人民政治协商会议共同纲领》和1954年颁布的新中国第一部宪法《中华人民共和国宪法》中，都十分明确地阐述了中央政府为维护多民族国家的统一而制定的以平等为核心的民族政策。例如，

---

　　①　董乃斌、陈伯海、刘扬忠：《中国文学史学史》，河北人民出版社2003年版，《导言》第1页。

　　②　路文彬：《中国现当代文学学科合法性质疑》，《福建论坛》2004年第5期，第72页。

《宪法》规定："各民族都有使用和发展自己语言文字的自由。""民族自治地方的自治机关在执行公务的时候，依照本民族自治地方自治条例的规定，使用当地通用的一种或者几种语言文字。"《中华人民共和国民族区域自治法》第10条规定："民族自治地方的自治机关保障本地方各民族都有使用和发展自己的语言文字的自由。"第21条规定："民族自治地方的自治机关在执行职务的时候，依照本民族自治地方自治条例的规定，使用当地通用的一种或者几种语言文字；同时使用几种通用的语言文字执行职务的，可以实行区域自治的民族的语言文字为主。"第37条规定："招收少数民族学生为主的学校（班级）和其他教育机构，有条件的应当采用少数民族文字的课本，并用少数民族语言讲课。""各级人民政府要在财政方面扶持少数民族文字的教材和出版物的编译和出版工作。"第47条规定："保障各民族公民都有使用本民族语言文字进行诉讼的权利。"1956年，在《论十大关系》中，毛泽东进一步指出："各个少数民族对中国的历史都作过贡献。汉族人口多也是长时期内许多民族混血形成的。历史上的反动统治者主要是汉族的反动统治者，曾经在我们各民族中间制造种种隔阂，欺负少数民族。这种情况所造成的影响，就在劳动人民中间也不容易很快消除。所以我们无论对干部和人民群众都要广泛地持久地进行无产阶级的民族政策教育，并且要对汉族和少数民族的关系经常注意检查。早两年已经作过一次检查，现在应当再来一次。如果关系不正常，就必须认真处理，不要只口里讲。"为了从根本上解决中国历史上从未解决的民族识别等问题，将少数民族以国家"主人"的身份纳入多民族国家的共同体之中，中央人民政府决定依据民族共同语言、共同地域、共同生活方式和共同的心理素质的民族识别理论，按照民族特征、民族意愿、历史依据、就近认同的标准，派出工作组对中国境内的众多民族进行了大规模的识别工作。其中，1950—1952年，中央先后派出西南、西北、中南、东北和内蒙古等民族访问团，分赴各民族地区进行慰问，宣传党的民族政策。一些长期深受民族压迫、不被承认或被迫隐瞒自己民族成分的少数民族，纷纷要求承认他们的民族成分。1953年全国第一次人口普查时，汇总登记的民族名称多达400多个，此后对族源、分布地域、语言文字、经济生活、心理素质、社会历史等进行了综合调查和分析研究（此项工作一直持续到1980年代）。1950—1954年，蒙古族、回族、藏族、维吾尔族、苗族、彝族、朝鲜族、满族、瑶族、黎族、高山族壮、布依族、侗族、白族、哈萨克族、哈尼族、傣族、傈僳族、侗族、东乡族、纳西族、拉祜族、水族、景颇族、柯尔克孜族、土族、塔吉克族、乌孜别克族、塔塔尔族、鄂温克族、保安族、羌族、撒拉族、俄罗斯族、锡伯族、裕固族、鄂伦春族等 38 个民族得到国家确认，此后，土家族、畲族、达斡尔族、仫佬族、布朗族、仡佬族、阿昌族、普米族、怒族、德昂族、京族、独龙族、赫哲族、门巴族、毛南族、哈尼等 16 个少数民族得到国家确认，1979 年，随着基诺族被识别，至此，中国大陆汉族以外被确认的少数民族达到 55 个民族。

　　与国家主导的大规模的民族识别相与同步的，是对各民族历史、文化的调查，这其中就包括对各少数民族民间文学的调查、搜集和整理。在此基础上，1958 年，由中共中央宣传部负责，组织开展了少数民族文学史（概况）的编写工作。

　　但是，如前所述，当 60 年后我们回顾这段历史时，不难发现，无论是对少数民族历史、文化的调查（包括各民族民间文学的搜集和整理），还是少数民族历史概况的编写（包括各少数民族文学史的编写）从一开始就被赋予两种属性。一种是作为对"统一的多民族国家"的历史知识的建构，一种是将文学纳入社会主义意识形态后，在社会主义政治文化一体化格局中，赋予其特殊的政治功能。这一特点，贾芝在 1961 年撰写的具有总结性和指导性的长篇理论文章《谈各民族民间文学搜集整理问题》中有非常清楚的论述。他指出：

　　　　我们要宣传这样一种认识：发掘各民族的民间文学宝藏，是我国社会主义革命和社会主义建设的伟大事业的一个不可缺少的方面，所有参与民间文学的搜集整理工作的人，应当树立保存国家文化财富的观念。我们的工作是在毛泽东思想的指导下进行的。站在无产阶级的革命立场，努力以马克思主义的观点和方法，即运用马克思主义的历史主义的观点和阶级分析的方法，是使我们的搜集整理工作有可能达到较高的科学水平的最根本的保证。……特别是树立为人民服务的无产阶级的立场、观点，改造非无产阶级的思想情感和美学趣味，我以为尤其重要。没有思想改造一条，即使掌握了科学技术也不成。……

　　　　特别是整理民间文学遗产，要用新的观点和方法，需要有站在无产阶级立场的批判的眼光，并采取阶级分析的方法，同时又严守历史主义的原则。墨守陈旧的资产阶级的观点和方法，毫无革新观点，或将古代作品现代化，陷入反历史主义的泥坑，是同样有害的。①

在这里，贾芝首先将各民族的民间文学宝藏，看成是"我国社会主义革命和社会主义建设的伟大事业的一个不可缺少的方面"，是"国家文化财富"，表现出非常明确的国家立场，这不仅是多民族国家观念的进步，也是多民族国家内部文化观的重大转变。但是，他号召要通过"宣传"让人们要树立这种"观念"，却也从另一个侧面说明当时人们还没有树立起这种观念，当然也谈不上将各民族文化纳入国家文化体系的意识。

特别是，"我国社会主义革命和社会主义建设的伟大事业的一个不可缺少的方面"可以从两个方面来理解，一是国家知识体系建构本身的国家性，二是"社会主义革命"的意识形态在与国家性融合中被突出和强调。这样，历史的"国家知识属性"势必让位于现实政治。更何况在现实政治格局中，统一的多民族国家的现实似乎已经成为统一的多民族国家形成艰难历史的最好证明，于是，历史性不得不服从于现实性。于是，"站在无产阶级立场的批判的眼光，并采取阶级分析的方法，同时又严守历史主义的原则"，"树立为人民服务的无产阶级的立场、观点，改造非无产阶级的思想情感和美学趣味"② 便成为核心价值，国家话语或者国家立场便不可避免地被政治意识形态话语和立场所取代和僭越。

此外，又由于复杂的历史原因，大汉族主义思想观念并没有因为统一的多民族国家的建立以及国家宪法所规定的民族平等政策而彻底消除。所以，1956 年，在毛泽东在《论十大关系》中就明确指出："各个少数民族对中国的历史都作过贡献。汉族人口多也是长时期内许多民族混血形成的。历史上的反动统治者主要是汉族的反动统治者，曾经在我们各民族中间制造种种隔阂，欺负少数民族。这种情况所造成的影响，就在劳动人民中间也不容易很快消除。所以我们无论对干部和人民群众都要广泛地持久地进行无产阶级的民族政策教育，并且要对汉族和少数民族的关系经常注意检查。早两年已经作过一次检查，现在应当再来一次。如果关系不正常，就必须认真处理，不要只口里讲。"但是，在事实上，民族平等的"口头讲"现象仍然存在，各少数民族对中国的历史贡献和文化价值仍未能得到全社会的重视。而这些种种复杂的原因最终形成了对新中国文学史编写产生了直接影响的《中国文

---

① 贾芝：《谈各民族民间文学搜集整理问题》，《文学评论》1961 年第 4 期。

② 同上。

学史教学大纲》。

1950 年 5 月 30 日至 6 月 9 日，中央教育部召开了第一次全国高等教育会议。时任国家政务院文化教育委员会副主任、中央人民政府教育部部长的马叙伦在《第一次全国高等教育会议闭幕词》里指出：这次会议"根据共同纲领①，讨论了新中国的高等教育的方针、任务和若干重要问题……使我们今后的高等教育有了一个明确的方向。这个方向就是我们应该以理论与实际一致的教育方法，为培养具有高度文化水平的、掌握现代科学和技术成就的、全心全意为人民服务的高级的国家建设人才而努力。"他还总结了与会者的观点，指出新教育与旧教育的不同："我们要实施的这种新教育和旧教育是性质上完全相反的东西"，"我们对旧教育不能不作根本的改革"；"因为新教育与旧教育是两种不同社会经济的反映，它们之间的区别乃是半封建半殖民地教育的性质和新民主主义教育性质的区别，是不能有一点含混的"；"在旧中国的教育，不能不是'旧政治经济的一种反映和旧政治经济藉以持续的一项工具'，这一性质不能不体现在各级教育的方针、任务、教育内容和方法等一系列的问题上。我们对旧教育的性质和基本精神，是决然应该否定的，对旧教育的内容、制度和方法，是必须改革的"；"新民主主义教育是一种新的教育体系，它是作为反映新政治经济，爱国与发展人民民主专政的一种工具"。②马叙伦的讲话绝非个人话语，而是传递了以《共同纲领》为指导思想和原则，对新中国教育的性质、方向、教育方法、原则进行重新规范和定位的国家意志，是典型的国家话语。

值得注意的是，在这篇讲话中，马叙伦多次使用了"我们为了国家与人民的利益""对人民负责的态度""我们的国家和人民""建设新民主主义的高等教育""国家建设"等国家主义与社会主义意识形态相互缠绕的话语。例如，"人民"这一概念。在中国，"人民"这个政治概念在 1949 年后具有了新的含义，指的是与"敌人"相对立的中华人民共和国中拥护社会主义制度的所有公民。当"国家"与"人民"并列使用时，便指称"全体公民"（或国民）。这种命名的理论渊源正是国家主义。而在国家主义的视野中，个体的国民和由国民组成的"人民"所具有的不同族别身份是不被重视的。正因如此，在现实生活的许多语境中，为了强调国民和"人民"

---

① 指 1949 年 9 月 29 日中国人民政治协商会议第一届全体会议通过的具有临时宪法性质和作用的《中国人民政治协商会议共同纲领》。该纲领为中华人民共和国的建国纲领——笔者注。

② 马叙伦：《第一次全国高等教育会议闭幕词》，《人民教育》第 1 卷第 3 期，1950 年 7 月。

的不同族别身份，而经常用"我国各族人民"来表述。而只有在"我国各族人民"的表述中，才考虑到民族要素。而马叙伦的讲话显然没有考虑到"统一的多民族国家"这一根本要素，这也由此决定了《中国文学史教学大纲》的国家主义与社会主义意识形态同谋最终以社会主义政治意识形态为主导的叙事原则和立场。

《中国文学史教学大纲》在开篇首先建构了中国文学史的关键词：现实主义和积极浪漫主义、人民性、爱国主义和人道主义、社会主义现实主义。显然这些关键词不是从中国文化传统知识谱系中提炼出来的，而是以马克思主义理论和苏联的文学实践为资源，在社会主义意识形态规约下，对中国文学史进行的新的梳理和价值重构。

《中国文学史教学大纲》指出：中国文学史编写的目的是"总结前人创作成果，阐明文学遗产的优秀传统，使它有助于新中国人民文学的发展，在祖国伟大社会主义建设中发挥作用"①，这里实际指出的是中国文学史作为国家知识所应承担的培养公民的国家认同和激发公民的爱国主义精神的意识形态功能。但同时，在文学史的研究方法上，《中国文学史教学大纲》特别强调了"马克思主义立场、观点、方法的必要性"，并"确认文学是社会意识形态的一种形态，它的阶级性和社会教育意义"，以此来确保中国文学史的编写与文学史教育的指导思想。

正是基于这种规约，《中国文学史教学大纲》高频度地使用了擦除掉族别印迹的"人民"概念。如，在讲述神话时说："古代神话是原始人民口头创作中的宝贵遗产""古代神话反映了原始人民对自然斗争的意志和改造自然的愿望……歌颂了人民坚决斗争的精神……神话是人民口头长期孕育的产儿……"②"人民口头创作的古代神话在人民现实生活的基础上展开丰富的想象，为后来文学的发展打下了良好的基础。"③ 在讲述《左传》成就时说："通过歌谣和谚语反映人民的爱憎。"在讲述《战国策》时，更是从"国民"素质这一角度，赞扬鲁仲连："不畏强暴、排难解纷而无所取的鲁仲连体现了人民的优秀品质。"④ 而在分析"史记史传文学的人民性及其艺术特

---

① 中华人民共和国教育部审定《中国文学史教学大纲》，高等教育出版社 1957 年第 1 版，第 5 页。

② 同上书，第 9 页。

③ 同上书，第 18 页。

④ 同上书，第 23—25 页。

征"一节中说："对人民的态度和功罪是褒贬历史人物的尺度。与人民利益相一致的标准。救孤、立孤的公孙杵臼和程婴；不畏强暴、先国家之急而后私仇的蔺相如……"这显然是要确立国家利益与国民个体利益之间的正确关系，并规定二元选择时的统一标准。所以，《中国文学史教学大纲》高度评价杜甫诗歌的"人民性"，认为"他有积极的入世精神，富于爱国主义与人道主义的思想。在那种不合理的封建制度下，在广大人民的穷苦生活的亲身体验中，杜甫逐步改变了自己的阶级感情，更加靠拢人民"[①]。甚至孙悟空也成为"中国人民克服困难、反抗统治的种种幻想的、浪漫化的高度概括"[②]，在这里，国家意志得到了充分表达，而公民（国民）的个体意志却只能服从于国家意志。或者说，国家已经通过《中国文学史教学大纲》这种知识权力，规范了公民与国家的关系和在利益面前公民必须进行的选择。

当然，如果没有一体化的体制建构，如果没有一体化的意识形态规范，国家就不可能按照自己的意志来立国，只有国家的权力得到保证，人民的权利才能够得到保证。因为，民族主义最终的"归依是国家。国家主义认为国家的正义性毋庸置疑，并以国家利益为神圣的本位，倡导所有国民在国家至上的导引下，抑制和放弃私我，共同为国家的独立、主权、繁荣和强盛而努力"[③]，这是国家主义最核心、最重要的价值理念。《中国文学史教学大纲》对蔺相如"先国家之急而后私仇"的热切肯定和赞扬；对屈原"爱国主义""爱国思想"和"强烈的热爱祖国的感情，努力自修和培养人才的爱国实际行动，为了祖国，从不计及自己的安危……形象地展示了真挚的爱国主义的感情，对人民疾苦的关怀和同情"[④] 的热烈赞美，也是缘于这一核心价值理念。但同时，国家只有通过国家体制和意识形态的一体化，才能完整地实现其国家意志。所以，《中国文学史教学大纲》对马克思主义的立场、观点、方法以及阶级分析方法的强调、对文学史编写（为社会主义祖国建设服务）的刚性规约，包括对"胡适、胡风反动理论的批判。对庸俗社会

---

① 中华人民共和国教育部审定《中国文学史教学大纲》，高等教育出版社 1957 年第 1 版，第 96 页。

② 同上书，第 176 页。

③ 百度·百科：国家主义。

④ 中华人民共和国教育部审定《中国文学史教学大纲》，高等教育出版社 1957 年第 1 版，第 32 页。

学倾向的纠正"① 也尽在情理之中。

事实上，作为国家知识建构，对于中国而言，国家主义与认同各民族主体在场的"中华民族"的民族主义必须同时在场，或者说"人民性"与"多民族性"（一体之中的多民族的在场形成的多元多样的民族性）必须同在，才能体现出"统一的多民族国家"特征，保证与宪法的一致性，而事实恰恰相反。

在《中国文学史教学大纲》中，出场的只有国家主义话语下的"人民性"，而"多民族性"是不在场的。因此，大纲中的"现在西南各少数民族中的洪水故事和一些有关少数民族的记载"也只是作为不在场的"他者"，来"说明女娲和伏羲是人类万物的创造者"②。确切地说，在《中国文学史教学大纲》中，我们通篇未见到"多民族"的字样，更谈不上"多民族共同创造了中国文学历史"的多民族文学史观。即便是讲述南北朝文学——这一无法回避的北方各民族文学成果的文学史时，也仅仅是引入了"南方"和"北方"的地域概念而已。

然而，对中国文学历史的现场而言，你可以使用自己的知识建构权力遮蔽中国多民族文学在中国文学史中的实际在场；但对中国历史而言，却无论如何也不能回避汉族以外的各民族的存在，或者绕过汉族以外的其他民族来谈论中国历史。这种复杂的纠结便形成了《中国文学史教学大纲》在民族观上的龃龉与裂罅：一方面，尊重各民族历史地位和历史贡献的民族主义以及多民族文学是不在场的，而另一方面，有限的"历史"语境中，中国历史上各民族的面影又以一种朦胧或模糊的影像时隐时现。

例如，在讲述南北朝文学时，《中国文学史教学大纲》说："北方民歌的思想内容，比南方民歌较为丰富。在外族长期统治的北方，在社会生活习惯和人民思想感情不同的基础上，民歌呈现出与南方民歌不同的色彩与情调。"③ 在此，"外族长期统治的北方"无疑是将北方看成是不属于汉族的"内"族的领土，这等于否定了"外族"对北方的主权，显然这是不符合历史事实的。众所周知，广袤的北方，自古便是北方各民族生息繁衍之地，这些民族历史地成为北方的主人，他们不但在中华民族"滚雪球"（费孝通

---

① 中华人民共和国教育部审定《中国文学史教学大纲》，高等教育出版社 1957 年第 1 版，第 35 页。

② 同上书，第 9 页。

③ 同上书，第 70 页。

语）式的发展过程中逐渐融入中华民族的大家庭，而且也扩大并巩固了中国的疆域和版图。因此，"社会生活习惯和人民思想感情"，一是淡化了"生活习惯"的主体身份，二是用"人民"取代了北方众多民族的"多民族性"。其实，这里的生活习惯不是汉族的，而是北方各民族的，这里所谓的"人民"，也是各族群认同的不同"共同体"。而且，在南北朝时期，对这些"共同体"最为科学和准确的称谓应该是族群①，而非现代民族国家范畴的人民。

再如，在宋代文学的"外族的侵略与统治"一节中，《中国文学史教学大纲》说："北宋时契丹族、女真族侵略中国东北部。南宋时女真统治中国北部。元代全中国均为蒙古族所统治。"②"尖锐的民族矛盾在文学上的反映：爱国主义精神旺盛。侵入的外族接受中国文化的结果，丰富了这阶段中国文学史的内容。"③ 在这里，"侵入""外族""爱国主义"是一种将各少数民族排斥在外的狭隘的民族主义。特别是"外族接受中国文化"，延续了汉族＝中国的历史错误，完全与《中华人民共和国宪法》关于民族问题的精神和规定相悖。因此，《中国文学史教学大纲》虽然体现了国家意志的约束力量，但在民族观的转型上是有限度的。在文学史写作者的思想意识深处，内外有别的大汉族主义民族观依然存在，依然左右着文学史知识权力，并将之渗透进文学史知识建构之中。

历史地看，出现这种情形的原因很多，从国家意识形态而言，无论是1949年的《共同纲领》，还是1954年的《宪法》，仅强调了"中国人民经过一百多年的英勇奋斗"，对各民族的历史，还没有进行明确肯定。直到1982年第四部《中华人民共和国宪法》，才第一次明确指出，"中国是世界上历史最悠久的国家之一。中国各族人民共同创造了光辉灿烂的文化"，这也在客观上反映在国家意识形态中，民族历史观的转型也经历了一个很长的时期和过程。因此，在1954年国家意识形态的语境中，中国历史上各民族的身份、地位的模糊与悬置状态就不能不影响到作为国家知识建构的文学史。

《中国文学史教学大纲》的编写，是第一次全国高等教育代表大会确立

①　我们在这里用"族群"，是为了强调南北朝时期北方各民族的"前民族"状态。

②　中华人民共和国教育部审定《中国文学史教学大纲》，高等教育出版社1957年第1版，第131页。

③　同上书，第131—132页。

的新中国高等教育发展方向下，通过"编译教材"，建构国家新的知识体系，由国家教育部组织进行的国家行为，其目的非常明确：作为新成立的多民族社会主义国家的文学史，必然有别于"半封建、半殖民地"以及"旧民主主义"和具有资本主义性质的"中华民国"时期的文学史，作为国家知识，新的中国文学史必须以马克思列宁主义和毛泽东思想为指导。特别是在50—60年代，"人民是历史发展的动力"的历史观以及不断极端化的阶级斗争理论通过一次又一次的政治运动，以更加直接、快捷和有效的方式支配着整个社会意识形态，并成为文学研究以及文学史书写的主要价值导向。文学史观也更加直接地受到越来越激烈的政治思潮和意识形态，特别是不断升级的阶级斗争理论的影响。

从百年中国文学史的写作，尤其是1949年以后中国文学史写作范式的形成角度看，一是马克思主义辩证唯物主义哲学观、历史观（包括被简单化的辩证唯物主义哲学观、历史观和极端化的阶级斗争理论）成为文学史观重要因素，形成了对中国文学史特有的认识和叙述立场；二是延续自中国文学史产生以来以汉语文学为研究和叙述对象的学术传统，确立了中国文学史是汉语文学史的语言范式，多民族母语文学无论作为历史还是作为现象，都被排除在中国文学史之外；三是以朝代更迭作为文学史的基本分期，在将文学史向社会史靠拢的过程中，中国多民族文学各自的文学（文化）传统、文学精神、文学样式，都被朝代更替的主线所遮蔽，包括各民族作家作品中的不同民族精神和民族风格，也被统一的社会历史和汉文学的经典标准所过滤。

由于国家主义冲动与国家意识形态对"社会主义"的偏重和对"统一的多民族国家"（这同样是中国最大的政治意识形态要素）的忽视，从全国文学史写作格局上看，一方面是由《中国文学史教学大纲》主导的缺失了各民族文学的"中国文学史"编写，一方面是由中宣部以及各地方党委宣传部主导，由国家学术机构主要承担的少数民族文学史的编写。二者齐头并进却缺少融汇和交叉，从而奠定了少数民族文学史与"中国"文学史二元并置的格局。文学史的国家知识属性并未能得到很好的体现，其功能当然也无从谈起。这一情形，一直延续到20世纪90年代。

六　分裂与并置：各民族文学史与主流中国文学史的非对称性关系

文学史是一种国家知识，这是文学史的性质和功能所决定的。统一的多民族国家中的"多民族"既是历史的产物，也是对国家主体构成身份的客观描述和法律规定。从国家利益的角度，国家必然要行使国家权力建构与"统一的多民族国家"相一致的国家知识体系。在这种情况下，少数民族文学的知识化和学科化自然而然地成为国家建构的重要内容。一方面，国家通过少数民族文学的知识化，将少数民族文学纳入国家知识的范畴，另一方面，通过学科化，确立少数民族文学知识在整个国家知识体系中的合法性位置，从而使之顺利进入国家教育体制，成为国民教育的知识内容。

从知识的角度，"统一的多民族国家"中的"统一"指涉中国历史上曾有过的动荡和分裂，而"各民族平等"则指涉过去各民族间存在的不平等。而从"分裂"到"统一"，从"不平等"到"平等"，则是民族国家形成和发展的历史；因此，它必然会进入国家知识体系，以国家历史知识的身份对国家公民进行国家认同（爱国主义）教育。对国家公民而言，因无法对民族国家形成和发展的历史进行现场体验，只能通过文本历史，对这一过程进行"想象式"复原，从而出现安德森所说的"想象的共同体"。从这一意义上说，新型民族国家成立后对少数民族文学的发现，不仅以各民族文学的在场来指涉集合各民族文学为一整体的中国文学的"统一"，同时也是国家建构的客观需要和必然选择。

正因如此，1958 年 7 月 17 日，中共中央宣传部召集来京参加"全国民间文学工作者大会"的部分代表及中国科学院文学研究所等单位举行座谈会，讨论并决定编写少数民族文学史，向新中国成立 10 周年献礼，进而在各少数民族文学史（或文学概况）的基础上，编著包括少数民族文学在内的多卷本《中国文学史》。1958 年 8 月 15 日，中宣部下发《中共中央宣传部关于少数民族文学史编写工作座谈会纪要》。《纪要》中规定编写的第一批少数民族文学史或文学概况的民族有：蒙古族、回族、藏族、维吾尔族、苗族、彝族、壮族、朝鲜族、哈萨克族、锡伯族、白族、傣族、纳西族。①
对具体民族文学史的编写，《纪要》也作了相应的规定。如《藏族文学史》
的编写，"由中央民委负责，西藏、四川、青海等省协助"。按照这一规定，
中央民委将此任务委托给中央民族学院完成。中央民族学院立即抽调藏语文
专业教学和科研人员，组成《藏族文学史》编写组投入工作。② 这充分说
明，少数民族文学史的编写，从一开始就不是知识分子的个人行为，而是由
执政党意识形态管理部门控制和规范下的国家行为，这无疑体现了少数民族
文学史在国家知识体系中的重要地位。这种国家行为，一方面使如此大规模
的工作得以有序展开和推进，另一方面却也限制了学术个性的自由发挥——
原本参差不同、样式繁多的少数民族文学都被拉平在同一种叙事模式之中，
因而显得有些千人一面、千部一腔。

在"文化大革命"开始之前，已经有一些少数民族族别文学史诞生，
如《纳西族文学史》《白族文学史》等。但综合全国各少数民族文学发展历
史的"中国少数民族文学史"还付之阙如。1979 年 2 月，中国社会科学院
文学研究所在昆明主持召开第三次少数民族文学史编写工作座谈会。来自全
国各地的少数民族文学专家、学者和负责人共同商讨重新恢复少数民族文学
史编写工作的各种重大问题，进一步修订和落实由各有关省、自治区分工协
作编写少数民族文学史的工作计划。在此次会议上，决定由文学研究所组织
编撰一部包括 55 个少数民族文学概况的《中国少数民族文学》。

第三次全国少数民族文学史编写工作座谈会后，中国社会科学院文学研
究所组成由毛星主持，集合仁钦、刘魁立、祁连休、肖莉、丁守璞、贺学君
以及全国各地各民族学者 100 多人参加的《中国少数民族文学》编辑组，
经过多次讨论、征求意见、修改，该书于 1981 年夏统一定稿。这部《中国
少数民族文学》③ 是中国历史上第一次全面系统地记述中国 55 个少数民族
文学的大型专著。

这部书最大的特点是，许多民族（如维吾尔族、哈萨克族、乌孜别克
族、塔吉克族等）的文学历史概况用本民族母语写成，然后翻译成汉语。

---

① 参见刘锡诚《对中国文学史模式的颠覆——纪念毛星先生逝世一周年》，《民族文学研究》
2004 年第 4 期；温济泽《我所知道的周扬——纪念周扬同志诞辰九十周年》，《炎黄春秋》1997 年
第 11 期。

② 马学良：《藏族文学史·序》，四川民族出版社 1985 年版。

③ 毛星主编：《中国少数民族文学》，湖南人民出版社 1983 年版。

从而成为中国第一部展示各民族过去从未为母语之外的民族所知的文学世界的各少数民族文学史。该书各个部分的执笔者大部分是受新中国的教育成长起来的少数民族学者，他们了解自己民族的文学历史，占有了大量本民族文学历史发展的第一手资料，因而较为客观地反映出各民族文学发展历史的原貌。该书固然存在着这样或者那样的疏漏和史观上的暧昧，但具有非常重要的意义：它不仅是中国少数民族文学史的开山之作，同时，它的写作范式对后来的少数民族文学史的写作产生了直接影响，直到 21 世纪初，仍然有少数民族文学史采取了它所设立的叙事框架。而且，该书汇集了几乎全部全国少数民族文学研究领域的最优秀人才，难以想象，如果没有社会主义国家体制力量的强大感召力和执行力，哪能有这么多来自不同民族、地域、教育背景的人物聚集到一起完成一个共同的事业。而因为这一机缘，许多人因此终身与少数民族事业结下了不解之缘，日后成为各自民族独当一面的人物。

毛星主编的《中国少数民族文学》于 1983 年由湖南人民出版社出版，人民文学出版社 1985 年出版了《中国少数民族文学》①的微缩版本。作为"祖国丛书"之一，该书进一步体现了主流话语对于"少数民族文学"的基本认知。首先概括介绍中国少数民族的自然情况、文化传统及各民族社会历史发展的不平衡状态，介绍了少数民族卓越的文学创作才能和新中国成立以来民族文学发展情况：全书分七个部分，最大特点是对各民族民间文学和作家文学的文本进行了充分展示和介绍，对人们了解各民族文学重要作品和作家具有很大帮助，但是，由于没有某种鲜明的历史观念作为主脑，所以，杂取种种、平摊罗列文本的结构方式，并不能在任何一个民族文学的介绍上形成引人注目的效果。

除综合性的少数民族文学史外，1950 年代直到 20 世纪末，各民族族别文学史的写作蔚为壮观，55 个民族均撰写出各自的文学史。各少数民族文学发展历史既作为整体的一部分出现在各种综合性的"中国少数民族""文学史""文学概论"中，同时，又以独立的身份，成为某一民族文学的历史知识。

纵观少数民族文学史的知识分类方式与体系建构途径，大致有两种代表性的取向，即"总体研究"和"分解研究"。前者的代表是梁庭望、张公瑾

---

① 杨亮才、陶立璠、邓敏文：《中国少数民族文学》，人民文学出版社 1985 年版。

编著的《中国少数民族文学概论》①。该书把少数民族文学作为一个整体考察，提出"要引导研究生在对少数民族文学现象作个案研究的同时，把眼光转向少数民族文学的总体"。该书运用新的思维方式对少数民族文学进行整体性研究，但确实如同他们自己意识到的"还只是极为初步的尝试，在很多方面还没做到得心应手，远未达到理想境地"。

　　《中国少数民族文学概论》"总论"分四节，分别阐述少数民族文学的概念、范围、基本特征、功能、价值、贡献及其在中国和世界文学中的地位，研究少数民族文学的目的、意义和方法。第一章论述少数民族文学的起源和发展，认为社会生活尤其是两种"生产"是民族文学的直接源头；歌舞和以歌舞为中心的习俗仪式是民族文学的有效载体；原始宗教及其审美观念是民族文学起源的思想推动器。而少数民族文学的历史分期则是社会发展的"五段论"：原始社会、奴隶社会、封建社会、半殖民地半封建社会、社会主义社会。第二章论述少数民族文学的分类：分为 5 大类和若干小类：（1）口头韵体文学，其中又按韵律类型、民歌分类、长诗再进行划分；（2）口头散体文学，包括：神话、传说、故事；（3）民间说唱·戏剧文学；（4）宗教文学，又分韵文作品、散文作品和戏剧作品；（5）作家文学，又分诗歌、小说、散文、戏剧、说唱、影视文学。第三章"少数民族文学纵横关系论"，考察四方面内容：（1）少数民族文学的历史文化背景，包括：自然环境与生计方式、民族地区社会发展的不平衡性、民族迁徙对民族文学的影响、地理上的"边疆性"与文化上的"边缘性"。（2）少数民族文学与民族语言，解释民族文学与民族语言的一般关系、民族文学与民族语言的深层关系、民族文学的语言艺术风格。（3）少数民族文学与宗教，解说文学与宗教的一般关系、民族文学的发展与宗教的关系。（4）各民族文学的相互交流和影响，首先描述多棱面、多层次的文学交流，然后说明文学交流和影响的特点。第四章讲述少数民族文学与周边国家文学的关系，包括东北民族文学与东亚国家文学关系、西北民族文学与中亚国家文学关系、南方民族文学与东南亚、南亚国家文学关系。第五章则是集中阐释少数民族文学研究方法论，包括少数民族文学的采集、翻译、整理和保存，运作机制和本文析读，综合研究（文艺学方法、民族学方法、文化学方法、社会学方法、其他方法等等）。第六章"少数民族文学与当代社会"探讨民族传统与社会

---

　　① 梁庭望、张公瑾：《中国少数民族文学概论》，中央民族大学出版社 1998 年版。

现代化、作家文学与少数民族社会生活、少数民族文学的历史走向等等。

从方法论的角度来看，"总体研究"的优势和弊端在《中国少数民族文学概论》这部书中得到了几乎同样的表现，它始终只能达到"概论"的阶段：忽略细节，为了整体的完整，不惜牺牲个性。"少数民族文学的起源和发展"中的观点放之四海而皆准，因此它自己消解了自己。分期上来说，依附了主流的马克思主义观点，而无视不同的时间观念（如各民族的起源、文学的发生），这是最大的问题。因为少数民族数量巨大，除了共有的主流文学样式之外，在其各自文化传统中诞生的文类迥然有别，所以本书的分类标准显得比较混乱。至于"关系论""宗教论"以及跨国比较等等，都有其扩展思维的地方，却又都失之于笼统，这样就把具体的、复数的少数民族抽象化为一个整体的、超验的、单数的"少数民族"了。

"分解研究"则是由白崇人提出，他通过经验观察指出：

> 我国少数民族文学创作是复杂多样的，虽然各民族文学创作之间存在着甚至增加着共同性，有许多相同或相似的规律与特点，但每一个民族的文学创作都有属于自己的独特之处。尤其是近十几年来，各民族的文学创作都有长足的发展，但发展的表与里却千姿百态、不尽一致。内部与外部的诸多因素都在影响着每一个民族的文学创作的气脉。如果按照以往的思路只从少数民族文学创作的整体来研究它、评价它就远远不够了，必须对它进行"分解研究"：即对每一个民族的文学创作进行研究，做出评价。只有这样，才能看清我国少数民族文学创作的全貌，看清各民族文学创作发展的面目和特点以及存在的问题，看清各民族文学创作的同异和不带有普通意义的个别文学现象，也才能更准确地把握整体，促进每一个民族文学创作的发展。如果"总体研究"不建立在对单个民族文学创作研究的基础上，往往会出现以偏代全、以少概多的弊端，容易忽略对某些尚处后进的民族的文学创作的状况和问题的了解与认识。①

白崇人的思路是强调对于单个民族的创作进行研究，并且提出要注意语言、历史、文化传统、地域特色、与境外文学的关系、文学发展的不平衡等

---

① 白崇人：《对少数民族文学创作应注重"分解研究"》，《民族文学研究》1994 年第 1 期。

方面的差异。这与 1980 年代以来少数民族作家创作日益活跃以及少数民族文化认同逐渐觉醒有关。"分解研究"在深化具体民族的研究中无疑是必要的常识，但是白崇人并没有具体可操作的策略，因而"分解研究"只是说出了一个常识，如果这个常识不经过理论的提炼，结果可以顺理成章地推导出如下结果：既有的总体研究固然"以偏代全、以少概多"，不同少数民族文学的具体研究即使如何深入，也没有成为国家知识的有机组成部分。

但是，在对少数民族文学知识化的标志——少数民族文学史的书写及知识分类、知识体系的特点进行反思性批判的同时，我们不能不肯定，在几十年的发展中，少数民族文学知识体系自身的完整性、科学性正在日益加强，在专题性研究中，少数民族神话、史诗研究已经发展成为神话学和史诗学，其研究成果已经出现知识化的转向，例如，作为中小学生语文标准课读物导读丛书的《中国神话故事精选》，有意识地选择了壮族神话《布洛陀造天地》、黎族神话《大力神》等少数民族神话传说，这在以前是不可想象的。史诗研究更是成为世界性显学，而且呈现出由史诗文本整理向史诗传播方式、史诗学的方向推进。各民族代表性的民间故事、传说、歌谣、谚语等系统性地进入《中国民间故事集成》《中国民间歌谣集成》《中国民间谚语集成》三大集成。从历史与知识的角度，"民间文学集成为后人留下了大量有用的信息，为他们从历史学、美学、民族学、语言学、宗教学等角度研究和了解前人及其生活提供了基本素材"。① 在综合性少数民族文学史书写和研究中，涌现出《中国当代民族文学简史》（1984）、《中国当代民族文学史稿》（1986）、《中国当代民族文学概观》（1986）、《中国民族民间文学》（1987）、《中国少数民族现代文学》（1989）、《中国少数民族文学》（1991）、《中国少数民族文学史》（1992）、《中国现代少数民族文学概论》（1992）、《中国少数民族当代文学史》（1993）、《少数民族文学》（1994）、

---

① 张志勇：《〈中国民间文学〉三套集成将出版县卷本》，《中国艺术报》2010 年 1 月 8 日。另据"中国民间文学集成编纂总方案"介绍，《中国民间文学》三套集成收编中国各地区各民族的民间文学作品，它包括：在全国范围内进行普查，广泛搜集各地区、各民族口头流传的民间文学作品；"五四"以来搜集、抄录和发表在出版物上的民间文学作品；少数民族典籍、经卷中的部分民间文学作品；流传在民间的民间文学抄本、坊间印本中的作品。三套集成的入选作品，必须符合科学性、全面性、代表性的原则，即它们必须是真正民间的，是忠实记录的，附记资料齐全的，翻译忠实准确的；包括了全国各地区、各民族的，包括了故事、歌谣、谚语的各种内容、形式、风格、类型等方面有代表性的，同一作品中最完整、最优秀、最有特色者（见《中国民间文学》集成总编委会办公室 1987 年编印《〈中国民间文学〉工作手册》第 14—17 页）。

《中国少数民族文学比较研究》（1997）、《中国少数民族民间文学概论》
（1997）、《中国少数民族文学概论》（1998），此外还有《中国少数民族当
代文学史》（2008）、《中国当代少数民族文学史论》（2004）、《中国少数民
族古代近代文学概论》（2001）、《中国少数民族现代当代文学概论》
（2006）等众多成果，可以说，专题研究、族别文学史、综合性文学史论构
成了中国少数民族文学知识体系的三维空间，从而完成了少数民族文学发展
历史的知识化建构，这种建构以无可争辩的文学事实，证明了各少数民族文
学的存在和对中国文学的贡献，从而在客观上使少数民族文学成为国家知识
体系的重要内容。

但是，与少数民族文学国家知识化相对应的，却是主流文学史中多民族
文学史观缺席所导致的少数民族文学并未能有机进入中国文学史，或者完全
缺席的所谓中国文学史的书写。

以当代文学史研究为例，作为受教育部委托、由北京师范大学、南京大
学、武汉大学等十所院校的专家于1978年开始编写的《中国当代文学史初
稿》在"十七年小说（上）"的概述中说："少数民族斗争生活在小说领域
中也开始得到了反映。许多少数民族出现了自己的第一代小说家，他们第一
次拿起笔来反映自己的民族的斗争生活，这在我国小说发展史有着特殊的意
义。"① 这里的"反映自己的民族斗争生活"既表现出研究者对"革命"
"政治"的关注，也表现出文学史研究者与研究对象的民族身份的对立。其
实，在书中所列举的少数民族作家中，无论是玛拉沁夫、李乔，还是朋斯
克。他们所写的并非是"自己"的生活。或者说，他们"自己"的生活也
正是全国各民族共同经历和生活的一部分。因为整个新中国的缔造过程本来
就是一个各民族共同参与的高度一体化的过程。正因如此，玛拉沁夫的
《在茫茫的草原上》才被指责为表现了"狭隘的民族情绪"。但是，由于研
究者多民族国家意识的缺失，所以，研究者指出的这些小说"在我国小说
发展史有着特殊的意义"，也变成了汉族文学（主流）对少数民族文学的发
现，少数民族文学从一开始就负担起的构建多民族中国文学的主动行动被遮
蔽。因此，在对这些少数民族作家的作品进行分析时，只注意到了与汉族不
同的"能使人开拓眼界，增长见识"的"彝族人民的生活习惯"，或者"蒙
古族人民的风俗习惯和生活图景"，而未展示这些作品对中国文学文化多样

---

① 《中国当代文学史初稿》（上），人民文学出版社1980年第1版，第148页。

性和不同民族文化传统的意义（其实，这才是这些小说的价值和意义）。

值得说明的是，在本书"绪论"论及"当代文学的性质、成就和特点"一节中，十分可贵地提出国家"提供了多民族文学共同繁荣的现实可能性"，但接着却将这种现实和可能性归结为"说明只有在社会主义制度下才能取得这样的进展和生机"。这里，研究者不但将国家性质与国家制度相混淆，而且多民族的民族属性让位于社会主义的政治属性，从而使研究者的文学史观与多民族国家属性擦肩而过。我们知道，繁荣多民族文学符合多民族国家的利益和要求，同时，多民族文学的繁荣也是多民族国家的性质决定的，社会主义是多民族国家政治属性和基本制度，这种制度在理论上为多民族文学的繁荣提供了政治上的保障，但并不能作为唯一的和终极因素对多民族文学产生和发展起决定作用。特别是对文学史观而言，这种国家政治或制度属性作为政治观或社会观会影响到研究者对文学的政治属性进行界定，而多民族国家下的多民族文学作为一种文学史观中的民族和文化要素，则决定着对中国文学历史和现实的最基本的认识，决定着中国文学史是传统的中国（汉族）文学史，还是多民族的文学史。离开了中国多民族文学历史和现实的范围界定和基本认识，文学的其他属性也就失去了任何意义，而作为文学史的"史"只能是残缺的甚至是"伪史"。因此，中国文学史研究中多民族国家意识在文学史观中的缺失，使研究者们虽明白"多民族"的社会现实，却未能关注"多民族"的文学历史和现实。这种情况还导致了新中国成立后由中央政府组织和发起的对少数民族民间文学的搜集、整理中所体现出来的学科国家属性，特别对中国多民族文学的史观建构的暗示意义被忽视。

同样，作为应用较广的王庆生主编的三卷本的《中国当代文学》（1983）在每一时期的描述中都专设一章"少数民族文学"，对少数民族文学给予了较多的关注，这在当代文学史的书写中是比较少见的。但是，关注到少数民族文学的存在并给予文学史上的地位，并不意味着"多民族"国家意识对文学史观的介入。因为，在整个文学史的叙述中，对少数民族文学总是作为一种现象给予一般性的关注，少数民族文学的特有的文化内涵以及与中国文学的关联并没有得到揭示。因此，在文学史整体建构中，少数民族文学只是作为一种文学样态被"嵌"入了汉族文学史，处于与整体文学史叙述的游离状态，并未能真正融入整体文学史之中。这种将少数民族文学与主流（汉族）的分置成为现当代文学史中被普遍接受和运用的方法。

90年代后，在中国当代文学史的研究中，陈思和的《中国当代文学史教程》备受关注。此作专设一章："多民族文学的民间精神"。这是我们迄今为止在主流文学史研究中看到中唯一不用"少数民族文学"而用"多民族文学"的一部文学史。他指出："中国是一个多民族的国家，除汉族以外，其他非汉民族也有着丰富绚烂的民间文学传统。它们与本民族的历史、生活、文化传统、风土人情等等有着紧密的联系。在许多方面，其成就甚至超过了汉族文学，因而成为中国文学中极为重要的部分。"① 显然，陈思和注意到了中国当代文学"多民族国家"的背景和现实。但遗憾的是，他的国家意识同样没有进入文学史观。因为，他发现的那些被遮蔽的是"多民族文学"中体现出来的"民间精神"。在这里，作为文化学范畴的"民间"模糊了不同民族、族群身份和文化特征，但陈思和关心的的确不是当代文学的"多民族"性，而是"多民族"中普遍性的"民间"。"民间"在这里成为陈思和的文化想像体。正是这种想象使他认为"史诗是在历史长河中累积下来的人民群众的集体创作，仍旧天然地带有丰富的民间成分——它们充满了'人类社会的童年'所持有的天真的自由自在的诗性想象以及民间对幸福生活的美好理想"。其实，这种概括并没有多少新意，只不过是他书中的"关键词""民间文化形态""民间隐形结构""民间理想主义"的具体阐释。

可以说，"民间"的引入是陈思和当代文学史学的重要视角，反映出陈思和意识中"民间精神"与"国家权力""民间理想"与"国家意志"的对立和冲突。"民间"取代了国家，或者说"民间"让位于"国家"。这样，具有鲜明的国家性背景的"多民族"文学便成为一种"民间"存在，国家意识也就不可能成为他的文学史研究视角。这种与民族国家的有意识疏离，使陈思和的文学史研究的成就只在于"发掘过去被掩埋或者被忽略的文本"，"他提升了这些文本的'当代文学史'的地位"② 而并未能在 20 世纪中国文学史研究的关键问题上有更大的突破。

被韦勒克、沃伦认为"唯一的一本把英国诗歌的发展作为一个统一的概念而写成的英国诗史"的文学史家考托普（W. J. Courthope）认为："英国诗歌的研究实际上也就是对我们文学中的我们国家制度的持续成长过程的研究"，它所寻求的主题的统一性"正好就是政治史家所寻求的统一性，这

---

① 陈思和：《中国当代文学史教程》，复旦大学出版社 1999 年版，第 124 页。

② 洪子诚：《问题与方法》北京大学出版社 2002 年版，第 70 页。

种统一性就在整个民族的生命之中"。① 其实，考托普所说的"持续成长过程的研究"以及与"政治史家所追寻的统一性"正是我们在本章中强调的——中国多民族文学理应成为关于中国作为一个多民族国家成长的历史知识。因此，国家文学的国家性背景是一种不能回避的现实，因为当我们选择使用"中国文学"的概念时，就注定了这种文学以及对文学的研究天然地与国家紧密地联系在一起。在这种情况下，多民族的国家意识自然会进入文学史观的系统之中。但遗憾的是，在中国文学史研究中，既没有体现出中国这一现代多民族国家的"国家制度的持续成长"，也没有在研究中探寻"国家制度成长的统一性"这种历史知识。中国多民族国家构建的现代性选择和意义在中国文学中并不乏表现，但文学研究的跟进与呼应却很少见，这不能不令人感到遗憾。

---

① ［美］韦勒克、沃伦：《文学原理》，刘象愚等译，生活·读书·新知三联书店 1984 版，第 290 页。

第八章　多民族文学史观与中国历史哲学转型

海德格尔（Martin Heidegger，1889－1976）说："历史性这个规定发生在人们称为历史的那个东西之前。"① 这提醒我们认识到本然、实存的历史与认知、书写层面的"历史"之间的关系；后者总是在人们主观认识的框架中提取了部分前者的材料加以罗列或者演绎，而这个主观认识框架就是对于"历史性"的界定，也就是"史观"。尽管20世纪上半叶中国史学界发生了所谓"史观派"和"史料派"的争辩，但是，史料再如何强调，只能是作为"历史"构成材料的一个基础，而这个"历史"无论如何也脱离不了一定史观的影响，二者是相互作用的，如同萨林斯（Marshall David Sahlins，1930－　　）所说："历史乃是依据事物的意义图式并以文化的方式安排的，在不同的社会中，其情形千差万别。但也可以倒过来说：文化的图式也是以历史的方式进行安排的，因为它们在实践展演的过程中，其意义或多或少地受到重新估价。在历史主体，即相关的人民进行的创造性行动中，这两个对立面的综合被展现了出来。因为一方面，人们是依据对文化秩序的既有理解，来组织他们的行动计划，并赋予其行动目标以意义的。"② 时间是发生和结构之间的关系，只有在获得了历史意义之后，时间才成为事件，文化是在行动中以历史的方式被再生产出来，时间发生在文化体系中，也只有通过文化体系才能获得历史意义。

本章主要讨论中国多民族文学史观与20世纪中国历史哲学转型之间的关系。我们认为，多维的文学史观和多元的文学史书写，是当代中国历史哲学转型的产物。中华多民族文学史观对中国文学构成的多元文明形态的关注、对不同民族文化的跨文化比较，对中国多民族现代国家属性的重视，同样是中国历史哲学转型的现代性要求，其本质意义会影响到中国文化史、思

---

① ［德］海德格尔：《存在与时间》，陈嘉映、王庆节合译，熊伟校，陈嘉映修订，生活·读书·新知三联书店1999年版，第23页。

② ［美］马歇尔·萨林斯：《历史之岛》，蓝达居译，上海人民出版社2003年版，第3页。

想史的现代性构建。在当下世界经济一体化、信息全球化愈演愈烈的形势下，东西方国家与民族在文化上的相互交流折冲也是一种必然趋向，确立中华多民族文学史观的思维方式，亦将有利于在世界多元文化格局中，坚持与守望中华民族的文化地位与文化利益。

一 现代与传统的起承转合

《礼记·玉藻》："动则左史书之，言则右史书之，御瞽几声之上下。"①《汉书·艺文志》："古王者世有史官，君举必书，所以慎言行、昭法式也。左史记言，右史记事；事为春秋，言为尚书，帝王靡不同之。"② 中国很早就开始了丰富的历史纂修学和实录传统，但缺乏对历史的全方位哲学思维。记录"言"与"事"可以说是史官最主要的功能，言多帝王之言，事则重在郊祀兵戎，稗官野史虽有普通日常的记载，但不入正统理念的系统，如前所言，归为百家博物之类。

而秉笔实录的"历史"在中国传统士人的心中并不以其知识性、客观性著称，或者说这些不是"历史"的根本，而是一贯着眼于现实的实用色彩。孔子作春秋而乱臣贼子惧，到董仲舒又能用"春秋决狱"，无不突出其现实的功利色彩。中国式宇宙论框架下的"史"同西方从知识论入手的"历史"颇有不同，它一开始就是体验式的、功能性的，其时空认知观念也并非后来的线性发展，而是带有重叠、回环、往复的性质。

今未见孔子之前史官明确褒贬地记载历史事件或王公贵族的言行。至孔子方将史官记下的材料整理、编定为史书《春秋》。在其修订过程中，以某种精神——所谓"大义"——贯穿在这些史料中，这可以说是历史观念的某种自觉。《春秋》成为经典，其所承载的道义起到了干预现实的作用，而另外，它出于顾忌和避讳，使得儒者的"大义"凌驾于历史本身的真实之上。这既是主观色彩浓烈的"历史"成为历史的必然，同时也是史书形成之初就具有的明确史观意识。史观意识的实用理性势必导致"实事"根据不同的追求和宗旨增加、减缩、变形为"史事"。

百家争鸣的战国时代，不同的学派、人物为了论证自己的观点，就纷纷炮制自己的"历史"：道家为了强调"道"，拟造了一部退化的历史，认为

---

① （清）孙希旦：《礼记集解》，中华书局1989年版，第778页。

② （汉）班固：《汉书》第六册卷三〇，中华书局1962年版，第1715页。

一代不如一代；法家强调法后王，于是造出一部进化的历史，认为一代更比一代强；儒家则继承了《春秋》的思想，认为历史是一部以德胜力的历史，应当奉行"王道"，反对"霸道"。在蓬勃跃动的文化话语权的争夺中，"历史"天然地就被当作可以各行其是的叙述，在没有某种特定的史观占据意识形态统治权之前，任何史观都有其特定的合理性和生存空间。在历史被书写成"历史"的过程中，"历史"就具有了文学的拟造、代言、虚构色彩。钱锺书在对杜预注《左传》的分析中对此有细致的说明：

> "为例之情有五。一曰微而显，文见于此，而起义在彼；……二曰志而晦，约言示制，推以知例；……三曰婉而成章，曲从义训，以示大顺；……四曰尽而不汙，直书其事，具文见意；……五曰惩恶而劝善，求名而亡，欲盖而章。……言《公羊》者亦云：……危行言孙，以辟当时之害，故微其文，隐其义。……制作之文，所以章往考来，情见乎辞；言高则旨远，辞约则义微，此理之常，非隐之也。圣人包周身之防；既作之后，方复隐讳以辟患，非所闻也！"按五例逐取之成公十四年九月《传》："君子曰：'《春秋》之称，微而显，志而晦，婉而成章，尽而不污，惩恶而劝善。非圣人孰能修之！'"昭公三十一年冬《传》："《春秋》之称，微而显，婉而辩"；《春秋繁露·竹林》篇："《春秋》记天下之得失而见所以然之故，甚幽而明，无传而著"；皆可印证。窃谓五者乃古人作史时心向神往之楷模，殚精竭力，以求或合者也，虽以之品目《春秋》，而《春秋》实不足语于此。使《春秋》果堪当之，则"无传而著"，三《传》可不必作矣，亦真如韩愈《寄卢仝》诗所谓"束高阁"，俾其若存亡可也。……《经》之与《传》，尤类今世报纸新闻标题之与报道。苟不见报道，则只睹标题造语之简繁、选字之难易，充量更可睹词气之为"惩"为"劝"，如是而已；至记事之"尽"与"晦"、"微"与"婉"，岂能得之于文外乎？苟曰能之，亦姑妄言之而妄听之耳。①
>
> 老生常谈曰："六经皆史"，曰"诗史"，盖以诗当史，刘知几谓"夫读古史者，明其章句，皆可咏歌"，则直视史如诗，求诗于史，惜其跬步即止，未能致远入深。……左氏于文学中策勋树绩，其记言尤足

---

① 钱锺书：《管锥编：补订重排本》（一）上卷，生活·读书·新知三联书店2001年版，第311—312页。

为史有诗心、文心之证。则其记言是矣。

　　吾国史籍工于记言者，莫先乎《左传》，公言私语，盖无不有。虽
云左史记言，右史记事，大事书策，小事收简，亦只谓君廷公府尔。初
未闻私家置左右史，燕居退食，有珥笔者鬼瞰狐听于旁也。上古既无录
音之具，又乏速记之方，驷不及舌，而何其口角亲切，如聆謦欬与？或
为密勿之谈，或乃心口相语，属垣烛隐，何所据依？……盖非记言也，
乃代言也，如后世小说、剧本中之对话独白也。左氏设身处地，依傍性
格身分，假之喉舌，想当然耳。……明、清评点章回小说者，动以盲
左、腐迁笔法相许，学士哂之。盖因其欲增稗史声价而攀援正史也。然
其颇悟正史稗史之意匠经营，同贯共规，泯町畦而通骑驿，则亦何可厚
非哉。史家追叙真人实事，每须遥体人情，悬想事势，设身局中，潜心
腔内，忖之度之，以揣以摩，庶几入情合理。盖与小说、院本之臆造人
物、虚构境地，不尽同而可相通；记言特其一端。①

　　如果说春秋战国以来的撰史者虽然有了明确的史为己用的目的，但是却
并没有太明确的时间观念，到了司马迁"究天人之际，通古今之变，成一
家之言"，方才明确地从三个方面规定了史书撰著的观念：天与人的互相联
动，往与昔的递嬗更替，作史个人与史家群体的联系区别。司马迁的做法将
儒家把敬德保民、天命归结为人事的观点做了引申发展，天人之分即是将人
的历史与自然的历史区别开来，将古今变迁从历史的碎片式存在和复制式循
环里渐渐理出线索，而撰史者本身的主观性得到了显豁的强调。司马迁之
后，从写法来说，先后出现了通鉴体、纪事本末体、典志体等史学体裁。但
就历史意识和史学意识来说，经过"独尊儒术"的大一统之后，很少有人
再超越过如此循环的逻辑。

　　在董仲舒（前179—前104）看来，历史只是改朝换代的循环，没有进
化，曾经已经被司马迁隐约分开的"天"与"人"再次呈现出人归于天的
道路之中。

　　春秋之道，奉天而法古。是故虽有巧手，弗修规矩，不能正方圆；
虽有察耳，不吹六律，不能定五音；虽有知心，不览先王，不能平天

---

　　① 钱锺书：《管锥编：补订重排本》（一）上卷，生活·读书·新知三联书店2001年版，第
315—317页。

下。然则先王之遗道，亦天下之规矩六律已。故圣者法天，贤者法圣，此其大数也。得大数而治，失大数而乱，此治乱之分也。所闻天下无二道，故圣人异治同理也。古今通达，故先贤传其法于后世也。春秋之于世事也，善复古，讥易常，欲其法先王也。然而介以一言曰："王者必改制。"自僻者得此以为辞，曰："古苟可循，先王之道何莫相因。"世迷是闻，以疑正道而信邪言，甚可患也。答之曰："人有闻诸侯之君射狸首之乐者，于是自断狸首，县而射之，曰：'安在于乐也！'此闻其名而不知其实者也。"

今所谓新王必改制者，非改其道，非变其理，受命于天，易姓更王，非继前王而王也，若一因前制，修故业，而无有所改，是与继前王而王者无以别。受命之君，天之所大显也。事父者承意，事君者仪志，事天亦然；今天大显已，物袭所代而率与同，则不显不明，非天志。故必徒居处、更称号、改正朔、易服色者，无他焉，不敢不顺天志而明自显也。若夫大纲、人伦、道理、政治、教化、习俗、文义尽如故，亦何改哉？故王者有改制之名，无易道之实。①

"三统"和"三正"的改变叫作"王者必改制"，但只是形式上的改变。道统为一，改朝换代形式上的"改制"，即更改名号，本质上并没有变。因为"道者，万世亡弊，弊者道之失也。……道之大原出于天，天不变，道亦不变，是以禹继舜，舜继尧，三圣相受而守一道，亡救弊之政也，故不言其所损益也。繇是观之，继治世者其道同，继乱世者其道变"。② 道作为永恒的存在，不增不减不垢不灭，但人主或有违逆，就出现了弊病，为了补救，就必须改朝换代。对比司马迁的"通古今之变"的要求，这种历史循环论回复到《周易》的法天思路之中。

东汉何休（129—182）《春秋公羊解诂》解释《春秋公羊传》载春秋240年历史时所讲的"所见异辞，所闻异辞，所传闻异辞"三个时期（隐公元年、桓公二年、哀公十四年）发展出三世说，隐公元年解诂道：

所见者，谓昭、定、哀，已与父时事也；所闻者，谓文、宣、成、襄，王父时事也；所传闻者，谓隐、桓、庄、闵、僖，高祖、曾祖时事

---

① ［清］苏舆撰：《春秋繁露义证》，中华书局1992年版，第14—19页。
② ［汉］班固：《汉书》第八册卷五六，中华书局1962年版，第2518—2519页。

也。异辞者，见恩有厚薄，义有深浅。时恩衰义缺，将以理人伦、序人类，因制治乱之法，故于所见之世，恩己与父之臣尤深，大夫卒，有罪无罪，皆日录之，"丙申，季孙隐如卒"是也。于所闻之世，王父之臣恩少杀，大夫卒，无罪者日录，有罪者不日略之，"叔孙得臣卒"是也。于所传闻之世，高祖曾祖之臣恩浅，大夫卒，有罪无罪皆不日略之也，公子益师、无骇卒是也。于所传闻之世，见治起于衰乱之中，用心尚粗捅，故内其国而外诸夏，先详内而后治外；录大略小，内小恶书，外小恶不书，大国有大夫，小国略称人，内离会书，外离会不书是也。于所闻之世，见治升平，内诸夏而外夷狄，书外离会，小国有大夫，宣十一年，"秋，晋侯会狄于攒函"，襄二十三年，"邾娄鼻我来奔"是也。至所见之世，著治太平，夷狄进至于爵，天下远近小大若一，用心尤深而详，故崇仁义、讥二名，晋魏曼多、仲孙何忌是也。①

通过这种线性的描述，历史变易进化就形成了"据乱—升平—太平"的阶段螺旋式上升，这种图示包含着进化的因素。但是因为在道学三统合一的厚重而庞大的体系笼罩之下，沉寂一千余年，直到嘉庆道光年间才在外力的刺激下由今文经学重新崛起。这本是关于历史表述的多样形态中的一种，但是在19世纪中叶以来与西方现代科学话语中的进化论思想相结合后，日益成为主导性的观念。

随着时间的推进，中国史学内部在生发细微的裂变。章学诚回顾史学发展过程，研究了各种史学体裁后说："三代以上之为史，与三代以下之为史，其同异之故可知也。三代以上，记注有成法，而撰述无定名。三代以下，撰述有定名，而记注无成法。"② 章学诚讨论了撰述的种种体裁，突出了纪事本末体的地位。所谓"纪事本末体"，就是把原来的纪事体加以扩展，把事情的整个发展梳理出一条清晰的链条。他说："本末之为体也，因事命篇，不为常格；非深知古今大体，天下经纶，不能网罗隐括，无遗无滥。文省于纪传，事豁于编年，决断去取，体圆用神，斯真《尚书》之遗也。"③ 从实际操作来看，历史上的事件，如果参与的不止一人，而且经历的时间不止一年，那么纪传体就会非常烦琐且易于混淆，用编年体则破碎割

① （清）阮元校刻：《十三经注疏》，中华书局（全二册影印本）1982年版，第2200页。
② （清）章学诚：《文史通义》，上海书店影印本1988年版，第8页。
③ 同上书，第16页。

裂，让人难以明白把握事体。纪事本末体把事情从头到尾原原本本写下来，是最合适的写法。近代以来，西方史学传入，中国史家赫然发现西方历史多是此种"纪事本末体"。

除了写法上的变革，唐刘知几《史通》中还提出了对作史者的三方面要求，即史才、史学和史识。不过，如同钱穆后来所批评的，刘知几本人评价以往的史学，注意的几乎全是史法、史笔，即史书的写法，而对于史情和史意即史书是否体现了历史本身却并不是非常重视。他对《左传》和《汉书》的评价竟然比《春秋》和《史记》还高，原因就在于他只是从史书的写作方面考察，而不是从史书所反映的史情和史意考察的。① 当然，钱穆强调对于真实性的追求，其实也是受到近代以来西学对于历史"客观性"的诉求的影响。

《史通》以后，在史学理论方面见解最高明的当属"三通"，即唐朝杜佑的《通典》、宋朝郑樵的《通志》和元朝马端临的《文献通考》。但他们的见解与司马迁差可比拟，他们对司马迁的超越主要是在史书体例方面。在史书实际成就方面，堪与司马迁比肩的有司马光的《资治通鉴》，但司马光的历史观和史学观依然是鉴古知今。史学较之于经学和理学，从学统上来说，依然处于低级的地位——原道、征圣、宗经始终是中国文士的信仰性体系，而历史作为知识性的门类，不过是道、圣、经的显现。这种情况直到章学诚的《文史通义》提出"六经皆史"才有所改变，我们方看到知识和权力的移形换位。

"六经皆史"的"史"指的是古代的书吏和他们所掌握的"言司掌故"，其意在于将六经视作对现实的记载。这意味着，一方面将"经"的神圣性褫夺，放置于与其他知识门类等量齐观的平等线上；另一方面，其旨归在于不满足于把历史当作一门纯学问进行研究，应当把它当作一门经世致用之学。余英时指出，章学诚在《文史通义》中提出的"文史校雠"治学理路是为了与乾嘉考据学派的"经学训诂"相抗衡，在考据学之外寻找一条"明道"之路。② "六经皆史"说并非章学诚所首创。长期以来，学术界已关注到在章氏之前间接或直接提出过类似说法的许多学者，比较重要的有隋

---

① 参见钱穆《中国史学名著》，生活·读书·新知三联书店 2000 年版，第 125—128 页。

② 余英时：《论戴震与章学诚：清代中期学术思想史研究》，生活·读书·新知三联书店 2000 年版，第 160—180 页。

代王通，明代王守仁、王世贞、胡应麟、李贽，清顾炎武、袁枚。①这表明
实际上中国史学思想内部已经潜在地发生了变化。就如同钱穆所说，章学诚
其实开启了晚清今文家说的源头："经生窃其说治经，乃有公羊改制之论，
龚定庵言之最可喜，而定庵为文，固时袭实斋之绪余者。公羊今文之说，其
实与六经皆史之意相通流，则实斋论学，影响于当时者不为不深宏矣。近人
误会'六经皆史'之旨，遂谓'流水账簿尽是史料'。呜呼！此岂章氏之
旨哉！"②

　　公羊学在清朝嘉道年间的重新崛起，并被进步学者龚自珍、魏源所力
倡，发挥其"微言大义"，以耸动人心，有赖汹汹而起的西方列强的威胁。
当然，这并非简单的"冲击—回应"、"挑战—应激"或"传统—近代"的
模式所能概括；它包含了中国学术史内部起承转合的理路——有清一代训诂
考证的古文经学已经引起了诸多的不满，却也不能简单以"中国中心观"
来概括。③ 而是以中国为基础，在多边互动中的取舍。如同有论者已经指出
的，在此思想社会的巨变中，学术领域也出现了明显的权势转移，正统衰
落、边缘上升也是从晚清到民初中国学术走向的重要特征。道咸以降，学术
界的思想资源和发展流变都呈现出一种多元并进之势。以乾嘉考据为代表的
经学渐失控制地位，过去长期处于边缘的史学则可见明显的地位上升，到民

---

　　① 王通《中说·王道篇》："圣人述史三焉。其述书也，帝王之制备，故索焉而皆获；其述诗
也，兴衰之由显，故究焉而皆得；其述春秋也，邪正之迹明，故考焉而皆当。"王守仁《传习录》
卷上："以事言谓之史，以道言谓之经，事即道，道即事，春秋亦经，五经亦史。易是包羲氏之史，
书是尧舜以下史，礼、乐是三代史，其事同，其道同；安有所谓异？"王世贞《艺苑卮言》："天地
间无非史而已。六经，史之言理者也；编年、本纪、志、表、书、世家、列传，史之正文也；叙、
记、碑、碣、铭、述，史之变文也；训、诰、命、册、诏、令、教、礼、上书、封事、疏、表、
启、笺、弹事、奏记、檄、露布、移、驳、谕、尺度，史之用也；论、辨、说、解、难、议，史之
实也；颂、赞、铭、箴、哀、祭，史之华也。"胡应麟《少室山房笔丛》卷二："夏商以前，经即史
也，尚书、春秋是已。至汉而人不任经矣，于是乎作史继之。魏晋其业浸微，而其书浸盛，史遂析
而别为经。"李贽《焚书·经史相为表里篇》："春秋一经，春秋一时之史也；诗经、书经，二帝三
王以来之史也；而易经则又示人以经之所自出，史之所从来，为道屡迁，变易非常，不可以一定执
也。故谓六经皆史可也。"顾炎武《日知录》卷三："孟子曰：其文则史，不独春秋也，六经皆
然。"袁枚《随园文集》卷一〇："古有史而无经。尚书、春秋，今之经，昔之史也；诗、易者，先
王所存之言；礼、乐者，先王所存之法。其策皆史官掌之。"

　　② 钱穆：《中国近三百年学术史》（全二册），商务印书馆1997年版，第433页。

　　③ 关于中国近代史的三种既有模式的批判，即"中国中心观"的兴起等讨论，参见柯文
（Paul A. Cohen）《在中国发现历史：中国中心观在美国的兴起》，中华书局2002年版。

初更曾一度跃居主流地位。① 龚自珍在 1820 年前后所写的《尊隐》中，已提到中国文化重心由京师向山林的倾移；由于京师不能留有识之士，"如是则京师贫；京师贫，则四山实矣。古先册书，圣智心肝，不留京师。蒸尝之宗之子孙，见闻蜱婳，则京师贱；贱，则山中之民有自公侯者矣。如是则豪杰轻量京师；轻量京师，则山中之势重矣。"② 这些都发生在 19 世纪西潮入侵之前或同时，而文化重心的倾移正为外来文化的入据正统提供了通道和条件。文化权势的流徙，造成学术本身的起伏，附加着民族主义的朦胧觉醒，史学在近代得到了道德提升，一度达到"国粹即史""爱国必须先知历史"的高度。两者的相互作用促成了经史易位的完成，到民国时经学的考据法已从原本的信仰性、神圣性阐释学转而为一种史学中的"准科学"方法论。

由传统的训诂考证到明确的科学主义追求的理路转变，在晚清到民国逐渐清晰，其产生的一个结果就是对于系统性、规律性历史的终结倾向。中国近现代的古今之争以及近现代哲学重视历史规律的探索，最早便发端于龚自珍。龚自珍关于时局忧愤深远，痛感衰世已临，要求进行改革。他利用公羊"三世"说阐发自己的变易史观，将其改造为"治世—衰世—乱世"的新三世说，用来论证专制统治陷入危机时的变革合法性，把它解释为历史演变的一般规律，提出"自古及今，法无不改，势无不积，事例无不变迁，风气无不移易"③，并以此作为其政治改革的理论依据。魏源也将公羊变易观点糅合到对中国历史进程的观察之中，并且借今文经学宣传社会变革思想。

此后便是康有为、梁启超的继踵而至。20 世纪初，是中国历史哲学思想大转型、大发展的时期。一方面，大量外国学术著作被翻译或改编传入中国，1902 年留日学生汪荣宝以日人坪井九马三（1858—1936）《史学研究法》为底本，参考浮田和民、久米邦武等人的著述和其他人的论文编译《史学概论》一书；浮田和民（1859—1946）在早稻田大学讲授的《史学通论》讲义，在 1903 年前后就有 5 种中译本：杨毓麟（笃生）的《史学原论》（湖南编译社），侯士绾《新史学》（上海文明书局），刘崇杰《史学原论》（杭州合众书局）、李浩生《史学通论》（杭州合众书局），罗大维《史

① 罗志田：《权势转移：近代中国的思想、社会与学术》，湖北人民出版社 1999 年版，第 11 页。

② （清）龚自珍：《尊隐》，《龚自珍全集》，上海人民出版社 1975 年版，第 87 页。

③ （清）龚自珍：《上大学士书》（道光九年，1829），《龚自珍全集》，上海人民出版社 1975 年版，第 319 页。

学通论》（进化译社）①；1924 年商务印书馆出版何炳松译鲁滨孙
（J. H. Robinson）《新史学》；1926 年商务印书馆出版李思纯文言翻译的法国
朗格诺瓦（C. V. Langlois，1863－1929）和瑟诺博司（C. Seignobos，1854－
1942）的《史学原论》；1933 年商务印书馆出版的薛澄清译弗领（Fred
Morrow Fling）《历史方法概论》；1937 年 商务印书馆出版的陈韬译伯伦汉
（E. Bernheim）《史学方法论》。另一方面，受西方思潮的刺激，在史学认识
论和史学方法论方面，出现了新的动向。梁启超《新史学》的冲击自不待
言，其实当时的先进知识分子多已有所意识。如 1901 年蔡元培认为中国史
例有三种：记注、缉比、撰述。记注者，"据事直书"；缉比者，"整齐故
事，实录历史"；撰述者，"抽理于赜动之中，得间于行墨之外，别识通裁，
非文明史不足当之"。② 提示要有一种连绵总续的记述观念，传统史学往往
只注重历史本身的记载，在新的知识分子看来，则要求重建历史事实之间的
关系，这种关系很大程度上被理解为一种建立在因果逻辑上的叙事。章太炎
1904 年指出的："自唐而降，诸为史者，大氐陈人邪！纪传泛滥，书志则不
能言物始，苟务编缀，而无所于期赴。何者？中夏之典，贵其记事，而文明
史不详，故其实难理。……非通于物化，知万物之皆出于几，小大无章，则
弗能领此。"③ 他强调镕冶哲理、祛逐末陋，"能以思想贯穿中外，驰骋古
近，而微言见于札牒之表者也"。④ 邓实《史学通论》（1902）、曹佐熙《史
学通论》（1909）在历史学与客观历史的基本理论问题上也逐渐发展出不同
于传统史部的思路。

　　不同于传统史部的一个方法论问题是对于客观、科学史料的一再重申，
其中德国兰克史学的科学主义影响最深。胡适在《中国哲学史大纲》的
"导言"中，阐述了他的史学方法论。他认为，研究哲学史有三个目的：一
是"明变"，二是"求因"，三是"评判"。但要达到这三个目的，先须做
一番"述学"的功夫。所谓"述学"，第一步是"审定史料"，第二步是
"整理史料"。审定史料的证据可分五种：一是"史事"，二是"文字"，三
是"文体"，四是"思想"，合称为"内证"；五是"旁证"。整理史料的方

　　① 尚小明：《论浮田和民〈史学通论〉与梁启超新史学思想的关系》，《史学月刊》2003 年第
5 期。

　　② 蔡元培：《蔡元培全集》第一卷，浙江教育出版社 1998 年版，第 352 页。

　　③ 章太炎：《尊史》，《章太炎全集》（三），上海人民出版社 1984 年版，第 413 页。

　　④ 同上书，第 420 页。

法约有三端：一是"校勘"，二是"训诂"，三是"贯通"。① 胡适"大胆假设，小心求证"的方法论，在史学界产生了很大的影响。顾颉刚的"古史辨正"就明显地带有这一方法论特征。此后，李大钊《史学要论》（1924）、徐敬修《史学常识》（1925）、卢绍稷《史学概要》（1929）、吴贯因《史之梯》（1931）、罗元鲲《史学概要》（1931）、周容《史学通论》（1933）、胡哲敷《史学概论》（1935）、李则纲《史学通论》（1935）、杨洪烈《史学通论》（1939）和朱希祖《中国史学通论》（1943）等，尽管立场和观点或有不同，在总体观念上却有种破旧立新的共识。所有这一切，汇成了轰轰烈烈的"新史学"思潮。

二　"中国"与西方的博弈交融

近代以来，经过启蒙运动和工业革命的西方文化开始全球性的扩张殖民活动，中国无法不面临政治、军事、经济、文化方面的多个对手，在学术和思想上同样要与西来的种种观念做一争锋。原本中西文化之间就在各自传统上存在根本的文化差异：处于文化竞争前沿的西方传教士的最终目的是在精神上征服全世界，故对于异教徒始终有传播福音以使其皈依基督教的强烈使命感。但中国士人对非华夏文化的"夷狄"，则主要是采取"修文德以来之"的方式。若"夷狄"本身无"变夏"的愿望，中国士人在一种精英式的骄傲中并不觉得有努力使其"变夏"的责任和使命。传统知识分子行为准则的一个要点即《礼记》所谓："礼闻取于人，不闻取人。礼闻来学，不闻往教。"② 要别人先表示了"向学"的愿望且肯拜师，然后才鼓励教诲之。主动向人输出知识，即是"好为人师"，这样的行为是不被提倡的。但是，显然这种清高之气在节节败退的现实中已经不合时宜，甚至发生了逆转，中国知识分子必得要学习西方的文化规范了。

1842 年，魏源编撰《海国图志》之时，就明确表示意图："为以夷攻夷而作，为师夷长技以制夷而作。"③ 主张向西方学习技术，特别是军事技术。1880 年代初，洋务派中坚张之洞出任山西巡抚时，便提出"体用兼资""明

---

① 欧阳哲生编：《胡适文集》（6），北京大学出版社 1998 年版，第 164—165、168—183 页。

② （清）孙希旦：《礼记集解》，中华书局 1989 年版，第 7 页。

③ （清）魏源：《海国图志序》，见赵丽霞选注《默觚——魏源集》，辽宁人民出版社 1994 年版，第 270 页。

体达用"的论点。1898 年（光绪二十四年），他在《劝学篇》更系统提出
中体西用之说："新旧兼学。四书、五经、中国史事、政书、地图为旧学，
西征、西艺、西史为新学。旧学为本，新学为用，不使偏废"①，而他的
"劝学"指的也是学习西方的技术。对此，严复则认为，中西事理，其最不
同而断无可合者，莫大于"中之人好古而忽今，西之人力今以胜古"②。故
他认为"中西"之争与"古今"之争实际上是一回事，中学与西学、好古
与力今是不可调和的。但是，近代中国士人的心态早已在变，富强本非儒家
强调的国家目标。中国士人既因屡挫于西方和日本而大谈国家富强，实已转
向西方的价值系统。虽然不免有些踌躇迟疑，中国士人终于逐渐趋向林乐知
（Young John Allen，1836 - 1907）和其他传教士指给他们的方向——寻求富
强。既然不可调和，而又必得寻找出路，那么权衡利弊之后，最终无奈的抉
择是走向西学。

当然，中国士人对西学的接受有一个较长的过程。传统中国士人向来是
主张"学"与"术"相分的。起初，中国士人虽承认西方有"长技"，但
那还只是"术"，很少有人将"夷之长技"视为更高的"学"。一旦中国士
人开始学习"夷狄"之长技，试图"尽其中之秘"时，他们很快意识到在
此长技背后还隐伏着系统的科学理论知识。而来自海外的观察者也发现，科
学的确如创办了《万国公报》的林乐知所说是"宁静地"起作用。只要中
国人在学西方长技的方向上迈出第一步，他们就像主编《东西洋考每月统
记传》郭士立（Karl Friedrich August Gtzlaff，1803 - 1851）所期望的那样，
确实发现有很多东西要向西方学习。很快，"西学"这个专门词汇就出现在
中国士人的思想言说之中。中国士人既然已主动学习西方，西方文化优越观
的确立就只是时间问题了。从"夷务"到"洋务"再到"时务"，由贬义
的"夷"到平等的"西"再到尊崇的"泰西"，西方在中国人思想中的地
位步步上升。

西学日隆，伴随着科举制的瓦解，中学更是遭受重创。经生儒士在社会
结构中无从取径，旋即形成两个极端：或转而大崇新学，或退守捍卫传统的
尊严。"五四"之后的激进与保守乃至无政府主义诸多思潮，俱可由此发现端
倪。这固然是各种思潮纷争僵持过渡阶段的必然现象，同时也是外来文化理

---

① （清）张之洞：《劝学篇·外篇·设学》，中州古籍出版社 1998 年版，第 121 页。

② （清）严复：《论世变之亟》，参见胡伟希选注《论世变之亟——严复集》，辽宁人民出版社
1994 年版，第 1 页。

念在本土的适应中的阵痛，对于有着悠久积淀的史学而言尤为如此。中国现代学科中文学、史学、文学史等的创设，均离不开学术史这一大转捩之处。

　　笼统而言，西方历史从其起源开始就带有知识论色彩。希腊的循环论和基督教的末世论已包含了对历史的各种可能的认知性范式，现代各种历史观总也逃不出这两类原则。洛维特（Karl Löwith，1897—1973）明确地说，一切历史哲学都毫无例外地依赖于把历史看作"救赎历史"（Helisgeschehen）的神学解释，"现代历史意识虽然摆脱了对一个具有绝对意义的中心事件的基督教信仰，但它坚持基督教信仰的前提和结论，即坚持过去是准备，将来是实现；这样，救赎历史就可以被还原为一种进步发展的无位格神学。在这种发展中，每一个目前的阶段都是历史准备的实现。由于转化为一种世俗的进步理论，救赎历史的图式也就可以表现为自然的和可证明的。基督教的历史观和时间观不是理论证明的可能对象，而是一件信仰的事情"。① 西方思想史中，几乎没有历史学家否认基督教的"救赎历史"观念对于西方历史哲学的影响。犹太的先知预言和基督教的末世论，造成了一种线性时间的认识观念。在耶稣受难和再次降临的两个决定性时刻之间，就产生了基督教的末世论（eschatologischen）。末世论意味着耶稣基督既是历史的终点，也是历史的目标，"世界历史"将是"救赎的历史"，基督徒们将以逃离现在、走向未来的方式等待神恩与拯救。作为"叙事"的历史，便指向了"未来"。从根本上说，基督教仍是近代进步观念的来源——向天国迈进。

　　这种历史观念显然同中国古已有之的传统有别。在东方主义式的想象中，黑格尔就认为中国古代传统中缺少"主观性"，"这种主观性就是个人一直的自己反省和'实体'（就是消灭个人意志的权力）成为对峙；也就是明白认识那种权力是和它自己的主要存在为一体，并且知道它自己在那权力里面是自由的。那种普遍的意志迳自从个人的行动中表现它的行动：个人全然没有认识自己与那个实体是相对峙的，个人还没有把'实体'看作是一种和它自己站在相对地位的权力"。"做皇帝的这种严父般的关心以及他的臣民的精神——他们像孩童一般不敢越出家族的伦理原则，也不能够自行取得独立的好公民的自由——使全体成为一个帝国，它的行政管理和社会约法，是道德的，同时又是完全不含诗意的——就是理智的、没有自由的

---

① ［德］洛维特：《世界历史与救赎历史：历史哲学的神学前提》，李秋零译，生活·读书·新知三联书店 2002 年版，第 221—222 页。

'理性'和'想象'。"① 在他对于哲学的"世界历史"的勾勒和追求中，中国历史显然缺乏自由之一维，因而是低级的、需要向世界历史（哲学）靠拢的。这种带有浓烈启蒙色彩的历史等级论进化链，无疑在日后内化到中国历史写作的思维模式之中。

到 20 世纪之初，中国历史的写作已经开始在启蒙运动的模式下进行，梁启超最早用启蒙的叙述结构来写中国历史，并宣称没有线形历史的人民无法成为民族，在中国语境中复制了西方式的分期概念：古代、中世纪和现代。从更深层次来说，这也是一个古老帝国在面临新的国际局势中的自我调适，须得转换天下观念而以民族国家的身份参与到世界历史之中。如同有论者所说："'世界历史'不单属于中国文学的企慕，对于中国而言，'世界历史'的诱惑根本上是一种现代性的诱惑。"②

文化失败造成对征服者同时既憎恨又攀仿，不仅自认不如人，而且为了自救而忍受向敌人学习的屈辱。这是一种包含着怨恨和羡慕的怨羡（resentment）情结，刘小枫从现代中国文化的社会心理层面总结出"自卑与自傲的多样组合构成中国现代思想中怨恨心态的基本样态"。③ 最迟至 1891 年，康有为就已痛感当时士人"稍知西学，则尊奉太过，而化为西人。"到 20 世纪初（1905—1911），西方理论代表普遍真理的观念已经深深地植根于中国知识分子的心中。邓实形容当时知识界的风气说："尊西人若帝天，视西籍如神圣。"④ 但近代中国知识分子潜意识里始终有"以夷制夷"这个理学模式传统的影响。且西方文化本主竞争，中国若真西化，亦必与之一争短长。故中国人学西方的同时又要打破自身的传统，无非是在"毕其功于一役"这个观念的影响下，想一举凌驾于欧美之上。以前是借夷力以制夷，后来是借夷技、夷制、夷文化以制夷，最终目的都是为了"制夷"。

在文化竞争之中，被侵略国的弱势人民有一个共同的倾向，即民族主义的兴起，转向传统寻找思想资源和昔日的光荣以增强自信心。冯桂芬在其名作《校邠庐抗议》之《采西学议》中详论中国自强之道，主张半数以上的

---

① ［德］黑格尔（Hegel，G. E. F.）：《历史哲学》，王造时译，上海书店出版社 2001 年版，第 121、124 页。

② 魏朝勇：《民国时期文学的政治想象》，华夏出版社 2005 年版，第 6 页。

③ 刘小枫：《现代性社会理论绪论——现代性与现代中国》，上海三联书店 1998 年版，第 383 页。

④ 见余英时《中国知识分子论》，河南人民出版社 1997 年版，第 170—171 页。

士人都改从西学。其根本的考虑就是要"以中国之伦常名教为原本，辅以诸国富强之术"，"出于夷而转胜于夷"。① 他提出的具体方法尤有提示性，冯强调学西方要"始则师而法之；继则比而齐之；终则驾而上之。自强之道，实在乎是"。冯氏与反对学习西方的理学家倭仁的观念有同有异，两人都要攘夷，也都相信中国不患无才。但倭仁以为只要发扬中国的传统学问，就"足以驾西人而上之"，自不必"师事夷人"。冯桂芬则以为，攘夷"必实有以攘之"；为了最终的"驾而上之"，不妨先降格师事西人。为此，冯桂芬将西方文化区分为礼和器两种不同类型："用其器，非用其礼也。用之乃所以攘之也。"② 冯桂芬关于"用"是为了"攘"这个观念也为后人所传承，孙中山在《三民主义》中就再三说到要凌驾于欧美之上。

　　不论榜样何在，中国的文化精英和先锋们学习西方是为了要建立一个更新更强的国家，最终凌驾于欧美之上；而外国势力在华存在已成为中国权势结构的一个组成部分，这一特殊形势使得所有中国政治运动都带有一定的民族主义性质。趋新大潮与尊西的结合只是钱币的一体两面，中国人趋新和激进的攻击锋芒也可转面西向，西方文化优势在中国的确立实际意味着所有反西方的努力也要用西方的观念来使之合理化。刚从经学束缚之下解脱出来的近代史学，又遭逢难得的道德意义上的提升，本可得势自由发展。但近代士人在西强中弱大语境下的整体自信不足，直接影响到史学，造成被赋予振兴中华重任的史学反而一头扎入西学之怀抱这样一种极其诡论性的后果。③ 在此流风之下，中国传统的史学方法与观念渐遭到无情的批判攻击；更由于自身的文化立足点被打破而不得不随西学之波而逐西方潮流，线性进化论的话语旋即替代了曾经可能具有的多样性（循环论、退化说等）。

　　史学、哲学、政治是如此紧密地交织在一起。政治上因为与国际话语的对接，产生了民族国家的追求，进而产生哲学上话语的西化裂变，再通过一系列知识建构使之合法化；史学不过是无数知识话语中的一种。换句话说，民族主义被定义为一种知识导向，此后有关传统文化、知识、教育的整理、修正和重写都是以此作为背景展开。内感民族文化之衰颓，外受世界思潮之

---

① 冯桂芬：《采西学议》，郑大华点校《采西学议——冯桂芬、马建忠集》，辽宁人民出版社1994年版，第84页。

② 同上书，第78页。

③ 罗志田：《权势转移：近代中国的思想、社会与学术》，湖北人民出版社1999年版，第340页。

激荡的中国文化精英于是开始了书写历史的一大转型。实际上，如果没有学习西方的时代需要，"中学为体"恐怕根本就不会成为士人所考虑的问题。也就是说，在中体西用这一体系之中，中体虽置于西用之前；但从其产生的历史看，中体实在西用之后，因为更早的时候是体用不知的。其结果倒是出现了另外一个意想不到的结果：邯郸学步，反失其故。比如曾经作为王朝官方语言的满语之类，就再也回不去了，更大的范围看，也是从19世纪晚期直到20世纪中期，少数民族语言文化被约束、统摄在国家主义大话语的框架之内，不得声张自己有可能存在的特异之处。

在寻求建立一个能够与帝国主义形式的资本主义国家分庭抗礼的国际单元的过程中，着重的是宏大叙事的整体转型，在国族内部的少数边缘文化只能如影随形，或者被改造为其中的一个分子。如果不能形成支撑的元素，那么它注定要暂时被隐匿起来。从时代的精英主导话语来看，康有为革新孔子，虽然已掺和了不少西洋内容，到底还是在传统中寻找思想资源。但中学不能为体之后的中国人则反是，他们转向传统看到的更多是问题和毛病。像严复这样的"先知先觉者"起初尚不能代表整个中国思想界，但随着中国在义和团一役的再次惨败，他的观念不久即成为士人的共识。这也成为"五四"颠覆传统、激进西化的源头之一，从而加深了将中国多元分立的各类小传统打造为一个"中华民族"大叙事的渴望。

因为被迫而又自觉地丢却自家路数，遵从国际惯例的实践，所以近代以来的历史书写（文学史起初是包含在这个历史书写之中的）是不自觉地以西化的模式和思维框架来规行矩步。西学的东渐及其在士人心目中逐渐树立起优越感提升了原次于经学的史学地位。梁启超在1902年的观察，"今日泰西通行诸学科中，为中国所固有者，惟史学。"这实际上是以泰西之学的标准衡定中国诸学的价值。晚清经世风气的兴起也容易导向史学一途，从操作中来说，在乾嘉考据风气的余荫之下，士人要走"通经致用"之路，自然便会舍所谓"章句之学"而转向可以"资治"的史学。而清借科举考试之由考八股文改试策论，更直接促进了史学的兴起。因为一旦改试策论，从《资治通鉴》到《通考》《通典》《通志》一类，都成了主要的思想资源。另外，沈兼士注意到，民初史学的兴起，除了上述学术与文化背景外，北大史学门（即后来的系）的建立则是其在社会学意义上能够独立的体制基础。

感于对外竞争、话语争夺的需要，文化精英们纷纷倡言史学的重要。章太炎干脆提出"孔氏之教，本以历史为宗"的观念。① 刘师培认为："史也者，掌一代之学者也。一代之学，即一国政教之本。"故古代"学出于史"，而"史为一代盛衰之所系，即为一代学术之总归。"邓实也说；"周秦诸子为古今学术一大总归，而史又为周秦诸子学术一大总归。"这里的"古今"，指的还是周秦时的"古今"，但他接下去说"悲夫！中国之无史也"时，显然已关怀到当代之"无史则无学矣，无学则何以有国也"。② 马叙伦更明确指出："史者，群籍之总称，凡天下之籍，不问其为政治为宗教为教育，莫不可隶于史。是故史者，群籍之君也。"③ 梁氏更认识到："历史者，普通学中之最要者也。无论欲治何学，苟不通历史，则触处窒碍，怅怅然不解其云。"④ 国民教育的精神，最重要的莫过于本国历史。到 1902 年，梁启超著《新史学》一文，开篇即说，史学不仅是"学问之最博大而最切要者"，且为"国民之明镜"及"爱国心之源泉"。欧洲诸国所以日进文明及其民族主义之发达，"史学之功居其半"。梁氏感到遗憾的是，在中国，史学并未起到其在欧洲那种"激励其爱国之心，团结其合群之力"的作用。故他认为："今日欲提倡民族主义，使我四万万同胞强立于此优胜劣败之世界乎，则本国史学一科，实为无老无幼无男无女无智无愚无贤无不肖所皆当从事。"概言之，"史学革命不起，则吾国遂不可救"⑤。梁氏当时颇有志于此救国事业，其同年所著的《自述》说："一年以来，颇竭绵薄，欲草一中国通史以助爱国思想之发达。"⑥ 再到胡适写《中国哲学史》基本就奠定了影响了其后数十年的历史哲学话语。

经过梁启超、胡适等人的鼓吹，近代历史哲学逐渐以"新史学"替代了中国旧有的强大史学传统。此后成为中华人民共和国官方历史哲学的唯物史观的引进和运用也是这一大思潮下的产物。李大钊是中国最早传播唯物史观的人物。他曾先后在北京大学讲授《唯物史观研究》《史学思想史》《史

---

① 章太炎：《答铁铮》，《章太炎全集》第 4 册，上海人民出版社 1985 年版，第 371 页。

② 刘光汉：《论古学出于史官》。《国粹学报》第 1 年第 1 期；邓实：《国学微论》，《国粹学报》，第 1 年第 2 期。

③ 马叙伦：《史界大同说》，《政艺通报》，第 15 号，转引自胡逢祥、张文建《中国近代史学思潮与流派》，华东师范大学出版社 1991 年版，第 276 页。

④ 梁启超：《东籍月旦》，参见《饮冰室文集点校》，云南教育出版社 2001 年版，第 1379 页。

⑤ 梁启超：《新史学》，参见《饮冰室文集点校》，云南教育出版社 2001 年版，第 1628—1647 页。

⑥ 梁启超：《三十自述》，参见《饮冰室文集点校》，云南教育出版社 2001 年版，第 2224 页。

学要论》等课程，系统地宣传唯物史观的基本理论，它产生的必然性，它对无产阶级和劳苦大众争取解放的斗争所具有的指导意义。其中，尤以1924年著成的《史学要论》一书最为重要。这本书是中国近代史上第一部以马克思主义为指导的史学概论著作，共分六节：（一）什么是历史；（二）什么是历史学；（三）历史学的系统；（四）史学在科学中的位置；（五）史学与其相关学问的关系；（六）现代史学的研究及于人生态度的影响。比较一下这本书与沃尔什（W. H. Walsh）的《历史哲学导论》，我们会发现其内容有惊人的一致性，但其立场和出发点却完全不同。李大钊从马克思主义立场出发，论述了一系列理论问题。他提出区分客观历史和历史记载的不同概念，认为历史"是人类生活的行程"，即人类生活的"联续""变迁""传演""活的历史，只能在人的生活里去得，不能在故纸堆里去寻"；而像《史记》《二十四史》等，"无论怎样重要，只能说是历史的记录……而不是这活的历史的本体"。了解以往人类的历程，可以帮助我们认清未来的方向："一切的过去，都是供我们利用的材料，我们的将来，是我们凭藉过去的材料现在的劳作创造出来的。这是现代史学给我们的态度。""一时代有一时代比较进步的历史观，一时代有一时代比较进步的知识；史观与知识不断的进步，人们对于历史事实的解喻自然要不断的变动。"① 史观与史书之间关系于此豁然而明，李大钊可以延续的依然是"新史学"以来的历史哲学转型并且将其完成。

回望从19世纪末开始的这场历史哲学认知的转变，可以发现是一个本土话语逐渐退隐，西来话语日益登场的此消彼长的轨迹。在这种内在的嬗变过程中，兰克（Leopold von Ranke，1795－1886）史学所强调的客观、真实性作为统摄性的史学观念在中国也成为主流。但是就文学史而言，却足以产生一定的扞格。另外，翻译以及由其引起的文化观念整体的改组可以说至关重要，后文将详述。"文学"和"文学史"本身也经历了史学方法论转型的影响，而文学与历史之间的紧张和互用也给历史哲学的突破带来新的契机。多民族文学史观逐渐得以浮出水面，从历史哲学内在理路而言，也就是其发展的必然结果。

---

① 李守常：《史学要论》，商务印书馆2000年版，第74—136页。

三　文学与历史的互相生成

一般认为，"历史哲学"（Philosophy of history）一词是 18 世纪法国启蒙思想家伏尔泰（Voltaire，1694 - 1778）首先提出来的（1756 年出版的《风俗论》首创，伏尔泰又于 1765 年出版《历史哲学》），但学术规范意义上的"历史哲学"概念则是 18 世纪意大利哲学家维柯（Giovanni Battista Vico，1668 - 1744）创建的。沃尔什（W H. Walsh）采用了历史两分法，依据"历史"一词兼含之"本然义"（what happened，即历史事实）与"认知义"（what is written about it，即历史记述），并借用西方哲学在近代由本体论到认识论转型的用语"思辨的"（speculative）和"分析的"（analytical）两词，把注重"本然义"的历史哲学称之为"思辨的历史哲学"，把注重"认知义"的历史哲学称为"分析的历史哲学"①。前者亦可称"本体论的历史哲学"，其要旨在于"回答历史演变的规律或规划是什么"，其代表人物有黑格尔（《历史哲学》）等；后者亦可称"认识论的历史哲学"，其要旨在于回答"历史知识或理解的性质是什么"，其代表人物有柯林武德（Robin George Collingwood，1889 - 1943）《历史的观念》等。"可臻完善论"的历史哲学，以孔多塞（Marie Jean Antoine Nicolas Condorcet，1743 - 1794）和杜尔阁（Anne Robert Jacques Turgot，1721 - 1781）为代表，主张历史是缓进的和演变的，"千禧年论"的历史哲学，以马克思为代表，相信历史进步，主张历史通过剧烈变革实现演进。不论是渐变，还是突变，都服从于进步的观念，二者都属于思辨的历史哲学。

1874 年是现代历史哲学的一个分水岭，这一年，英国哲学家布莱德雷（Francis Herbert Bradley，1846 - 1924）写的《批判历史学的前提》开始探讨历史知识如何成为可能的问题；随后的 1907 年，德国历史学家齐美尔（Georg Simmel，1858 - 1918）更明确地提出了一个康德式的问题，即历史科学是怎样成为可能的？实际上，对这个问题的探讨构成了分析或批判的历史哲学的真正主题。按照分析或批判的历史哲学的见解，人们是通过历史知识去认识历史的，因此，要理解历史，首先就要分析和理解历史知识、历史认识的性质。这一点正是分析的历史哲学的基本前提和逻辑基础。思辨的历

---

① ［英］沃尔什：《历史哲学导论》，何兆武译，广西师范大学出版社 2001 年版。

史哲学所研究的重点是历史本身的演变规律，而分析的历史哲学所关注的中心议题则是人们怎样认识历史运动，而不再是历史本身怎样运动。这样，分析的历史哲学就把历史认识论当作历史哲学的主题，它依据人类认识的发展趋势，注重历史认识论的研究。分析的历史哲学就在历史哲学史上实现了一次研究主题的转移，即从历史本体论转移到历史认识论。具体地说，从对历史本身性质的探讨转移到对历史知识性质的分析，转移到对理性自身认识能力的批判。

柯林伍德批评了两种不合法的"科学"态度：一是它们企图发现支配历史进程的一般规律，二是它们企图在历史中发现一种逐步拟定的、单一的、具体的计划，而不是永恒不变的抽象规律的例证。"历史思维其实就是一般与个别的不断交替，个别是目的，而一般则是手段。如果没有概括的帮助，任何历史事实都不能确定。"① 柯林武德反对把自然科学的方法和概念引入历史学，强调对历史认识的同情的理解、"设身处地的领悟方法"（the method of empathetic understanding），即历史认识就是在自己的心灵中对历史行动者的思想境地设身处地的"重演"，其立论的依据却正是一种历史本体论——历史是思想史，历史就是被我们思考和解释的历史。

伊格尔斯（Georg G. Iggers）把"设身处地的领悟方法"以及"普遍规律假设"进行归纳推理的方法分别定名为"悟释式"（Hermeneutic）和"法则式"（Normological）的方法。② 就文学与文学史而言，前者显然更为契合，而后者在史学的认识论蜕变中逐渐也被取而代之。晚清输入西学直到新文化运动的前卫话语先锋们，或多或少都采取了"六经注我"式的历史认知——历史就是当代史，印证的是克罗齐（Benedetto Croce，1866 – 1952）的话："……已经形成的历史，被称为，或者我们愿意称之为'非当代的'或'以往的'历史，如果它真是历史，也就是说，如果它有意义而并非空洞的回声，那它就是当代的历史，两者之间没有任何不同。因为在前一种情况下，历史存在的条件是，构成历史的行为必须震动历史学家的心灵，或者用职业历史学家的说法，就是文献摆在历史学家面前，而这些文献又是可以理解的。把对事实的一个记述和一系列记述和事实统一起来，使之

---

① ［英］罗宾·科林伍德：《历史哲学的性质和目的》，转引自汤因比等著、张文杰编《历史的话语——现代西方历史哲学译文集》，广西师范大学出版社 2002 年版，第 179 页。

② ［美］伊格尔斯：《欧洲史学的新方向》，赵世玲、赵世瑜译，华夏出版社 1989 年版，第 33—39 页。

融合成一体，这种情况仅仅意味着事实已经获得更充分的证实，而不意味着它已失去现在的这一特性。……如果当代的历史直接来自生活，那么所谓的非当代历史也是如此，因为显然只有对现实生活产生兴趣才能进而使人们去研究以往的事实。"①

克罗齐断言当代性并不是某一类历史的特征，而是全部历史的本质特征。这里提示我们必须看到历史和生活之间的关系是统一的关系，当然，它不是抽象的同一性，而是综合的同一性，也就是既包含着区别又包含着联系的同一性。如果用马克思主义的观点，那就是所有的史观都脱离不了当时社会语境之于它的规定性，它无法超越时代现实实践与其本身文本之间的相互映照和彼此补充论证，这并不是某种谁为谁服务的问题，而是它们本身是无法分割的，文学、历史、文本、叙述都是现实的组成部分之一。20 世纪以来中国文学史观屡经数变，无论是早期尚带有"文苑传"色彩的较为笼统的文学史，还是萦绕不去的退化循环论，或者此后的进化论主导、阶级斗争为问题导向等文学史观概莫能外。

新中国成立之后，历史唯物主义长时期统治历史学（文学史受史学影响巨大），该理论试图结合规律探讨和史实叙述两方面，不但探讨历史本身如何运动，而且也分析了人们如何认识历史运动。首先，抽象方式的确立，即以源自于摩尔根原始社会、封建社会、资本主义、共产主义的线性进化模式的思考框架。其次，理解方法的提出。按照马克思的观点，人是历史的主体，在历史中进行活动的全是具有目的、意识和意志，经过思考或凭激情行动的人，因此，理解方法对历史科学绝对必要。而理解是一个过程，人们对历史的理解总是从"片面的理解"经过"自我批判"达到"客观的理解"。这是一个遵循了黑格尔辩证法的"正—反—合"的螺旋上升的认识过程。较之于伽达默尔（Hans – Georg Gadamer，1900 – 2002）的阐释学理解方法，可以见出其强烈的目的论和进化论色彩。再次，是"从后思索"方式的形成，即逆向溯因，在后见之明的照耀下，按照形式逻辑的一种推导和叙述。最后，是历史认识相对性的确认，即确认历史局限性的必然，认识的有限度的存在。

自 20 世纪始，西方历史哲学又有一"语言学转向"，即强调叙述"历史"的语言，不仅是外在的形式或反映实在的媒介，而是其本身就具有某

---

① ［意］本尼戴托·克罗齐：《历史和编年史》，转引自汤因比等著、张文杰编《历史的话语——现代西方历史哲学译文集》，广西师范大学出版社 2002 年版，第 179 页。

种"实在性"，具有真实的"意义"。此类历史哲学可称为"语言学的历史哲学"，代表人物及著作为海登·怀特（Hayden White，1928 －　）及其《元史学：十九世纪欧洲的历史想象》。在该书"导论：历史的诗学"中，怀特援引当代语言哲学、文学理论、社会学理论等多方面的学术成果，将叙事性话语结构分析为这样几个层面：（1）编年（chronicle）；（2）故事；（3）情节化（emplotment）模式；（4）论证（argument）模式；（5）意识形态蕴含（ideological implication）模式。情节化、论证和意识形态蕴含是历史叙事概念化的三个基本层面，它们中的每一种又各有四种主要模式，可表示如下：情节化模式：（1）浪漫的；（2）悲剧的；（3）喜剧的；（4）讽刺的。论证模式：（1）形式论的；（2）机械论的；（3）有机论的；（4）情境论的。意识形态蕴含模式：（1）无政府主义的；（2）激进的；（3）保守主义的；（4）自由主义的。历史话语所生产的是历史解释，历史叙事概念化的三个层面，就分别代表了历史解释所包含的审美的（情节化）、认知的（论证）和伦理的（意识形态蕴含）三个维度。历史学家运用语言在很大程度上和文学家一样，是要将原本无法理解的变为可理解的，将原本陌生的变为熟悉的，因此在区分了三种概念化层次各自所具有的四种主要模式，怀特又提出了诗性预构在语言学基础上的四种比喻类型，从而为分析历史著作提供了一套理论工具。① 由此我们可以看到西方自近代以来经历了本体论、认识论、修辞论的历史哲学三次变迁的基本理路。

修辞论与语言学的历史哲学显然强调了叙述与史学之间的关系，关于此点，中国传统史学思想中并不匮乏。刘知几就称"物有衡准，而鉴无定识"。② 即史实固然客观存在，但是著史者却必然要带有自己的主观判断。广义的历史包含有史事、史文、史义三个层面的内容。此一分法，乃发凡于孔子和孟子。《孟子·离娄下》："王者之迹熄而诗亡，诗亡然后《春秋》作。晋之《乘》，楚之《梼杌》，鲁之《春秋》，一也；其事则齐桓、晋文，其文则史。孔子曰：'其义则丘窃取之矣。'""其事则齐桓、晋文"者，史事也；"其文则史"者，史文也；"其义则丘窃取之矣"者，史义也。史学的三调于是可以判为本事、记叙、阐释，前者因为时间、材料的局限其实无法完整企及，后者有时交互为用，不可分割，构成了后人所见"历史"的面

---

① ［美］怀特：《元史学：19 世纪欧洲的历史想象》，陈新译，译林出版社 2004 年版，第 6—55 页。

② （唐）刘知几：《史通》，辽宁教育出版社 1997 年版，第 61 页。

目。王船山说："夫义，有天下之大义焉，有吾心之精义焉。"① 又说："孔子曰：吾之于《春秋》，笔则笔，削则削。有大义焉，正人道之昭垂而定于一者也；有精义焉，严人道之存亡而辨于微者也。则丘也审之于心，睽之于理，窃取占之帝土所以肇修人纪者，而深切著明以示天下焉。"② 其实"历史之大义"与"吾心之精义"都是由主观建构的，这同分析的历史哲学以及 20 世纪后期的新历史主义已经暗通款曲。

这里虽未点破，但已经呼之欲出的是史实、"历史"与书写和叙述之间的关系，历史即是书写。新康德学派的文德尔班（Wilhelm Windelband, 1848-1915）认为：自然科学"追求的是规律"，历史研究"追求的是形态"，"在自然研究中，思维是从确认特殊关系进而掌握一般关系，在历史中，思维则始终是对特殊进行亲切的摹写"。③ 亚里士多德关于"诗"比"历史"更真实的论述再次回响起来："历史学家和诗人的区别不在于是否用格律文写作，希罗多德（Herodotus of Halicarnassus, 484BC-425BC）的作品可以被改写成格律文，但仍然是一种历史，用不用格律不会改变这一点，而在于前者记述已经发生的事，后者描述可能发生的事。所以，诗是一种比历史更富哲学性、更严肃的艺术"，"不可能发生但却可信的事，比可能发生但却不可信的事更为可取。"④ 历史原来与文学不过是一墙之隔。牟宗三谓"孔子修春秋，其或书或不书，或讳或不讳，皆是以对人或事之价值判断之不同，而异其叙述事实之文字。是孔子之《春秋》，'其事则齐桓晋文，其文则史'，其义则中国历史哲学之祖也"⑤，也是这个意思。

修辞学的历史哲学其实就是所谓的后现代历史哲学，通常又被称为叙述主义或者语言学的历史哲学。人们逐渐认识到，史家有意无意地受着意识形态的支配，所以历史不可能是为其自身而存在的，它绝不是一种纯粹的实在。神话历史、巫史、官史对此作出有力佐证。在这些意识形态中，过去因其隐约的合理经验印象而成为历史涂鸦的最基本的要素。如果没有合用的过去，他们就捏造过去，历史因此成为虚构而已。历史学家有时扮演了政治演

---

① （明）王夫之：《读通鉴论》，岳麓书社 1996 年版，第 84 页。

② （明）王夫之：《四书训义》（下），岳麓书社 1996 年版，第 519 页。

③ 洪谦主编：《现代西方资产阶级哲学论著选辑》，商务印书馆 1982 年版，第 59 页。

④ ［古希腊］亚里士多德：《诗学》，商务印书馆 1996 年版，第 81、170 页。

⑤ 牟宗三：《历史哲学》，《附录一：唐君毅先生著：中国历史之哲学的省察》，参见《牟宗三先生全集》之九，联经出版公司 2002 年版，第 439 页。

员的角色，历史成为玩偶。胡适等新文化运动的领袖们当初是为了建立一个固定的历史叙事，来虚拟想象的共同体，为民族国家主义张目，但是他们在不自觉中却为这些后来的颠覆者树立了批驳的靶子。

尼采（Friedrich Wilhelm Nietzsche，1844 - 1900）的非理性主义社会批判思想对后现代主义有深刻影响。尼采用视角主义取代柏拉图主义，在这种视角主义取向中，没有事实和客观真理，只有解释。他认为所有语言都是隐喻，主体不过是语言和思维的产物而已。他攻击理性的虚妄，捍卫躯体欲望，认为艺术远比理论更能提高生活。尼采视现代性为高级颓废状态，在这种高级颓废状态中，所有"高级的东西"都被理性、自由主义和民主夷平。因此，应当摧毁西方传统观念，重估一切价值。值得注意的，尼采最初应对的是西方形而上学传统，但是几经流转，在全球联系日益紧密、跨国政治、经济、文化几乎无法脱离他者来自说自话时，这种颠覆性的理念也就是应用于中国了①。

海德格尔的时间观念与霍金的时间观念不同。在海德格尔看来，时间是人的直观形式和直觉体验，人怎样存在，时间就怎样表现出来。可见，时间是由人设定的，是和人的主观性体验联系在一起的。历史也是如此。历史只不过是人在"过去"的经历中发现"自己"，选择自己未来的可能性活动而已，历史及其规律性是根本不存在的。② 以尼采和海德格尔的思想遗产为基础，作为对现代性批判的一种新的思维和主体性模式，后结构主义试图取消从笛卡尔（Rence Descartes，1596 - 1650）到萨特（Jean Paul Sartre，1905 - 1980）的近代哲学传统的主体这一核心范畴，主体的创造性、能动性被抛弃，甚至主体本身也被摒弃，主体性与意义最多只是派生的。后结构主义不但否认语言自身的确定性，而且强调符号的任意性、差异性和无所指性，并把追求基础、真理、确定性等现代性观点判为狂妄不实。他们赞成一种极端历史主义观点，认为意识、认同、意义等都是历史地随机形成并变化的。所以现代性话语的基础主义、历史决定论必须彻底摧毁之，从而建立一种崭新的哲学实践。福柯（Michel Foucault，1926 - 1984）和德里达（Jacques Derrida，1930 - 2004）以降，原本在历史哲学隐而不显或者有意回避的这一观念旋即得以张扬。

---

① 关于尼采在中国的接受与创造性运用，参见郜元宝《尼采在中国》，生活·读书·新知三联书店 2001 年版。

② ［德］马丁·海德格尔：《存在与时间》，生活·读书·新知三联书店 2000 年版。

　　像尼采一样，福柯认为真理与意识形态之间没有实质区别，真理被看作是"话语的效果"，是语言和修辞的产儿。索绪尔（Ferdinand de Saussure，1857－1913）的语言学、维特根斯坦（Ludwig Wittgenstein，1889－1951）的语言分析和德里达的解构，对既有的陈规来了个釜底抽薪——语言作用于文化，从而塑造人。后现代史学、新历史主义认为陈述和表述所指涉的并非是过去，而是其他的并且总是当下的历史陈述、话语和文本。事实上，在19世纪晚期的时候，朗格诺瓦和瑟诺博司就曾经指出：历史文献可以分为两种，"有时，过去的事件会留下一种物质痕迹（一座纪念碑，一件制成品）。有时，痕迹（普遍地）会具有一种心理上的次序，比如一份书面说明或记叙文"。① 实际上像中国早期史家一样，已经承认情感、心理、书写即是史料，历史与文学之间难分难解。经过语言学转向之后，更是进一步反思到现实只能通过语言而获得——并不是否定社会政治的结构，而是说它们必须通过它们的语言学上的发音才能加以研究。这样就切断了历史知识和过去实在的联系，经验还原为话语，从而不仅将历史著作解释为文学之一种，而且也把历史本身还原为文本和话语。文学和历史的观念一经打破，原先的文学史就显得比较尴尬，它是什么？作为文学的历史，还是作为文学的知识，它是文学还是历史？还是两者结合的四不像？

　　后现代历史学拒斥作为现代历史学核心的理性和进步观念，转而关注特异、犯罪、神秘等历史中的非理性因素，或者是许多曾经一度被主流意识形态压抑的因素，它抛弃实在而注重象征。它拒绝构建某种核心的宏大叙事而将其他叙事推向边缘，因此，许多以前被认为是无关紧要的主题进入了历史学家的视野。少数民族文学在它们所开拓的空间中得以寻觅到自己的容身之所。具体而言，20世纪后半期的社会史、文化史、微观史学，奠定了从他者、边缘、缝隙中重组历史的可能。历史被看作是一种文学形式——叙事，既然无意创建阐释，那么重写书写就具有了合法性。历史是一种文本，罗兰·巴特（Roland Barthes，1915－1980）并且申明："历史学家的作用是预断性的：因为他知道还没有被讲述的东西，所以历史学家像说神话的人一样，需要一种双层时间（two－layered time）来把主题的时序与报道主题的语言行为的时序编织起来。"② 那么历史也就不再有固定的评判标准，理论

---

① ［法］朗格诺瓦、瑟诺博司：《史学原论》，余伟译，大象出版社2010年，第32页。

② ［法］罗兰·巴特《历史的话语》，转引自汤因比等著、张文杰编《历史的话语——现代西方历史哲学译文集》，广西师范大学出版社2002年版，第115页。

上来说，任何一种历史都可以获得上场的机会。

中国少数民族文学的事实自然从古至今一直草蛇灰线，但是在前现代社会黯淡于儒家正统的强光，在近现代以来又因为要参与民族国家话语的大计之中，泯灭了个性。事实上，直到1950年代"少数民族文学"这一提法才跃入正式的文学话语系统之中，但彼时的由国家宏观体制设想的少数民族文学史还是遵循了国家叙事的主导意识形态一体化的影响。此际出现的一些族别文学史乃至1980年代出现的全局性的"中国少数民族文学史"，除了增添了一个带有民族风情色彩的历史背景知识介绍，其叙事结构与模式与传统文学史基本都别无二致、千篇一律。在考量入史的标准之时，道德和政治价值显然放在第一位，至于形式或者审美的因素，如果不是次要的，那么也要附骥在前者的枝干上。

今日回头反溯这段往事，并非要进行如何评判。事实上，任何一种史观的背后都有其合理性，叙事不单单是意识形态生产的手段，而且还是一种意识模式，一种观察世界的方法；反之亦然。意识形态也是人们对现实进行叙事性理解的工具，它就如同一条丝线串起散落的珍珠。宿命的地方在于：事实漫涣无边，历史删繁就简。叙事的功能永远不可能全景再现，那实际上是不可能完成之任务，而是建构一个场景，我们只能在特定的场域中进行书写。这里并不是否认历史著作的真实性，而是将历史看成是诠释，是不同的真实性——并不存在恒定的普世的"真实性"。在缺乏直接史料的倾向下，历史书写中推论的情形尤为常见，这也是一个悠久的传统，比如骊姬夜泣、霸王悲歌这样精彩的史书片段，其实就是文学的虚构。

中华多民族文学史观的酝酿、成形，自然也是各种错综复杂的社会、文化、意识形态交融合力的结果。文学之发展主要出于"外力"的推动，而非来自于"内部要求"，这是晚清到1949年间中国现代文学史的主要体制特点和话语形构。更进一步，我们甚至可以说文学从来不曾有过"内部"，更遑论它的内部又是如何纯净无疵。1980年代开始，随着原先铁板一块的一体化意识形态的崩解，公共话语空间的扩大，文学研究创新性的内在要求下，一些现代文学研究者开始反思既有文学史可能存在的缺失，主张"重写文学史"。① 但是从根本上来说，这些研究者的历史哲学观念并没有发生

---

① 较有影响力的是1980年代中期，陈平原、黄子平、钱理群等人开始讨论的"二十世纪中国文学"，1988年陈思和与王晓明提出的"重写文学史"，21世纪初陈晓明、张颐武等人提出的从"文学研究"到"文化研究"的范式转向。

大的转变，更多的是在拾遗补阙的意义上进行史料的扩展和分期的变革。当然，它们在现实中对学术实践产生实际的影响。但是最有价值的地方可能也就是将现代文学的分期内涵与外延做了更为精细的处理。某种意义上来说，这种"重写"文学史叫作"重读"更为合适。它们只是在排列组合的意义上，对某些原先因为种种原因被提高的作家作品给予更合理的评价；同理，原先被遮蔽、掩藏、忽略的，则还一个公道——尽管很多时候甚至做得有些过犹不及。①

主流学界的这些动态对于"少数民族文学"而言基本没有发生更大的影响，事实上在很多人的内心，根本就认为"少数民族文学"不应该存在，在那些奉"文学性"为旨归的学究心目中，文学就是文学，哪里有什么"少数民族文学"？其实，这种被困囿于"文学性"的学究没有意识到，所谓的"文学性"也不过是个建构出来的戏剧。1980年代以来的一些文学史实践逐渐将通俗文学、港台文学甚至少数民族文学都纳入统一的规划中，但是往往缺乏一个系统的解释和规范，最终使得那样的文学史著作成为一个大拼盘：区分雅俗的是风格内容、思想与内涵，中原与边缘的却又变成了地域的观照，增添的"少数民族文学"不过是应景的摆设，最多就是在那些知名的作家前面加上一个族别身份的标签，并不能说明认识问题，反而让人觉得刺眼，觉得是多此一举。

出现这样的局面，究其根本原因还是在于他们的历史哲学思维依然停留在他们所反思的层面——文学研究界本身无法完成自己的任务，必得要像20世纪初一样，借助外来的理念进行刷新。如果说20世纪初文学史初创时期，西化的资源还比较纯粹，到20世纪末则面临的情况是杂语纷呈、众声喧哗。西学内部本身出现了天崩地坼的拆解性裂变，一切的价值在解构、后殖民、后现代、女性主义、酷儿理论等的观照下都有了重估的必要。而这个时候中西之间的政治、经济、文化、学术交流互动与当初相比已是突飞猛进，不可同日而语，加上之前西化或者说翻译话语所形成的中国现代学术框架已经成形，结合本土的传统转化已经构成了新的传统。中华多民族文学史观在这种新的传统中诞生，从外在来看整体文化学术语境受到前述重估价值的新异观念的诱引，潜移默化地发生了对于既定文学史陈套的不满。少数民

———————————

① 比较著名的是1994年，王一川等人在编《20世纪中国文学大师文库》时，打破了从1950年代基本就定型下来的"鲁郭茅巴老曹"的六大家格局，将茅盾排除在外，而原本被视为通俗文学、不入研究者法眼的金庸则赫然被排在第四位，仅在鲁迅、沈从文和巴金之后。

族文学本身日益丰富繁荣的发展，加强了这种不满从现象到理论的广度。现代新技术媒介影响到人们感知的方式，少数民族文学也确实需要重新予以定位，我们通过个体体验即可知道，当一首山歌在青山绿水之间传唱与在镁光灯和摄影机前面的表演，差别会是如何之大。

在 20 世纪诸多理论的共同熏陶下，我们对于构成历史的时间重新加以认定，时间不过是人类为了认识事物而在认知中设立的框架，它当然可以是线性的、首尾有序的、弥赛亚诉求的，同样也可以是不连贯的、虚幻的、非线性的、非决定性的，也是无法以确定的方式置于话语中或讨论中的，两者并无高下之分。而空间的观念自列斐弗尔（Henri Lefebvre，1901 - 1991）、福柯等人重新在哲学话语中发现以来，也提醒我们平面式、延展式、平等地观察多样性文学形态的可能。这些都是修辞论和语言学转向后历史哲学的必然。而后现代史学的核心观念"叙述"正是中华多民族文学史观的旨归——同样讲述中国文学的故事，在不同的站位上有不同的叙述法。文学史是历史，同样也是文学，而文学、历史、文学史归根结底都是实践。

四 作为"民族"内部动力的现代性历史

有学者曾经发现，在目前的批评领域，历史信息与历史的含义常常被混淆，而文学史不是从外部而来，而是意图的沉积。

> 客观的、不附加任何价值观念的对话最后——不，不是最后，也不是最后的分析，而只是，碰巧是——无意义的对话。它本身只是事件——无须区分是自然的还是文化的，因为自然与文化的区别是我们在努力理解事件本质（或者说终点、意义或结果）的时候人为生成的，作为事件的历史并不需要我们做什么；的确，仅仅是观察已经让它够受的了，更不用说分析了。当我们动笔写作的时候，我们将历史创造成故事、分析或话语，在那一时刻，作为事件的历史便消失了。我们给出的每一个名字将自然转化为文化，将历史事件转化为故事，将冲动转化为目的。

> 那就是为什么，从某一个角度来说，我们也必须处于我们历史的中心。历史是由我们言说，并为我们而言说的。"因此历史从来就不是历

史，而是服务于什么的历史"。①

事实证明，文学史借助意识形态的力量，动摇、瓦解了当时文学的自然秩序，然后，将事实重新排序，再建文学的场景，试图在读者的阅读中建立另一种"文学记忆"和文化印象。这里所说的文学史的"意图结构"就是它的历史哲学。历史哲学通常被认为是理智探究中的一个特殊领域，它同分析科学、认识论（知识理论）和伦理学（道德哲学、价值哲学）中的问题密切相关。历史学寻找的真理是个别的，而不是自然科学的普遍的真理，这导致验证与意义的困难。历史学是按照目的来解释历史，不像自然科学那样按照规律来解释自然。因此，某种历史哲学换一个场境，就有可能越橘淮枳、水土不服。而此处强调"意图"显然是从文学史内部而言，从其本身寻找变化的契机。

历史并不是真的向某处奔赴，也不可能达到明确的目标。我们寻找历史的模式，这只不过是我们的思想习惯、理性推想、逻辑假设而已。在历史中，其实并没有秩序和进步，除非这种"历史"的观念是由特定的时间观所决定。我们习以为常接受的进步观念究其根底，来自基督教的线性史观和人类向天国迈进的看法。历史学家常对历史中具体的个人机构、时代和事件做出价值判断。但历史哲学家则对一般的历史进程做出判断。历史有时被认为是进步，有时被认为是退步或堕落。前者是乐观主义的判断（盛行于19世纪），后者是悲观主义的态度。黑格尔与马克思认为历史是进步的，而柏拉图则认为历史是退步的。此外，不论在古代，还是在近代，都有人持循环论观点，比如维柯、汤因比（Arnold Joseph Toynbee，1889–1975）就认为文明展现发展与衰亡的模式。②

古代中国的哲人、史家多持天命史观、退化论、循环说，晚清至民国，从康有为"三世"说的进化史观开始，历史哲学的近代化实际上表现为一个在用进化史观取代变易史观的同时，又逐渐告别退落史观、循环史观和复古史观，以确立历史进步观念的过程。与"理想社会在远古"的复古史观不同，作为近代意识的进步观念总是认为人类真正的黄金时代只能属于未

---

① ［美］马歇尔·布朗（Marshall Brown）：《文学史的发展轨迹再思考》，参见王宁主编《文学理论前沿》第三辑，北京大学出版社2006年版，第82—83页。

② ［意］维柯：《新科学》，朱光潜译，人民文学出版社1997年版；汤因比：《历史研究》，上海人民出版社2005年版。

来，强调人们应当面向未来，在未来而不是在过去安放人类的理想并遵循历史进步的规律化理想为现实。而在传入中国的众多西方科学思想哲学流派中，除了唯物史观之外，进化论、地理环境决定和柏格森（Henri Bergson，1859－1941）等人的非理性主义是对近代历史哲学的演进产生过重要影响的三种学说，而进化论显然是所有这些学说中最基础的，现代中国鸦片战争到甲午战争之后，中国的先进知识人愈加意识到群强环伺的国际局势，内感清政府的无能，外忧政治外交战争的失利，出于种种目的，或者为了排满抨击朝廷，或者为了鼓荡民气、振奋民心；或者思图为中国寻找一条救赎之道，大部分人都自然而然地倾向当时新输入的进化论。当时的传播翻译者严复可能是意识到这种思路与自己以"适者生存""优胜劣败"的进化论观点来论证救亡图存、自强保种的历史必要性比较合拍，所以把斯宾塞的进化论放在了比达尔文的学说更为重要的地位。在达尔文学说中，演化固然有进化的一脉，同时也包含了被淘汰的退化的一面。而严复翻译《天演论》和《群学肄言》所理解的进化论不仅仅是一种科学理论，它首先表现为一种关于普遍之道的学说——天演哲学，强调的更多只是进化者一维了。自然选择，群与群的竞争，这些观念被晚清知识人一再提及，根底里的焦虑是民族危亡的恐惧。

新文化的开创者们都有着胡适那样的"再造文明"的梦想，"再造"的前提就是摧毁被他们认为无法给现代生活提供竞争实力的文化传统。新文化运动首先是否定中国既有的文化传统，而以欧美西来的以民主与科学为主流的标准来进行现代化运动。"五四"所介绍的是西方两百年的正统思想，也就是自由的传统（Liberal tradition），包括科学的传统来代替中国旧的传统。余英时曾经指出，近世以来中国的思想史一直偏向于激进这一维，在种种因素力量的胶着合力中，很多知识人认为"只有破掉一分'传统'，才能获得一分'现代化'。把'传统'和'现代'这样一切为二，好像是黑夜和白昼的分别，在思想上当然是远承西方启蒙运动和实证思潮关于社会和历史的观念"。而另外的"保守"一些的知识人则在当时的语境中无法跟这种激进话语相抗争。当时被新文化运动领导者提倡的个人主义、妇女解放等等议题，在日益严峻的内外环境中都抵挡不了民族危机所带来的紧迫感，"'五四'的自由主义，特别是其中的个体主义，迅速地向社会主义的一端转化。'五四'时代强烈的个性解放和自我意识是对于传统'名教'的反抗。但此后的民族危机日深却使'大我'淹没了'小我'。社会主义和民族主义之间本无必然的历史联系，不过二者之间有一个共同点，即以群体为本位。在这一点上，二者终于合流"。①因为与传统决裂正是文艺复兴到启蒙时代西方的一个重要思潮，其思想基础就是对理性的高度崇尚。既然是理性为尊，传统自然没有多少价值。

不惟从西而来的"科学"理性精神，即本土思想传统内部由理学与宋学而来的正统和朴学与汉学而来的实证观念，都合力要罢黜怪力乱神之类，民族民间小传统遭到贬抑也是理所当然。但是吊诡之处在于，当民族主义需要动用一切传统，包括边缘力量作为资源之时，小传统往往较之僵化教条的正统反而更具有可供阐释的空间。

关于近代以来中国史学转型的过程，王汎森简略概括说："近代中国史学经历过三次革命，三者的内容都非常繁复，不过也可以找出几个重心。第一次史学革命以梁启超的《新史学》为主，它的重心是重新厘定'什么是历史'；第二次革命是以胡适所提倡的整理国故运动及傅斯年在历史语言研究所开展的事业为主，重心是'如何研究历史'；第三次革命是马克思主义史学的勃兴，重心是'怎样解释历史'。"②第一次史学革命中，人们往复争论中国究竟"有史"还是"无史"。梁启超关于重视历史的中国历来缺少群体性民史的看法，引起普遍的共鸣。《新世界学报》《政艺通报》以至后来的《国粹学报》《东方杂志》，陆续刊发了不少文章，讨论中国有史还是无史的问题。无论是主张无史还是坚持有史，都"同意'历史'应该是国史，是民史，是一大群人的历史，是社会的历史，同时历史叙述应该从宫廷政治史解放出来，而以宗教史、艺术史、民俗史、学术史作为它的主体"。③这应该看作现代民族国家时代对历史学的精准定位。当然，梁启超最初提出要"创新史学"，关注的重心其实并不在学术本身，而是史学的社会政治功能。其时梁启超由立宪改良改信国家主义，认为"史学者，学问之最博大而最切要者也，国民之明镜也，爱国心之源泉也。今日欧洲民族主义所以发达，列国所以日进文明，史学之功居其半焉。然则但患其国无兹学耳，苟其有之，则国民安有不团结，群治安有不进化者"。④不过，对于国家、民众的

①　余英时：《中国近代思想史上的激进与保守》，参见《钱穆与中国文化》，远东出版社1994年版，第216、211页。

②　王汎森：《晚清的政治概念与"新史学"》，见《中国近代思想与学术的系谱》，河北教育出版社2001年版，第165页。

③　同上书，第193页。

④　梁启超：《新史学》，《梁启超史学论著四种》，岳麓书社1985年版，第241页。

强调直接导致了历史学术的转型，也给那些曾经被压抑不得彰显的文化因子的露头埋下了伏笔。

到了胡适及其弟子的年代，就是史料扩展的年代。如何研究历史，在胡适看来要有具备现代学科的科学精神，就必须是实证的。傅斯年在《历史语言研究所工作之旨趣》中直接表明："历史学不是著史；著史每每多多少少带点古世中世的意味，且每取伦理家的手段，作文章家的本事。近代的历史学只是史料学，利用自然科学供给我们的一切工具，整理一切可逢着的史料，所以近代史学所达到的范域，自地质学以至目下新闻纸，而史学外的达尔文论，正是历史方法之大成。"因为"（一）凡能直接研究材料，便进步。（二）凡一种学问能扩张它研究的材料便进步，不能的便退步。（三）凡一种学问能扩充它作研究时应用的工具的，则进步；不能的，则退步。"最后他总结说："总而言之，我们不是读书的人，我们只是上穷碧落下黄泉，动手动脚找东西！"① 顾颉刚认为："我们对于考古方面，史料方面，风俗歌谣方面，我们的眼光是一律平等的，我们决不因为古物是值钱的古董而特别宝贵它，也决不因为史料是帝王家的遗物而特别尊敬它，也决不因为风俗物品和歌谣是小玩艺儿而轻蔑它。在我们的眼光里，只见到各个的古物、史料、风俗物品和歌谣都是一件东西，这些东西都有它的来源，都有它的经历，都有它的生存的寿命，这些来源、经历和生存的寿命，都是我们可以着手研究的。"② 顾颉刚的学术理念与志向，是借助民俗学的某些经验和感悟来理解上古的材料，以破坏伪史，为重建古史开辟通道，可是却使其学术上自然地眼光向下，以对当时社会的领悟为理解上古历史的凭借。这就是桑兵总结的社会人类学之于史学的影响："考古学和人类学对近代中国史学的影响，以眼光向下推动了民史的建立。"③ 其实，从更广阔的范围看，这种对于底层、平民、边缘文化的关注正方兴未艾，成为一种潜滋暗长的社会文化潮流。

早在1918年，北京大学的刘半农、周作人和顾颉刚等人就开始发动了"歌谣征集运动"，他们以成立歌谣征集处为肇始，继而在北京大学《日刊》

---

① 傅斯年：《历史语言研究所工作之旨趣》，参见桑兵、张凯、於梅舫编《近代中国学术思想》，中华书局2008年版，第252、254—255、259页。

② 顾颉刚：《一九二六年始刊词》，《北京大学研究所国学门周刊》第2卷，第13期，1926年1月6日。

③ 桑兵：《从眼光向下回到历史现场——社会学人类学对近代中国史学的影响》，《中国社会科学》2005年第1期。

上发表征集到的各地歌谣。至 1922 年 12 月，《日刊》更名为《歌谣》周刊，已开始在知识界引起了广泛注意。1923 年 5 月，他们又在北大成立了"风俗调查会"。自此，研究民间文学的热潮迅速波及中国其他省份，开辟民间文学专栏的报纸杂志也越来越多了。像后来学者所归纳的那样，这些知识分子和青年："他们急切地寻求新出路，于是在人民大众的下层文化、特别是其中的民间文学那里，发现了希望。年轻的中国知识分子发展了有关民众的浪漫主义观点，指出这种名不见经传，却藏量丰厚的民间文化，只要利用得当，便可以成为传导新思想、解决中国积弊的工具。他们认为，恰如其分地评价民间文学，是重新估价中国文化整体面貌的关键。以往的失误却在于仅仅把正统文学当作中国文化的精华。"①《歌谣》周刊的运作及其随后在学术界掀起的"到民间去"的思潮，作为五四新文化运动的先声和组成部分，众多的新文化运动先驱如李大钊、胡适、周作人、鲁迅等都或多或少地参与其间。

这些集中在歌谣、传说、儿童文学和谚语上的研究在很大程度上被看作了搜集国民心态的资料、了解国民心声的途径，有些类似于先秦的诗官采风活动。不同的是这一据称久已割断的传统，如今被知识分子重新拾起，用来反对已经固化了的贵族与平民的文化分裂。如同洪长泰所说："北京大学的征集歌谣运动，起初并无海德和格林兄弟那种明显的政治热情与民族主义特点。后者是要运用民间文学去抵制拉丁文和法文的统治，而中国现代知识分子所说的'民族意识'，还是限于对民族历史和民族文化传统的批判继承。他们因而忙于清除封建迷信和孔夫子的思想给中国文化带来的不良影响。直到民间文学运动的早期阶段过去后，他们才把民间文学研究同民族民主解放运动联系起来，使这场运动在以后的几年内向纵深发展。"② 此处的"纵深发展"包括两个方面，一是就学术史、学术方法和理念革新的层面而言，就是上面所说的史学中史料的扩展和对于二十四史以来王朝正史系统的不满，而促使边缘话语的异端崛起；二是这种思潮与政治危机、民族存亡、社会运动、文化改造结合在了一起。

五四时期的知识分子掀起的史学转型实际上是出于民族兴亡的压力，并且抱有很大的期望。尽管并没有人迫切希望它能成为一种救亡的科学，但是

---

① 〔美〕洪长泰：《到民间去——1918—1937 年的中国知识分子与民间文学运动》，董晓萍译，上海文艺出版社 1993 年版，第 2 页。

② 同上书，第 29 页。

或多或少认为是在为被他们认为已经窳败破旧的病体，注入新的血液。中国知识分子对民间文化、民间文学产生兴趣，主要来自民族内部的因素，如："到民间去"运动、关于乡村生活的浪漫主义观点、民族民主革命运动的兴起。更远一点看，有论者认为五四新文化与清末新思想、与晚明以来的异端思潮密切相关，而且代表人物总是从传统中选择"非正统"的东西作为他们的武器，不仅是对象上的，亦是方法上的，都带有内发的倾向。[①] 当然，外来思想的影响也是毋庸置疑，尤其是俄国的民粹主义思想——自1910年后期至20年代，许多中国知识分子接受了19世纪70年代俄国民粹派的理论，开始倡导"到民间去"。无政府主义以及马克思主义等激进思潮，更是引领出了"劳工神圣"的概念。种种因缘际会，促成了20世纪初期的一场"眼光向下的革命"。这是出于知识分子了解下层民众、改造中国文化的迫切要求，正是在这种时代趋势之下，历史学放低身价，歌谣的征集一呼百应，民俗学一时成为显学，俗文学走进正史，文学史得以改写。少数民族文学正是在这种异端崛起的语境中，伴随着民俗学的调查和文艺搜集，进入主流书写的层面，尽管它们还不具备合法化的主体身份。如同胡适在《文学改良刍议》中所说的："及至元时，中国北部已在异族之下三百年矣（辽金元）。此三百年中，中国乃发生一种通俗行远之文学。"[②] "异族"因素是作为激活"中国"的引子和可以征引的资源。

当时大多数的民俗学者都是国学根底极厚的人，比如顾颉刚，其治学的方法亦依然是治传统国学的考据、溯源、比较，然后再用些新理论进行解释，似乎民俗学带给学术界最重要的东西就是一种新鲜的、下层民众的材料。当时学者田野调查的目的似乎只在于采风，在于搜集新材料，出于科学的态度，五四学者都很强调搜集材料的科学性，要求全面、严格的记录。虽然有大量的征集，亲身的搜集对当时的学者还是困难的，他们的这些工作往往是在家乡、在亲友等有限的范围内进行的。但是，出于搜集材料的态度，本来在田野中鲜活存在的生活样态，被最终固定、提炼为文本，民众真实生活中混乱、庞杂但充满野性与生命力的东西不见了，只剩下与传统学术研究相同的对象：文本。然后再在书斋中进行纯文本的考据、溯源与比较。这样

---

① 赵世瑜：《眼光向下的革命——中国现代民俗学思想史论（1918—1937）》，北京师范大学出版社1999年版，第29—40页。

② 胡适：《文学改良刍议》，见欧阳哲生编《胡适文集》（2），北京大学出版社1998年版，第14页。

的文本，其意义终归不如经典的文本。就是这样，民俗学研究的唯一特质被归结为一种新的材料对象，方法却依然是纯文本的。少数民族文学的资料作为民间的一个分子，并没有什么特异之处，或者是作为"俗文学史"的组成部分，在平民文艺、大众文艺、通俗文艺的空间中占得一席之地。无论从文学史书写，还是从历史上的文学角度来考察，"少数民族"都不会被作为一个视角。

因为，从19世纪中期以来的神州陆沉的焦虑感一直笼罩在中国知识分子的心头，在世界性和本土性之间，被迫或者自觉的国际联系之中，"现代性"这样一个时代问题无论是源自本身的要求，还是来自外来的逼迫，都无法回避。民族救亡、建立比肩于欧美日列强的现代民族国家这样的现代性诉求，几乎成了当时先进知识分子的先验假定。从梁启超辈就期望的集中民智、提升民德、聚集民力、发扬民权的想法之外，民间自身的内在发展固然是促使其走上历史前台的原因之一，但是仅此而已。现代性的规划尚未完成，"少数民族文学"仍需努力。

五　进行中的历史

民国历史学和文学研究尽管屡经数次历史哲学的转型，始终没有解决文学史观的问题。我曾经在别处论述过民国文学史书写与社会整体语境之间的关系：前者以后者为旨归，即作为民族国家诉求的"中华民族"大叙事主导并且吸纳了少数民族文学因子作为自己的内在组成部分，所有异议或者说与主导性历史叙事产生一定程度的偏离，无助于建立中华民族共同体的共时性认同的因素都被弱化、缩减到最低，或者被扭曲、塑形、改造、规约为一个共声合唱。

这同"少数民族"本身的形成密切相关，我们知道尽管自古以来的史书中关于蛮夷戎狄的叙述并不鲜见，中原民族与边疆各个民族之间的冲突、碰撞、交流、融合也属历史常态，但是现代意义上的少数民族直到晚清梁启超、汪精卫等人那里，才因吸收西方民族定义而在中国得以萌芽、生根、发展，或者说在有着悠久文化民族主义传统的中国，这个原本不被当作问题来考量的问题终于在新的注视下成为一个时代话题。不过，也正是因为帝国主义全球化进程的殖民与民族主义的扩张，中国少数民族话语不得不扭结在国族话语中以求得整个国家的独立。现代性在此充分显示了它的正反两面性。

在这个进程中从宏观的角度考察历史哲学的变化，用卡尔的话来说就是："二十世纪中叶，世界处于一个变化的过程之中，我们工业的新结构以及我们社会的新结构所提出来的问题范围太广泛，我在这里无法着手探讨。但是，这个变化有两个方面跟我的主题关系较密切—我管一个叫深度方面的变化，一个叫地理范围方面的变化。"① 即：①黑格尔、亚当·斯密、马克思、弗洛伊德以来，人类日益广泛的运用理智的力量。②在 15、16 世纪里，中世纪世界最后瓦解崩溃，现代世界的基础得以奠定，这一时期的特征便是几个新大陆的发现以及世界重心由地中海沿岸向大西洋沿岸的转移。再到 19 世纪末 20 世纪初，世界重心又从西欧移开，西欧以及英语世界的外围地区，已经成为北美大陆的一块属地。而到了今天，在世界事务中夺定基调的，东欧、亚洲以及延伸至非洲的大片土地越来越占据重要的地位。这个过程可以如此解释："中世纪历史学家戴上宗教的眼镜来观察中世纪社会，是由于他们的资料的排除其它一切在外的那种性质所致。……由于它是唯一合理的制度，因而它就是唯一的历史制度；唯有它是从属于历史学家所能理解的、合理的发展途径的。……近代史是以越来越多的人表现了社会和政治自觉性，开始懂得他们各自的集团作为历史实体也有过去和将来，而且充分地进入了历史而开始的。只是在过去的最多只有两百年里，甚至只是在一些先进的国家中，社会、政治和历史的自觉性才开始在说得上是人口中的大多数里散播开来。也只是在今天，才第一次有可能想象整个世界包括着在十足的意义下真正进入了历史的人民，包括着不再是殖民地行政长官或人类学家所关心的、而是历史学家所关心的各族人民。"②

中华多民族文学史观的国际性背景可作如是观，1950 年代少数民族文学及文学史的命名尝试实际上不光是建设社会主义新中国，团结凝聚各民族，发扬各民族之间的文化交流，同时也呼应了国际上亚非拉等第三世界国家的民族文学复兴。1955 年，在中国作家协会第二次理事会（扩大）会议上，老舍作了《关于兄弟民族文学工作的报告》，在报告中，老舍提出了收集、整理、翻译、研究、出版兄弟民族文学遗产（资料和作品）的任务，"以马克思列宁主义的科学方法按照文学艺术本身的特点从事搜集整理文学遗产，以便出版与翻译，发扬文化并交流文化；以社会主义现实主义的创作

---

① ［英］爱德华·霍列特·卡尔（Edward Hallett Carr）：《历史是什么？——1961 年 1 月至 3 月间在剑桥大学乔治·麦考利·特里维廉讲座中的讲演》，吴柱存译，商务印书馆 1981 年版，第 161 页。

② 同上书，第 163 页。

方法，继承并发扬民族的文学传统，歌颂前进的新人新事"。① 1958 年 7 月 17 日，中宣部召集来京参加全国民族文学工作者代表大会有关省区部分代表和北京有关单位专家及领导，座谈编写各少数民族文学史或文学概况问题。会上决定首先编写蒙古、回、藏、维吾尔、苗、彝、壮、朝鲜、哈萨克、锡伯、白、傣、纳西等民族文学史，并责成各民族所在省区负责编写，其他民族是写史或写概况，由有关省区决定。会上指定中国科学院文学研究所负责此项工作，贾芝、毛星具体负责。编写中国少数民族文学史的动议由宣传部这样的意识形态部门发起，说明少数民族文学及其历史价值的认定得到了官方的承认，这也提示了它的起源的当代性和国家性。

在这个事业的推进中，有三个方面的因素起到了推动作用：一是茅盾、老舍等文化宣传部门的领导的政策考量。茅盾于 1949 年 9 月为《人民文学》所写的发刊词中就提出并在其后的实践中确立"少数民族文学"的观念，老舍本人的满族身份可能在他对于少数民族文学的态度中也起到了一定的作用；二是何其芳、郑振铎等学者的学术合理化，因为他们本人担任文学研究事业的领导职务，自身又在中国文学研究领域造诣深厚，尤其他们是五四影响下成长起来的一代学者，对于平民、通俗、大众文化有着更深一层的理解和同情；三则是少数民族作家逐渐有了自觉意识，尤其以当时还是年轻人，以《茫茫的草原》出名的蒙古族作家玛拉沁夫，就自己写信给文艺界的最高领导，强调少数民族文学的独特性。卡尔·瑞贝卡考察中国 19、20 世纪之交的民族主义，从非欧美的角度透视了一种独特的全球意识的历史形成过程，菲律宾、非洲等地区与中国的民族主义的形成之间构成了种种错综复杂的关联。② 第三世界民族的自觉自主运动作用于年轻的中国少数民族作家身上，形成了错位的影响，倒是促使了少数民族文学对于自身身份的认同期望。

从 1950 年代末开始至今，各种族别文学史相继问世，综合性的中国少数民族文学史也出现了多部。少数民族文学史的写作基本上是伴随着民族识别、认定的过程的，从写法上来说，基本上还是延续了 1950 年代的阶级斗争史观。即使在 1980 年代陆续出现了文学史的反思，但是对于少数民族文

---

① 老舍：《关于兄弟民族文学工作的报告》，《文艺报》1956 年 7 月号。中国社会科学院少数民族文学研究所编印《中国少数民族文学史编写参考资料》，1984 年 3 月，第 500 页。

② ［美］卡尔·瑞贝卡：《世界大舞台：十九、二十世纪之交中国的民族主义》，高瑾译，生活·读书·新知三联书店 2008 年版。

学而言，总是存在着"滞后"一步的问题。不惟史料比较粗糙，写作思路简单，就是从内容来说，除了提供了一些基本不会影响到主流文学研究的材料之外，几乎没有产生任何影响。而少数民族文学研究者大多数对于书面文学也抱着敬而远之的态度，着力于民间文学，从方法论来说，也倾向于社会学、民俗学乃至人类学，"少数民族文学"自己对于本身的书面文学就存有犹疑，更遑论在文学史观上有如何的建树了。

不过，正如前文所述，1960 年代之后的西方理论，颠覆性的探讨和话语已经日益通过高速的全球化平面铺展开来。原先的权力性历史书写话语得到了知识考古学的解析，被拆卸，在多元化的喧嚣中，各种价值和尺度都被拉平到同一个水平面上，这给中华多民族文学史观的诞生提供了可能。

中华多民族文学史观并非要片面强调少数民族文学的差异性，而是在共识性的、同一性的基础上让那些曾经喑哑无声的话语用自己的声音说话，而不是被代言，用费孝通的话来说就是"美人之美，各美其美；美美与共，天下大同"。"天下"这个传统的概念，一度在遭遇民族国家话语的时候，被无可奈何又毅然决绝地丢弃，如今重拾起来，是认识到中国作为一个多民族的国家所具有的特殊性以及有着悠久的各民族历史文化交融共生渊源的事实。中华多民族文学史观的积极倡导者关纪新就是用"多元一体"作为理论的基础的。① 不过，笔者要补充的是，正如费孝通此后将前述那句名言做的修改一样："美人之美，各美其美；美美与共，和而不同"。"大同"可能还带有儒家意识形态的一体化固定观念，"和"虽然也是出自儒家传统，却具有互补了其他各种传统的和谐状态的动态平衡。从这个意义上来说，"和而不同"可能是中华多民族文学史观所能提供给其他学科所借鉴的地方。

关于"少数民族文学"的合法性何在，它所能产生的动力在何处？之所以强调它的理由是什么？在已有的少数民族文学话语中，这些问题的答案一般可以归结为三点：（1）拾遗补阙，从史料中发掘带有少数民族因素的内容，证明少数民族文学确实为"中国文学史"做出了贡献，奉献了许多脍炙人口的佳作。（2）边缘互动，认定少数民族文学具有不被陈规俗套约束的原生的活力，从而可以为成熟之后渐呈衰老之相的主流文学提供一些新鲜的要素，从而促使新的文学话语诞生。比如《重绘中国文学地图——杨

---

① 关纪新：《创建并确立中华多民族文学史观》，《民族文学研究》2007 年第 2 期。

义学术讲演集》就认为："农业文明与游牧文明的碰撞融合，是解释中华文明的生命力，它的生存形态和发展动力的一个关键。"①（3）自在自为之美，承认少数民族文学尤其独特的审美性，也认为它们是独立于中原大传统存在的一些小传统，因此它们也就有存在的理由。

这些说法固然都有一定的道理，不过依然没有达到问题的实质。第一点可以说是个伪问题，因为史实无需强调，即使在之前不同史观影响下的"中国文学史"也并没有忽略那些在历史上产生过影响力的少数族裔因子的作家与作品，只不过因为侧重点的不同，选取的作家与作品也不同罢了。实际上，如同笔者在别处所说，"民族""少数民族""少数民族文学"这些观念本身都是现代产物，尽管词语可能古代就有，但是其确定性的可以在国际上通约的现代含义在中国产生无疑是 19—20 世纪的事情，②用现代的含义去衡量不同语境中的古代文学显然是有些误用，并且没有意义。第二点的观念与新文化运动和五四以来对于民族民间文化文学的思维模式相似，其实是将少数民族及其文学对象化、功利化了，没有从主体自身进行考察，而是少数精英自作主张地替"他们"这些"高贵的野蛮人"代言。第三点，固然同意了主体的存在，这个主体却又是原子式的，忽略了不同少数民族之间、少数民族与主体民族之间存在的一直没有断绝的联系，而将之静态化了。事实上，少数民族文学最值得注意的一个现象就是它的流变性，它与主体民族之间的贸易、协商和互换位置。

中华多民族文学史观力图要开拓的是一种当下的、实践本位的、依然在发展变化的历史看法。它固然是 20 世纪几次重要的史学革命背景中产生——尤其以 20 世纪下半叶的语言学、修辞论、微观史、民族志等的范式影响巨大——但是它又不同于所谓的后现代主义所谓的历史的终结。弗朗西斯·福山（Francis Fukuyama）在他那本饱受争议的著作中，声称自由与民主的理念已经无可匹敌，历史形态的演进过程已经终结。③ 当然，1989 年之后世界范围内短暂的意识形态迷局，似乎给他的观念提供了有力的证据，但是另一方面 2001 年的"9·11"事件再次提醒我们认识到文化之间的冲突可能并非那么简单。不过，与一般对后现代主义认定为 1960 年代末开始不

---

① 杨义：《重绘中国文学地图——杨义学术讲演集·前言》，中国社会科学出版社 2003 年版，第 8 页。

② 刘大先：《中国少数民族文学学科之检省》，《文艺理论研究》2007 年第 6 期。

③ Francis Fukuyama, *The end of history and the last man*, New York：Macmillan, Inc. 1992.

同，我认为 1989 年之后才是真正的后现代主义时代的到来，因为此际意识形态冷战结束，不同国家与文明之间的竞争与博弈采取了另外的形式。在另一方面，资本、信息、劳动力的全球化与跨国统治精英层和霸权的出现，商业和消费主宰时代的到来。

因为这种种外在变化导致的学术话语的跟进，这才开始了真正的后现代叙事时期。因此，在史学家詹金斯（Keith Jenkins）那里，历史确实终结了，但是并非（必然）是历史本身的终结，而是大写和小写历史用以表达我们最近西方历史的各种形式的终结。简言之，那种现代性用以构思过去的特殊方式终结了，那种大写和小写历史理解过去的方式终结了。[①] 中华多民族史观可以说是从宏观的、立体的、多维的角度，重新构思中国文学、中国历史、中国文化的一种思考。它以其"和而不同"的理念，区别于后殖民话语的地方尤其值得注意，强调的是多元（差异）和认同（同一）的有机合一。就此而言，不惟具有理论革新的意义，同样具有现实的关怀，超越了作为一种文学史的限定，而具有潜在的范式意义，在当代的文化迷局中提供了一种清醒的中国式认知。因此，它是世界历史哲学转型的产物，亦是中国历史哲学转型的必然结果。

---

① ［英］基思·詹金斯：《论"历史是什么?"——从卡尔和艾尔顿到罗蒂和怀特》，商务印书馆 2007 年版。

第九章　世界多民族国家中的多民族文学

霍布斯邦说："如果要为 19 世纪寻找一个主题的话，那么，这个主题就是民族国家。在第一次世界大战之后，民族国家取代帝国成为 20 世纪的主要故事，民族主义、人民主权、宪政体制、主权单一性、条约及谈判构成了战后民族主义叙事的主要方面，与之相对立的就是帝国、君主权力、专制政体、多元宗主关系、朝贡及军事征服。"① 俄罗斯帝国、奥匈帝国、奥斯曼帝国和清帝国这四个"老大帝国"在现代转型过程中都发生了民族主义分离运动，唯有中国幸免于解体的命运，这显示了当代中国的政治、民族和文化多元主义的特殊遗产与特色。当然，这倒也并没有形成某种"中国例外"，以"民族国家"为国际政治单元的现行国际体系中，多民族的"民族国家"（我们姑且将当代中国称为广泛意义上的"民族国家"，这个"民族"即"中华民族"）也并非中国独有，这些国家可能有着不同于源自欧洲的"一个民族，一个国家"的另类传统。比如可能是某个封建式帝国，也可能是以"天下"为旨归的王朝国家，这样的历史资源和政治文化遗产有可能为今日思考在多民族国家内部的多民族文化提供一定的借鉴。另一方面，这些国家同样也和单一民族国家一样，共同面临着全球化时代跨国人口流动、信息交流、资本运作、文化交往"新帝国"（媒体与资本帝国）弥漫的现实。因此，彼此之间的比较与借鉴就是中华多民族文学史观研究的题中应有之义。

同为多民族国家的美国、加拿大、澳大利亚等国家的多族裔文学的历史处境、现实发展、研究状况、文学史及知识传播中的观念、意识以及对不同语种文学、区域文学的研究方法等方面的经验和教训，为反观中国各少数民族文学与中华文学史的关系提供了有益的参照。尤其涉及世界文学、民族文学、少数族裔、多元文化主义、现代国族意识、流散、跨界、世界主义等关键问题时，尤其需要在纵深的历史探讨中具有横向平行比较的眼光，并在其

① 汪晖：《革命、妥协与连续性的创制》（代序言），参见章永乐《旧邦新造：1911—1917》，北京大学出版社 2011 年版，第 25 页。

中熔铸提炼出具有中国本土特色的少数民族文学史话语。

事实上，无论在中外，得到研究者较多关注的主要是现代以来形成的经典化文学，与之相关的是"民族国家"的文学史。这自然是文学研究本身在近代以来形成过程中的历史结果，与民族主义、殖民行动、国际贸易、现代教育等体制与观念建构错综交杂。随着 19 世纪末到 20 世纪中期，反帝、解殖、民权、不同国家意识形态对抗等因素的出现，世界范围内关于少数族裔文学的评价出现了一些起伏升沉的新情况。不过，它们远远没有摆脱边缘的命运，当然这里的情况比较复杂。从国家的角度而言，少数族裔文学/文化的边缘本身就是它在文化体制结构中所占权重的宿命。从话语实践本身来说，它们的话语如果要发挥超越于族群的影响力，必须借助主流社会的语言形式，进行文学创作和批评实践，这实际上已经内在地将自己作为一种亚文化的存在地位固化下来。它们可被接受的位置是在国家大文化背景中凸显自己的异质文化特点，以自身对世界的领悟和体验对其生存境况加以审美意义上的编码，探求生存的独特性意义。但是，少数族裔文学之兴起从来就不是单纯的审美与技法问题，而与政治、经济、社会相关领域密切关联。这必然带来美学与政治之间的张力。如何协调与平衡少数族裔文学与主流意识形态的关系，就是一切多民族国家所共同面对的问题。全球性的资源流动在晚近又带来跨越和超越了国家范围的新问题，这一切都需要我们重新审定少数族裔文学的历史与现实意义。

一　世界文学、民族文学与少数族裔文学

"民族文学"与"世界文学"常常并提，它们是互为基础的，正是由于"民族"的存在，才使得"世界"具有意义。这里的"民族"通常的含义是国族，具有国家民族主义的倾向。而在中国特定语境中，很多时候的"民族文学"则是特指"少数民族文学"，为了避免混淆与夹缠不清，我们在本章的行文中将在涉及一个国族内部的少数民族时，采用国外学界通用概念，统一称为"族裔"。

有意思的是，中国语境中，那些为少数族裔文学辩护的人常常无所用心地称引据说是鲁迅的话"越是民族的，就越是世界的"来证明少数族裔文学的合法性。但其实鲁迅原话是与一个朋友谈论木刻时随口提到的："现在的文学也一样，有地方色彩的，倒容易成为世界的，即为别国所注意。打出

世界上去，即于中国之活动有利。"① 结合上下文，鲁迅的原意其实强调的是"地方色彩"，并非说完全"地方的"。即如果要扩大某种狭隘的、地方性的、具体族裔文化文学的影响，必然要将地方、民族特色融入一种带有普适色彩的世界化形式中。而这必然需要对原有的所谓"本原"进行改造，在此过程中有意无意地扭曲、歪曲、曲解、变形就成为一种必须。

"世界主义"（cosmopolitanism）在西方可以追溯到古希腊，主要是犬儒主义代表人物第欧根尼（Diogenes，前 404—前 323）称自己不受希腊城邦制规约的一种哲学宣言。基督教在古罗马帝国时期的兴起和康德在 18 世纪末书写的关于实现世界"永久和平"的设想②可以说是世界主义的一种表征。启蒙运动之后，这种思潮被刷新后，赋予新的内涵在 18 世纪盛行一时。"世界文学"常被人引用的是 1827 年 1 月 31 日歌德与爱克曼的对话："我喜欢环视四周的外国民族情况，我也劝每个人都这么办。民族文学在现代算不了很大的一回事，世界文学的时代已快来临了。现在每个人都应该出力促使它早日来临。不过我们一方面这样重视外国文学，另一方面也不应拘守某一种特殊的文学，奉它为模范。"③ 歌德描述了其他民族国家的文本的生长可能性，包括梵文、伊斯兰和西伯利亚史诗的翻译。通过若干文章、信件和谈话，他普及了"世界文学"这一概念。他希望人们冲出民族文学的狭小圈子，放眼世界各国文学的广阔天地，通过文学交流来增进各民族和国家间的互相了解。

不过即使歌德也难免摆脱欧洲中心主义的倾向，他紧接着就说："如果需要模范，我们就要经常回到古希腊人那里去找，他们的作品所描绘的总是美好的人。对其他一切文学我们都应只用历史眼光去看。碰到好的作品，只要它还有可取之处，就把它吸收过来。"④ 他的"世界文学"概念主要是强调各国文学之间的关系，按照韦勒克和沃伦的理解，歌德的"世界文学"一般被理解为"比较文学"，同时大致有"总体文学"的含义：

"世界文学"这个名称是从歌德的"Weltliteratur"翻译过来的，似

① 鲁迅：《致陈烟桥》（1934 年 4 月 19 日），《鲁迅全集》第十三卷，人民文学出版社 2005 年版，第 81 页。

② ［德］伊曼努尔·康德：《永久和平论》，何兆武译，上海人民出版社 2005 年版。

③ ［德］爱克曼辑录：《歌德谈话录》，朱光潜译，人民文学出版社 1982 年版，第 113 页。

④ 同上书，第 113—114 页。

乎含有应该去研究从新西兰到冰岛的世界五大洲的文学这个意思，也许宏伟壮观得过分没有必要。其实歌德并没有这样想。他用"世界文学"这个名称是期望有朝一日各国文学都将合二为一。这是一种要把各民族文学统起来成为一个伟大的综合体的理想，而每个民族都将在这样一个全球性的大合奏中演奏自己的声部。但是，歌德自己也看到，这是一个非常遥远的理想，没有任何一个民族愿意放弃它的个性。今天，我们可能离开这样一个合并的状态更加遥远了；而且，事实可以证明，我们甚至不会认真地希望各个民族文学之间的差异消失。①

当然，"世界文学"还有第三种意思就是具有世界普世性价值的文学作品，"指文豪巨匠的伟大宝库，如荷马、但丁、塞万提斯、莎士比亚以及歌德"②，这里就成了"杰作"的代名词。

"世界文学"从一开始就是与"民族文学"互相交织在一起的，难以分割。从欧洲文学的发展来看，主流思想一直把不同地域和时代的文学看作是一个共时的系统，放在一个层面上加以讨论，用一套普遍性的评价标准来衡量这些文学作品，当时流行的新古典主义就是这样一种评价体系。这背后其实就是"世界文学"的逻辑。但世界文学的概念与民族意识的兴起是密不可分的，在18世纪的德国就出现了与这种普世观念相悖的民族主义、浪漫主义思潮，③ 同时伴生的是文学史和民族文学的概念。

赫尔德系统地提出了"德国文学"的观念和德国文学史写作的要求，并且编选过一部德国民间诗歌的选集。施莱格尔兄弟则是真正意义上德国文学史写作的先驱，而在格尔维努斯的文学史著作中，对德国文学在民族统一中的作用的强调，可以说是达到了前所未有的高度。他们不再是从普遍的理性的角度看待文学，而是从一种民族的立场来肯定自身的文学，寻求它的源头，追溯它的历史。所以"民族文学"实际上是一种建构，而且它内在地包含着从源头起不断发展的这样一种历时性的叙事模式，这样一种历时性的叙事模式又是面向未来而开放的。"民族文学"必须承担教育国民、建构民

---

① [美]韦勒克、沃伦：《文学理论》，刘象愚等译，生活·读书·新知三联书店1984年版，第43页。

② 同上。

③ [德]弗里德里希·梅尼克：《世界主义与民族国家》，孟钟捷译，生活·读书·新知三联书店2007年版。

族国家和民族认同的任务，于是"文学史"就应运而生，可以说从诞生时起，"文学史"就是和民族文学的观念紧密联系在一起的。

　　整个19世纪是世界范围内民族意识和历史观念高涨的时期。在英国和法国都出现了大量民族文学史的著作，代表性的如法国丹纳以文学三要素说（"种族""时代""环境"）为理论框架，撰写的《英国文学史》。朗松的观念是文学史应该提供"民族文学生活的肖像"，他据此写过一部《法国文学史》。与纷纷出现的文学史相向并行的，是"民族文学"作为一门学科进入到大学体制中，并且在一定程度上取代了以前古典研究的地位。民族文学以文化认同作为强有力的民族心理，世界文学又谈何容易？

　　于是，世界文学与民族文学就构成了一对互相作用的张力结构。新的世界主义的思潮与工业革命之后航海事业的发展、资本主义的扩张、殖民主义、帝国主义等等是联系在一起的。正如1848年诞生的《共产党宣言》中所说："资产阶级既然榨取全世界的市场，这就使一切国家的生产和消费都成为世界性的了。不管反动派怎样伤心，资产阶级还是挖掉了工业脚下的民族基础。旧的民族工业部门被消灭了，并且每天都还在被消灭。它们被新的工业部门排挤掉了，因为建立新的工业部门已经成为一切文明民族的生命攸关的问题；这些部门拿来加工制造的，已经不是本地的原料，而是从地球上极其遥远的地区运来的原料；它们所出产的产品，已经不仅仅供本国内部消费，而且供世界各地消费了。旧的需要为新的需要所代替，旧的需要是用国货就能满足的，而新的需要却要靠极其遥远的国家和气候悬殊的地带的产品才能满足了。过去那种地方的民族的闭关自守和自给自足状态已经消逝，现在代之而起的已经是各个民族各方面互相往来和各方面互相依赖了。物质的生产是如此，精神的生产也是如此。各个民族的精神活动的成果已经成为共同享受的东西。民族的片面性和狭隘性已日益不可能存在，于是由许多民族的和地方的文学形成了一个世界的文学。"①

　　与此同时，正如马克思所论述的，资本主义产生了自己的反抗者，全世界性的市场连接与交往同时促生了世界文学的对手——民族文学。二者从来就不是单独存在的，而是相互依存的。

　　20世纪一系列的民族自决、民族独立运动中，民族文学起到了重要的凝聚、团结民众的作用。德国浪漫主义文学的口号"Ein Volk, soweit die

---

　　① 中共中央编译局：《马克思恩格斯全集》第四卷，人民出版社1958年版，第469—470页。

Zunge reicht"（一种语言能走多远，其民族就能走多远），就宣称了这种民族与文学的神话。"世界文学"在 19 世纪末到 20 世纪的学科建立过程中，顺应了这种潮流，强调的是国别与民族文学和比较文学。不过，在世界文学的欧洲视野中，其他民族的文学因子日益成为不可忽视的内容，之前曾经一度不见天日的被压抑的弱势民族文学成分逐渐被认识到。第二次世界大战前后，在去殖民化运动的过程中，第三世界国家出现了"民族文学"的观念，而这种"民族文学"是和反殖民的政治斗争联系在一起的，如果说在西方国家，"民族文学"观念受到重重质疑的话，那么在第三世界国家，"民族文学"却仍然没有失去它的意义和活力。萨义德曾经提到在以欧洲为中心的西方文学自身的发展中，也出现了根本性的变化：

> 我特别关注的是本世纪初西方文化与帝国间关系突出的、带有根本性的变化。这个变化的范围和意义与它之前的两个变化类似。这两个时期对我们的讨论十分有益：欧洲文艺复兴期间的人文主义对希腊的再发现和 18 世纪末至 19 世纪中的"东方文艺复兴"——伟大的现代历史学家雷蒙·施瓦布这样称呼它。那时，印度、中国、日本、波斯和伊斯兰的文化财富牢固地根植于欧洲文化的心脏。第二个，施瓦布所说的，欧洲对东方文化的大规模吸收是人类发展史中最辉煌的事件之一，这本身就具有极高的价值。这些吸收包括：德国和法国语法学家对梵文的发掘，英、法、德诗人和艺术家发现的印度民族史诗，从歌德到爱默生等许多欧美思想家发现的波斯形象艺术和泛神论哲学。①

萨义德致力于反对殖民主义带来的知识帝国主义，主要是平衡西方主导性话语的霸权，但并不因此就认同于特定的民族文学。事实上，他对建立在民族认同基础上的"民族文学"观念一直是持怀疑和批评态度，这是由于他特殊的流亡经历以及他对巴勒斯坦历史的反思，使得他对任何单一的、纯粹的、本质化的"民族认同"都非常警觉。他提倡的是"一种全球性的比较方法"。不过，和韦勒克那样一种带着乐观心情的普遍主义不同，由于纳入了第三世界的视野，萨义德更多关注的是在那些身份认同彼此重叠交错的区域，探讨种种跨界的和寻求新的空间的文学实践。

---

① ［美］萨义德：《文化与帝国主义》，李琨译，生活·读书·新知三联书店 2003 年版，第 276 页。

承袭了歌德、马克思、萨义德的遗产，卡萨诺瓦（Pascale Casanova）从交往、权力、竞争、流通的角度探讨了世界文学，认为文学世界就如同一个市场，正是不同文学的此消彼长营造了一个世界性的共同体。[①] 文学的世界相对独立于经济和政治领域，语言体系、美学秩序和文体类别奋力获得自己的领地。与肤浅的全球化言说不同——它们很容易将文学乐观地想象为类似于族裔"熔炉"式的东西，卡萨诺瓦揭示了文学世界出现的不平等，弱势语言和文学受制于主导性语言和文学的无形而无所不在的暴力。她描绘了从 16 世纪开始形成的跨地域的"文学共和国"（republic of letters）以及文学穿越边界竞争获得成功的历史。强势语言文学有着先天的优势，而弱势语言文学也一直试图渗透进宰制性的文学传统中以获得一席之地。而具有影响力量的仲裁者不仅仅是个人或者特定的出版机构，而是地理中心——如果一个作家在这个中心获得了认可和成功，那么在其他地方也就畅通无阻了，卡萨诺瓦尤其提到的是巴黎。巴黎的法国出版社和文学体制，是外省文学的中心，是文化权势轻微之处的作者的朝圣地，尤其是 20 世纪西方主流文学的最终目的地。许多作家都搬到了巴黎，从斯特林堡（Strindberg）、斯泰因（Stein）到乔伊斯、昆德拉、汉克（Peter Handke）[②]，而博尔赫斯和丹尼洛·吉斯（Danilo Kiš）[③] 也正是通过被巴黎接受才获得了国际性的突破。因此强势语言就避免不了压抑其他的小语种。斯特林堡就转而用法语写作，贝克特的双语文本，萧沆（Emil Cioran）[④] 和昆德拉也完全转向了法语。类似的情况在英语中也曾出现，比如康拉德和纳博科夫。

---

① Pascale Casanova, *The World Republic of Letters*, Trans. by M. B. DeBevoise, Harvard University Press, 2004.

② 彼得·汉克（1942— ），德语世界的重量级作家，生于奥地利格里芬。以剧作家名世，但同时既是诗人也是小说家，既是编剧也是电影导演。代表作包括剧本《冒犯观众》、小说《守门员对点球的焦虑》和与维姆·文德斯合作的电影《歧路》《柏林苍穹下》。《冒犯观众》《自我控诉》《大人与小孩》有中文译本。

③ 丹尼洛·吉斯（Danilo Kiš, 1935—1989），南斯拉夫作家。作品英译有 *Garden, Ashes, Early Sorrows: For Children and Sensitive Readers, Hourglass, A Tomb for Boris Davidovich, The Encyclopedia of the Dead, Homo Poeticus: Essays and Interviews, Mansarda*，生前多部作品在国内获奖；1979 年后定居法国，1989 年 10 月在巴黎病逝。

④ 萧沆（1911—1995），罗马尼亚旅法哲人，20 世纪怀疑论、虚无主义重要思想家。有罗马尼亚语及法语创作格言、断章体哲学著述传世，以文辞精雅新奇、思想深邃激烈见称。

当然，卡萨诺瓦讨论的文学是严肃文学而不是畅销书，强调的是批评知识分子的认可。她强调历史的重要性，即民族的过去和文学的传统是某种特定文学被接受的前提条件。过去提供了文学作品的评估所必要的参考框架，或者建基于其上，或者从外面挑战它，这正好说明了为何"外部"的文学非常难于攻入主流认知的体系中去，反向证明了少数民族文学之于整个文学生态的价值。①

随着后现代主义、后殖民主义、解构主义、女性主义、酷儿理论等学说在世界知识流通领域的兴起，带有现代性权力特征的民族文学一度面临被颠覆、瓦解、拆卸的危险。人们逐渐都认识到"民族身份"和"民族认同"是建构的产物，有关民族文学的叙事背后是权力的驱使，而帝国主义文化霸权常见的策略是将某个特定民族的文化普世化和经典化，或者以区域一体化的口号，行使帝国侵略的企图，最典型的例子是19—20世纪之交日本提倡的"大东亚共荣圈"。

20世纪一系列由国家话语引导到民族文学叙事，产生了一个建构性的中心观点，从而使得一旦某个民族国家建立起来，多角度的、不平整的、歧向发展的历史进程都要无可避免地被国家主义目的论所覆盖。"少数族裔文学"作为新兴的学科和方向，是在民族国家内部自我调适过程中产生的非常晚近的成果。

在新的认知范式和社会运动实践中，新一轮少数族裔的认同重新兴起，尤其在20世纪下半期。比如南美洲的许多国家，正在掀起一场声势浩大的运动，土著居民投身于为他们自己创造种族身份的行动，这个过程被称为"种族形成"（ethnogenesis）②。美国黑人、拉丁裔、华裔、原住民群体各个不同的身份诉求，形成了一种被称为"身份政治"的趋势。少数族裔文学起初可以说是此种身份政治在文学范围内的折射，其后才发展到对于文学主体性的强调。晚期资本主义在这种视角中被视为打着"全球化"旗号而实行经济沙文主义、政治单边主义、文化霸权主义，因而全球化这样似乎带有世界主义表象的趋势其实正是一种典型的狭隘民族主义、民族利己主义的表现。

---

① 笔者曾经讨论过达斡尔、鄂温克、鄂伦春文学作为"文学本初子午线"之外意义。见刘大先《人口较少少数民族文学的大意义》，《文艺报》2015年12月4日。

② Jonathan D. Hill（ed.），*History，Power，and Identity. Ethnogenesis in the Americas*，1492 – 1992. Iowa City：Universtiy of Iowa Press，1996.

　　将从古希腊罗马以迄当下的西方文化对于世界主义和民族文学的认识进行一个粗线条的勾勒，我们大致可以说，经历着不断地否定之否定的过程：先是古希腊具有普世的城邦联合寻求，古希腊罗马的悲剧史诗此后成为西方文学万世不易的旨归和定准所在；中世纪的政教合一，宗教天国作为超越俗世的向往，以另一种形式展示了普世的寻求；启蒙运动后的理性成为一种终极价值，随之而来却是宗教解体后，世俗观念、民族意识的觉醒；资本主义、殖民主义、帝国主义及其在 20 世纪的新变化又出现了全球一体化的趋势；而与这种潮流构成紧张关系的则是多元文化的呼求。

　　晚近的比较文学/世界文学学者因应文学的流动新趋势，强调超区域、民族、国家的研究路向。克劳迪奥·纪言（Claudio Guillen）提出跨越我族中心主义的模式，认为比较文学并不是一种"国际视角"这类的态度或姿势，而各个国别文学的研究多少带有文化民族主义的倾向，实际上是一种文化自恋。他提出自己的比较文学实践理论："超民族性的三种模式"（three models of Supranationality）。他坚持不用国际这样的词，而创造一个"超民族性"这样的词，来描述他提倡的比较文学实践。① 在 20—21 世纪之交的太平洋和大西洋两岸，又有两种不同的区域化的言说：在欧洲一体化的政治、经济影响下，法国比较文学试图建立"欧洲比较文学"。法国高等师范学校的教授贝亚特莉斯·蒂迪尔（Béatrice Didier）主编的《欧洲文学简介》（Précis de Littérature Européenne，1998）就是从欧洲各国出发把欧洲放在一个整体上来考虑，但是对于在欧洲这个概念下，各国文学是否变成地区文学没有进行深入的探讨。欧洲试图建立自己的比较文学的努力在由蒂迪尔·苏伊勒（Didier Souiller）和乌拉蒂米尔·托罗别茨克伊（Wladimir Troubetzkoy）合编的《比较文学》（Littérature comparée，1997）也可以看得出来。不过他把西班牙、葡萄牙、意大利、奥地利、欧洲德语其他地区等都看作是"边缘"地区，而似乎不是欧洲地区，除了其学养上可能存在的漏洞之外，更主要是在不经意间流露出老欧洲中心的偏见。而在亚洲，中国、日本、韩国的学者也在讨论"亚洲言说"的问题，这是从对于日本军国主义时代的

① Claudio Guillen, *The Challenge of Comparative Literature*, trans. by Cola Franzen , Harvard University Press, 1993.

东亚的话语反思入手，探讨在新的时代和社会环境中亚洲作为一种视角的言说。① 少数族裔文学作为民族国家内部的一种文学现象，固然有着跨境和流散的元素，但是依然受制于特定民族国家的辖制。

由此也可见出，世界文学与民族文学、少数族裔文学、一体化和多元化一直都是在交锋中相互促进。现代性的成果之一是在社会与文化领域中秩序的建立，在民族国家依然是国际现实运作的政治单元的处境中，民族国家的认同依然是一个底线的存在。不过，同时我们也应该注意到，虽然法律规则和个人的宪法权利是满足最初的对公平的要求的必要条件，但是从长远的观点看，一个国家的视野必须足够宽广以容纳不同的文化经验和传统。另一方面，人们已经认识到民族主义仅仅是一些国家提出来的具有政治用途的观念，本来就是短暂的现象而不具有真实的本质。同时，后现代主义在解构"认同"的建构神话的同时，其实也在建构一种"差异"的神话，现代人类学反复强调文化之间没有实质性的边界。这样，世界主义和民族主义、世界文学与民族文学注定要永远纠缠在一起。

多元文化论者认为，一个成熟的为人们所普遍接受的价值所约束的认识，其产生的方式是越过那些一个人所熟悉的传统，并将自己暴露于其他的传统面前，在不同的传统中激活各自的能量。这也是本章的主旨之一，即我们不必从一个极端走到另一个极端。而是在充分考虑到当代社会文化语境复杂性的前提下，以民族国家为本位观察少数族裔文学与世界文学/比较文学的博弈和协商，及其生长空间。正是此间的复杂性为文学史的写作提供了新的可能，在各种民族认同、族裔差异的重叠交错之处，寻找自由的疆域。

二　范式转移与重绘文学史面貌

20 世纪末以来，"布克奖"（The Booker Prize）这种英语小说界最重要的文学奖频频授予尼日利亚的本·奥克里（Ben Okri）、迈克尔·翁达杰（Michael Ondaatje）、彼得·凯瑞（Peter Carey）、印度裔的拉什迪（Salman Rushdie）、姬兰·德赛（Kiran Desai）、阿拉文德·阿迪加（Aravind Adiga）

---

① 相关著述参见孙歌的《主体弥散的空间：亚洲论述之两难》，江西教育出版社 2002 年版；陈光兴的《"亚洲"作为方法》，《台湾社会研究季刊》2005 年 3 月第 57 期；汪晖的《亚洲想象的谱系》，李陀、陈燕谷主编《视界》第 8 缉，河北教育出版社 2002 年版；葛兆光的《想象的和实际的：谁认同"亚洲"？》，《台大历史学报》2002 年第 30 期，等等。

等后殖民作家。诺贝尔文学奖也类似，如尼日利亚的沃雷·索因卡（Wole Soyinka）、南非的纳丁·戈迪默（Nadine Gordimer）、来自特立尼达和多巴哥后定居英国的 V. S. 奈保尔（V. S. Naipaul）等。这些具有世界性影响的文学奖项青睐的位移，折射了文学知识在西方主流文化领域的转型。

　　文学史作为一种知识类型和文化传播手段，纵观 20 世纪的发展也经历史观和范式的不停位移。当然，文学史分为不同种类，按照地域、民族国家的划分，大致由小到大，可以归结为国别文学史、比较文学史、世界文学史（或总体文学史）；如果以影响关系划分，则可以分为双边文学史、区域文学史、多边文学史等；还有以语言来划分，或以族裔身份来划分的。

　　国别文学史的代表人物是法国学者丹纳（Taine，Hippolyte Adolphe，1828—1893）的《英国文学史》（1864—1869），遵循的是其在《艺术哲学》（1865—1869）中设立的种族、环境和时代三要素。他受 19 世纪自然科学的影响颇深，对达尔文的生物进化论比较推崇，同时黑格尔哲学和孔德的实证主义也反应在其著作中。他所说的"种族"是指"天生的和遗传的那些倾向"①，忽略了文化在建构种族中的作用，同时种族是遮蔽在民族中、受制于国家的。1930 年就由傅东华译介、在中国出版的洛里哀（Frederic Loliee）的《比较文学简史》（*Short History of Comparative Literature*），强调一种世界文学的大同："无论哪一国的作家，绝不是国界可以拦得住的；他们实在都是全世界的公产……例如伊士奇、莎士比亚、歌德、塞万提斯这班人，都可以认为同乡，并不限于哪一个国籍的。他们既把时间和空间的观念都打破了，所以思想界里的畛域也消灭了。""思想上的这种世界性，也和人类的大团体一般，是因感情的团结而后发生的；从来这种世界性，没有比现在再见得明白的了。这是由于现代各国的文明比从前益发增进，而且其间相互的影响也愈加密切，所以褊狭的见解，已绝不是时代的精神所能相容。如今这种广大的见地，已经是差不多人人有之，不但是几个知名全世界的人士，就是一般的诗人和艺术家，无论国籍怎样不同，也无不同具这种精神。"② 这里呼应的是歌德和马克思的论调，"世界文学史"其实是黑格尔所说的"世界哲学"（世界历史哲学）的一个组成部分。不过，世界文学史或者总体文

① ［法］丹纳：《艺术哲学》，载胡经之主编《西方文艺理论名著选编》，北京大学出版社1986 年版，第 151 页。

② ［法］洛里哀：《比较文学简史》，载刘介民编《比较文学译文选》，湖南人民出版社 1984 年版，第 162 页。

学史的思路在 20 世纪中叶之后，在多元文化和边缘话语的冲击下，被视为带有霸权色彩，而当全球化在 20 世纪末兴起之时，总体性、一体化的观念又被跨界的、混杂的文学史所替代，第四节将详述这一问题。而一个有趣的现象是，中国大学教学科目中的"世界文学"往往仅仅是西方文学或东方文学而并不包括中国文学本身，更遑论尚在"中国文学"边缘的"少数民族文学"，这固然是出于学科细化的需要，其背后的逻辑却还是由黑格尔时代的西方强势文化思维所决定的。

区域文学史的写作思维也是如此，柯恩《西方文学史》[①] 讲述从伟大的史诗时代和骑士罗曼史到 20 世纪中叶的欧洲方言写作。内容包括：史诗故事和冒险罗曼史，贵族之爱的主题，意大利的再生，神秘主义、风格主义和大众诗歌，戏剧的诞生，后期意大利文艺复兴，德国的改革和法国的文艺复兴，西班牙和葡萄牙的大时代，意大利史诗、西班牙戏剧和德国诗歌，法兰西的大时代，早期小说、理性的统治和感伤主义的诞生，意大利复兴与歌德的时代，浪漫主义，小说的顶峰，浪漫主义之后的诗歌，伟大的斯堪的纳维亚与现代剧场，小说的失焦与诗歌的希望。"西方"在这里就等同于"世界文化中心"的欧洲了。再来看 1920 年代劳里·马格纳斯（Laurie Magnus）的《欧洲文学史》[②]，该书内容包括：第一，叙背景，包括英语书与外国资源，异教徒的视角，失落的古典，珍藏的宝书，拉丁圣经，但丁（1265—1321），美人的玫瑰，文学的一般主题。第二，叙文艺复兴与改革，包括：第一阶段，积极的价值，社会和道德变化，卜迦乔（Giovanni Boccaccio, 1313—75），彼特拉克（Petrarch, 1304—1374），乔叟（Chaucer, 1340—1400），英国威廉·朗格兰（Langland）和法国的让·傅华萨（Froissart），西班牙的回应；学院的欧洲包括希腊老师们和佛罗伦萨的美第奇家族（Medici）；来自学院的家庭，穿越阿尔卑斯的道路，意大利学生，荷兰的伊拉莫斯（Desiderius, 1466—1536），公共美德，国王的宫廷。第二阶段，两个历史学派，罗伊西林和路德（Reuchlin and Luther）。第三，谈莎士比亚的时代，群体与单个，智者学派，史诗，导师、哲人与朋友，戏剧，西班牙的荣耀，莎士比亚的轰动，弥尔顿。第四，论法兰西统治及其后续。国内，制订规则，著作中的规则，"Le Théâtre Rempli"；超越国内，法国与英

---

① J. M. Cohen, *A history of Western Literature*, Penguin Books, G. B.：C. Nicholls & Company Ltd., 1956. 周作人在论《遵主圣范》时翻译为《欧洲文学大纲》。

② Laurie Magnus, *A History of European Literature*, London：Ivor Nicholson and Watson LTD, 1924.

国，约翰·德莱顿（Dryden）到卢梭（Rousseau），一个时代的终结。第五，欧洲革命时期文学，歌德，英格兰与法兰西，希腊的延续，俄罗斯运动，抒情主义与自由。同样，都是西方文学经典化作家和作品。

在 20 世纪初期民族自决自立运动之后，一些东欧文学史则介绍了波兰文学、捷克文学、斯洛伐克文学、罗马尼亚文学、保加利亚文学、匈牙利文学、阿尔巴尼亚文学、南斯拉夫文学等，基本不脱民族国家文学的框架。值得一提是一种语言联邦主义（linguistic federalism）的文学史模式，比如德语文学史，就包括中世纪、16—20 世纪的德国文学以及 20 世纪的奥地利文学和瑞士文学。之所以从中世纪开始无法向上追溯，是因为德语文学形成具体时间是在民族主义运动时期，再往前就是拉丁文的传统了。类似的语言联邦文学史同殖民主义联系在一起，如英帝国文学史中，纳入殖民地的英语写作文学。总体来看，双边、多边文学史的写作因为操作起来难度较大，所以一直没有成为教学的主流，而仅仅是在比较文学学科内部。

对于多民族国家的文学史来说，从 20 世纪下半期开始，有个从视野转换到思维转换的过程，即逐渐纳入少数族裔文学的内容，继而从机械叠加的拼盘向多民族文学史观的转变，这个过程还在继续，也正是本课题一再申言的主张。W. H. 钮的《加拿大文学史》① 可以说是文化多元政策下的产物。它从原住民开始写到当下，从叙事学的角度，囊括了多族裔的内容，尽管新进移民的文学还有待补充。其内容包括：（1）神话制作者，早期文学。印第安文化，文本，神话，因纽特文化，神话，欧洲神话和文化背景。（2）报道者，以迄 1867 年的文学。新闻主义和文化政治，探险杂志，传教士杂志，旅行、囚禁和移民杂志，信件与书札的形式，讽刺与演说，政治学与诗歌，浪漫主义纪录，纪录性的罗曼史。（3）故事讲述者，以迄 1922 年的文学。盎格鲁清教徒，教皇绝对权力主义者，观念的潮流，历史传说，感伤主义，讽刺和社会改革，社会和文学抵抗，自然故事，联邦诗人，内利根符号，真实的草图。（4）叙述者，以迄 1959 年的文学。民族罗曼史和土地，画家和蒙特利尔群落，社会抵抗和社会变化，写实主义，文学形式的政治学，文学和战争，声音和视角，广播和舞台，公共和私人诗歌，民族预想，变化的资源。（5）解码者，以迄 1985 年的文学。语言、文学、政府和学术圈，神话的符码，历史的符码，形象和个人的符码，性别符码，幻想和

① W. H. New, *A History of Canadian Literature*, Macmillan Education, 1989.

民俗的符码，戏仿的符码。

美国文学史的变化最能体现文学史写作经历几次重要的转变上，下述的三本不同时期的美国文学史，是我们随机抽样的，并没有预设特殊的意义和特定的标准——这么做有两个原因：其一是本章不是专门的美国文学史研究，且我们既无必要也无能力做全面细致的统计、调查、比较和审核工作；第二通过这样随机从不同时代的文学史写作的调查，关于本节所要凸显的美国文学史在内容和写法上变化的大势已经可以达到效果。

1911 年，汉莱克（Reuben Post Halleck）《美国文学的历史》[1] 的内容框架为：（1）殖民文学，首先指认美国文学并非独立生成，而与英国文学联系紧密。其次介绍新英格兰的殖民以及弗吉尼亚殖民地的文学活动以及宗教的理念。作者追溯美国文学的历史到 1754 年的詹姆斯敦殖民地，在 1607 年之前，乔叟、斯宾塞和莎士比亚的著作已经传播，1620 年詹姆斯王钦定《圣经》问世，这些英国文学给它的殖民地带去了丰富的遗产。（2）民族国家的出现，1754 年的法国和印度战争使美洲的殖民者意识到他们是一个民族。此际的作家代表性的有托马斯·潘恩、杰斐逊、亚历山大·汉密尔顿等。（3）文化中心的形成，包括纽约群体、新英格兰群体，主要讨论了斯托夫人《汤姆叔叔的小屋》和爱默生等作家。（4）1861—1865 年南北战争前后的文学。（5）区域文学，包括：①南方文学，农场生活及其在文学上的反应；新南方文学的特色，埃德加·艾伦·坡等作家；②西部文学，中西部的新质、民主的精神，林肯等人的作品；③东部现实主义文学，从浪漫主义到现实主义，惠特曼等人的作品。

而 1998 年艾略特（Emory Elliott）主编的《哥伦比亚美国文学史》[2]，无论是写法还是内容都有了巨大的转变。该文学史按照时间分期，主要包括：（1）起点到 1810 年。进入美国语言的关键，殖民时期的散文和诗歌，转变中的美洲，新共和时期的文学。（2）1810—1865 年的愿景时期。理想主义和独立，文化多样化和文学形式，知识分子运动与社会变革，美国的复兴。（3）1865—1910 年，南北战争后到第一次世界大战前夕。讨论时代的标志，文类的精化，文学多样性（平民的文学，移民和其他美国人，女性写作和新女性），代表作家有埃米利·迪金森、马克·吐温、亨利·亚当

---

[1]　Reuben Post Halleck, *History of American Literature*, New York: American Book Company, 1911.

[2]　Emory Elliott, *Columbia Literary History of the United States*, New York: Columbia University Press, 1988.

斯、亨利·詹姆斯等。（4）1910—1945 年。包括：①文本和背景：现代主
义的出现，知识分子生活与公共话语，文学风貌和文学运动；②区域主义、
族裔性和性别：比较文学文化、非裔美国文学、墨西哥裔美国文学、亚裔美
国文学、战争中间的女性书写；③小说：美国小说的多样性，海明威、菲茨
杰拉德、斯泰因、福克纳；④诗歌和批评：美国诗歌的多样性、罗伯特·弗
罗斯特、埃兹拉·庞德和 TS 艾略特、威廉姆·卡洛斯·威廉姆斯和华莱
士·斯蒂文斯；⑤文学批评等。（5）1945 年到当下。包括：①战后时代，
文化、权力和社会，新哲学，作为激进表达的文学。②形式和文类，诗歌、
12 世纪戏剧、新现实主义小说、自我反思小说。③当下的小说，前卫和实
验写作。

　　2004 年，盖瑞（Richard Gray）的《美国文学史》① 则以时代主题为章
节划分标准：主要包括：（1）殖民与革命之前与期间的美国文学：想象伊
甸园，原住民口头传统，西班牙与法国的不速之客与美洲，盎格鲁美国人进
入，殖民和革命时期的写作。（2）发明美国：美国文学的形成，1800—
1865 年，制造一个民族国家，美国神话的制作，美国自我的制造，多样性
美洲的制造，美国小说与诗歌的制造。（3）重构过去、再想象未来：美国
文学的发展，1865—1900 年，重建民族国家，地域主义的发展，现实主义
与自然主义的发展，女性写作的发展，多样性美国的发展。（4）新的创作：
现代美国文学的出现，1900—1945 年变化中的民族身份，维多利亚主义与
现代主义之间，现代主义的发明，传统主义、政治学和预言社区与身份，大
众文化和作者。（5）世纪的协商：1945 年来的美国文学，走向跨民族的国
家，形式主义与告解诗，公共与私人历史，垮掉一代、先知和审美家，艺术
和种族政治，现实主义及其不满，语言与文类，创造新的美国。

　　从内容而言，汉莱克的著作中基本没有"族裔作家"这个概念，对美
国文学史的叙述遵循了从新教徒文学到 18—19 世纪美国文学形成自己区别
于欧洲文学的特点，再至 19 世纪下叶，美国文学达到高峰的传统思路，其
中隐含的是美国开国以来便固守的一个观点，将美国等同于 17 世纪以迄的
主要来自西北欧的移民，遮盖了原住民和弱势移民丰富而倍受冷落的传统。
1998 年的《哥伦比亚美国文学史》对文学史这个概念本身加以反省批判，
指出文学史将文学枝蔓丛生的无序发展规整为一段有始有终、经络分明的历

---

① Richard Gray, *A History of American Literature*, Oxford：Blackwell, 2004.

史，成为美国国家对自身发展轨迹和方向的诠释。但该书的编辑组并没有也不可能背离文学史必须构建秩序的原则，只能尽量将美国文学和国家发展的故事讲得丰润些，多些非线性的段落，如在讲述新教徒诗歌之前就介绍印第安人文学，在讲述 19 世纪末期美国现实主义小说的崛起同时介绍黑人知识分子和来自古巴的独立志士的写作等。格雷的美国文学虽由作者一人写成，但立意相似，并索性以美国国家主义的发展为线索，以此来梳理审美旨趣、背景身份各不相同的作家和流派。值得一提的是，这两本著作虽然都包含印第安原住民和少数族裔文学的内容，但努力将各族单独的历史和他们之间的互动组织为一个完整的故事，致力于推翻将美国精神和空泛的民主及个人主义挂钩的传统叙事，从殖民、移民禁约及多元文化整合的角度来重新阐释美国文化。

　　这三本著作的区别与它们的成书时间是互为表里的关系。它们分别写于第一次世界大战前、第二次世界大战后及冷战时代、冷战结束及全球化时代。当然在 2001 年 "9·11" 事件之后，美国的国际政策和战略发生了巨大转变，相应地在文学教育上也发生了细微的变动，但是知识教育并不像国际政治效应那么立竿见影。另外作为国家内部的文学史受此的影响也相应不大，其后果还有待进一步的观察。一般美国学界对于种族和族裔问题的 20 世纪历史回顾分为三个时期：一是 1901—1929 年的批判时期，族群的出现及其引起的反应；二是 1930—1964 年种族意义变化的年代；三是 1965—2000 年，从民权运动到多元文化话语的兴起。① 第一次世界大战后美国经济的发展和移民，1930 年代的经济危机，第二次世界大战中及其后对于种族的反思，1960 年代的民权运动，1980 年代多元文化，这些关键性的历史事件，对于少数族裔文学的发展无疑至关重要。这里想要强调的是上述三个文学史的著述之间除了两次世界大战之外，还夹杂了几次重要的国内文化运动，这点也许比外部的刺激更为重要。1965 年以来多次的文化运动促使美国知识界逐渐认识到张扬各种非主流文化有利于拓展美国国家身份的外延并从而更有效地凝聚政治诉求和背景传统各不相同的各族群，同时也对将族裔身份僵化的本质主义思想进行了全面的反思。这便是为什么 1998 年的《哥

---

① Andrew R. Heinze, "The Critical Period: Ethnic Emergence and Reaction, 1901 – 1929", Thomas A. Guglielmo and Earl Lewis, "Changing Racial Meaning: Race and Ethnicity in the United States, 1930 – 1964", Timothy J. Meagher, "Racial and Ethnic Relations in America, 1965 – 2000", *Race and Ethnicity in America: A Concise History*, Edited by Ronald H. Bayor, New York: Columbia University Press, 2003.

伦比亚美国文学史》和 2004 年的《美国文学史》追求多元叙事但又避免强化族裔边界和差别的原因。

20 世纪 20 年代到经济危机爆发这 10 年间，美国纽约黑人聚居区哈莱姆的黑人作家、艺术家兴起了哈莱姆文艺复兴运动。在黑人的觉悟和民族自尊心大为提高的情况下，一些青年知识分子开始重新评价自己的艺术创造才能，并要求在文学艺术中塑造"新黑人"的形象——不同于逆来顺受的汤姆叔叔型的、有独立人格和叛逆精神的新形象。他们在报刊上广泛开展了"是艺术还是宣传"的讨论，大多数作家都认为必须加强黑人文艺作品的艺术表现能力。哈莱姆文艺复兴运动提高了黑人文学艺术的水平，从中涌现出一批优秀的诗人和小说家，对促进黑人文化事业的发展、提高黑人民族的自尊心产生了深远的影响。1960 年代全世界范围内的激进文化运动，从欧洲波及美国，对文学产生的最大影响，除了"垮掉的一代"作家、摇滚乐、流行音乐之外，就是少数族群意识的日益自觉。

如同萨义德所说："无论一种思想意识或社会制度的统治多么完全，永远有某种社会历史是它所不能覆盖和控制的。从（而）这些部分历史就时常产生反抗，有时是自觉的，有时是互动的。事实并非听起来那么复杂。对统治结构的反抗来自这个结构内部和外部的个人与群体对于它的某些错误政策的觉察，甚至是激进的认识。"① 少数族裔意识的自觉和主体意识的确立，是人权事业发展和反歧视、反不公、追求社会正义的结果。殖民历史上对于原住民臭名昭著的大屠杀、纳粹对于犹太人实行的种族灭绝（genocide），在经过第二次世界大战后逐渐得到反思，但是欧洲国家及北美对于移民各种形式的整合（integration）、强制同化（coercive assimilation）依然是主流的政策。同化经常被用"熔炉"（Melting‐pot）的隐喻来类推，Melting‐pot 这个词最初由英籍犹太作家以色列人赞格威尔（Zangwill）提出，首次出现于赞格威尔 1908 年在纽约创作的同名剧本，它指的是 19 世纪末涌入美国的移民被鼓励以美国人的身份思考自身，直到逐渐抛弃他们自己的源文化的方式，这就好像熔炉的效应，他们最终完全成为新合金的一部分。20 世纪 60 年代晚期之后，这种类推的说明能力被质疑，类推的新环境是色拉拼盘（sala‐bowl）、马赛克（mosaic），虽然也未必精确，但是有助于我们想象同化和整合之间的区别，意味着有意反对种族隔离与强迫同化的政策。加拿大

---

① ［美］萨义德：《文化与帝国主义》，李琨译，生活·读书·新知三联书店 2003 年版，第 341 页。

联邦政府 1971 年就宣布了多元文化主义的政策，修正了早期过于强调同化的倾向。1988 年加拿大多元文化法案通过，为少数族裔及说法语的加拿大人提供经济和制度支持。加拿大多元文化主义主要集中于移民的政治融入，通过积极地提高公民权，包括公共政策和方案等方面，来帮助移民克服语言和文化障碍。美国多元文化运动一开始就对于基于种族原因的政治和经济不平等有着自觉的意识。而当时尚处于冷战敌对阵营的中国和苏联也有着类似于尊重少数族裔、发展多元文化的法律法规，苏联关于民族政策的一个常见比喻是有不同房间的集体公寓（communal apartment with separate rooms）①。多元主义在 1980 年代之后成为北美主流意识形态领域政治正确的问题。

　　在现实的文学传播与影响中，达姆罗什（David Damrosch）发现，世界文学的边界，在过去的十几年中发生了巨大的转变，最显著地表现在现代比较文学研究的内容和主题转移超越了那些欧洲强势文学和伟大作家的名作，而开始注目于这之外的另一些作品。② 他观察到，1956 年首版的《诺顿世界名作文选》中收集的全世界作家总共有 73 名，没有一个是女性，并且所有的作者都是在从雅典和耶路撒冷到现代欧洲与北美的"西方传统"之内。而在 1976 年的第三版中，作者数量陆续增加了，编者最终还为一位女性作家萨福（Sappho，约前 630 年或者前 612 年—约前 592 年或者 560 年）留下了两页纸的空间。但是即使是到 1990 年代早期的诺顿文选还是与其他"世界"文学文集及其所服务的课程一样，欧洲和北美依然是固定不变的中心。范式和机制确实是在变化，但是对于世界文学光谱的扩展，还没有到达能够拆解伟大的正典的程度。达姆罗什用新的三级体系——超正典（hypercanon）、反正典（countercanon）、影子正典（shadow canon）——来取代之前的两极模式：名家（major authors）和小家（minor authors），然后发现其实文学研究也存在马太效应，小家固然被注意到了，但是名家所受的关注持续在上升，并不是说因为小家的发现就取代了原先的名家的位置。

　　而在文学研究领域则是一种对于既往文学知识结构的转型性思考，重新书写文学史的势力消长。比如高瑞·维斯瓦纳桑（Gauri Viswanathan）以后

　　① Yuri Slezkine, "The USSR as a Communal Apartment, or How a Socialist State Promoted Ethnic Particularism", *Slavic Review* 53. 2 (Summer 1994), p. 415.

　　② David Damrosch, "World Literature in a Postcanonial, Hypercanonical Age", *Comparative Literature in an Age of Globalization*, Edited by Haun Aaussy, Baltimore: The John Hopkins University Press, 2006, pp. 43 – 53.

殖民主义的视角，考掘现代英国文学学科建立中的权力机制。在《征服的面具：文学研究与英国在印度的统治》中揭露了文学研究作为一种道德和知识领导权在殖民主义运行中所起到的作用。在英帝国的知识话语中，马修·阿诺德的文化批判主义之后，文化统治开始逐渐变得不再明目张胆，通用的办法是将意识形态作为一种伪装形式。"帕尔默（D. J. Palmer）、伊格尔顿（Terry Eagleton）、鲍尔迪克（Chris Baldick）、威斗孙（Peter Widdowson）和戴维斯（Brian Davies）相信，通过把英国文学作为印度公务员考试的主要科目，与在英国中学和大学中提升英语学习联系起来，可以提供对于帝国象征性的认可。其实，不仅仅如此。尽管这些考试非常重要，但是它们并没有指示出帝国主义与文学文化密切关系的程度之深。英国文学作为一门研究学科无比年轻（顶多 150 年左右），这点常常被注意到，但是具有讽刺意味的是英国文学作为课程科目出现在殖民地远远早于它在母国的教育体制中。"[1]早在 1820 年代，当英国本土教育还被古典科目所统治的时候，英语研究作为一种文化而不仅仅是语言科目，已经在印度扎下根来。维斯瓦纳桑一方面研究了英国文学教育的内容如何适应英国在印度统治的行政和政治强制，另一方面也考察了殖民强制将教育内容在意义上进行了彻底的反转，从而使得启蒙主义的人文观念与社会和政治控制的教育并存，甚至支持后者的理念。

维斯瓦纳桑对于"英国文学"从印度到英国发展轨迹的描绘，揭示了现代文学教育和研究学科背后的帝国主义力量和意识形态考量。实际上，颠覆了西方文学正典似乎不证自明的合法性。而马丁·伯纳尔（Martin Bernal）考核西方主流文明的少数族裔文化之根，更有振聋发聩的作用。他的三卷本《黑色雅典娜——古典文明的非亚之根》[2]，对西方学术史进行了一

---

① Gauri Viswanathan, *Masks of Conquest*: *Literary Study and British Rule in India*, New York: Columbia University, 1989, pp. 2 – 3.

② Martin Bernal, *Black Athena*: *The Afroasiatic Roots of Classical Civilization* (*The Fabrication of Ancient Greece 1785 – 1985, Volume 1*), Rutgers University Press, 1991. *Black Athena*: *The Afroasiatic Roots of Classical Civilization* (*Volume 2*: *The Archaeological and Documentary Evidence*), Rutgers University Press, 1991. *Black Athena*: *The Afroasiatic Roots of Classical Civilization* (*Volume3*: *The Linguisitic Evidence*), Rutgers University Press, 2006. 因为第三卷 2006 年才出版，中文学术界对伯纳尔此著的介绍多集中于前两卷，有代表性的是刘禾的《黑色的雅典娜——最近关于西方文明起源的论争》，《读书》1992 年第 10 期。叶舒宪的《从〈金枝〉到〈黑色雅典娜〉——20 世纪西方文化寻根札记》，《寻根》2000 年第 6 期。

番知识考古，标志着对古今研究古希腊历史学者的挑战。古希腊人认为他们文化中的许多重要因素都是从远东诸文明中借用来的，尤其是从埃及文明中借用来的。伯纳尔称为"古代模式"（Ancient Model），自古代一直到启蒙时代几乎所有的学者都接受此种观点。但伴随着欧洲经济和工业进步以及向其他大陆的殖民扩张，欧洲优越的观念在18世纪逐渐增强。为了同"进步的欧洲"形成对比，同时树立自己扩张的合法性，原来受到尊崇的古老文明之偶像，如埃及和中国，都被贬抑、歪曲甚至抹杀了历史上真实的贡献，而在从文学形象到知识话语上都被"东方化"、妖魔化、贬损化。

在这样的背景下，19世纪三四十年代，人们改变了"古代模式"的看法，代之而起的是所谓"雅利安模式"（Aryan Model）。这种观点强调来自北方操印欧语言的入侵者对希腊文化形成起着决定性的作用，成为席卷欧洲的"正统"解释，即希腊文明是印欧语系的希腊人和臣服的当地居民共同创造的。埃及学术地位的衰落对应着1820年代种族主义的兴起；菲尼基学地位的衰落对应1880年代反闪族（anti-Semitism）运动的兴起，并在该运动的高峰期（1917—1939）而归于沉寂。雅利安模式是种族主义的，旨在强化"言必称希腊"的西方文明发展史，实际上是18世纪以来的欧洲学者、尤其是德国和法国的语文学家编出来的一个欧洲中心主义的故事。

《黑色雅典娜》的核心就是重提为人所抛弃许久的"古代模式"并加以修正，认为希腊文明起源于北非人，而他们是黑人。伯纳尔举出了语言、建筑、科技、艺术等方面的大量证据，从考古学、档案文件和语言学等多方面予以证明，说明公元前2100—前1100年，也就是希腊文明形成期间，非洲文明是一个重要的文化源头。19世纪欧洲文化抱有优越感的学者，从浪漫主义者到民族主义者，因为他们在建立现代学科上的影响，生产出来的知识至今依然影响着我们对人类文明发展史的认识。从这个意义上来说，伯纳尔的论述论证固然存在着种种不足和疏漏之处①，但是不啻为扭转思考模式、观看方位的重要尝试。

正典的构成发生了转移，其间经历了一个从对抗到协商的过程，晚近学者们逐渐意识到不同文学相互之间的联系、交往、互补、共生可能才是它的原貌。所谓世界文学、民族文学、少数族裔文学可能不过只是话语的建构，

---

① 《黑色雅典娜》一度引发巨大争议，伯纳尔回应其批评者文集见 Martin Bernal, Edited by David Chioni Moore, *Black Athena Writes Back*: *Martin Bernal Responds to His Critics*, Duke University Press, 2001。

事实上它们你中有我、我中有你，无法截然地进行区分。美国比较文学学会（The American Comparative Literature Association）1993 年大会之后结集出版《多元文化主义时代的比较文学》①，2004 年大会后，结集出版《全球化时代的比较文学》②，从"多元文化主义"到"全球化"的关键词转变，似乎可以看出 1990 年代到 2000 年代的细微变化：前者更强调差异并生，后者更强调协商与合作。这里涉及少数族裔文学话语权力的上升，同时愈加明显的是文学的旅行以及流散、跨国、混杂性等问题，这可能是少数族裔文学与主流文学不可避免地面临的共同问题。

三　多元文化主义及其不满

在讨论全球化背景下的流散和跨国主义之前，我们先对多元文化主义进行一番探讨。"多元文化主义"（multiculturalism）是一个相对较晚出现的词汇，然而现在已成为一个被频繁使用的术语。它最早以书面形式出现于加拿大 1965 年出版的《双语制和二元文化政策》（Bilingualism & Biculturalism）一书中③。据社会学家内森·克莱日尔（Nathan Glazer）统计，美国的主要报刊在 20 世纪 80 年代末才开始使用"multiculturalism"一词。④ 1989 年再版的《牛津英语词典》首次将其作为一个词条引入。

从多元文化主义的政策层面来看，这是一个历史性赔偿的文化政治，用于修补创伤记忆，和弥合现实中的差异。多元文化主义常常与差异政治（politics of Difference）、承认的政治（politics of recognition）、身份/认同（identity）等话题联系在一起。通过推进差异文化政治，少数群体在争取平等和解决社会不公问题上找到了共同的语言，并共同促成多元文化主义切实转换为种种社会政策和改革措施。加拿大早在 1971 年已正式宣布实行多元文

---

① *Comparative Literature in the Age of Multiculturalism*, Edited by Charles Bernheimer, The Johns Hopkins University Press, 1994.

② *Comparative Literature in an Age of Globalization*, Edited by Haun Aaussy, The John Hopkins University Press, 2006.

③ J. A. Simpson, E. S. C. Weiner, *The Oxford English Dictionary*, Oxfoid University Press, 1989, p. 79.

④ Nathan Glazer, *We Are All Multiculturalists Now*. Cambridge, Mass：Harvard University Press, 1997, p. 7. 转引自王希《多元文化主义的起源、实践与局限性》，《美国研究》2000 年第 2 期。

化主义政策，经过几次修改之后写入 1982 年的宪法。澳大利亚也于 1979 年
正式宣布实行以民族平等原则为基础的多元文化主义政策。在美国、英国、
新加坡等多民族国家，多元文化主义虽然并没有成为一种国家的根本性政
策，但仍产生了深远影响。除了在教育、就业等领域引发的各项改革措施
外，多元文化主义还直接促成了"政治正确"（political correctness）政策的
产生。一般而言，加拿大、澳大利亚的多元文化主义被称为官方性多元文化
主义（official multiculturalism），比如加拿大的多元文化主义与双语教育齐头
并进，是为了设计一种新的符号秩序，以区别于早先由"大不列颠性"
（Britishness）所界定的特色、价值、政治伦理和符号。更主要的是推行
"马赛克"（Mosaic）政策，以区别于美国的大熔炉（Melting Pot），也不是
南非那样的彩虹国（Rainbow Nation）。① 而美国和中国尽管没有具体的多元
文化主义法律，但是在一些具体的政策条例实践中，采取的却是多元文化主
义的思路和逻辑，因此又被称为操作性多元文化主义（manage multicultural-
ism）。美国的多元文化主义应该归因于美国历史一贯以来的统一民族认同与
流动的多元传统之间的既定平衡。

　　首先，在文化观念上，多元文化主义是一种追求平等和正义的自由主义
理念。作为一种微观政治（micropolitics），多元文化主义是对于既往的欧洲
中心主义的批判。人们发现现代殖民主义与种族主义不仅是经济上的掠夺与
剥削，政治上的奴役与压迫，同时齐头并进地还有压迫性的文化生产——通
过不平等的表述关系以及体制性的/权力实践在旧的殖民形式解体之后，成
为一种新的文化压迫形式。因此，多元文化主义也可以说是用一种新的文化
主义语言对现代性的批判性分析，是对 18 世纪以来逐渐形成的西方主流文
化宰制体系的反抗。这是从政治经济批判向文化批判的转移和从阶级政治向
文化政治的转移，在此转移过程中，种族起着枢纽的作用。多元文化主义关
注的权力和差异至关重要，"权力与差异关涉到区分高下，文野的规范或价
值标准是如何历史地建构起来的。在殖民主义的历史上，种族、社会及文化

---

① Louis Dupont and Nathalie Lemarchand, "Official Multiculturalism in Canada: Between Virtue and
Politics", *Global Muticulturalism: Comparative Perspectives on Ethnicity, Race, and Nation*, Edited by Grant
H. Cornwell and Eve Walsh Stoddard, Rowman & Littlefield Publishers, Inc., 2001. 309 – 310. 关于美国
与南非的多样性差异问题，参见 Jacklyn Cock and Alison Bernstein, *Melting Pots & Rainbow Nations:
Conversations about Difference in the United States and South Africa*, Urbana and Chicago: University of Illinois
Press, 2002。

差异曾经长期被用来充当欧洲中心主义合法化的工具，被用来证明殖民统治的正当性。只是在引进了新的权力概念之后，西方文化的普遍性的神话才被打破，文化差异才开始成为一种力量的源泉"。① 而理想中的多元文化主义应该最终发展出一种差异中的统一或寓统一于差异的立场："'多元文化的'这个词语和提及的其它语词的区别是什么呢？在于它不仅仅是造成一种差异感，而且认识到这些差异源于对一种文化普遍共有的忠诚和固有的对所有文化一律平等的理念的认可。"②

　　而多元文化主义归根结底也是一种现实需要，是尊重不同文化群体与个体权利的要求。与国际性的文化多样性（diversity）及民族国家内部的文化多元（cultural pluralism）话语相联系，多元文化主义更注重的是具体的少数群体，比如少数族裔、妇女、同性恋团体的身份认可和接受。这些曾经在理性、基督教伦理、实用主义政治哲学的阴影下，被压抑的群体，一度处于绝望的处境，如今寻求构建自己的共同体。少数群体诉求的多元文化主义其实与自上而下的多元文化主义政策并不矛盾，后者甚至从中得益："设法建立一个单一文化社会的另一个方法是赞美和支持多元文化主义，可以展望的是，这使得那些以他们的文化为荣、并希冀他们的文化得到国家认可的人们，急于加入由其它文化群体的人们组成的普通的公民团体来捍卫自己自由宽容的形象——这一点对于他们是很重要的。根据这种观点，乡土情结和差异意识的增强反而鼓舞了对民族目标和体制的强烈认同感。"③ 这种整合（integration）因为尊重差异而至少在表面上具有无可比拟的优越性。对于多元文化主义在什么程度上能够被容忍，普遍认为如果民族国家尚未土崩瓦解，则在于构成了民族文化的核心的界限及其保留下来的完整性。

　　多元文化主义尽管已经成为主流舆论，但它的批评者也一直不绝如缕。从既存的批评视角来看，它至少有三个方面巨大的缺陷：（1）很容易滑入本质主义的泥淖之中。（2）只是一种茶杯风暴，在现实的层面作为不大。（3）不自觉地与主流意识形态构成合谋，从而成为资本控制、压抑和剥削弱势文化群体的帮凶。

---

　　① 陈燕谷：《文化多元主义与马克思主义》，载陈明主编《原道》第三辑，中国广播电视出版社1996年版。

　　② Penelope Harvey, *Hybrids of Modernity*：*Anthropology*, *the Nation state and the University Exhibition*. London：Routledge, 1996, p. 70.

　　③ ［英］C. W. 沃特森：《多元文化主义》，叶兴艺译，吉林人民出版社2005年版，第5页。

　　如同本质主义的怀疑论者所断言的，对民族文化的定义只不过是一连串宗教仪式所创造的被认为是永恒的特征，而这恰恰误解了文化的本质——文化是根据时代的需要不断地被重构和更新的。任何关于文化形态的连续性的声称都在严格的历史审视中被发现是不能证实的，因为在事实上文化的象征和形态总是处于一种不断的变动中，而且在过去的几个世纪中已发生了质的变化。因此，多元文化主义面临的第一个挑战就是来自本身：它是否有意无意地将特定的文化本质化了，而这反过来倒正好为主导性文化霸权提供了合法性的证明和支持。很多情况下，多元文化主义为了证明对当前社会、文化、学术机制的批判的正当性而将特定族群、文化、过去浪漫化，这不仅影响了对特定文化、文学的认知，而且影响了多元文化主义者本身。文学不是固定的独立于历史潮流的社会行为，也不仅仅是政治和经济变革的反映或指针，而是在具体社会历史环境中流动发展的持续进化（continuous evolution）物。某些特定族裔文化倡导者，往往将其文化琐碎化了，因而无法探索少数族裔经历的更为深刻的现实，致使少数族裔文化引起人群的注意却只停留在肤浅的表面。这种把少数民族简约为一套有限的文化特征的做法，随后被传媒进一步认可并被牢固地安置在民族精神中，在这一点上其他民族的知识被局限成为一种受轻视的仅供参考的形象。过于强调差异的多元文化主义的主要缺陷在于将差异简单化了，从而使个人利益大行其道，并成为代表他们自己权益的政治目标。

　　比如《美国的新移民文学：我们多元文化的文学遗产资料集》中非常详细地将美国少数族裔划分为亚裔（阿拉伯、亚美尼亚、华人、菲律宾、印度、伊朗、日本、韩国、巴基斯坦）、加勒比裔（盎格鲁裔加勒比人、古巴、多米尼加、波多黎各）、欧裔（芬兰、希腊、爱尔兰、意大利、西班牙裔犹太人、波兰、斯洛伐克）和墨西哥裔。[①] 我们注意到有许多族裔本身就是不同族裔的混血产物，因此他们的"美国人"身份本身就是充满了多元、重叠、累积的不同族裔成分，并没有某个固定的族裔文学本质，多元文化主义往往却忽视了这一点。

　　其次，多元文化主义力图建立各个文化之间的平等关系，是一个不错的选择，但是，多元文化主义是否掩盖了实践中的不平等？少数族裔文学是否能够摆脱点缀式或者不得不迎合主流意识形态的命运。无论是加拿大、澳大

---

① New Immigrant Literatures in the United States: A Sourcebook to Our Multicultural Literary Heritage, Edited by Alpana Sharma Knippling, Greenwood Press, 1996.

利亚的官方性多元文化主义还是美国的操作性多元文化主义，都摆脱不了中心主义者的策略，即政府实施计划，树立一个团结的民族形象，而没有实际解决不同族裔——种族群不平等造成的政治、文化、心理问题。结构性的不平等似乎被忘却，如同丽萨·洛维（Lisa Lowe）指出的，无论是文化多元主义的何种形式，都"将族裔差异美学化了，似乎它们可以同历史割裂开来一样"。[1] 另有批评者指出："如果多样性的真实改变了加拿大的生活，如果文化多元主义作为一种多样性哲学改变了他们的价值体系，官方多元文化主义作为一种政府法规并没有改变文化和政治图景中的权力结构组织。一个美德话语支持了多元文化主义意识形态掩藏了这个事实。"[2] 比较阿富汗裔美国作家卡勒德·胡赛尼（Khaled Hosseini）的《追风筝的人》以及华裔尤其是大陆在"文化大革命"后移民美国作家的"文革叙事"，我们会发现，这些少数族裔为了赢得市场份额和关注的眼光，往往刻意以题材取胜。而如果少数族裔文学仅仅依靠的是特异性的历史题材获得一席之地，而不是现实的美国生活，那么它就依然还是卑微的。又比如翻译和表述，哪个族裔、何种语言的文学被翻译或研究，必然涉及权力关系。

　　把文化的多样性作为主流文化和少数族裔文化所富于挑战性、不断修正的、具有可比性的基本概念和原则的基础，可以便于建构一种更有生气的、更为开放的和更为民主的共同文化。但是在实践中，很多批评者认为少数族裔政策中的优惠政策导致了对来自多数人群体的个人的不公正，譬如美国高等教育中平权法案（Affirmative Action），提升少数族裔的权益是以牺牲主体民族的利益为代价的，他们不能和来自少数人群体的那些人在公平的基础上竞争设定的职位。有时在这儿产生的第二个观点是，如果他们被迫认为他们一直需要特殊的规定才能得到较高的社会地位，那么平权行动也会在个人和团体中制造心理上的创伤和固有的自卑感。

　　现实中的事例是，1980—1990 年代以来，强调尊重不同文化的多元文化主义在学院以及社会胜利的同时，国际上的经济发展却朝越来越"同一"的方向发展，事实上如同美国在冷战结束后成为实际上的唯一帝国一样，当

---

① Lisa Lowe, "Immigration, Citizenship, and Racialization," *in Immigrant Act: On Asian American Cultural Politics*, Durham, North Carolina: Duke University Press, 1996, p. 9.

② Louis Dupont and Nathalie Lemarchand, "Official Multiculturalism in Canada: Between Virtue and Politics", *Global Muticulturalism: Comparative Perspectives on Ethnicity, Race, and Nation*, Edited by Grant H. Cornwell and Eve Walsh Stoddard, Rowman & Littlefield Publishers, Inc., 2001. p. 329.

代实际上是一个"单极性"时代。与多元相对立是当今国际政治权力格局
中美国的特殊位置以及在资本支持下的消费主义。美国多元文化主义是美国
现实中多种族、多文化互相交叉的结果，在 1990 年代初，在克林顿政府执
政期，看起来是最理想的对美国社会的定义。可是 2001 年的"9·11"事
件，对阿富汗的战争、2003 年开始的伊拉克战争、布什政府的单边国际政
策、伊朗问题、中亚国家问题等等……国际的权力结构迅速改变，美国独一
无二的军事力量和为所欲为的国际政治态度，使美国越来越以自我为中心。

最后，文化多元主义与全球资本主义之间存在着某种错综复杂的联系，
而这正是一些马克思主义者对多元文化主义持怀疑和批判立场的原因。当代
资本主义被称为晚期资本主义或全球资本主义，其最重要的特点是生产的跨
国化和全球化。为了在全球范围内扩展市场，跨国资本通过不断适应、迎合
和利用文化差异来保证自身的增殖，而一些国家、民族为了招徕资本也不惜
牺牲和改变自己的文化。印裔学者拉德克里斯南（R. Radhakrishnan）正确
地指出族裔身份总是依特定情境的（context - specific）①，据有信息和知识，
与拥有情感关注，并不是一回事。许多以所谓的"多元化""本土化"为指
向的资本运作过程带来的是，本土少数族裔文化精英对本族群文化的贩卖，
以及西方价值观和生产方式对弱势民族、国家、族裔文化的侵蚀。由此，身
处全球资本主义时代的多元文化主义面临着一个尴尬的境地，它因为与全球
资本主义实际的共谋关系而成为一个同质化和多样化并进的过程。

在 1970—1990 年代的文化战争②中，美国学校学习的课程内容或者
"正典"是集中的内容。许多先进的学者创设了新的课程，研究和教授有关
多样的文化、经验和整个国家与世界其他人们的世界观。还有一些人试图将
此种理念整合进当下教学总课目的核心元素中去。这些探索不仅仅包含
"理解和珍视他人"的意思，而且包含着理解西方和白人（以及男性）主导
性文化传统自身，反对那种传统在世界事务、维持不公正社会、学校的文
献、大学里的教学传统等方面的控制。③ 保守主义者和（或者）相关的学者

① R. Radhakrishnan, "Ethnicity in an Age of Diaspora," *Theorizing Diaspora: a Reader*, edited by Jana Evans Braziel and Anita Mannur, Blackwell Publishing Ltd, 2003. p. 119.

② 这段中阐述的观点不少来自于笔者和哥伦比亚大学英文与比较文学系教授金雯的谈话。本章写作多得她的热心指教，谨表感谢。

③ Mark A. Chesler, Amanda E. Lewis, James E. Crowfoot, *Challenging Racism in Higher Education: Promoting Justice*, Lanham: Rowman & Littlefield Publishers, Inc. , 2005. pp. 5 - 8.

与行政人员抵制这种理解和反抗主导与从属的运动，抱怨说这"贬低了我们西方的遗产"，"攻击那些逝去的白人男性"，事实上"瓦解了美国"。①在加拿大对于多元文化主义的批评也不绝如缕，认为多元文化主义不过是一种兜售幻觉的迷信或差异的幻觉。② 更有学者提出要超越多元文化主义，走向"后族裔"时代。③

　　这些批评大多根植于经典自由主义理念：多元文化主义具有瓦解功能，会给整个民族国家带来不稳定和离心因素，他们认为追求族裔/文化正义会下降为狭隘的地方主义。但是反驳者声称，事实上，所谓的多元文化主义会腐蚀社会团结，不过是对例外主义表达的一贯攻击，是在新自由主义时代保守主义者对杰克逊式的民族主义的继承和利用。④ 多元文化主义当其作为一个术语来识别和分析多元社会的特征时，它最多是一个具有启示意义的概念，用以检验在不同国家那些适当地公开了个人和群体从政府和社会寻求资源的对比性利益的情况的真实性。在美国语境中，一个用可能出现的分裂性后果为原因，来反对特定族裔/文化身份的人，强调文化与人口的"动态混合"以及国家忠诚的首要性。这种形式的多元化可以被看作是美国自由多元主义的基础而不是批评性的替代。一种新的批评认为种族问题应该被当作社会冲突、政治组织和文化/意识形态意义的自治领域来研究，而不应该将其与族裔、阶级和国家混在一起。这实际上是对 1930 年代伴随着罗斯福新政和反法西斯主义而产生的族裔范式的批评，并且成为 1965 年之后激进少数族裔文化运动（"黑人权利"运动和第三世界自由同盟等）共享的理论基础。⑤

---

① Bloom, A. 1987. *The Closing of the American Mind.* New York: Harper & Row. D'Souza 1991, *Illiberal Education: The Politics of Race & Sex in Campus*, Free Press. Schlesinger, A. 1992, *The Disuniting of America.* Norton: New York.

② Bissoondath, Neil. 1994. *Selling Illusions: The Cult of Multiculturalism in Canada.* Toronto: Penguin Books. Reitz, Jeffery, and Raymond Breton. 1994. *The Illusion of Difference: Realities of Ethnicity in Canada and the United States.* Ottawa: C. D. Howe Institute.

③ David A. Hollinger, *Postethnic America: Beyond Multiculturalism*, Basic Books, 2000.

④ 所谓杰克逊式的民族主义是指美国第七任总统杰克逊（1829—1837 年在任）的思想政策。比较偏重国家安全，不信任多边外交，甚至走向本土主义和孤立主义。晚近以来，美国的新保守主义与杰克逊派联手对付现实主义派，赢得了在伊拉克战争等问题的主导权。

⑤ Wen Jin, *Pluralist Universalism: An Asian Americanist Critique of U. S. and Chinese Multiculturalisms.* Ohio State University Press, 2012.

　　这些关于多元文化主义的理论发展，指向的是当下的跨国主义理论转向。事实上，当下加美等国的少数族裔文学正是与多元文化主义运动互相辅助、齐头并进的成果。而多元文化主义本身固然有着这样或者那样的不足，但其根底里对于平等、公正的诉求却是最基本的人权底线。既有的对于多元文化主义的批评，往往将其抽象化了，而从文学实践来看，多元文化主义的小说正是实现了其为社会提供新鲜的可能性尝试。从时间上来说，1980 年代既是美国多元主义在主流文化中全面崛起的年代，也是美国少数族裔文学开始受到大众传媒和文学史撰写者青睐并开始愈加繁荣的年代。

　　2009 年 9 月哈佛大学出版社出版了由美国著名音乐学家马尔库斯（Greil Marcus）和哈佛大学教授索勒斯（Werner Sollors）共同主编的《新美国文学史》①。该书包括了诗歌、小说、戏剧、散文这些传统的"文学"形式，还包括了地图、历史、旅游日记、布道、公开的演讲、私人的信件、政治辩论、高等法院的判决、文学史与文学批评、民歌、杂志、戏剧表演、布鲁斯、哲学、绘画、战争回忆、博物馆、图书俱乐部、爵士乐、乡村音乐、电影、广播、摇滚乐、卡通、说唱等"泛文学"内容。它的新颖之处在于一是扩大了"文学"的内涵和外延；二是把文学的产生同历史紧密结合起来，重在探讨文学在历史发展过程中是如何产生出来的，其意义在于"通过文学看历史"或者说，"通过历史看文学"；在写法上各章独自成篇，主要是以时间为经、按主题写作，即主要选取美国历史上的重要时间段，进而探讨相关的主题。它拓展的绝不仅仅是文学史的写法，更是我们怎样看待文学与历史之间关系的一种思想和理念。② 应该说这一文学史编纂理念与中国一批少数民族文学研究的学者提倡的"多民族文学史观"不谋而合——所谓"多"有着至少三方面的含义：多样的民族（族裔、族群），多样的文学（"文学性"）和多样的历史③。

---

　　①　Greil Marcus, Werner Sollors,（ed.）*A New Literary History of America*. Belknap Press of Harvard University Press, 2009.

　　②　郭英剑：《文学史能不能这样写？》，《文艺报》2011 年 7 月 13 日。

　　③　2004 年由中国社会科学院《民族文学研究》杂志编辑部首倡的"多民族文学论坛"开办，迄 2011 年为止已经同四川大学、广西民族大学、青海民族大学、新疆大学、西南民族大学、广西师范大学、云南民族大学、赤峰学院等高校联合主办了八次，并将继续延续。从第三届开始，与会者逐渐形成了"多民族文学史观"的共识，主要参与者包括关纪新、汤晓青、李晓峰、徐新建、刘大先、黄伟林等。《民族文学研究》杂志自 2007 年开始为此开辟了"创建并确立中华多民族文学史观"的专栏。

四　殖民、流散、国际主义转向

18 世纪民族主义的高涨时期产生的民族文学，其前提是相信有各个特点的国家和文化的存在，而少数族裔文学起初是民族国家内部的一种文化平权措施。但是随着少数族裔文学主体性的建立，它的发展就超出了原本的社会学与政治学设定。因为，"文学"有其自身的超越于世俗政治、经济、社会的一面，尽管无法完全脱离。如同前文所说，少数族裔文学并不必然片面地集中于其特定族群文化乃至心理本身，真实的情形可能是，它永远无法纯粹。文学注定了是一个开放的系统，因为即使是少数族裔文学也具有普世性的一面。这一点，在地理交通不发达、信息网络不健全的时代，可能并不明显，但是在当下全球性经济、政治、文化密切联系中就凸显出来了。

其实，人类的发展从世界史的角度看，一直都是互相关联的：亚历山大大帝（Alexander III of Macedont，前 356—前 323），建立横跨欧亚非大陆的帝国，使得古希腊文明广泛传播；1096—1291 年的六次十字军东征使西欧基督教（天主教）文化接触到了当时更为先进的拜占庭文明和伊斯兰文明，为欧洲的文艺复兴开辟了道路；"世界征服者"成吉思汗及其子孙建立起庞大的蒙古帝国，将东方和西方连为一体；帖木儿（Timur，1336—1405）的王朝从今天格鲁吉亚一直延伸到西亚、中亚、和南亚……这只是军事战争方面的碰撞，商业贸易、民间群体、文化的流动也一直是并行的另一条线索。这种交流在大航海时代到来之后，无论是在频率、范围、强度上都加速加快了，所影响到的政治、经济、社会、文化也愈加细微。就本章所谈的多民族／族裔文学来说，尽管是现代性的产物，却也是承继了前现代时期的文化遗产。

就近现代本身而言，殖民主义无疑是最为明显的动因。如同大卫·哈维所说："1850 年之后，对外贸易和投资的巨大扩张把资本主义的主要力量放到了全球性的道路之上，但通过帝国主义的征服和帝国主义之间的竞争来这么做，要到第一次世界大战——第一次全球大战——之中才达到了其顶点。在途中，全世界的空间被非领土化，被剥夺了它们先前的各种意义，然后再按照殖民地和帝国行政管理的便利来非领土化。不仅相对空间通过运输和交通方面的各种创新被革命化了，而且这种空间所容纳的东西也基本上被重新安排了。支配全世界空间的地图在 1850 年到 1914 年之间改变得全然无法辨认。"① 这段话敏锐地指出了资本殖民过程中，对于空间的调适：它将原先的世界格局通过暴力或隐形暴力的手段摧毁，然后按照自己的要求重新加以安排和规划，其结果之一就是族裔的离散和相应的文学的混血。

博埃默曾经把殖民地分为两种：一种是加拿大、澳大利亚、新西兰这种移民殖民地（settler colonies），另一种是非洲、印度半岛、加勒比海沿岸诸国的非定居殖民地（non‑settler colonies）。"两种不同的后殖民文学之间的区别，可以归结为差异和延续的问题。印度、非洲和加勒比的民族主义作家，着重想从他们不同的历史、种族和隐喻方式中，重新构筑起被殖民统治所破坏了的一种文化属性。这种需求是一种寻根、寻源、寻找原初的神话和祖先，寻找民族的先母先父；总之，这是一种恢复历史的需求。而对于仍与祖国保持着密切联系的移民者来说，问题只不过是从自己在异国他乡的奇异经历中，构建出一个与以往不同的自我属性而已。如果说前者寻求的是确立一种时间上的延续性，与过去相联系，那么，后者则寻求的是一种相邻性，一种与所处地理位置的和谐，它是一种空间的延续性。"② 无论哪一种，都可以发现它们跨越界限的努力，这种跨越是历史与地理双重的越界，其特色是人群和文化的流散。比较文学学者大卫·达姆罗什（David Damrosch）在晚近的著作中就强调跨越时间、空间、性别的界限阅读世界文学既是一种必须，又是一种合乎文本和语境现实的实践。因为在现代学术体系中，长久以来，"世界文学"都是由北美界定的，指称的是那些已经被树立为正典的欧洲杰作，但是在日益涌现的全球化视角中，欧洲中心与"杰作"的概念都受到了挑战。达姆罗什把"世界文学"定义为一种文学生产、发表和流通的种类，而不是从价值上进行衡定的术语，这更接近歌德和马克思、恩格斯的原意。他研究了从苏美尔人到阿兹台克、从中世纪神秘主义到后现代元小说，发现了从民族国家到全球语境的进程中文学的转变。当代的世界文学不再是文本的正典，而是流通、阅读的模式，世界文学就是获得了翻译的作品。它们在源文化和接受者文化中间产生，由两者共同塑造但又不为任一个所限制。已确定的经典和新发现的文本同样地参与这个循环过程之中，当然

---

① ［美］戴维·哈维：《后现代的状况 + 对文化变迁之缘起的探究》，阎嘉译，商务印书馆2003 年版，第 330 页。

② ［英］艾勒克·博埃默：《殖民与后殖民文学》，盛宁、韩敏中译，辽宁教育出版社 1998 年版，第 211—212 页。

它们有可能在这个过程中被粗暴对待。比如重新研究史诗《吉尔伽美什》在 19 世纪以及里格贝塔·门楚（Rigoberta Menchú Tum）① 写于今天的作品，外国作品常常被接受文化的编辑、翻译者直接的需要所歪曲。② 尽管可能并没有那么自觉，达姆罗什实际上提出了一个研究模式的转型，即一种跨国主义的转型。

这种转型其实在即使是萨义德在《东方学》和施华布《东方文艺复兴》③ 等著作中已经开始，人们发现那些已经被正典化了的欧美文学正统，也摆脱不了少数族裔文化因素。《文化与帝国主义》中就谈道："欧洲美学现代主义的历史论述，多数略而不谈本世纪初非欧洲文化向宗主国核心的大规模渗透，尽管它们对毕加索、斯特拉文斯基和马蒂斯等现代主义艺术家发生了显然很重要的影响，对基本上自认为是由白人和西方人组成的单一社会机体本身也发生了明显的影响。两次世界大战之间，大批印度、塞内加尔、越南和加勒比地区的留学生涌向伦敦和巴黎；杂志、评论书刊、政治联盟相继出现了——可以想到在英国的泛非大会、《黑人的呼声》这样的杂志，黑人工人联盟这样由被放逐者、不同政见者、流亡者和难民组成的党派。矛盾的是，这些人在帝国中心的活动比在遥远的领地搞得还好。人们可以想到哈莱姆文艺复兴运动给予非洲运动的鼓舞。人们有了共同的反帝经历，有了欧洲人、美洲人和非欧洲人之间新的联盟。他们改变了现有的信条，并且表达了新的思想，不可逆转地改变了欧洲文化中延续了多年的感觉与参照体系。乔治·帕德莫（George Padmore）、恩克鲁玛、C. L. R. 詹姆斯所代表的非洲民族主义，和以西赛尔、桑戈尔的著作、克劳德·麦凯（Claude Mckay）及朗斯顿·休斯（Laugston Hughes）等哈莱姆文艺复兴诗人的作品为代表的新文学风格的出现，这两者的互相滋养是全球现代主义历史。"④ 这个例子不

---

① 里格贝塔·门楚（1959— ），危地马拉原住民，属于 Kíche´ Maya 族群。门楚致力于宣传危地马拉内战（1960—1996）之中及其后原住民的困境，提升原住民的权力。她获得了 1992 年的诺贝尔和平奖及 1998 年阿斯图里亚斯王子奖。作品主要有自传性作品 Crossing Borders 等。她是联合国亲善大使，原住民政治党派的重要人物，2007 年参加竞选危地马拉总统。

② Damrosch, David. , *What is world Literature?* Princeton University Press, 2003.

③ Raymond Schwab, *The Oriental Renaissance: Europe's Rediscovery of India and the East*, 1680 – 1880, Translated by Gene Patterson – Black and Victor Reinking. New York: Columbia University Press, 1984.

④ ［美］萨义德：《文化与帝国主义》，李琨译，生活·读书·新知三联书店 2003 年版，第 345—346 页。

仅说明正典并非纯粹精一而是多元混杂，更主要的是它所提示的两个话题：第一是文学在世界范围内的流动，第二就是与这种流动相联系的"放逐"、"流亡"、旅行等现代流散因素。

流散（Diaspora）早先是明确地区分地理、民族身份和从属等元素的概念，如今在全球化语境中则含混地使用了。从语源学上来说，它起源于希腊术语 diasperien——dia－"穿越"和－sperien"播散或散布种子"，一般用于历史性地指涉那些替代性的人群共同体——他们因为迁徙、移民或者流放而离开土生的故园。最初见于从希伯来圣经的希腊文翻译《旧约圣经》（Septuagint），专指亚历山大大帝时代（约公元前 3 世纪）的希腊犹太社群，描述犹太人从故土耶路撒冷流放后的生存状态。这里的流散表示从原先的特定民族国家或地理场所迁离，重新居住于一个或更多民族国家、领土或地区。① 流散这个术语因此带有宗教含义，盛行在中世纪拉比文书当中，描述犹太人在耶路撒冷之外的生存困境。另一个早期的历史指涉是黑人的流散，开始于 16 世纪，伴随着奴隶贸易、强行将西非黑人从他们的原居地输出到"新世界"，包括北美、南美、加勒比海沿岸以及其他剥削奴隶劳动的地区。这种现代早期的全球人口迁徙运动，是征服、种族灭绝和香料、糖以及奴隶贸易。因为黑人在北美从南到北以及穿越西半球的迁移，包括从海地太子港到加拿大蒙特利尔，从牙买加金斯顿到美国纽约，还包括从西向东穿越大西洋，从特立尼达到英国伦敦，导致了 19 世纪晚期和整个 20 世纪无数碎裂的流散。在我们如今居住的迅速变化的世界，流散指称那些全球移动的不同离居社群和个人——从马来西亚吉隆坡到澳大利亚悉尼，从津巴布韦哈拉雷到多伦多，从巴黎到摩洛哥，从匈牙利布达佩斯到多米尼加的圣多明哥，甚至印度加尔各答到墨西哥的提华纳，正像 20 世纪早期，耶路撒冷的巴勒斯坦难民逃到苏丹安曼或者黎巴嫩的贝鲁特，或者巴基斯坦难民从卡拉奇流浪到坦桑尼亚的达累斯萨拉姆。②

流散者将他们的文化带到新的家园，经常试图利用那里自由环境，去影

---

① Durham Peters, John. "Exile, Nomadism and Diaspora: The Task of Mobility in the Western Canon", *Home, Exile, Homeland: Film, Media and the Poetics of Place*. Ed. Hamid S. Naficy. London: Routledge, 1999. pp. 17 - 44.

② Jana Evans Braziel and Anita Mannur, "Nation, Migration, Globalization: Points of Contention in Diaspora Studies", *Theorizing diaspora: a reader*, edited by Jana Evans Braziel and Anita Mannur, Blackwell Publishing Ltd, 2003.

响他们出生国的潮流和事件。因此他们是全球化的重要一面。晚近学者注意到文化民族主义和流散之间的政治与话语区分，前者则集中于居住地/国的生存处境，流散主体性的特征则是对于已失的故园的恒久凝视。流散文学一度和后殖民文学纠葛在一起，霍尔（Stuart Hall）确信，只有通过文化的断裂和差异性，人们才能深切体会到殖民化的恶果。而试图用某种理想中的家园来界定流散身份的作法则反映了一种过时的、霸权式的"属性"观。换言之，"流散"的含义只能通过承认并接受多样化和混杂化才能得到充分体现，这样就瓦解了固定的民族、国家或者族裔身份。

那些移民和少数族裔作家如同拉什迪、托尼·莫里森（Toni Morrison）、阿米塔夫·戈什（Amitav Ghosh）①、贾麦卡·金卡德（Jamaica Kincaid）②、贝西·黑德（Bessie Head）③、谭恩美（Amy Tan）、汤亭亭（Maxine Hong Kingston）等，受惠于反种族主义与反帝国主义在 1960 年代在全球范围内携手并进和 1980 年代以来多元文化主义在世界范围内的认可，从而登上世界文学的舞台。但是，在许多流散文学话语的操持者那里，他们建构的跨国流散主体，与现代主义者所想象的孤独游牧和后现代主义、后结构主义者精心策划的自我放逐一样，都是一些基本上不受阶级与经济地位限制的投射，因此并不能使流散概念从根本上摆脱那种去语境化的文本嬉游性。回避了现实

---

① 阿米塔夫·戈什，1956 年出生于加尔各答，印度/孟加拉裔用英语写作的作家，定居纽约，同时在印度也有居所。著有小说 The Circle of Reason（1986），The Shadow Lines（1990），The Calcutta Chromosome（1995），The Glass Palace（2000），The Hungry Tide（2004），Sea of Poppies（2008）. 2008 年获布克奖。

② 贾麦卡·金卡德，女，1949 年出生于加勒比海英属殖民地安提瓜和巴布达，本名艾琳娜·波特·理查逊（Elaine Potter Richardson）。当代西印度群岛作家，被喻为来自加勒比海带刺的黑玫瑰，其作品被布鲁斯·罗宾斯（Bruce Robbins）称之"具有在世界主义意义上重划文化资本疆界之重大意义"。著有小说 At the Bottom of the Rive（1983），Annie John：A Novel（1985），A Small Place（1988），The Autobiography of My Mother（1996），Lucy：A Novel（1990），My Brother（1997），My Garden（2001），Talk Stories（2001），Mr. Potter：A Novel（2003）等。2000 年获法国女性文学奖（Prix Literatur Femina）。

③ 贝西·黑德：（1937—1986），博茨瓦纳著名女作家，被誉为"战后非洲伟大的小说家之一"。曾经在南非做过教师，还做过《金矿城邮报》记者。20 世纪 60 年代，她积极参加政治运动，后来加入泛非洲国民大会（PAC）。她曾多次被捕并受到白人种族主义政权的骚扰，1964 年移居博茨瓦纳，实际上是政治流亡。著有小说 When Rain Clouds Gather（1968），Maru（1971），A Question of Power（1974），Looking for a Rain God（1977），The Collector of Treasures and Other Botswana Village Tales（1977），Serowe：Village of the Rain Wind（1981），A Bewitched Crossroad（1984）等。

的社会化和财产再分配问题的流散经历不过是一种随着当代跨国资本起舞的自由化的文化多元论而已。作为一种理论话语，流散在文化批评很大程度上成为一种话语内部的操演，非洲裔美国批评家胡克斯（Bell Hooks）批评性地指出，这种将殖民、迁徙、苦难、现实文本化、非历史化的话语，实际上是西方社会与政治权力的一种产物。比如流散无法一言以蔽之地概括美国历史上大规模贩卖黑奴、西进运动中屠杀和逼迫印第安人长途迁徙、排华法案迫使华工颠沛流离、第二次世界大战时将日裔强制性地重置以及对大批无家可归的城市游民不闻不问的现实。①

　　同时，流散文学往往因为其无根无源的性质受到批评，被指责为缺乏地方性和政治信仰。不过，我们还是可以从晚近的流散文学中发现一种另类的、替代性的新文化间性的诞生。以流放和移民为主要故事题材的新生代后殖民文学，如布兰德（Dionne Brand）②、维克拉姆·赛思（Vikram Seth）③、莫妮卡·阿里（Monica Ali）④、卡里尔·菲利普斯（Caryl Phillips）⑤、安德

---

① Bell Hooks, *Black Looks: Race and Representation*, Boston: South End Press, 1999.

② 迪翁·布兰德，女，1953 年生于特尼利达和多巴哥，1970 年移民加拿大，诗人、小说家、散文家和纪录片作者。1997 年获加拿大总督奖和特里林奖（Trillium Award），2009 年被授予多伦多第三届桂冠诗人。著有诗集 Fore Day Morning, Earth Magic, Primitive Offensive, Winter Epigrams and Epigrams to Ernesto Cardenal in Defense of Claudia, Chronicles of the Hostile Sun, No Language is Neutral, Land to Light On, thirsty, Inventory, Ossuaries 等。小说 Sans Souci and Other Stories, In Another Place, Not Here, At the Full and Change of the Moon, What We All Long For 等。

③ 维克拉姆·赛斯，1952 年生于印度加尔各答，诗人、小说家、传记和游记作者。曾就读于 Tonbridge 公学，先后于英国牛津大学学习哲学、政治学和经济学，美国斯坦福大学研究院学习经济学，中国南京大学学习中国古典诗词。主要作品包括小说 The Golden Gate (1986), A Suitable Boy (1993), An Equal Music (1999) 等，诗歌 Mappings (1980), The Humble Administrator´s Garden (1985), All You Who Sleep Tonight (1990), Beastly Tales (1991), Three Chinese Poets (1992) 等。

④ 莫妮卡·阿里，女，1967 年生于达卡，孟加拉裔父亲和英国母亲混血，13 岁迁往英国。著有小说 Brick Lane (2003), Alentejo Blue (2006), In the Kitchen (2009) 等。

⑤ 卡里尔·菲利普斯，1958 年生于西印度联邦圣基茨岛，4 个月的时候就随父母移居英国，是英国当代最为重要的作家之一，作品大多以流散经历为主题，多角度涉及黑奴贸易。著有小说 The Final Passage (1985), A State of Independence (1986), Higher Ground (1989), Cambridge (1991), Crossing the River (1993), The Nature of Blood (1997), A Distant Shore (2003), Dancing in the Dark (2005), Foreigners (2007), In the Falling Snow (2009) 等。

莉亚·李维（Andrea Levy）①、扎迪·史密斯（Zadie Smith）② 等都是打破了种族国家观念，创作一种超越国界和文化的文学。很多人已经不再仅限于移民题材，而是注重社区复兴，探索在新的国家中的自我发现和主题树立。全球资本主义均质化影响了几乎所有的民族、国家、族裔文化的观点，已经是个老生常谈，消费项目的更大范围内的全球适应性其实是增加了而不是降低了一般的文化底蕴。文化引进和吸收的事实清晰可见，我们需加小心的是不要在面临他者文化冲击时掉入使文化原教旨、本质主义和具体化的陷阱。文化是有关思想和行为方式的集合体，它们是人类分享集体经验并对其进行界定的尝试。在这个意义上，流散文学有助于我们发现，在文化的不断（被）修正和改造过程中，不是一种淘汰或者取代另一种，而是一种与观念、知识、个人习惯和公共行为方式一起潜移默化或骤风急雨式的转型与孕育，从而导致一种混血杂糅的合成体诞生。

　　"现代的环境和经验直接跨越了一切地理的和民族的、阶级的和国籍的、宗教的和意识形态的界限：在这个意义上，可以说现代性把全人类都统一到了一起。但这是一个含有悖论的统一，一个不统一的统一：它将我们所有的人都倒进了一个不断崩溃与更新、斗争与冲突、模棱两可与痛苦的大漩涡。所谓现代性，也就是成为一个世界的一部分，在这个世界中，用马克思的话来说，'一切坚固的东西都烟消云散了'。"③ 21 世纪伊始，全球地理几乎都进入一个"跨国"时代，流散的意义也超越了纯粹批判的层面，更加注重交流和融通。这是一种跨境转向，不仅仅在于地理意义上，同时在于种族和族裔意义上。如同帕尔·信（Nikhil Pal Singh）所认为的，要推进平等就必须超越种族政治，在反资本主义和反殖民主义的广泛遗产中界定政治普遍主义，这就需要一种新的超越于民族国家的想象的联合、思想和感情。④人们愈加意识到地方的、民族的文学或者别的叙述类型，都无法脱离人类共

　　① 安德莉亚·李维，女，1956 年生于英国，非裔，父母皆为牙买加人。著有小说 Every Light in the House Burnin´（1994），Never Far from Nowhere（1996），Fruit of the Lemon（1999），Small Island（2004），The Long Song（2010）等，其中 Small Island 2009 年由 BBC 改编成电视剧播放。

　　② 扎迪·史密斯，女，1975 年生于伦敦西北区，母亲牙买加人，父亲英国人。著有 White Teeth（2000），The Autograph Man（2002），On Beauty（2005），中文译本有《白牙》和《关于美》。

　　③ ［美］马歇尔·伯曼：《一切坚固的东西读烟消云散了——现代性体验》，徐大建等译，商务印书馆 2003 年版，第 15 页。

　　④ Nikhil Pal Singh, Black is a Country: Race and Unfinished Struggles for Democracy, Cambridge, Mass: Harvard University Press, 2004. pp. 216－225.

享的历史和全球的互相依赖而被完整地设想。跨国性地思考文学、历史和文
化，需要研究跨越国家边界的民族国家和流散的混杂身份的演化。关于美国
文化中的种族、族裔和帝国思想的研究，全球范围的边界研究，是目前研究
的一个趋势。①

　　跨国族群及其文学研究，在我们看来，是对身份政治、承认政治的一种
刷新，如果说后者是强调承认、价值和平等，如泰勒和弗雷泽（Charles
Taylor and Nancy Fraser）等人所说，跨国主义的视角在此基础上更具有历史
和地理上的总体观，从而指向一种现实维度。这种现实维度除了对于消费主
义和交换理论的分析之外，还细绎被殖民者的屈服经验、从属阶层的道德顺
从与不满、深度民主与特殊公义等问题。

　　国家从18世纪以来，已经成为一个霸道的民族文学叙述者，而民族从
本质上说是个想象的共同体，今日提倡多民族文学史观，其中一个意义就在
于，从国家叙述的权力缝隙中溢出，谋求另外的叙述文学历史的可能性，这
种寻求并非是简单的颠覆、拆解或者更换、替代，而是对某种单一模式的补
充和丰富。全球化使得某些民族国家的国家认同和文化认同分裂化、碎片
化，另外也促成了民族国家政府利用全球化的经济效应和传媒势力加强了自
身的文化领导权。认识到这种双向、协商、互动的过程，促使我们理解：
"多元文化主义应当被理解为一个有着零碎基础和移动轮廓的全球性运动，
这个运动的任何一个组成部分同样也是一个动态的过程。在这个过程中，特
定民族国家中的不同族裔和种族群体之间及其各自内部的权力关系持续不断
地进行重新组合。"② 霍米·巴巴的"民族即叙述"的理论很久以来就被批
评为回避了形成民族身份中的物质限制和现实条件。但是，它可以被理解成
一种多样性力量的隐喻，即物质作为一种符号现实参与到特定时空中的民族
身份的意义与结构建构之中，所谓的"想象的共同体"正是因此得以成型。

　　我曾经在别的地方强调，在考察少数族裔文学时，布鲁斯·罗宾斯
（Bruce Robbins）表述的世界主义（cosmopolitanism）观念值得借鉴，就是
站立于"既受益于文化特性，也受益于世界主义的普遍论"的立场。因为
在全球化时代，民族文化的严密无疑不可能阻挡跨越民族界限的趋势和潮

---

① Amritjit Singh, Peter Schmidt, *Postcolonial Theory and the United States: Race, Ethnicity, and Literature*, University Press of Mississippi, 2000.

② 引自金雯的书 *Pluralist Universalism: An Asian Americanist Critique of U. S. and Chinese Multiculturalisms*, Ohio State University Press, 2012。

流，事实上所谓抵抗也毫无意义，族裔忠诚和国家忠诚并不存在本质上的冲突。① 基于这种认识，跨国的、协作的、多元共生的、和而不同的观念可能是世界多民族国家中各民族文学的最终旨归。② 而恰恰是这一点，对我们正视中国文学的多民族属性以及在中国文学史合理、客观、科学的书写各民族的文学历史，具有重要的参考价值。

---

① 刘大先：《中国少数民族文学学科之检省》，《文艺理论研究》2007 年第 6 期。

② 刘大先《民族文学的跨界、翻译与超越》，参见刘大先主编《本土的张力——比较视野下的民族文学研究》导言，中国社会科学出版社 2013 年版，第 1—18 页。

第十章 多民族文学发展报告

——《民族文学》30年

《民族文学》是在中宣部、国家民委领导直接关怀下，由中国作家协会创办的唯一一家全国性少数民族文学刊物。《民族文学》于1981年在北京创刊。2009年9月，《民族文学》蒙古文版、藏文版、维吾尔文版在北京创刊。创刊以来，党和国家领导对《民族文学》高度重视，2009年，温家宝总理亲笔题词："办好民族文学，促进民族团结进步"；全国人大常委会副委员长司马义·铁力瓦尔地题词："希望《民族文学》杂志发表更多、更优秀的文学作品，为少数民族文艺事业的繁荣做出贡献"；国家民委主任杨晶题词："民族文学是多民族文化交流的重要阵地"。全国人大常委会原副委员长布赫、铁木尔·达瓦买提、热地分别为三种文字版刊物题写母语刊名，国家新闻出版总署署长柳斌杰、原国家民委主任李德珠等均为《民族文学》题了词。创刊至今，陈企霞、玛拉沁夫、吉狄马加、叶梅先后担任该刊主编。至2009年，《民族文学》共出刊341期，发表小说、诗歌、散文、报告文学、理论批评、民族民间文学、翻译作品5100多万字。29年间，《民族文学》认真贯彻党的民族政策，坚持正确的办刊宗旨，培养少数民族文学新人，壮大少数民族作家队伍，提高少数民族创作水平，传播少数民族文学成果，加强各民族文学间的交流和影响，推进中国多民族文学协调发展，在促进各民族团结，繁荣多民族文学事业中发挥了不可替代的作用。

本章从办刊理念、栏目设置、翻译文学与民间文学、作家文学等四个方面，对《民族文学》进行了全面细致的统计、分析与研究。

一 多民族作家汉语文学

作家文学是伴随着"作家"这一具有一定的文学知识和明确的文学创作意识，采用相应的创作方法和技巧，以文字、纸笔或其他媒介进行创作的群体的出现而产生的。

人类文学是由作家文学与民族民间口头文学两部分构成。创作的个体性、传播的署名性、传播介质的可视性与创作的群体性、传播的无名性、传播方式的口耳相传性和民间性是作家文学与民族民间文学的重要区别。从人类文学发展的历史来看，民族民间文学早于作家文学，并成为作家文学的重要资源和土壤，而作家文学的发展程度则是衡量一个民族、国家文学发展水平重要标志。

从 1981 年到 2009 年，《民族文学》共发表全国 56 个民族作家创作的文学作品 6478 篇，其中，小说 2196 篇，诗歌 2477 首，散文 1612 篇，报告文学（纪实文学）203 篇。《民族文学》不仅成为各民族作家发表文学作品的最重要的平台，而且为许多人口较少、作家文学相对不发达的民族培养出了第一批作家，成为名副其实的中国各民族作家的摇篮，为中国多民族文学格局的确立与各民族文学的发展做出了重大贡献。

（1）小说

小说为各种文学体裁之首，在所有的文学期刊中，小说总被置于首栏的位置。在 1981—2009 年 341 期《民族文学》中，共发表包括汉族在内的 48 个民族的小说，发表数量位于前 10 名的民族为：蒙古族、回族、满族、土家族、壮族、维吾尔族、苗族、藏族、朝鲜族、哈萨克族。发表小说数量最少的 10 个民族分别为：鄂伦春族、赫哲族、京族、羌族、撒拉族、保安族、拉祜族、珞巴族、普米族、乌孜别克族。保安族、拉祜族、珞巴族、普米族、乌孜别克族在 29 年中仅各发表一篇小说。布朗族、德昂族、独龙族、俄罗斯族、高山族、基诺族、门巴族、塔塔尔族 8 个民族在 341 期中没有发表小说。此外，在 341 期小说中，蒙古族作者巴·丹巴仁钦与汉族作者何德权合作发表了小说《〇》，回族作者马静与汉族作者刘建芳合作发表了《女公务员》。

表 10－1　　　　　　　　各民族小说发表数量排名

排名	民族	数量（篇）	排名	民族	数量（篇）
1	蒙古	256	9	朝鲜	109
2	回	208	10	哈萨克	61
3	满	200	11	彝	55
4	土家	186	12	侗	47
5	维吾尔	179	13	达斡尔	45
6	壮	178	14	瑶	44
7	苗	147	15	白	43
8	藏	118	16	布依	38

续表

排名	民族	数量（篇）	排名	民族	数量（篇）
17	哈尼	30	33	黎	7
18	纳西	27	34	水	7
19	鄂温克	19	35	土	6
20	仫佬	18	36	毛南	5
21	东乡	19	37	傈僳	3
22	畲	15	38	鄂伦春	2
23	锡伯	15	39	赫哲	2
24	仡佬	15	40	京	2
25	汉	14	41	怒	2
26	柯尔克孜	13	42	羌	2
27	阿昌	9	43	撒拉	2
28	傣	9	44	保安	1
29	塔吉克	9	45	拉祜	1
30	佤	8	46	珞巴	1
31	裕固	8	47	普米	1
32	景颇	7	48	乌孜别克	1

表10－2　　发表数量前10位（含并列）的作者及发表小说数量

排名	作者	民族	数量（篇）	排名	作者	民族	数量（篇）
1	麦买提明·吾守尔	维吾尔	24	6	甫澜涛	蒙古	10
2	金勋	朝鲜	14	6	雷德和	畲	10
3	徐岩	满	14	6	李传锋	土家	10
3	唐克雪	瑶	13	6	察森敖拉	蒙古	10
3	黄薇	蒙古	13	7	高深	回	9
4	石舒清	回	13	7	黎国璞	壮	9
4	阿云嘎	蒙古	13	7	阿来	藏	9
4	蔡测海	土家	12	7	马知遥	回	9
4	朗确	哈尼	12	7	沙蠡	纳西	9
5	了一容	东乡	12	7	赵大年	满	9
6	孙春平	满	11	7	祖尔东·萨比尔	维吾尔	9

续表

排名	作者	民族	数量(篇)	排名	作者	民族	数量(篇)
8	孛·额勒斯	蒙古	8	9	扎西达娃	藏	7
8	敖德斯尔	蒙古	8	10	满都麦	蒙古	7
8	岑隆业	壮	8	10	于晓威	满	7
8	力格登	蒙古	8	10	边玲玲	满	6
8	普飞	彝	8	10	陈川	土家	6
8	伍略	苗	8	10	陈铁军	锡伯	6
8	向本贵	苗	8	10	丹珠昂奔	藏	6
9	阿凤	达斡尔	7	10	杜梅	鄂温克旗	6
9	艾克拜尔·米吉提	哈萨克	7	10	金彪	朝鲜	6
9	戈阿干	纳西	7	10	阿拉提·阿斯木	维吾尔	6
9	郭雪波	蒙古	7	10	那家伦	白	6
9	海涛	仫佬	7	10	潘荣才	壮	6
9	黄青松	土家	7	10	彭志明	土家	6
9	景宜	白	7	10	萨娜	达斡尔	6
9	苦金	土家	7	10	苏莉	达斡尔	6
9	李惠文	满	7	10	王安	满	6
9	马犁	回	7	10	韦纬组	壮	6
9	莫义明	瑶	7	10	吴雪恼	苗	6
9	穆罕默德·伊明	维吾尔	7	10	白练	回	6
9	乌热尔图	鄂温克旗	7	10	张承志	回	6
9	吴恩泽	苗	7	10	朱玛拜·比拉勒	哈萨克	6

表 10 – 3　发表小说数量前 10 位（含并列）的作家所属民族及人数

排名	民族	人数（位）	排名	民族	人数（位）
1	蒙古	9	8	藏	3
2	满	7	9	达斡尔	3
3	回	6	10	朝鲜	2
4	土家	6	11	白	2
5	维吾尔	4	12	鄂温克	2
6	苗	4	13	哈萨克	2
7	壮	4	14	纳西	2

续表

排名	民族	人数（位）	排名	民族	人数（位）
15	瑶	2	19	畲	1
16	东乡	1	20	锡伯	1
17	哈尼	1	21	彝	1
18	仫佬	1			

从表 10 - 3 中可以看出，发表小说数量前 10 名（含并列）的作家共 64 位，涉及 21 个民族，发表小说数量前 20 名的作家均为 80 年代后活跃在中国当代文坛的著名作家或者本民族有影响的小说家，如张承志、扎西达娃、高深、阿来、李传锋、蔡测海、那家伦、石舒清等。发表数量前 20 名作家所属民族分布看，各民族小说创作都很繁荣，其中，既有人口较多的蒙古族、满族、回族、壮族、苗族等，也有人口较少的达斡尔族、锡伯族，鄂温克族。特别是，用母语维吾尔语从事小说创作的麦买提明·吾守尔以 24 篇名列榜首（表 10 - 2），说明《民族文学》不仅关注各民族汉语言原创小说，还重视各民族母语小说创作，真正做到了对少数民族文学的扶持。

（二）诗歌

诗歌是人类最古老的文学样式。在 1981 到 2009 年中，49 个民族的作者共发表了 2477 首诗歌作品，排名前 10 名的民族分别是蒙古族、回族、满族、维吾尔族、朝鲜族、土家族、藏族、壮族、彝族、苗族。排名后 10 名的民族分别是保安族、基诺族、傈僳族、门巴族、德昂族、鄂温克族、高山族、京族、拉祜族、仡佬族。在 341 期中阿昌族、布朗族、独龙族、赫哲族、珞巴族、怒族、塔塔尔族 7 个民族没有诗歌作品发表。

表 10 - 4　　　　　　　　各民族发表诗歌作品排名

排名	民族	数量（篇、首）	排名	民族	数量（篇、首）
1	蒙古	308	8	壮	147
2	回	242	9	彝	120
3	满	210	10	苗	111
4	维吾尔	197	11	哈萨克	65
5	朝鲜	182	12	白	60
6	土家	164	13	侗	47
7	藏	157	14	布依	47

排名	民族	数量（篇、首）	排名	民族	数量（篇、首）
15	汉	43	33	塔吉克	9
16	瑶	40	34	佤	9
17	哈尼	29	35	毛南	8
18	撒拉	20	36	水	8
19	普米	20	37	俄罗斯	7
20	东乡	19	38	畲	7
21	景颇	19	39	土	5
22	裕固	18	40	鄂伦春	3
23	锡伯	16	41	保安	2
24	仫佬	15	42	基诺	2
25	傣	14	43	门巴	2
26	纳西	14	44	德昂	1
27	羌	14	45	鄂温克	1
28	达斡尔	13	46	高山	1
29	傈僳	13	47	京	1
30	柯尔克孜	12	48	拉祜	1
31	黎	11	49	仡佬	1
32	乌孜别克	10			

在诗歌中，还有蒙古族、彝族、维吾尔族、藏族、锡伯族、哈尼族、土家族、佤族、瑶族、汉族等不同民族作者合作创作的 12 首诗歌。诗歌创作合作现象的增多，主要原因是《民族文学》开设的"民族人文地理志"及"独特人文"栏目中，采取了民族风俗（情）摄影配诗（文）的形式，不同民族的摄影家、作家共同参加创作，从而促成了多民族作家的合作现象。

表 10 - 5　　　　　　发表诗歌5首以上作者及作品数量

排名	作者	数量（首）	排名	作者	数量（首）
1	查干	29	5	南永前	19
2	金哲	27	6	匡文留	19
3	高深	23	7	晓雪	18
4	华舒	20	8	蒙根高勒	17

续表

排名	作者	数量（首）	排名	作者	数量（首）
9	柏叶	17	40	丹珠昂奔	8
10	白涛	16	41	彭世贵	8
11	晨宏	16	42	铁依甫江	8
12	汪承栋	16	43	聂勒	8
13	金鸿为	15	44	马克	8
14	杨启刚	15	45	杨秀武	8
15	贾羽	14	46	金应俊	7
16	寒山	13	47	克里木·霍加	7
17	黄承基	13	48	李明	7
18	铁木尔·达瓦买提	13	49	李仁玉	7
19	佟明光	12	50	鲁若迪基	7
20	伊丹才让	12	51	绿琴	7
21	金成辉	12	52	方纲	7
22	农冠品	12	53	密英文	7
23	关劲潮	11	54	木斧	7
24	李相珏	11	55	冉庄	7
25	江岩	11	56	洪海	7
26	韩文德	10	57	赵龙男	7
27	石太瑞	10	58	那家伦	7
28	完玛央金	10	59	柏桦	7
29	姚欣则	10	60	泉溪	7
30	冉冉	10	61	任晓远	7
31	巴音博罗	9	62	格桑多杰	6
32	班果	9	63	巴·布林贝赫	6
33	胡昭	9	64	陈亮	6
34	刘小平	9	65	陈永柱	6
35	阿拜	9	66	哈斯乌拉	6
36	太阿	9	67	何小竹	6
37	汪玉良	9	68	洪广奇	6
38	阿尔泰	9	69	吉狄马加	6
39	陈航	8	70	库尔班阿里	6

续表

排名	作者	数量（首）	排名	作者	数量（首）
71	刘大兴	6	92	韩辉升	5
72	米拉	6	93	黄堃	5
73	朴康平	6	94	霁虹	5
74	王志国	6	95	蓝焱	5
75	饶阶巴桑	6	96	龙文采	5
76	莎红	6	97	陆少平	5
77	舒洁	6	98	马瑞麟	5
78	唐德亮	6	99	马钰	5
79	特·官布扎布	6	100	盘妙彬	5
80	佟希仁	6	101	苏方学	5
81	哑樵	6	102	图拉罕·托乎提	5
82	颜家文	6	103	王红彬	5
83	云飞	6	104	艾吉	5
84	曾光	6	105	旺秀才丹	5
85	张铁军	6	106	吴真谋	5
86	乌斯满江·沙吾提	6	107	远泰	5
87	巴战龙	5	108	张玉茹青	5
88	白野	5	109	包玉堂	5
89	傅黎明	5	100	金学泉	5
90	哥布	5	111	马德清	5
91	郭传火	5			

表 10 - 6　发表诗歌作品总数 5 首以上作者所属民族及发表作者人数

排名	民族	人数（位）	排名	民族	人数（位）
1	蒙古	14	8	苗	6
2	土家	10	9	彝	6
3	朝鲜	10	10	维吾尔	5
4	回	9	11	白	4
5	藏	9	12	哈尼	3
6	壮	8	13	布依	2
7	满	8	14	瑶	2

续表

排名	民族	人数（位）	排名	民族	人数（位）
15	仫佬	2	21	傈僳	1
16	东乡	1	22	佤	1
17	侗	1	23	普米	1
18	俄罗斯	1	24	撒拉	1
19	哈萨克	1	25	傣	1
20	景颇	1	26	裕固	1

　　从表 10 – 4、10 – 5、10 – 6 中可以看出，本期发表诗歌 5 首以上的作者达 109 位，涉及 26 个民族。在排名前 20 名的诗人中，金哲、高深、南永前、晓雪、蒙根高勒、白涛、汪承栋、伊丹才让、查干等都是当代诗坛较有影响的诗人。这些诗人全部是全国少数民族文学骏马奖的得主，他们在《民族文学》所刊发作品，基本上代表了这些诗人的艺术水平。同时，从诗歌作者的总体数量以及发表诗歌作品 5 篇以上作者的民族分布，明显大于小说作者的民族分布，这种情况说明，诗歌这种"在心为志，发言为诗"的文体的普及程度要高于小说。

　　（三）散文

　　本期《民族文学》发表了 55 个民族 1612 篇散文，排名前 10 名的民族分别是：蒙古族、土家族、满族、壮族、苗族、回族、彝族、藏族、白族、汉族。在 341 期中珞巴族、塔塔尔族、俄罗斯族、布朗族、德昂族、保安族仅发表一篇散文作品。门巴族没有发表散文作品。

表 10 – 7　　　　　　　　　各民族散文发表情况

排名	民族	数量（篇）	排名	民族	数量（篇）
1	蒙古	164	8	藏	74
2	土家	160	9	白	66
3	满	137	10	汉	52
4	壮	129	11	维吾尔	50
5	苗	128	12	纳西	35
6	回	115	13	朝鲜	35
7	彝	78	14	侗	35

续表

排名	民族	数量（篇）	排名	民族	数量（篇）
15	达斡尔	31	36	鄂温克	6
16	瑶	27	37	佤	6
17	布依	27	38	京	5
18	哈尼	23	39	赫哲	4
19	仫佬	19	40	景颇	4
20	傣	17	41	塔吉克	3
21	傈僳	15	42	高山	3
22	哈萨克	15	43	土	3
23	撒拉	13	44	怒	2
24	裕固	13	45	独龙	2
25	黎	11	46	基诺	2
26	水	11	47	柯尔克孜	2
27	羌	10	48	拉祜	2
28	锡伯	10	49	乌孜别克	2
29	普米	8	50	保安	1
30	仡佬	8	51	德昂	1
31	阿昌	7	52	布朗	1
32	鄂伦春	7	53	俄罗斯	1
33	毛南	7	54	珞巴	1
34	畲	6	55	塔塔尔	1
35	东乡	6			

　　除上述 55 个民族作家独立创作的 1601 篇散文作品外，还有 11 篇为回族、彝族、藏族、满族、土家族、汉族作家合作的作品。该合作现象与诗歌一样，也是由于"民族人文地理志"与"独特人文"的图文形式，在客观上促成了不同民族作家的合作。这也在一定程度上反映出各民族文学艺术的交流与相互影响。

表 10 - 8　　发表散文数量位于前 10 名（含并列）的作家及具体数量

排名	作者	数量（篇）	排名	作者	数量（篇）
1	特·赛音巴雅尔	17	2	温新阶	14

排名	作者	数量（篇）	排名	作者	数量（篇）
3	向启军	13	9	赵晏彪	6
3	凌渡	13	9	拜学英	6
4	李智红	11	9	马霁鸿	6
5	闻采	10	9	密英文	6
5	杨盛龙	10	10	阿凤	5
6	冯艺	9	10	岑献青	5
6	穆静	9	10	陈永柱	5
6	那家伦	9	10	甘茂华	5
7	李乔	8	10	艾吉	5
7	张长	8	10	郭辉	5
7	赵大年	8	10	侯自佳	5
7	晓雪	8	10	李万辉	5
8	谷运龙	7	10	艾合买提·伊明	5
8	庞俭克	7	10	沙蠡	5
8	苏莉	7	10	田金凤	5
8	包晓泉	7	10	完班代摆	5
8	杨泽文	7	10	杨世光	5
9	高文修	6	10	尹汉胤	5
9	胡昭	6	10	余继聪	5
9	金哲	6	10	阿拉旦·淖尔	5
9	康启昌	6	10	铁穆尔	5
9	赛福鼎·艾则孜	6	10	柏桦	5
9	吴昉	6	10	周民震	5

表10-9   发表散文作品数量前10名作者分布于21个民族，具体民族及作家数量

序号	民族	人数（位）	序号	民族	人数（位）
1	满	6	6	彝	3
2	壮	6	7	蒙古	2
3	白	4	8	回	2
4	苗	4	9	纳西	2
5	土家	3	10	傈僳	2

续表

序号	民族	人数（位）	序号	民族	人数（位）
11	达斡尔	2	17	仫佬	1
12	维吾尔	2	18	羌	1
13	裕固	2	19	撒拉	1
14	哈尼	1	20	瑶	1
15	布依	1	21	傣	1
16	朝鲜	1			

从表 10 - 9 可以看出，特·赛音巴雅尔、冯艺、杨盛龙、温新阶、向启军、凌渡、李智红、闻采、穆静、包晓泉、谷运龙、庞俭克等成为在《民族文学》最活跃的散文作者。虽然如冯艺、杨盛龙、温新阶等的散文创作也颇具特色，但从散文为"美文"这种艺术散文的角度，这些少数民族散文作家在全国文坛的影响力不如小说、诗歌。此外，另一个不容忽视的现象是，在《民族文学》发表散文数量较多的作家中，既有 50 年代就蜚声文坛的小说家彝族的李乔、满族诗人胡昭，也有以诗歌创作名闻少数民族文学界的白族诗人晓雪，还有新时期以小说见长的满族赵大年等，前者意味着作为文学生命与共和国同步的老作家的创作转型，后者意味着当代少数民族作家在多种文学体裁领域的探索与尝试，这些特征也是中国当代文学创作的一个普遍现象，如巴金、孙犁晚年的散文写作等。

（四）报告文学与纪实文学

341 期《民族文学》发表汉族、土家族、壮族、回族、苗族等 18 个民族作者创作的报告文学、纪实文学作品 203 篇。其中汉族作家发表 55 篇，名列首位。另外，在 203 篇报告文学与纪实文学中，不同民族作家合作创作的作品在全部作品中占比 5.42%，为各种体裁之首。其中既有汉族作家作为第一作者与其他民族作家的合作，如汉族与水族、汉族与藏族、汉族与蒙古族，也有其他民族作为第一作者与汉族作家的合作，如侗族与汉族、满族与汉族、壮族与汉族，也有汉族以外其他少数民族作者的合作，如回族与达斡尔族、土家族与苗族、苗族与侗族等，这既证明了各民族文学间交流和影响程度的不断加深，也证明了中国文学各民族共同创造的属性。特别是，在报告文学和纪实文学这一新兴体裁中，有相当一部分属于翻译作品，即由不同民族母语报告文学或纪实文学翻译成汉文后在《民族文学》上发表，这

些作品包括哈达奇·刚翻译的桑·舍力布（蒙古族）的《戈壁胡杨》
（1991），庄沙翻译的布仁巴雅尔、乌云格日勒（蒙古族）的《琴之骄
子——记民族乐器四胡演奏家吴云龙》（1995），特·达木林翻译的布仁巴
雅尔（蒙古族）的《淘金之路》（1986）、《良心》（1995），阿尔斯兰·阿
布都拉翻译的萨曼德尔（维吾尔族）的《奇迹是这样创造的》（1995），郝
关中翻译的柯九慕·图尔迪（维吾尔族）的《克莱木把依》（1989），艾克
拜尔·米吉提翻译的迪丽达尔（维吾尔族）的《春运迷雾中的人们》
（1992）等。需要指出的是，这些报告文学或纪实文学发表的时间，恰恰是
中国当代报告文学及纪实文学勃兴期，而少数民族母语报告文学的出现，说
明少数民族的母语作家及其创作，不仅与中国当代文学思潮遥相呼应，而且
还以"民族"特定的内容和"母语"这一特殊的符号丰富了中国当代报告
文学的表现内容，增加当代报告文学的语种，具有重要的文学史意义和
价值。

在内容上，《民族文学》创刊以来所发报告文学及纪实文学作品中，广
泛地反映了民族地区历史发展和现实生活。其中，有的记述了少数民族地区
经济与社会发展现状，特别是改革开放少数民族地区发生的巨大变化，如李
寒江的《赛典赤的子孙们——云南通海县纳古回族乡纪实》（1995），艾克
拜尔·米吉提（维吾尔族）、马泰泉（回族）的《走出喀斯特盆地——广西
扶贫异地安置纪实》（1997），李传锋的《九八荆江看水记》（1998），郭雪
波（蒙古族）的《南中国，有一片万亩橙园》（1996）等；有的描写了各
民族英模人物先进事迹，如那家伦的《开拓者——寄自风雪前线的报告》
（1984），张永发（汉族）的《壮哉阿里——献给孔繁森和阿里奋斗的各族
干部》（1995），马丁、木炭（回族）的《命运的建筑师——记回族农民企
业家王琦》（1987），铜城（回族）的《新一代少数民族企业家》（1993）
等；有以纪实文学的形式追忆革命历史人物的革命活动，如马泰泉的《毛
主席请彭德怀出山》（1993）、包玉堂（仫佬族）；有讲述各民族历史文化名
人成长道路的吴越（苗族）的《山丹丹开花红艳艳——信天游歌王阿宝的
故事》（2005），雪明（苗族）的《歌声飞"羊"——羊倌歌王石占明的故
事》（2005），布仁巴雅尔、乌云格日勒（蒙古族）《琴之骄子——记民族
乐器四胡演奏家吴云龙》（1995）等。

表 10 - 10　　　　　各民族发表报告文学、纪实文学排名及数量

排名	民族	数量（篇）	排名	民族	数量（篇）
1	汉	55	10	白	3
2	土家	29	11	藏	2
3	壮	20	12	撒拉	2
4	回	21	13	彝	2
5	苗	16	14	布依	1
6	满	15	15	朝鲜	1
7	蒙古	9	16	哈尼	1
8	侗	5	17	仫佬	1
9	维吾尔	4	18	瑶	1
合作	汉、水	1	合作	回、达斡尔	1
	满、汉	1		汉、满	2
	侗、汉	1		苗、侗	1
	汉、藏	1		苗、土家	1
	汉、蒙古	1		苗、土家	1
	汉、土家	1		壮、汉	1
	汉、彝	1		维吾尔、回	1

　　总体而言，《民族文学》全部 341 期发表的小说、诗歌、散文、报告文学（纪实文学）等作家文学表现出如下几个特征：

　　1. 民族分布广泛，体现了中国文学创作主体多民族的基本特征。在 341 期的《民族文学》中，发表作品的作家涉及现今 56 个民族，对各民族作家的民族身份，《民族文学》全部作了标识，这在全国所有的文学期刊中绝无仅有。特别是，虽然《民族文学》以发表各少数民族文学作品为主，但在"专辑""专栏"如"汉族作家写边疆"等栏目中也有意识地发表了一定数量的汉族作家的作品。这些汉族作家既有来自民族地区，与少数民族作家同甘共苦的文学新人，也有当代文坛的名家，他们的加入，使《民族文学》突破了"民族文学"等于"少数民族文学"的局面，成为中国 56 个民族的文学大舞台。此外，在小说、诗歌、散文，特别是报告文学和纪实文学中，不同民族作家"合作"现象格外引人注目，尤其是非汉民族作家间的合作，颇有意味，如回族、达斡尔族作者马广文、齐勤共同撰写的报告文学《黄河弄潮儿》，苗族、土家族作者共同撰写的报告文学《一所大学的身影和容

颜——吉首大学的故事》等。这种"合作"现象，再一次印证了中华民族文化（文学）在形成和发展的过程中，并非仅仅是先进的汉族文化（文学）影响各少数民族文化（文学）这一单一路向，也不仅仅是各少数民族文化（文学）对先进的汉族文化（文学）的简单认同，各少数民族文化（文学）间，同样存在着相互认同、相互影响的关系，从而进一步丰富了中华文化（文学）"多民族共同创造"的含义，深化了人们对中华民族"多元一体结构"的理解和认识。

2. 各民族发表作品的数量与该民族人口数量有直接关系。从《民族文学》341 期各民族发表的作品数量的总体情况看，蒙古族、回族、满族、土家族、维吾尔族、壮族、藏族、苗族、彝族、朝鲜族 10 个民族发表作品最多。这 10 个民族中，除朝鲜族之外的 9 个民族的人口总数为全国少数民族人口最多的 9 个民族。发表作品最少的民族分别是：塔塔尔族、布朗族、独龙族、珞巴族、德昂族、门巴族、高山族、基诺族、拉祜族、怒族、保安族、京族、赫哲族 13 个民族，其中，布朗族和塔塔尔族仅发表 1 篇散文、珞巴族仅发表 1 篇小说和 1 篇散文，门巴族仅发表 2 首诗歌。这 13 个民族中，除拉祜族人口最多（45 万多人），其他民族均在 10 万以下，而高山族、独龙族、门巴族、珞巴族、赫哲族人口均在万人以下，珞巴族人口仅 2900 多人。上述情况表明，从总体上说，民族人口多，从事文学创作的人多，作品发表的机会与数量也多，反之亦然。

但是，人口与作品发表数量并不成数学比例。如朝鲜族人口总数约为藏族人口的三分之一，发表的小说、诗歌、散文数量仅比藏族少 23 篇（首），达到 326 篇（首）。其中，发表诗歌 182 首，比藏族还多出 25。再如，人口达 45 万之多的拉祜族，只发表 4 篇作品，与人口仅 2.8 万多人的怒族其发表作品数量相当。再如，蒙古族与壮族人口相差近 1000 万人，而蒙古族本期发表小说数量却比壮族多 78 篇。在发表作品数量前 10 位的民族中，既有与汉族文化融合较深、全国分布较广的满族，也有人口居住相对集中且居于遥远的边疆的藏族、维吾尔族、彝族，还有跨境民族如朝鲜族，这说明，一个民族文学繁荣的程度与该民族地理位置、地域及与汉族文化融合程度并无直接关系。特别指出的是，同为人口最少民族的布朗族（人口 9000 多人）、塔塔尔族（人口 4800 多人）在 341 期《民族文学》中仅发表一篇散文作品，但这并不意味着布朗族和塔塔尔族没有作家及作家文学。例如，布朗族的作家有岩香兰、俸春华、蒋源、艾帕新、冯朝良、岩香坎、岩帕新、普秀高、王军江、蒋在凡、张栋林、李国强、苏国荣、哀冰等。其中第一位文学作家岩香兰不仅其他文学期刊上发表过诗歌《布朗山河换新颜》《喜鹊飞遍村村寨寨》《是谁播下幸福种》，散文《土壤与花朵》《别致的婚礼》《养蜂老人》《南览江畔的明珠》，小说《南丽赶街》等，而且他的《土壤与花朵》还获得了第一届全国少数民族文学创作奖（骏马奖）。此外，俸春华、蒋源等也都是布朗族较有影响的作家。因此，能否及时为《民族文学》供稿也是影响该民族作品发表数量的重要原因。至于塔塔尔族，早在 20 世纪初就诞生了具有世界性影响、同时对新疆多民族文学产生重要影响的著名诗人阿不都托·托卡依。塔塔尔族当代著名戏剧作家包尔汉·沙希迪在 20 世纪 60 年代创作的反映维吾尔族与汉族在民族解放战争中深厚友谊的《战斗中血的友谊》曾受到陈毅同志的关注，并多次上演。但是，塔塔尔族作家大都用母语进行创作，如买斯古提·海山尼，而塔塔尔族母语作品的汉译相对薄弱，这也许是该民族未能在汉文《民族文学》中发表作品的主要原因。

3. 各民族不同体裁作家文学的繁荣程度，在总体上反映出与该民族文学传统以及文学传统变迁之间的关系。以作品发表数量前 10 位的民族为例，蒙古族、维吾尔族、藏族、朝鲜族的叙事文学（小说）与抒情文学（诗歌）较为发达，且较为平衡。但这些民族对散文这种不讲究韵律，包含了杂文、随笔、游记等文体的文学体裁却表现出相同的陌生的特征。

表 10 - 11　　　　　　各民族各种体裁作品数量比较（一）

民族体裁	小说	诗歌	散文
蒙古	256	308	164
维吾尔	179	197	50
藏	118	157	74
朝鲜	109	182	35

从表 10 - 11 看出，这 4 个民族当代作家小说、诗歌作品的数量与散文作品的数量存在着巨大反差，其中维吾尔族与朝鲜族最为鲜明，这与这 4 个民族文学发展历史中具有发达的叙事文学与抒情文学的传统基本吻合。同时，这种情形还说明，虽然自先秦诸子就已经开创了中国的散文传统，但这种传统更多保存并体现在汉族作家文学之中。在各民族文学相互影响之中，散文这种文体虽然也为各民族文学所接纳，但却无法与各民族文学传统相抗衡，因为，文学传统是一个民族文学精神的直接传承，当本民族文学精神依

然成为该民族文学主要资源和动力时，其他民族的文学形式便很难植入，这也正是维吾尔族与朝鲜族作家文学中散文这种文体的繁荣程度与小说、诗歌并不均衡的原因。再如，彝族在本期发表诗歌120首，而小说和散文却分别只有55篇和78篇。这也与彝族民间叙事诗、民歌极为发达的文学历史相一致，而其散文数量仅次于诗歌数量位居第二名的情况，也能够在彝族有着较为发达的散文体神话的文学传统中找到根源。

此外，在研究中我们还发现，部分民族小说、诗歌、散文发表总量相对均衡，如壮族、苗族、侗族、布依族、哈尼族。

表 10 – 12　　　　　　　各民族各种体裁作品数量比较（二）

民族体裁	小说	诗歌	散文
壮	178	147	129
苗	147	111	128
侗	47	47	35
布依	38	47	27
哈尼	30	29	23

表 10 – 12 中所反映的情况昭示着另外一种现象：一是虽然本民族具有悠久的文学历史和传统，而且较早产生了自己的作家文学，但由于作家文学主要受汉族文学的影响，所以较早远离了母族文学传统，例如，苗族的韵文极为发达，但在当代诗歌创作中显然没有表现出自己民族文学在诗歌创作方面的优势。而其散文的发达是否是其"散、韵"结合的"嘎日福"传统的当代延续与分化，还有待深入考察。但苗族所受汉族文化和文学的影响也是必须重视的因素。与苗族相同情形的还有壮族。二是有些民族作家文学出现较晚，并且一直受汉族文学影响，如侗族、哈尼族。而有的直至新中国成立后才出现作家文学，如布依族。这样中国当代小说、诗歌、散文三分天下的生态格局就不能不对该民族的文学创作产生直接影响。再如纳西族是一个自明代就诞生了自己民族作家文学的民族，木公（1495—1553）、木增（1587—1646）便是明代著名的纳西族诗人。纳西族的民间文学同样发达。被认为可能是远古时代诗歌余音的《打秤子歌》《猎狗追马鹿》至今还在纳西族民间流传。而且，纳西族古乐《白沙细乐》被音乐界认为是保存了"中国音乐的活化石"。但是，这个具有发达的音乐与诗歌历史的民族在341期的《民族文学》中，却只发表了14首诗歌。既不及小说（27篇），更不

及散文（35篇），成为众民族中唯一一个散文发表数量远远超过小说、诗歌的民族，也是唯一一个与自己民族文学历史经验全然不符的民族。这是否意味着纳西族当代作家文学创作已经割断了与自己民族传统文学的血脉？至少，纳西族诗歌的沦陷与散文的兴起值得纳西族作家们深思。

当然，对于由56个民族构成的中国多民族文学而言，由于各民族人口、地理位置、生存环境、历史文化等诸多原因，各民族文学发展水平存在着很多差距。即便是本民族内部，各种文学体裁的发展也存在着差别，个别民族在个别文学体裁上还存在着空白。

表 10－13 　　　　　　　　个别民族文学体裁差异统计

民族	小说	诗歌	散文
阿昌	9	—	7
德昂	—	1	1
独龙	—	—	1
俄罗斯	—	6	1
高山	—	1	2
赫哲	2	—	4
基诺	—	2	1
珞巴	1	—	1
门巴	—	2	
怒	2	—	2
塔塔尔	—	—	1
布朗	—	—	1

而且，这些民族大都属于人口较少民族，这说明各少数民族作家的培养依然任重而道远。但值得欣慰的是，近年来，《民族文学》通过"少数民族作家改稿班"以及开设临时性专栏等方式，加大了对人口较少民族作家培养、扶持力度，一批人口较少民族作家，在《民族文学》这一中国多民族作家的摇篮中，正在茁壮成长。

二 多民族母语汉译文学

在中国文学领域，谈到翻译，人们会自然想到20世纪20—30年代和

50—60 年代对俄、法、英、德、印度和前苏联文学作品的翻译热潮，会想到严复、辜鸿铭、林纾、傅雷等著名翻译家通过翻译活动对西方哲学、历史、文学在中国的传播所做出的重要贡献。这种文化记忆使人们在谈到翻译时，总自觉不自觉地联想到汉语与其他国家语言间的转换，而忽略翻译在中国各民族间文化的跨语际、跨文化传播、交流、影响并进而对推进各民族文化乃至中华文化现代进程起到的重要作用。从这一意义上说，各民族母语文学创作的繁荣与各民族母语文学创作汉译的滞后，在一定程度上也是各民族母语文学创作没有引起学界重视的原因之一。在这种情形下，《民族文学》在翻译方面所作的工作和取得的成果就显得弥足珍贵。

在中国所有的文学期刊中，没有任何一种期刊像《民族文学》这样始终肩负着如此众多而沉重的责任。从创刊之日起，《民族文学》不仅为各民族母语作家翻译（各少数民族语言的文学作品译成汉语）作品发表提供了广阔的公共空间，同时还通过各民族母语汉译作品的发表，构架了不同民族文学相互交流桥梁与文学成果共享的平台。341 期中，《民族文学》共发表维吾尔族、朝鲜族、蒙古族、哈萨克族、藏族、塔吉克族、壮族、柯尔克孜族、乌孜别克族、傣族、彝族、景颇族、哈尼族、达斡尔族、东乡族、黎族16 个民族作家的汉译诗歌、小说、散文、理论批评等作家文学作品 1028篇。其中小说 395 篇，诗歌 426 首，散文 115 篇、报告文学、纪实文学 5篇，理论与评论文章 17 篇、童话、寓言 2 篇。

表 10－14　　　　　　　　各民族翻译作品数量排名

排名	民族	数量（篇）	排名	民族	数量（篇）
1	维吾尔	373	9	乌孜别克	11
2	朝鲜	215	10	傣	6
3	蒙古	176	11	彝	4
4	哈萨克	117	12	景颇	4
5	藏	52	13	哈尼	3
6	塔吉克	21	14	达斡尔	3
7	壮	21	15	东乡	2
8	柯尔克孜	19	16	黎	1
				总计	1028

上述 16 个民族母语文学的创作实绩，也充分证明了中国多民族文学多

语种的重要特征，从而勾画出中国文学的语种分布地图。

　　在上述 16 个母语创作的民族中，从各民族人口数量与母语翻译作品发表的数量看，朝鲜族占比最大为 0.11‰，哈萨克族排名第 2 位，为 0.087‰，维吾尔族排名第 3 位，为 0.04.3‰，蒙古族排名第 4 位，为 0.027‰。藏族排名第 5 位，为 0.008‰。

　　朝鲜族、哈萨克族、维吾尔族、蒙古族 4 个民族母语作品与其发表作品总量占比依次为：维吾尔族 88.03%，哈萨克族 82.39%，朝鲜族 64.56%，蒙古族 22.73%，藏族 14.33%，这一数字说明，维吾尔族、哈萨克族、朝鲜族三个民族在《民族文学》所发表的作品主要以母语翻译作品为主，直接用汉语进行创作并且发表在《民族文学》的作品仅占较少部分，其中维吾尔族汉语作家作品仅有 13.7%。哈萨克族汉语作家作品占 17.3%，朝鲜族汉语作家作品占 37%，而蒙古族直接用汉语创作的作家作品占 77.27%，藏族直接用汉语进行创作的作品占 85.67%。这说明，当代蒙古族和藏族作家中，汉语创作占绝对多数。这些数字还提示我们，维吾尔族、哈萨克族、朝鲜族母语创作十分发达。由于不同语言间自然形成的屏障，这些至今仍以母语文学创作为主的民族的文学实际情况，恐怕还未被我们所全部了解，因此，加强这些民族母语文学的翻译和理论研究，揭示这些民族文学发展的真实的样貌已经成为当前十分迫切的任务。

　　此外，从区域的角度，维吾尔族、哈萨克族、塔吉克族、柯尔克孜族、乌孜别克族五个民族主要聚居地是新疆，其中，乌孜别克族人口仅有 12000 多人，却发表了 17 篇翻译作品，这不仅证明该民族母语文学同样发达，同时也证明新疆是一个多民族汉语文学创作与母语文学创作都十分发达的省区。

　　与新疆类似的是云南省。傣族、哈尼族、景颇族三个民族通用汉语，但依然有母语创作的作家。虽然这些民族无论是人口数量还是作家数量都相对较少，但这些民族母语文学创作现象的存在，丰富了中国文学创作的语种类别。需要指出的是，上述 16 个民族母语文学，并非仅局限于现行的行政区划，具有跨行政区域的特征。例如，蒙古族母语文学创作主要分布在内蒙古、新疆、西藏、青海四个省区。彝族母语文学创作主要分布在四川、云南等省。这种情形与中国各民族"大杂居，小聚居"的分布状况相一致。因此，中国多民族文学多语种的实际分布比下图所标志的还要丰富和复杂。

　　我们还注意到，在各民族母语翻译作品中，小说、诗歌、散文、报告文学发表数量比例与《民族文学》小说、诗歌、散文、报告文学总体的比例一致。这说明,各民族母语文学创作与国家共同语——汉语文学创作在总体上保持着同步发展的态势。特别是,从各民族母语作家作品的题材、主题上,也表现出与中国当代社会、文化和文学思潮同步的特征。这一点,从具体作家作品中也能得到证明,例如,维吾尔族诗人穆罕麦提江·萨迪克的诗歌《写给北京奥林匹克运动会》(2008)、穆罕麦提江·萨迪克的《圣火在燃烧》(2008)、铁木尔·达瓦买提的《众志成城,定能战胜灾难》(2008)、普拉提·艾孜维拉、铁来克的《让我们共同面对》(2008)都表现出对时代共同主题的关注和表达。而蒙古族诗人阿尔泰的《祖国》(2007)、蒙古族布和特木勒的《祖国,我心中的太阳》(2000)、维吾尔族托合提汗·斯马义的《我的祖国》(2005)、维吾尔族黎·穆塔里甫的诗歌《中国》(2005)、维吾尔族包维汉的《祖国情》(1993)、哈萨克族阿布都马那甫的《挺起腰杆的中华民族》(1992)、朝鲜族金成辉的《啊祖国》(1982)、朝鲜族金哲的《祖国姿容》(1984)、塔吉克族图尔迪阿洪·埃尔柯拜《我的祖国是花园》(1996)、维吾尔族阿不都克里木·马哈苏提《祖国(外二首)》、维吾尔族铁木尔·达瓦买提的《啊,祖国庄严的笑容(七首)》(1987)、蒙古族特·官布扎布的《灵石之啸——献给祖国》(1990)等以"中国""祖国""中华"为主题的诗歌则表达了对国家和中华民族的高度认同。此外,朝鲜族任晓远的《我是大森林的儿子》(1983)、朝鲜族金畅晢的《我是延边人》(1984)、维吾尔族伊敏·吐尔逊的《我是维吾尔人》(1992)等诗歌则具有鲜明的民族意识和民族情感。这些民族母语文学中对"祖国"的认同对"民族"的认同所具有政治、文化内涵具有重要的社会价值和政治意义。

表 10 - 15 　《民族文学》16 个民族母语作家发表 3 篇以上的作家及排名

序号	作者	数量(篇)	序号	作者	数量(篇)
1	金哲	31	17	李惠善	6
2	麦买提明·吾守尔	24	18	朱玛拜·比拉勒	6
3	铁木尔·达瓦买提	15	19	哈丽黛·伊斯拉依勒	5
4	金勋	14	20	金应俊	5
5	金成辉	11	21	库尔班阿里	5
6	穆罕默德·伊明	10	22	满都麦	5
7	阿尔泰	10	23	乌斯满江·沙吾提	5
8	李相珏	9	24	阿布利孜·奥斯曼	4

续表

序号	作者	数量（篇）	序号	作者	数量（篇）
9	力格登	9	25	艾合买提·伊明	4
10	阿云嘎	8	26	林元春	4
11	赛福鼎·艾则孜	8	27	买买提·夏吾东	4
12	祖尔东·萨比尔	8	28	任晓远	4
13	穆罕默德·巴格拉西	7	29	桑·舍力布	4
14	铁依甫江	7	30	苏尔塔拉图	4
15	赵龙男	7	31	特·官布扎布	4
16	克里木·霍加	6	32	文昌男	4
33	吾铁库尔	4	42	金浩根	3
34	夏侃·沃阿勒巴依	4	43	柯尤慕·图尔迪	3
35	艾拜都拉·依布拉音	3	44	纳·松迪	3
36	白音达来	3	45	乃斯如拉·阿不来提	3
37	博格达·阿布都拉	3	46	朴善锡	3
38	布和德力格尔	3	47	宋祯焕	3
39	策·阿拉达尔图	3	48	吐尔逊娜依·玉赛音	3
40	额尔敦扎布	3	49	亚森江·萨迪克	3
41	哥布	3			

其中，朝鲜族著名双语作家、母语诗人金哲（1932—　）共发表34篇（首）作品，其中诗歌26首。这位50年代就走上文学创作道路，曾经四处漂泊，当过小学教师、参加过抗美援朝，最终皈依于文学殿堂的诗人，虽然精通汉语，能够用汉语完整、清晰地表达自己的思想情感，但却始终如一地坚持母语写作，并早在1957年就出版了翻译诗集《边疆的心》。对金哲而言，正是翻译，使他的诗实现了跨民族、跨语言、跨文化传播，获得了在汉语这一公共语言空间的话语权利，并使他赢得了在中国当代文学史上的地位。

位于发表翻译作品第2位的是维吾尔族麦买提明·吾守尔。麦买提明·吾守尔从1965年开始文学创作，现为中国作家协会新疆分会主席，曾经出版过7部中短篇小说集。长篇小说《这不是梦》获得全国第四届少数民族文学骏马奖。他的小说在维吾尔族已经达到家喻户晓的程度，并且被翻译成英语、土耳其等国语言，在中亚各国也具有很大影响。正如对国家的认同是许多不同民族母语作家共同的主题一样，麦买提明·吾守尔的小说也反复表达着这个主题。但真正让他的小说进入到国家公共语言空间，为各民族所了解和熟悉，则是《民族文学》。也正因如此，麦买提明·吾守尔不仅成为母语小说创作发表数量最多的作家，而且也成为各民族发表小说最多的作家。

不同民族语言文字的互译活动是不同民族文化输出（入）的唯一媒介。这一活动，使真正意义上的世界文学的出现成为可能。因为真正的大同世界，绝不是某一单一民族对世界所有民族的同化，而是所有民族的文明成果都成为全世界所共同享有和能够享有的财富。真正的世界文学也绝不是共同使用一种语言、一种文学形式，而是不同语言、不同文学形式的文学作品能为各民族所阅读和了解。从语言的角度来说，真正的大同世界和世界文学不是消灭各民族的母语以及其他民族的异质文化，"世界"是一个公共空间和平台，各民族母语及其母语作品和其他文明成果在"世界"这一公共空间和平台中，都拥有自己的合法席位。所以，翻译——这一不同民族语言的互译活动，就成为各民族进入这一公共空间的必然选择。从这一意义上说，通过《民族文学》让各民族读者了解各民族母语作家文学作家和作品的，正是不同民族语言互译活动，正是这些活动主体——那些默默无闻的翻译家。

在341期中，有将近400位文学翻译工作者共同搭建了各民族母语文学跨民族、跨语言、跨文化传播的桥梁。

表10－16　　各民族翻译家翻译5篇作品以上的作者名单

序号	翻译作者	数量（篇）	序号	翻译作者	数量（篇）
1	苏永成	51	23	吕志超	9
2	哈达奇·刚	34	24	耿予方	8
3	王一之	33	25	危英才	8
4	伊明·阿布拉	36	26	艾克拜尔·吾拉木	7
5	金学泉	30	27	张琏瑰	7
6	张孝华	30	28	朱霞	7
7	陈雪鸿	28	29	阿地力·朱玛吐尔地	6
8	艾克拜尔	22	30	成龙哲	6
9	张宏超	22	31	郭丽娟	6
10	狄力木拉提·泰来提	18	32	郭永明	6
11	张宝锁	18	33	马德元	6
12	刘奉仉	17	34	孙文赫	6
13	金永彪	14	35	张世荣	6
14	苏德新	14	36	查刻奇	5

序号	翻译作者	数量（篇）	序号	翻译作者	数量（篇）
15	铁来克	14	37	常世杰	5
16	金一	13	38	哈拜	5
17	胡胜利	12	39	觉乃·云才让	5
18	紫荆	12	40	穆塔里甫	5
19	阿柯	10	41	特·达木林	5
20	金莲兰	10	42	伍·甘珠尔扎布	5
21	杨新亭	10	43	岩温	5
22	久美多杰	9	44	叶尔克西	5

上述作者涉及维吾尔族、蒙古族、朝鲜族、哈萨克族、藏族、锡伯族、汉族等十多个民族。特别是，汉族翻译者在其中占有相当大的比重，如王一之、张孝华、陈雪鸿、张宏超、苏德新、胡胜利、杨新亭、吕志超等。这些作者中，有很多人毕生从事文学翻译工作，为中国多民族文学的跨族际、跨文化传播默默奉献。例如，著名汉族翻译家王一之（1931— ），1955 年毕业于中央民族学院，后入北京大学东方语言文学系维吾尔语专业，曾任民族出版社维文及汉文编辑室副主任。维吾尔族著名诗人铁依甫江诗歌的翻译大都出自他之手，他还翻译了 13 卷本的《十二木卡姆》。《民族文学》创刊以来，他翻译了 24 位维吾尔族、乌孜别克族作家 33 篇文学作品。王一之在新疆文学翻译界具有非常高的声望，他的翻译活动不仅将新疆母语作家作品推向全国，同时也带动了整个新疆的文学翻译。再如回族翻译家苏永成（1950— ），出生于新疆巴楚，精通维吾尔语、塔吉克语，39 岁即开始了文学翻译工作。苏永成主要以维译汉为主，在《民族文学》中，他所翻译的作家有 24 人。他翻译的维吾尔族著名作家麦买提名·吾守尔的小说就达 10 篇之多，其中，麦买提明·吾守尔影响较大的《镶金牙的狗》（1994）、《燃烧的河流》（2008）都出自他之手。此外，他还翻译了塔吉克作家阿提凯姆·翟米尔的《草原歌声》（1994）、米尔江·赛尔库 的散文《塔吉克之韵》（2003），为塔吉克母语文学创作的传播做出了贡献。再如艾克拜尔·吾拉木也可以同时使用维吾尔语和塔吉克语进行翻译。这些使用多种民族语言文学的翻译工作者，为各民族文学的跨民族、文化、跨语言传播做出了非常可贵的贡献。

我们还注意到，上述翻译工作者，不仅将少数民族语言文字翻译成汉语，同时还将汉语文学作品翻译成少数民族语言，成为名副其实的不同民族文学跨语际、跨文化传播的信使。如苏永成、王一川、伊明·阿拉布、艾克拜尔·吾拉木等。

此外，在《民族文学》母语作品的翻译作者中，我们还发现了同一民族或不同民族翻译作者合作现象。如张宏超与王一之翻译的《"柔巴依"的特点》（吾铁库尔，1982 年）、艾克拜尔·吾拉木与伊明·阿布拉翻译的诗歌《心声》（铁木尔·达瓦买提，2001 年）、伊明·阿拉布与古丽娜尔·吾布力翻译的诗歌《切莫傲慢》（赛福鼎·艾则孜，2001 年）、张孝华与艾提哈力翻译的小说《一年之计》（吐尔森阿里·博斯克尔德，1984 年）、陈雪鸿与李其顺翻译的诗歌《黎明》（李相钰，1981 年）、金一与金永彪翻译的诗歌《听见歌唱了吗？故乡》（金成辉，1984 年）、段石羽与王怀林翻译的小说《喀什噶尔的美女》（吐尔迪·萨木沙克，1982 年）、姚承勋与朱曼翻译的诗歌《月夜》（尼合迈德·蒙加尼，1983 年）、萧嗣文与阿克木翻译的小说《我所钟爱的》（苏来曼·玉麦西，1984 年）、常世杰与阿尼娃尔翻译的诗歌《天山之歌（二首）》（库尔班阿里，1985 年）、郝关中与杨新亭翻译的小说《阿依努丽》（穆罕默德·伊明，1990 年）、铁来克与吕志超翻译的小说《生活与人》（阿比勒江·艾依提，1994 年），等等。

总之，《民族文学》对各民族母语汉译作品的重视，不仅让我们领略了不同民族作家和文学的风采，同时，也让我们发现了在主流文学界很难觉察和发现的各民族文学的跨民族、跨文化、跨语言交流和传播的繁荣景象，或者说，正是《民族文学》让我们真实感受到了中国多民族文学多元共生、相互涵融、多元一体的整体特征和发展样貌。

三　多民族民间文学

民族民间文学是人类文学最重要的基因库。民族民间文学不但是作家文学的摇篮，而且是一个民族的民族文化、民族精神最具代表性的载体。因此，民族民间文学在一个民族和国家文学史中占有重要地位。特别是在作家文学更为发达，文学传播媒介进入多媒体时代的当下语境，通过民族民间文学来发现民族文化原生形态以及发挥民族文化在民族现代进程中的意义更加凸显出来。对于中国多民族文学而言，各民族民间文学的文学史在场，不仅为各民族文学在中国文学空间中获得合法性，同时，各民族民间文学的存在还证明了中国多民族文学的多源性、多传统与多形式。

在 341 期《民族文学》中，总计发表了 74 篇各民族民间文学作品，体裁有民族民间格言、民歌、民间传说、民间故事、民间叙述诗、说唱文学等。其中，节选刊载了藏族、蒙古族著名英雄史诗《格萨尔》《江格尔》，选载了壮族、瑶族、土族、羌族、纳西族创世史诗。节选发表了维吾尔族民间古代经典文学《福乐智慧》、蒙古族现代英雄史诗《嘎达梅林》、壮族《布洛陀经诗》、彝族民间叙事长诗《阿诗玛》、朝鲜族的民间叙事诗《阿里郎》、傣族叙事诗《召树屯》以及维吾尔族诗、歌、乐、舞四位一体的文学原生态保存最为完整、堪称文学活化石的《十二木卡姆》。还发表了为某民族所特有的民间文学形式和作品，如哈萨克族"阿肯对唱"的代表作之一《布尔渐和沙拉对唱》、赫哲族"伊玛堪"《满都莫日根》、达斡尔族的"乌钦"等。

在民族文学所发表的民族民间文学作品，分布于 33 个民族，其中，维吾尔族、藏族、苗族、布依族、蒙古族、彝族发表作品数量位于前三位（含并列）。

表 10 - 17　　　　　各民族民间文学作品发表情况统计

排序	民族	数量（篇）	排序	民族	数量（篇）
1	维吾尔	7	18	傣	1
2	藏	6	19	哈尼	1
3	苗	6	20	回	1
4	布依	4	21	傈僳	1
5	蒙古	4	22	纳西	1
6	彝	4	23	怒	1
7	壮	3	24	羌	1
8	朝鲜	3	25	佤	1
9	达斡尔	3	26	乌孜别克	1
10	哈萨克	3	27	锡伯	1
11	黎	3	28	瑶	1
12	满	3	29	裕固	1
13	塔吉克	3	30	高山	1
14	白	2	31	侗	1
15	赫哲	2	32	毛南	1
16	柯尔克孜	2	33	景颇	1
17	土	2			

中国各民族民间文学的存在说明：

1. 中国文学多源性。中国文学的多源性与中国文明起源的多源性有着密切关系。历史地说，每个民族都有自己民族的起源、历史，都有逐渐融入整体中华民族的具体过程。民间文学作为民族历史、文化最直接的表达方式之一，在忠实记录各民族童年时代情感、心灵、经验、感受的同时，也为中国文学创造了众多源流，正是这些不同起源的民族民间文学才汇成了中国多民族文学的汪洋大海。虽然上述 33 个民族并不一定都有独立的民族源头，但多源性却是客观历史事实，这为科学认识中国多民族文学的发展历史提供了重要参考。

2. 中国文学传统是由不同民族的不同民族文学传统和各民族独创的文学形成汇聚而成的。这从《民族文学》所刊发的作品中就可以窥见一斑。如在蒙古族的民间文学中，既有传统史诗《江格尔》，又有现代民间英雄史诗《嘎达梅林》，这说明，史诗，不仅是蒙古族古老的文学形式，同时也是蒙古族代代相袭的文学传统。此外，像《民族文学》所发表作品中的哈萨克族的"阿肯对唱"、达斡尔族的"乌钦"、赫哲族"伊玛堪"以及维吾尔族诗、歌、乐、舞四位一体的《十二木卡姆》等，不仅丰富了中国文学的样式，而且对形成中国文学多风格的民族特征产生了不可或缺的影响。

四　多民族文学公共空间

期刊内容的编排与栏目策划、设计是办刊思想、宗旨和原则的最好体现。《民族文学》以小说、诗歌、散文三个栏目为核心，不断完善、丰富办刊思想和理念，创造性地策划设计了一系列特色栏目，出版 67 个动态性、时效性、主题性专号、专辑、特辑，提升了《民族文学》办刊质量和影响力。

（一）让多民族文学见证多民族国家的发展历史

文学，不仅是个人对人类生活的心灵感知和情感记录，同时也是民族、国家、时代的另类记载。对统一的多民族中国而言，为各民族创造文学的公共空间固然重要，而继续熔铸中华民族的凝聚力，让祖国成为每一个民族、每一个公民心中飘扬的旗帜，理应是每一个作家编辑、期刊的责任和义务。在这方面，《民族文学》走在了全国文学期刊的前列。在《民族文学》开设的 27 个主题性临时专号、专栏、专辑、特辑体现了鲜明的时代性、历史性、国家和中国多民族文学空间分布的广阔性。

表 10 - 18 临时性专号、专辑、栏目一览

序号	名称	推出时间（年）	专栏类型	备注
1	庆祝建国三十五周年诗歌、散文专号	1984	专号	
2	庆祝新疆维吾尔自治区成立 30 周年	1985	专号	
3	庆祝内蒙古自治区成立 40 周年	1987	专号	
4	庆祝宁夏回族自治成立 30 周年	1988	专号	
5	庆祝广西壮族自治区成立 30 周年	1988	专号	
6	庆祝中华人民共和国建国 45 周年	1994	专栏	
7	世界反法西斯战争胜利 50 周年 中国抗日战争胜利 50 周年	1995	专号	
8	庆祝新疆维吾尔自治区成立四十周年	1995	专号	
9	庆祝泸溪文联成立十周年	1997	专辑	
10	纪念建国 50 周年征文	1998	专辑	
11	纪念中国共产党建党 80 周年诗歌散文专号	2001	专号	
12	献给党的十六大诗歌专辑	2002	专辑	
13	抗击非典文学专辑	2003	专辑	
14	纪念邓小平诞辰 100 周年专辑	2004	专辑	
15	献给第 16 届国际科学与和平周专辑	2004	专辑	
16	纪念抗日战争 60 周年专刊	2005	专刊	
17	庆祝新疆维吾尔自治区成立 50 周年	2005	专辑	
18	庆祝中华人民共和国国庆 56 周年诗歌专辑	2005	专辑	
19	庆祝国际三八妇女节女作者专号	2006	专号	
20	纪念红军长征胜利 70 周年	2006	专辑	
21	抗震救灾作品特辑	2008	专辑	
22	中国各民族作家喜庆奥运作品专辑	2008	专辑	
23	纪念中国改革开放 30 周年特选作品专辑	2009	专辑	
24	庆祝建国 60 周年宁夏回族自治区文学作品专辑	2009	专辑	
25	庆祝建国 60 周年"祖国颂"	2009	专辑	征文
26	广西壮族自治区文学作品专辑	2009	专辑	

上述主题性专号（专刊）、专栏、专辑有四个方面的内容：一是世界性主题，如"世界反法西斯战争胜利 50 周年专号""献给第 16 届国际科学与

和平周专辑""庆祝国际三八妇女节女作者专号";二是国家性主题,如以中华人民共和国成立这一重大主题的"庆祝建国 35 周年诗歌、散文专号""庆祝中华人民共和国建国 45 周年""纪念建国 50 周年征文"以及"庆祝建国 60 周年"的"祖国颂"专号、专辑等;三是中国对各民族社会历史发展具有重大意义为主题的专号、专辑,如新疆、内蒙古、宁夏、广西、西藏五个少数民族自治区成立的纪念性专号;四是时代和社会发展重大事件为主题专号、专辑,如"中国各民族作家喜庆奥运作品专辑""抗震救灾作品特辑",等等。这些主题性专号、专辑(特辑)的设立反映出《民族文学》对时代生活的贴近,具有开阔的世界眼光、鲜明的民族国家意识和强烈的时代精神,它既引导中国各民族作家对世界性主题给予高度关注,同时又强化了各民族的"中华民族意识"以及对中华民族和祖国的认同。此外,例如"抗震救灾作品特辑",(该专辑发表了布依族、白族、满族、土家族、维吾尔族、普米族、彝族、回族、土族、东乡族、蒙古族、仡佬族、羌族等 13个民族 15 篇诗歌散文。其中灾区羌族作品 3 篇)以及"中国各民族作家喜庆奥运作品专辑"(发表 14 篇回族、毛南族、彝族、土家族、布依族、满族、汉族等民族作家以奥运为题材和主题的小说、诗歌、散文),对增强中华民族的凝聚力,培养各民族作家的国家公民责任意识都具有重要意义。

(二) 边远民族地区文学创作风采的展示窗口

由于众所周知的历史原因,各民族文学发展水平并不平衡,特别是边远民族地区的文学创作水平差距相对较大。因此,从民族平等以及文化公平的高度,加强对边远民族地区民族文学创作的扶持,就成为繁荣各民族文学的重要措施。为此,《民族文学》以临时性专辑、特辑的形式,对边远民族地区多民族文学创作进行广泛关注和大力扶持。此类专辑一共推出 16 个。

表 10－19　　　　　　　　为边远及民族地区开市的专辑一览

序号	专辑名称	省份	时间	发表作品数量(篇)
1	雪域诗丛	西藏	1985	8
2	湖北恩施市作品专辑	湖北	1992	7
3	湖南泸溪作品专辑	湖南	1992	7
4	全国少数民族作家赴内蒙古西部深入生活采访专辑	内蒙古	1992	12
5	新疆独山子炼油厂专辑	新疆	1994	14
6	恩施土家族苗族自治州文学专辑	湖北	2000	9

续表

序号	专辑名称	省份	时间	发表作品数量（篇）
7	贵州铜仁地区少数民族文学专辑	贵州	2001	7
8	湖北少数民族作家黄梅笔会作品专辑	湖北	2003	11
9	宁波象山特辑	浙江	2007	9
10	天堂陈巴尔虎草原特辑	内蒙古	2007	11
11	察罕苏力德专辑	内蒙古	2007	12
12	广西田东"金芒果"文学专辑	广西	2008	12
13	莫力达瓦达斡尔自治旗文学作品专辑	内蒙古	2008	9
14	鹤峰文学作品专辑	湖北	2008	7
15	贵州少数民族文学改稿班专辑	贵州	2008	8
16	"我与恩施"征文	湖北	2009	8

《民族文学》的临时性专辑（特辑）具有如下特点：

1. 专辑区域分布广阔。《民族文学》有计划地加强与全国各地区的联系，并将重点放在新疆维吾尔自治区、西藏自治区、内蒙古自治区、广西壮族自治区以及少数民族比较集中的贵州省、湖北省、湖南省，体现了《民族文学》以点带面，推动各民族文学共同发展的全局意识。

2. 通过专辑（特辑）来进一步体现中国多民族文学观。在该类专辑中，"宁波象山特辑"显得格外特别。象山位于中国改革开放的前沿、经济最发达省份之一的浙江省的南部，是《民族文学》五个创作基地（其他为内蒙古乌审旗创作基地、天津东丽湖经济开发区创作基地、湖北恩施创作基地、内蒙古莫力达瓦达斡尔自治旗创作基地）之一。"象山特辑"中推出的9位汉族作家的小说、诗歌、散文、民间文学、评论，这不仅仅是对在基地建设中付出辛勤汗水的象山人民的回馈，也是《民族文学》将中国文学看成是包括汉族在内的多民族文学观的具体体现。这一点正如《民族文学》主编叶梅在2008年率领由土家族、满族、藏族、蒙古族、朝鲜族、布依族、羌族、维吾尔族等8个民族作家组成的中国多民族作家采访团赴象山采访时所说的："中华文明是由多源的绚丽缤纷的多民族文化所构成的，象山的海洋文化无疑是一种具有包容性、多元化的文化，肩负着母族文化的集体记忆的多民族作家来象山接受海洋文化的濡染，共同建设和谐文化，促进社会主义文化大发展大繁荣。"扶持少数民族文学是《民族文学》之己任，扶持汉族作家，同样是《民族文学》义不容辞的责任。所以，叶梅表示："中国作协和《民族文学》将每年组织一批多民族作家来象山采风,深入了解象山人民的生存状态和变化,创作一批富有海洋风情的文学作品。同时,中国作协的作家和象山的作家还将进行一对一或一个群体对一个群体的文学互动。"①

显然,让专辑(特辑)成为展示中国多民族文学风采和特征的重要窗口,是《民族文学》的用意所在。这一点体现在每一个专辑上。例如,"雪域诗丛"发表的8首诗歌中,除6位藏族诗作者外,还有汉族作者曾成章和徐官珠的诗作。"湖北恩施市作品专辑"除了汉族桑克的报告文学《高处更胜寒》外,发表了7篇壮族作家的小说、诗歌、散文。"湖南泸溪作品专辑",发表苗族侯自健的小说《翌日,将是一个温馨和煦的晴天》、苗族弘麟、土家族方媛合作的报告文学《创业者之歌》以及其他苗族、瑶族、土家族作者创作的7篇小说、报告文学、散文、诗歌作品。"广西田东'金芒果'文学专辑"发表壮族、汉族作者创作的12篇小说、诗歌、散文。"新疆独山子炼油厂专辑"发表维吾尔族哈力克·赛迈提的小说《能原谅我吗》等维吾尔族、哈萨克族、锡伯族、回族、汉族等民族的14位作家的作品。"天堂陈巴尔虎草原特辑"发表了汉族、蒙古族、满族11位作家的小说、散文、诗歌作品。陈巴尔虎草原同样是多民族杂居的地方。"莫力达瓦达斡尔自治旗文学作品专辑"发表萨娜的小说《天光》等9篇、诗歌、散文。从专辑的作者民族身份构成可以看出,在民族地区,哪怕是边远民族地区,多民族作家共同创作是一种普遍现象,从而体现了中国"大杂居,小聚居"的民族分布特点。可以说,每一个专辑都是中国多民族作家共同创造的中国多民族文学的一个小小缩影,具有全豹之一斑的意义。值得特别提及的是,专辑中的"全国少数民族作家赴内蒙古西部深入生活采访团专辑"发表蒙古族、藏族、壮族、景颇族、瑶族、锡伯族12位作家的诗歌、散文。"察罕苏力德专辑"发表藏族、仡佬族、满族、维吾尔族、苗族、朝鲜族、锡伯族、土家族、普米族、蒙古族、汉族等作家12篇散文、诗歌。这两个专辑所发作品虽不是当地作者的作品,但都是其他民族作家对蒙古族生活的观感与体验。它所体现出来的意义和思想导向是:中国的多民族文学不仅是各民族文学的集成,同时,各民族文化之间还需要相互了解,各民族作家还需要相互交流,这种了解和交流是中国多民族文学多元一体结构形成的凝聚力。

---

① 孙建军、徐颖峰、王量迪:《迎奥运 北京象山心连心——中国多民族作家象山采风活动侧记》,《宁波日报》2008年7月2日。引自:http://www.nbwh.gov.cn/index.php?option=com_content&task=view&id=2406&Itemid=63。

以"察罕苏力德专辑"为例，这是《民族文学》杂志社、中共乌审旗委、旗人民政府和鄂尔多斯察罕苏力德生态游牧旅游公司联合主办的"中国多民族作家苏力德文化采风活动"的成果之一。玛拉沁夫、叶梅、潘宪立、李霄明、萨仁图娅、孙春平、阿勒得尔图、鲁若迪基、内一、自玛娜珍、赵剑平、金成浩、夏晓华、石一宁、尚贵荣、阿娜尔、古丽、俞灵、高伟、哈闻、赵薇、江小燕、汪涵等 20 多位来自全国各地 12 个民族的作家和文学编辑参加了这次采风活动。《民族文学》的"察罕苏力德专辑"所发作品只是其中的一部分，《中国民族报》等刊也选登了其中的部分作品。

除了上述地区性专辑（特辑）外，早期的《民族文学》还通过开设临时专栏的形式，对各边远民族地区文学给予了必要的关怀，例如，在 1981 年的创刊号中，《民族文学》就开设的"百花争艳四海春""边陲短笛"，发表了仫佬族包玉堂、瑶族蓝怀昌等七位少数民族作家的诗作。其中维吾尔族库尔班·巴拉提的《骆驼刺开花时》、朝鲜族李相钰的《黎明》、朴长吉的《淑啊》为母语翻译作品。1983 年的"边塞之歌"发表了维吾尔族（诗人克里木·霍加等）、朝鲜族、哈萨克族、土家族、傣族、布依族、水族、回族、达斡尔族、纳西族、白族 11 个民族诗人的 11 首诗歌、1990 年推出的"百花诗会"、1991 年推出的"少数民族诗人 23 家"。对边地民族文学的关怀和扶持，渐成传统，相袭至今，成为《民族文学》一大特色。

（三）各民族文学新军腾飞的平台

对各民族文学新人的培养，特别是人口较少、经济、文化、文学欠发达地区民族文学的培养，不仅是《民族文学》的重要任务，也是关系到中国多民族文学中各民族文学能否和谐发展的重大问题。这显然也是《民族文学》自创刊以来就承担的责任和坚守的立场。

表 10－20　　　　　以扶持青年作者为目的栏目一览

序号	栏目名称	时间（年）	发表作品数量（篇、首）
1	青年作家作品特辑	1982	9
2	女作者特辑·小说	1982	5
3	女作者特辑·散文	1982	3
4	女作者特辑·诗歌	1982	9
5	露珠集	1982	5
6	诗的怀念	1982	3
7	纪念著名作家老舍诞辰 85 周年	1984	1

续表

序号	栏目名称	时间（年）	发表作品数量（篇、首）
8	大学生诗页	1985	16
9	女作者专号	1986	专号
10	女作者作品	1987	5
11	新星灿烂	1988	14
12	热土行吟	1988	10
13	山水田园	1988	8
14	爱的琴弦	1988	4
15	短歌长吟	1988	11
16	大学生诗页	1988	4
17	女诗人专辑	1990	9
18	大学生诗页	1992	2
19	纪念老舍诞辰 100 周年专辑	1999	1
20	校园风景线	2005	4
21	女性文学专号	2005	5
22	校园精品	2006	2
23	青年佳作	2006	3
24	地方佳作选集	2006	10

这些栏目具有以下特点：

1. 对少数民族女性作家的重点关注和扶持。《民族文学》自创刊以来，十分重视对女性作者的扶持，不仅在常设栏目中以一定的版面刊发女性作者的作品，还以专辑甚至专号的形式，集中推出女作者作品，从而引起了文坛的广泛关注。例如，《民族文学》在 1982 年第 3 期，分别在小说、散文、诗歌专栏中设立"女作者专辑"，刊发 9 个民族 17 位女作者 17 篇（首）作品，这些女作者分别是：白族的景宜、满族的邵长青、蒙古族的索日、壮族的稼稼、彝族的阿蕾、藏族的益娜、白族的段云星、朝鲜族的金珠玉、蒙古族的阿拉坦图娅、朝鲜族的李仁玉、哈萨克族母语作者努利拉·克孜汗、彝族的吉慧明、苗族的李荣贞、朝鲜族的蔡春花、壮族的李甜芬、哈萨克族的罗孜姆罕、哈萨克族的乌力罕·苏丽姐。这种作法开创了中国文学期刊分体裁集束式推出女作者的先例。1990 年，《民族文学》再次推出了"女诗人专辑"，满族的匡文留、壮族的蓝淼、蒙古族的萨仁图娅、彝族的绿琴、土家族的冉冉、朝鲜族的千华、藏族的完玛央金、彝族的李云华、壮族的梁文卿等 7 个民族 9 位女诗人的诗作又以集束的形式推出。现在，上述 26 位女作者中，白族的景宜、蒙古族的萨仁图娅、土家族的冉冉、藏族的完玛央金、彝族双语诗人阿蕾、朝鲜族的千华、满族的匡文留、彝族的绿琴等都已经成为中国诗坛女性诗人的中坚。

众所周知，由于历史文化等诸多方面的原因，女性一直被视为弱势群体，而在少数民族特别是边远地区的少数民族中，这种情况也许更加严重和复杂，少数民族女性社会地位的提高与女性个体价值的发现、个体人格的尊重，不仅是她们所属民族，也是整个中华民族文明程度的重要标志。从这一意义上说，《民族文学》对少数民族女作者的扶持和关注，其意义远远超出了对这些作者本人文学创作水平的提高。

2. 对校园少数民族文学新人的扶持。校园文学新军始终是中国文学非常具有潜力的创作群体，一方面，大学生活使他们获得了丰富的科学文化知识，另一方面，大学校园是多民族文化交融的广阔平台，他们在感受其他民族文化风采的同时，也进行着自己母族文化的审视与反思。因而，这支文学新军无论是知识储备、文学艺术修养，还是思想深度和认知视野都不同于本民族其他文学作者。因此，校园文学新军的培养，对提高各民族文学创作水平，具有更为深远的影响和意义。1985 年，《民族文学》设立了第一个该类专栏："大学生诗页"，发表了 12 个民族 16 位校园诗作者的诗作。这些作者分别是回族的杨云才、藏族的杨贵章、景颇族的晨宏、蒙古族的崛夫、壮族的黄神彪、彝族的王红彬、苗族的龙建军、回族的云飞、朝鲜族的鲁岩、达斡尔族的吴宝良、侗族的莫俊荣、回族的马培军、苗族的黑鹰、布依族的何建华、苗族的熊虚、满族的时平。这个专辑，不仅民族分布广泛，而且，诗歌题材相当广阔，从《大西北恋歌》（杨云才）到《海的雕塑》（黄神彪），从《藏胞印象》（吴宝良）到《渔民的妻子》（马培军），展现了各民族丰富多彩的民族生活和具有时代气息的诗歌形象。1992 年，《民族文学》又推出了"大学生诗页"。发表了满族百合、刘亦久、土家族萱子、彝族禄兴明、东乡族马颖、苗族莫田、侗族江一舸、彝族阿人、侗族李培光等 6 个民族 9 位诗作者的作品。2005 年与 2006 年，《民族文学》继续以"校园风景线"和"校园精品"的栏目刊发校园各民族文学新人的作品，而且，体裁从原来的诗歌拓展到小说、散文等体裁，从而为校园各民族文学新人提供了更为宽广的舞台。需要说明的是，《民族文学》对大学校园各民族文学作者的扶持和关注已经形成了《民族文学》的特色，并且形成了相对固定的特色栏目"校园选萃"。

3. 集束推出与群体展示的方式。《民族文学》还于推出"新星灿烂"

(1988)、"青年佳作"（2006）专栏，发表各民族文学青年的作品。"新星灿烂"发表了回族杨云才、苗族何小竹、满族金鸿为、蒙古族韩辉升、回族云飞、蒙古族金宝、朝鲜族石华、蒙古族白涛、土家族曾光、景颇族晨宏、蒙古族波·宝音贺希格、满族马志刚、土家族冉云飞、纳西族拉木·嘎吐萨8个民族14位文学新人的诗作。"青年佳作"分别在2006年第9期、第11期发表了土家族邓毅、纳西族白羲、蒙古族海勒根那的小说、散文诗歌作品。《民族文学》的这种努力最终收获了预期成果。以"新星灿烂"中发表诗作的作者为例，20年过去了，这些人大都成为中国当代诗坛上有影响的诗人，回族杨云才的诗作不但多次获奖，而且有的诗歌还被翻译到美国。苗族的何小竹则成为当代诗坛重要的诗歌流派"非非诗派"的主力诗人。蒙古族诗人白涛、朝鲜族石华、土家族冉云飞等都成为本民族有影响的实力派诗人。回族杨云才、土家族冉云飞、蒙古族诗人白涛、苗族何小竹等作家还先后获得了全国少数民族文学骏马奖。

《民族文学》除了开设小说、诗歌、散文、评论这些常规性栏目外，还打造出体现自己明确的文学观念、文学导向的既丰富多样、生动活泼又特色鲜明、别具一格的栏目，如"汉族作家写边疆""风物""民族人文地理志""独特人文""民族经典""翻译作品""校园选萃""作家介绍""地方佳作选集""作家风采"等。其中，"民族经典"栏目是由创刊之初的不固定栏目"古典文学""民间文学"发展而来，主要刊发各民族民间经典文学作品，大部分为口头文学作品。这一栏目的最终定型以及"经典"一词的使用，也反映出《民族文学》对民族民间文学的认识已经由学科分类上升到知识定位。"翻译作品"则将原来按体裁分散于其他栏目的少数母语汉译作品集中为一个独立栏目，同样反映出《民族文学》各民族母语作家作品的认识的提升，这不仅对民族母语文学创作以及母语汉译工作产生重要推动，同时也必将引起当代文学界和学界的重视，并为各民族母语文学作家和作品进入中国文学史提供一种可选路径。"校园选萃"也是由早期的"大学生诗页"和"校园精品""校园风景线"等栏目发展而来，重点关注和扶持校园各民族文学新生力量。这些栏目的设立在总体上体现了《民族文学》关注少数民族民间文学、关注少数民族母语创作、关注少数民族文学创作队伍培养的全局视野和切实努力。

在上述相对固定的栏目中，"汉族作家写边疆"与"独特人文"两个栏目最具特色，不仅昭示着《民族文学》"民族特色"与"世界眼光"的办刊宗旨，也反映出《民族文学》通过栏目策划、设计来引导少数民族文学创作的明确意识。

"汉族作家写边疆"开设于 1985 年第 1 期。共出版过 37 期。"汉族作家写边疆"中的作家，大都是长期生活在民族地区，在当代文坛上有一定影响的作家。首期"汉族作家写边疆"推出内蒙古作家冯苓植的小说《七月雪》与云南作家彭荆风的小说《黄袈裟》。形成南北呼应之势。

"汉族作家写边疆"推出，一是打破了《民族文学》专门刊发少数民族作家作品的封闭状态，二是打破了"中心"与"边缘""汉族"与"少数民族"边界，揭示了包括汉族在内的各民族文学我中有你，你中有我的相互交融关系和共同创造的基本属性，使《民族文学》成为真正意义上的中国多民族共享的文学公共空间。可以说，少数民族文学学科确立至今，在相当一部分人的观念中，民族文学等于少数民族文学，少数民族文学是少数民族作家创作的文学。这一观念，体现了学科概念的规范性和作为知识的范畴性。但是，这种划分显然人为割裂了作为文学描写对象的共同性及文学资源的共享性，也忽视了创作主体多民族身份属性。换言之，每一个民族的生活，虽然在现实上为某一民族所独有，但是，作为一种文学资源，具有为人类文学所共享的公共性。但是，在相当长的时间里，"边疆"这一文学资源的价值并未被人们充分认识，而"汉族作家"作为主体民族处于中心位置的客观现实，也形成了中心与边缘、内地与边疆、汉族作家与少数民族作家之间的边界与分立。因此，"汉族作家写边疆"栏目的设立一方面将汉族作家纳入了民族作家的范畴，同时也通过文学写作，消除了中心与边缘、内地与边疆的界线与分立导致的彼此文化以及文学的隔膜。此外，还由于这些汉族作家大都身处边疆，虽然在民族身份上，他们是其所生活的民族文化区域的文化"他者"，但是，相对于他们所居住的原住民族而言，他们则成为"少数民族"。由此，我们可以看出在统一的多民族中国"大杂居，小聚居"的民族分布中，"少数民族"既是一个动态概念又是一个相对概念。这些与居住地民族相比已经成为"少数民族"的汉族作家对边疆的发现和认同，也在更深的层次上彰显了边疆各民族文化对汉族文化的影响和边疆独特的文学资源对于中国文学的价值。

如果说"汉族作家写边疆"在客观上强调了作为文学创作主体的"汉族"作家，对地理位置与文化地位均处于"边疆"的主动发现，那么，"独特人文"则是以各民族重要的文学人文资源为中心的集体叙事。

"独特人文"这一栏目是由"风物""民族风情录""民族人文地理志"演变而来。"民族人文地理志"栏目创办于 2005 年第 1 期。2004 年第 8 期的"编者前言"对这一栏目定位为:"民族人文地理志集中介绍一个地区和民族的风土人情、风光地理及人物精英,系彩页作品。"① 显然,这一栏目由"民族""人文地理""志"三个核心词构成。但其中的"民族",并非仅指少数民族,而是指各民族或者多民族,"人文地理"规定了栏目刊载的内容主要是各民族各地区的风土人情等特有的人文景观。"地理"一词所标明的是其空间的广阔性和各民族风土人情的广泛分布的特点;"志"则是人类学民族志的理论视角。只不过,"人文地理"对"志"的限定主要集中于风土人情这种最能反映一个民族生命特质的文化景观上。2005 第 1 期《民族文学》推出了"民族人文地理志·湖南湘西卷"一共发表了 5 篇彩页作品。2005 年第 2 期推出的"民族人文地理志·湖南张家界卷"发表了 5 篇文章,其中《人间天堂张家界》由汉族向延振撰文,孙建华摄影;散文《还有哪里比这更美》,由土家族作家彭学明撰文,汉族孙建华摄影;散文《这就是张家界》,由汉族银云撰文,孙建华、李炯摄影。此外还发表了《张家界武陵风景区概况》和《张家界民俗主要看点》两篇介绍文章。第 3 期"民族人文地理志·云南泸沽湖卷"发表了吉成、木丁撰文,陈虹光、李理摄影的《天边女儿泸沽湖》;土家族彭学明撰文、陈虹光摄影的散文《泸沽一片湖》;李理撰文、陈虹光、李昆摄影的散文《泸沽湖二章》。此后还推出了宁夏中卫卷、四川阿坝卷。这些不同形式(散文、诗歌、图片等)组成的特殊文本,以图片的真实性、现场性、直观性与文学的形象性、风俗的知识性呈供给世界。

应该说,"民族人文地理志"在继承前期"风物""民族风情录"栏目特点的同时,更加凸显了空间分布极为丰富的中国各民族不同的人文资源。

自 2006 第 9 期开始,《民族文学》将"民族人文地理志"改为"独特人文"栏目,这一栏目淡化了"民族"与"地理",所选择的内容并不仅仅局限在与"内地"或"中心"相对的"边疆",而是在多民族文化与多民族文学的视野下,以人文资源的独特性作为标准,涵括的内容更加丰富,空间更为广阔,形式更加新颖。如 2006 年第 9 期第一次推出的"独特人文"发表了蒙古族诗人查干的诗歌《青藏铁路》,用诗的形式描述青藏铁路试运行。2007 年第 4 期的"独特人文"则刊发了"上海豫园龙墙""江南第一水乡——周庄""安徽皖南民居""安徽皖南牌坊"、回族作家郭风的散文

---

① 参见《民族文学》2004 年第 8 期,第 4 页。

《蜂巢》，这些综合性文本极具江南地域文化特征。"独特人文"所刊发的作品中，既有西藏、新疆各民族风情，又有海岛渔村生活图景，既有"彩云之南"的妩媚多姿，又有鄂温克浪漫风情，既有江南水乡的温润与精致，又有塞外草原的雄浑与粗犷。我们以为，"独特人文"以及早期的"民族人文地理志"和"风物""民族风情录"，不仅描绘了中国民族文化和地域文化的多样性的空间分布地图，同时，也为文学创作提供了多民族、多地域的人文资源，而每一个栏目的人文资源所具有的独特性，都是其他民族和地域文化不可替代的。这里，每一种独特的人文，不仅意味着一种文化传统，而且也意味着扎根于此的文学所必然具有的特殊风景。这不能不让人强烈地意识到，这些独特的多民族、多地域的文化及其传统，不仅给养了各民族、各地域的作家和文学，同时也作为重要的结构元素，使中国文学整体风格呈现出多样性的特征。

特别值得一提的，"民族人文地理志"以及"独特人文"采用的彩页（摄影图片），作为各民族独特"人文"的美学修辞，将各民族动态历史凝固化和艺术化，从而既拓展了"文学"的意义空间，又拓展了各民族独特人文资源的生命意义和美学价值。

五　办刊理念：世界眼光与多民族文学观

《民族文学》创刊以来，不仅见证了中国社会重大转型艰难而伟大的历程，而且，陈企霞、玛拉沁夫、吉狄马加、叶梅等历任主编凝聚《民族文学》全体编辑人员的集体思想和智慧，以积极主动的姿态，回应转型期中国社会、历史、民族、文化、文学观念的重大变革，通过不断完善办刊宗旨和编辑行为，积淀《民族文学》办刊思想和编辑文化，为推动和繁荣中国多民族文学做出了重要贡献。

（一）少数民族文学的定位与整体文学观的确立

1981 年第 1 期《民族文学》《创刊词》开篇指出："全国性少数民族文学刊物——《民族文学》创刊了。她是我国社会主义文学百花园中的一朵新花。经过严冬开放的花朵，更爱春日的温暖。她将扎根在祖国四面八方辽阔的沃土上，受到各族人民的辛勤浇灌，充分吸收时代的阳光雨露，以自己独特的艳丽色彩，使各民族的文学百花盛开。"这里，一是指出了《民族文学》的性质——汉族以外的少数民族文学；二是明确了推动和繁荣各民族文学的办刊目标："使各民族文学百花盛开"。《创刊词》还援引了党中央在全国第四次文代会上关于繁荣少数民族文学的指示以及周扬在国家民委、中国作协于 1980 年联合召开的"全国少数民族文学创作会议"上讲话中强调的各民族民间文学在中华民族文学史上的重要地位、少数民族在中华文化发展史上的贡献以及少数民族之间、少数民族与汉族之间文学翻译问题的主要观点。由于周扬的讲话代表着国家意识形态的导向，亦即国家的文艺政策、导向和政治规范，因此，这种引用，显然是要阐明《民族文学》办刊宗旨与文学观念的民族政策依据和《民族文学》的国家背景。所以，《创刊词》说："我们的《民族文学》，将努力贯彻落实党的民族政策和'百花齐放、百家争鸣'的方针。""在这一宗旨下，我们的刊物，要团结各民族的作家和广大文学工作者，为大力发展和繁荣我国各少数民族的文学创作，积极培养和扩大我国各少数民族的文学队伍，贡献出自己的一份力量，使我们的刊物，更好地为人民、为社会主义、为各民族的团结服务。"我们注意到，在这一段话中，前面用了"各民族"一词，而后面则使用了"各少数民族"一词。从其含义来看，"各民族"是指包括汉族在内的中国所有作家，这是团结的对象，而团结的目的则是繁荣"各少数民族"文学。所以，从《创刊词》所依据的民族政策、文艺政策及据此制定的办刊方针中可以看出，《民族文学》具有鲜明的国家文学的属性，或者说，《民族文学》的创办及繁荣少数民族文学的目的，是党的民族政策中关于民族平等、扶持少数民族经济、文化和社会发展等具体方针在文学方面的体现。因为，无论是党中央在全国第四次文代会上的讲话，还是周扬具有国家意识形态导向的观点，都与《中华人民共和国宪法》中"中华人民共和国是统一的多民族的国家。各民族一律平等。""中国是世界上历史最悠久的国家之一。中国各民族人民共同创造了光辉灿烂的文化……"以及"中华人民共和国是全国各族人民共同缔造的统一的多民族国家"相一致，这意味着《民族文学》合法性地位的确立。

除此以外，《中华人民共和国宪法》中的"本宪法以法律的形式确认了中国各族人民奋斗的成果"以及"中国各民族人民共同创造了光辉灿烂的文化"对各民族文化成果在中华文化史上的地位和影响的法律确认，加之1949 年以后各民族民间文学成果的搜集、整理取得的成绩以及对中国主流文学观念的影响，也促使《民族文学》确立了尊重中国多民族文学发展历史、现实，体现国家意识形态要求的整体文学观。这种整体文学观主要体现在对各民族民间文学、各民族母语文学作品翻译工作的重视以及对各民族文学传统的尊重三个方面。据此,《创刊词》中明确了《民族文学》选稿标准:"主要发表我国各少数民族作家和作者创作的各种题材、体裁、形式、风格的文学作品,也要介绍、发表各少数民族优秀民间文学与传统文学,刊登有关少数民族文学的评论文章。内容和形式力求丰富多彩,具有强烈的时代精神和鲜明的民族特色。"在此,主要扶持少数民族文学的刊物定位以及将作家文学、母语翻译文学、各民族民间文学视为少数民族文学三个重要组成部分的整体文学观,也确立了《民族文学》在全国所有文学期刊中特殊而重要的地位。历史地说,这种定位及文学整体观的确立具有特别重要的意义,因为,在相当长的时间里,各民族民间文学几乎从所有文学刊物中被剥离出去。即便是在中国文学史的书写与研究中,各民族民间文学也很少被纳入史学的视野。再如,当时的个别文学刊物虽然也发表了个别少数民族母语作家的汉译作品,但从没有一家文学期刊将各民族母语文学及汉译作品作为自己重点扶持的重要文学种类,更没有一家文学期刊专门为扶持和繁荣中国各少数民族文学而创设。这种种不同表明,《民族文学》从创刊之日起,不仅肩负着繁荣各民族文学的历史使命,而且也反映出《民族文学》对中国各民族文学发展历史和现实的负责精神和客观、科学的态度。

但是,应该看到,创刊伊始,《民族文学》在民族民间文学、各民族母语汉译文学作品的分类上还没有形成清楚的类别界线。如各民族母语汉译作品按其原有体裁,分别归入小说、诗歌、散文栏目。而各民族民间文学则被编入散文栏目。如1981年第3期散文栏目中的苗族民间故事《花鼓传令》、维吾尔族民间故事《黑衣骑士的秘密》、蒙古族民间故事《雄鹰与山丹》等。前者的归类尚可理解,而后者将民间故事归入散文,无疑带来了散文文体、作家文学与民族民间口头文学的混杂。今天看来,《民族文学》的这种做法,在一定程度上反映了少数民族文学学科背景和学科体制介入后编者的犹豫与两难选择:一是因为,在中国文学学科建构过程中,少数民族文学与民间文学作为独立学科被建构,但其建构过程也是被剥离并且边缘化的过程。《民族文学》所持有的整体文学观与现行的少数民族文学学科及民间文学学科归属和学科处境,特别是学科知识体制发生了龃龉;二是《民族文学》建立在对各民族创作的全部成果合法性认同基础上的多民族整体文学观毕竟还是一种文学观念和办刊理念,这种观念和理念转化成具体的办刊行为,自身需要相当长时间的摸索、实践和积累,同时也需要学术界和社会的认可与接受(实际上,这一整体文学观至今也未能为学界普遍认同)。从这一意义上,将民间文学置入散文栏目,或许是一种尝试拟或是向学术界进行的"投石问路"。但事实上，也或许是当初《民族文学》的编者们未曾料想到的是，各民族母语汉译作品与各民族民间文学在《民族文学》中获得的永久性的合法身份与话语权力，悄然对中国文学观念和中国文学史学科体制产生了的深刻影响。

（二）汉族作家的介入与"民族文学"内涵的拓展

应该说，创刊之初《民族文学》确立的文学整体观虽然为各少数民族文学母语汉译作品和民族民间文学争取了在《民族文学》这一文学空间的合法性地位和话语权力。但《民族文学》《创刊词》中的"全国性少数民族文学刊物"的定位，则可以理解为《民族文学》仅仅是少数民族文学的话语空间，这是毫无问题的。但问题在于，从"统一的多民族国家"以及"中华民族"这一各民族高度认同的民族实体角度而言，广义上的民族文学不应只指汉族以外的少数民族文学，自然应该包括汉族在内的各民族文学。正如缺失了少数民族文学的中国文学是残缺的中国文学一样，缺失了汉族的民族文学同样有悖于"中华民族"这一各民族共同体的质的规定性。但是，因为《民族文学》的创办主要是为了扶持、繁荣各少数民族文学，这种客观目的性也决定了《民族文学》不可能以汉族文学作为主体。这样，《民族文学》如何处理汉族文学与少数民族文学的关系，就成为政策导向性极强的非文学问题。在这点上，我们不能不佩服当年以玛拉沁夫为主编的《民族文学》的群体智慧。1985年第1期，《民族文学》设立"汉族作家写边疆"栏目，成为解决这一问题的极具智慧的编辑策略。

1985年，在《民族文学》的创刊过程中做出过重要贡献的玛拉沁夫正式担任《民族文学》主编。从一个普通的蒙古族文学青年，成长为著名的蒙古族作家，其间，玛拉沁夫受到过茅盾、丁玲、老舍等文学前辈的扶持与帮助，亲身经历了中国社会的剧烈动荡，十分熟悉本民族历史文化特别是文学传统，真切感受了蒙古族与汉族文化的对话、交流对本民族文学及中华民族文化的影响，特别是对全国少数民族文学创作现状、发展中存在的问题，玛拉沁夫都十分了解。因此，在他担任主编后，一是继续坚持对各民族民间文学、母语文学翻译作品的重视，二是通过开设"女作者专号""大学生诗页""新星灿烂"等专号、专栏、专辑以及文学评奖、作品研讨的方式，加大对各民族文学新人的培养力度，带动整个少数民族文学创作。另一方面，《民族文学》还有意识地译介了国外其他弱小民族具有世界性影响的作家作品，如美国黑人作家唐·特雷西《病房童心》（1985）、美国犹太人布赖思·W. 奥尔迪斯《心灵的门向我打开》（1993）等，以此来提振中国各民族作家的信心。这些成功经验逐渐积淀并融入《民族文学》的办刊理念之中。其中，"汉族作家写边疆"栏目的设立，对《民族文学》的发展以及整个中国文学观念的变革产生了重大影响。

"汉族作家写边疆"第一次将"汉族作家"引入"民族文学"，在原本只属于少数民族文学的公共空间中，为汉族文学挪留出位置，使其获得话语权力，从而使"民族文学"内涵指向各民族创造的全部文学成果。同时，由于汉族作家是以"写边疆"的身份出现，又在一定程度上擦除掉了在中国文学学科建构过程中人为圈划的少数民族文学与汉族文学，或者少数民族文学与中国文学的边界。通过汉族作家的文学话语实践，使"边疆"成为中国文学的共享资源。特别是，《民族文学》所推出的汉族作家，大部分生活在少数民族地区。这些单独从民族身份的角度被视为民族文化"他者"的汉族作家，由于长期的边疆生活，"他者"的身份已经被"边疆"所消解，因而，这些汉族作家文学作品中的边疆，已然成为自己的故乡，具有了本土文化的诸多内涵。因此也在一定程度上反映了民族文化的交流、融合以及你中有我、我中有你的中华大家庭图景。此外，中国的"边疆"是中国各少数民族主要生存空间，由于众所周知的原因，边疆少数民族的历史、文化、风俗并不为其他民族所尽知，因此，将边疆作为文学书写的对象，还有关注与展示少数民族历史、文化、风俗的良苦用心。同时，作为这种办刊理念的体现，《民族文学》还先后推出了新疆维吾尔自治区成立30周年专号、内蒙古自治区成立40周年专号、宁夏回族自治区成立30周年专号、广西壮族自治区成立30周年专号、庆祝西藏自治区成立30周年专号。这些专号，从空间上展示了中国多民族文学的分布地图，同时，每一个专号又是以该行政区主体民族为主的多民族作家群英荟萃的舞台，从而以具体的编辑话语在更深的层面上深化了民族文学的内涵。

（三）世界弱势民族文学资源与中国少数民族文学发展方向

中国当代少数民族文学的崛起，在国内，既为改革开放以来中国文学的快速腾飞所带动，也是各民族文学积淀、孕育后的集中喷发。在世界文学格局中，中国少数民族文学的崛起与拉美、东欧、北欧、非洲以及亚洲弱小国家和民族文学的崛起形成遥相呼应之势。这种崛起对中国文学乃至世界文学发展产生了积极影响，客观上拓展了《民族文学》的视域。

1995年8月，时任中国作家协会书记处常务书记的吉狄马加执掌《民族文学》。虽然吉狄马加更多时间和精力都在中国作家协会书记处的工作上，《民族文学》的具体工作由常务副主编艾克拜尔·米吉提与编辑部全体编辑来完成，但作为主编的吉狄马加的文学思想无疑对《民族文学》及全国少数民族作家都产生了深刻影响。这种思想和其影响表现在：

1. 对世界其他弱小民族文学的全面关注，从中树立中国少数民族作家走向世界的信心。吉狄马加曾说："1982 年之前，我和藏族作家扎西达娃就开始关注拉丁美洲文学。那时马尔克斯的《百年孤独》还没有获得诺贝尔文学奖，北京、上海、广州等文化中心的作家和读者很少有提及马尔克斯，但是我们已经从'文化心理同构'的角度爱上他。拉丁美洲文学的复兴，《百年孤独》是一个标志，它的成功给我们生活在边缘地带的少数民族作家和诗人树立了很大的信心。我的写作就是从阅读印第安人巴列霍、犹太人耶胡达·阿米亥、捷克人塞弗尔特、拉丁美洲诗人聂鲁达、黑人桑戈尔开始的。"①其实，多年来，吉狄马加的目光绝不仅仅限于拉丁美洲。在《论当代世界文学语境下的中国诗人写作》一文中，吉狄马加对他所熟稔的西方弱小民族作家进行了粗略地梳理："在谈到当代外国诗歌对中国诗人影响的时候，我们不能不谈到西班牙语系诗人，他们是西班牙诗人洛尔迦、智利诗人巴勃罗·聂鲁达、秘鲁诗人巴列霍、阿根廷诗人博尔赫斯、古巴诗人尼古拉斯·纪廉、墨西哥诗人奥克塔维奥·帕斯，他们就像夜晚天空中的群星，各自闪耀着迷人的光芒。……需要说明的是，中国的文学也是一个多民族的文学，在当代世界文学大格局中的黑人文学、犹太文学等民族、地区的文学也同样对当代中国不同民族的作家、诗人产生过不可忽视的影响。在这方面，美国黑人诗人兰斯顿·休斯，犹太民族诗人萨克斯、意大利犹太诗人萨巴、以色列犹太民族诗人耶夫达·阿米亥、阿拉伯巴勒斯坦民族诗人达维什、波兰民族诗人米沃什、波兰女诗人申博尔什卡、捷克民族诗人塞弗尔特、塞内加尔黑人诗人桑戈尔、圣卢西亚民族诗人沃尔科等等。他们对当代中国诗人的影响是多方面的。特别是对中国许多少数民族诗人的影响尤为深刻。"②显然，吉狄马加对世界文学的关注焦点是与中国主流文学完全不同的，当主流文学对波特莱尔、海明威、艾略特、卡夫卡、布勒东、乔伊斯、普鲁斯特、福克纳、萨特、加缪等津津乐道时，他却关注属于弱小民族但凭借自己天才

①　张健等：《青海副省长：诗人不是职业》，《南方周末》2007 年 8 月 17 日。

②　吉狄马加：《论当代世界文学语境下的中国诗人写作》，《民族文学》2009 年第 1 期，第 114—116 页。

般智慧书写突入主流文学的哥伦比亚的加西亚·马尔克斯、墨西哥作家略萨、出生于捷克的米兰·昆德拉以及他提到的所有产生世界性影响的其他弱小民族作家。吉狄马加对这些作家的介绍，一方面树立了中国少数民族作家的信心，一方面也提醒着中国主流文学界对中国非汉民族作家的存在与创造的关注。

2. 从"他山之石，可以攻玉"的角度，通过深入探究世界其他弱小民族作家成功的原因，为中国少数民族文学创作提供重要的借鉴和资源，对《民族文学》在作家培养、选稿、编辑方面提出明确要求。在这方面，彝族的民族身份、民族意识和民族生存经验，对各民族文化与文学的现实处境、创作现状的了解，使吉狄马加迫切感到，世界其他弱小民族作家成功的经验也许正是中国少数民族文学所缺失的或者应该努力的方向。而他所提炼和总结出来的就是：是否尊重和热爱本民族文化，对自己民族是否具有知识分子良知，是否以自己独特的诗性创造，塑造了自己民族的灵魂。例如，吉狄马加在评价桑戈尔时说："塞内加尔前总统桑戈尔，是个伟大的诗人，他在法国留学期间，就提出了'黑人性'的概念，成为非洲文化崛起的标志。"①在谈到拉丁美洲文学时，他更明确地指出："在这里我不可能一一列出他们全部的名字，但是他们杰出的诗歌，已经像是鲜红的血液一样，流进了许多中国诗人的血管，是拉丁美洲诗人教会了我们应该怎样尊重自己的本土文化，应该怎样通过自己的创作去复活我们民族深层的历史记忆和文化记忆。"可以说，世界弱势民族文学中的思想精髓不仅成为吉狄马加创作的思想和文学资源，同时他还将之视为中国少数民族文学以及整个中国文学走向世界的过程中需要发掘和利用的重要思想资源。

3. 对不同民族作家的文学创作以及不同民族、国家多元文化存在的合理性及其价值的重视，这对中国各民族作家彼此尊重、各民族文学的"美美与共"都具有重要的指导意义。2002 年 6 月 2 日在汉城"热爱自然文学之家"所作的题为《全球化语境下超越国界的各民族的共同性》演讲中，吉狄马加清晰地陈述了自己的这一观点："正因为人类不同文明的共存，人类不同民族文化的共存，这个世界才会是丰富的，这个世界的全面发展也才是合乎人道的。……正是这些不同国家、不同地域、不同民族的作家和诗人的创造性劳动，才使人类的文学宝库不断得到丰富和补充。这些闪耀着人类

---

① 　张健等：《青海副省长：诗人不是职业》，《南方周末》2007 年 8 月 17 日。

智慧光芒的文学经典，真正超越了国界和民族，被翻译成世界上众多的语言文字，被大家所热爱和阅读，实事上这些经典作家和作品，已经成为人类精神生活中最重要的一个组成部分。……今天的人类，无论从政治上，经济上，还是文化上都面临着许多共同的问题。我们怎样建设一个更加和平而富有人道精神的、有利于人的全面发展的二十一世纪，文学应该起到什么作用，对于生活在这个时代的作家和诗人而言，都是一个必需严肃对待的问题。"

主编是刊物的灵魂。吉狄马加的上述文学思想以文字文本的可视方式物化于《民族文学》之中，并借《民族文学》的传播渠道完成传播过程。

吉狄马加在其担任《民族文学》主编期间发表了20多篇（首）署名作品、文章。其内容分为三类，一是作为《民族文学》主编和中国作家协会书记处书记，他的《人民诗人的不朽魅力——在铁依甫江·艾里耶夫同志逝世十周年暨作品研讨会上的讲话》（1999）、《繁荣发展少数民族文学创作，扶持鼓励文学新人》（2002）、《用澎湃的激情，生动的笔触，努力反映改革开放和社会主义现代建设的火热生活》（2003）《发展繁荣少数民族文学事业，为西部开发建设提供精神动力》（2006）等文章是党的民族政策和《民族文学》办刊宗旨与原则在不同时间与地点的强调，具有鲜明的政策原则性和导向性；二是如《一个彝人的梦想（组诗）》（2001）等，这些个性化的创作，虽然表达的是吉狄马加自己强烈的民族情感和对本民族历史文化命运的深切关怀，但吉狄马加特殊的身份显然使这些诗歌具有了某种"示范"性，它对少数民族诗人的影响是可想而知的。三是在《一种声音——我的创作谈》（1990）、《寻找另一种声音》（2001）、《序文三篇》（2001）《在全球化语境下超越国界的各民族文学的共同性》（2002）、《叶梅的恩施》（2003）等非权力话语的创作谈、序文和演讲文章中，集中体现了他的上述三种文学观念。例如，关于民族作家的文化良知问题，他在为纳西族作家和国才的散文集所作的《和国才散文选序》中说，对于一个民族作家，"还应该包括也必需包括所谓文化的良知。我们不敢想象，如果没有古希伯来文化和意绪第语的话，谁能造就出艾兹巴·辛格这样的作家呢。我们同样不敢想象，如果没有传统的非洲黑人文化和尼日利亚东部伊波族的历史，黑人小说大师阿却贝怎么能写出《分崩离析》和《神的箭》这样动人心魄的小说"。① 关于多元文化中各民族文学的共同性和民族性问题，他指出："世界文学共性正包含在各民族文学个性之中。"同时，他引用只有616平方公里的大西洋岛国圣卢西亚诗人德瑞克·沃尔科特（1992年度诺贝尔文学奖获得者）的话："要么我谁也不是，要么我就是一个民族。"② 关于民族作家对本土文化的尊重与回归，他通过对叶梅小说的评价指出："丰博绚烂的中国文化，是由我国各族人民共同创造的。新时期少数民族作家意识到向本民族历史文化土壤的掘进，是一种历史的自觉。这些作家带着日益强化的民族使命感投入到创作中，努力维护着本民族文化中美好的东西。他们立足于民族，基于民族历史文化和现实生活而生发的真诚感受，基于胸中流淌着的本民族血质而赋予的真诚意识是当代少数民族文学民族性的重要标志。湖北土家族女作家叶梅便是这样一位有着强烈本民族文化意识的作家。"③ 等等。

从主编这一公共身份和权力话语的角度来认知吉狄马加的这些思想的作用，不难发现，这些话语和思想一方面拓展了中国少数民族作家的视野，实现了中国少数民族文学与世界其他民族文学的对接，另一方面也引导中国少数民族作家有意识地将自己的文学之要深深植入本民族历史文化的土壤之中，使自己的创作不仅成为对个体民族命运的人文关怀，而且成为对人类命运的终极叩问，从而使自己的创作获得生生不息的生命源泉。事实上，我们发现，作为《民族文学》主编的吉狄马加的文学思想对《民族文学》的渗入与对中国少数民族文学的影响，是以阿来、阿库乌雾、聂勒等一大批具有世界眼光、国家意识、民族情怀的作家群体的崛起并走向世界的现实来印证的，是通过"一本民族文学精神的杂志、一册民族人文地理的写真、一卷民族际遇札记"（2004年第9期封面）的宣言来体现的。而且，这种影响一直在持续。

（四）世界眼光与多民族文学观

2006年第7期开始，来自土家族的女作家叶梅担任《民族文学》主编。

叶梅的成长与《民族文学》有着密切关系。她的代表作《最后的土司》（2003）以及《心的叩问》（2005）、《乡姑李玉霞的婚事》（2005）、《回到恩施》（2001）等小说都发表在《民族文学》上。吉狄马加指出："叶梅的

① 吉狄马加：《序文三篇》，《民族文学》2001年第8期，第50页。

② 《民族文学》2002年第8期，第6—8页。

③ 吉狄马加：《中篇小说集——〈最后的土司〉序》，《民族文学》2003年第9期，第88—90页。

小说，让我们更加真切地感受到文学在反映一个民族的心路历程和精神世界方面的力量。深刻而艺术地展现土家族民族风情和情感世界的同时，阐释了土家族文化在整个中华民族文化中的地位和分量。从这个意义上讲，叶梅的小说无论对于少数民族文学，还是对于文化学、民族学和民俗学的发展都是有价值的。"吉狄马加还指出："在新世纪建设中国先进文化的伟大进程中，作家肩负着重要的使命。作家如何在建设先进文化中坚持中华民族的品格，是需要认真思考和对待的重要课题。文化的民族性并不是凝固静止的，而是随着时代的进步，在与世界各民族的文化交流中不断丰富、不断发展着的。它还要根植于中华民族当代生活的现实土壤，立足于有中国特色社会主义的实践，面向现代化、面向世界、面向未来。"在这两段话中，吉狄马加涉及了民族作家的本土性、中华品格与世界性的问题。这似乎也为叶梅担任《民族文学》主编在当期的《民族文学》封面上便赫然打出的"民族风格、中华气派、世界眼光、百姓情怀"这一新的旗帜找到思想上的渊源。应该说，从《创刊词》"全国性少数民族文学刊物""使各民族的文学百花盛开"的宗旨定位，到"一本民族文学精神的杂志、一册民族人文地理的写真、一卷民族际遇札记"，再到"民族风格、中华气派、世界眼光、百姓情怀"，《民族文学》在推进、扶持、繁荣中国各民族文学宗旨的前提下，办刊思想、办刊风格、办刊视域在悄然间发生着拓展与转型。这种拓展与转型与刊物全体编辑人员思想观念的更新、知识视野拓延有关，也与世纪之交全球范围内哲学观、民族观、历史观、文学观的重要转型直接关联。

我们知道，全球性的多元文化主义思潮崛起的最直接原因，是西方中心世界自我危机与边缘弱势民族的崛起，它导致世界话语权力的再分配。在后殖民时代，让西方中心世界始料未及的是，全球化的策略在催生欧共体的同时，也把民族国家的思想和意识连同互联网为标志的科学技术植入了边缘弱势民族及其国家。边缘弱势民族国家的民族和国家意识与这些国家经济文化的崛起成为一股不可遏制的世界性潮流，而这一切都伴随着西方中心世界经济、文化的极度扩张导致的生态环境危机、民族宗教危机、能源与资源危机以及体制自身危机等诸多内部危机的爆发。另一个始料未及事实是，当保护生态多样性成为西方中心世界的策略话语时，多元文化主义以及保护文化多样性的问题，也成为同一标准下难以做出的两样选择。正如吉狄马加所言"保护生物的多样性是这个世界已经被认同的普世原则，那么保护文化的多样性同样是这个世界被认同的普世原则。"①

　　人类是不同种族、不同民族、不同国家、不同地域的人们组成的共同体。虽然中华民族是各民族高度认同的民族实体②。但世界物种多样性、文化多样性面临的危机与问题在中国同样存在而且日益突出。特别是从民族国家的角度，统一的多民族国家内部，各民族、各地区的经济、文化发展的不平衡也是一个客观现实，加之国际各种政治势力对统一的多民族国家的威胁一直存在。所以，文学所承担的任务就不仅仅是为大众提供"美的创造物"，它还是熔铸民族精神和民族凝聚力的重要力量。特别值得一提的是，近年来，在学术界，多民族文学史观的提出及相关的理论研究得到越来越多的人的认同。无论是吉狄马加，还是叶梅，都在不同文章和场合使用和强调"多民族文学"一词。在《民族文学》2007 年第 1 期《刊首语》中，叶梅说："中国是一个多民族的国家，56 个民族中有 54 个具有本民族的语言，23 个有本民族的文字。显而易见，一种语言或者文字表达了一个民族特有的生活形态和思维方式，是一个民族个性文化存在和发展的载体。由不同语言和文字形成的多民族文学是中华文明的珍贵财富……多民族文学宝库让人目不暇接。"③　此外，叶梅在接受龙源期刊网的访谈时也说："时代和社会到了今天，我们看待少数民族的观念应该进步、应该更进一步了。所谓的少数民族、更应该说是民族、民间文化，在当今世界话语越来越趋同的情况下、在这个全球化的大背景下，我们该怎么去坚守呢？现在不仅仅是一个中国的舞台，抛开国家的领域，更是一个世界舞台的问题；在这个背景下，已经是世界各个民族的比较、是世界各个国家之间的、文学上的参照、交融与比较，而绝非仅仅限于比较我们国内的各个民族。更好地去发扬多民族文化，也是促进中国这个大国、这个多民族国家的形象更完整的举动。与此同时，我们也不应该说是'少数民族'文学、而是'多个民族'的文学要走向世界舞台，并不应该把'少数民族'单列出来。对于'民族的文学'，这是一个更为重大、沉重的话题，对于此，我们首先要承认 55 个少数民族的存在；

---

　　①　吉狄马加：《论当代世界文学语境下的中国诗人写作》，《民族文学》2009 年第 1 期，第116 页。

　　②　费孝通先生认为：中华民族是包括中国境内的 56 个民族的民族实体，并不是把 56 个民族加在一起的总称。参见费孝通主编《中华民族多元一体格局》（代序）中央民族大学出版社 1999 年版，第 13 页。

　　③　叶梅：《多民族的文学》，《民族文学》2007 年第 1 期。

第二点，更要强调'多民族'的存在。因为中华民族这么几千年以来从来都没有孤立存在过，汉族与少数民族，只有人数多少的区分，并没有哪个文化更比哪一个好的区分。汉族与少数民族，一直以来都是一个相互'濡染'的过程——我更愿意用'濡染'这个词语来形容。既然从来都是'你中有我，我中有你'，彼此渗透地如此之深，何故要分开来对待呢？何故要有贫弱之分、高下之分呢？所以说，目前强调'多民族文学'的概念比单纯强调'少数民族文学'要重要的多。"① 笔者以为，从《民族文学》初期强调的少数民族文学到叶梅主张的多民族文学，标志着《民族文学》在中国文学观念上的巨大转型，标志着对中国少数民族文学的认识已经从学科知识高度上升到国家高度。在这一高度上，与统一的多民族国家相对应的中国多民族文学已经不再是原有意义上的中国文学或者少数民族文学，而是中国各民族文学的共同体。发展少数民族文学，将不再是少数民族自己的事情，而是国家的行为和职责。对于《民族文学》而言，它绝不仅仅是一种文学期刊，它对各民族作家的扶持、作品的发表、创作的引导，正是国家话语的体现。对各民族民间文化（文学）成果的肯定和保护也是对国家文化（文学）的肯定和保护，而各民族文学的繁荣也成为国家建构的重要组成部分，并最终以国家软国力的提升为标志。所以，叶梅上述所主张的多民族文学的意义在于：在整个国家意识形态建构中，明确了《民族文学》的国家属性。

因而，也正是在多民族国家文学的高度上，无论是吉狄马加还是叶梅，一直完善和充实着中国文学是中国多民族共同创造的文学成果的整体文学观。所以，叶梅才生发出对各民族作家像"兄弟姐妹"一样关怀，对各民族民间文学像"宝贝"② 一样爱惜的无私情感，才有了像保护物种生命基因一样重视各民族母语文学创作的使命意识。这一切，又都体现叶梅担任主编后"民族经典""翻译作品"专栏的开设，"全国人口较少民族作家改稿班"

---

① 参见中国民族文学网刘晶晶《访叶梅：民族风格、中华气派、世界眼光、百姓情怀》（http：//iel. cass. cn/news_ show. asp？newsid = 8232&pagecount = 1）（2009. 12. 4）。

② 叶梅在访谈中谈到各民族民间文学时说：我们为此专设了《民族经典》栏目，并对一些优秀的民间文学和口头文学也做适当的选载。对于那些生活在较偏远地区的少数民族作家们，我曾经这样说过："要把他们像兄弟姐妹一样的看待"，而这些民族的文学作品，"就像是我们的宝贝一样"，每次发现都是极大的惊喜和乐趣，其实有的时候就是看我们有没有用心去发现、去推荐。他们的作品是这样丰富多彩，他们是这样渴望自己的声音被听到，而听到的途径却又是这样的少，甚至有时候仅仅能通过《民族文学》这样的一种方式来传达，所以我们肩负的责任也很重大，希望未来可以把工作做得更加细致、到位一些。

"全国少数民族作家'祖国颂'研讨班"的举办，"人口较少民族作品专刊""翻译作品专刊"的出版以及民族文学创作基地建设等一系列编辑话语和行动中。2009 年，《民族文学》出版了蒙古文、藏文、维吾尔文三种文字期刊，不同民族语言的优秀作品集中以蒙古族、藏族、维吾尔族三种语言文字传播，从而实现了由各民族语言向汉语汇聚与各民族语言向单一民族语言传输的真正意义上的双向交流。这一举措的意义远远超出了单纯的文学抑或刊物编辑的本身。

　　也正是在多民族国家文学的高度和世界文学的视域中，《民族文学》高扬的"民族风格"代表着中国各民族不同的风格；"中华气派"则是中国各民族多种文学风格构成的中国文学整体形象；"世界眼光"则是以统一的中国多民族文学与世界其他民族、地区、国家文学的集体对话与自我形塑，中国多民族文学将以中国文学的身份在世界文学的舞台上隆重出场；"百姓情怀"将导引着中国多民族作家以吉狄马加所敬佩的"民族文化良知"，把自己的生命之根与文学之根深深扎在中国的土壤中，扎在自己民族生命的土壤中，使每一个作家都成为像佤族诗人聂勒所自豪地宣称的那样——我是中国的佤族诗人。

　　纵观《民族文学》的办刊思想和理念，从玛拉沁夫、吉狄马加到叶梅，始终没有改变的是将各民族民间文学、各民族母语文学、各民族作家文学视为中华民族富贵的精神财富的整体文学观，不断加大的是对经济、文化、文学欠发达特别是人口较少民族文学的扶持力度，逐渐清晰的是从少数民族文学到中国多民族文学的国家意识，日益开阔的是将中国文学纳入世界及人类文化（文学）格局的视野。这预示着，中国多民族文学在《民族文学》这一摇篮中将创造新的奇迹和辉煌。

参考书目

中文参考书目

一、文学史

1. 张炯、樊骏、邓绍基主编：《中华文学通史》（10 卷），华艺出版社 1997 年版。

2. 张炯、邓绍基、郎樱主编：《中国文学通史》（12 卷），凤凰出版传媒集团 2013 年版。

3. 邓敏文：《中国多民族文学史论》，社会科学文献出版社 1994 年版。

4. 陈文新主编：《中国文学编年史》（12 卷），湖南人民出版社 2005 年版。

5. 马学良、梁庭望、张公瑾编：《中国少数民族文学史》，中央民族大学出版社 2001 年版。

6. 赵嘉麒：《哈萨克文学简史》，新疆人民出版社 2007 年版。

7. 夏冠洲、阿扎提·苏里坦、艾光辉主编：《新疆当代多民族文学史》（三卷本），新疆人民出版社 2006 年版。

8. 荣苏赫、赵永铣、梁一儒、扎拉嘎：《蒙古族文学史》（共 4 册），内蒙古人民出版社 2000 年版。

9. 荣苏赫等编著：《蒙古族文学史》，辽宁民族出版社 1994 年版。

10. 佟锦华等：《藏族文学史》，四川民族出版社 1985 年版。

11. 马学良、恰白·次旦平措、佟锦华：《藏族文学史》（上、下），四川民族出版社 1994 年版。

12. 阿扎提·苏里坦：《维吾尔当代文学史》（维吾尔文），新疆科技出版社 2002 年版。

13. 阿扎提．苏里坦、张明、努尔买买提·扎曼：《二十世纪维吾尔文学史新疆大学出版社》，2001 年。

14. 李国香：《维吾尔文学史》，兰州大学出版社 1992 年版。

15. 克力木江·阿布都热依木：《维吾尔现代文学史》，新疆大学出版社 2008 年版。

16. 赵志辉主编：《满族文学史》，沈阳出版社 1989 年版。

17. 文日焕：《朝鲜古典文学史》，民族出版社 2006 年版。

18. 韦旭升：《朝鲜文学史》，北京大学出版社 1986 年版。

19. 金台俊：《朝鲜汉文学史》，张琏瑰译，社会科学文献出版社 1996 年版。

20. 徐昌翰、黄任远：《赫哲族文学》，北方文艺出版社 1991 年版。

21. 徐昌翰、隋书今、庞玉田：《鄂伦春族文学》，北方文艺出版社 2000 年版。

22. 黄任远、黄定天、白杉、杨治经：《鄂温克族文学》，北方文艺出版社 2000 年版。

23. 李竞成：《新疆回族文学史》，新疆大学出版社 2003 年版。

24. 朱昌平、吴建伟主编：《中国回族文学史》，宁夏人民出版社 2007 年版。

25. 马自祥：《东乡族文学史》，甘肃人民出版社 1994 年版。

26. 马克勋：《保安族文学》，甘肃人民出版社 1994 年版。

27. 武文：《裕固族文学研究》，甘肃人民出版社 1998 年版。

28. 吾尔买提江·阿布都热合曼、卡德尔·艾克拜尔著：《中国乌孜别克族文学史》，阿扎提·苏里坦审定，新疆人民出版社 2005 年版。

29. 贺元秀主编：《锡伯族文学简史》，中央民族大学出版社 2010 年版。

30. 贾合甫等：《中国哈萨克文学史》，新疆人民出版社 2005 年版。

31. 曼拜特·吐尔地：《柯尔克孜文学史》，阿地力·居玛吐尔地译，天马出版社 2005 年版。

32. 西仁·库尔班、阿布都许库尔·肉孜、高雪著，杨宏峰编：《中国塔吉克族文学史》，新疆人民出版社 2005 年版。

33. 于乃昌：《珞巴族文学史》，江苏教育出版社、西藏人民出版社 2001 年版。

34. 和钟华、杨世光主编：《纳西族文学史》，四川民族出版社 1992 年版。

35. 左玉堂主编，芮增瑞、郭思九、陶学良编著：《彝族文学史》，云南民族出版社 2006 年版。

36. 杨继中、芮增瑞、左玉堂：《楚雄彝族文学简史》，中国民间文艺出版社 1986 年版。

37. 杨照辉：《普米族文学简史》，云南民族出版社 1996 年版。

38. 张文勋主编：《白族文学史》，云南人民出版社 1983 年版。

39. 左玉堂：《傈僳族文学简史》，云南民族出版社 1999 年版。

40. 攸延春：《怒族文学简史》，云南民族出版社 2003 年版。

41. 李金明：《独龙族文学简史》，云南民族出版社 2004 年版。

42. 尚正宏：《景颇族文学概论》，云南大学出版社 2003 年版。

43. 黄光成：《德昂族文学简史》，云南民族出版社 2002 年版。

44. 郭思九、尚仲豪：《佤族文学简史》，云南民族出版社 1999 年版。

45. 雷波、刘辉豪：《拉祜族文学简史》，云南民族出版社 1995 年版。

46. 王国祥：《布朗族文学简史》，云南民族出版社 1995 年版。

47. 岩峰、王松、刀保尧：《傣族文学史》，云南民族出版社 1995 年版。

48. 杜玉亭：《基诺族文学简史》，云南民族出版社 1996 年版。

49. 史军超：《哈尼族文学史》，云南民族出版社 1998 年版。

50. 苏伟光、过伟、韦坚平：《京族文学史》，广西教育出版社 1993 年版。

51. 陈立浩、范高庆、苏鹏程：《黎族文学概览》，海南出版社 2008 年版。

52. 蒙国荣、王戈丁、过伟：《毛南族文学史》，广西人民出版社 1992 年版。

53. 周作秋、黄绍清、欧阳若修、覃德清：《壮族文学发展史》（上、中、下），广西人民出版社 2007 年版。

54. 龙殿宝、吴盛枝、过伟：《仫佬族文学史》，广西教育出版社 1993 年版。

55. 黄书光等：《瑶族文学史》，广西人民出版社 1988 年版。

56. 杨权编：《侗族民间文学史》，中央民族学院出版社 1992 年版。

57. 贵州省民间文学工作组编著，田兵执笔：《苗族文学史》，贵州人民出版社 1981 年版。

58. 黔南文学艺术研究室编：《水族文学史》，贵州人民出版社 1987 年版。

59. 何积全、陈立浩主编：《布依族文学史》，贵州民族出版社 1992 年版。

60. 李明主编：《羌族文学史》，四川民族出版社 2009 年版。

61. 彭继宽、姚纪彭主编：《土家族文学史》，湖南文艺出版社 1989 年版。

62. 巴苏亚·博伊哲努（浦忠成）：《台湾原住民族文学史纲》（上、下），里仁书局 2009 年版。

63. 张敬仪主编：《汉维民间文学比较》，甘肃民族出版社 2002 年版。

64. 周延良：《汉藏比较文学概论》，中央民族大学出版社 1995 年版。

65. 何青志主编：《东北文学五十年（1949—1999）》，吉林人民出版社 2007 年版。

66. 李建平等：《广西文学 50 年》，漓江出版社 2005 年版。

二、民间文学

1. 钟敬文主编：《民间文学概论》，高等教育出版社 2010 年版。

2. 段宝林：《中国民间文学概要》，北京大学出版社 2009 年版。

3. 董晓萍：《全球化与民俗保护》，高等教育出版社 2007 年版。

4. 黄涛编：《中国民间文学概论》，中国人民大学出版社 2004 年版。

5. 乌丙安：《民间文学概论》，春风文艺出版社 1980 年版。

6. 吴蓉章：《民间文学理论基础》，四川大学出版社 1987 年版。

7. 朱宜初、李子贤：《少数民族民间文学概论》，云南人民出版社 1983 年版。

8. 匡扶：《民间文学概论》，甘肃人民出版社 1957 年版。

9. 杨荫深：《中国民间文学概说》，文听阁图书有限公司 2011 年版。

10. 万建中：《民间文学引论》，北京大学出版社 2006 年版。

11. 田兆元、敖其主编：《民间文学概论》，华东师范大学出版社 2009 年版。

12. 毕桪主编：《民间文学概论》，民族出版社 2004 年版。

13. 阿布力米提·穆哈买提：《民间文学概论》，新疆科技卫生出版社 2002 年版。

14. 叶春生、施爱东：《民间文学概论》，中山大学出版社 2002 年版。

15. 伦珠旺姆：《西北民族民间文学概论》，兰州大学出版社 2006 年版。

16. 武文：《甘肃民间文学概论》，甘肃人民出版社 1996 年版。

17. 乌斯曼·斯马义：《维吾尔民间文学概论》，新疆大学出版社 2009 年版。

18. 高国藩：《中国民间文学新论》，河海大学出版社 1995 年版。

19. 陶立璠：《民族民间文学理论及基础》，中央民族学院出版社 1990 年版。

20. 中国民间文艺研究会研究部编：《民间文学理论译丛》，中国民间文艺出版社 1986 年版。

21. 胡万川：《民间文学的理论与实际》，里仁书局 2010 年版。

22. 赵志忠：《中国少数民族民间文学概论》，辽宁民族出版社 1997 年版。

23. 印顺：《中国古代民族神话与文化之研究》，台北正闻出版社 1975 年版。

24. 丁山：《古代神话与民族》，江苏文艺出版社 2011 年版。

25. 汪立珍：《鄂温克族神话研究》，中央民族大学出版社 2006 年版。

26. 过竹：《苗族神话研究》，广西人民出版社 1988 年版。

27. 王宪昭：《中国民族神话母题研究》，民族出版社 2006 年版。

28. 王宪昭：《中国少数民族人类起源神话研究》，中国社会科学出版社

2012 年版。

29. 文日焕、王宪昭：《中国少数民族神话概论》，民族出版社 2011 年版。

30. 那木吉拉：《中国阿尔泰语系诸民族神话比较研究》，学习出版社 2010 年版。

31. 王宪昭：《中国少数民族神话散论》，中国戏剧出版社 2008 年版。

32. 丁山：《古代神话与民族》，江苏文艺出版社 2011 年版。

33. 吕瑞荣、谭亚洲、覃自昆：《毛南族神话的生态阐释》，广西人民出版社 2012 年版。

34. 白庚胜：《东巴神话研究》，社会科学文献出版社 1999 年版。

35. 夏曼·蓝波安：《八代湾的神话》，晨星出版社 1992 年版。

36. 朝戈金：《口传史诗诗学——冉皮勒〈江格尔〉程式句法研究》，广西人民出版社 2000 年版。

37. 尹虎彬：《古代经典与口头传统》，中国社会科学出版社 2002 年版。

38. 朱宜初、李子贤主编：《少数民族民间文学概论》，云南人民出版社 1983 年版。

39. 郎樱：《中国少数民族英雄史诗〈玛纳斯〉》，浙江教育出版社 1995 年版。

40. 郎樱：《玛纳斯论》，内蒙古大学出版社 1999 年版。

41. 杨恩洪：《少数民族英雄史诗〈格萨尔〉》，浙江教育出版社 1995 年版。

42. 中国社科院少数民族文学研究所、全国《格萨尔》工作领导小组办公室主编：《格萨尔研究》，中国民间文艺出版社 1988 年版。

43. ［法］艾尔费（M. Helffer）：《藏族〈格萨尔·赛马篇〉歌曲研究》，四川民族出版社 2004 年版。

44. 平措：《〈格萨尔〉的宗教文化研究》，西藏人民出版社 2009 年版。

45. 王国明：《土族〈格萨尔〉语言研究》，甘肃民族出版社 2004 年版。

46. 吴伟：《〈格萨尔〉人物研究》，海豚出版社 2012 年版。

47. 扎格尔：《史诗江格尔研究》，内蒙古教育出版社 1993 年版。

48. 仁钦道尔吉：《中国少数民族英雄史诗〈江格尔〉》，浙江教育出版社 1995 年版。

49. 斯钦巴图：《江格尔与蒙古族宗教文化》，内蒙古大学出版社 1999 年版。

50. 王卫华：《〈江格尔〉与〈荷马史诗〉比较研究》，昆仑出版社 2007 年版。

51. 仁钦道尔吉：《〈江格尔〉论》，方志出版社 2007 年版。

52. 阿地里·居玛吐尔地:《〈玛纳斯〉史诗歌手研究》,民族出版社 2006 年版。

53. 中国民间文艺研究会上海分会:《中国民间文学论文选》(上、中、下),上海文艺出版社 1980 年版。

54. 刘劲荣:《拉祜族民间文学概论》,云南民族出版社 1998 年版。

55. 满都呼:《阿尔泰语系诸民族民间文学概论》,内蒙古教育出版社 2004 年版。

56. 罗曲:《彝族民间文艺概论》,巴蜀书社 2001 年版。

57. 杨红昆、欧之德主编:《彝族哈尼族文学评论集》,云南人民出版社 2001 年版。

58. 陈岗龙:《蒙古民间文学比较研究》,北京大学出版社 2001 年版。

59. 巴·格日勒图主编:《蒙古学百科全书·文学卷》,内蒙古人民出版社 2010 年版。

60. 谢娅萍、向柏松:《土家族民间文艺的文化人类学阐释》,湖北人民出版社 2005 年版。

61. 季羡林:《比较文学与民间文学》,北京大学出版社 1991 年版。

62. 中国民间文艺研究会上海分会、上海文艺出版社编:《中国民间文学论文选》(上、中、下),1980 年版。

63. 罗曲:《彝族民间文艺概论》,巴蜀书社 2001 年版。

64. 杨红昆、欧之德主编:《彝族哈尼族文学评论集》,云南人民出版社 2001 年版。

65. 西藏民族学院门巴族民间文学调查组搜集整理:《门巴族民间文学资料》,1979 年。

66. 陈岗龙:《蒙古民间文学比较研究》,北京大学出版社 2001 年版。

67. 谢娅萍、向柏松编著:《土家族民间文艺的文化人类学阐释》,湖北人民出版社 2005 年版。

68. 中国民间文艺研究会青海分会搜集整理:《青海民族民间文学资料——撒拉族专集》,青海民族学院中文专科等译,1979 年版。

69. 中国民间文艺研究会青海分会、青海师范学院中文系等整理:《青海民族民间文学资料——土族文学专集》,1979 年。

70. 李树江:《回族民间文学史纲》,宁夏人民出版社 1999 年版。

71.《中国民间故事集成》、《中国歌谣集成》、《中国谚语集成》。

三、古代文学

1. 李炳海：《民族融合与中国古代文学》，东北师范大学出版社 1997 年版。

2. 杨镰：《元诗史》，人民文学出版社 2003 年版。

3. 李正民：《元好问研究论略》，社会科学文献出版社 1999 年版。

4. 胡传志：《金代文学研究》，安徽大学出版社 2000 年版。

5. 郎樱、扎拉嘎主编：《中国各民族文学关系研究》，贵州人民出版社 2005 年版。

6. 祝注先主编：《中国少数民族诗歌史》，中央民族大学出版社 1994 年版。

7. 巴莫曲布嫫：《鹰灵与诗魂——彝族古代经籍诗学研究》，社会科学文献出版社 2002 年版。

8. 红河州文联编：《第二次全国当代彝族文学研讨会论文集》，云南民族出版社 2005 年版。

9. 王菊：《从"他者叙述"到"自我建构"——彝学研究的历史转型 (1950—2006)》，中国戏剧出版社 2009 年版。

10. 李平凡等：《彝族传统诗歌研究》，贵州民族出版社 2008 年版。

11. 罗曲等：《彝族文献长诗研究》，中国社会科学出版社 2009 年版。

12. 云峰：《蒙汉文学关系史》，新疆人民出版社 1997 年版。

13. 张菊玲：《清代满族作家文学概论》，中央民族学院出版社 1990 年版。

14. 张佳生：《清代满族诗词十论》，辽宁民族出版社 1993 年版。

15. 王满特嘎：《蒙古文论史（17—20 世纪初）》（蒙古文），内蒙古人民出版社 1996 年版。

16. 张国庆选编：《云南古代诗文论辑要》，中华书局 2001 年版。

17. 汪文学：《贵州古近代文学理论辑释》，民族出版社 2009 年版。

18. 宏伟：《法式善〈梧门诗话〉研究》，辽宁民族出版社 2006 年版。

19. 黄万机：《莫友芝评传》，贵州人民出版社 1992 年版。

20. 王佑夫：《中国古代民族诗学初探》，民族出版社 2002 年版。

21. 巴·格日勒图校注：《校注清季蒙古操章·瓣螺集》（蒙古文），内蒙古大学出版社 2010 年版。

22. 仁青多杰：《藏族历代文学作品选注》（藏文），青海民族出版社 2005 年版。

23. 端智嘉：《藏族道歌源流》（藏文），民族出版社 1984 年版。

24. 模吉孜：《乐师传》（维吾尔文），新疆人民出版社 1991 年版。

25. 买买提·卡孜艾沙：《古代维吾尔文艺批评史稿》（维吾尔文），喀什维吾尔出版社2008年版。

26. 金柄珉、金宽雄主编：《朝鲜文学的发展与中国文学》（朝鲜文），延边大学出版社2003年版。

27. 尤素甫·哈斯·哈吉甫：《福乐智慧》，郝关中，张宏超，刘宾译，民族出版社1986年版。

28. 丹碧：《蒙汉合璧卫拉特蒙古历史文献译编》（蒙古文），新疆人民出版社2009年版。

四、现当代文学

1. 关纪新主编：《20世纪中华各民族文学关系研究》，民族出版社2006年版。

2. 赵志忠主编：《20世纪中国少数民族文学百家评传》，辽宁民族出版社2007年版。

3. 李鸿然：《中国当代少数民族文学史论》，云南教育出版社2004年版。

4. 吴重阳、陶立璠：《中国少数民族现代作家传略》，青海人民出版社1982年版。

5. 张直心：《边地梦寻：一种边缘文学经验与文化记忆的探勘》，人民文学出版社2006年版。

6. 罗庆春：《灵与灵的对话—中国少数民族汉语诗论》，（香港）天马图书有限公司2001年版。

7. 沙马拉毅主编：《彝族文学概论》，山西教育出版社2004年版。

8. 吴孝成、赵嘉麒：《20世纪哈萨克文学概观》，新疆人民出版社2006年版。

9. 韦建国、吴孝成：《多元文化语境中的西北多民族文学》，中国社会科学出版社2007年版。

10. 丹珍草：《藏族当代作家汉语创作论》，民族出版社2008年版。

11. 路地、关纪新主编：《当代满族作家论》，春风文艺出版社2004年版。

12. 王仲明主编：《新疆文学作品大系（1949—2009）》（文学评论卷），新疆美术摄影出版社、新疆电子音像出版社2009年版。

13. 励小捷主编：《甘肃文学创作研讨会论文选》，甘肃人民出版社2006年版。

14. 李建平、黄伟林等：《文学桂军论 ——经济欠发达地区一个重要作家群的崛起及意义》，中国社会科学出版社 2007 年版。

15. 姚新勇：《寻找：共同的宿命与碰撞——转型期中国多族群及边缘区域文化关系研究》，中国社会科学出版社 2010 年版。

16. 徐新建等：《贵州文学现状与构想》，贵州人民出版社 1989 年版。

17. 丁朝君：《当代宁夏作家论》，宁夏人民出版社 2007 年版。

18. 张建安：《当代湘西南作家研究》，花城出版社 2007 年版。

19. 宋生贵：《当代民族艺术之路：传承与超越》，人民出版社 2007 年版。

20. 欧阳可惺：《"走出"的批评：当代少数民族文学批评的理论与实践》，新疆大学出版社 2010 年版。

21. 蒲惠民：《当代少数民族诗人论》，四川民族出版社 1996 年版。

22. 关纪新：《老舍评传》，重庆出版社 1998 年版。

23. 张桂兴：《老舍文艺论集》，山东大学出版社 1999 年版。

24. 牛汉口述，何启治、李晋西编撰：《我仍在苦苦跋涉》，生活·读书·新知三联书店 2008 年版。

25. 罗庆春：《萨仁图娅、栗原小荻短诗艺术研究》，重庆出版社 2003 年版。

26. 吴思敬选编：《南永前图腾诗探论》，时代文艺出版社 2007 年版。

27. 马明奎：《南永前图腾诗学》，时代文艺出版社 2007 年版。

28. 罗庆春主编：《栗原小荻现象争鸣》，（香港）天马图书有限公司 2001 年版。

29. 仁钦道尔吉主编：《嬗变与严谨：改革开放 30 年蒙文文艺评论选》（蒙古文），内蒙古人民出版社 2009 年版。

30. 德吉草：《藏族当代母语作家心路历程》（藏文），四川民族出版社 2006 年版。

31. 巴布尔：《穆合塔赛尔》（乌孜别克文），乌孜别克斯坦科学出版社 1996 年版。

32. 马绍玺：《在他者的视域中》，社会科学文献出版社 2007 年版。

33. 徐其超、罗布江村主编：《族群记忆与多元创造》，四川民族出版社 2001 年版。

34. 斗拉加：《论藏族新文学》（藏文），甘肃民族出版社 2002 年版。

35. 德吉草：《四川藏区的文学艺术》（藏文），四川民族出版社 2000 年版。

36. 张春植：《时代与我们的文学》（朝鲜文），黑龙江朝鲜族民族出版社 1993 年版。

37. 《中国当代文学研究资料》，云南教育出版社 1997 年版。

38. 内蒙古师范大学中国少数民族作家研究中心编：《降边嘉措研究专集》，中央民族大学出版社 2007 年版。

五、文学理论

1. 杨亮才、陶立璠、邓敏文：《中国少数民族文学》，人民文学出版社 1985 年版。

2. 梁庭望、张公瑾：《中国少数民族文学概论》，中央民族大学出版社 1998 年版。

3. 杨义：《重绘中国文学地图——杨义学术讲演集》，中国社会科学出版社 2003 年版。

4. 袁行霈、孟二冬、丁放：《中国诗学通论》，安徽教育出版社 1994 年版。

5. 蒋述卓、刘绍瑾、程国赋等：《二十世纪中国古代文论学术研究史》，北京大学出版社 2005 年版。

6. 王佑夫、艾光辉、李沛：《中国少数民族文学批评史》，（香港）国际教科文出版社 2004 年版。

7. 马学良、梁庭望、李云忠主编：《中国少数民族文学比较研究》，中央民族大学出版社 1997 年版。

8. 梁庭望主编：《中国少数民族文学研究六十年》，中央民族大学出版社 2010 年版。

9. 王弋丁、王佑夫、过伟主编：《少数民族古代文论选释》，新疆人民出版社 1994 年版。

10. 买买提·祖农、王弋丁主编：《中国历代少数民族文论选》，新疆人民出版社 1987 年版。

11. 王佑夫主编：《中国古代民族文论概述》，中央民族学院出版社 1992 年版。

12. 蓝华增：《云南诗歌史略——赵藩〈仿元遗山论诗绝句论滇诗六十首〉笺释》，云南人民出版社 1988 年版。

13. 祝注先：《中国古代民族诗论》，广西人民出版社 1989 年版。

14. 白崇人：《民族文学创作论》，广西民族出版社 1992 年版。

15. 彭书麟、于乃昌、冯育柱主编：《中国少数民族文艺理论集成》，北京大学出版社 2005 年版。

16. 刘大先：《现代中国与少数民族文学》，中国社会科学出版社 2013 年版。

17. 张寿康编辑：《少数民族文艺论集》，北京建业书局 1951 年版。

18. 何联华：《民族文学的腾飞》，四川民族出版社 1996 年版。

19. 龙长吟：《民族文学学论纲》，湖南文艺出版社 1997 年版。

20. 曲六乙：《中国少数民族戏剧研究论文集》，辽宁民族出版社 1997 年版。

21. 曲六乙、朱恒夫、聂圣哲编：《中国少数民族戏剧研究专辑 "中华艺术论丛"》第九辑，同济大学出版社 2009 年版。

22. 王文章主编：《中国少数民族戏曲剧种发展史》，学苑出版社 2007 年版。

23. 玛拉沁夫、吉狄马加主编：《中国少数民族经典文库·理论评论卷》，云南人民出版社 1999 年版。

24. 任范松：《文艺民族化论稿》，延边大学出版社 2004 年版。

25. 王子尧等：《论彝族诗歌》，贵州人民出版社 1990 年版。

26. 王子尧等：《彝族诗文论》，贵州民族出版社 1986 年版。

27. 王子尧等：《论彝诗体例》，贵州民族出版社 1990 年版。

28. 王子尧等：《彝族古代文艺理论丛书》，贵州人民出版社 1990 年版。

29. 王子尧等：《彝族艺文志》，四川民族出版社 1991 年版。

30. 王子尧等：《彝族古代文论》，贵州人民出版社 1997 年版。

31. 王明贵：《彝族三段诗研究》，北京民族出版社 2001 年版。

32. 王子尧等：《彝族古代文论精译》，北京民族出版社 2010 年版。

33. 中国作家协会内蒙古分会编：《内蒙古文艺评论选集》，内蒙古人民出版社 1960 年版。

34. 宋生贵主编：《走进花的原野——内蒙古新时期文艺理论评论选集》第一辑，内蒙古人民出版社 2002 年版。

35. 李佳俊编选：《西藏文艺评论选》，西藏人民出版社 1985 年版。

36. 湖南省文联编：《湖南十年文艺评论选（1949—1959）》，湖南人民出版社 1960 年版。

37. 王敏之，雷猛发编：《广西壮族文学评论集》（上、下），广西民族出版社 1991 年版。

38. 王敏之、雷猛发编：《广西文学评论集》（仫佬族、瑶族、苗族、侗族、毛南族、回族、京族、彝族、水族、亿佬族）。

39. 古远清：《中国当代文学理论批评史（1949—1989 大陆部分）》，山东文艺出版社 2005 年版。

40. 巴·格日勒图：《蒙古文论史研究》（蒙古文），内蒙古大学出版社 1998 年版 。

41. 艾克拜尔·哈地尔：《维吾尔当代文学批评史》（维吾尔文），新疆人民出版社 2003 年版。

42. 全盛镐等：《中国朝鲜族文学批评史》（朝鲜文），民族出版社 2007 年版。

43. 於可训：《当代诗学》，湖南人民出版社 2000 年版。

44. 买买提·普拉提：《维吾尔文学散论集》，新疆人民出版社 1990 年版。

45. 赵嘉麒、翟新菊：《哈萨克文化研究》，新疆人民出版社 2007 年版。

46. 耿世民：《维吾尔与哈萨克语文学论集》，中央民族大学出版社 2007 年版。

47. 杨继国：《回族文学创作论》，宁夏人民出版社 1995 年版。

48. 马丽华：《雪域文化与西藏文学》，湖南教育出版社 1998 年版。

49. 金学泉主编：《中国朝鲜族文学学作品精粹·评论卷》，延边人民出版社 2002 年版。

50. 岩温扁搜集翻译：《论傣族诗歌》，中国民间文艺出版社 1981 年版。

51. 新疆维吾尔自治区党委宣传部：《新疆新时期少数民族文学作品选·文学评论卷》，作家出版社 1999 年版。

52. 李瑛：《台湾少数民族作家文学论》，民族出版社 2007 年版。

53. 牛汉：《梦游人说诗》，华文出版社 2001 年版。

54. 木斧：《揭开诗的面纱》，电子科技大学出版社 1993 年版。

55. 木斧：《诗的求索》，长江文艺出版社 1987 年版。

56. 阿合买提·尤格·乃克：《真理入门》，魏翠一译，新疆人民出版社 1981 年版。

57. 马瑞麟：《诗的沉思》，成都出版社 1995 年版。

58. 许征整理：《梧门诗话》，新疆大学出版社 2006 年版。

59. 栗原小荻：《品格的较量》，（香港）天马图书有限公司 1999 年版。

60. 蔡毅、尹相如：《幻想的太阳——民族宗教与文学》，云南人民出版社 1992 年版。

六、其他

1. 《二十四史》（简体版），中华书局 2000 年版。

2. 范文澜、蔡美彪主编：《中国通史》（全十册），人民出版社 1995 年版。

3. 白寿彝主编：《中国通史》（全十二册），上海人民出版社 1999 年第 1 版。

4. 费孝通主编：《中华民族多元一体格局》（修订本），中央民族大学出版社 1999 年版。

5. 翁独健主编：《中国民族关系纲要》，中国社会科学出版社 2001 年版。

6. 纳日碧力格：《现代背景下的族群结构》，云南教育出版社 2000 年版。

7. 萧万年、伍雄武、阿不都秀库尔主编：《中国少数民族哲学史》，安徽人民出版社 1992 年版。

8. 魏忠编著：《中国的多种民族文字及文献》，民族出版社 2004 年版。

9. 吴肃民、莫福山主编：《中国少数民族古籍举要》，天津古籍出版社 1990 年版。

10. 张文勋：《民族文化与文学》，中国戏剧出版社 2005 年版。

11. 周尚意、孔翔、朱竑主编：《文化地理学》，高等教育出版社 2004 年版。

12. 霍金：《时间简史》，许明贤、吴忠超译，湖南科学技术出版社 2008 年版。

13. 杨义：《通向大文学观》，安徽教育出版社 2006 年版。

14. 张海洋：《中国的多元文化与中国人的认同》，民族出版社 2006 年版。

15. 袁行霈主编：《文明的起源》，四川人民出版社 1994 年版。

16. 包和平、张英福、徐子峰、王其格：《红山文化区域历史与民俗研究》，中华书局 2009 年版。

17. 王明珂：《游牧者的抉择——面对汉帝国的北亚游牧部族》，广西师范大学出版社 2008 年版。

18. 薛天纬、朱玉麟主编：《中国文学与地域风情》，学苑出版社 2005 年版。

19. 苏秉琦：《中国文明起源新探》，生活·读书·新知三联书店 1999 年版。

20. 张传玺：《简明中国古代史》，北京大学出版社 2007 年版。

21. 德里达：《一种疯狂守护着思想——德里达访谈录》，何佩群译，上海人民出版社 1997 年版。

22. 宋炳辉：《弱势民族文学在中国》，南京大学出版社 2007 年版。

23. 王先谦：《庄子集解》，中华书局 2006 年版。

24. 吕思勉：《先秦学术概论》，上海书店 1992 年版。

25. 杨伯峻：《论语译注》，中华书局 1982 年版。

26. 朱熹：《四书章句集注》，中华书局 1983 年版。

27. 刘知几：《史通全译·外篇》，贵州人民出版社 1997 年版。

28. 周振甫：《文心雕龙今译》，中华书局 1995 年版。

29. 汤志钧：《康有为政论集》，中华书局 1981 年版。

30. 郭绍虞、王文生：《中国历代文论选》，上海古籍出版社 2004 年版。

31. 郭嵩焘：《郭嵩焘诗文集》，岳麓书社 1984 年版。

32. 《谭嗣同全集》，生活·读书·新知三联书店 1954 年版。

33. 梁启超：《饮冰室诗话》，人民文学出版社 1959 年版。

34. 苏国勋、刘小枫：《二十世纪西方社会理论文选Ⅲ——社会理论的知识学建构》，上海三联书店 2005 年版。

35. 戴燕：《文学史的权力》，北京大学出版社 2002 年版。

36. 章学诚：《文史通义·原学下》，上海书店 1988 年版。

37. 康沛竹选注：《尊隐：龚自珍集》，辽宁人民出版社 1994 年版。

38. 《章太炎全集》，上海人民出版社 1985 年版。

39. 钱基博：《现代中国文学史》，中华书局 1996 年版。

40. ［英］罗素：《人类的知识——其范围与限度》，商务印书馆 1983 年版。

41. ［英］卡尔·波普尔：《客观知识——一个进化论的研究》，上海译文出版社 1987 年版。

42. ［美］路易斯·P. 波伊曼（louis P. Poiman）：《知识论导论——我们能知识什么》，洪汉鼎译，中国人民大学出版社 2008 年版。

43. ［法］福柯：《知识考古学》，谢强，马月译，生活·读书·新知三联书店 2003 年第 2 版。

44. ［英］安迪·格林：《教育与国家形成：英、法、美教体系起源之比较》，王春华等译，教育科学出版社 2004 年版。

45. ［美］斯塔夫里阿诺斯：《全球通史》第七版（中译本），吴象婴、梁赤民译，北京大学出版社 2005 年版。

46. ［美］弗朗西斯·福山：《国家构建》，黄胜强、许铭原译，社会科学文献出版社 2007 年版。

47. ［美］杜赞奇：《从民族国家拯救历史——民族主义话语与中国现代史研究》，王宪明译，社会科学文献出版社 2003 年版。

48. 李扬：《文学史中写作中的现代性问题》，山西教育出版社 2006 年版。

49. 陈玉堂：《中国文学史旧版书目提要》，上海社会社科院文学研究所 1984 年版，系内部出版物。

50. 董乃斌、陈伯海、刘扬忠：《中国文学史学史》第二卷，河北人民出版社 2003 年版。

51. 洪子诚：《文学与历史叙述》，河南大学出版社 2005 年版。

52. 华人民共和国教育部审定：《中国文学史教学大纲》，高等教育出版社 1957 年版。

53. ［美］韦勒克、沃伦：《文学原理》，刘象愚等译，生活·读书·新知三联书店 1984 年版。

54. 洪子诚：《问题与方法》，北京大学出版社 2002 年版。

55. ［德］海德格尔：《存在与时间》，陈嘉映、王庆节 合译，熊伟校，陈嘉映修订，生活·读书·新知三联书店 1999 年版。

56. ［美］马歇尔·萨林斯：《历史之岛》，蓝达居译，上海人民出版社 2003 年版。

57. 孙希旦：《礼记集解》，中华书局 1989 年版。

58. 钱锺书：《管锥编》（补订重排本），生活·读书·新知三联书店 2001 年版。

59. 阮元校刻：《十三经注疏》全二册影印本，中华书局 1982 年版。

60. 章学诚：《文史通义》影印本，上海书店 1988 年版。

61. 余英时：《论戴震与章学诚：清代中期学术思想史研究》，生活·读书·新知三联书店 2000 年版。

62. 罗志田：《权势转移：近代中国的思想、社会与学术》，湖北人民出版社 1999 年版。

63. 欧阳哲生编：《胡适文集》（6），北京大学出版社 1998 年版。

64. ［德］洛维特：《世界历史与救赎历史：历史哲学的神学前提》，李秋零译，生活·读书·新知三联书店 2002 年版。

65. ［德］黑格尔：《历史哲学》，王造时译，上海书店出版社 2001 年版。

66. 魏朝勇：《民国时期文学的政治想象》，华夏出版社 2005 年版。

67. 刘小枫：《现代性社会理论绪论——现代性与现代中国》，上海三联书店 1998 年版。

68. 余英时：《中国知识分子论》，河南人民出版社 1997 年版。

69. 李守常：《史学要论》，商务印书馆 2000 年版。

70. ［英］沃尔什：《历史哲学导论》，何兆武译，广西师范大学出版社 2001 年版。

71. 伊格尔斯：《欧洲史学的新方向》，赵世玲、赵世瑜译，华夏出版社 1989 年版。

72. ［美］怀特：《元史学：19 世纪欧洲的历史想象》，陈新译，译林出版社 2004 年版。

73. ［古希腊］亚里士多德：《诗学》，商务印书馆 1996 年版。

74. ［意大利］维柯：《新科学》，朱光潜译，人民文学出版社 1997 年版。

75. 洪长泰：《到民间去——1918—1937 年的中国知识分子与民间文学运

动》，董晓萍译，上海文艺出版社 1993 年版。

76. 赵世瑜：《眼光向下的革命——中国现代民俗学思想史论（1918—1937)》，北京师范大学出版社 1999 年版。

77. ［英］爱德华·霍列特·卡尔（Edward Hallett Carr）：《历史是什么？——1961 年 1 月至 3 月间在剑桥大学乔治·麦考利·特里维廉讲座中的讲演》，吴柱存译，商务印书馆 1981 年版。

78. ［德］伊曼努尔·康德：《永久和平论》，何兆武译，上海人民出版社 2005 年版。

79. ［德］爱克曼辑录：《歌德谈话录》，朱光潜译，人民文学出版社 1982 年版。

80. ［德］弗里德里希·梅尼克：《世界主义与民族国家》，孟钟捷译，上海三联书店 2007 年版。

81. ［美］萨义德：《文化与帝国主义》，李琨译，生活·读书·新知三联书店 2003 年版。

82. ［美］戴维·哈维：《后现代的状况——对文化变迁之缘起的探究》，阎嘉译，商务印书馆 2003 年版。

83. ［英］艾勒克·博埃默：《殖民与后殖民文学》，盛宁、韩敏中译，辽宁教育出版社 1998 年版。

84. ［美］马歇尔·伯曼：《一切坚固的东西读烟消云散了——现代性体验》，张辑、徐大建等译，商务印书馆 2003 年版。

85. 葛剑雄：《历史学是什么》，北京大学出版社 2005 年第 2 版。

86. 瞿林东：《中国史学史纲》，北京出版社 1999 年版。

87. 李济：《中国民族的形成》，江苏教育出版社 2006 年版。

88. 贾英健：《全球化与民族国家》，湖南人民出版社 2003 年版。

89. ［英］安迪·格林：《教育、全球化与民族国家》，朱旭东、徐卫红译，教育科学出版社 2004 年版。

90. ［英］拉雷恩：《意识形态与文化身份：现代性和第三世界在场》，戴从容译，上海教育出版社 2005 年版。

91. 张海洋：《中国的多元文化与中国人的认同》，民族出版社 2006 年版。

92. ［英］罗素：《人类的知识——其范围与限度》，张金言译，商务印书馆 1983 年版。

英文参考书目

1. Francis Fukuyama, *The end of history and the last man*, New York: Macmillan, Inc. 1992.

2. Pascale Casanova, *The World Republic of Letters*, Trans. by M. B. DeBevoise, Harvard University Press, 2004.

3. onathan D. Hill (ed.), *History, Power, and Identity. Ethnogenesis in the Americas*, 1492 – 1992. Iowa City: Universtiy of Iowa Press, 1996.

4. Claudio Guillen, *The Challenge of Comparative Literature*, trans. by Cola Franzen, Harvard University Press, 1993.

5. Laurie Magnus, *A History of European Literature*, London: Ivor Nicholson and Watson LTD, 1924.

6. W. H. New, *A History of Canadian Literature*, Macmillan Education, 1989.

7. Reuben Post Halleck, *History of American Literature*, New York: American Book Company, 1911.

8. Emory Elliott, *Columbia Literary History of the United States*, New York: Columbia University Press, 1988.

9. Richard Gray, *A History of American Literature*, Oxford: Blackwell, 2004.

10. Yuri Slezkine, "The USSR as a Communal Apartment, or How a Socialist State Promoted Ethnic Particularism", Slavic Review, 1994.

11. David Damrosch, "World Literature in a Postcanonial, Hypercanonical Age", *Comparative Literature in an Age of Globalization*, Edited by Haun Aaussy, Baltimore: The John Hopkins University Press, 2006.

12. Gauri Viswanathan, *Masks of Conquest: Literary Study and British Rule in India*, New York: Columbia University, 1989.

13. Martin Bernal, Edited by David Chioni Moore, *Black Athena Writes Back: Martin Bernal Responds to His Critics*, Duke University Press, 2001.

14. *Comparative Literature in the Age of Multiculturalism*, Edited by Charles Bernheimer, The Johns Hopkins University Press, 1994.

15. *Comparative Literature in an Age of Globalization*, Edited by Haun Aaussy, The John Hopkins University Press, 2006.

16. J. A. Simpson, E. S. C. Weiner. *The Oxford English Dictionary*, Oxfoid U-

niversity Press, 1989.

17. Jacklyn Cock and Alison Bernstein, *Melting Pots & Rainbow Nations: Conversations about Difference in the United States and South Africa*, Urbana and Chicago: University of Illinois Press, 2002.

18. Penelope Harvey, *Hybrids of Modernity: Anthropology, the Nation state and the University Exhibition.* London: Routledge, 1996.

19. Edited by Grant H. Cornwell and Eve Walsh Stoddard, Rowman & Littlefield Publishers, Inc. , 2001.

20. R. Radhakrishnan, "Ethnicity in an Age of Diaspora," *Theorizing Diaspora: a Reader*, edited by Jana Evans Braziel and Anita Mannur, Blackwell Publishing Ltd, 2003.

21. Mark A. Chesler, Amanda E. Lewis, James E. Crowfoot, *Challenging Racism in Higher Education: Promoting Justice*, Lanham: Rowman & Littlefield Publishers, Inc. , 2005.

22. David A. Hollinger, Postethnic America: Beyond Multiculturalism, Basic Books, 2000.

23. Wen Jin, *Pluralist Universalism: An Asian Americanist Critique of U. S. and Chinese Multiculturalisms.* Ohio State University Press, 2012.

24. Greil Marcus, Werner Sollors, (ed.) *A New Literary History of America.* Belknap Press of Harvard University Press, 2009.

25. Damrosch, David. *What is world Literature?* Princeton University Press, 2003.

26. Raymond Schwab, *The Oriental Renaissance: Europe's Rediscovery of India and the East*, 1680 – 1880, Translated by Gene Patterson – Black and Victor Reinking. New York: Columbia University Press, 1984.

27. Durham Peters, John. "Exile, Nomadism and Diaspora: The Task of Mobility in the Western Canon. " *Home, Exile, Homeland: Film, Media and the Poetics of Place.* Ed. Hamid S. Naficy. London: Routledge, 1999.

28. Jana Evans Braziel and Anita Mannur, "Nation, Migration, Globalization: Points of Contention in Diaspora Studies", *Theorizing diaspora: a reader*, edited by Jana Evans Braziel and Anita Mannur, Blackwell Publishing Ltd, 2003.

29. bell hooks, Black Looks: Race and Representation, Boston: South End Press, 1999.

30. Nikhil Pal Singh, *Black is a Country: Race and Unfinished Struggles for Democracy*, Cambridge, Mass: Harvard University Press, 2004.

31. Amritjit Singh, Peter Schmidt, *Postcolonial Theory and the United States: Race, Ethnicity, and Literature*, University Press of Mississippi, 2000.

32. J. M. Cohen, A history of Western Literature, Penguin Books, G. B. : C. Nicholls & Company Ltd. , 1956.

修订版后记

启动修订工作，犹豫再三。一是有无必要，二是有无时间和精力。

如果说必要，那是毋庸置疑的。这一点已经在修订说明中说得很清楚了。时间和精力是最大问题。

刘大先的鼓励坚定了我们修订的信念。他说："应该修订。应该把这本书搞成一个学术精品。"凭大先的博学、视野、敏锐、眼力和功夫，自然是不会错的。

这注定使我的 2016 年春节，不能像别人一样与家人共享幸福团圆的快乐时光。

而要说到修订，从内心深处，与大先一样，还有一种责任和担当。在这一点上，非常荣幸，我们是相同的。

特别是近几年，社会和学界有一种悄然的转向，少数民族三大史诗在国家最高层面被反复提及，讲清各个国家和民族的历史暗含着对以往"没讲清楚"的反思，少数民族文化遗产特别是文学艺术资源受到前所未有的重视，"中华文学"被重新倡导，这些都在"中华民族复兴"这一主题下汇集与发声。我们认为，中华民族的复兴离不开文化复兴，而文化复兴并不是要回到孔子的时代，而是要汇集中华民族的文化精华，以提高中华民族的生命活力，使之足以应对当今世界的各种挑战。正因如此，我们觉得有责任也有必要进一步来讨论中华多民族文学的相关问题。

与我们相同的人，还有很多，如已经赋闲但永远"只赋不闲"的关纪新老师。他对中华多民族文学"玩命儿"的热爱和执着坚定，对我们实在是一种鞭策。如同他在《满族小说与中华文化》一书中写道的那样："总有那么一天，中国的多民族文学研究会交相汇通，人们会满意地看到，中华多民族文学史观，已经自然地深入到每一位文学研究者的精神世界当中。"

我们的修订工作，其实正是为了这一天的早日到来！

然而，我们也深知，理论的发展永远"在路上"——对史料的新发现、对历史的新洞见、对以往观点的重新审视和超越。修订注定也是一门"遗憾的艺术"。

　　果真如此，倒是我们期待的。说明，"那一天"越来越近了。

　　就在已经开始写修订说明的时候——2月18日，《光明日报》发表了我撰写的《提炼中华多民族文学发展的"中国经验"》一文。国务院新闻办、中国文明网、中国政协传媒网、全国哲学社会科学规划办、中华人民共和国国史网、中国社会科学网、中国民族宗教网、中国理论网、中国作家网、中国出版网、中国西藏网、国学网、古诗词网、凤凰网、搜狐网、求是网等数十家媒体在第一时间进行了转载。这对我们的修订是一种肯定。这篇文章的写作，其实也是修订动意的缘起。该文构成了修订版第一章的最后一节。

　　感谢刘大先对本书奉献的思想和时间，他在春节那几天修订了第八章和第九章。

　　感谢那些一直关心、帮助我的师友、同仁。

　　感谢我的家人。特别感谢我年迈的老父亲，在2016年春节这些天，每天早早起来为我做饭。正月初八在返回大连的路上，才突然想起，整个春节，都没有坐下来和老人唠唠家常……

李晓峰

2016年2月22日